終わりなき漱石

神山睦美

Kamiyama Mutsumi

幻戯書房

はじめに

漱石の『文学論』にシェイクスピアについてこんなことが書かれている。父を殺し、母と姦通し王位を奪った叔父の罪業を明かす亡霊に唆され、復讐へと手を染めていくハムレット。イアーゴーの姦計に陥って、愛する妻デズデモーナの貞操を疑い、その命を奪ってしまうオセロ。シェイクスピアが描いた悲劇の人物は、確かに私たちの胸を打つ。だが、彼らのような人物に実社会で出会うことは、めったにない。結局は架空の存在、浪漫的な幻想のなかで織りなされる存在にすぎない。

そう思うと、シェイクスピアの悲劇も色あせたものに見えてしまう。むしろ、私たちの身辺にありそうなことを淡々と描き、私たちとそう変わらない人間たちの、ささいなといっていい心の掛け違いのようなものを浮き彫りにした作品の方に引かれる場合がある。その例として、漱石はジェーン・オースティンの『高慢と偏見』から、こんな場面を引いてくる。

一八〇〇年前後のイギリスのある田舎町でのこと。独身の青年資産家ビングリーが、別荘を借りてその町に住むということを聞きつけたベネット夫人は、夫のベネット氏と、何気ない会話を交わす。ベネット夫人は、ビングリー氏が、五人の娘のうち誰かを見初めてくれるのを願っているのだが、ベネット氏の方は、母親と娘たちをビングリー氏に引き合わせることを潔しとしない。ビングリー氏が、五人娘を差し置いて、ベネット夫人に惹かれないとはかぎらないからだ。そんなことが、他愛もない夫婦の会話を通して描き出される。

その会話の妙といったらなく、オースティンは、その後に展開する五人姉妹の次女エリザベスとビングリーの友人ダーシーとの、それこそプライドと偏見を通しての恋の行方に焦点を当てながらも、ごく普通の日常の風景を描くことを決して怠らない。彼らの恋にしても、他の娘たちの少しばかりはらはらさせるような恋にしても、容易なことでは悲劇に陥らない。落ち着くべきところに落ち着くというか、普通の男女の間にあるような、小波程度のものとして、それはおさまっていく。

こうして漱石は、シェイクスピアの悲劇を現実離れしたものとみなし、オースティンの描いた恋愛に、現実を見いだすのである。しかし、小説家としての漱石はどうかというと、ハムレットやマクベスやオセロのような悲劇は描かなかったが、エリザベスとダーシーのような恋は何度も描き、最後には『こゝろ』といった悲劇をうみだす。『明暗』もどこか悲劇の陰翳を湛えた作品として中断された。そうすると、『文学論』で述べているのは、あくまでも浪漫主義、悲劇、写実主義といったものの定義であって、実作とは直接つながらないことなのだろうか。

しかし、私には、そうは思われない。『高慢と偏見』におけるベネット夫妻のなにげない会話を称揚する漱石が、そこに暗示されている夫婦の心の掛け違いのようなものに引きつけられるのは、なぜか。日常の風景が、どこかでそういう掛け違いを修繕しながら展開しているとしても、どうしても修復することのできない心のありようからひろがる危機の風景というものがあることを、直観しているからなのだ。

それが、シェイクスピアのような悲劇にいたることはないとしても、それにかぎりなく近いクライシスをもたらさないとはかぎらない。そして、この薄い膜でへだてられた二重の風景のなかに、私たちの生があるということを、漱石は感じ取っていた。そのことは、浪漫主義、写実主義といった文学理論上の定義よりもよほど重要なことである。そのことを、明らかにすることによって、漱石は漱石になっていった。そんなふうに思われたのだった。

その漱石が影響を受けた哲学書というと、ウィリアム・ジェームズの『多元的宇宙』とニーチェの『ツァラトゥストラはかく語りき』があげられる。とりわけ前者は、修善寺の大患後の静養において枕頭の書となった。また、漱石は、その静養のあいだに、ジェームズの訃報に接し、不思議な因縁を感じている。

ウィリアム・ジェームズというと、アメリカのプラグマティズムの代表的な哲学者として知られている。経験と実用を重んずると共に、人間の心や意識が身体や脳の機能と無縁ではないことを明らかにした。それは同時に、純粋経験という領域にまで進められ、この経験においては、私たちの意識や脳の働きは、どのような神秘体験も超常現象も受け入れることができると唱えた。

その集大成が、多元的宇宙論であって、宇宙は私たちの経験や知によって観測できる一元的なものではなく、知られざる宇宙がいくつも存在するという仮説である。この仮説は、宇宙のカオス・インフレーション論や量子力学の多世界宇宙論に大きな影響をあたえた。

そのジェームズの晩年（一九一〇年）の遺稿ともいうべき論文に「戦争の道徳的等価物」というのがある。そこでジェームズは、ギリシアの時代から戦争は人間にとって「恐怖」から解放されるための手段だったということを述べている。そして、一九一〇年において、アメリカにとっての恐怖とは、日本とドイツに対するそれであるといい、とりわけ日本脅威論こそがアメリカに戦争の火種をもたらしているという。これをのりこえるためには、「怖れ」という心理的状態が何に起因するかを探っていかなければならない。

人間は、プライドをたもつことを自己の存在理由としているところがある。それほどまでに誇りを重んじようとするのは、自分が他者から攻撃され、傷つけられるのではないかという怖れからのがれられないからだ。戦争の原因も、まずここにあるといっていい。日本脅威論を唱えるアメリカのプロパガンダは、一方においてアメリカという国の誇りを若者に植えつけることによって、彼らの意識の奥にある「怖れ」から解放しようとしている。しかし、その先にあるのは、若者を戦争へと駆り立てていく死の行進いがいではない。

漱石が、このようなウィリアム・ジェームズの戦争論に、瞠目させられている場面を想像してみるならばどうか。晩年の「点頭録」において、目覚しいまでの第一次世界大戦批判を展開した理由が飲み込めてくるだろう。それにしても、このことからわかるのは、ウィリアム・ジェームズを始め、人間の意識や心理の探究者というのは、最終的には人間存在の本質の探求に向かうということである。漱石もまた、人間の意識や心理の探究者として、最後には人間存在の本質の探求に向かった。そのことは、晩年のいくつかの小説を読めば明らかである。

小説のみならず、俳句、漢詩さらに『文学論』も含めて、初期漱石から、そういう最後の漱石にいたるまで、いわば、漱石の全体像を読み解く試みとして、本書を受け取っていただけるならば幸いである。

目次

第三章　小説作品の試み……143

第二章 漢詩

終りなき漱石

凡例

一、漱石作品の引用は、小説、随筆を集英社版漱石文学全集に、評論、英文学研究、俳句、漢詩、書簡、日記、その他を岩波書店版漱石全集に拠った。ルビは適宜追加・省略し、漢字は新字体に改めた。

一、文章の引用は、本文との間に一行空け、本文からは二字下げておこなった。一続きの文章はそのまま引用し、間を省略した場合は「(略)」を挿入した。

一、引用された文献については、引用文中の末尾に明示した。引用前の本文で言及されている場合には、その章や節を示すにとどめた。なお、巻末の参照文献一覧に、引用文献の著者名、出版社名、出版年などを明示した。

一、引用文中には、現在からみれば不適切と思われる表現もあるが、原文を尊重し、そのまま引用した。

第一部　生成する漱石

第一章　初期漱石の諸相

序節　無言と沈黙

『吾輩は猫である』の作家漱石が誕生したのは、明治三八年である。漱石夏目金之助数え年で三九歳、作家としては例外的に遅い出発といえる。漱石は、その後二、三年のうちに『坊っちゃん』『草枕』『虞美人草』などの作品を矢つぎばやに発表して、明治の文壇にゆるぎない地位を築いていった。その遅れた出発は、いささかも作家としての歩みに負荷をあたえたとは考えられない。作家漱石の晩成は、文学者における成熟の特殊なケースとみなされもするだろう。

だが、漱石の晩熟には、ひとりの作家の歩みにのみ還元しえない意味がかくされている。端的にいって、漱石と同世代とされる明治の文学者たちは、すでに二〇年代において、日本の近代と格闘してきたおのれの内面を表現するにいたっていた。最も早い達成が明治二〇年における二葉亭四迷『浮雲』第一篇の刊行であり、明治二三年森鷗外『舞姫』の発表である。ただ、二葉亭、鷗外についていうならば、正確には漱石よりも数年、上の年代に属していた。さらには、『浮雲』『舞姫』を発表後、長い沈黙を余儀なくされ、明治文壇に復活したのが三〇年末から四〇年にかけてであった。そのことを考慮に入れるならば、これもまた漱石とは異った成熟の特殊ケースとみなすこともできる。

それでは、明治二二年『楚囚之詩』、明治二四年『蓬莱曲』を刊行し、明治二七年、二七歳で自死するにいたるまで「厭世詩家と女性」「人生に相渉るとは何の謂ぞ」「内部生命論」などの評論を書き継いでいた北村透谷《とうこく》の早熟を、漱石の晩成の傍においてみるならばどうか。あるいは、明治二五年以来、新聞「日本」に拠って俳諧の理論と短歌革新の書とを書きすすめ、みずからもまた刺激的な俳句、短歌を発表し続けていた正岡子規の文学活動を思ってみるならばどうか。いずれも、その文学と生涯の先駆性と衝迫力において、作家漱石の晩成の意味を裏側から照らし出しているはずである。

漱石の息もつかせぬ晩熟の過程には、これら同世代の文学者たちの先駆性と衝迫力とがネガのように映し出されている。問題は、二〇年代、三〇年代における透谷や子規の困難な闘いに対して、漱石自身いかなる態度あるいは表現を示しえていたかというところにある。この点について、北川透は透谷を論ずる視点から次のような見解を提示している。

透谷の「厭世詩家と女性」、あるいはそれ以後の同時代文学批判の中心のモティーフとなった、いわゆる〈対幻想〉の領域の問題が、わが国の近代文学で、本質的な展開をみたのは、漱石の『それから』から『彼岸過迄』『心』に至る過程においてである。しかし、それは明治四十年代から大正にかけてであり、透谷の死が明治二十七年であることを考えるならば、その二十年間の空白、漱石にひきよせていえば沈黙こそにわたしたちは慄然とするものを感じるはずである。言いかえてみれば、漱石が透谷のモティーフをほんとうに展開しうるためには、そこに二十年を越える無言の歳月がなければならなかったことをそれは示しているのである。

（『北村透谷試論I――〈幻境〉への旅』）

漱石における二〇年を越える無言の歳月という見方は、その晩成の意味をも解き明かすものである。漱石は、透谷以後二〇年の時間を何ものかに耐えていたのであって、この二〇年の無言と沈黙の時間こそが、作家漱石の晩熟を可能にした。いうまでもなく、透谷以後二〇年とは、象徴としての時間にほかならない。それは、子規以後一〇年の時間であらわすことも可能だからだ。漱石は、透谷、子規が驚くべき先駆性をもって提出したモティーフの深みを、二〇年にわたって彷徨していたのである。

漱石の彷徨の時間が、深くかつ果てしのないものであることは、うたがうことができない。そのことを念頭におきながら、まずは、『吾輩は猫である』における作家漱石が誕生する以前の時間のなかに、分け入ってみよう。それが漱石の表現においては、いくばくかの漢詩、新体詩、英詩、文学評論、写生文とおびただしい量の俳句とから成る時期であって、いちがいに沈黙と無言とのみは断定できないことは明らかである。

だが、これを透谷あるいは子規の早熟に対する漱石の文学的態度とみなすならばどうか。漱石は、透谷以後あるいは子規以後の時間を、いかなる作品的試行をくりかえしながら、無言と沈黙の態度を採りつづけてきたか——漱石の晩成の意味はここから照らし出されるだろう。

第一節　初期三論文と透谷

第一項　自然と社会

表現者としての漱石の最初の作品は、明治二二年正岡子規に提示した紀行漢詩文『木屑録』である。ここにみられる漱石の詩才が、子規を瞠目させ、親交を深くするきっかけとなったことについてはよく知られている。しかし、同じ年、漱石、子規よりも一歳年少の透谷が、『楚囚之詩』を刊行して、わが国の近代との孤独な闘いを開始していたことについては、どれほど記憶にとどめられているだろう。いや、透谷が『楚囚之詩』を刊行した明治二二年が、漱石にとってもまた表現の端緒を開いた重要な年であることが、どれだけ知られているだろうかと問うてみてもよい。

少くとも、明治二二年から明治二七年にいたる時期は、透谷の『楚囚之詩』から『エマルソン』までの作品があらわされたことで知られているので、子規の『俳諧大要』でさえも、ようやく明治二八年に発表されるのである。この間、『木屑録』以下一〇数首の漢詩と幾篇かの評論と、ようやく錬達の域にさしかかりつつある俳句とをものしていたにすぎない漱石を、自覚的な表現者とみなすことについては疑問の余地があるということを否定できない。

しかし、漱石の表現者としての自覚は思いのほか確固としていた。主題のありかとモティーフの深みを、透谷や子規とは異った地点から見通していたといってもよい。これについては、明治二五年から二六年にかけて発表された三篇の論文「老子の哲学」「文壇に於ける平等主義の代表者「ウォルト、ホイットマン」Walt Whitman の詩について」「英国詩人の天地山川に対する観念」を検討することによって明らかにされるだろう。

この三篇の論文が、漱石文学の初期に占める位置については、すでに桶谷秀昭の精細な論考がある（『夏目漱石論』第一章「英学と漢学」）。桶谷の描いてみせた漱石像とは、以下のようなものである。文明開化の時勢の中で英学を志した夏目金之助が、漢詩や南画の世界に「おのれ一身の趣味の根底」をみとめながら、内心に巣喰う「正体不明の憂鬱と苦痛」を処することあたわぬまま、はやくも英文学への苦い挫折をかみしめるにいたる。漱石はこの三篇の論文において、老子とホイットマンとワーズワースの自然思想を論ずることに仮託しながら。「東洋の自然哲学の世界に西洋近代の文学思想をかなり強引に捲き込むこと」をくわだてた。

一方において「英文学に対するときに彼が拠って立っているはずの東洋自然哲学の世界が、究極に彼にとって不可能なもの」であることを明らかにしようとした。このような背反した態度を示すことによって、漱石は、どこにも存在の根拠をみい出すことのできない不安のうちにとどまっていた、とされるのである。

こうした桶谷の指摘がすぐれたものであることをみとめたうえで、これを漱石における表現者としての自覚という視座からたどり直してみるならばどうか。

漱石が、みずからを確固たる表現者として意識していたことを明かしているのは、三篇の論文において展開されている「自然」と「社会」についてのとらえかたである。前者は、「無為」を説く老子の哲学に「自然」の究極のすがたをみとめるところに明らかにされる。「自然」の究極境は、老子によって「玄之又玄」と名づけられるものである。これについての漱石の説明は、次のようなものだ。

此玄を視るに二様あり一は其静なる所を見一は其動く所を見る固《もと》より絶対なれば其中には善悪もなく長短もなく前後もなし難易相成すこともなければ高下相傾くることもなく感情上より云ふも智性上より云ふも一切の性質を有せず去るが故に天地の始め万物の母にして混々洋々名づくる所以《ゆえん》を知らざれば無名と云ふ

（「老子の哲学」）

これはいうまでもなく、老子の哲学の祖述ではない。漱石は、ここでいわれている「玄之又玄」なる絶対境に、人間の体現しうる「自然」の極致を見ているのである。なぜこれが「自然」の極致であるかといえば、人をして万物の根源であり、宇宙の実体であるものへと冥合させるからである。「自然」は万物を産み、万物を統べる実在にほかならない。そこに還ることは現実世界に生きる人間にとってかぎりない憧憬である。漱石は、このような東洋的自然観から「自然」についての観念を手にしていた。

こうして明らかにされた「自然」についての観念は、「英国詩人の天地山川に対する観念」において、一八世紀末より一九世紀始めにかけてあらわれた自然主義（naturalism）詩人らの「景物界に対する観念如何を窺」う根拠として適用される。万物の実体としての「自然」は、ここではより具体的な天地山川の「自然」に対する英国ロマン派詩人の観念に則して考察されている。詩人たちを「自然」へと駆り立てたのは、何よりも「社会」あるいは「人世」への不平である。この不平のありようが、「自然」に対する観念を様々に変化させたとされるのである。

人世に不平なれば、必ず之を厭ふ。世を厭ひて人間を辞職するものあり。小心硜硜《こうこう》の人これなり。世を厭ひて之を切り抜けるものあり。敢為《かんい》剛毅の人これなり。濁世と戦つて屈せざるものは、固より勇気なくては叶はぬ事。五十年の生命を抛《なげう》つて、自ら憤懣の肉を屠るもの、亦相応の勇気を要すべし。かほどの勇気なくして世に立つの才なく、又世を容るゝの量なくば、如何にして可ならんか。余命を風塵に托して、居ながら餓莩《がひょう》たるを待つ。是れ一方なり。残喘《ざんぜん》を丘壑《きゅうがく》に養ふて、閑雲野鶴に伴ふ。是亦一方なり。

（「英国詩人の天地山川に対する観念」）

漱石は、英国ロマン派詩人たちがそれぞれの仕方で「社会」のさまざまな矛盾に目覚め、そのことが天地山川の「自然」を彼らに発見させたことを作品を引例しながら論じてゆく。そして、ゴールドスミスからバーンズにいたって、「社会」に対する不平が、四民平等にもとるといった理念へと高められ、それにしたがい、「自然」の観念もまた高度な水準を手に入れてゆくことが、よく見究められている。漱石によれば、ワーズワースにおいてその「自然」観念は極致に達し、無形の霊気を帯びるにいたる。

「ウォーヅウォース」の自然を愛するは山峙《そばだ》ち雲飛ぶが為にあらず、水鳴り石響くが為にあらずして、其内部に一種命名すべからざる高尚純潔の霊気が、磅礴《ほうはく》塡充して、人間自然両者の底に潜むが為めのみ。

自然の為に自然を愛する者は、是非共之《これ》を活動せしめざるべからず。之を活動せしむるに二方あり。一は「バーンズ」の如く外界の死物を個々別々に活動せしめ、一は凡百の死物と活動を貫くに無形の霊気を以てす。後者は玄の玄なるもの、万化《ばんか》と冥合し宇宙を包含して余りあり。「ウォーヅウォース」の自然主義是なり。（同前）

「玄の玄なるもの、万化と冥合し宇宙を包含して余りあり」とするワーズワースの「自然」観念が、老子の哲学のなかにみとめた「玄之又玄」なる絶対境に通ずるものであることはうたがいない。漱石は、ワーズワースの自然主義に、みずからが老子の東洋的自然観からはぐくんだ「自然」についての観念を仮託しているのである。

ただ、老子の哲学についての分析とは異り、ワーズワースに託して述べられた「自然」観念は、個人の「社会」に対する目覚めを契機にうまれたものとされている。「社会」の関係をとらえる眼を抜きにしては決してはらまれることのないものなのである。ここからするならば、老子の哲学における「自然」でさえも、漱石においては、「社会」の目覚めと関係意識の覚醒から切り離すことのできないものとしてとらえられていたことがわかる。
この点については、「文壇に於ける平等主義の代表者「ウォルト、ホイットマン」Walt Whitmanの詩について」において、ホイットマンを共和国の人民に最も必要な「独立の精神」をもった「平等主義」の代表者とみなしながら、そこに共和国民独特の「社会」意識をみとめる視点からも明らかになるだろう。

元来共和国の人民に何が尤も必要なる資格なりやと問はゞ独立の精神に外ならずと答ふるが適当なるべし。独立の精神なきときは平等の自由のと噪《さわ》ぎ立つるも必竟机上の空論に流れて之を政治上に運用せん事覚束なく之を社会上に融通せん事益《ますます》難からん。
（「文壇に於ける平等主義の代表者「ウォルト、ホイットマン」Walt Whitmanの詩について」）

ここでいわれている共和国民の「独立の精神」が「社会」の関係に目覚めた個人の態度であり処世であることはうたがいない。にもかかわらず、このような「独立の精神」をもって各個人が「社会」を構成するとき、そこに個人と個人との衝突や闘争が生じはしないだろうか。もし、平等と自由を眼目とする「社会」が、実は互いの衝突をひきおこすにすぎないものならば、ホイットマンの「平等主義」は「退いて生を山林に寄せ瞑目潜心して天地の霊気を冥合し以て天賦の徳性を涵養せんとする」ワーズワースの「自然主義」に若かないということになる。ここにいたって、漱石はホイットマンの「平等主義」がこのような「社会」の関係に対するに、いかなる観念を手にしていたかを述べる。

何を以つて此個々独立の人を連合し各自不羈の民を聯結して衝突の憂を絶たんとするぞと問はゞ己れ「ホイットマン」に代つて答へん別に手数のかゝる道具を用ふるに及ばず只“manly love of comrades”あれば足れりと。

人は愛情を待つて結合し之を待つて進化し之を待つて円満の境界に臻《いた》るとは「ホイットマン」の持説なり。然らば其愛情の発する所はと云ふと全く霊魂の作用なり。（同前）

“manly love of comrades”について語る漱石は、ホイットマンの「平等主義」に潜む独立不羈の気風に同調しているかに思われる。しかし、みられるように「社会」における個人の衝突の憂いを絶つものは「愛情」いがいになく、しかもこの愛情は霊気、霊魂の作用から発するものにほかならないとする論には、老子やワーズワースにみとめた「自然」観念が脈うっている。ワーズワースにおいて「自然」への冥合が、「社会」の関係に対する目覚めなくしてありえないように、ホイットマンにおいてもまた「社会」への目覚めは、霊的な「自然」によってようやく馴致されるものなのである。

注意したいのは、ここでいう「霊魂」には「宇宙の歴史」といった外在がかかわっているということである。「愛情」も「霊気」も、個人と個人との衝突や闘争をいかにすべきという「天下の大勢」によって涵養されたものにほかならない。「社会」に目覚めるというのは、そういう「歴史」や「大勢」をも視野におさめるということなのである。

漱石はおのれの「自然」観念を、「老子の哲学」にみられるような東洋的自然観から直接抽き出してきたのではない。むしろ、自身の体験の根源から、「社会」の関係にいちはやく目覚めたのであり、これを契機にして「自然」についての観念がうまれたのである。

ここからも、漱石にあっては、「自然」はつねに「社会」との対位のうちにあるということがわかる。「社会」の関係が、動かしがたい相対性のなかにあるものならば、「自然」は当然、その絶対性を危機に瀕せしめられるほかはない。「老子の哲学」において、「玄之又玄」なる境地が、虚妄にすぎないことをつぶさに検討せざるをえないゆえんである。

よし勝手次第の変化をなして結縄の風に復したればとて老子の理想たる無為の境界に住せんこと中々覚束《おぼつか》なしそを如何にとなれば人間は到底相対世界を離るゝ能はず決して相対の観念を没却する能はざればなり

（「老子の哲学」）

こういう議論が、明治二五年当時二六歳の青年としては、傑出した知性と教養を背景になされたものであることはうたがいない。しかしここには、それのみに帰することのできない漱石の「社会」への認識がある。「社会」なるものが、個人間の衝突の憂いをひきおこすだけでなく、時間と空間に限定された人間存在の相対性を意識させるものであることが冷徹にとらえられているのである。

漱石は、これをおのれの生存の深みから抽き出し、そこから目を離すまいとしている。ここからするならば老子のいう「玄之又玄」なる境地は「相対世界に無限を引き入れ無限の尺度を以て相対の長短を度る」ところの「想像の弁」にすぎないのである。「社会」の関係に目覚めた個人にとって、「自然」とは、現実的には不可能な何ものかにほかならない。漱石の「自然」についての観念は、「社会」における関係意識を契機としてはらまれたものでありながら、それについての冷厳な認識のまえに、その不可能性を呈するほかなくなるのである。

とはいえ、このような「社会」と「自然」の相関にこそ、漱石がとらえた観念の水準がみとめられる。漱石は「自然」の絶対境へのかぎりない憧憬を抱きながら、「社会」の関係のこちら側にとどまらざるをえない不安と苦痛のなかで、表現者としての自覚を手にしていったのである。

第二項　恋愛と倫理

漱石の「自然」と「社会」についての認識は、同時代の水準を抜きん出たものであった。先の三篇の論文が発表された明治二五、六年という年において、漱石の高みにまで達していた同世代の文学思想家としては、わずかに透谷が挙げられるだけである。子規でさえも、「写生」の理念を通してみずからの「自然」に対する観念を達成するには、後二、三年の歳月を要した。だが、透谷も子規も、若き英文学者夏目金之助に比べれば、はるかに性急であり、何ものかに駆り立てられるように観念の頂きへとのぼりつめようとしていた。

たとえば透谷は、明治二五年「厭世詩家と女性」において「恋愛は人世の秘鑰なり」「想世界と実世界との争戦より想世界の敗将をして立籠もらしむる牙城となるは、即ち恋愛なり」と述べるに及んで、漱石とは異った視座から、しかし漱石よりさらに切迫した息づかいをもって、「自然」と「社会」についての観念を吐露していた。鬱然とした内心の苦痛を抜群の知識と教養によって覆い隠したかのような漱石の論考からするならば、「社会」の根本に分け入ろうとする透谷の論は、その凝縮力と衝迫力において群を抜いていた。

実際、漱石が「社会」というのは、個人間の闘争と衝突を内部に蔵したところに成立しているもので、そのような「社会」の関係のなかに生きている個人は、あらゆる面において相対性のうちにとどまらざるをえないとみなしていたとき、透谷は、この「社会」なるものは、「縄墨の規矩」をもって「想世界」に生きる人間を「羈束」するものにほかならないと看破していた。透谷の「社会」についての観念は、おのれ一個の禁圧感の内部から築き上げられたものといえる。それゆえに、漱石の論考には決してあらわれることのない切迫した息づかいに満ちていたのである。

「恋愛」こそが、透谷にとって「社会」と「自然」の相対《あいたい》するところに見出されるものであった。「恋愛は人世の秘鑰なり」といい「想世界と実世界との争戦より想世界の敗将をして立籠らしむる牙城となるは、即ち恋愛なり」といったとき、透谷は、「社会」の「網縄」と「規矩」のもたらす抑圧を感受した人間が抱きうる「自然」の極致を、「恋愛」に見定めていた。これが、先の漱石の論考における「自然」に比べて、圧倒的な実在感を印象づけるのは、そこに「社会」の禁圧をまともに蒙った透谷自身の情熱がみなぎっていたからである。

この情熱は、個体の存在の根拠を解体し、ひとりの異性との合一のうちに「社会」に拮抗する観念を見い出そうとする。「社会」の闘争裡からのおのれ一個の回生を憧憬したかのような漱石の「自然」観念に対して、透谷のそれは、この点においても一歩先んじていたといえる。透谷の論は、漱石によっては決してとらえられることのない男女の対なる関係の領域を、「社会」と対位する場とみなしているからである。

とはいえ、そこにいたるまでには、いくつかの段階を踏まなければならない。そこで、透谷はまず「恋愛」というものを、一対の男女を「社会」へと同調させるために不可欠のモメントとみなすのである。

恋愛は一たび我を犠牲にすると同時に我れなる「己れ」を写し出す明鏡なり。男女相愛して後始めて社界の真相を知る、細小なる昆虫も全く孤立して己が自由に働かず、人間の相集つて社界を為すや相倚托《あいきたく》し、相《あい》抱擁するによりて、始めて社界なる者を建設し、維持する事を得るの理も、相愛《そうあい》なる第一階を登つて始めて之《これ》を知るを得るなれ。独り棲む中は社界の一分子なる要素全く成立せず、雙個相合して始めて社界の一分子となり、社界に対する己れをば明らかに見る事を得るなり。

ここでいわれる「恋愛」には、「ホイットマンの詩について」において述べられた“manly love of comrades”に通ずるものがみとめられないこともない。しかし、漱石のそれは結局のところ独身者の思想にほかならず、「社会」を対なる観念の内側から透視しようとする透谷の意力に比すべきものではない。とはいえ、他方からすれば透谷の「恋愛」なるものもまた、漱石において憧憬された「自然」と同様、究極的に不可能なるものであった。不可能性はいうまでもなく「社会」の関係が「網縄」となって拘束・抑圧をもたらしてくるところにある。

> 男女既に合して一となりたる暁には、空行く雲にも顔あるが如く、森に鳴く鳥《とり》の声にも悉く調子あるが如く、昨日《きのふ》といふ過去は幾十年を経たる昔日《むかし》の如く、今日《けふ》といふ現在は幾代《いくよ》にも亘る可《べき》実存の如くに感じ、今迄は縁遠かりし社界は急に間近に迫り来り、今迄は深く念頭に掛けざりし儀式も義務も急速に推《お》しかけ来り。俄然其《その》境界を代へしめて、無形より有形に入らしめ、無頓着より細心に移らしめ、社界組織の網縄に繋がれて不規則規則にはまり、換言《かんごん》すれば想世界より実世界の檎《とりこ》となり、想世界の不羈を失ふて実世界の束縛となる。（略）怪しきかな、恋愛の厭世家を眩《げん》せしむるの容易なるが如くに、婚姻は厭世家を失望せしむる事甚だ容易なり。（略）彼等は人世の厭離《えんり》するの思想こそあれ、人世に羈束《きそく》せられんことは思ひも寄らぬところなり。婚姻が彼等をして一層社界を嫌厭せしめ、一層義務に背かしめ、一層不満を多からしむる者、是《これ》を以てなり。かるが故に始《はじめ》に過重なる希望を以て入りたる婚姻は、後に比較的の失望を招かしめ、惨として夫婦相対《あいたい》するが如き事起るなり。

透谷は、「恋愛」を「想世界の敗将をして立籠らしむる牙城」とみなしたとき、一対の男女の関係が無償なるものとしてあらわれる領域を想定していた。対なる関係が、無償性をはらんでいるかぎり、どんなに「社会」への同調をはたそうと、決して「社会」の「網縄」や「規矩」を引き寄せることはない。そのかぎりにおいて、「恋愛」こそが「社会」に対位するものであると考えたのである。

しかし、一対の関係が「社会」のこちら側にある以上、その合一は「婚姻」として有償化されざるをえない。そのとき対なる関係は、「社会」の「網縄」や「規矩」によってからめとられないとはかぎらない。こうした無償なる「恋愛」が、「婚姻」へと有償化されることによって起こる事態を前に、透谷は、いいがたい焦慮にかられていた。「恋愛」に「牙城」をみい出した「厭世詩家」が、「婚姻」に入るにしたがって「惨として夫婦相対《あいたい》するが如き事」に陥るという図を「厭世詩家と女性」に描き出したとき、透谷は、そのような焦慮にかたちをあたえようとしていたのである。

だが、これによって透谷は、『それから』以後における漱石のモティーフの先鞭をつけていたということもできる。「恋愛」から「婚姻」へと至り「惨として夫婦相対する」図は、漱石における『それから』から『道草』『明暗』への過程をほうふつとさせるからである。透谷は、まさに漱石の二〇年の時間を、そこで凝縮してみせていたといってもいい。

とはいえ、この「惨として夫婦相対する」図を、明治二五、六年における漱石夏目金之助が描いてみせた「社会」の像に照らし合わせてみるとき、漱石は漱石で、二〇年にわたる無言と沈黙にも耐えうるようなものを提示していたといえるのである。

このことを、別の側面からとらえてみよう。

透谷は、「恋愛」という「牙城」から「社会」を透視しようとしたのだが、「恋愛」の当事者であるはずの女性が、「婚姻」の過程に入るや「社会」の装いを身につけて現れるということに、耐えがたいものを感じ取っていた。これは透谷とミナ夫人との体験に還元することもできなければ、現実的な婚姻と夫婦の関係に適用してすむことでもない。ましてや、そこに女性に対する差別意識を読み取ってすますこともできない。それは、何よりもおのれがとらえた「自然」と「社会」についての観念の帰結なのである。

どういうことかというならば、「社会」なるものが「網縄」と「規矩」をもって人間を「覊束」するととらえたとき、透谷はそのような「社会」に対する闘いの牙城となるべき「恋愛」が、可能であると考えた。だがそれは、「恋愛」がそなえている対なる関係の有償性を、あらかじめ無化することによってしか可能とならないものなのである。透谷の考えは、自己なる観念に対なる観念をひき入れるような背理にほかならず、結局は不可能なものというほかなかった。

けれども、その不可能性の根に、漱石の「社会」についての観念にみとめられた闘争と衝突と相対性への認識をおいてみるならばどうか。「自然」を希求しながら、そこに還ることが不可能なのは、相対世界から離れることができないからであるという漱石の論は、そのまま「恋愛」を「牙城」とすることが不可能なのは、男女の間とても、闘争と衝突と相対性にさらされているからであるという論へと重なっていくだろう。漱石が、透谷以後の無言の時間に耐えていたのは、このような考えを奥深く秘めていたからであった。漱石の沈黙のうちからは、透谷の次のような愁嘆が発せられることは、なかったのである。

嗚呼《ああ》不幸なるは女性かな、厭世詩家の前に優美高妙を代表すると同時に、醜穢《しゅうあい》なる俗界の通弁となりて其《その》嘲罵する所となり、其《その》冷遇する所となり、終生涙を飲んで、寝《い》ねての夢、覚めての夢に、郎を思ひ郎を恨んで、遂に其《その》愁殺するところとなるぞうたてけれ、うたてけれ。

無償であるはずの対なる関係が、「社会」にあっては、相対的な関係としてあらわれざるをえないという漱石のモティーフがかたちをとるのは、この透谷の悲痛な嘆息の先においてなのである。そこで、このモティーフを『それから』以後に遠望するために、次のような菅谷規矩雄による透谷批判のアウトラインを引いておこうと思う。

すくなくとも透谷において〈恋愛〉の主題が観念のアウトノミイをなすためには、不可欠の対極がある。もしかれが、のみならず一般に〈恋愛者〉が、たとえば人妻を愛したのだとすれば〈社界〉は〈男女既に合して一となりたる暁〉以後に実世界として障害をなすものというより、ほかならぬ〈一になりたる暁〉にいたるまでにすべての障害をしかもただ倫理的に集中してくるところの本質をなすからだ。

（「論戦の背後――透谷論（一）」『国家自然言語』）

『それから』における代助と三千代の愛、『門』における宗助とお米のそれをほうふつさせるこのような指摘から、透谷以後の無言の時間に耐えていた漱石を思い浮かべることができる。漱石の表現者としての自覚は、「社会」における相対性への認識を、対なる関係の相対性へと、そしてそれを、いわれるところの「倫理」の問題へと高めることによって成熟していくはずである。

第三項　美と力

このような漱石に比べるならば、透谷の恋愛観はたしかに観念的といわざるをえない。だが、そこには、漱石にもまさる「自然」への問題意識がこめられていた。漱石が、ロマン主義詩人の観念の極致に「自然」との冥合を見い出していたとき、透谷は、人間を卑小なるものに陥れ、敗北感を抱かせ、「社会」以上に「羈束」してやまない「自然」の力をとらえていた。観念的とみなされる恋愛観の一方において、透谷は、このような「自然」から決して眼を離さなかった。

「力《フォース》」としての自然は、眼に見えざる、他の言葉にて言へば空の空なる銃鎗を以て、時々刻々「肉」としての人間に迫り来るなり。

自然は吾人に服従を命ずるものなり、「力《フォース》」としての自然は、吾人を暴圧することを憚《はばか》らざるものなり、「誘惑」を向け、「欲情」を向け、「空想」を向け、吾人をして殆ど孤城落日の地位に立たしむるを好むものなり、而《しか》して吾人は或る度までは必らず服従せざるべからざる「運命」、然り、悲しき「運命」に包まれてあるなり。（「人生に相渉《あいわた》るとは何の謂ぞ」）

透谷は、「力《フォース》」としての自然という言葉によって、人間に相対性をもたらし、現実を相対世界へと堕せしめる「自然」の力を見据えている。これは、漱石が「老子の哲学」において展開した相対性への認識と相通ずるものということもできる。「老子の哲学」で、漱石は次のように述べている。

抑《そもそ》も人間心身の構造は外界の模様にて徐々と変化し周囲の景況に応じて有機的の発達をなし其性情機関の如きは子は父より受け父は祖父より襲《つ》ぎ祖父は又其先より授かりかくして先祖伝来の遺産冥々の裏《うち》に蓄積し生るゝ時既に此遺産を譲り受け加ふるに自己の経験を附加しつゝ進行する者なれば今更先祖の経験と自己の智識とを悉皆《しっかい》返上して太古結縄の民とならんこと思ひもよらず人間は左様《そう》自由自在に外界と独立して勝手次第の変化をなし得る者にあらず

漱石もまた、ロマン的自然観の一方で、人間に相対性をもたらす「自然」というのがどういうものかを考えていた。これを明確に「自然」という言葉でとらえているわけではないのだが、漱石の相対性への認識の背後には、実証科学精神を背景にした西欧近代における自然主義への知的関心が踏まえられていた。いうならば、漱石はおのれの知識と教養を背景にして、いちはやく自然主義を経験しているので、「玄之又玄」なる「自然」への憧憬は、このような経験の一方で抱かれたものといってよいのである。

このことは、次のようにいうこともできる。漱石は、自然主義への知的関心の内部で、決定論を内にはらむ「自然」が、実は「社会」の関係の相対性から疎外されたものであることに気づいていた。「人間心身の構造」を「外界」との相関のうちにとらえる漱石の視点は、人間に相対性をもたらす「自然」が「社会」の関係と不可分であるという認識から導き出されたものなのである。そのような認識の深みから、漱石は「自然」の絶対境への憧憬を抱いていたのである。

それならば、このような認識と憧憬をどう結節させれば、表現者としての自覚を手に入れることができるのだろうか。むしろ漱石は、相対性をもたらす「自然」を、「社会」の関係から疎外された理念とみなしたとき、このあまりに冷徹な認識からは、いかなる表現のきっかけもえられないという思いを噛みしめていたのではなかっただろうか。

これは、自然主義についての認識などは一蹴するように「自然」を「力」であり、「暴圧」であるとして、そこに闘いの場を定める透谷のパッションに比べてみるならば明らかである。そのようなパッションこそが、表現へと向わせるものにほかならず、透谷は、何よりもここから不可能性としての「自然」を希求したのである。それだけでなく、みずから「自然」を創出し、体現することをくわだてたのだ。

これに対して、漱石の「自然」観は、透谷ほどのパッションに裏打ちされているわけでもなければ、体験がそのまま表現であるような根拠をもっているわけでもなかった。要するに漱石は、自然主義の経験に対して醒めた分析をくわえたと同様、「自然」を、憧憬すべき極致とみなすおのれの眼さえも、曇りのないものとしようとしているのである。「老子の哲学」において老子の「道」を論じて、その「自然」がいかに形而上的なものであるかを指摘する漱石は、しかし、どこまでも認識者の眼をもってするのである。

㈠万物の実体は道なり㈡道は五官にて知る可《べか》らず此を前提として結論を作れば「万物の実体は五官にて知る可らず」と云ふ命題を得然《しか》らば吾人が通常見たり聞たり触れたりする物は実体にあらずして仮偽《かぎ》なりと云はざる可らず

漱石の表現者としての自覚は、認識者としての眼の背後に押しやられ、かたちを見失っている。そう考えざるをえないのは、老子の自然哲学を叙するにあたって、「道」なる思想が、老子の体験の奥深くからかたちづくられたものではないかという思いを遮断しているからである。しかし、それをもって漱石を、老子の哲学の祖述者とみなすことはできない。なぜなら、漱石は老子の哲学について述べながら、みずからの自然主義の経験と万物の実体への冥合の思いとのあいだで引き裂かれているからである。

漱石はこの苦痛から一刻もはやくのがれて、ワーズワースのように「万化と冥合し宇宙を包含」する方法を手にしたかったにちがいない。だが、内なるなにものかが「冥合」を押しとどめた。それは認識者漱石における「社会」の関係に対する醒めた眼であったかもしれない。そこから「自然」の不可能性を肝に銘じた心魂であったかもしれない。いずれにしろ、苦痛のこちら側にとどまる漱石の表現者としての自覚は、無言である。その思念において確固たるものであるものの、なおかつ無言と沈黙のうちにあるといわなければならない。

このような漱石の「無言」が、パッションに裏打ちされた透谷の「表現」に対位するものとはいえないことを認めたうえで、なおそこに積極的な意味を探ることができるとしたら、何が挙げられるだろうか。

醒めた認識者漱石は、万化と冥合することもなければ、万化を表現の対象とすることもない代わり、いかなる意味においても「自然」のなかに「至大至粋の美」（「内部生命論」）を観ることをしなかった。いいかえるならば、透谷のようにAnnihilation（無化）の深みから「美妙なる自然」を創出することによって、究極における美的体験を享受するという経験をもたなかった。それこそが漱石の無言に意味をあたえるものなのである。

そもそも、「至大至粋の美」を仮構することは、たとえそれが、この世界の禁圧からの創出であろうとも、「社会」の関係の相対性を無化し、「倫理」を無化する可能性を否定できない。透谷についていうならば、なるほど「力《フォース》」としての自然と人間との葛藤から「再造」された「内部の生命」は、そのような美にこの「無化」を超えたリアリティをあたえた。だが、「至大至粋の美」といったものは、ほんらい現実の相対性から眼をそむけ、無形無声の境地へと没入することをうながすものなのである。このような「美なる自然」の魔力に対しては、透谷でさえも、無縁ではなかった。

現実的にあらゆる方途を断たれた透谷は、みずからの「非望」（北川透）の果てにおいて、その表現を次のように変貌させるほかなかった。

詩人は己れの為に生くるにあらず、己が囲まれるミステリーの為めに生れたるなり、その声は己れの声にあらず、己れを囲める小天地の声なり、渠《かれ》は誘惑にも人に先んじ、迷路にも人に後《おく》るゝなし、渠は無言にして常に語り、無為にして常に為せり、渠を囲める小天地は悲《かなしみ》をも悦《よろこび》をも、彼を通じて発露せざることなし、渠は神聖なる蓄音器なり、万物自然の声、渠に蓄へられて、而して渠が為に世に啓示せらる。

（「万物の声と詩人」）

このときの透谷の没入は、思いのほか深い。「内部の生命」の感応によって創出されたはずの「美妙なる自然」は、それへの没入の果てに「天地至妙の調和」から放たれる「万物の声」となって、詩人を語りへと誘う。「恋愛」という「牙城」や「心宮内の秘宮」から奔出するパッションに駆られて表現へと向わずにいられなかった透谷の思いは、ここで、転倒させられているというほかない。

透谷が「万物の声と詩人」を発表した明治二六年は、漱石が「英国詩人の天地山川に対する観念」を発表した年でもあった。透谷についてより精細にみれば、明治二六年という年は、「人生に相渉るとは何の謂ぞ」からはじまって「内部生命論」をへて「万物の声と詩人」にいたる時期である。それはまたわが国の近代の負性が、透谷一人の表現に凝縮された記憶すべき一年であったといってよい。

透谷は、よく闘いそして倒れた。翌明治二七年『エマルソン』脱稿後、二七歳の生涯を閉じた透谷を傍に、漱石は「英国詩人の天地山川に対する観念」以後の時間を、英文学研究に沈潜する。このとき、漱石の表現者としての自覚は、「社会」における関係の相対性についての認識の背後で、いまだ無言である。

第二節　近代以前と子規

第一項　嘱目具体の事象

いったい漱石は、同時代における透谷の困難な闘いを、どこまで意識していただろうか。もしかしたら、その存在さえ知らなかったかもしれない。透谷にかぎらず、露伴、紅葉をはじめとする同時代文学に対して、透谷が向けたほどの批判意識をもってはいなかったであろう。

漱石にとっての関心事は、みずからが選択した英文学研究が、ひそかに抱懐している「自然」と「社会」についての観念に応じてくれないという不安にあった。この不安は、漱石の内部においては、「自然」の絶対境への憧憬を断ち切ることもできず、それを「美妙なる自然」の創出へと至らしめることもできないという不安に通じていた。

このような不安を嚙みしめるほかなかった漱石の傍で、「自然」と「美」を創出することの機微を、透谷とは異った地点から、しかも透谷に劣らぬほどの衝迫にうながされて探っていたのが、親友正岡子規であった。漱石にとって子規の存在は、「自然」と「社会」についての観念に対位すべき同時代における唯一の実在であった。透谷の存在を知らなかったであろう漱石にとって、おのれの無言を映し出す表現者が、子規であったといってもよい。

明治二〇年代において子規の「自然」観が、透谷や漱石のそれと明確な対位をなしていたとするならば、彼らが「自然」を霊的ななにものか、宇宙の精神ともいうべきものとみなしていたのに対して、嘱目具体の事象に深く「美」を感じ、それを写生するところに美的実相が露《あらわ》になるとみなしたところにある。明治二八年『俳諧大要』を著した子規は、「内部の生命」による「瞬間の冥契」に「美妙なる自然」の創出を賭けた透谷に対するに、みずからの「自然」観を次のように明らかにしている。

一、四季の感情は少しく天然に目を注ぐ人の略々同様に感じ居る所なり。然れども俳句詩歌等に深き人は四季の風情も自然に精密に発達し居るは論を俟《ま》たず。面白くも感ぜざる山川草木を材料として幾千俳句をものしたりとて俳句になり得べくもあらず。山川草木の美を感じて而して後始めて山川草木を詠ずべし。美を感ずること深ければ句も亦随って美なるべし。山川草木を識ること深ければ時間に於ける山川草木の変化、即ち四時の感を起すこと深かるべし。

それでは、山川草木の美を感ずるとはいかなることとか。子規は、どのような観念を呈示するわけでもなく、ただ写実の具体をもって示すのみである。

今試みに山林郊野を散歩して其材料を得んか。先づ木立深き処に枯木常磐木《ときはき》を吹き鳴す木枯の風、とろ〳〵阪の曲り〳〵に吹き溜《た》められし落葉の又はら〳〵と動きたる岡の辺の田圃に続く処斜めに冬木立の連なりて其上に鳥居ばかりの少しく見えたる、冬田の水はかれ〳〵に錆《さ》びて刈株に櫓穂《ひつぢほ》を見せたる、田の中の小道を行けば冬の小川水少く草は大方に枯れ尽したる中に蓼《たで》ばかりの赤う残りたる、とある処に古池の蓮枯れて雁鴨《かりかも》の蘆間《あしま》がくれに噪《さわ》ぎたる、空は小春日和の晴れて高く鳶《とび》の舞ひ静まりし彼方には五重の塔聳《そび》えて其の傍に富士の白く小さく見えたる。やがて日暮るゝ程にはら〳〵と時雨《しぐれ》のふり来る音に怪みて木の間を見れば只々物凄く出でたる十日ごろの片われ月、覚えず身振ひして誰も美はこゝなりと合点すべし。

山川草木嘱目の天然に美を感じ、それを写生するところに「美なる自然」が現前するという子規の「自然」観は、透谷や漱石の観念性を撃つに充分なものといえる。要するに、透谷がおのれ一個の回生をはかるべく「至大至粋の美」の創出をくわだて、漱石が、そのような「美」に没入することかなわぬ苦い認識をかかえていたとき、子規は自然が「美」なる実在であることを、何ものにもかえがたいものとみなしていた。そして、この「美」を感じ写生することが、実存の原理となることを明らかにすることによって、透谷よりも漱石よりも深く、みずからの存在の根拠を確定したのである。

このような子規の「自然」観が、透谷、漱石に比べてはるかにポジティヴなものであることはうたがいない。『俳諧大要——修学第三期』における「極美の文学を作りて未だ足れりとすべからず、極美の文学を作る益々多からんことを欲す」の一文を引いて、「実際子規ほど無邪気に強烈に美を欲求した詩人は稀である」(「正岡子規論」)と語った寺田透の評言を首肯するゆえんである。

しかし、子規の稀にみるポジティヴな「自然」観は、透谷や漱石が、「自然」についての観念を形成する契機としていた「社会」についての眼を欠落させることで生み出されたものであった。松山中学時代自由民権運動の影響を受け、上京後も政治家を志していた子規が、透谷のように、「社会」の本質を「網縄」と「規矩」をもって「想世界」に生きる人間を「覊束」するところに見定めることができなかったのは、その自由民権運動体験の相違にも帰せられるであろう。が、何よりも明治二二年の喀血以後、一刻ごとに悪化する病状と、それゆえの「病い」に向けられた意識の凝縮度に起因するというべきである。

透谷が「社会」の禁圧を鋭く受感する意識の深みから、「美なる自然」の創出を期していたとき、子規は「病い」を身体そのものの局所的な衰弱へと帰すことによって、「社会」が意味をなさない領域へと向かっていった。子規の熾烈なまでの「美」に対する欲求は、「社会」の禁圧をも、それがもたらす相対性をも直接には映していず、病性の「自然」だけを悲痛なまでに反映していた。「病い」における「自然」が、この世界の関係を引き寄せることによって、苦痛として現ずるということを、子規のポジティヴな「自然」観ほど明瞭に告げているものはなかった。このような「病い」に対する観念の凝縮は、「社会」に対する眼の欠落を、覆って余りあるものといえる。

仰臥せる野心家子規の内部に渦まく「自然」と「美」への欲求が、彼自身の「病い」を凝視する眼に根ざすものであることを、透谷はともかく、友人としてその動静を眺めていたにちがいない漱石は直観していた。だが、いまだ身体的な衰弱を経験することのなかった漱石には、表現者としての自覚を「美」への欲求へと同調させるまでには至らなかった。「自然」の絶対境への憧憬と「社会」の相対性への認識とに引き裂かれることで、相変らず漱石は、苦く無言を嚙みしめるほかなかったのである。

漱石は、この無言のうちで、透谷のように「美」の極致を創出することの不可能を自覚していただけではなかった。子規のように嘱目具体の自然に、おのれの身体的根源から「美」を感じとっていくことの不可能をも自覚していた。「社会」の禁圧のなかに「病い」としての意識を透視する透谷の憂鬱も、「病い」の「自然」に「社会」をひきよせ、無化してしまう子規の意欲をも持つことのできない漱石は、ただ関係の相対性への認識のこちら側にとどまるいがいなかったのである。

こうして漱石は、「英国詩人の天地山川に対する観念」以後の時間のなかで、明治二九年、「人生」という一文を無言の深みから草するのである。


蓋《けだ》し小説に境遇を叙するものあり、品性を写すものあり、心理上の解剖を試むるものあり、直覚的に人世を観破するものあり、四者各其方面に向つて吾人に教ふる所なきにあらず、然れども人生は心理的解剖を以て終結するものにあらず、又直覚を以て観破し了すべきにあらず、われは人生に於て是等以外に一種不可思議のものあるべきを信ず、所謂《いわゆる》不可思議とは「カッスルオフ オトラントー」中の出来事にあらず、「タム オーシャンター」を追懸けたる妖怪にあらず、「マクベス」の眼前に見《あら》はるゝ幽霊にあらず、「ホーソーン」の文「コルリッヂ」の詩中に入るべき人物の謂にあらず、われ手を振り目を揺《うご》かして、而も其何の故に手を振り目を揺かすかを知らず、因果の大法を蔑《ないがしろ》にし、自己の意思を離れ、卒然として起り、驀地《ばくち》に来るものを謂ふ、世俗之を名づけて狂気と呼ぶ

「社会」における関係の相対性についての漱石の認識は、無言の時間のうちに確実に深化されていることがみてとれるであろう。漱石は、もはや「万化への冥合」を語るわけでも、「玄之又玄」なる世界への憧憬をあからさまにするわけでもない。人間存在の相対性と個人間の衝突の憂いを、縷々述べるわけでもない。漱石の眼は、人生における「一種不可思議のもの」「因果の大法を蔑《ないがしろ》にし、自己の意思を離れ、卒然として起り、驀地《ばくち》に来るもの」に凝然と向けられている。それは、透谷が見たような、人生を「縄墨の規矩」をもって覊束する「社界」に通ずるものであるともいえようが、なおかつ漱石にあっては実を離れた不可解なるなにものかである。それを漱石は、「狂気」と名づけてしかるべきというである。

若《も》し人生が数学的に説明し得るならば、若し与へられたる材料よりXなる人生が発見せらるゝならば、若し人間が人間の主宰たるを得るならば、若し詩人文人小説家が記載せる人生の外に人生なくんば、人生は余程便利にして、人間は余程ゑらきものなり、不測の変外界に起り、思ひがけぬ心は心の底より出で来る、容赦なく且乱暴に出で来る海嘯《つなみ》と震災は、啻《たゞ》に三陸と濃尾に起こるのみにあらず。また自家三寸の丹田《たんでん》中にあり、剣呑なる哉

漱石は、うたがいなく、この場所から「社会」の関係を透視している。いいかえるならば、「狂気」と名づけられるような「不可思議なるもの」が「心の底より出てくる」「思いがけぬ心」にほ

かならないと看破したとき、「社会」における関係の相対性から疎外される不可解な観念が、「不測の変」のようにして、私たちを巻き込んでいくということを直覚しているのである。

このような観念を、意識の奥深くに秘めて、この世界に存在しているのが、人間であるという。漱石は、この不可解なるものに対して、終生変らず怖れを抱き続けていた。おのれの存在が、「社会」の関係に絡み取られたとき、どのように「思いがけぬ心」を露呈するか、また人間の心が、関係の相対性のなかでは、いかに測りがたいものとしてあらわれるかについて恐怖を抱き続けていた。

一方において、この不可解なるものから一時たりとも眼をそらさなかったのも、漱石なのである。怖れの深みから、「自然」の絶対境への安息を憧憬することはあっても、そこへの没入を自己にゆるさなかった。その代わりに、関係の相対性が疎外する不可解なる心を、人間の倫理の問題へと凝縮する方法を採っていった。この方法こそが、「美」の実践家子規の写生理論に対位すべき根拠であったといっていい。

だが、明治二九年における漱石にとっての問題は、そのような表現者としての自覚を、無言の内部から露《あらわ》にすることができないということであった。むしろ「人生」の一文において漱石は、人生の不可解は容易なことではあらわしえないと述べて、おのれの無言をあらためて明かすのである。

> われは人間に自知の明なき事を断言せんとす、之を「ポー」に聞く、曰く、功名眼前にあり、人々何ぞ直ちに自己の胸臆を叙して思ひのまゝを言はざる、去れど人ありて思の儘を書かんとして筆を執れば、筆忽《たちま》ち禿《とく》し、紙を展《のぶ》れば紙忽ち縮む、芳声嘉誉《かよ》の手に唾して得らるべきを知

りながら、何人も躊躇して果たさゞるは是が為なりと、人豈《あに》自ら知らざらんや、「ポー」の言を反覆熟読せば、思半《おもひなか》ばに過ぎん

漱石は、おのれの無言が何に起因するかを正確にとらえている。一方、刻々と迫る衰弱との闘いのなかでおのれの表現を果たしていかなければならなかった子規には、漱石の凝視していた無言を、踏み越えるいがいになかった。そこによくも悪しくも、子規の意欲し表現した「美」の凄絶がみとめられるのである。

第二項　「病い」と「狂気」

子規の熾烈なまでの「美」への欲求は、実際、漱石のいう「思の儘を書かんとして筆を執れば、筆忽《たちま》ち禿《とく》し、紙を展《のぶ》れば紙忽ち縮む」ような思いにとどまることはできなかった。子規には、時間が自身の確実な死から逆算されるということの方が重要であり、その限られた時間のうちに、みずからの表現だけでなく、短歌俳句革新の事業をも成し遂げなければならなかった。

子規の無言は、何よりも天然自然に「美」を深く感ずる心にこめられていたのだが、一方において、この心は、いつまでも無言の内部にとどまることができなかった。このような子規の表現者としての自覚は、無類のものということができる。「我に二十坪の小園あり。」という一文ではじまる「小園の記」は、明治三一年一〇月病状悪化し、歩行困難に陥った子規によって草された写生文である。ここには、天然に「美」を感ずる心が、どのような狂気を呼びよせずにはいないかが如実に

あらわれている。

折ふし黄なる蝶の飛び来りて垣根に花をあさるを見ては、そゞろ我が魂の自ら動き出でて共に花を尋ね香を探り物の芽にとまりてしばし羽を休むるかと思へば、低き杉垣を越えて隣の庭をうちめぐり再び舞ひもどりて松の梢にひら／＼水鉢の上にひら／＼、一吹き風に吹きつれて高く吹かれながら向ふの屋根に隠れたる時我にもあらず惘然《まうぜん》として自失す。忽《たちま》ち心づけば身に熱気を感じて心地なやましく内に入り障子たつると共に蒲団引きかぶれば、夢にもあらず幻にもあらず身は広く限り無き原野の中にありて今飛び去りし蝶と共に狂ひまはる。狂ふにつけて何処《いづこ》ともなく数百の蝶は群れ来りて遊ぶをつら／＼見れば蝶と見しは皆小さき神の子なり。空に響く楽の音につれて彼等は躍りつゝ舞ひ上り飛び行くに、我もおくれじと茨葎《しりつ》のきらひ無く踏みしだき躍り越え思はず野川に落ちしよと見て夢さむれば寝汗したゝかに襦袢《じゆばん》を濡して熱は三十九度にや上りけん。

この「蝶」が、仰臥せる子規の悲痛の思いから生れた狂気の喩であることは、いうまでもない。これはまた漱石が、「険呑なる哉」と嘆じた人間の不測の心があらわにする狂気に響き合うものということができる。漱石はそれをどこまでも関係の「病い」とみなしているのに対して、子規にあっては、高熱から生じた幻覚にほかならず、それゆえに子規という人間の身体的な挫折の深さを指すものであった。

子規におけるこのような狂気が、彼の写生理論から短歌俳句革新運動にいたるまでを貫いていることは注意しておいてよい。とりわけその俳句作品が「写生」を旨としながら、いかに幻想の美を生み出しているか。そのことに注意してみることは、内心に渦まく狂気を見誤らないためにも必要である。『寒山落木』巻一から巻五までのなかから、次のような写生句を引いてみよう。

蛇《くちなは》の舌まだ赤し秋の風
陽炎に牛の涎のかゝりけり
めら〳〵と落花燃けり大篝《おほかゞり》
野分すなり赤きもの空にひるがへる
凩や海は虚空にひろがりて
夏山や万象青く橋赤し
くわう〳〵と何に火を焚く秋の村
鯉はねて池の面暗き月夜哉
何事の心いそぎぞ秋の蝶
炎天や蟻這ひ上る人の足
人も無し牡丹活けたる大座敷
赤き薔薇白き薔薇皆さみだるゝ
しんとして牡丹崩るゝ夜中哉

にこらいの会堂に秋の日赫たり

棕櫚の葉のばさり／＼とみぞれけり

これらの句が、おびただしい子規の俳句のなかでも、とりわけて秀句であるというわけではない。だがここには、嘱目天然の事象に深く美を感じ、それを写生すべしという子規の理論が、不可解なるものへ傾斜する心を、その深奥に秘していることがよくあらわれている。それは、天然自然の事象を写生する表現主体を媒介にしながら、それらの存在をつきぬけたむこう側に「美」を仮構していく。だが、たとえば、──

野分すなり赤きもの空にひるがへる

くわう／＼と何に火を焚く秋の村

何事の心いそぎぞ秋の蝶

の三句において、天然に「美」を深く感ずる心は、「野分」や「秋の村」や「秋の蝶」を写生するとき、もはや事象を「美」という構図のもとにおさめることに自足しえない表現主体を現前せしめるのである。「赤きもの空にひるがへる」といい「何に火を焚く秋の村」といい「何事の心いそぎぞ」という表現には、写生された構図の内部からまさにその構図を喰い破って頭をもたげる不可解なるものがかいま見られる。これこそが、子規の唱えた写生理論の奥義にほかならない。そう思ってみれば、あからさまな心を叙した句にかぎらずとも――

蛇《くちなは》の舌まだ赤し秋の風
鯉はねて池の面暗き月夜哉
炎天や蟻這ひ上る人の足
しんとして牡丹崩るゝ夜中哉

などの句が、天然の事象を写生しながら、何よりも内部にむけられた眼によって統御されていることがみてとれよう。子規の写生句は、すべて多かれ少かれ作者の騒ぎ立つ心の暗喩となっているのである。このような表現の根源に、子規の狂気が渦まいていることはいうまでもない。この狂気には、おのれの「病い」を凝視した挙句、「社会」を無化したまま「自然」への躍入をくわだてる子規の思いがこめられている。次のような句は、すべてこのような思いを表現の基底に据えることによって成ったものである。

蓑笠《みのかさ》を蓬萊にして草の庵《いほ》
紫陽花や青にきまりし秋の雨
三日の月白魚《しらうを》生《あ》るゝ頃ならん
夕風の鷺吹き飛ばす青田哉

いのちありて今年の秋も涙かな
夕烏一羽おくれてしぐれけり
いくたびも雪の深さを尋ねけり
京に来てひたと病みつきぬ花盛
この頃の蕣《あさがほ》藍《あゐ》に定まりぬ
鶏頭の黒きにそゝぐ時雨《しぐれ》かな
鶏頭の十四五本もありぬべし
千本が一時に落花する夜あらん
病牀の我に露ちる思ひあり
黒きまでに紫深き葡萄かな
糸瓜《へちま》咲て痰のつまりし仏かな
痰一斗糸瓜の水も間に合はず
をとゝひのへちまの水も取らざりき

これらの句がおしなべて、おのれの「病い」を凝視する眼を通して写生されたものであることはうたがいない。そこにみとめられるのが、子規の「自然」についての観念とその奥に秘められた狂気であることもいうにまたない。表現の時間は、「病い」というものが、「狂気」を秘めた観念をどこまで「自然」へと同調させることができるかという問いを契機に起動しているからである。

周知のように、子規はその短歌俳句革新の運動において万葉と実朝を称揚し、蕪村を発見した。それらがすべて、彼の写生理論と美意識に照らし合わせての選択であったことは明らかである。しかし、子規の表現は、万葉や実朝の和歌とも蕪村の俳句とも根本において異なるものであった。彼らと子規を画するのは、「病い」についての意識の凝縮度とそこから由って来たる自己なる観念の強度ともいうべきものである。そのことにおいて、子規はまぎれもなく近代を体現していた。

このことは、子規の指導のもとにおびただしい俳句作品を初期にのこしている漱石の表現を閲してみればより明らかになろう。当時の漱石の観念の水準の高さと無言の深さにもかかわらず、その俳句表現は、子規のそれには及びもつかぬものであった。子規がおのれの「病い」の淵から万葉や実朝や蕪村を発見し、そこに近代に対する観念を見定めていたとき、漱石は、「社会」の関係の相対性についての認識を、容易に表現の自覚へと転位することかなわぬまま無言のうちに沈潜していたのである。

この沈潜は、漱石の初期の俳句作品に、近代を刻印することをゆるさない最大の要因だった。漱石の句は、蕪村を発見しそこから独自の観念にいたりついた子規の句の近代性に比べれば、いまだ蕪村以後の時間のなかに即自的にあるものであった。たとえば、明治二七年から明治二九年までの句のなかからいくつか引いてみよう。

春雨や柳の下を濡れてゆく
烏帽子着て渡る禰宜あり春の川

柿売るや隣の家は紙を漉く
鶏鳴くや小村々々の秋の雨
唐黍を干すや谷間の一軒家
名月や故郷遠き影法師
夕月や野川をわたる人は誰
日は永し三十三間堂長し
雨がふる浄瑠璃坂の傀儡師
爪下り海に入日の菜畑哉
行く秋や縁にさし込む日は斜

これらの句が、「老子の哲学」や「英国詩人の天地山川に対する観念」において、「自然」と「社会」についての観念を明らかにし、また「人生」の一文において、「不測の変外界に起り、思ひがけぬ心は心の底より出で来る」と嘆じて、不可解なるものへの怖れを明らかにした近代人漱石の手になるものであることに注意したい。同時代の誰よりも深く近代における観念を見据えていたにちがいない漱石は、一方においてこれらの句にみられるような近代以前の平俗な感性を有していたのである。

ここで漱石は、おのれが深く沈潜している無言の淵において、おのれの生存の根に出会っているのである。近代の認識と表現者としての自覚の底の方を、ゆったりと流れつづける平明で俗で淡々とした生存そのものの流れに棹さしているといってもよい。それは、春の川を渡る禰宜や鶏鳴く小村にふる秋雨や唐黍を干す家や浄瑠璃坂の傀儡師や縁に射す斜めの陽やに象徴されるものであって、

名月や故郷遠き影法師

の句にみられるような、そぞろなつかしき思いをかきたてずにはいないものである。

江藤淳は、それを漱石の「生」と名づけ、この一句に反映しているのは「おそらく彼自身の『生』の影絵である。」(『漱石とその時代』)と述べている。まさに漱石は、これらの句において、影絵のごとく淡く平明でなつかしい生存の感覚を映し出したのである。

これが、漱石個有の生存感覚であることはまちがいないにしても、見方によっては、ここに蕪村以後における俳諧の傾向をみとめることもできないことではない。それは「新体詩まで」において吉本隆明が蕪村の「春風馬堤曲」にふれながら述べたところの「平俗へ平俗へと坂を下ってゆくさま」であり、天明俳諧の「時代的な趨勢」といってよいものである。この傾向について吉本は、「春風馬堤曲」以外にも、蓼太、几董、白雄、暁台など天明期の代表的な俳諧師の作品を引きながら、次のように述べている。

現在のわたしたちにも、巷(浮世)にはどんな顔をした男女がどんな生活をし何をかんがえながら日を送っているのか、手にとるように想像できそうな気がしてくる。大衆の生活感性な

どは百年や百五十年へだたっても、それほどちがうものではないと思わせる側面で俳諧が成り立っている。天明俳諧がすでに常民的な感性のところまで平俗化を深め、そこに垂鉛をおろしたことを象徴している。そこまでゆけば、現在の情緒に生活民の貌が生々しく浮んでくるのは不思議ではない。

（「新体詩まで」）

ちなみに、吉本が引いている天明俳諧とは次のようなものである。

消えかゝる灯もなまめかし夜の雛　（蓼太）
凧《たこ》の尾の我家はなるゝうれしさよ　（几董）
永き日や鶏はついばみ犬は寝る　（白雄）
人恋し灯ともしころをさくらちる　（〃）
閨ふかく牡丹にいどむ春の情　（暁台）
なの花や半ば見え行く葬の人　（〃）

これらの句の前に「春風馬堤曲」以下、下層庶民の生活を詠んだ蕪村の句を置いてみれば、吉本のいう「常民的な感性」が、漱石の先に引いた句にまで流れ込んでいることは予測できる。漱石は、子規の指導を受けて俳句の実作へととりかかりながら、子規よりも即自的に、このような蕪村以後の流れと傾向のなかへ身を浸したのである。

漱石に、このような平俗で平明な生活民の感性を身につけさせたのは、江戸下町の町人の家を出自とする彼自身の生まれながらの庶民感覚である。おのれの出自の奥深くへ同化し、そこに揺曳する心のありかを、漱石はそのままに詠んでいった。そこには近代を自覚した認識者の苦痛と恐怖が投影されることは決してなかった。もし、そこに江藤淳のように漱石自身の生の影絵をみとめるならば、漱石は、みずから身につけてきた平俗で淡々とした庶民感覚に、そぞろなつかしい思いを抱きつづけてきたからなのである。この思いこそが、近代人漱石の認識者としての苦痛と恐怖を和らげるものであった。

第三項　平明で依々たる感性

吉本隆明によれば、「春風馬堤曲」における蕪村が近代的であるとすれば。彼は「俳諧と漢詩体とがどうしようもなく平俗になってゆく趨勢を、詩作の体験として同時代のたれよりも深刻な意味で体得していたからだ」(「新体詩まで」)ということになる。このような蕪村の体験を、萱谷規矩雄は、町人社会の内部に定着した自然と人事の様式化という視点から次のように述べている。

月天心貧しき町を通りけり——人事の世界、現実の社会、「貧しき町」は、漢詩をひとつの美的な規範として様式的に整序された構成のワクのなかにのみ、映しだされる。蕪村の句が〈絵画的〉であるとするなら、それはなにもかれが画家であったからということではなく、ただかれの句における構成上のワクの様式性のもんだいである。

すなわち、人事の世界を映しだすためには自然の世界が様式化され、人工的なる自然としてワクをなしているひつようがあり、逆に自然の世界を映しだすためには、人事の世界が、現実的というよりは様式的なものとしてこそ、構成の下限をささえるモメントになった。

（『詩的リズム・続編』）

このような蕪村における自然と人事の様式化を、根底から転倒したものこそ、子規における写生句であった。子規は、おのれの「病い」を凝視するはてに、蕪村によって確立された社会の様式化を突き抜け、「自然」そのものへの躍入をくわだてた。そのような方法を彼に可能にしたものが、観念の強度であることはいうまでもない。

子規は、天明俳諧における「常民的な感性」も、蕪村における「平俗化」と「様式化」の体験をも、すべてひたすら観念の凝縮へとひきよせ、孤立した観念の宿命を強烈に体現してみせたのである。晩年をほとんど仰臥して過ごすほかなかった子規には、庶民の生活感性も、そのような生活社会の内部から自然と人事を様式化する必要もなかった。むしろ子規のプリミティヴな感性は、武家的なものであり、どちらかといえば高踏的であった。

これに対して、漱石は、蕪村をはじめとする天明期の俳諧師たちが敷いた平俗化の道と様式化の方法を、おのれの生存の根源に根ざした無意識的ともいうべき領域に採り入れていた。そこにみられる平明で淡々しい感覚は、漱石の初期における漢詩の秀作をも流れるものであった。次にあげるのは、明治三一年の作になる「春興」と題する五言古詩である。

門を出《い》でて　思う所多し
春風《しゆんぷう》　吾《わ》が衣《ころも》を吹く
芳草《ほうそう》　車轍《しやてつ》に生じ
癈道《はいどう》　霞《かすみ》に入りて微かなり
筇《つえ》を停《とど》めて　目を矚《そそ》げば
万象《ばんしよう》　晴暉《せいき》を帯《お》ぶ
黄鳥《こうちよう》の宛転《えんてん》たるを聴き
落英の紛霏《ふんぴ》たるを睹《み》る
行き尽《つ》くして　平蕪《へいぶ》遠く
詩を題す　古寺の扉《とびら》
孤愁《こしゆう》　雲際《うんさい》高く
大空《たいくう》　断鴻《だんこう》帰る
寸心《すんしん》　何んぞ窈窕《ようちよう》たる
縹緲《ひようびよう》として　是非を忘る
三十　我《われ》老いんと欲し
韶光《しようこう》　猶《な》お依依《いい》たり
逍遥《しようよう》して　物化《ぶつか》に随《したが》い

悠然《ゆうぜん》として　芬菲《ふんび》に対す

漱石の漢学の素養は、自他のみとめるところであるが、ここには精一杯高踏的な漢詩体をまといながら、一連の俳句に通ずるようなそぞろなつかしき思いが満ちあふれている。漢詩は漱石にとって、俳句以上に錬達の表現手段であった。そのことが、この平明で依依たる作品を優に秀作たらしめているゆえんである。

ここで漱石は、おのれの生存感覚の根底を流れる平俗で淡々しいものに対するに、明らかな様式化をくわえているといってよい。この様式化は、蕪村のそれに比すべく、しかもなお漱石固有の、表現における自覚をのぞかせている。後半の次のような一節に注意してみよう。

孤愁《こしゅう》　雲際《うんさい》高く
大空《たいくう》　断鴻《だんこう》帰る
寸心《すんしん》　何んぞ窈窕《ようちょう》たる
縹緲《ひょうびょう》として　是非《ぜひ》を忘る

この作品が明治三一年の作であることを考えれば、漱石はようやくにして無言の深みから、表現すべき固有のモティーフをつかみつつあるということができる。ここには、「老子の哲学」にみられた「玄之又玄」なる「自然」への憧憬がふたたび甦っているといってもよい。

だが、ここにあらわれた主題は、「社会」における関係の相対性への認識と不可解なるものへの怖れを、倫理の問題へと凝縮しようとして、ついに無言のうちに沈潜するほかなかった漱石の表現者としての自覚からあらわれたものとはいえない。むしろ、その自覚が、蕪村以後の俳諧における平俗化と様式化の方法へと同化し、おのれのプリミティヴな生存感覚を喚起することをくりかえした後に、ようやく手にしたはるかなるものへの憧憬からあらわれたものといったほうがよい。明治三〇年以後の漱石の俳句には、たとえば次のようなものがみられる。

人に死し鶴に生れて冴え返る
菫程な小さき人に生れたし
仏性は白き桔梗にこそあらめ
月に行く漱石妻を忘れたり
鳴き立てゝつく／＼法師死ぬる日ぞ
神苑に鶴放ちけり梅の花
二世かけて結ぶちぎりや雪の笹
春此頃化石せんとの願あり

漱石は、江戸下町の町人の家を出自とするおのれの生活感性を、平俗化と様式化の方法を通していくども篩にかけたすえに、このような澄明といってよい境地を詠むにいたった。死して後《のち》純白の鶴に生れかわることを願い、白い桔梗の花に仏性を見、妻を忘れて月に行くおのれを夢にみ、化石せんとの願いをあからさまにするその心境は、先にあげた「春興」と題する五言古詩の後半にみられる「孤愁」に通ずるものである。

注意すべきは、この心境が「春興」において、平明で依々たる感性をもとにうたいあげられたように、これらの句においてもまた、その底部に同じ感性が宿されているということである。この感性が、漱石固有の庶民感覚と天明以後における平俗化と様式化の傾向からもたらされたものであることは、いうまでもない。それが、「孤愁」に象徴されるような澄明な心境をかたちづくるにいたって、漱石の表現意識もまた、眼にみえない変容を蒙っていたといえる。そのことは、明治三〇年以後の俳句作品のなかから、次のような句をあげてみれば、納得されるだろう。

木瓜《ぼけ》咲くや漱石拙を守るべく
菊の頃なれば帰りの急がれて
病妻の閨に灯ともし暮るゝ秋
暗がりに雑巾を踏む寒哉
若葉して籠り勝なる書斎かな
秋暑し癒なんとして胃の病
安々と海鼠《なまこ》の如き子を生めり

ここから、漱石生来の生存感覚が、その淡々しくそぞろなつかしい影絵のごときものから、現実の生活意識に限どられた一種の渋みを帯びたものとなってきていることがみてとれる。ここで漱石は、「社会」と「自然」の観念のどちらにも解消しえないある実在を経験している。それは、いうまでもなく表現としての経験にほかならない。だが、明治二九年松山中学を辞職、熊本第五高等学校講師となり、六月中根鏡子と結婚するという現実の生活経験に裏づけられてはじめて可能になった経験なのである。

もちろん、明治三〇年頃における漱石の生活が、これらの句に詠まれたような静謐な安定感を湛えていたとばかりはいえない。鏡子の悪阻とヒステリーに悩まされて、句作の中断を余儀なくされたのも、この頃のことである。

だが漱石の表現意識は、現実の生活のなかから恒常的で安定感をうえつけるものだけを掬い上げているのだ。それは、木瓜の花のごとく拙に徹しきり。菊の花の咲く頃なので家路を急ぎ、病妻を看病して深更にまでいたり、若葉の頃に書斎に籠り勝ちとなり、海鼠のごとき子を生むといった場面に象徴される対なる生活の原イメージである。

これが、「自然」と「社会」の観念に対位すべき実在であることを、漱石はおのれの生存感覚に照らし合わせて直覚している。天明期以後の俳諧の傾向に身を浸すことで、平俗で淡々とした感性を培ってきた漱石は、現実の生活を経験するにいたって、それを実在する像に変容させたのである。この像はやがて、『それから』以後、とりわけ一対の夫婦の生活を描き、その倫理を問題にした作品の原イメージとなっていくのである。

このような場面を描き出す漱石の表現意織は、無言の深みからある確かな自覚へと転位しつつある。それは、「社会」における関係の相対性への怖れにも、「自然」の絶対境への憧憬にも向かわず、その間にあって静謐な安定感をもたらす実在そのものへの自覚へと転位していくのである。これは、子規の熾烈なまでの「美」への意欲と透谷の「美」を創出せんとする体験には、姿をあらわすことのなかったものなのである。彼らの観念の凝縮に対して、漱石が対置しうる唯一つの表現の根拠といえる。

このような表現意識を基にしてはじめて、

人に死し鶴に生れて冴え返る
月に行く漱石妻を忘れたり
春此頃化石せんとの願あり

などの句にみられた澄明な心境が詠まれたのである。しかも、この心境には、漱石の「自然」への憧憬に似ていながら、なおそこに、生来の生活感性と現実の生活経験を媒介にした対なるものの実在感が映し出されている。

もちろん、これらの心境は、いまだ「社会」における関係の相対性からもたらされる倫理の問題を映し出すにはいたっていないということもできる。それが漱石の表現意識の内部において、明確な主題を形成するには、『それから』以後の小説作品を待たなければならない。にもかかわらず、これらの澄明な心境を詠んだ句は、平俗で淡々とした感性から特別な意味を荷わされて生まれてきたものにみえる。

たとえば、先の句において「鶴に生れて冴え返る」といった清澄な心境が、現実の汚濁を厭い、はるかなるものを憧憬する心を詠んだものであることはうたがいない。だが、なおかつここにあらわれた転生の主題には。エロティシズムへの希求といってもいいものがみとめられる。そう思ってみれば、この句いがいにも明治三二年の句からは次のようなものを挙げることができる。

二世かけて結ぶちぎりや雪の笹
白き蝶をふと見染めけり黄なる蝶

これに明治三二年八月「ホトトギス」に寄稿された「小説『エイルヰン』の批評」の次のような一節を加えてみれば、漱石の表現意識のなかに、エロティシズムの主題がどのように芽ばえつつあるかが予見できる。

抑も愛は情の熱塊である。理を以て伏し得るの愛は、単に其度の高からざるを示すに過ぎぬ。今「エイルヰン」の「ヰニー」に対する愛は合理的の解釈に満足して諦め得る程冷淡なものでない。「エイルヰン」は強ひて理屈上の説明を求めて、一歩毎に理屈に遠ざかる。恰も水に溺れたる者が、滑らかなる岩の上に立たんと試むる毎に、深き方へと流さるゝ様なものである。

「小説『エイルキン』の批評」は、当時英国でベスト・セラーとなったダントンという作家の小説『エイルウィン』についての紹介と批評の体をとりながら、漱石の「愛」の主題の萌芽をはじめてあらわにした文章といえる。

その筋書を、「愛の極は唯物論に満足する能はずして、必ず神秘説に入るべし。とは『フィリップ・エイルキン』の持論であった」という一文からはじめて、その子「ヘンリ・エイルキン」が自己の合理主義的精神を何度も挫かれながら、恋人である「キニー」と結ばれる顚末を、「シンファイ」という「ジプシー」の少女の霊的な予知にからませて述べていくくだりには、単に外国の新奇な小説作品を紹介する小壮の英文学者の口調にのみは帰しえないものがみとめられる。漱石は、「愛」というものが理によっては割り切ることのできないものであり、その究極においては人知を越えた力が作用するものであるというこの小説の主題に深く、動かされているのである。

これが、漱石の表現意識の内部に芽ばえつつあったエロティシズムの主題に呼応するものであることは、いうまでもない。が、それ以上に注意しなければならないのは、漱石におけるこの主題の萌芽が、句作における試行を基底として可能になったということである。あれらおびただしい句作は、内に培われた庶民の生活感性を、そぞろなつかしき生存感覚としながら、それを対なる生活の実在感にまで意識化し、しかもこの実在感のなかから、エロティシズムへの希求を見出していく過程だった。このような過程をへてはじめて、「愛」の極は、合理にではなく神秘にあるという初期漱石固有の主題が導き出されたのである。

これは、先に検討した「文壇に於ける平等主義の代表者「ウォルト、ホイットマン」Walt Whitman の詩について」において論じられた霊気、霊魂の作用としての「愛情」(manly Love of comrades) に通ずるようにみえる。だが、この「愛情」を説く漱石は、老子の「玄之又玄」なる境地に「自然」についての観念の到達点をみい出す独身者であった。一方、さりげなく『エイルウィン』を批評紹介する漱石は、すでに現実においても表現においても、対なるものを経験している。そして、この経験とそれへの自己違和ともいうべきエロティシズムの主題が、「社会」における関係の相対性についての認識と不可解なるものへの怖れとをもって無言の淵に沈潜していた漱石に、表現者としての自覚をもたらしたのである。

第三節　エロティシズムの主題と詩的体験

第一項　「沈黙」の可能性

明治三三年五月、第五高等学校教授夏目金之助宛に「英語研究ノ為メ満二年間英国へ留学ヲ命ズ」という文部省の辞令が下る。漱石は、この年の九月横浜港を出帆し、明治三六年一月帰朝する。この二年間の英国留学が、漱石の表現者としての自覚にいかなる影響を投じたか。これを解くに当たって、私たちの前には数篇の漢詩と英文による断片、それに帰朝後の明治三六年に相ついで書かれた幾篇かの英詩が残されている。とりあえず、明治三三年英国留学の途につこうとして作られた次のような七言律詩に、注意を向けてみよう。

長風《ちょうふう》　纜《ともづな》を解《と》く　古瀛洲《こえいしゅう》
滄溟《そうめい》を破らんと欲して　暗愁《あんしゅう》を掃《はら》う
縹緲《ひょうびょう》たる離懐《りかい》　野鶴《やかく》を憐《あわ》れみ
蹉跎《さた》たる宿志《しゅくし》　沙鷗《さおう》に愧《は》ず
酔うて北斗を把《つか》む　三杯の酒
笑うて西天を指《ゆび》さす　一葉《いちよう》の舟
万里　蒼茫《そうぼう》　航路杳《はる》かに
烟波《えんば》　深き処　高秋《こうしゅう》を賦《ふ》せん

先に引用した明治三一年作の五言古詩「春興」に比べてみれば、ここにはなつかしき生存感覚からも、対なるものの実在感からも断ち切られた存在の不安がにじみ出ているようにみえる。漱石にとって英国留学は、たしかに長風のなかを解纜し、万里の滄溟を破らんとする意気をかきたてずにはおかなかった。だがそれは、心の底から湧いてくる「暗愁」を掃うことによってようやくなされうるものであった。

この「暗愁」は、「春興」においてうたわれた依依たる感覚のなかから湧きあがる「孤愁」とは異なる。あるいは、異国での不如意な生活を思っての不安にも、帰することのできないものである。ただ、表現意識のなかにようやく形成されてきたものから切断されるという不安にのみ、理由をもとめることのできるものといえる。同じ頃、漱石は次のような英文の断片を書き留めている。

The sea is lazily calm and I am dull to the core, lying in my long chair on deck,……
(海はもの倦く静かに、私は身体の芯までだるく甲板の長椅子に横になっている。頭上に拡がる鉛色の空は、周りの暗い水の拡がりと同様に生《ライフ》をとどめていないように見え、遙かな水平線の彼方にあたかも鈍いものを交感させるかのように互にそのもの倦さを溶け合わせている。そんな空と海を見つめているうちに、私は次第に私を取り巻くだるい静けさのなかに自分を失い、瞑想の翼に乗って自分自身から抜け出し、天でも地でもなく、家も樹木も鳥も人間もいない「幻影《ヴイジョン》」の領域へ運ばれてゆくように思われる。天国でも地獄でもなく、「この」世と名づけられる人間存在のあの中間的領域でもなく、無限と永遠とが、人を存在の唯一性の中に呑み込むように見え、その茫々とした拡がりにおいていかなる描写の試みをも拒絶する空虚と無の領域。突然昼食を告げるかん高いベルの音が、私を厳しい現実に目覚めさせた。そしてベルの音は、人間と無限とをある予期も予見もできない瞬間に結びつけ、苦難と狂騒の只中にいる人間に絶対の王国を、透明の領域を、まことの生の世界——動きも休息もなく、そこから私たちがやって来、そこへ向かいつつあり、(生《ライフ》と呼ばれるこの仮の存在の中で)現在でもそこに生きているような世界を垣間見させるあの精巧な環を、短い感覚のとだえの後に無慈悲にも断ち切ってしまった。)

ここで、漱石の表現意識が経験しているのは「沈黙」である。それは、「人を存在の唯一性の中に呑み込む」「空虚と無の領域」であると同時に、「人間に絶対の王国を、透明の領域を、まことの生の世界を垣間見させるあの精巧な環」であり、何よりも「鈍いもの倦さ」と「だるい静けさ」のなかで茫然自失へといたらせるものにほかならない。

これをたんに、故国を遙かにはなれた海上にあって、環界との違和感からもたらされた喪心状態とのみ解することはできない。たとえ、英国留学の途におけるプロイセン号の船上において漱石は、そのような虚脱感を体験していたとしても、ここにみとめられるのは、表現意識の内部における集中と選択である。それを、「沈黙」についの観念の選択といってもいい。

漱石の表現意識が経験しているこの「沈黙」は、「老子の哲学」における〈玄之又玄〉なる絶対境とも、俳句や漢詩にあらわされたそぞろなつかしい影絵のような生とも異なる。それらすべてを経験した後に、なおかつ「社会」の関係の相対性から疎外された不可解なるものへと観念を凝縮させるところに見出されたものである。

「鈍いもの倦さ」と「だるい静けさ」は、「家も樹木も鳥も人間もいない『幻影《ヴイジヨン》』の領域」へとうながすと同時に、表現意識の内部において観念を無言の淵へと下降させ、そこから何ものかをすくい上げることへとうながす。この感覚を通してはじめて意識は、「人間に絶対の王国を、透明の領域を、まことの生の世界を垣間見させるあの精巧な環」——すなわち、あらわれ出るものの不安な可能性と、緘黙したまま消え去ってゆくものとの溶暗をとらえるのである。

漱石は、このような「沈黙」を自覚するにあたって、錬達の表現手段であった俳句と漢詩が、あまりに生の影を放射してしまうことに気づいていた。それは、表現意識の内部に形成された生地《きじ》のごときものをひとたびは断ち切ることを不可避としたのである。二年間の英国留学後、明治三六年三七年に相ついで書かれる英詩と英文による断片は、この不可避の切断を映し出したものといえる。

Some feeling in the shadowy depth of my heart call to me like melodies sung ten fathoms under the sea,……

（私の心の奥底の影にみちた深みからある感情が、十ひろの海底で奏でられる旋律のように私に呼びかける。それは瞑想され、満たされはするが決して聴こえない旋律である。その旋律には反響というものがなく、しかも階調は実に甘美で、つねに消えかかりつつ、決して耳にはっきり聴こえるようにはあらわれ出ない。

その旋律は、ときに私に悲しみをもたらす。存在する以前の遠い過去に埋もれ、忘れ去られた悲しみを。それはもうひとつの世界からの訪問者のようにやって来、暗い遙かな記憶のなかの夢のような過去のかすかな追憶をもたらす。そんなにも不思議なしかもかつては親しかった中空の声のごとくに訪れ、私の孤独を抗いがたい強力な何ものかでゆりうごかす。それは遠い山の上の雲のように訪れて、私の意識の奥深いところへ溶けてゆく。）

英文という表現形態は、俳句や漢詩によって培われた生存感覚からの「切断」と「沈黙」をすくいあげるに、格好のものであった。「沈黙」といっても、そこにみとめられるのは、あらわれ出んとする不安な可能性にほかならない。「心の奥底の影にみちた深み」から奏でられる「決して聴こえない旋律」に象徴されるものといってよい。このとき、何よりも漱石の表現者としての自覚こそが、英文という表現形態を得て、高まりつつあったのである。

この自覚は、英国留学を機に事あたらしく得られたものではない。すでに「社会」における関係の相対性を認識していた若き英文学者夏目金之助にとって、親しいものでさえあった。だが、漱石は、これをもって表現をなしとげようとしながら、結局、何ものをも創出しえなかった。透谷や子規のように、「近代」を画するような表現をなしえなかったのである。ただ、その間おびただしい俳句と漢詩によっておのれの感性のベースを可能なかぎり錬磨していた。このような漱石の表現意識に対して、英国留学と英文という表現形態は、強烈な転位をうながすものであった。

英国留学は、漱石のなかに培われた対なる生活とその帰属意識を切断し、「社会」の関係の相対性のなかに、自己をさらす体験を強いたにちがいない。そのような苦い体験を徹底した自覚によって遡行したとき、「反響というものがなく、しかも階調は実に甘美で、つねに消えかかりつつ、決して耳にはっきり聴こえるようにはあらわれ出ない」沈黙の旋律に出会ったのである。

第二項　エロティシズムと倫理

このような「沈黙」は、この時期に相ついで書かれた英詩のなかにもまた反響している。しかも、一連の英詩においてこの旋律は、内なるエロティシズムの主題を呼びおこし、かつてないほど哀切で甘美なメロディを奏でるのである。だが、そこには、「人に死し鶴に生れて冴えかえる」の句にみられたような清澄な希求が映し出されているわけではない。むしろ、英国留学を機として深められた関係の相対性についての苦い思いを、ネガのように刻印したものといえる。たとえば、次の一篇において、「心の奥底の影にみちた深み」から呼びかけてくる「沈黙」の旋律が、エロティシズムの主題と反響するにあたって、避けがたく倫理の問題にふれていくのである。

Dawn of Creation

Heaven in her first grief said: "Wilt thou Kiss me once more ere we
part?""Yes dear,"replied Earth,"A thousand Kisses,if they cure thee
of the grief." They slept a while souls united in each other's embrace,
They were one; no Heaven and Earth yet,
When lo! there came Thunder to lash them out of slumber.
It was in the dawn of creation, and they have never met since. Now
they live wide apart:
And though the pale moon never tires to send her silent message with
her melancholy light,
Though all the stars wink and beckon night after night,
Though all the tears fall mute and fresh to crystallize her sorrow on
every blade, They have never met since.

Alas! Earth is beset with too many sins to meet her.

（　創造の夜明け

天は彼女の最初の嘆きの中で言った。「お別れの前にもう一度接吻を」「いいとも愛しい者よ」と大地は答えた。

「千の接吻を、もしそれがお前の嘆きを癒してくれるならば」

二人は、瞬時お互の抱擁に魂を結び合わせて眠った。

二人は一体で、まだ天でも地でもなかった。そのとき見よ！　雷が轟き二人を烈しく打ち叩いて、まどろみからうち醒ました。

創造の夜明けのことであった。そして以来二人は二度と会うことはない。

今や二人は離ればなれに生き、

蒼白の月は、その鬱とした光にのせて沈黙のメッセージをあきることなく送りつづけるけれど、

星という星は、夜ごとにまたたき合図を送るけれど、

すべて涙は音もなく清らかに降り、彼女の悲しみを葉ごとに結晶させるけれど、

二人は以後二度と会うことはない。

ああ！　大地はあまりに多くの罪を負っているために天に会うことはできないのだ。）

この英詩のモティーフが、作者の「重大な個人的秘密」の表白にあるとして、ここから漱石と嫂《あによめ》登世との「秘密の恋」の確証を引き出そうとしたのは、『漱石とその時代』における江藤淳である。漱石における表現意識の自覚の過程を追うという視座に、江藤淳のいわゆる登世説なるものが入り込む余地のないのはいうまでもない。だが、そこで江藤が「秘密の恋」の根拠として挙げていることがらについては、見過ごすことのできない問題がはらまれている。

まず江藤は、この英詩において「天」が女性のイメージとしてとらえられていることに注意を喚起し、漱石はここで「天」は男性で「大地」は女性であるという文化的普遍性を倒錯させてまでも、死んで「天」にいる女性と地上に生きのこって「あまりに多くの罪」を負っている男との「秘密」を告白しようとしたのであると推論している。

しかし、ここには嫂登世との「秘密の恋」に還元するだけでは済まされない問題が投影されている。漱石はこの英詩において、内なる「沈黙」が天地創造にもひとしい創出を体験するためには、「天」なる女性へのエロスの渇仰と合一が不可欠であるということを明かしている。同時に、創出の不可能性は地上にのこされた者が負わされた「あまりに多くの罪」に起因することをも明かしている。もちろん、漱石はこの英詩をこのような表現論の喩としてあらわしたわけではない。だが、ここにみられる漱石の表現意識は、自己の内部の「沈黙」に対するに、エロティシズムと倫理の意識をもって向っているといえる。

「天」なる女性へのエロス的渇仰は、江藤淳のいうように死んだ嫂登世への思いから発するものであったかもしれない。だが、ひとたび表現へと転位されるとき、漱石のなかにはぐくまれてきたエロティシズムの主題を呼びさましながら、それが非望の思いとともにあることを際立たせるのである。このことに関して、たとえば透谷の石坂ミナ宛書簡の表現に、仮構と非望のエロスをとらえた北川透の次のような指摘を参照してみるならばどうだろうか。

Aにおいて、Xというあくまで一人の女性がエロスの対象とされることにおいて、書く行為は始まる。しかし、実際に書き続けられていくに際して、そのエロスが押し上げていくものは仮構性であり、それなくしては書く行為の持続はありえない。AにおいてXとは、あくまで書く行為が始まる現実的な対象でありながら、書き始められるやXは非在化され、表現の底に沈められ、詩としての仮構性のみが伸びていくのである。（『北村透谷試論I――〈幻境〉への旅』）

漱石の英詩“Dawn of Creation”もまた、一人の女性へのエロス的渇仰を詩的な仮構の契機として成り立っているといってよい。しかも、このエロティシズム―仮構性は、明らかに倫理―沈黙と背中合わせにおいて成就されるものである。倫理は、漱石の「社会」における関係の相対性に向けられた眼を契機に引き寄せられたものである。ここでは、「あまりに多くの罪」を負って地上にのこされた男の姿に象徴されている。

関係の相対性と倫理についての意識を、「罪」という言葉によってあらわしたとき、漱石は、おのれの表現意識が、なにゆえにエロス的渇仰を詩的仮構の契機としなければならないかをとらえた。

エロティシズムの希求と「罪」の意識という漱石固有の主題が顔をのぞかせることによって、表現意識は、詩的仮構と倫理―沈黙の相関を確実につかみつつあったといってもよい。

第三項　仮構と構成美

だが、漱石における表現者としての自覚は、この表現意識をもって同時代の表出水準へとくわわることをよしとしなかった。英文あるいは英詩という表現形態は、いまだおのれの表現意識を、小説においても詩においても成し遂げることのできない苦い認識からもたらされたものといえるからである。たとえば、エロティシズムの主題をうたった次の英詩には、モティーフの独創性と表現形態の異邦性とのアンバランスが如実にみうけられる。

I looked at her as she looked at me:
We looked and stood a moment,
Between Life and Dream.

We never met since:
Yet oft I stand
In the primrose path
Where Life meets Dream.

Oh that Life could
Melt into Dream,
Instead of Dream
Is constantly
Chased away by Life!

（私が彼女を見つめると彼女も私を見つめた。
私たちは瞬時見つめ合い立ちつくした。
生と夢の間に。

以来私たちは二度と会わなかった。
だが私はしばしば立つ
さくらそうの咲く路に
生が夢と出会うところに。

ああ生が夢に、
溶けてくれればいいのに、

たえまなく
夢が生に追いやられているとは！）

漱石がこの英詩を書いた明治三六年における詩的仮構の水準は、たとえば同年に出版された蒲原有明の詩集『独絃哀歌』における次のような一節にみとめられる。

落葉林《おちばはやし》の冬の日に
さいかし一樹《ひとき》、
（さなりさいかし、）
その実は梢《こずゑ》いと高く風にかわけり。
落葉林のかなたなる
里の少女は
（さなりさをとめ、）
まなざし清きその姿なよびたりけり。
落葉林のこなたには
颪に吹かれて、

（さなりこがらし、）

吹かれて空にさいかしの莢《さや》こそさわげ。

さいかしの実の殻は墜《お》ち、

風にうらみぬ、――

（さなりわびしや、）

『命は独りおちゆきて拾ふすべなし。』

（「さいかし」第一、二、三、四連）

この一篇を「頼るは愛よ――」をはじめとして、エロティシズムの主題をうたいあげた有明のいくつかの作品をさしおいて、漱石の英詩の傍においてみたのは、ここに明治三六年の詩的仮構の頂《いただき》がみとめられるからである。日本の象徴詩は、ここにおいて人事・景物をのべる詩的言語が、詩人の内的意識の喩として自覚されるにいたった。内的意識を「社会」と「自然」の結節点にあるものとみなすのではなく、詩的言語の仮構性を押し上げるためのものとみなすにいたった。その意味でも、詩的言語の清新さと構成の確かさにおいて、この「さいかし」は、他の追随をゆるさないものといえる。もし漱石が明治三六年にこれだけの表出の水準を獲得していたならば、あるいは英詩という形態は採られなかったかもしれない。

だが、有明の詩的言語のモティーフが、せいぜい「命は独りおちゆきて拾ふすべなし。」という一行に帰せられるものにすぎず、あとは「さいかし」に喩えられたけだかさ、清らかさ、わびしさなどの感覚を喚起するだけであることを考えれば、先に挙げた英詩における漱石は、はるかに奥ゆきのある観念を表出しえているといわねばならない。これは、『独絃哀歌』におけるエロティシズムを主題とした作品に比してもいえることで、たとえば――

埋もれし去歳《こぞ》の樹果《このみ》の
その種子《たね》のせまき夢にも、
いかならむ呼息《いき》はかよひて
触れやすき思ひに寤《さ》むる。

とうたい出される「歓楽」においてもまた、詩的言語の仮構性は高められているものの、そこにみとめられるのはエロティシズムの即自的な表白のみである。漱石の英詩におけるように、「生と夢の間」で瞬時にまみえるエロスの非望性が、「社会」における関係をネガのように映し出すという、いわば内的意識の構造までをも表出するにはいたらないのである。

明治三六年における漱石が『独絃哀歌』における表出の水準を獲得していたならばという仮定は、そもそも成り立たない。むしろ漱石は、同時代におけるいかなる詩的仮構によっても、おのれの内部における「自然」と「社会」の関係についての観念をすくい上げえないことをよく認識していた。それゆえに、英詩という表現形態が採られたのである。

しかし、非望のエロスと「罪」の主題を獲得するにいたって、かつてないほどに高圧化されつつあった漱石の表現意識は、英詩という形態にのみとどまることはできなかった。エロティシズムを主題とした幾篇かの英詩が相ついで書かれていた頃、漱石は次のような異様な散文をひそかにしためていたのである。

水の泡に消えぬものありて逝ける汝と留まる我とを繋ぐ去れどこの消えぬもの亦年を遂ひ日をかさねて消えんとす定住は求め難く不壊は尋ぬべからず汝の心われを残して消えたる如く吾の意識も世をすてて消ゆる時来るべし水の泡のそれの如き死は独り汝の上にのみあらねば消えざる汝が記憶のわが心に宿るも泡粒の吾命ある間のみ

淡き水の泡よ消えて何物をか蔵む汝は嘗て三十六年の泡を有ちぬ生ける其泡よ愛ある泡なりき信ある泡なりき憎悪多き泡なりき〔一字不明〕しては皮肉なる泡なりきわが泡若千歳ぞ死ぬ事を心掛けねばいつ破るゝと云ふ事を知らず只破れざる泡の中に汝が影ありて前世の憂を夢に見るが如き心地す時に一弁の香を薫じて此影を昔の形に返さんと思へば烟りたなびきわたりて捕ふるにものなく敲くに響なきは頼み難き曲者なり罪業の風烈しく浮世を吹きまくりて愁人の夢を破るとき随処に声ありて死死と叫ぶ片月窓より寒き光をもたらして曰く罪業の影ちらつきて定かならず死の影は静かなれども土臭し今汝の影定かならず亦土臭し汝は罪業と死とを合はせ得たるものなり

霜白く空重き日なりき我西土より帰りて始めて汝が墓門に入る爾時汝が水の泡は既に化して

一本の棒杭たりわれこの棒杭を周る事三度花をも捧げず水も手向けず只この棒杭を周る事三度にして去れり我は只汝の土臭き影をかぎて汝の定かならぬ影と較べんと思ひしのみ　（『無題』）

江藤淳は『漱石とアーサー王伝説』において、この散文が一般には、英国留学から帰ってから、亡友子規の墓を訪れたことを契機に書かれたものであるとされているが、ここには実は子規の墓参という形をかりて、嫂登世の墓に詣でた漱石の感懐が述べられていると述べている。登世説については、私なりの見解を明らかにしておいたので、ここでは江藤淳の指摘から「汝」と呼ばれているものがエロスの対象にほかならず、これに対して「我」は罪業の風に吹かれ、死においてのみそのエロスにおける合一を遂げることができるという、いわば「エロティシズム―罪―死」の主題を見定めておこうと思う。そうしてみれば、この散文が先にあげた二篇をはじめとする一連の英詩と通ずるものであることが明らかになるだろう。

だが、その表出の水準を考慮に入れるならば、英詩における構成力などは露ほどもみとめられず、「無言」の呟きのように混沌としているというほかはない。漱石の表現意識はこの異様な散文において、内なる「沈黙」を構成しうる表現をみい出せないまま彷徨している。このような表現における彷徨は『吾輩は猫である』と平行して書かれた『漾虚集《ようきよしゆう》』の言語にまでつづいているといっていい。

ところで、この混沌とした散文が『漾虚集』における「幻影の盾」や「薤露行《かいろこう》」の水準にいたる間に、漱石はエロティシズムと死の主題をうたった二篇の新体詩を残している。一篇は明治三七年二月八日寺田寅彦宛の端書に記された「水底の感」であり、もう一篇は明治三七年頃執筆されたと推定される「鬼哭寺の一夜」である。共に先の散文や一連の英詩を承けたものとみられるが、その表現は、英詩における端正な構成と散文における未生の混沌に比べれば、同時代の表出水準のこちら側にあるもののようにみえる。たとえば、一高生藤村操の華厳滝への投身自殺から着想された「水底の感」は次のごとくである。

水の底、水の底、住まば水の底。深き契り、深く沈めて、
永く住まん、君と我。
黒髪の、長き乱れ。藻屑もつれて、ゆるく漾ふ。夢なら
ぬ夢の命か。暗からぬ暗きあたり。
うれし水底。清き吾等に、譏り遠く憂ひ透らず。有耶無
耶の心ゆらぎて、愛の影、ほの見ゆ。

この一篇が、饗庭孝男のいうように「きわめて哀切の思いと甘美な、死を媒介にした永遠の愛をうたった詩」(「『新体詩』と夏目漱石」)であることに異論はないのだが、その表現は、漱石の抱懐してきた「エロティシズム—罪—死」の主題の衝迫を充分にすくいあげているとはいいがたい。

ここには、「生と夢の間」で瞬時まみえ、やがて消えていく幻影の女とのエロスの合一が、非望なるものにほかならず、のこされた「我」は、罪業の風に吹かれ死を願うといった先の英詩や散文のモティーフはみとめることができない。その結果、「社会」における関係が投ずる影は稀薄にな

り、かわりにエロス的合一への希求そのものが強調されているようにみえる。これが表現そのものに、自然性と美とを付与していることは否めないが、この程度の構成美ならば、明治三〇年代の後半に有明の象徴詩によって達成されていた。『有明集』から次の一篇を引いてみよう。

底の底、夢のふかみを
あざれたる泥《ひぢ》の香孕《かはら》み。
わが思《おも》ふとこそ浮べ。

浮漚《うきなわ》のおもひは夢の
大淀《おほよど》のおもてにむすび、
ゆららかにゐがく渦の輪。

滞《とどこほ》る銹《さび》の緑に
濃き夢はとろろぎわたり、
呼息《いき》づまるあたりのけはひ

涯《はて》もなく、限《かぎり》も知らぬ
しづけさや、——声さへ朽ちぬ、

あなや、この物うきおそれ。

（「底の底」第一、二、三、四連）

もちろん、自己意識の仮構化によって達成されたこの詩の構成美を、漱石の「水底の感」における、対なる意識のそれによって成った構成美と同日に論ずることはできない。だが、この二篇には、表現意識が内的観念を充分にすくい上げないまま、詩的言語の仮構性に向かっているという点で共通性がみとめられる。

この共通性は、しかし、表出史という視点から有明と漱石の作品を眺めた場合、必然的にあらわれたものというほかはない。なぜなら、有明に代表される日本の象徴詩が、「底の底」にみられるように、景物であるべき「水底《みなそこ》」を自己意識の喩としていたとき、漱石は、象徴詩が達成したこのような手法を通じてはじめて、対なる意識を表出しうることに気づいたからである。

このことは、有明の「底の底」が直接、漱石の「水底の感」に影響を与えたということではない。むしろ年代的には有明の作品のほうが、漱石のそれに二、三年遅れて書かれたものである。それだけでなく、漱石の作品が、寺田寅彦宛の端書にしたためられたものであることを考えれば、両者に直接的な影響関係を想定することはできない。あくまでも、詩的言語の表出史における必然性という視点からいえることなのである。

だが、漱石は「水底の感」において、表現意識を象徴詩が達成したそれに同化させ、景物であるべき「水底《みなそこ》」をエロス的合一の喩として表現したとき、「社会」における関係の相対性についての認識から生まれる倫理意識を無《な》みするほかはなかった。

これは、明治三〇年代後半における表出の水準が、有明らの象徴詩だけにかぎらず、意識の形態を仮構し、もっぱらその仮構性を際立たせるところにあったことを考慮に入れれば、漱石だけの責に帰することのできないことなのである。エロティシズムを主題としたもう一篇の新体詩「鬼哭寺の一夜」についても、同様のことがいえる。

このことは、『吾輩は猫である』以後の作家漱石におけるエロティシズムの主題のゆくえをたずねてみた場合、一層明らかになるにちがいない。「幻影の盾」「薤露行」など、エロティシズムの主題をもっぱら仮構の美を構成するところに際立たせていく小説と「文鳥」『夢十夜』のように、それを「生と夢の狭間」にとらえ、「社会」における関係のネガを刻印していく小説との断絶である。そして、この断絶には、相応の理由があったということができる。

それについては第三章において論ずることにして、ここでは以下のことに注意しておけば足りる。漱石が作家として誕生するに際して、その表現意識は、内部の「沈黙」にのみ向けられていたわけではなく、むしろ表現における仮構と構成美によって、この「沈黙」を覆うことがくわだてられていた。したがって、「鬼哭寺の一夜」「水底の感」などで達成された仮構の美は、子規によってあれほど熾烈に求められた「美」にも、透谷がおのれの創生を期した「至大至粋の美」にも及びえないものであった。

漱石が明治三〇年代の後半における表出の水準を視野におさめうるにいたったとき、少くとも子規は、この表出の頂にあった有明らの「美」の理念を一〇年はやく先どりし、かつ有明の象徴詩には比すべくもないほど、自己なる観念の凝縮を果たしていたのである。

これは、透谷の表現体験にもいえることで、いずれにせよ透谷、子規の両者は、それぞれの位置から、象徴詩における「美」の理念を越えでていた。

おのれの主題を表現するにあたって英詩をのぞいては、同時代の象徴詩の水準に依るほかなかった漱石の作品が、透谷や子規のそれに抗しえないのは当然なのである。しかし、漱石の表現意識の内部には、近代以前の感性のベースを錬磨し、そこに対なるものの実在をもとらえる経験が重ねられている。また英国留学を機として、関係の相対性と不可解なるものへの怖れを秘めた「沈黙」の旋律が反響している。しかもそれは、英文、英詩という形態を媒介にひそかにエロティシズムと罪の旋律を奏し、そこに倫理性をものぞかせていた。

表現者としての漱石は、これらすべてを内部の無言の淵に沈潜させ、日露戦争後の相対的な安定期を『漾虚集』や『草枕』などにみられるような「美」の追求へと向かうのである。しかし、それが「沈黙」の内部から励起するものによって、対なる関係と倫理の問題へと関わっていくとき、仮構と構成美に対する断念がなされることはうたがいない。この断念の背後に湛えられている無言の時間こそ、表現意識を絶えず補塡するものなのである。

第二章　問題としての「小説」

序節　未了性と生成史

ひとりの作家の表現過程をたどる際に、およそ二様の方法をもってすることができる。一つは、作家の全作品を既に完了されたものとみなし、どのような表現からも、この完了へ向けて収斂してゆく軌跡を探る方法である。当然のことながら、この方法は一篇の作品を、完了体であると同時に表現史成立のための与件として扱うことをうながす。もう一つの方法は、作家のどのような表現にも、完了体にいたることのない未了の闇を探る方法である。後者は、一作品の完結性を蔑《ないがし》ろにし、表現史の成立を不可能にする危険性をたえずはらんでいる。

とはいえ、表現というのはもともと、完結した表現史への還元をゆるさない未了の時間に押し上げられて生成するのではないか。作家の表現過程をそこに探る方法は、作品を表現史においてではなく、生成史においてとらえるものということができる。内的時間にはらまれる未了の闇を、それぞれの表現の内部に探っていくとき、この未了性こそが、個々の表現に絶えざる生成をうながしていることに気がつくのである。

『吾輩は猫である』の作家漱石が誕生する以前の、漱石における表現意識をたどることをモティーフとした第一部において、私たちは、一貫して作家以前の漱石の表現を、その未了性に探るという方法をとってきた。これは、対象とすべき作品自体に未完の印象を刻するものが多く、しかもその表現がおしなべて、「無言」の淵から発せられたものであることを考慮に入れるならば、むしろ当然ということもできる。

だが、明治三八年『吾輩は猫である』の第一を「ホトトギス」に発表するや、「倫敦塔」「幻影の盾」「薤露行」など、後に『漾虚集』としてまとめられる小説を次々に発表し、翌三九年には『坊っちゃん』『草枕』を脱稿、明治四〇年職業作家として『虞美人草』を「東京朝日」に連載するにいたるまでにも、『二百十日』『野分』を起稿した作家漱石の軌跡を、未了の闇に探ることが果たしてどこまで可能であろうか。

たしかに『吾輩は猫である』以前のさまざまな作品的試行に比べるならば、これらの小説作品は、はるかに完成された表現から成っている。何よりもそれらが小説家としての漱石にとって、「初期」に属すものでありながら、これを感じさせないほど一篇一篇は稀にみる完結性をそなえている。この完結性は、作宗漱石の表現史を既に完了されたものとみなす方法にとって、重要な根拠になる。漱石にとって小説作品は、初期においてさえ、他の同時代作家に比べえないほどに完成されたものであった、という具合に。

しかし、どのような表現のモティーフも未了の闇に探る方法は『吾輩は猫である』以下の漱石の小説作品を、容易に完成されたものとみなすことをゆるさない。たんに、完了体として既に存在する作品を、その生成をうながした内的時間にひきもどしてみるためだけではない。この方法を通してみるとき、小説作品を書き続けることによって、表現の生成を経験している漱石の内的時間が、同時に、おのれの表現がなにゆえに「小説」とならなければならないのかという問いを発しているからである。

そうでなければ、『吾輩は猫である』と『漾虚集』との間にみとめられる、「言語」「構成」「仮構性」のすべてにわたる差異と懸隔を解することができない。それだけでなく、『草枕』と『野分』、『虞美人草』と『坑夫』との間にみとめられる同様の差異と懸隔、そしてそれらすべての間を隔てる完結性と既成性を、どのように受け取るべきかがわからない。

あるいは、そこに当時の漱石の口からは決して発せられることのなかった以下のような「小説」についての思想をみとめるべきだろうか。

凡て世の中の物は変ずるといふ側から見れば、刹那《せつな》々々に変じて已まない。併し変じないといふ側から見れば、万古不易である。此頃囚《とら》はれた、放たれたといふ語が流行するが、一体小説はかういふものをかういふ風に書くべきであるといふのは、ひどく囚はれた思想ではあるまいか。僕は僕の夜の思想を以て、小説といふものは何をどんな風に書いても好《い》いものだといふ断案を下す。

（森鷗外『追儺』）

漱石もまた、このような「断案」を内に秘めてあれらの多様な「小説」を書きついでいたのであろうか。いや、少くとも、おのれの表現を「小説」に特定することを試みていた漱石は、『追儺』の鷗外と共有しうる表現経験を持ち合わせていなかった。

鷗外の『追儺』に表明された思想は、既に明治二〇年代において『舞姫』『うたかたの記』『文づかひ』の三つの小説を書くことによって、「小説」の毒をあおり、その未了性の闇に迷い込んだ経験を負って表明されたものなのである。二度とこの毒に当てられることなく「小説」を書くため、起死回生をはかるものであったといってもいい。鷗外は、この『追儺』のセオリーにのっとって、「小説」を未了性へとうながすことも、完結性を装うこともない独特な表現の領域にすすめていったのである。

『吾輩は猫である』以下の小説を書きついでいた明治三八年から四一年にかけての漱石は、『追儺』の鷗外によりも、『舞姫』を書いていた明治二〇年代の鷗外に通ずるものを経験していた。鷗外のみにかぎらない。そこにみとめられるのは『浮雲』における二葉亭、『我牢獄』における透谷、『曼珠沙華』における子規の、それぞれに挫折と敗北を喫するほかはなかった「小説」をめぐる表現経験であった。もちろん、漱石が『吾輩は猫である』を書くにあたって、それをどこまで自覚していたかは確証のほどではない。だが、その後二、三年の間に試みられた「小説」における「言語」「構成」「仮構性」の多様さは、これを象徴してやまないのである。

第一節　逍遥・鷗外・二葉亭——「物語」と「小説」

第一項　「小説」創造の課題

「小説といふものは何をどんな風に書いても好《い》いものだ」というセオリーが表明されている森鷗外の小説『追儺』が書かれたのは、明治四二年である。鷗外にとっての明治四二年は、『舞姫』『うたかたの記』『文づかひ』以後二〇年にわたる「沈黙」を破った記念すべき年である。

鷗外はこの年雑誌「スバル」が創刊されるや『半日』『追儺』『魔睡』『キタ・セクスアリス』を発表し、明治四三年『青年』を連載、明治四四年「三田文学」に未完の『灰燼』を掲載するまで、『妄想』『雁』『百物語』を続々と発表していた。これだけとってみても、明治四二年から四四年にかけての鷗外が、『追儺』のセオリーを血肉化していたことは想像に難くない。

この三年間の「小説」実践は、鷗外にとって明治二三年発表の『舞姫』に、根底的な転回をくわえるものであった。それは同時に、『舞姫』以後『うたかたの記』『文づかひ』と後退し、やがて二〇年の「沈黙」を余儀なくされた彼自身の内的時間に、起死回生の機会をあたえるものでもあった。

それならば、鷗外は「小説といふものは何をどんな風に書いても好《い》いものだ」というセオリーとその実践において、いかなる転回を期したのだろうか。これについて、篠田一士は次のような注目すべき見解をあらわしている。

事は小説ではなくて、散文そのものなのだ。自然主義小説の問題はあくまで小説の域にとどまり、それを越えることがない。そもそも、はじめに、小説というイデー、あるいは、詩というイデーを、まず、ふりかざし、その造成に腐心するのが、日本近代文学の発端であり、またそのすべてのありようではなかったか。『浮雲』の独創をひとがどんなに讃えようとも、心からぼくがそれに唱和できないのは、やはり、この作者の頭には、まず小説というイデーがあって、そのあとで言文一致ということができてきたことを認めるからである。『舞姫』の鷗外もそうだった。散文で小説をつくるという根本の認識よりもさきに、小説というイデーに侵されているならば、言文一致であろうと、雅文調であろうと、ことごとしく区別をしても、文学の本義に照せば、さしたる事柄ではない。

『追儺』の鷗外は、小説というイデーをすっかりふりはらったうえで、近代日本の散文創造の確乎たる証しを立てる。

（『続日本の近代小説』——「鷗外の新しさ」）

ここには、鷗外の転回についての正確な読みと日本の近代文学についてのかたくななまでの趣味が貫かれている。おのれのテイストに忠実な読みというものが、ひとつの文学史を形成する最上の例がここにはあるといってよい。

だが、篠田の描いてみせる文学史の見取図には与することができない。明治二〇年代において、『浮雲』の二葉亭と『舞姫』の鷗外が、小説というイデーをふりかざし、その造成に腐心したのには、それなりの理由があった。それに対してこそ、二〇年後の『追儺』の鷗外は転回を期したのである。それは篠田のいうように「事は小説ではなくて、散文そのものなのだ」ということで済まされるべきではなく、ひとえに「小説」の根本にかかわる問題なのである。

なぜ彼らは、それほどまでに「小説」の造成に腐心しなければならなかったのか。彼らは、「小説」を表現することにおいて何を賭けていたのか。

当時の二葉亭、鷗外にとって「小説」とは自己表現そのものであった。わが国の近代が、明治二〇年代にいたって、ようやく「社会」における関係を、個の内面を規制するような視えない領域へと拡大するにいたり、一方において、このような関係を「国民国家」の理念を背景にした「法」や「規範」へと編成しつつあった時、彼らは、一様におのれの存在の不可解さに出会っていた。

自己というものが、そのような状況における視えない関係に規定されてあることに気がついたとき、彼らの自己表現は、これを、関係の内側からとらえるという方法を要求したのである。そして、この方法こそが、彼らを「小説」へと駆り立てたのだ。「小説」とは、不可解なるおのれの存在を関係のこちら側から捉えるために最上の表現だったのである。彼らは、「言語」「構成」「仮構性」の限りを尽くして、この表現を遂げようとした。

『舞姫』にも『浮雲』にも、このような自己表現の課題とそれを通して「小説」の根本にふれようとする激しい意欲が息づいていた。したがって、もし篠田のいうように『追儺』の鷗外が、「小説というイデーをすっかりふりはらったうえで、近代日本の散文創造の確呼たる証しを立てる」ということを試みたとするならば、視えない関係に規定されて自己を関係の内側からとらえるという「小説」創造の課題を放棄し、あらたな転回を期したからである。

なぜ鷗外は、この放棄―転回の過程をたどらなければならなかったのだろうか。そこには、鷗外にのみ帰することのできない、わが国の「小説」の挫折の過程が影を投じているのではないか。

第二項　写実における仮構性の問題

明治二〇年代において、鷗外や二葉亭が模索していた「小説」創造の方向を、いちはやく理念として提起したのは、『小説神髄』における坪内逍遥である。鷗外も二葉亭も、そこに展開された「小説」についての思念に、視えない関係に規定される自己の種々相をとらえる仕方を見い出していた。たとえば、次のような『小説神髄』の一節が、彼らを動かさなかったはずはない。

畢竟、小説の旨とする所は専ら人情世態にあり。一大奇想の糸を繰りて巧みに人間の情を織倣《な》し、限りなく窮りなき隠妙不可思議なる原因よりして更にまた限りなき種々様々なる結果をしもいと美しく編《あみ》いだしつゝ、此人の世の因果の秘密を見るが如くに描き出《いだ》し、見えがたきものを見えしむるを基本分とはなすものなりかし。されば小説の完全無欠のものに於ては、画に画きがたきものをも描写し、詩に尽しがたきものをも現はし、且つ演劇にて演じがたき隠微をも写しつべし。

ここから、あの「小説の主脳は人情なり、世態風俗これに次ぐ」というテーゼが導き出される。そして、こういうところに、ようやく「社会」における関係を不可視の領域へと拡大しつつあったわが国近代の状況が映し出されているいえる。

逍遥は、このような状況をできるかぎり正確に描写するところに、「小説」の来るべき方向があると考えていた。

おのれの拠って立つべき「小説」理念を「写実」にもとめたとき、たんに馬琴に代表される勧善懲悪小説を葬ることを主眼としていたわけではなかった。視えない関係を描写することは、「小説」を芸術へと高めることにほかならないという理念を、「写実」の名のもとに提唱することこそが、ねらいだったのである。

このとき、逍遥をとらえていたのは、近代なるものが「社会」のなかに存在する人間に、絶えず関係を意識させずにはおかないということであった。そのような状況が、西欧の「社会」や「国民国家」の機構を移入した明治一〇年代に、必然的にあらわれてきたものであることについても、はっきりととらえていた。

これは、逍遥が当時の知識人のなかで、格別に西欧近代の文学や思想に通暁していたという事実に帰せられるべきではない。あくまでも、状況をとらえる眼の鋭さによるものなのである。おのれの鋭敏な眼に映じるかぎりの関係を、あるがままに「模写」すべきであるという理念を提唱することと、これを旨とする「小説」は、決して効用性の論理に還元されるべきではないという理念を提唱することが、彼の眼目だった。

それにしても、逍遥の近代性というのは、当時において抜群のものであった。『小説神髄』が、執拗に江戸期の戯作、とりわけ馬琴の勧善懲悪小説を攻撃、排斥したのも、そのような逍遥の近代性にとってこれを容れる余地がなかったからである。それは、近代の観念性というものとは異なる。むしろ、江戸期の戯作者たちからすれば想像を絶するような「社会」の関係の網の目を俯瞰しようとする眼といったほうがよい。しかも、それは、近代以前の観念をすべて排するのではなく、そのなかでいかなる観念が近代の状況に耐えうるものであるかを見抜く眼でもあった。

馬琴を否定した逍遥は、他方においておのれの「小説」理念の系譜を、次のような宣長の説に見い出しているのである。

総て物語は、世にある事、人の有様心をさま〴〵書けるものなる故に、読めばおのづから世の中の景況《ありさま》をよくこゝろえ、人の所業《しわざ》、情《こゝろ》の現象《あるよう》をよく弁《わきま》へ知る、是れぞ物語を読まむ人のむねと思ふべきことなりける。（略）しからば物語にて人の所業《しわざ》の善き悪きはいかなるぞといふに、大かた物のあはれを知り、情ありて世の中の人の情《こゝろ》にかなへるを善《よし》とし、物のあはれを知らず、情なくて、世の人の情《こゝろ》にかなはざるを悪しとせり。

逍遥が『小説神髄』に引いた宣長の『源氏物語玉小櫛』の一節を、そのままに挙げてみた。ここには、みずからの「小説」理念を形成する際に典拠とした思想があるといっていい。宣長のこの一節を読んでゆけば、逍遥がそれをするにあたってくわえたのは「描写」「模写」というイデーだけであることが見てとれるのである。

このイデーは宣長によって明らかにされた「物語」の本質を、「小説」のそれに転位させるための重要なモメントであった。それは「小説」というものを、「物語」の本源からの転位としてとらえるための鍵であったといってもいい。そして、ここにこそ、逍遥の近代性が画されていたのである。

たしかに宣長の「物のあはれ」説は、「物語」の本質を、「あはれ」という言葉にあらわされる人問の関係意識の機微に見定めた点において、ゆるぎない理解を示すものであった。物語言語について、次のような本質的定義を下した『言語にとって美とはなにか』の吉本隆明もまた、宣長の「物語」論をその原型としているのである。


物語言語は、指示表出の底辺としての〈仮構〉線へと〈飛躍〉することによって、詩とちがうひとつの特質を手に入れた。それは、仮構の上で現実と類似した巡遊性を手にいれたということである。そこではたんに叙事詩のように、作者自身の直接の影が巡遊するのでもなく、作者の自己表出の構造としての抒情詩でもなく、複数の登場人物が、あたかも現実社会のなかでのように振舞い、他と関係をもち、生活するというような構成の展開が可能となったのである。

(「第V章　構成論」)


「物語」を一定の「〈仮構〉線」上における「構成の展開」のうちにとらえてゆく吉本の論のなかに、宣長の「物のあはれ」説が甦っていることはうたがいない。『小説神髄』における逍遥が「小説」理念の核心を、「描写」「模写」におくことによって「物語」の本源を「小説」へと転位させようとしたとき、最も力点をおいたのは、そのような「構成の展開」に対してであった。

だが、逍遥の唱える「小説」理念は、この世界の対他関係の機微を「構成」の原型としながら、それを一定の「〈仮構〉線」へと飛躍させるところに成立する「物語」に一点の違和を唱え、「ひたすら世間にあるべきやうなる情態をのみ描きいだして、さながらの真物のごとくに見えしむ」(『小説神髄』)までに「描写」「模写」をおしすすめるというものだった。

このような逍遥の理念は、宣長の「物のあはれ」に代わるような「仮構」の根拠を示しえないいま転位をすすめているため、「仮構性」そのものを無化する可能性をはらんでいた。それは吉本隆明が『言語にとって美とはなにか』において「(物語)の作者(たち)は一本一本では透明でみえない糸が、とりあつめられれば白色にいぶされた繭を形づくるように、現実的世界のさくそうした対他関係の網の目を、ひとつの白色の繭のように、現実関係そのものから言語の〈仮構〉性のうえに、吐き出さざるをえないような現実に対面していた」と述べた時の「仮構」を、現実の根源から透視する必要があったということでもある。

とはいえ、逍遥の「小説」理念は、「物語」が、現実的な対他関係を「構成」の原型としながら、「白色の繭」のような「仮構性」へと向かわせてゆくものであるならば、これをできるかぎり現実の対他関係の微細な網の目へとひき戻すところに「小説」の成立する理由があるとするものであった。彼が、「描写」「模写」というイデーによって語ろうとしたのはそういうことなのである。これが、「社会」における関係を不可視の領域にまで拡大しつつあった当時の状況を、いちはやく受感した逍遥の鋭敏な眼によるものであることはいうまでもない。

けれども、逍遥はこのような状況への視点が、いかなる根源を指し示すものかについてだけは、ついに確答を与えることができなかった。それをするためには、「写実」というものを「小説」の本質とみなしつつも、それを「仮構性」の問題として見究めていくことが必要なのである。つまり、「社会」における不可視の関係にリアルに傷つき、またこの関係のなかで絶えず不可解な自己に出会う存在のありようを、「小説」における「仮構」の契機として、「写実」のイデーの内部にくり込むいがいにないことを確信していなければならなかったのだ。

『小説神髄』の疑問に答えようとして『小説総論』を著した二葉亭四迷は、このような「写実」における「仮構性」の問題こそが、問われねばならないと考えたのである。

> 模写といへることは実相を仮りて虚相を写し出すといふことなり。前にも述し如く、実相界にある諸現象には自然の意なきにあらねど、夫の偶然の形に蔽はれて判然とは解らぬものなり。小説に模写せし現象も、勿論偶然のものに相違なけれど、言葉の言廻し、脚色の模様によりて、此偶然の形の中に明白に自然の意を写し出さんこと、是れ模写小説の目的とする所なり。

二葉亭のこの理念は、考えてみれば至極当然のことであった。逍遥が、「模写」というイデーによって、現実における対他関係の微細な網の目をあらわにする表現を「小説」にもとめたとき、二葉亭は、二つの方向からこれに疑問を投げかけたといってよい。

一つは、現実における錯綜した対他関係を「小説」はどこまで写し出すことができるのかという疑問である。もう一つは、たとえこれを露呈させたところで、このような関係をもたらす必然の相をとらえないかぎり、「小説」はたんに関係の偶然なる断片を切り取ってみせたに過ぎないのではないかという疑問である。

要するに、二葉亭は、「写実」ということが不可避的にはらむ「仮構性」の問題に引き寄せられていたのだ。「模写小説」というものが、「物語」的虚構へと転化されるべきではないことはもちろんなのだが、あくまでも関係の根源を透視しようとする眼を必須として成立するものであることを述べたかったのである。「実相を仮りて虚相を写し出す」といい、「偶然の形の中に明白に自然の意を写し出さん」というも、逍遥によって、あまりに現実密着的にひきずり下ろされた「小説」における「仮構性」を、奪回しようとする発言なのである。

後に、逍遥との間でシェイクスピアの作品の評釈をめぐって、いわゆる「没理想論争」を行った鷗外もまた、『小説神髄』における「写実」の理念に対して、容易に服しがたいものを抱いていた。だが、鷗外は、二葉亭ほど尖鋭に問題を提出することはしなかった。『舞姫』を書くことによってのみ、逍遥の「写実」理念に答えたのである。

これは、二葉亭にもいえることなのだ。かれの『小説総論』における思想は、『浮雲』を書くことによって、はじめて総体的に呈示されたといってよい。鷗外も二葉亭も、まさにみずから「小説」を書くことで、逍遥の「小説」理念に答えていったのである。

第三項　仮装する近代

二葉亭、鷗外が『浮雲』『舞姫』を書くにあたって最も腐心したのは、「社会」における不可視の関係をとらえようとする「写実」の方法が、どのような理念のもとに採られるべきかという問題であった。

明治二〇年代、わが国の近代は、「社会」における関係を視えない領域に拡大しながら、それを「法」や「制度」や「規範」へと再編することによって、あたかも存在しないかのように装っていた。このような状況のもとで、不可視の関係を「描写」「模写」しようとする「小説」に求められていたのは、「社会」の関係のなかで生きる人間の余儀ないありようにメスを入れることによって、この「仮装」を暴き出すことであった。

逍遥の『小説神髄』が、こうした状況をいちはやく捉えていたことは、いうまでもない。だが、彼の「小説」理念はついに、そのような関係を個々の人間に強いてくる近代の根源に迫ることはなかった。たとえば、逍遥の『当世書生気質』は、近代の「仮装」と表現の「仮構」との対位を視野に入れながら、そのことについての省察を欠いたところに成立した「関係小説」といってよい。これに対して二葉亭の『浮雲』と鷗外の『舞姫』は、逍遥的な「関係小説」を「思想小説」へと転位させようとするところに生み出されたものなのである。

「思想小説」という言葉に格別の意味をこめているのではない。ただ「小説」における「仮構性」が、視えない関係に絡めとられた自己存在の内部から、近代の根源を透視するところにかたちづくられるのならば、そう呼びうるとしたまでである。そして、二葉亭と鷗外は、このような「思想小説」の創出へと、「写実」の理念から一歩踏み出したのである。

たとえば、吉本隆明は『言語にとって美とはなにか』において、『舞姫』の主人公の内的世界の描写を引きながら、「逍遥がかんがえた摸写概念からいえば、描写の描写、描写の冪が成立している。」という指摘をおこなっている。

彼人々は余が倶に麦酒《ビイル》の杯をも挙げず、球突きの棒《キユウ》をも取らぬを、かたくななる心と慾を制する力とに帰して、且は嘲り且は嫉みたりけん。されどこは余を知らねばなり。嗚乎、此故よしは、我身だに知らざりしを、怎《いか》でか人に知らるべき。わが心はかの合歓《ねむ》といふ木の葉に似て、物触《さや》れば縮みて避けんとす。我心は処女に似たり。余が幼き頃より長者の教を守りて、学《まなび》の道をたどりしも、仕《つかへ》の道をあゆみしも、皆な勇気ありて能くしたるにあらず、耐忍勉強の力と見えしも、皆な自ら欺き、人をさへ欺きつるにて、人のたどらせたる道を、唯だ一条《ひとすぢ》にたどりしのみ。余所《よそ》に心の乱れざりしは、外物を棄てゝ顧みぬ程の勇気ありしにあらず、唯外物に恐れて自らわが手足を縛せしのみ。

ここには、吉本の指摘するように、「じぶんの内心のうごきをとりだして描写し、そのこころのうごきに解析をあたえている内心をも描写するという二重性」がみとめられる。そして、こういうところに、関係を描写するという逍遥の「写実」理念を一歩すすめ、この関係の根源を、そのような関係を強いられた自己存在の内側から描き出そうとする鷗外の方法がみられるのである。『舞姫』は、小説的機構だけをとり出してみれば、逍遥の『当世書生気質』には比べようもないほど簡明である。これは、『舞姫』が一人称小説の構成をとり、登場人物の関係やプロットの展開を、主人公の視点を通して切りとっているからということだけでは説明できない。そこには、主人公の内心の揺れうごく思いを描き、さらにそのような内心を通して選択された現実の関係を描くという「描写」の多元性こそが、「小説」の根本となるという理念がこめられているのである。『舞姫』が、このような鷗外の、「小説」に対するイデーによって構築されていたことはうたがいない。先の引用にみられるように、一方において国家の官吏として勉励する姿を描きつつ、そのような自己にいかなる根拠も見い出すことができない内心の不安を解析、摸写するという二重性は、「小説」を物語的な「仮構」とも、あるいはこの「仮構」を無化したかのような「写実」とも異った場所におしすすめていった。

　このことは、わが国の近代が、現実から乖離した「仮装」にほかならず、これを推進する国家の官吏という役割を背負わされた生が、この「仮装」を生きざるをえないという二重性への痛苦の思いが、鷗外の内部に秘められていたことを告げている。この二重性を断ち切って、ひとりの女性とともに陋巷の生へと埋没したいという思いが一度ならず去来したにちがいない。エリスとは、そのような鷗外の内心の痛苦と憧憬から創り出された幻影の女なのである。太田豊太郎がエリスの住む界限に足を踏み入れた場面は、次のごとくであった。

　或る日の夕暮なりしが、余は獣苑《じうゑん》を漫歩して、ウンテル、デン、リンデンを過ぎ、我がモンビシュウ街の僑居《けうきよ》に帰らんと、クロステル巷《かう》の古寺の前に来る。余は彼《か》の燈火《ともしび》の海を渡り来て、この狭く薄暗き巷《こうぢ》に入り、楼上の木欄《おばしま》に干したる敷布、襦袢《はだぎ》などまだ取入れぬ人家、頬髭長き猶太《ユダヤ》教徒の翁《おきな》が戸前に佇みたる居酒屋、一つの梯《はしご》は直ちに楼《たかどの》に達し、他の梯は窖《あなぐら》住まひの鍛冶《かぢ》が家に通じたる貸家などに向ひて、凹字の形に引籠みて立てられたる、此三百年前の遺跡を望む毎に、心の恍惚となりて暫し佇みしこと幾度なるを知らず。

これは、たんなる情景の描写ではない。描写された事象は、あきらかにこの巷に足を踏み入れた主人公の眼を通して選択されている。それだけでなく、この選択には、国家の官吏として栄達の道を歩みながら、何ひとつそのことに根拠を見い出すことができないまま、薄暗い巷へと魅き入れられてゆく主人公太田豊太郎の心の傾斜がかくされている。そこには、このような情景を描き出す作者の意識の奥深くに秘められた市井の生への憧憬がこめられているといってよい。

鷗外は、「小説」というものが、視えない関係のなかで強いられた人間の姿を、その内心に秘められた思いも含めて、トータルに表現しうるものであることを示してみせたかった。「小説」とは、不可視の関係を、個の内部の最も陰翳に満ちた部分から照らし出すものであることを、『舞姫』によって開示してみせたかったのである。

「小説」についてのこのような思いは、『浮雲』を書いた二葉亭のなかにも抱かれていた。なるほど『浮雲』は、登場人物の容貌や服装の描写に、『当世書世気質』の痕跡をとどめているようにみえる。にもかかわらず、この小説が、二葉亭の内部に巣喰う「懐疑」と「痼疾」の産物であることはうたがいない。たとえば、次のような主人公内海文三の内面描写は、逍遥の「写実」理念に対するおのれのイデーを示すものであった。

一時間程を経て文三は漸く寝支度をして褥《とこ》へは這入ツたが、さて眠られぬ。眠られぬ儘に過去将来《こしかたゆくすゑ》を思ひ回《めぐ》らせば回らすほど、尚ほ気が冴《さえ》て眼も合はず、是ではならぬと気を取直し緊敷《きびしく》両眼を閉ぢて眠入《ねい》ツた風《ふり》をして見ても、自ら欺むくことも出来ず、余儀なく寝返りを打ち溜息を吻《つ》きながら眠らずして夢を見てゐる内に、一番鶏《どり》が唱《うた》ひ二番鶏が唱ひ、漸く暁《あけがた》近くなる。「寧《いつ》そ今夜《こよい》は此儘で」トおもふ頃に漸く眼がしよぼついて来て額《あたま》が乱れだして、今まで眼前に隠見《ちらつい》てゐた母親の白髪首《しらがくび》に斑な黒髯が生えて……課長の首になる。そのまた恐《こは》らしい髯首が暫らくの開《あひだ》眼まぐろしく水車《みづぐるま》の如くに廻転《まはつ》てゐる内に次第〳〵に小ひさく成ツて……軈《やが》て相《さう》恰《かう》が変ツて……何時の間にか薔薇の花揷頭を挿して……お勢の……首……に……な……

（第一篇第四回）

内海文三が、免職になったことを、世話になっている叔母のお政と、ひそかに思いを寄せている娘のお勢に告げようとしながら、ついに告げることができず、一人居室に戻り、寝につく場面である。ここで、二葉亭の「描写」は、どこまでも主人公の内面に向けられている。たんに、主人公の内的独白を綿々と述べたてるというだけにとどまらず、内心に揺れうごく思いを、できるかぎり「描写」「模写」によって指示することを試みているといえる。

このような方法が、「描写」というものを、たんに人物の容貌や服装に、あるいは人物間の関係の叙述に適用するだけでなく、人間の内面にうごめくものを明るみに出す手段に変えていることは明らかである。そして、こういうところにこそ、『小説総論』において「模写といへることは実相を仮りて虚相を写し出すといふことなり」と述べた二葉亭の理念が実践されているのである。

このような二葉亭の方法は、世間的な場における要領の悪さと融通のきか無さのために、免職の憂き目に会った主人公文三の姿を、内側から描き出すことに成功したのだが、ここから、この小説を、内海文三という一青年の挫折の物語とばかりは断定できない。『浮雲』の「描写」は、『舞姫』にみられたような、太田豊太郎の「眼」を通した選択によって成立しているのではないからである。

文三の傍には、立身出世型の才子本田昇、したたかな実生活の論理を身につけている叔母のお政、文三の倫理的な潔癖さに共感をおぼえながらも、やがて昇の実利的な側面にひかれていく娘のお勢などが登場し、それぞれ一歩もひこうとしない。作者は、明らかにおのれの方法を、これらの登場人物の性格描写にまで適用している。そのことによって、人物間の関係の描写がおもに、その錯綜したプロットの叙述を通してなされていた逍遥の『当世書生気質』への明確な対位がかたちづくられるのである。

二葉亭のとった「描写」の方法は、現実における対他関係を、さまざまなタイプの登場人物のかかわりあいを通して描き出していくところにあった。しかも、この登場人物のタイプは、伝統的な勧善懲悪小説にみられるように、善悪二元からのみ描き出されるべきではなく、それぞれ必然的な内面をもったものでなければならなかった。

たとえば、作者は、苦悩型の文三の内部を、独白と描写を重ねることによって描き出す一方、実利一方の才子本田昇の性格の必然性をも、次のような文三との対話の中に描いていくのである。

「イヤ言ふ必要が有る。冤罪を被《かうぶ》ッては之を弁解する必要が有る。だから此儘下へ降りる事は出来ない。何故痩我慢なら大抵にしろと「忠告」したのが侮辱になる。成程親友でないものにさう直言したならば侮辱したと云はれても仕様が無いが、シカシ君と我輩とは親友の関繋ぢや無いか」。

「親友の間にも礼義は有る。然るに君は面と向ッて僕に「痩我慢なら大抵にしろ」と云ッた。無礼ぢやないか。」

「何が無礼だ。「痩我慢なら大抵にしろ」と云ッたッけか、「大抵にした方がよからうぜ」と云ッたッけか。何方《どつち》だッたかモウ忘れて仕舞ッたが、シカシ何方《どつち》にしろ忠告だ。凡そ忠告と云ふ者は――君にかぶれて哲学者振るのぢやアないが――忠告と云ふ者は、人の所行《しよぎやう》を非と認めるから云ふもので、是《ぜ》と認めて忠告を試みる者は無い。故に若し非を非と直言したのが侮辱になれば、総《すべて》の忠告と云ふ者は皆君の所謂《いはゆる》無礼なものだ。若しそれで君が我輩の忠告を怒《いか》るのならば、我輩一言もない、謹《つゝしん》で罪を謝さう。が然《さ》うか。」（第二篇第十回）

復職をかたくなに辞す文三と、それを「痩我慢」と評した昇との応酬である。この対話のみごとさは、文三、昇それぞれの人物の性格を内部からくっきり描き出しているところにある。とりわけ、自己の内部にどのような根拠もみい出せず、いたずらに神経をとぎすましている文三にくらべ、おのれの処世方に確固たる自信をもって文三に対する昇の姿は、どんな戯画化からも免がれている。このような対話を描き出すところに、現実の関係の根源に向けられた作者の「眼」がみとめられるのである。

この「眼」は、二葉亭の「痼疾」のそれということができるのだが、一方において、「小説」を、関係の内的必然性から成り立たせるために必要不可欠のものなのだ。二葉亭は『浮雲』を書くにあたって、おのれの「痼疾」のすべてを、主人公文三の内面に託したかったにちがいない。だが、彼には「小説」というものが、関係を描写するものであるという逍遥以来のイデーが深く根を張っていた。そこで、人間を関係のなかにとらえながら、その内面までも描き出しうるならば、彼の「痼疾」は、自身の「小説」の内部に生きうると考えた。

二葉亭が『浮雲』を書いた際に、「小説」というものを、いかにおのれの存在の根源からとらえていたかは、どんなに強調しても強調しすぎることはない。二葉亭にとって、現実的な状況における視えない関係が、動かしがたい相対性をもって人間の存在を律するということが解きがたい謎であった。このような相対性を前にしては、文三の内的苦悩などは容易にその理由を奪われてしまうことを見通していたのである。

それにもかかわらず、二葉亭は、現実の相対性のなかを器用に渡ってみせる本田昇や、相対性を積極的に生活思想としているお政の存在に、謎を解く鍵を見い出していくこともしなかった。本田昇やお政というのは、二葉亭自身を苦しめたにちがいない、この世界の相対性を推進していく者たちの一典型にほかならなかった。

しかし、少くとも二葉亭は、これらの存在を排することで、内海文三の内的苦悩を救抜するということはしなかった。こういう動かしがたい相対性と、これを体現していく存在とから現実の関係が成り立っているならば、これを措いて、「小説」における構成の原型はないということを知り抜いていた。

このような「小説」についてのイデーは、彼における、現実的な関係の相対性とその原理に対する痛恨の思いと不可分のものであった。相対性を推進していく者たちの原理が、近代の「制度」や「規範」と同期することの必然性について、醒めた眼を有していたのである。

第四項　観念への飢渇

だが、二葉亭はこのような「眼」が、関係を内側からとらえるという「小説」の方法をもたらすとはいえ、もし「小説」というものが、もう一つの眼――相対的なるものの根底を暴き、仮装する近代の「規範」を解体させるような観念を宿すことができなければ、所詮、現実的な関係の図を出るものではないということをもよく知っていた。「小説」が、二葉亭のこのような思想を容れないのではなく、かれの思想のあまりのラディカリズムが最終的に「小説」なるものを容れえなかったのだ。内海文三の内心の苦悩に、本田昇やお政の存在を越えるようないかなる観念をも託すことのできなかった二葉亭は、文三の破滅を暗示したプランを残したまま『浮雲』の筆を措くしかなかった。

以後二〇年にわたって彼は、「小説」に関するかぎり沈黙しつづける。二葉亭の内部にどのような果たせぬ思いが渦まいていたかは、二〇年後の小説『其面影』によってうかがうことができる。しかし、いずれにせよ、『浮雲』の二葉亭は、かつてない「小説」の方法を残しながら、ラディカルな観念への飢渇のために、結局は「小説」そのものを挫折させるにいたったのである。これが、かれの存在の深い挫折と不可分であったことはいうまでもない。

　このような「小説」における挫折は、鷗外の『舞姫』においても例外ではなかった。たしかに鷗外は『舞姫』において、太田豊太郎の揺れ動く内心から、関係を透視するという画期的な方法を示し、「小説」における「仮構性」を、主人公の内部の選択によって創出されるものだけに特定してみせた。しかし、彼は一方において、これを明るみに出すだけでなく、錯綜した関係のなかに個々の存在をからめとっていく「制度」や「規範」を解体するほどの観念を「小説」の根源に据えることまではできなかった。

　鷗外には、このような観念を所有することについて、深い断念の思いがあった。この断念は、かれの存在に生涯にわたって、ある種の病根を植えつけたといってよい。いずれにせよ、鷗外は『舞姫』を、次のような一節によって終らせたとき、彼自身の存在の挫折とともに、彼みずからがつかみ出した「小説」の方法の挫折を招き寄せていたのである。

　余が病は全く癒えぬ。エリスが生ける屍《かばね》を抱きて千行《ちすぢ》の涙を濺《そゝ》ぎしは幾度ぞ。大臣に随ひて帰東の途に上ぼりしときは、相沢と議《はか》りてエリスが母に微なる生計《たつき》を営むに足るほどの資本を与へ、あはれなる狂女の胎内に遺しゝ子の生れむをりの事をも頼みおきぬ。

　嗚呼、相沢謙古が如き良友は世にまた得がたかるべし。されど我脳裡に一点の彼を憎むこゝろ今日までも残れりけり。

ここから先には、「仮構」を成立させるべきどのような内部もない。もしありうるならば、内部というものを最終的に断念するところにあらわれてくるものであり、それだけが鷗外を再び「小説」へと向かわせるのである。「小説といふものは何をどんな風に書いても好《い》いものだ」という『追儺』のセオリーにこめられたのは、そのような内部の断念であった。

だが、このセオリーに則って再び「小説」に筆をそめるためには、彼もまた二十年の沈黙に耐えなければならなかった。この沈黙の重さに比べれば、『うたかたの記』『文づかひ』などは、「小説」の「仮構性」を奇譚におくことによって、ようやく可能になったものにすぎず、衰弱いがいの何ものでもない。むしろ、『舞姫』において、「小説」というものをあれほど人間の内面の必然性だけで創出してみせた鷗外が、たちまちのうちに「物語」的仮構へと後退してしまったところにあらわれている挫折の深さを、思いみるべきなのである。

第二節　透谷・子規——「詩」と「小説」

第一項　「小説」の不可能性

二葉亭が『浮雲』第三編を発表したのは明治二二年であり、鷗外が『文づかひ』を発表したのは明治二四年であった。これを最後として、二葉亭は明治三九年『其面影』を書くにいたるまで、鷗外は明治四二年『半日』を書くにいたるまで、およそ二〇年にわたって「小説」の筆を執ろうとしなかった（正確には、鷗外はこの間に初期三部作とその後の「沈黙」の意味を反映しない戯作風の小説『そめちがへ』を発表している。だが、『半日』以後の鷗外の目ざましい転回を考えるならば、この時期を「沈黙」の時期とすることに異論はないだろう）。

漱石についていうならば、この二〇年とは、何よりも「表現」以前の「無言」と「沈黙」を苦く嚙みしめる歳月にほかならず、しかも、このような「表現」の不可能性への自覚は「小説」よりもむしろ「詩」に向けられたものであった。だが、明治三八年『吾輩は猫である』第一を発表後、次々に「小説」に手をそめていく漱石の表現意識は、「詩」よりも「小説」を志向することで、二葉亭、鷗外の「沈黙」の意味を荷わされることになるのである。

それは「小説」というものを、人間の内面との必然的な連関において表現するという理念に発するものである。この理念によれば、「小説」は、そのような連関を人間の関係として描き出していかなければならない。明治三八年の漱石には、こうした「小説」理念のために挫折を余儀なくされた二葉亭、鷗外の「沈黙」が、影のようにつきまとっていた。

「小説」というものが、人間の内面の連関から、人間の関係を描いていくにとどまらず、最終的にそのような関係をもたらす近代の「制度」や「規範」を覆すような観念を、その「仮構性」の根底に培養していかなければならない。そうでない限り、現実の赤裸な関係図へと後退するか、奇譚的、あるいは風俗譚的「物語」へ後退するしかないという彼らの苦い思いが、影のようにつきまとっていたといってもいい。

たしかに、二葉亭、鷗外の「沈黙」以後、明治二〇年、三〇年代の「小説」の主流を占めたのは、紅葉、露伴、鏡花らに代表されるところの「仮構性」を本質的に「物語」におくことによって成立した「小説」であった。彼らの「小説」とても「小説の主脳は人情なり、世態風俗これに次ぐ」という『小説神髄』のテーゼを継承したものであることにかわりはない。だが、彼らはここから、関係を内側から描き出す方法を導き出すかわりに、偏向を宿した独自の譚のなかにそれらの関係を描き出していくという方法を示してみせた。

『伽羅枕』から『三人妻』『心の闇』をへて『多情多恨』『金色夜叉』にいたる紅葉の「小説」は、どのような選択の必然性をも「世態風俗」の描写へと偏向させ、「仮構」の根底を風俗譚におくことで成立したものであった。『風流仏』『五重塔』の初期の作品から未完の『風流微塵蔵』をへて『天うつ浪』の中断にいたる露伴の「小説」は、一貫しておのれの「奇想」と「哲理」(北村透谷)に偏向することで、「仮構」の根底を奇譚にもとめるところに成ったものであった。『高野聖』『風流線』『春昼』など、明治三〇年代における鏡花の「小説」は、紅葉の風俗譚、露伴の奇譚に比べれば「物語」そのものの成立を危くするような断層を与えられている。だが、これは鏡花のいわば「美」に偏向する方法がそうさせたものといってよいので、「小説」の「仮構性」が譚にあることにかわりはないのである。

これら明治二〇年、三〇年代のすぐれた作家たちは、人情、世態、風俗を模写するという逍遥の「小説」理念を、それぞれの特殊性をもって継承したのだが、この継承は本質的に逍遥の近代性を越えるものではなかった。つまり、紅葉、露伴、鏡花らは、逍遥が馬琴などの勧善懲悪小説への攻撃を仮装しながら、「小説」の「仮構性」を、「物語」から「写実」へと転回させようとしたことの意味を継承しえなかった。彼らには、現実の関係が、視えない領域にまで拡大されつつあることよりも、おのれ一個の特殊な偏向が、そのような状況のなかで死に瀕することの方が焦眉の関心事であった。

この意味では、「風俗」に偏する紅葉も、「哲理」に偏する露伴も、「美」に偏する鏡花も、それぞれに状況の視えない力を受感していたといってよい。だが、かれらは状況における不可視の関係をとらえる眼を持ちあわせていないゆえ、これを逍遥のように外被として描き出すことも、二葉亭、鷗外のように内的必然性として描き出すこともしなかった。ゆいいつ、彼らは、おのれの偏向を譚として語り出すことによって、状況の力に対抗していたのである。

たしかにその偏向は他に代えがたいような独自性を放つものであった。にもかかわらず、二葉亭、鷗外が衝き当った「小説」の不可能性とは無縁であったといわなければならない。

第二項　観念のラディカリズム

このような「小説」の不可能性を、二葉亭や鷗外とは異った方向から、しかも彼らに劣らぬほどの根源性をもって体現していたのは、明治二五年『我牢獄』を発表した北村透谷であった。透谷は、この異様な「小説」において『小説神髄』以来のイデーであった関係の模写ということを徹底して排し、一つの観念のみを描き出してみせた。書き出しの次のような一節は、この「小説」が、現実的な関係を構成の原型としないという確固とした理念をもって書かれたものであることを告げている。

もし我にいかなる罪あるかを問はゞ、我は答ふる事を得ざるなり、然《しか》れども我は牢獄の中《うち》にあり。もし我を拘縛《こうばく》する者の誰なるを問はゞ、我は是を知らずと答ふるの外なかるべし。

もしここに関係なるものを見出しうるとするならば、「我」がいかなる罪によって、また誰によって拘縛されているかまったく知ることのできないにもかかわらず、事実として、牢獄のうちにあるということだけである。これは、いうまでもなく関係の模写でもなければ、その内的必然性からの描写でもない。一個の観念の描写としかいいようがないものなのである。しかも、この観念は、露伴にみられるような「哲理」への偏向とは異なり、関係というものを極限まで内面化したところに産み出されたものにほかならない。この意味で、ここに描き出された観念は、現実的な関係を影のようにまとっているということができる。

このような観念のみを構成の原型とした「小説」を創り出したとき、透谷は、二葉亭、鷗外が衝き当っていた「小説」の不可能性を一面において超出していた。二葉亭も鷗外も、逍遥以来の関係描写というイデーをどんなに内面化しようと、ついにこの枠組みから免かれることができず、一方において関係の根源を明るみに出すような観念の必然性を直覚しながら、ついにこれを内に宿すことをなしえないまま「沈黙」の余儀なきに至っていた。まさにこのとき、透谷は関係を極限まで内面化した観念を所有することによって、関係描写などという理念を一蹴するごとくに「小説」を実現してしまったのである。

透谷の観念とは、いうまでもなく「牢獄」に象徴されるものである。一方、これはうたがいもなく『浮雲』の文三と『舞姫』の太田豊太郎の内面を極限化するならば露呈されたであろうところのものなのである。たとえば、内海文三のお勢に対する綿々たる思いと、エリスとの生への太田豊太郎の果たしえぬ思いを究極まで推し進めていくならば、『我牢獄』において、「籠囚」の根源からあらわれ出る次のような観念へと至ることは必定なのだ。

現《うつゝ》に於ける我が悲恋は、雪風凛々《りんりん》たる冬の野に葉落ち枝折れたる枯木のひとり立つよりも、激しかるべし。然り、我は已《す》でに冬の寒さに慣れたり、慣れしと云ふにはあらねど、我はこれに怖るゝ心を失ひたり、夏の熱さにも我は我が腸《はらわた》を沸かす如きことは無くなれり、唯だ我九腸を裂きて又《ま》た裂くものは、我が恋なり、恋ゆえに悩《もだ》ゆるにあらず、牢獄の為に悶ゆるなり、我は籠中にあるを苦しむよりも、我が半魂の行衛《ゆくゑ》の為に血涙を絞るなり。雷音洞主の風流は愛恋を以て牢獄を造り、己れ是に入りて然る後に是を出でたり、然れども我が不風流は、牢獄の中《うち》に捕縶せられて、然る後に恋愛の為に苦しむ、我が牢獄は我を殺す為に設けられたり、我も亦《ま》た我牢獄にありて死することを憂ひとはせざれども、我をして死す能はざらしむるもの、則ち恋愛なり、而して彼は我を生かしむることをもせず、空しく我をして彼のデンマルクの狂公子の如く、我母が我を生まざりしならばと打ち喞《かこ》たしむるのみ。

ここで透谷は、「恋愛」の不可能性という観念だけを、内的必然性によって選択された描写と叙述の連関のなかに描き出している。「我」がいかなる生を送り、「彼女」がいかなる巷に佇んでいたのか、そして「我」と「彼女」との間にどのような心理の行き違いがあったのか一切描かれていない。つまり、関係が描かれていないのだ。

代わって、ここに描き出されているのは「半裁したる二霊魂が合して一になるにあらざれば彼女も我も円成せる霊魂を有するとは言ひ難かるべし」という観念だけである。しかもそれは視えない関係を陰画《ネガ》のように刻印しているのである。このような関係が「我」をどこまでも「牢獄」へと拘縛し、「我」と「彼女」の「恋愛」を不可能にしていることが暗に示されている。透谷は、あたかも「小説」とはこのような抽出だけで成り立つものであると語っているかのようである。

内面の極限化というものが「小説」における「仮構性」と根本的に相容れないものであることは、透谷にとって自明のことであった。「小説」が関係を描き出すところに「仮構性」を見出すかぎり、主人公の内面を究極までたどることも、そこに一個の観念を抽出することも不可能なのである。それを成就したいならば、関係を描くことを放棄しなければならない。『我牢獄』が、二葉亭や鷗外における「小説」の不可能性を超出しているとすれば、こういう点においてなのである。

にもかかわらず、二葉亭、鷗外の「沈黙」には、『我牢獄』によっては覆い尽くすことのできない意味があった。たとえば、二葉亭は『浮雲』において、内向的な知識人内海文三の苦悩を描きつつ、一方において、本田昇、お政、お勢といった異ったタイプの人物を登場させ、人物間の関係の相対性を描き出してみせた。また、鷗外は『舞姫』において、太田豊太郎という主人公が、友人相沢、故郷の母、エリスとの関係のなかで葦のように揺れうごく相対的な存在でしかないことを描き出してみせた。そこには、現実における関係が徹底して相対的なるものによって律せられていることについての、痛恨の思いがこめられていたのである。

透谷の「牢獄」に象徴される観念は、たとえこれを陰画《ネガ》のように背後に刻印していようと、そのような相対性のダイナミズムまでをも抽出しているとはいいがたい。人間の関係の相対性が視えない観念をうみ出す一方、それを解消したかのような「制度」と「規範」へと編成されつつあった明治二〇年代の状況は、透谷の観念さえも相対化してやまなかった。

この意味からすれば、関係を内的必然性からとらえるという、二葉亭、鷗外の「小説」理念は、容易に褪色するものではなかったといえる。彼らのイデーは、たとえ透谷のようなラディカルな観念を、「小説」の根に宿すことがなかったとしても、このような観念を人間に抱かせる契機としての、現実の相対的な関係を内側から描き出していたからである。二葉亭、鷗外が『我牢獄』にみられるような観念のラディカリズムを所有しえなかったがゆえに、「小説」を挫折させるほかなかったとすれば、透谷は、かれらによって切り拓かれた関係を内側から描くという方法を採ることを潔しとしなかったがゆえに「小説」を挫折させるほかなかった。

にもかかわらず、『我牢獄』は『浮雲』『舞姫』以後における「小説」の不可能性を、まったく逆の方向から照らし出した特異な「小説」なのである。たとえそれが関係の相対性を描写するという方向から「小説」をとらえたとき、あらたな不可能性をもたらすことになったとしても、その特異性は、無《な》みされるべきではない。

明治三八年以後の漱石の「小説」が、一方において二葉亭、鷗外の「沈黙」に響き合うものを秘めていながら、他方において透谷的な観念のラディカリズムを仮装しようとしたことは、『吾輩は猫である』と平行して書かれた『倫敦塔』『幻影の盾』などによってうかがうことができる。これについては、後に論ずることにして、ここでは透谷の特異な「小説」とその挫折が、二葉亭、鷗外のそれとともに、漱石の「小説」に影を投じていたことだけを指摘しておこう。

ところで、二葉亭、鷗外の「沈黙」以後に書かれた紅葉、露伴の「小説」に対して根底的な批判の矢を向けていた(『伽羅枕』及び『新葉末集』)透谷は、いったいどこから『我牢獄』のような「小説」の方法をつかみ出してきたのだろうか。透谷はこれを、みずから創出した『楚囚之詩』『蓬萊曲』という二篇の「詩」から導き出したのである。このとき、透谷は逍遥、二葉亭、鷗外も、また紅葉、露伴も決してとらええなかった方法、つまり「詩」の根源から「小説」に迫り、「小説」を「詩」からの偏差として産み出すという方法を呈示していた。

これは、島崎藤村をはじめとするわが国近代の文学者たちにみられる、「詩」から「小説」への転回の原型をなすものと考えることも可能である。しかし、藤村以後「詩」から「小説」へと転じていった文学者たちが、一様におのれの「詩」にすでにはらまれていた「小説」的構成を現実化し、いわば観念を関係へと拡散させていったことを考慮に入れれば、透谷のそれは、転回というよりも正確には凝縮というべきものであった。

つまり、透谷は『楚囚之詩』によって得た「小説」的構成を、決して関係の描写へと拡散させず、これを『蓬萊曲』における柳田素雄の、この世の何ものとも和解しえない熾烈な観念のうちに凝縮させた。さらにその劇的構成さえも、「牢獄」に象徴される観念へと凝縮させていったところに、

『我牢獄』が書かれたのである。『我牢獄』における特異な「小説」言語は、その源をたずねれば、『楚囚之詩』『蓬莱曲』の次のような「詩」的言語に見出される。

余が口は涸れたり、余が眼は凹《くぼ》し、
　曽つて世を動かす弁論をなせし此口も、
　曽つて万古を通貫したるこの活眼も、
はや今は口は腐れたる空気を呼吸し
眼は限られたる暗き壁を睥睨《へいげい》し
且つ我腕は曲り、足は撓《た》ゆめり、
嗚呼《ああ》楚囚！　世の太陽はいと遠し！

わが眼はあやしくもわが内をのみ見て外《そと》は
見ず、わが内なる諸々《もろ〱》の奇《く》しきことがらは
必らず究めて残すことあらず。
且つあやしむ、光にありて内をのみ注視《みつめ》た
りしわが眼《め》の、いま暗《くらき》に向ひては内を捨《すて》
外《そと》なるものを明らかに見きはめんとぞ
すなる。

前者が『楚囚之詩』、後者が『蓬莱曲』の言語であることは断るまでもない。これに、先に引用した『我牢獄』の一節を並べてみれば、一つの観念をめぐっての言語が、明らかにある一点へ向けて凝縮されていく過程が見えてくるだろう。

それは、少くとも「詩」から「小説」への転回などという規定を即座にはねのけてしまう過程にほかならない。むしろ、「小説」的言語の中心を「描写」におくことができるとするならば、『楚囚之詩』のそれがもっとも「小説」に近く、『蓬莱曲』『我牢獄』に至るにしたがって、言語が内側へ向かう分だけ「小説」から遠ざかっていくことは明らかである。そして、『我牢獄』に至って、「もし我にいかなる罪あるかを問はゞ、我は答ふる事を得ざるなり、然れども我は牢獄の中《うち》にあり。」という、「描写」をできるかぎり排した、観念の直截的な表出を基とした言語を産み出すのである。

これについては、「小説」の中心を「物語」的構成と関係描写においたとしても、ほぼ同様のことがいえる。ここからも『我牢獄』が、いかに当時の「小説」の方法を逸脱したものであったかがわかるのだ。この逸脱を準備したものこそが、いまだ「小説」的構成と「写実」の手法の痕跡をとどめていた『楚囚之詩』と、いまだその劇的構成のなかに神仙譚的痕跡をとどめていた『蓬莱曲』とが、切り拓いてみせた「籠囚」の観念の熾烈さであった。ここに、透谷における「詩」から「小説」への転回がみとめられるのである。

おそらく、明治二〇年、三〇年代の「小説」作家たちは、「小説」というものが、「詩」の根源からの転回としてあらわれるということの意味を、いまだとらええていなかった。これは、逍遥、露伴、紅葉などの「小説」が、馬琴や西鶴さらには他の戯作者たちによる散文作品の影をまとっていたことを考えれば、当然のことだった。

このことは、二葉亭、鷗外についてもいえることで、当時『於母影』の訳業によって「詩」的言語にふれえていた鷗外でさえも、これをおのれの「小説」の根源を映す鏡のようにみなすことはできなかった。この意味においても、もし二葉亭と鷗外が、『浮雲』『舞姫』を書くにあたって「詩」の根源に一度たりともふれえていたならば、という思いを禁じえないのである。

しかし、これがために彼らは、「小説」を徹底して関係性の内に成立させるという醒めた眼を所有しつづけた。透谷の『我牢獄』にみられたようなラディカルな観念をはらむことがなかったとしても、彼らの「沈黙」には、「小説」から出発したものだけが持ちうる相対性への認識が波うっていた。

透谷の観念のラディカリズムが、ついに「小説」だけでなく「表現」そのものまでをも座礁させることになったのに比べ、二葉亭、鷗外は少くとも再び「小説」に手をそめることができた。それが鷗外のように、内部への徹底した断念によるものであれ、二葉亭のように、対なる関係への極端なまでの凝視によるものであれ、「小説」は存続することができたのである。

第三項　病性の自然へ向けられた眼

それならば、漱石はどうであったのか。『吾輩は猫である』と『漾虚集』によって「小説」作家としての道を歩みはじめたとき、これらの「小説」的言語は、「詩」の根源性に対していかなる対位をなしていたのか。少くとも二年間の英国留学から帰朝後、明治三六年から相ついで書かれた幾篇かの英詩と、新体詩によって、漱石は漱石なりに「詩」的経験を深化していた。それだけでなく、明治二〇年代の後半から、明治三〇年のはじめにかけては、おのれの「表現」を漢詩と俳句において成就していた。これが、漱石にとっていかなる「詩」的経験であったかは、第一章において論じたところである。

いずれにせよ、漱石は二葉亭、鷗外における「小説」についての「沈黙」の根底を、独自の「詩」的経験を重ねることで通過していた。漱石もまた作家として生成する際に、おのれの内部において「詩」から「小説」への転回を遂げていたといえる。それが、透谷のように「小説」を「詩」的なるものの根源から照し出していくものであったのかは、検討に値するとしてもである。とはいえ、この問題に立ち入る前に、二葉亭、鷗外の「小説」における「沈黙」を、透谷とは異った方向から超出してみせたもう一人の文学者について考察をくわえておく必要がある。いうまでもなく、明治二〇年代末から明治三〇年代における正岡子規である。

露伴の初期小説、とりわけ『風流仏』にとりつかれ、みずからもまた小説家たらんと志した子規が、『月の都』を携えて露伴の門を敲いたのは、明治二五年のことであった。この子規の処女小説は、ついに露伴のみとめるところとはならなかった。『当世書生気質』と『風流仏』の影を色濃くとどめているこの奇譚的な悲恋物語が逍遥、二葉亭、鷗外とつづく「小説」の行程に対して、つけくわえるべき何ものももっていなかったことは確かであった。

この小説『月の都』の失敗と相前後する頃に、子規は俳句革新の大事業に手をそめていった。子規における「小説」の失敗は、かれの表現意識の根底に大きな影を投じたのである。事実、子規は明治二八年『俳諧大要』を発表して、その「写生」理論を確立して後、この理論を俳句、短歌における「詩」的言語に適用するだけでなく、これに則った独自の「小説」言語を創出していった。これが、明治三〇年に書かれた『曼珠沙華』の次のような一節にあらわれていることはうたがいない。

> 見渡せば稲田遠く西に開けて、南を劃《かぎ》る一帯の土手は松、櫧、榎など枝を参《まじ》へて森の如く茂つて居《ゐ》る。監獄署《かんごくしょ》の高き白壁と黍畑《きびばたけ》との間の小道を通り抜けて土手へ取りつくと、少し心が落ち着いたので、下闇《したやみ》をぶらり／＼と草木など鞭で叩きながら歩行《ある》いて居た。名高い化地蔵《ばけじざう》の前へ来ると子供心に恐ろしく思ふて居た名残で今も気味が悪いけれど、一足横へ踏み込んで其前へ往《い》て見た。いつでも此地蔵の首は前の方に転《ころ》がつた儘《まま》であるのが、今日《けふ》は首が胴に載せてある。載せてはあるが眼口鼻が見えぬので若し石ころではあるまいかと猶《なほ》近よつて見て玉枝は覚えず笑ひ出した。首は横向いて着いて居る。思はぬ処で地蔵に笑はされてから後は独り歩行《ある》いて居ても何か分らぬが無暗《むやみ》にをかしい。いつでも走つて通り抜けて居た墓原《はかはら》へ来ても恐ろしくはない。赤い信女が隣の怪しき居士《こじ》の膝に倒れかゝつた儘《まま》、そこを枕に寝て居るもをかしい。新墓《にひはか》の供物をつゝいて居た鴉が人影に驚いて樹の枝へ飛び上り何やら喰ふて居た物をつい取り落してそれを拾ひにも得下《えお》りず惜しさうに阿房阿房《あはう〳〵》と鳴いて居るのもをかしい。日頃玉枝の胸の中《うち》にかたまつて居た鬱結は此日此時一時に笑ひとなつて蒸発し了《をは》つた。

子規の「写生」の方法が、「小説」に生かされためざましい場面である。ここで子規はおのれさえも気づかぬうちに、自然主義以後、とりわけ自然の景物の「描写」のなかに「私」の心境をあらわしていったわが国の「小説」の独特な偏向を準備していた。それはいわば、現実的な関係の向うに存在する「自然」の相を眺め、そこから人間の存在を特定していくという方向である。

けれども、子規の方法は、人間の自然性を卑小で醜悪で暗澹たるものとみなした自然主義作家たちとも、人間の生を、自然とともに滅びゆくべきものとみなした心境小説作家たちとも異っていた。主人公の「眼」によって切り取られた自然の事象は、「自然」に積極的な何ものかをみい出してゆくという子規の観念にもとづいて選択されているからである。自然は、いたずらに暗く重苦しいものとして、あるいは寒々とした細みのうちにあらわれるのではなく、主人公の内心の鬱屈を払拭してくれるような実在にほかならない。主人公は、この実在する「自然」にふれていくことで、「胸の中《うち》にかたまって居た鬱結」がやがて「蒸発し了《をは》つた」ことを感じるのである。

子規がこのような方法によって提示したのは、「自然」というものが、現実における錯綜した対他関係に対位しうる唯一の実在であるということだった。

とはいえ、『曼珠沙華』という「小説」の構成に目を向けるならば、野村玉枝という富豪の総領息子が、偶然出会った非人の娘にひかれ、互に心を寄せ合うものの、親に強いられた結婚によって、結局その娘を捨て、みずから懊悩するにいたるという、『月の都』以来の悲恋物語にあることは、一目瞭然である。

人物間の関係についても、とうてい『浮雲』『舞姫』にみられたような内的必然性によって描かれたものとはいえず、あくまでも悲恋譚の起伏のなかに織り込まれているものにすぎない。そのかぎりにおいて、この「小説」が、二葉亭、鷗外の「沈黙」を超出するものではないことは明らかなのだ。いわんや、徹底して関係描写を排し、一個の凝縮された観念をもって「小説」の「仮構性」を成立させた透谷の『我牢獄』に比すべくもないこともまた否定できない。

それにもかかわらず、子規の『曼珠沙華』は、その「写生」理論にもとづいた方法を、「小説」において実現させた点において、画期的意味を有していた。

そもそも、逍遥が『小説神髄』において、「小説の主脳は人情なり、世態風俗これに次ぐ」というテーゼを掲げて以来、草創期の「小説」作家たちは、それぞれ独自の仕方でこのテーゼをおのれの「小説」に適用してきた。二葉亭も鷗外も、紅葉も露伴もひいては三〇年代における鏡花や柳浪さえも、誰一人として逍遥の理念からはずれたところで「小説」を書こうとはしなかった。『我牢獄』における透谷だけが、紅葉、露伴の「小説」への批判意識をてこに、まったく新しい「小説」を創出してみせた。だが、その透谷とても、逍遥の「写実」のイデーから逸脱していたのではなく、それに対する反措定《アンチ・テーゼ》を示してみせたということだった。そのかぎりにおいて『小説神髄』の後裔であることに、変わりはないのである。

しかし、子規だけは『月の都』をはじめとして露伴の系譜を仮装しながら、全く異質の方向から「小説」の方法を切り拓いてみせた。それは、写生によってとらえた「自然」の諸相を小説の根底におくというものであった。子規がこのような「自然」の諸相を発見したのは、おのれの病いに対する凝視を通してにほかならない。いわば、病性の自然へ向けられた眼と、そこから選択された観念と美意識をもって、即自的かつ積極的な「自然」の相をみい出していったのである。「自然」を凝視する子規の美意識の強烈さは、比類のないものといってよく、逍遥以来の「写実」理念を継承してきた二葉亭、鷗外にもあるいは紅葉、露伴にもみられないものだった。

それは、本質的な意味において孤立した観念にほかならなかった。そしてこのような孤立こそが、同時代の二葉亭、鷗外の「沈黙」に、あるいは透谷の「座礁」に対位していた。これに比べれば彼の「小説」が、それ自体としてはとうてい二葉亭、鷗外を超えるものではなかったということは問題ではないのである。

第四項　「詩」と「小説」のアイロニー

子規の方法が、もともと短歌、俳句の核心に「美」という基準を打ち立てようとする欲求に基づいて抽き出されたものであることはいうまでもない。したがって、それは「詩」の根源から発するものであったといってもよいのである。子規のこの方法は、同じく「詩」の根源から導き出された透谷の『我牢獄』のそれに比べてさえも、独特の偏差を呈していた。子規にあっては、「詩」から「小説」へという転回を、「社会」の「制度」や「規範」への反措定《アンチ・テーゼ》とみなす透谷の方法は関心の外にあるものであった。それに代わって、子規をとらえていたのは、みずから見い出した「詩」と「美」の根源において「社会」を無化するということであった。

もちろん「写生」の方法からなる俳句作品が、「詩」と「美」の根源から表出されたものとみなすには、留保が必要ということもできる。これらの俳句作品が、やがて写生文と名づけられる「散文」を抽き出し、これが『曼珠沙華』における「描写」の母胎となっていったことはまちがいないからである。だが、これらの「詩」「散文」「小説」における言語には、転回を促すどのような契機も見い出せない。試みにこの三種の言語を、次のように並べてみればよい。

野分すなり赤きもの空にひるがへる
赤蜻蜓《とんぼ》筑波に雲もなかりけり
村遠近《をちこち》雨雲垂れて稲千里
くわう／＼と何に火を焚く秋の村
秋高し鳶《とび》舞ひ沈む城の上
萩は月に芒《すゝき》は風になる夕
（『寒山落木』）

秋晴れて、野に出でばや、稲は刈りをさめしや、稲刈り女《め》の見知り顔なるもありや、あぜの草花は如何に色あせたらん、など日毎に思ひこがるれど、さすがにいたつきのまさんことも心もとなければ、さてやみつ。今日も朝日障子にあたりて蜻蛉《とんぼ》の影あたゝかなり。世の人は上野、浅草、団子坂とうかるめり。われも出でなんや。出でなん。病《やまひ》のつのらばつのれ、待たばとて出らるゝ日の来《きた》るにもあらばこそ。
（『車上所見』）

玉枝は何か急に思ひついたやうに、彼処《かしこ》の木の間、此処《こゝ》の草むらと、道無き処を探し歩行《ある》いたが、終《つひ》に堤《つゝみ》の林を離れて田の縁に出た。返さうとして彼方を見れば土手を十間許《ばか》り離れて田の中に一塊の高まり、何とも知れぬ大木一株《もと》雲に聳えて、其下には今を盛りの曼珠沙華が透間も無く生えて居る。それが傾く西日に映りて只赤毛氈《まうせん》を敷きつめたやうな。其中に坐つて何やらして居る一人の小娘を見つけたので、あれに聞いて見ようかと独り言して畦道づたひに小高き処をぐるりと廻りて、少女の後からそつと覗いた。

（『曼珠沙華』）

たしかにここには、透谷のような「詩」から「小説」へという転回を、「社会」の「制度」や「規範」への反措定《アンチ・テーゼ》とみなす方法はみとめられない。だが、見られるように、俳句も写生文も小説もその構成上の相違にもかかわらず、「自然」に対する強烈な観念と美意識でもって表出されている点では同位にあるといっていい。子規にとって、「詩」の根源とは、ここに発するものであった。

子規は『月の都』の失敗以来、短歌俳句革新運動を進めることによって、この根源を模索していた。これが、彼自身の俳句作品に具現されるや、写生文の表出をうながし、やがてそこに「詩」を内にかかえた「小説」が産み出されることになったのである。この意味においても、子規にとって「小説」とは本質的に「詩」と異なるものではなかった。

このことは、彼が「小説」を書くにあたって、あらかじめ関係というものを無化することを意企していたことと無縁ではない。子規にあっては「詩」から「小説」への過程を根底から律する作者の観念は、どのような形態においてであれ、現実における関係と切り結ばないという強固な選択によって保たれていた。これは、「小説」の本源を関係描写に見い出していった逍遥以来の「小説」

理念はもちろん、関係を捨象する観念に徹することによって、かえってそれを陰画《ネガ》のように焼きつけてみせた透谷に比べても、異彩を放つものであった。

このような「詩」と「小説」における転位と同位の意味は、明らかに異っていた。たとえば、明治三〇年代の後半に登場した独歩、花袋、藤村などにおいては、明らかに異っていた。もちろん、同年代に登場した虚子、左千夫、節ら「写生」作家たちは、「小説」を「詩」と同位に成立させることによって、関係を無化、超出するという子規の方法を継承したといってよい。だが、彼らのなかには、もはや子規の強烈な観念はみとめることができない。代わって彼らの「小説」にみられるのは、虚子のように、寂漠とした「自然」へ同調《シンクロナイズ》していくことにより、文字通りの関係の無化を実践してみせる方法であり、節のように関係への無垢《むく》を代償にして、「自然」のすがたを描き出す方法であった。

これに対して、清新な自然感性を湛えた独自の抒情詩で文学的出発をおこなった独歩、藤村、花袋らは、みずから小説家へ転じていくことによって、「詩」から「小説」への転位を文字通り受け容れていった。彼らは「自然」に対して子規のような強烈な観念と美意識をもち合わせていなかったのだが、虚子、左千夫、節などとも異なって、「詩」を「小説」へと転位させる必然性のようなものを出発点からはらんでいた。それは、彼らの「自然」発見の諸相に関わる問題にほかならなかった。明治三〇年代の前半における『独歩吟』『若菜集』『抒情詩』などの抒情詩の出現は、子規をはじめとする「写生」詩人たちの短歌俳句革新に明確な対位を形成しうるものであった。

これらの詩集において、独歩、藤村、花袋、（これにのちの日本民俗学の泰斗、松岡〈柳田〉国男をくわえてもよい）らは、はじめて「自然」というものを関係の函数のように取り出してみせた。彼らにとって「自然」とは。現実的な状況において敗亡し、漂泊へと身を任せた者が、漂泊の果てに見い出した第二の故郷であった。だがそれは、あらかじめ傷つけられた彼らの感性に裏打ちされたものであったために、そこには、人間的な卑小さ、醜さ、暗さが様々なかたちで投影されるほかはなかった。

「自然」を詠《うた》う彼らの抒情には、現実の関係に傷ついた人間の悲憤が必然のように漂っていたのである。このような悲憤を内に秘めた抒情詩をもっぱらとする彼らの「詩」が、すでにその出発において「小説」への転位をはらんでいたのは当然のことであった。彼らにとって最大の関心事が、関係からの敗亡であるかぎり、「表現」はそのような関係を「小説」として現実化するいがいになかったのだ。

この意味においては、独歩も藤村も花袋も、『小説神髄』の理念の行き着くところに「自然」を見い出し、それに対する独特の出射角をもって関係を描いたのである。彼らの「小説」が二葉亭、鷗外のようにも、紅葉、露伴のようにも展開されなかったのは、やむをえざるところであった。ひとえに彼らは、網の目のような現実の関係と少くとも直接的には交叉しないでも生きうる道を、彼らの発見した「自然」への入射角のうちに見ていた。

透谷と二葉亭に対して終始畏怖に近い思いを抱いていた藤村は、彼らの取った方法を踏襲するならば「沈黙」か「座礁」かのいずれかに至るほかないことをよく見抜いていた。そのうえで、藤村は「小説」の「仮構性」を、「自然」への入射角と「自然」からの出射角との微妙に重なるところに成立させたのである。

彼ら自然主義作家たちの見い出した「自然」に比べるとき、虚子、左千夫、節など子規の「写生」の方法にもとづいて発見された「自然」には、現実的な関係に傷ついた者の翳《かげ》りのようなものは見られない。少くとも、自己一身の病いの「自然性」をてこに、強烈な観念と美意識をもって「自然」を選択し、そこに「詩」と「小説」の同位性を実現した子規の方法には、二葉亭、鷗外に対する明確な超出の方向が画されていた。

だが、子規の拓いた方向は、虚子におけるように、現実的な事象とその「自然性」に対して、できるかぎり感性と観念を同調《シンクロナイズ》させるところへと逸れていくほかはなかった。虚子が採った方向とは、子規の提唱した「写生」を、意識的に「小説」の方法として実現していくということであった。それは、明治四〇年に書かれた虚子の、次のような文章に明確に示されている。

今日、写生を標榜《へうばう》してゐる世の小説家の叙述を見ると、いかにも客観的で精細であるが、写生文家の目から見ると、往々にして非写生の観がある。何故かといふに、客観の描写の中に、是非親しくそのものに就いて、研究しなければ思ひもつかぬといふやうな事柄とか、会話とかが欠乏してゐる。少しく想像力のあるものならば、机の上で作られるやうなものが臚列《ろれつ》してある。それでは、よしいかに精細でも、写生文とはいへぬと思ふ。所詮写生文の生命は、この自然界の懐ろから、素手で直に握り取つて来る、或る活躍せる斬新な点に存するのである。
（「写生文の由来とその意義」）

虚子のいわゆる「今日、写生を標榜《へうばう》してゐる世の小説家」に対する不満は、思いのほか深いものであった。虚子は藤村、花袋らの自然主義作家が描く「自然」に、現実的な関係の影が射していることを鋭敏に嗅ぎつけ、「自然」をあるがままの「自然」へ返そうとしたのである。これは、虚子らの標榜する写生なるものが、自然物の客観的描写のみによって成立していたということを必ずしも意味しない。彼自身、他のところで語っているように、それは「人間研究に一進路を切り開かうとしてゐる」もので、当然「小説」の方法となるべきものであった。

それにもかかわらず、虚子がこの方法を推進しようとしたとき、藤村、花袋ら自然主義作家たちの「自然」が、どのように逍遥以来の「小説」理念を、またその局限にあらわれた二葉亭、鷗外の「沈黙」をたとえ薄められた影のようにであれ背負っているかについて、ほとんど察知しえなかった。

それだけならば、子規の「写生」の方法とて、虚子と異るところがないということもできる。だが子規の美意識にあっては少くとも、彼らの背後を覆う視えない関係への関心を、敢えて無化・超出する観念が秘められていた。一方虚子は、これをとらええなかっただけでなく、おのれの観念を関係へ内化させることも、そこから超出させることもしない代わりに、できるかぎり関係から逸れ、関係と交叉することのない「自然」へと同調《シンクロナイズ》していったのである。ここでいう「自然」は、いうまでもなく事象でも人間でもよいのだが、そこに関係の痕跡だけはみとめられなかった。

二葉亭も鷗外も、透谷も子規も、それぞれの観念を、現実の状況における視えない関係に対して内化・捨象・無化ということをおこなっていった。このとき、彼らはそれぞれの場所から、このような視えない関係をもたらす近代の「仮装」「規範」「制度」を意識的にであれ、無意識にであれとらえていた。彼らの表現の過程は、この「仮装」「規範」「制度」から発する力との闘いと、その結果としての挫折と敗北のそれであった。ここから眺めるならば、二葉亭、鷗外の「沈黙」はもちろん、透谷、子規の「座礁」さえも、「小説」だけでなく、わが国近代における「表現」の巨大な未了性をかたちづくっていることが分かってくるのである。

いったい、『吾輩は猫である』第一を虚子の求めに応じて「ホトトギス」に発表したとき、漱石は、このようなわが国の「小説」の負性についてどこまで自覚的だったのだろうか。そういわないまでも、虚子の唱える写生――事象の「自然性」に対する限りない同調《シンクロナイズ》から成る「表現」をどのように受け取っていたのだろうか。少くとも『吾輩は猫である』以来の漱石の初期小説群が、二葉亭、鷗外の「沈黙」を背後に負った模索の過程であり、そこで漱石はおのれの「小説」を、絶えず未完了の闇へとひき入れていったという視点からするならば、関係とすれ違うことによって「自然」への同調《シンクロナイズ》を果たしていった虚子の写生の方法が、漱石の処女作の触媒の役割を果たしたということは、文学史における最大のアイロニーなのである。

第三章　小説作品の試み

第一節　『吾輩は猫である』

第一項　存在的心性と象徴的表現

『吾輩は猫である』第一が、虚子の慫慂によって書かれたことはよく知られている。虚子を中心にした「ホトトギス」同人たちによる写生文の朗読会に提出されて好評を博し、明治三八年一月「ホトトギス」に掲載されたのである。それ以前にも漱石は、留学先のロンドンから「倫敦通信」「自転車日記」の二篇の写生文を「ホトトギス」に寄稿したり、虚子との連作俳体詩「尼」を発表したりしていたので、このときの漱石の表現意識は、子規によって提唱され虚子が継承した写生の方法と無縁ではなかった。

事実『吾輩は猫である』第一は、漱石自身「小説」というよりも写生文の意識をもって書いたものであり、「ホトトギス」掲載に際して、虚子による部分的な削除を受けていた。だが、漱石がこの削除を潔しとしなかったことは、発表後の好評に答えてひきつづき連載されることになった第二以下の文章の闊達さによってもうかがい知ることができる。それだけでなく、漱石の表現意識の内奥には、虚子の写生の方法からする添削を受容しえないものがあった。たとえば、それは『吾輩は猫である』第一の次のような一節にかいまみられる。

漸くの思ひで笹原を這ひ出すと向ふに大きな池がある。余は池の前に坐つてどうしたらよからうと考へて見た。別に是といふ分別《ふんべつ》も出ない。暫くして泣いたら書生が又迎に来てくれるかと考へ付いた。ニャー、ニャーと試みにやつて見たが誰も来ない。其内《そのうち》池の上をさら〳〵と風が渡つて日が暮れかゝる。腹が非常に減つて来た。泣き度くても声が出ない。仕方がない、何でもよいから食物《くひもの》のある所迄あるかうと決心をしてそろり〳〵と池を左《ひだ》りに廻り始めた。どうも非常に苦しい。そこを我慢して無理やりに這つて行くと漸くの事で何となく人間臭い所へ出た。此所へ這入つたら、どうにかなると思つて竹垣の崩れた穴から、とある邸内にもぐり込んだ。

これが、写生文を素地とした文体であることは明らかである。が、ここには、子規のように観念の強度によってとらえられた「自然」の実在性も、虚子のように「自然」へ同調《シンクロナイズ》することによってもたらされた事実性もみとめられない。かわって漱石の文章にみられるのは、事象・景物の存在性を登場人物の心的世界の喩とするほどの強い象徴性である。たとえば「其内池の上をさら〳〵と風が渡つて日が暮れかゝる」という一文は、たんなる景物の描写でもなければ、主人公の視点によって選択された状況描写でもない。この世に生を受けるや、捨てられてしまった「猫」の心象風景を描いたものなのである。

　このような表現は、写生文というよりもむしろ、関係を内的必然性の連関によって描き出した二葉亭、鷗外の文体の系譜にあるということもできる。ただ、二葉亭も鷗外も、主人公の苦悩を表現するために内的独白をくりひろげたり、対象を主人公の内部の必然性において選択したりということを試みているのだが、描写それ自体が象徴性をおびることはなかった。景物の描写が、まがりなりにも登場人物の心的世界を象徴しうるような表現を可能にしたのは、明治三〇年代に至って、二葉亭、鷗外の方法を逆ベクトルにおいて継承した藤村、花袋、独歩などの「小説」においてであった。たとえば、先の「猫」の心象風景を描いた表現を、次のような藤村の初期小説『旧主人』の表現と比較してみればよい。

> 昼過ぎとなれば、灰色の低い雲が空一面に垂下る、家《うち》の内《なか》は薄暗くなる。そのうちにちら〳〵落ちて参りました。日は短し、暗さは暗し、いつ暮れるともなく燈火《あかり》を点《つけ》るやうになりましたのです。爺さんも何処《どつか》へ行つて飲んで来たものと見え、部屋へ入つて寝込んで了ひました。台所が済むと。私は奥様の御徒然《おさむしさ》が思はれて、御側を離れないやうにしました。時々雪の中を通る荷車の音が寂しく聞へる位、四方《そこいら》は闃《ひつそり》として、沈まり返つて、戸の外で雪の降るのが思ひやられるのでした。

この寂しく薄暗い風景が、「奥様」の心象をあらわすものであることは明らかである。しかし、

「猫」のそれに比べたとき、藤村の描く心象風景にはどこかアンビヴァレントな感情がまといついている。藤村はこのような景物の象徴性を、現実における視えない関係から逸れていくほかないおのれの存在から抽き出してきた。そこに、彼自身の心の空隙をあらわすような感情の喩が表出されたのである。

しかし、漱石の「猫」の心象風景には、このような感情はまったくといってよいほど混入していない。そこにみられるのは、この世に生を受けるや捨てられてしまった「猫」の存在そのものから発する寂寥である。それはもちろん、断片的な表現にすぎないが、それにもかかわらず漱石は『吾輩は猫である』の表現において、子規や虚子の写生文も、藤村、花袋など自然主義作家の描写文も決して実現することのなかった、存在的心性ともいうべきものを描き出していた。「其内池の上をさら〳〵と風が渡つて日が暮れかゝる」という一文の表現は、虚子には思い及ばぬほどの水準にあった。同じ方向から摸索していた藤村に比べてさえも、ある根源性を有していたということができる。

だが、漱石は『吾輩は猫である』第二以後において、このような表現を持続することができなかった。もちろん、第一においてさえも表現の基軸は、このような象徴性の高い文学体ではなく、諷刺性の強い話体にあったのだが、第二以後の表現になると、後者が前面にあらわれてくるのである。そのような話体の表現のなかにも、虚子の写生文からはとうてい導き出されえないものがはらまれていた。たとえば第二における苦沙弥、迷亭、寒月による「不思議な経験」談の次のような表現は、優にその独創を誇りうるものである。

冷笑《れいせう》なさつてはいけません。極《ごく》真面目な話しなんですから……兎《と》に角《かく》あの婦人が急にそんな病気になつた事を考へると、実に飛花落葉《ひくわらくえふ》の感慨で胸が一杯になつて、総身《そうしん》の活気が一度にストライキを起した様に元気がにはかに滅入つて仕舞《しま》ひまして。只蹌々《ただそう〳〵》として踉々《らう〳〵》といふ形ちで吾《あ》妻橋《づまばし》へきかゝつたのです。欄干に倚《よ》つて下を見ると満潮か干潮か分りませんが、黒い水がかたまつて只動いて居る様に見えます。花川戸《はなかはど》の方から人力車が一台馳けて来て橋の上を通りました。其提灯の火を見送つて居ると、段々小くなつて札幌ビールの処で消えました。私《わたくし》は又水を見る。すると遙かの川上の方で私の名を呼ぶ声が聞えるのです。果てな今時分人に呼ばれる訳はないが誰だらうと水の面《おもて》をすかして見ましたが暗くて何も分りません。気のせゐに違ひない早々帰らうと思つて一足二足《ひとあしふたあし》あるき出すと、又微かな声で遠くから私の名を呼ぶのです。私は又立ち留つて耳を立てゝ聞きました。三度目に呼ばれた時には欄干に捕まつて居ながら膝頭ががく〳〵悸《ふる》へ出したのです。其声は遠くの方か、川の底から出る様ですが紛《まぎ》れもない○○子の声なんでせう。私は覚えず「はーい」と返事をしたのです。其返事が大きかつたものですから静かな水に響いて、自分で自分の声に驚かされて、はつと周囲を見渡しました。人も犬も月も何《なん》にも見えません。其時に私は此《この》「夜」の中に巻き込まれて、あの声の出る所へ行《ゆ》きたいと云ふ気がむらむらと起つたのです。　（第二）

こういう話体の表現が、虚子的な写生文と無縁であることはいうまでもない。だが、これを、明治三〇年代における話体表出のある頂点を示した鏡花の『春昼』の一節に並べてみたらどうだろうか。

けれども、其の囃子《はやし》の音は、草一叢、樹立一畝出さへすれば。直き見えさうに聞えますので。二足が三足、五足が十足になつて段々深く入るほど——此処まで来たのに見ないで帰るも残惜《のこりをし》い気もする上に、何んだか、旧《もと》へ帰るより、前へ出る方が路《みち》も明いかと思はれて、急足《いそぎあし》になると、路も大分上りになつて、ぐつと伸上るやうに、思ひ切つて真暗な中を、草を毟《むし》つて、身を退《ひ》いて高い処へ。ぼんやり薄明るく、地ならしがしてあつて、心持、路地の縄張の中でゞもあるやうな、平な丘の上へ出ると、月は曇つて了《しま》つたか、それとも海へ落ちたかといふ、一方は今来た路で向うは崕《がけ》、谷か、それとも浜辺かは、判然せぬが、底一面に靄《もや》がかゝつて、其の靄に、ぼうと遠方の火事のやうな色が映つて居て、篝《かゞり》でも焼《た》いて居るかと、底澄んで赤く見える。其の辺《あたり》に、太鼓が聞える、笛も吹く、ワアといふ人声がする。

両者の類縁性は一目瞭然であろう。すでに第一部において、漱石の新体詩「鬼哭寺の一夜」の表現に鏡花との類緑性をみとめているので、ここでそれをあげつらうつもりはない。ただ、『吾輩は猫である』の文体が、虚子の写生文からの偏差を示している分だけ、鏡花の幻想性に通ずるものを秘めていたことを指摘しておけば足りる。漱石の文体は、「猫」の心象風景にみられるような存在的象徴性を備えているのだが、それはどこかで鏡花の夢幻的象徴性と対位をなすものなのである。

たとえば、遙か川上の方から呼ぶ声にさそわれて、思わずあの声の出る所へ行きたいという思いに駆られる漱石の登場人物の話は、朦朧とした夢うつつのなかに聞こえてくる囃子の音にさそわれて、白昼夢の世界にさまよっていく鏡花のそれに通じながら、鏡花よりもはるかに自己存在の根源にかかわる構造を有している。これは、漱石の『吾輩は猫である』が、鏡花の『高野聖』や『春昼』のように夢幻譚を構成の原型とするものではなく、現実意識を構成の原型としていることと無関係ではない。事実、鏡花の『春昼』『高野聖』などの小説作品が、朦朧体とでも称したくなるような表現から成っているのに比べて、『吾輩は猫である』の表現の基調が、写生文の習練を重ねたうえでの手堅い写実性をそなえていることは否定しえないのだ。

第二項　諷刺意識と批判精神

この写実性は、しかし、二葉亭の『浮雲』や鷗外の『舞姫』のそれに比べたとき、明らかに異質の方向を指すものであった。それが虚子の写生文の事実性とは異なることはすでに指摘した通りである。が、『吾輩は猫である』の写実性とは、たとえば次のような一節にあらわれている風刺精神と批判意識の表白から成るものなのだ。

吾輩は大人《おとな》しく三人の話しを順番に聞いて居たが可笑《をか》しくも悲しくもなかつた。人間といふものは時間を潰す為めに強ひて口を運動させて、可笑しくもない事を笑つたり、面白くもない事を嬉しがつたりする外に能もない者だと思つた。吾輩の主人の我儘で偏狭な事は前から承知して居たが、平常《ふだん》は言葉数《ことばかず》を使はないので何だか了解しかねる点がある様に思はれて居た。その了解しかねる点に少しは恐しいといふ感じもあつたが、今の話を聞いてから急に軽蔑したくなつた。彼はなぜ両人の話しを沈黙して聞いて居られないのだらう。負けぬ気になつて愚にもつかぬ駄弁を弄すれば何の所得《しょとく》があるだろう。エピクテタスにそんな事を為《し》ろと書いてあるのか知らん。要するに主人も寒月も迷亭も太平の逸民《いつみん》で、彼等は糸瓜《へちま》の如く風に吹かれて超然と澄し切つて居る様なもの丶、其実は矢張り娑婆気《しゃばけ》もあり欲気もある。競争の念、勝たう／＼の心は彼等が日常の談笑中にもちら／＼ほのめいて、一歩進めば彼等が平常罵倒して居る俗骨《ぞくこつ》共と一つ穴の動物になるのは猫より見て気の毒の至りである。只其《たゞその》言語動作が普通の半可通《はんかつう》の如く、文切《もんき》り形《がた》の厭味を帯びてないのは聊《いさゝ》かの取り得でもあらう。（第三）

これは、おそらく『吾輩は猫である』の根幹となる表現であろう。先に引いた二つの、象徴性の高い表現は、このような表現に比べれば傍流に当たるものといえる。しかし、こういう表現を骨格にした文体の写実性とは、いったい何であろうか。少くとも虚子的な写生からするならば、ここにみられる主観の吐露は排されてしかるべきものなのだ。けれども、漱石にとってそもそものはじめから、「写実」とはこういう批判意識を内に擁するものにほかならなかった。それは、逍遥の唱える「人情、世態、風俗」の模写でもなければ、二葉亭、鷗外のようにそれらを内的必然性をもって連関させる方法でもなく、作者自身の批判精神の表白から成るものにほかならなかった。

だが一方において、このような表現は、現実における関係の内的構造までもあらわすことは不可能であるようにみえる。たとえば「猫」の眼からする主人や迷亭、寒月への皮肉と批判が、どんなに尖鋭にみえようと、それはとうていかれらの現実における関係を内側からとらえたものとはいいがたい。そのかぎりにおいて、このような話体表現は、二葉亭、鷗外の文学体表現に何かをつけくわえるものではなかった。むしろそれは一面において、虚子的な写生文の文学体にみられるある種の直接性と同位にあるものといえる。

もちろん、『吾輩は猫である』の表現のなかでも、先に引いた二種類の象徴性の高い文体が、漱石の内部のある必然的な心性を反映していることはまちがいない。それらが、二葉亭、鷗外の文学体を、それぞれ特異なかたちで継承した藤村、鏡花の象徴表現に比べても、独創的であることは否定しえない。それを考慮に入れるならば、いちがいに『吾輩は猫である』の表現を二葉亭、鷗外のそれ以下におとしめる理由はない。

それにもかかわらず、漱石は『吾輩は猫である』において、虚子的な写生に決して同調《シンクロナイズ》しえないおのれの「写実」について、ひいては「小説」の方法そのものについてどのような確信をももちえなかった。いわば、二葉亭、鷗外が衝き当っていた「小説」の不可能性に対して、トータルに応じることはできなかったのである。

このことは、次のように言いかえることもできる。

『吾輩は猫である』の「写実」の要《かなめ》となる諷刺意識と批判精神が、漱石の内部に根を張っていた相対的なものへの冷徹な認識に発することは明らかである。漱石は、「社会」における視えない関係に対して、はやくから冷めた眼をもっていた。これがために、容易に「表現」へと向かうことができなかったということは、これまで何度も指摘してきたところだ。『吾輩は猫である』が、これを内側から解き放つものであったことは想像に難くない。子規、虚子直伝の写生の方法を、彼らには決してみられなかった関係の相対性への冷徹な認識とそこから噴出するものによって漱石固有の方法へと変貌させたとき、諷刺意識と批判精神の直接的な表白からなる表現がうみ出されたのである。

それにもかかわらず、『吾輩は猫である』にみられる諷刺意識と批判精神は、「社会」における関係のリアリティを作者固有の内視によってとらえ、そこに、視えない関係を強いられて生きるほかない人間の内部を刻印するという方法に道を開くものではなかった。実際「猫」の眼によって相対化される人間たち——苦沙弥、迷亭、寒月、東風、独仙、鈴木の藤さん、金田鼻子など、どの一人をとっても、『浮雲』における文三、本田昇、お政、お勢などのリアリティに匹敵しえないのである。

これは、『浮雲』や『舞姫』に比べるまでもないことなので、たとえば当時の作者自身の生活をモデルにしたとみられる苦沙弥とその細君との生活の描写を、同様にそれを素材にした大正四年の『道草』の描写に比較してみれば明らかである。

文章を髭から捻り出して御覧に入れますと云ふ見幕で猛烈に捻つてはねぢ上げ、ねぢ下ろして居る所へ、茶の間から妻君が出て来てぴたりと主人の鼻の先へ坐《す》わる。「あなた一寸」と呼ぶ。「なんだ」と主人は水中で銅鑼《どら》を叩く様な声を出す。返事が気に入らないと見えて妻君は又

「あなた一寸」と出直す。「なんだよ」と今度は鼻の穴へ親指と人さし指を入れて鼻毛をぐつと抜く。「今月はちつと足りませんが……」「足りん筈はない、医者へも薬礼は済ましたし、本屋へも先月払つたぢやないか。今月は余らなければならん」と済《すま》して抜き取つた鼻毛を天下の奇観の如く眺めて居る。

（『吾輩は猫である』第三）


「何か変つた事でもあるのかい」

「何《ど》うかして頂かないと……」

細君は目下《もくか》の暮し向《むき》に就《つ》いて詳しい説明を夫《をつと》にして聞かせた。

「不思議だね。それで能《よ》く今日《けふ》迄遣《までや》つて来られたものだね」

「実は毎月《まいげつ》余らないいんです」

余らうとは健三にも思へなかつた。先月末に旧い友達が四五人で何処かへ遠足に行くとかいふので、彼にも勧誘の端書をよこした時、彼に二円の会費がない丈《だけ》の理由で、同行を断つた覚《おぼえ》もあつた。

「然しかつかつ位には行きさうなものだがな」

「行つても行かなくつても、是丈《これたけ》の収入で遣《や》つて行くより仕方がないんですけれども」

細君は云《い》ひ悪《にく》さうに、簞笥の抽匣《ひきだし》に仕舞《しま》つて置いた自分の着物と帯を質に入れた顚末を話した。


（『道草』二十）

『吾輩は猫である』の場面が、「猫」の眼を通して描かれたものであることを考えるならば、このような戯画的な図も納得されるだろう。だが、『道草』にみられるような、作者の冷めた眼を通して描かれた日常生活の何気ない場面についての表現に比べるとき、その戯画化、相対化が根源を指示するに至っていないことは否定しえない。

もちろん『吾輩は猫である』にみられる独特の滑稽感と『道草』にみられる酷薄な現実とを一概に比較することはできないということもできよう。だが、漱石の内部に秘められた「社会」の関係への認識と、これを「表現」にすくい上げえないための「無言」とは、『道草』のような小説的現実を丹念に描き出すことによってしか、回生されえないものだったといえる。

第三項　「小説」における未了の闇

とはいえ『吾輩は猫である』が、類例のない諷刺とユーモアからなる陽性の文学であることは否定できない。このことは、この作品に前後して書かれた花袋の『蒲団』や藤村の『破戒』が、逍遥以来のリアリズムのかたちをとりながら、「社会」の関係から逸れていくほかない陰鬱さを印象づけるのと比べれば、一層明らかとなる。だが、『吾輩は猫である』にあっても後半に至るにしたがって「猫」の眼を通しての人物や事件の戯画化は影をひそめ、漱石自身の暗い認識が、苦沙弥の心の中に表明されるようになるのだ。

ことによると社会はみんな気狂《きちがひ》の寄り合かも知れない。気狂が集合して鎬《しのぎ》を削つてつかみ合ひ、いがみ合ひ、罵り合ひ、奪ひ合つて、其全体が団体として細胞の様に崩れたり、持ち上つたり、持ち上つたり、崩れたりして暮らして行くのを社会と云ふのではないか知らん。其中で多少理屈がわかつて、分別のある奴は却つて邪魔になるから、瘋癲院とかいうものを作つて、こゝへ押し込めて出られない様にするのではないかしらん。すると瘋癲院《ふうてんいん》に幽閉されて居るものは普通の人で、院外にあばれて居るものは却つて気狂である。気狂も孤立して居る間はどこ迄も気狂にされて仕舞ふが、団体となつて勢力が出ると、健全の人間になつて仕舞ふのかも知れない。大きな気狂が金力や威力を濫用して多くの小気狂《せうきちがひ》を使役して乱暴を働いて、人から立派な男だと云はれて居る例は少くない。何が何だか分らなくなつた。（第九）

こういうところに、「社会」の関係についての漱石の暗い認識が表明されているとみてまちがいないであろう。にもかかわらず、このような表白でもって、漱石自身の内部が汲み尽くされているとみなすことは困難である。現実の「社会」のなかに生きている漱石は、言葉にすればこんな慷慨調の表白にしかならないなにものかを、「無言」の底に秘めていた。だが、『吾輩は猫である』において、それを「小説」のなかにトータルにすくい上げることができなかった。「猫」の眼を通した人物の戯画化、相対化や、苦沙弥の文明開化の世に対する呪詛、罵倒、慷慨の表明によって、わずかにそれにかたちを与えることができた。しかし、それらは自身の「無言」の内に渦まくものの形骸でしかないのである。

このことは、その表出の水準からもいえる。

たとえば苦沙弥の心情吐露は、明らかに話体表現から成っている。すでに指摘したように、この話体は虚子的な写生文の文学体と同列のものでしかない。この意味で、この表現は冒頭の「猫」の心象風景を描いた文学体や、寒月の「不思議な経験」を語った話体の高い象徴性を出るものではない。とはいえ、苦沙弥の慷慨は、実に執拗にくりひろげられるので、思わず私たちは漱石自身の内部をかいまみる思いにさせられる。たとえば、ほとんど結末近くなって、苦沙弥、迷亭、寒月、東風、独仙らが一堂に会して、「猫」をそっちのけに我説を主張する場面において、苦沙弥の現代社会への罵倒、呪阻は一種の象徴性さえ帯びるにいたる。


「まだ面白い事があるよ。現代では警察が人民の生命財産を保護するのを第一の目的として居る。所が其時分になると巡査が犬殺しの様な棍棒を以て天下の公民を撲殺してあるく。」

「なぜです」

「なぜつて今の人間は生命《いのち》が大事だから警察で保護するんだが、其時分の国民は生きてるのが苦痛だから、巡査が慈悲の為めに打《ぶ》ち殺して呉れるのさ。尤も少し気の利いたものは大概自殺して仕舞ふから、巡査に打殺される様な奴はよく〳〵の意気地なしか、自殺の能力のない白痴もしくは不具者に限るのさ。夫《それ》で殺されたい人間は門口へ張札《はりふだ》をして置くのだね。なに只《ただ》、殺されたい男ありとか女ありとか、はりつけて置けば巡査が都合のいゝ時に巡《めぐ》つてきて、すぐ志望通り取計つてくれるのさ。死骸かね。死骸はやつぱり巡査が車を引いて拾つてあるくのさ。まだ面白い事が出来てくる。」　（第十一）

苦沙弥は内心大真面目なのだが、これに耳を傾ける一座の者は、「どうも先生の冗談は際限がありませんね」と受けるばかりである。このような悪い冗談が通じるのも、彼らが大平の逸民と呼ばれる人間たちだからなのだ。これが世間一般からすれば、気狂沙汰ととられるのは当然のことであろう。しかし、それほどまでに彼ら、とりわけ苦沙弥という人物が孤独な内面をかかえていることが、ここには暗示されている。漱石の話体表現は、このような気狂沙汰と受け取られかねない冗談を、大真面目に登場人物に語らせることによって、一種の象徴の機能を果たすにいたるのである。

このような象徴性は、先に引いた「猫」の心象風景や寒月の「不思議な経験」の象徴性との間に、ある種の連関をかたちづくるようにみえる。もちろん、後者の表現が、ともに存在的構造をもっていたのに比べれば、苦沙弥の呪詛の吐露は、あくまでも認識の構造を示すものである。そこには、明確な相異がみとめられる。それにもかかわらず、漱石には「猫」の心象風景にあらわれた、存在そのものの寂寥感と寒月の「不思議な経験」に語られた、未生以前の不気味な誘いとを、苦沙弥の痛烈な現代社会の呪詛へと連関させるだけの理由があった。

それは、「社会」の視えない関係から疎外される不可解なものに向けられた眼にほかならない。『吾輩は猫である』を、このような表出の連関においてとらえたとき、そこから「因果の大法を蔑にし、自己の意思を離れ、卒然として起り、驀地に来るものを謂ふ、世俗之を名づけて狂気と呼ぶ」と書いたあの『人生』の一節が、鳴り響いてこないとはいいきれないのである。

しかし、いうまでもなく『吾輩は猫である』は「小説」として書かれたものであり、そうであるかぎり、このような表現をどれだけ重ねたところで、決して本源はみえてこない。この一篇が、二葉亭、鷗外の「沈黙」の背後にかくされた「小説」の不可能性に応じうるなにものも示しえていないことも否定できない。そのかぎりにおいて『吾輩は猫である』が、諷刺性、批判精神、ユーモアそしてその内部に秘められた狂気などによって、わが国の「小説」に例をみないものであったにしても、それらの完結は、たちまちのうちに未了の闇に呑みこまれるほかはないのである。

漱石は「小説」創造の第一歩において、闇深く迷い込んでしまった。『吾輩は猫である』の語りを終始代弁していた「猫」の死を、次のように描いたとき、これを、みずからの内深くに刻み込んでいたのである。

次第に楽になつてくる。苦しいのだか難有《ありがた》いのだか見当がつかない。水の中に居るのだか座敷の上に居るのだか、判然《はんぜん》しない。どこにどうしてゐても差支はない。只楽である。否《いな》楽そのものすらも感じ得ない。日月《じつげつ》を切り落し、天地を紛韲《ふんせい》して不可思議の太平に入る。吾輩は死ぬ。死んで此太平を得る。太平は死なゝければ得られぬ。南無阿弥陀仏々々々々々々難有《ありがた》い々々々。

（第十一）

こうして『吾輩は猫である』は終りを告げる。無名の「猫」の存在の無名性も、苦沙弥の狂気を湛えた孤独な内面も、すべて太平の世の文字通りの相対性へと拡散され、何ら根源的な意味を付与されないまま消えていくのである。このとき漱石はうたがいようもなく「小説」そのものの未了性へと迷い込んでいる。だが、その自覚においてのみ、虚子的な写生の方法をのり越え、かつ二葉亭、鷗外の「沈黙」に応ずるなにものかを所有しようとしていたのである。

第二節 『漾虚集』

第一項 「詩」からの転位としての「小説」

『吾輩は猫である』を「ホトトギス」に連載していた漱石は、ほとんど同じ時期に、まったく趣の異なった作品を書いていた。「倫敦塔」「幻影の盾」「薤露行」など、後に『漾虚集』としてまとめられる小説である。これら幻想的な構成の小説を『吾輩は猫である』の傍においてみるとき、一種の驚きを禁じえない。

この驚きは、「小説」の根源をもとめてさまよう漱石の内部からもたらされるもので、それらの間に見られる形式上の懸隔に帰することのできないものである。むしろ、この彷徨のさなかに漱石によってなされた重大な発見に帰着するものといえる。それは、「小説」を「詩」からの転位においてうみ出すという方法の発見にほかならない。

このような転位は、二〇年にわたる「無言」と「沈黙」の歳月を、漢詩、俳句、新体詩、英詩など「詩」的言語の経験をもって経てきた漱石にとってみれば、当然のことであった。事実、『吾輩は猫である』第一の写生文的表現においてさえ、文というものを俳句理念に含まれる「詩」的経験のもとに表現した子規、虚子の系譜をひいていた。しかし、『吾輩は猫である』が、虚子的な写生の方法から結局外れる方向へと向かっていったことを思えば、このときの漱石のうちに、どこまで「詩」と「小説」の対位が意識されていたかうたがわしいということもできる。

実際、漱石はこれらの小説を、おのれの「詩」的経験の総体からの転位として試作したのではなかった。転位をうながしたのは、さまざまな「詩」的経験のなかでも、明治三六年英国留学からの帰朝後に書かれた数篇の英詩と新体詩に限定されるのである。それ以前から書かれていた漢詩と俳句における「詩」的経験は、明治三九年の『草枕』に転位させられるだろう。これについては後に論ずることにして、「倫敦塔」「幻影の盾」「薤露行」などの「小説」への転位をうながしたのは、まちがいなく、"Dawn of creation""I looked at her..."などの英詩や「鬼哭寺の一夜」「水底の感」などの新体詩における「詩」的経験だったのである。

このような経験の核をなすのは、一連の英詩に見られる「エロティシズム―罪―死」の主題にほかならない。人間の存在の戯画化、相対化を企てた『吾輩は猫である』の諷刺と批判が、決してとりあげることのなかった主題であり、しかも、漱石にとってどうしても「小説」的言語と構成を得て展開されなければならない主題であった。

だが漱石は「倫敦塔」「幻影の盾」「薤露行」などの小説作品において、これをどこまで成就しえたであろうか。漱石にとって、モティーフが根源的であればあるほど「小説」への志向が強められざるをえなかったのだが、現実に出来上った小説は、「小説」の必然性だけでこの根源を露呈させたものとはいいがたかった。たとえば、共にアーサー王伝説から想を得て、エロティシズムの主題を採り上げた「幻影の盾」「薤露行」の根幹となっているのは、男女のエロス的関係を内側からとらえる「小説」的構成ではなく、その悲恋を語った物語的構成にほかならない。

もちろん北方の騎士ウィリアムと南国の姫クララとの、現実には成就しえぬ恋と、不思議な盾を媒介にした夢幻の世界でのエロス的合一とを語った「幻影の盾」と、アーサーとその王妃ギニヴィアと騎士ランスロットとの三角関係を語りながら、一方でランスロットに恋する乙女エレーンの死を哀切に語って、一見錯綜した男女の関係を奇譚構成のうちにあらわした「薤露行」とでは、おのずからその表出、構成に差異がみとめられる。だが、そのような差異にもかかわらず、漱石は、「幻影の盾」「薤露行」の二篇において、その奇譚的構成をささえる小説言語の仮構性をもっぱら美的にのみ追求することを試みた。

たとえば「幻影の盾」において、成さぬ恋のためおのれを煩悶の海に沈め、さまよいあるくウィリアムが、不思議な女の歌う声に誘われて「盾」の世界へと没入していくときにあらわにされたエロスの世界は、次のような言葉によって描き出されていた。

「赤だつ」とキリアムは盾の中に向つて叫ぶ。「白い帆が山影を横《よこぎ》つて、岸に近づいて来る。三本の帆柱の左右は知らぬ、中なる上に春風を受けて棚曳《たなび》くは、赤だ、赤だクラヽの舟だ」……舟は油の如く平《たひら》なる海を滑《すべ》つて難なく岸に近づいて来る。舳《へさき》に金色の髪を日に乱して伸び上るは言ふ迄《まで》もない、クラヽである。

こゝは南の国で、空には濃き藍《あゐ》を流し、海にも濃き藍《あゐ》を流して其中に横《よこた》はる遠山《とほやま》も亦《また》濃き藍《あゐ》を含んで居る。只《ただ》春の波のちよろ〳〵と磯を洗ふ端丈《はしだけ》が際限もなく長い一条の白布と見える。

丘には橄欖《かんらん》が深緑りの葉を暖かき日に洗はれて、其《その》葉裏には百千鳥《ももちどり》をかくす。庭には黄な花、赤い花、紫の花、紅の花――凡《すべ》ての春の花か、凡《すべ》ての色を尽くして、咲きては乱れ、乱れては散り、散りては咲いて、冬知らぬ空を誰に向つて誇る。

このような表現には、あきらかにエロス的合一からもたらされる至福の世界を描き出そうとする写実の精神が息づいている。だが一方において、この鮮かに彩られた夢幻の世界を成立させているのは、美的なものをもっぱらとした象徴言語なのである。しかも、それは『吾輩は猫である』や鏡花の『春昼』にみられた話体表現から成る象徴言語に比べるならば、ほとんど水準に達することのないものであった。このような象徴言語の系譜をたどっていくとき、明治三七年当時の象徴主義の詩的表出を意識して書かれたと思われる新体詩、とりわけ「水底の感」の表出に行きあたるのである。

水の底。水の底。住まば水の底。深き契り、深く沈めて、
永く住まん、君と我。
黒髪の、長き乱れ。藻屑もつれて、ゆるく漾ふ。夢なら
ぬ夢の命か。暗からぬ暗きあたり。
うれし水底。清き吾等に、譏り遠く憂ひ透らず。有耶無
耶の心ゆらぎて、愛の影、ほの見ゆ。

ここにみられる文学体を基調とした象徴言語を、さらに写実の方法をもって肉づけしていったところに、「幻影の盾」における夢幻の世界が表出されたといえる。しかし、第一部において指摘したように、この「水底の感」は、漱石の内なる「エロティシズム―罪―死」の主題を表現するにあたって、蒲原有明をはじめとする象徴詩の水準に表出意識を同調《シンクロナイズ》させているため、結局は、モティーフとテーマを構造的に表出しえないでおわっているのである。

このことは、ウィリアムとクララの至福の世界を描き出す極彩色の言語だけにかぎらない。物語の伏線となっていた不思議な盾の由来を述べ、ゴーゴン・メデューサに似た怖ろしい夜叉の顔の鋳出されている盾を描出する言語の、トリヴィアリズムについてもいえることなのである。とはいえ、クララの居る夜鴉の城が、戦乱の火に燃え落ちる場面を描く次のような言語は、かろうじて漱石の内に渦まく不穏な心を映し出しているようにみえる。

黒烟りを吐き出して、吐き尽したる後《あと》は、太き火焰が棒となつて、熱を追ふて突き上がる風諸《もろ》共《とも》、夜の世界に流矢の疾きを射る。飴を煮て四斗樽大の喞筒《ぽんぷ》の口から大空に注ぐとも形容される。沸《た》ぎる火の闇に詮なく消ゆるあとより又沸ぎる火が立ち騰《のぼ》る。深き夜《よ》を焦《こが》せとばかり煮え返る燄《ほのほ》の声は、地にわめく人の叫びを小癪なりとて空一面に鳴り渡る。鳴る中に燄《ほのほ》は砕けて砕けたる粉が舞ひ上り舞ひ下りつゝ海の方へと広がる。濁る波の憤《いきどほ》る色は、怒る響《ひゞき》と共に薄黒く認めらるゝ位なれば櫓《やぐら》の周囲は、煤《すゝ》を透す日に照《てら》さるゝよりも明かである。

表現は、あきらかに写実を基調としているのだが、この闇に立ち騰る炎を描き出す言語は、高度の象徴性を帯びているといってよい。つまり、ここにはたんに炎に巻かれて非業の死をとげるクラの影と、その炎に不吉なものの予兆をみとめるウィリアムの不安が暗示されているだけでない。不可解なものへ向けられた漱石の心が、暗に示されているのである。そのかぎりにおいて、この写実を基調とした表現は、「エロティシズム—罪—死」のモティーフの喩となりえている。

しかし、問題がないわけではない。この場面を描く言語が、そのようなモティーフの構造性をどこまで表出しているか決めがたいからである。少くとも、ここにあらわれている言語の象徴性は、景物、事象を描くところに心的世界の不吉な色調を喚起させているだけで、人事、関係を描いてそこに複数の心から成る構造を露呈させる「小説」的言語とはなりえていない。その意味において、この一節の言語もまた、たとえば「水底の感」において達成された「詩」的言語を本質的に越え出るものではないといってよい。それだけでなく、次のような「詩」的言語の垂直性をも示しえていなかったのである。

あら間近なるあの烟《けぶり》は？

燃上る、あの火は？　其色の白き黒き、赤き青き入雑《いりまじ》れるは、何事ぞ、何事ぞ！

あれ、あれ、あの火の都《みやこ》の方よ！

都《みやこ》よ！　都《みやこ》！　都《みやこ》のいつの間にかこの山の麓
に移れりと覚ゆる、
その火！　その火！　都《みやこ》！　都《みやこ》！
みやこ！　さてもわが呱々《こゝ》の声を挙げしと
ころ
みやこ！　わが戯れしところ、無邪気なり
しところ。
みやこ！　われを迷せし学《まなび》の巷《ちまた》も、わが狂
ひ初めしいつはりの理《り》も、
わがあやまりし智慧《ちゑ》の木も、親しかりしもの
も、悪《にく》かりしものも、そこに、
あれ、あれ、あの火の中に」！

（北村透谷『蓬萊曲』）

『蓬萊曲』の言語は、まさに「詩」の根源を体現しているといってよい。写実を仮装しつつ、一方において、断裂的で重層的な韻律を根底にしたこのような表現は、根本的に「小説」への転位をゆるさないものなのだ。透谷の「詩」的言語は、むしろこの韻律と像の内部にこそ、関係の陰画《ネガ》を構造的に映していくのである。

だが「幻影の盾」における漱石の「小説」言語は、そのような透谷の言語に対位しようとしても、

結局は、局限的にならざるをえないものであった。漱石はいまだ「詩」においても「小説」においても根源に達しえていなかったのである。

第二項　「エロティシズム―罪―死」のモティーフ

これは「幻影の盾」だけでなく「薤露行」の言語についてもいうことができる。「薤露行」が、「水底の感」と同じ頃に書かれた新体詩「鬼哭寺の一夜」俳体詩「尼」散文「無題」などの言語を継承して書かれたものであることは、江藤淳の研究『漱石とアーサー王伝説』にくわしい。だが、そこで精緻に分析されている表現の類縁性をもってしても、「詩」から「小説」への転位を明らかにすることは困難にみえる。

ただ「薤露行」は「幻影の盾」に比べた場合、登場人物の複雑な関係を構成の原型としているため、より多く「小説」的な色彩を帯びている。それだけではない。表出の系譜をたどっていくとき、「鬼哭寺の一夜」「尼」などの「詩」的言語の象徴性に行き当たると同時に、「無題」という散文の、モティーフを内深く秘めた言語の混沌を目のあたりにすることもできるのである。

こういう点からするならば、「薤露行」は、「鬼哭寺の一夜」や「尼」などの象徴言語による仮構性を基調にしながら、「無題」の散文的な表現にみられる「エロティシズム―罪―死」のモティーフを、構成のなかに実現することによって成ったものということができる。

「罪あるを許さずと誓はば、君が傍《かたへ》に坐せる女をも許さじ」とモードレッドは臆する気色《けしき》もなく、一指を挙げてギニギアの眉間を指す。ギニギアは屹《きつ》と立ち上る。茫然たるアーサーは雷火に打たれたる啞の如く、わが前に立てる人――地を抽《ぬ》き出でし巌とばかり立てる人――を見守る。口を開《ひら》けるはギニギアである。

「罪ありと我を誣《し》ひるか。何をあかしに、何の罪を数へんとはする。詐《いつは》りは天も照覧あれ」と織き手を抜け出でよと空高く挙げる。

「罪は一つ。ランスロットに聞け。あかしはあれぞ」と鷹の眼を後ろに投ぐれば、並びたる十二人は悉く右の手を高く差し上げつゝ、「神も知る、罪は逃れず」と口々に云《かす》ふ。

ギニギアは倒れんとする身を、危く壁掛に扶けて「ランスロット！」と幽《かす》に叫ぶ。王は迷ふ。肩に纏はる緋の衣の裏を半ば返して、右手《みぎて》の掌《たなごゝろ》を十三人の騎士に向けたるままにて迷ふ。

此の時館の中に「黒し、黒し」と叫ぶ声が石堞《せきてふ》に響を反《かへ》して、窈然《えうぜん》と遠く鳴る木枯の如く伝はる。やがて河に臨む水門を、天にひゞけと、錆びたる鉄鎖に軋らせて開く音がする。室の中なる人々は顔と顔を見合はす。只事ではない。

（「薤露行」）

江藤淳の指摘するように「薤露行」が、「鬼哭寺の一夜」における「詩」的言語の仮構性を引き受けながら、「無題」の散文言語における「エロティズム―罪―死」のモティーフを、関係を描く劇的場面に生かすことで成っていることは否定できない。だが、「薤露行」におけるこのような傾向が、「小説」的なるものの萌芽をあらわしているにすぎないこともまた明らかなのである。ここに描き出されたアーサーとギニヴィアとランスロットの三角関係、あるいはこれにエレーンをくわえた関係が、どんなに劇的な要素をもっていようと、それは二葉亭、鷗外が模索したところの、関係を内的必然性によって描き出すという方法に応じうるものではないからである。関係の劇的展開をささえるモメントは、あくまでも奇譚的構成なので、決して登場人物の内的必然性が劇を形成するというものではない。

そうはいっても、「薤露行」において、漱石の内部に秘められてきた「エロティシズム―罪―死」の主題が、明確な構成をとって展開されたことは注目に値する。明治三六年以来、日本語の表出に同調しえないままに書かれた幾篇かの英詩と当時の象徴詩の水準によって書かれた新体詩と、そして一篇の散文とにようやく断片的な影を落していたこの主題が、「薤露行」におけるアーサーとギニヴィアとランスロットとエレーンとの関係の展開においてあらわされたとき、漱石は、とるべき「小説」の方向を原型的にもとらえたのである。

たとえば「薤露行」に描かれた次のようなエレーンの死の場面は、その表出の仮構美にもかかわらず、関係の相対性からもたらされる挫折の社会的な核を、哀切に告げるものであるといってよい。

> 古き江に漣さへ死して、風吹く事を知らぬ顔に平かである。舟は今緑り籠《こ》むる陰を離れて中流に漕ぎ出づる。櫂操るは只一人、白き髪の白き髯の翁と見ゆ。ゆるく掻く水は、物憂げに動いて、一櫂ごとに鉛の如き光りを放つ、舟は波に浮ぶ睡蓮の睡れる中に、音もせず乗り入りては乗り越して行く。萼《うてな》傾けて舟を通したるあとには、軽く曳く波足と共にしばらく揺れて花の姿は常の静《しづけ》さに帰る。押し分けられた葉の再び浮き上る表には、時ならぬ露が珠を走らす。

舟は杳然《えうぜん》として何処《いづく》ともなく去る。美しき亡骸《なきがら》と、美しき衣と、美しき花と、人とも見えぬ一個の翁とを載せて去る。翁は物をも云はぬ。只静かなる波の中に長き櫂をくゞらせては、くゞらす。木に彫る人を鞭つて起たしめたるか、櫂を動かす腕の外には活きたる所なきが如くに見ゆる。

このような哀切な場面は、江藤淳によればテニソンや英国世紀末芸術とのcross-culturalな経験によって描かれたものである。だが、これを透谷の『蓬萊曲』と「蓬萊曲別篇」における次のような二つの場面に並べてみるならばどうだろうか。

死！　来れるよ汝《なんぢ》！
来れるよ汝！　笑《ゑ》めるもの！
来れ、来れ、疾く刺《さ》せよ其針《はり》にて、
いま衰ろへぬ、いま物を弁《わきま》へぬ、いま消え行く、いま死、いま死！　死よ、汝《いまし》を愛《あい》すなり。死よ、汝《いまし》より易《やす》き者はあらじ。
おさらばよ！

（『蓬萊曲』）

これは慈航《じかう》の湖《うみ》の上、波穏《おだや》かに、水滑《なめ》らか

に、岩静かに、水鳥《みづとり》の何気なく戯《た》はれ游《およ》げ
る、松の上《うへ》に昨夜《ゆうべ》の月の軽く残れる、富士
の白峰《しらね》に微《かす》けく日光《ひのめ》の匐《は》ひ登れる、おもし
ろき此処《こゝ》の眺望《ながめ》を打捨てゝ、
いざ急《いそ》がなん西の国。

（「蓬莱曲別篇」）

透谷の描き出した死のイメージが、北川透の指摘するように、ある衰退の傾向をあらわすものであることはうたがいない。にもかかわらずここには、二葉亭、鷗外にも比すべき敗北が反響しているといえる。何よりもそこに醸し出される悲しみ、痛ましさは類を見ないものなのである。これに対して「薤露行」における漱石は、透谷のとらえた悲痛な死のイメージを、できるかぎり拡散させることによって、関係に敗れたエレーンの哀切な死を描き出してみせた。敗北を「社会」の可視的な関係へと微分化することによってといってもよい。

とはいえ、漱石は「薤露行」一篇、いわんや『漾虚集』全篇をもってしてもこの拡散を「小説」の不可能性に対位させるまでにはいかなかった。敗北を可視的なものへと微分化する漱石の方法は、もしそれを積分する根拠をみい出しえないならば、何ら実のある結果を残すことはできないからである。少くとも「薤露行」を書き、『吾輩は猫である』を書きながら、『坊っちゃん』『草枕』へと筆をそめていった漱石にとって、エロティシズムのモティーフを社会化する方向へと「小説」を向かわせることは、そのような末了の思いなしにはありえなかった。

第三節　『坊っちゃん』

第一項　日露戦争後の社会の拡散

『吾輩は猫である』『漾虚集』以後における漱石の「小説」的試行を、一方に『坊っちゃん』『二百十日』『野分』、他方に『草枕』と並べ、さらにこの両者を結ぶモメントを社会的な拡散という点に見い出すならば、ひとつの一貫した流れとして取り出すことができる。このようなとらえ方は、漱石の表現意識におけるモティーフの社会化が、明治三七年から三八年における日露戦争とその戦後における「社会」の拡大に由来するとするところからもたらされるものである。

明治三九年から明治四〇年における漱石の小説作品は、日露戦争後の状況を支配した相対的な安定と、その裏側において膨化・拡大をすすめる「社会」の変容に対応するような表現意識をまってはじめて書かれたものということができる。このような状況は、漱石の「小説」だけに影を落としたのではない。ようやく勃興しつつあったわが国の自然主義は、明治三九年『破戒』明治四〇年『蒲団』が書かれるに及んで、戦後的な状況における「社会」の拡大・膨化に対応するものであることが明らかにされる。明治三九年における『坊っちゃん』『草枕』は、漱石の表現意識の内部にだけでなく、同年に書かれた藤村の『破戒』のそれにも通ずるものをあらわしていたのである。

菅谷規矩雄は、このような共通性について次のような卓抜なアウトラインをひいている。

夏目漱石の《坊ちゃん》は、島崎藤村の《破戒》とおなじく明治三十九年に発表された。作品としてはおよそ類縁をもたないこの二篇が、ある側面においてふくんでいる情況的な共通性のほうに、じつは自然主義云々よりは重要な意味がこめられているとおもう。これにもうひとつ、翌明治四十年の泉鏡花《婦系図》をくわえてもよい。これらは、日本における近代的な物語形式たる〈小説〉がかくとくした通俗性――読者層との広汎な呼応関係の成立について、原型的ともいうべきものを示唆している。そこに時代的な共通性はもとめられる。右にあげた三篇は、それぞれの作家にとっては、通俗性においてゆいいつあるいは最大の局限に位置する作品であって、以後かれらはあたうかぎりその対極へむかって固有の成就をとげる。

　通俗性とはなにかにこたえるには、これらがともに現在にいたるまでくりかえし劇化、映画化、テレビ化……にたえるものであった点をとりあげてもよい。物語の核が大衆の現実的・恒常的な生活思想にふれる――その接点の特性が、どんな表現形式をとってもうしなわれないところに、原型的たる理由があろう。ひとことでいえば、《坊ちゃん》も《破戒》も《婦系図》も、インテリ青年の社会的な挫折をしるした物語である。そこに、明治二十年代の小説たとえば森鷗外の《舞姫》が思想的な挫折を主題としているに比して、情況の差異があらわれる。そして核心は、近代的なインテリ青年が、土俗的な生活社会のなかで密着的な定住というべきものを、いかに可能にするか――言いかえれば、社会の上層へのぼりつめてゆく立身出世型とは逆の志向が、あらたな違和を形成するという、戦後的な独自さを示す。この屈折点をとらえることから漱石の創作活動がはじまることは、きわめて象徴的であった。すなわちそれは、知的な上昇過程が、あらかじめ国家的要求にもとづく強度の選別に直面した明治前半期から、いまや一定の大衆的規模での拡大それじたいとして定着しうる段階に達したことと対応する。
（『萩原朔太郎１９１４』）

明治三九年の文学状況と、漱石の位置をとらえて間然するところのないこの見解に、何かをつけ加えうるとするならば、『坊っちやん』『草枕』『二百十日』『野分』とつづく「小説」作品が、日露戦後の状況を最もよく映し出したものでありながら、漱石の表現意識そのものは、絶えず不可能性への自覚とともにあったということである。戦後的な独自さと屈折点をとらえることからはじまった漱石の創作活動は、一方においてこの森を彷徨するにひとしいものであった。

たとえば、『坊っちやん』は藤村の『破戒』に比べた場合、その状況的な共通性にもかかわらず、表現意識のありように明瞭な相違がみとめられる。漱石についていえば、坊っちゃんの社会的な挫折が、状況における拡散に対応することに自覚的であったと同時に、この自覚の背後において、絶えず未了の思いを嚙みしめていた。これは『破戒』を書いた藤村が、主人公丑松の挫折をともかくも「告白」という手段によって回収し、一篇の完了を企てたことに照らしてみれば、明らかとなる。そして、この相違は、以後における漱石、藤村の「小説」における固有の成熟を決定づけるものとなるのだ。

このことは、明治三九年における戦後的状況を象徴するもう一篇の重要な「小説」として、二葉亭の『其面影』を挙げてみるならば、より明確になるだろう。『浮雲』以後二〇年の「沈黙」を破って書かれた『其面影』こそが、明治二〇年代における国家的な要請と選別をまともに蒙った挫折の淵から起ちあがり、日露戦後の相対的な安定と拡散からなる「社会」の状況をモティーフにおさめようとした作品なのである。

そこに描かれた主人公の挫折は、およそ社会的な拡散からなる状況というものが、もしこの拡散に同調しえないならば、いかに残酷な像を強いるものであるかを告げている。『其面影』における小野哲也の破滅は、『浮雲』『舞姫』にみられたような明確な原因による挫折ではなく、まさに社会的としかいいようのない関係の拡大・膨化からもたらされたものであった。しかも、それはほとんど起つあたわざる絶望的なものであって、これをたとえば、坊っちゃんと瀬川丑松のそれに並べてみるとき、まったく異なる指標として現れていることがわかるのである。

赤シャツと野だに天誅をくわえ、みずから職を辞して東京に戻った坊っちゃんは、おのれの社会的な挫折を、月給二五円の街鉄の技手としての「市井の生活への埋没」（佐藤泰正『「坊っちゃん」の世界」）によってようやく覆うにいたる。一方、社会のなかに生きていくためにはおのれの素性を隠せという父親の戒律をみずから破り、あえて告白することによって挫折を乗り越える方法をみい出した『破戒』の丑松は、さらにそれを「テキサス」での新生活への幻想をもって償うにいたる。

この二者を、恢復不可能な関係の破綻から満州へと渡り、ついに身を持ちくずしてしまう『其面影』の小野哲也の破滅に比べるならば、多かれ少かれ「社会」における存在を許容されたものの挫折にすぎないということができる。

だが、坊っちゃんと瀬川丑松では、同じように許容された挫折のかたちをとりながら、その内実において対極を指すものといえる。たしかに、市井の生活への埋没をみずからにゆるした漱石の坊っちゃんは、満州の果てにいずことも知れず消え去っていく『其面影』の小野哲也に比べるならば、「社会」の関係の最低部における恒常的な生活に対して、少くとも同調しうる存在として設定されている。だが、ここには二葉亭の内部をおかしていたところの、破滅をも敢えて厭わぬ激烈な「痼疾」に対してある距離を保ちながら、なおかつ『破戒』の丑松にみられたような藤村的「回避」の方法を採ることをおのれにゆるさない漱石の位置がみとめられるのである。

とはいえ、このような位置が、明治三九年の状況に対して何ごとかを告げるものであったとしても、漱石の表現意識の内部においては、未了の思いをともなわずにはいないものであった。漱石は、この未了の思いのなかで「小説」の方向を、一方において、恒常的な生活の内部に「美」をもとめて旅を続ける画工と彼の見出した異界の生とを描いた『草枕』へ、他方において、市井の生活への埋没を決してゆるさない二葉亭的な孤高の知識人を描き出した『野分』へとすすめていくのである。

第二項　社会的拡散と親和的エロスの関係

『坊っちゃん』『破戒』『其面影』が明治三九年の状況に対して、それぞれ独特の指標を示すものであることについては、すでにみてきた。主題を、インテリ青年の社会的な挫折に限局しなければ、同年の伊藤左千夫『野菊の墓』鈴木三重吉『千鳥』などを一方の極におき、他方の極に『其面影』をおく一つの拡がりが想定される。これは、漱石の作品史からすれば、前年の『漾虚集』から継承され『草枕』へと受けつがれていく主題の流れにほかならない。エロティシズムにおける不可能性の諸相が、それである。

では『薤露行』の翌年に書かれながら、主題としてはインテリ青年の社会的挫折を取り上げたかのような『坊っちやん』のどこに、エロティシズムの主題を見い出すべきであろうか。いうまでもなく、坊っちゃんと清の間に暗示される、至福のイメージを放射してやまないエロス的関係にである。

これについては、すでに平岡敏夫や佐藤泰正のすぐれた研究が残されている。平岡によれば、死の前日における清のことば「死んだら、坊つちやんの御寺へ埋めて下さい。御墓のなかで坊つちやんの来るのを楽しみに待つて居ります」ということばからは、たんに坊っちゃんを終生愛した下女の婆やの思いにかぎることのできない「深いかなしみ」が受感される。そこには、漱石の嫂《あによめ》登世をも想起すべき「死によって永遠にへだてられつつも、ひたすら待ちつづける切実な女性存在」(「『坊っちゃん』試論」)が投影されているとされる。また佐藤によれば、そのような清のことばが喚起するものが「永遠なる女性のイメージ」であることは間違いないのだが、その中心となるのは、漱石の「亡き母千枝への思慕」であり、「『母胎回帰』の志向にもつながる」「『母なるものの』本源」としてのイメージであるとされる(前掲書)。そして、佐藤泰正はこのようなエロティシズムのモティーフが『坊っちやん』の「小説」的構成の特質と不可分であることを次のように述べている。

漱石が母への思慕にまつわる一篇の作をなしたのは、これが最初でありまた最後であった。これをありうべかりし自己への鎮魂の作と見るならば、「母なるもの」への帰一のモティーフは必然のものであり、それは彼の作品が、いまだ〈うた〉でありえた蜜月の時期の、ふたつなき天与の収穫であったとも言うことができよう。

このような見解が卓抜であるのは、『坊っちゃん』がいかに天衣無縫の印象を与える作品であろうと、その背後において漱石の表現意識は、少くとも「小説」に関するかぎり深い未了の思いとともにあったことをよくとらえているからなのだ。

そもそも漱石は、「薤露行」において、みずから死を選ぶエレーンの姿を哀切に描いたとき、エロティシズムの不可能性が、「社会」の関係の相対性に起因するものであることをとらえていた。同時に、それが、ギニヴィアのランスロットへの愛を「罪」とみなすような錯綜した構造をはらむものであることについても、核心をとらえていた。だが、漱石はこの主題を、必然的な関係の展開へと組み込むことができないまま、奇譚構成と一種の類型劇へと流し込んでいったのである。

それは、当時の状況からもたらされたモティーフの社会的拡散に対する、漱石的な受容の仕方であったとも考えられる。こういう漱石が、『坊っちゃん』を起稿する際に、エロティシズムのあらたな展開を意企していたことは、容易に推察できる。「薤露行」では果たしえなかったエロス的関係の内的必然性を構成の核とする「小説」をひそかに目論んでいたといってもよい。モティーフの社会的拡散を受容しつつ、二〇年代の『浮雲』や『舞姫』とは異った方向から、しかもそれらに呼応しうるような「小説」を、である。

けれども『坊っちゃん』において漱石が実現した「小説」は、「小説」というよりも、佐藤泰正のいうように〈うた〉というにひとしいものであった。つまり、主人公坊っちゃんの正義感も、彼を取り巻く人物——赤シャツ、野だ、山嵐、うらなり君などの典型的な性格も、内的関係の必然性から描き出されたものであるよりも、「社会」の拡散を直接的にとらえる眼によって描き出されたといったほうがよいものなのだ。

なるほど、坊っちゃんを中心とする登場人物の関係は、たとえば『吾輩は猫である』における苦沙弥を中心にするそれに比べた場合、はるかに動的なものを印象づける。だが、これはむしろモティーフの社会的拡散の受容の仕方によるものであって、決して関係の構造までも刻印するものではないのである。そして、このような構造性を取り払われ、人物の典型によって関係を構成する小説の方法は、坊っちゃんと清をめぐるエロティシズムの主題のうちにも形をかえて浸透していた。

たしかに、坊っちゃんに向けられた清の愛情には、不思議なエロティシズムが感じられる。そこに、漱石における永遠なる女性への思慕や「母なるもの」への帰一のイメージを読みとることは可能である。だが、この関係が、背後にどんなに哀切なものを秘めていようと、エロティシズムの直接的な表白を出るものではないことは明らかである。そこにみられる憧憬や、エロス的合一のイメージは、関係の内的構造を喚起しないという点において、「水底の感」や「幻影の盾」のイメージに連なるものなのである。それは「薤露行」を超えるような「小説」の方向を指示するものではないといえる。

とはいえ、このことは『坊っちやん』が「水底の感」や「幻影の盾」よりも、「薤露行」における社会的拡散のモティーフを継承したところに書かれたものであることまでも否定するものではない。

正義感に駆られた一途な坊っちゃんの行動とその挫折の形態は、様々な憤懣を抑えながら生活を成り立たせてきた層を、「社会」の前面に浮かび上がらせるにいたった日露戦後的な状況を抜きにしては、描かれないものであった。同様に、坊っちゃんと清との関係もまた、「性」が、関係の社会的拡散にともなって、現実的な性交渉をともなわない一種の親和力となってあらわれてきた状況的な独自性を反映するものなのである。

そこには、幻影の女性へのエロティシズムの憧憬が秘められているだけでなく、性的交渉を禁忌とするという前提を取り払っても、なおかつ成立しうるエロス的関係が暗示されているといってよい。

にもかかわらず、漱石はそのようなエロス的関係の造型のなかに、どのような「小説」の方向も見定めることができないでいた。『坊っちゃん』においてはじめて、関係というものが「性」的と呼んでさしつかえない親和のイメージを放射することを明らかにしながら、これが、ある局面においては破綻のイメージをもたらさないとは限らないということまでも明らかにしたとはいいがたいからである。

坊っちゃんと清との濃密な親和感をもたらす関係は、何ら他の関係を排除することによって成立しているわけでもなければ、現実的な関係から禁忌とみなされる領域にあるわけでもない。そこには、一つの関係が他の関係との間に矛盾・軋轢の可能性を内在させることによって、ようやく現実的なものとなるという構造が捨象されているのだ。

『坊っちゃん』のなかに、「性」的な関係の不可能性を示唆するものがまったく描かれていないというのではない。それは、赤シャツとうらなり君とマドンナとの関係にわずかなりとも暗示されていた。けれどもそれは、このうえなく典型的な関係といってよいので、そこからは、赤シャツの奸智とうらなり君の無垢とマドンナの高潔とをある種のタイプとして受容することができるだけである。

漱石は、このような典型の内部に関係の構造を付与し、これを内的連関のもとに描き出すいかなる方法もいまだ見い出していなかったのである。それゆえ、『坊っちやん』においては、この構造を払拭することによって、年老いた下女との至福のエロスの関係が描かれたのだ。これをしも〈うた〉というならば、それは漱石の表現意識の内部においては、「小説」の未了性について自覚されたところにあらわれた〈うた〉であったというほかはない。

第三項　『其面影』の出現

『坊っちやん』の表現の独自性は、何といってもその話体にあらわれている。ここで縦横に駆使されている歯ぎれのよい話体の奔放さは、無類のものであろう。このような表出のよどみない流れのなかから、どこを切り取ってきてもよいのだが、ここではエロティシズムの主題にかぎって次のような一節を引いてみよう。

出立の日には朝から来て、色々世話をやいた。来る途中小間物屋で買つて来た歯磨と楊子《やうじ》と手拭をズックの革鞄《かばん》に入れて呉れた。そんな者は入らないと云つても中々承知しない。車を並べて停車場へ着いて、プラットフォームの上へ出た時、車へ乗り込んだおれの顔を眤《ぢつ》と見て「もう御別れになるかも知れません。随分御機嫌やう」と小さな声で云つた。目に涙が一杯溜《たま》つて居る。おれは泣かなかつた。然しもう少しで泣く所であつた。汽車が余つ程動き出してから、もう大丈夫だらうと思つて、窓から首を出して、振り向いたら、矢つ張り立つて居た。何だか大変小さく見えた。（一）

其夜おれと山嵐は此不浄な地を離れた。船が岸を去れば去る程いゝ心持ちがした。神戸から東京迄は直行で新橋へ着いた時は、漸く娑婆《しやば》へ出た様な気がした。山嵐とはすぐ分れたぎり今日迄逢ふ機会がない。

清の事を話すのを忘れて居た。――おれが東京へ着いて下宿へも行かず、革鞄《かばん》を提《さ》げた儘、清や帰つたよと飛び込んだら、あら坊つちやん、よくまあ、早く帰つて来て下さつたと涙をぽた〳〵と落した。おれも余り嬉しかつたから、もう田舎へは行かない、東京で清とうちを持つんだと云つた。（十一）

ここにみられる「無垢なる流露の完璧」（佐藤泰正）と形容してよいほど類稀れなる話体が、漱石の教養の基底をかたちづくる江戸文化、とりわけ落語や講談の語りの影響によるものであることはうたがいいない。漱石は、このような話体を『坊っちゃん』を最後に、二度と採用しなかった。『坊っちゃん』以後において、この無垢なる話体をおのれの掌中におさめたのは、昭和一〇年代における太宰治であったといってよい。だが、太宰の話体には、屈折した自我意識が微妙な陰影を投じているので、『坊っちゃん』の文体の無垢にはとても比べられない。この話体の水準は、漱石の作品における表出史はもちろん、わが国の近代の表出史においてついに孤独な光芒を放つものであった。

このような表出史における位置が、『坊っちゃん』という小説作品の、先に検討したような特異な形態からもたらされたものであることは容易に推察される。漱石は、「小説」についての未了の思いから、はからずもこういう作品、佐藤泰正をして「彼の作品が、いまだ〈うた〉でありえた蜜月の時期の、ふたつなき天与の収穫」といわしめた稀有なる作品をものしたのである。

とはいえ、『坊っちゃん』という作品が、わが国の小説の世界にどんなに孤独な光芒を放つものであろうと、これに玲瓏たる完了体のイメージを付与して済ますことはできない。すでに何度も指摘したように、漱石は、坊っちゃんと清との至福の関係を、何よりもある自覚的な捨象によって描き出した。この自覚の内奥に、どのような未了の思いが秘められていたかを、思わないわけにはいかないからである。

たとえば、ここでもまた一方に『破戒』を、他方に『其面影』をおいてみるならば、少くとも明治三九年の文学状況において『坊っちゃん』という作品が、最大限に振幅を蒙っていることが明瞭になる。エロティシズムの主題に関するかぎり、ほとんど何ものをも達成しえなかった『破戒』の、丑松とお志保の抽象的といってよいような関係に比すれば、『坊っちゃん』における清との至福のイメージは、ある肉感性と象徴性をおびた実在感を印象することはまちがいない。

だが、これを『其面影』における小野哲也と妻時子と妻の妹である小夜子との関係のリアリティに比するならば。およそすべてが牧歌的な色彩によって描かれたものにみえてくる。このことは、何よりも文体に特徴的である。たとえば、先に引用した『坊っちやん』の二つの部分、清との別れと再会を描いた部分を、次のような『其面影』の事前と事後の哲也の姿に比べてみればよい。

葉村に別れた哲也の姿は、今蹻踵《こつこつ》と九段坂を降りて行く。
直《すぐ》眼下の町々には、軒燈《のきランプ》やら電燈やらが星屑のやうに散らばつて、駿河台《するがだい》は清澈《すみき》つた空を背景に、夕闇の中に深沈《しんめり》と沈んで見え、看慣れて居ても流石《さすが》に棄難い眺めであるを、哲也は一向に顧眄《みむき》もせず、深き想ひの籠もつた目を俯《ふ》せて、凝然《じつ》と地面を視詰めた儘で、蹻踵《こつこつ》と降りて行く。（四）

いつ刈つたものか、髪は耳の隠れる程に延び、頬から頤《あご》へ薄い鬚髯《ひげ》が汚なく生え、傘なしに歩く証拠には、面《かほ》も手も蒼黒く日に燬《や》けてゐる癖に、額は帽子に隠れるだけ劃然《くつきり》と際立つて白い。元から頬が削《こ》けてゐたのが一層削けて、顴骨《くわんこつ》ばかり尖り、ゲツソリ陥込《へこ》むだ眼窩《がんくわ》の底に、勢も力もない充血した眼球が曇《どんよ》りと濁つた光を含《も》つて、何処かに淋しさうな笑《ゑみ》を浮べてゐるので此痩枯れた軀《からだ》にも、尚生存の余力を留めてゐるかと、寧ろ哀れに見えた。（七十四）

事件の予兆に沈んでいるような前者の表現と、事件の後の主人公の破滅の凄じさを思わせる後者の表現の間に、哲也と時子と小夜子との関係から成る事件は浮き彫りにされている。この事件があらわす関係の恐ろしさこそが、漱石が「薤露行」以後において、ひそかに「小説」のモティーフとして内に秘めてきながら、『坊っちゃん』において、自覚的な捨象を行ったものなのだ。『其面影』における小野哲也と妻時子とその妹小夜子との三角関係は、「薤露行」におけるアーサー、ギニヴィア、ランスロット、エレーンの関係のように、エレーンの美しくも悲しい死をうたい上げることによって完結するものではない。また、『坊っちゃん』における坊っちゃんと清のように、一度は別れながら再会の喜びに涙を流す牧歌的な幸福を印象づけるものでもない。まさに当事者のそれぞれに対して、起つあたわざる破滅をもたらすものなのである。それが、このような哲也の破滅を描く表現にあらわれていることは明らかであろう。

明治三九年四月「ホトトギス」に『坊っちゃん』を発表した漱石に、同年の一〇月から一二月の間「東京朝日」に連載された『其面影』が、どんなに脅威をあたえたかは想像するに難くない。なぜなら『其面影』こそが、「性」的親和性が不可避的にひきおこす矛盾・軋轢を描くことで、漱石が自覚的に捨象したモティーフを極限まで追いつめた「小説」であったからだ。それは『浮雲』以来、二〇年の「沈黙」を破って書かれたものでありながら、「小説」というものを登場人物の内的関係の必然的な連関において成立させるという『浮雲』の方法が確実に深化させられていた。

二葉亭に再び小説の筆をとらせたのが、たとえ当時盛んになりつつあった自然主義運動であったにしろ、『其面影』の「小説」における深化を可能にしたのは、日露戦後の状況を透視する作者の眼であった。二葉亭は「性」的関係における親和力というものが、社会的構成の拡大にともなって、禁忌を容易におかしうるほどの潜勢力をもつにいたった状況を的確にとらえていたのである。もしこの潜勢力が現実化したならば、陰惨な三角関係――社会的・経済的な理由のもとに婚姻し、結婚生活を営む男女の関係が、もう一人の女性の存在によって崩壊し、やがて当事者のすべてがそれぞれの仕方で破滅していくという現実をよくとらえていた。

二葉亭は、状況の社会的拡散が、その核に「性」的なるものの拡散を秘めているということに衝き当ったとき、おのれの二〇年にわたる「沈黙」を破る契機を手にしていたのである。「小説」というものは、たとえば『舞姫』のように、あるいは『浮雲』のように、近代の「制度」と「規範」の禁圧をまともに蒙った自我の挫折を描き出すだけでなく、「社会」の相対的関係が拡大されたところにあらわれる関係の図を仮構するものであることを呈示してみせたのだ。

明治三九年の四月『坊っちやん』を発表し、九月『草枕』を発表していた漱石が、二葉亭のこのような確信に羨望を抱かなかったはずはない。『坊っちやん』を、その主題、構成、表現のすべてにわたって、無類の〈うた〉に仕上げたとき、この牧歌的小説の背後で、ある種の満たされぬ思いを抱いていたことはまちがいない。だが、『坊っちやん』『草枕』を書いた時点においては、二葉亭の『其面影』はいまだ現われていなかった。同年の三月に発表された藤村の『破戒』が、漱石の表出意識に何ごとかを刻印していたとしても、それを根底から揺り動かす類のものではなかった。

漱石は、九月発表の『草枕』においても、いまだ俳句的、南画的、審美的といった形容におさまるような小説を実現するいがいなかった。十月から「東京朝日」に連載される『其面影』によって、どんなに内心を揺さぶられることになるか予測さえつかない時間のなかで、『草枕』の執筆にかかっていたのである。

第四節　『草枕』

第一項　平明で俗で淡々とした生

漱石の初期の小説作品を『吾輩は猫である』「幻影の盾」「薤露行」『坊っちゃん』と読みすすめていくとき、『坊っちゃん』発表後五ヶ月にして、また『吾輩は猫である』連載終了の翌月に発表された『草枕』が、ことのほか特異な位置を占めていることに気づく。

すでに前節においておおまかな見取図を引いておいたように『草枕』は、『吾輩は猫である』から『坊っちゃん』へと受けつがれた現実に対する批判意識によって、書かれたのではない。むしろ、「幻影の盾」「薤露行」において究められた仮構構築のための美意識を根底にして書かれたものなのである。だが、これらの作品を現実意識を媒介にした系譜と美意識を媒介にした系譜というふうに二元化することは控えなければならない。表向きはそういう二元化をゆるすように書かれているとしても、モティーフの根底をさぐっていくならば、明治三八年の日露戦争を間にはさんで現われた「社会」の拡大・膨化に対応するような拡散の過程が共通して見られるからである。

ただ、『草枕』についていうならば、このような流れのなかに位置していながら、これを切断し、「薤露行」の傾向にも『坊っちゃん』の傾向にも帰することのできないものをあらわしているのである。それは、漱石がみずからこれを「美を生命とする俳句的小説」(「余が『草枕』」)と称したゆえんに通ずるものといえる。漱石はこれについて、次のように述べている。

私の『草枕』は、この世間普通にいふ小説とは、全く反対の意味で書いたのである。唯一種の感じ——美しい感じが読者の頭に残りさへすればよい。それ以外に何も特別な目的があるのではない。さればこそ、プロットもなければ事件の発展もない。

「この世間普通にいふ小説」とは漱石によれば「唯真を写しさへすれば、たとひ些の美しい感じを伝へなくとも構はない」ものである。漱石はこういう考えを、当時の文壇に支配的だった自然主義的な小説の傾向に対抗して述べたのであろうか。もしそうだとすれば、「美しい感じが読者の頭に残りさへすればよい」という目的をもったこの「俳句的小説」の体現するものは、たんに「余裕」とか「低徊趣味」と称して済ますことのできないものである。

つまり、漱石は、『草枕』において、人生の真実を写すという自然主義の傾向に対位しうるような何かを模索していたのである。それは、必ずしも現実意識と倫理感覚を捨てて、美意識を研ぎすますことを意味しない。「薤露行」の美でさえも、その根底に社会的拡散の像をはらんでいたからである。『草枕』という「俳句的小説」の意図は、自然主義的な小説に対抗するだけでなく、『吾輩は猫である』「薤露行」『坊っちゃん』の、それぞれに社会的拡散をすすめていく傾向に対して、一種の切断をあたえることであった。

この切断によってかいま見られるものこそ、画工が足を踏み入れた那古井の温泉郷とそこに住む人間たち――温泉宿の出戻りの娘の那美を中心に、茶屋の婆さん、馬子の源さん、床屋の親爺、禅寺の大徹和尚や了念、そして那美の従弟で満州へ出征していく久一、その久一と同じ列車に乗り合わせた那美の先夫などの市井の人間たちから成る世界にほかならない。

『草枕』という小説は、このような世界を、社会的拡散の像として描くよりも、いかなる「社会」の相対性によっても規制されずに存在しつづける恒常的なるものの像として描き出したものなのである。「美を生命とする」とか「俳句的」とか「美しい感じが読者の頭に残りさへすればよい」という漱石の言葉の背後には、この実在の像が揺曳している。漱石が意図した「切断」とそこにあらわれる実在の像を、とりあえず次のような三種類の表現に探り当ててみよう。

A　「おい」と声を掛けたが返事がない。

軒下から奥を覗《のぞ》くと煤《すす》けた障子が立て切つてある。向ふ側は見えない。五六足の草鞋《わらじ》が淋しさうに庇《ひさし》から吊されて、屈託気《くつたくげ》にふらり／＼と揺れる。下に駄菓子の箱が三つ許《ばか》り並んで、そばに五厘銭と文久銭が散らばつて居る。（二）

B　こゝゝと駈け出した夫婦は、焦茶色の畳から、駄菓子箱の中を踏みつけて、往来へ飛び出す。雄《をす》の方が逃げるとき駄菓子の上へ糞《ふん》を垂れた。

「まあ一つ」と婆さんはいつの間にか刳《く》り抜き盆の上に茶碗をのせて出す。茶の色の黒く焦げて居る底に、一筆がきの梅の花が三輪無雑作に焼き付けられて居る。（二）

C

「奇麗な御嬢さんが居るぢやないか」

「あぶねえね」

「何が？」

「何がつて。且那の前だが。あれで出返《でもど》りですぜ」

「さうかい」

「さうかい所の騒ぢやねえんだね。全体なら出て来なくつてもいゝ所をさ。——銀行が潰れて贅沢《ぜいたく》が出来ねえつて、出ちまつたんだから、義理が悪るいやね。隠居さんがあゝして居るうちはいゝが、もしもの事があつた日にや、法返《はふかへ》しがつかねえ訳になりまさあ」（五）

A、Bの文の基調が写生にあることは明らかである。だが、ここには観照を旨とする虚子的な写生の方法とは対蹠的な精神がみとめられる。それは、表出自体に活力を付与することによって、人事・景物の動きそのものを、現出させる方法である。

たとえば、Aの文における「『おい』と声を掛けたが返事がない。」という一文は、その後に続く茶屋の鄙びた内部の情景に、ある種の生活臭を与えるきっかけとなっている。これはBの文になると、さらに顕著になる。「こゝゝゝと駆け出した夫婦は、……」という一見何の変哲もない描写文が、無類の動勢を秘めていることに注意すべきである。しかも、この動きとか動勢というのは、そこに人間の変らぬ生活がくりかえされてあることを暗示してやまない。

この意味で、A、Bの文はその表出における指示性を「社会」の構成というよりも、「社会」の基底部を形成する恒常的な生活の層の拡がりに対応して成立したとみることができる。Cの軽妙で洒脱な会話文が暗示するものもまた、こういう拡がりであることはいうまでもない。

たとえば寺田透（「『草枕』の文章」）のように、これらの文章に共通した特色を「すべて現在を『刻下の心持ち』を、今眼に見ている物の形、物の色を現わそうとする」ところにみい出すことも可能であろう。そのスタイルに漱石特有の鋭敏な理智のはたらきをみとめ、そこからうみ出される「明快で迅速」な「精神の運動」を受感することもできないことではない。

にもかかわらず、これらの表出に、漱石の感受性の基底を流れている近代以前の平俗で淡々とした生とでもいうべきものへの共感を読み取ることは十分可能なのである。それは、英国留学以前の俳句や漢詩にみられたような、俗で平明で淡々とした生へのそぞろなつかしき思いとでもいったほうがよいのかもしれない。その証拠に、『草枕』には第一章に引いた『春興』と題する漢詩をはじめとして、明治三一年頃の漱石自身の漢詩や俳句が画工の胸中に結ばれた作品として登場する。そして、小説の意図する「美しい感じ」を実現する小道具的な役割をはたしているのである。

とはいえ、これらの表出にあらわれた平明で俗で淡々とした生を、たんに南画的とか俳諧的とか名づけて済ますことはできない。このような漢詩や俳句の表現にみられるものが、稀有の近代人漱石の感受性の基底を流れつづけているもので、それこそが同世代の透谷や子規の近代性に対位しうるものだからである。漱石が『草枕』において意図したのも、このような感受性の生地《きじ》ともいうべきものを「小説」に生かすことだった。そこに、『草枕』における方法の特異性がみとめられるのである。

このような『草枕』の方法が、『吾輩は猫である』『漾虚集』『坊っちゃん』と、ともかくもすすめられてきた社会的拡散の方法とは異なるものを呈するのは当然のことなのである。

第二項　近代的な「小説」への対位

『吾輩は猫である』「薤露行」『坊っちゃん』などの小説にみられる社会的拡散の方法の根底には、漱石の同時代感覚ともいうべきものが脈打っていた。だが『草枕』に「美を生命とする俳句的小説」の実現を意企したとき、漱石の表現意識の深層から、このような同時代感覚をひとたびは払拭し、かわりにその基底に流れつづけている恒常的な生活への思いを「小説」へとすくい上げようという意図があらわれてきた。これが漱石の座興でも気まぐれでもなかったことは、主人公の画工の芸術論が、一種のリアリティをもって読者に訴えかけるところからも明らかである。

なぜ漱石はみずから仮構した「俳句的」世界とそこに営まれる恒常的な生活のありように、ともすれば横やりを入れかねないようなしちくどい論議を挿入したのだろうか。まさに『草枕』を、真剣な「小説」の実験とみなしていたからなのである。そこで、この小説の中で述べられている画工の芸術観や美学が、『草枕』の方法とどのように通じているのかを、次のような論議を引いて検討してみよう。


苦しんだり、怒つたり、騒いだり、泣いたりは人の世につきものだ。余も三十年の間それを仕通して、飽々《あき〳〵》した。飽き々々した上に芝居や小説で同じ刺激を繰り返しては大変だ。余が欲する詩はそんな世間的の人情を鼓舞する様なものではない。俗念を放棄して、しばらくでも塵界を離れた心持ちになれる詩である。いくら傑作でも人情を離れた芝居はない。理非を絶した小説は少なからう。どこ迄も世間を出《いで》る事が出来ぬのが彼等の特色である。ことに西洋の詩になると、人事が根本になるから所謂《いわゆる》詩歌の純粋なるものも此境《きやう》を解脱《げだつ》する事を知らぬ。どこ迄も同情だとか、愛だとか、正義だとか、自由だとか、浮世の勧工場《くわんこうば》にあるものだけで用を弁じて居る。いくら詩的になっても地面の上を馳けあるいて、銭の勘定を忘れるひまがない。シェレーが雲雀《ひばり》を聞いて嘆息したのも無理はない。（一）

こういう論議に、同時代における「社会」の像からできるかぎり距離をとることを意図した『草枕』の方法を見い出すことは容易であろう。たとえば、桶谷秀昭はこの一節を先の漱石による『余が「草枕」』の一文に照らし合わせて、「ともかく『俳句的』とは、『出世間的』な、『解脱』の境地をうたう東洋伝統詩の美を、含意することにまちがいない。」（「夏目漱石『草枕』」）という断定を下している。だが、ここに述べられた画工の芸術観が、出世間的なものであることはまちがいないとしても、これを『草枕』の方法にそのまま関連させることはいささか困難であるように思われる。もちろん、小説の世界に、その小説の方法に通じるような芸術観を述べる主人公を登場させずにはいられなかったところに『草枕』における真剣な実験がみとめられるということもできる。けれども、そのような実験が、果たして小説作品としての『草枕』をどれほど肉付けしただろうかという疑問も残る。むしろ『草枕』において漱石のおこなった実験は、もう少し手の込んだものではなかっただろうか。

何よりも漱石の背後には、二葉亭、鷗外以来のわが国の「小説」の不可能性が口をひらいていた。これに対するに、同時代の方法としては、一方に自然主義リアリズムがあり、他方に『吾輩は猫である』「薤露行」『坊っちゃん』の多様な方法があった。しかし、これらは、当時の状況からもたらされるモティーフの社会的拡散を受容しているという点で、同一の傾向を指すものであった。この方法をそのまま踏襲するならば、どんなに独自な小説が書かれようと、「小説」の負性に対して、何ら応じえないこともまた明瞭であった。

そこで、漱石はこれらの傾向と方法に意図的な対位をかたちづくろうとした。一つには、主人公の画工に「非人情」の美学を奉じさせ、この小説の世界の外郭を美的に構成するというものである。この方法は、多分に意識的なもので、もし「小説」というものが、内部の必然性からであれ、社会的拡散の不可避性からであれ、この世界の関係を、あるいはそういう関係への現実的な態度を描き出すものであるならば、画工の美学の世界は、これを超脱することで、ともかくも対位をなすものであった。

これが「美を生命とする俳句的小説」という漱石の意図に通じるものであることはいうまでもない。それだけでなく、漱石の対位は、さらに深層まで届くものであった。それこそが、画工の東洋的、南画的、俳諧的な美学の規矩をはみ出るようにして生きる人々の生活を仮構するところに形成されるものである。ここに漱石は、近代的な「小説」への対位を、外郭と内実において指示していたのである。

第三項　非人情の美学と「小説」

こうしてみれば『草枕』における実験が、二重にわたっていたことは明瞭であろう。ただ『余が「草枕」』において、この小説を「美を生命とする俳句的小説」と呼んだとき、漱石はこの二重にわたる対位の意図、とりわけその内実に対してどこまで自覚的であったか分明ではない。あるいは、漱石の意図はあくまでも、画工の芸術観が呈示する外郭的世界に限られたものであったのかもしれない。

だが、実現された『草枕』という小説が、「非人情」の美学だけでかたちづくられたものといえないのは、明らかである、先にあげた三つの文章の、表現のありかたを検証してみればよい。たとえば、その世界に生きている人間とその生活の動勢を感じさせる先の三つの文章を、次のような文章の表現と比較してみたらどうであろうか。

A　こゝ迄決心をした時、空があやしくなつて来た。煮え切れない雲が、頭の上へ靠垂《もた》れ懸《か》つて居たと思つたが、いつのまにか、崩れ出して、四方は只雲の海かと怪しまれる中から、しと／＼と春の雨が降り出した。菜の花は疾《と》くに通り過して、今は山と山の間を行くのだが、雨の糸が濃《こまや》かで殆んど霧を欺《あざむ》く位だから、隔たりはどれ程かわからぬ。　（一）

B　見てゐると、ぽたり赤い奴が水の上に落ちた。静かな春に動いたものは只此一輪である。しばらくすると又ぽたり落ちた。あの花は決して散らない。崩れるよりも、かたまつた儘枝を離れる。枝を離れるときは一度に離れるから、未練のない様に見えるが、落ちてもかたまつて居る所は、何となく毒々しい。又ぽたり落ちる。あゝやつて落ちてゐるうちに、池の水が赤くなるだらうと考へた。（十）

これが、「非人情」の美学を奉ずる画工の眼を通しての景物描写であることは明瞭である。ここに写された景物は、自然観照によるものでもなければ、登場人物の心象や作者の意識の内容を象徴するものでもない。むしろ、作中の画工の美学を象徴し、ひいてはこの小説世界の美的性格を暗示するものである。

したがって、ここには人間とその生活の動きが、先の文章のようにはあらわれてこない。その分だけ「美を生命とする」とか「美しい感じ」という言葉が直截にあてはまるような表出の水準にあるといえる。こういうところにこそ漱石の『草枕』における表向きの意図――近代的な「小説」の方法に逆向し、あえて東洋的、南画的、俳句的、審美的という形容におさまるような小説を書こうという意図がみとめられる。

だが、この二つの文章の景物描写が、画工の美学を象徴しているとしても、これを『草枕』の小説世界の基調をなしているものと断定することはできない。理由は、二つほどあげられる。一つは、画工の美学のフィルターを通してみられた世界には、先の文章にあらわれていたような市井の人間の生活とその動きが封じられているという点である。

もう一つは、画工の「非人情」の美学が、人間とその生活を点景化するという方法を保ちえないで、ある分裂を呈しているということである。

こういう点を考慮に入れて、あらためて先に引用した三つの文章——茶屋の鄙びた内部の情景、そこで婆さんと鶏の供応をうける場面、また画工と村の床屋の親爺との洒脱な会話を描いた文章を読んでみるならば、そこにはある一貫した流れ——いわば平明で俗で淡々とした市井の生活の動勢がみとめられるのだ。しかも、茶屋の内部の情景描写ひとつとってみても、決して画工の美学のフィルターを透して観察されたものではない。むしろ、「『おい』と声を掛けたが返事がない。」という一文によって、画工自身がその動勢のなかに否応なく巻き込まれていくような文章である。これを先の景物描写から成る表現に比べるならば、はるかに「小説」を感じさせるものといえる。

ここからも、漱石の「俳句的小説」の意図が、主人公の画工の「非人情」美学によって覆われるようにみえながら、その根底にもうひとつのみえない意図——そのような美学をあえて押しのけても、市井の人間とその生活の動きを描き出そうとする意図がはたらいていたと考えざるをえない。ここに近代的な「小説」に対位するこの小説の、かくされた内実をみとめることできる。

第四項　超俗から俗世間の美へ

それならば、画工の「非人情」の美学は、『草枕』という小説世界の美的外郭を形成するものであると断じて、さしつかえないであろうか。なるほどそれは、あるときは「出世間」「超俗」の美を奉じ、あるときは美の「同化」を述べ、あるときは水死の女の退嬰的なイメージをとらえて、みずからこの「美を生命とする」小説の、欠くべからざる輪郭をなしているようにみえる。しかし、そのことによって、むしろこの美学は、ほかの何よりもおのれ自身の最終的な完成を目論んでいるといってよい。

完成はいうまでもなく、その役割の成就であると同時に、この美学のなかに市井の生活の動勢をひき入れることである。重要なのは、そのことにほかならない。「非人情」の美学に市井の生活の動勢をひき入れることによって、ひとつの芸術の方法を呈示すること。それこそが、この「俳句的小説」において、漱石の最終的に意図したものなのである。

このことは、画工の美学の完成を促す契機をなしたのが、あの那古井の温泉郷の人々のなかで、とりわけ画工の興をひき起こすことになる那美の奇異な行動と、その奇妙な美しさであったことと無関係ではない。

この「もとは極々《ごくごく》内気の優しいかた」であったのが、結婚生活の失敗から里に帰って以来、世間の者に「不人情だとか、薄情だとか」いわれるようになった女性の奇矯な言動とその表情の美に、画工の「非人情」の美学はひきよせられる。だが、画工はどうしてもこれを画に描くことができない。この那美という女の美を前にしながら、おのれの美学を成就しえない思いを噛みしめるほかないのである。この那美という女性はいったい何者なのだろうか。

那美とは何よりも、俗で平明で淡々とした市井の生活から浮き上った社会的拡散の像にほかならない。その表情に統一がないのは、日露戦争を間にはさんだ状況の拡散によって、微妙に揚げ底化を蒙りつつあった恒常的な生活の危機を象徴するものであったからなのだ。本来ならば、「極々《ごく〳〵》内気の優しい」女性として市井の生活のなかに埋没しているべきであるのに、「社会」の可視的な関係の拡大・膨化の影響をまともに蒙ることによって、その敗北から自己を奇矯な言動に駆り立てずにはいなくなった女なのである。

だが、このことについて画工はあえてふれまいとする。それをすることは、ふたたび俗なる塵界へと足を踏み入れることになり、おのれの「非人情」のムードをみずから踏みにじることになるからである。しかし、画工の「非人情」の美学は、那美の表情の奇妙な美しさやその奇矯な言動にひき寄せられ、その美を画のなかに形象化せずにいられなくなる。そのかぎりにおいて、画工の美学は「非人情」の世界からわずかながらも那美の体現している社会的拡散の像へと接近していくのである。

このことは、先に引用した二つの景物描写にあらわれた微妙な差異に照らし合わせてみれば、一層明らかになろう。Aの春の山路にしとしとと雨の降り出した情景は、あくまでも超俗的なものであるが、Bの「鏡が池」に赤い椿が次々に落ちていく情景は、死を象徴するイメージをはらんでいる。その意味では、決して超俗的とはいえない。

画工の「非人情」の美学が、情景描写にみられたこのような差異をそのままにたどって、那美の言動や表情にあらわれる美を、画のなかに形象化しようとしたということは注意すべきである。つまり、画工の美学は、超俗的な美から俗世間の美への違いをきわめることによって、はじめておのれの美学を完成しようとしたのである。「非人情」の像から社会的拡散の像へと近づくことによって、といいかえてもよい。いずれにせよ、画工の美学が、那美という女のはらむ拡散の像にふれることによって、わずかながらも変容しつつあることはうたがいない。

たとえば、茶屋の婆さんから那美の境涯について話をきくや、忽然とミレーの描いた、合掌して水の上を流れていくオフェリアの面影を思いうかべる画工は、それをそこでは予感にとどめておくだけなのだが、やがて「鏡が池」に赤い椿の落ちる情景を眺めているうちに、はっきりと水死の女のイメージがわき上がり、そこに那美の姿を重ね合わせるのである。このとき、画工の美学は、この水死の女のイメージを形象化することによっておのれの完成を意企する。が、一方モデルとなるべき那美の表情の美しさには、何かが足らないということに気がつく。

あれか、これかと指を折つて見るが、どうも思《おもは》しくない。矢張御那美《おなみ》さんの顔が一番似合ふ様だ。然し何だか物足らない。物足らないと迄は気が付くが、どこが物足らないかゞ、吾ながら不明である。従つて自己の想像でいゝ加減に作り易《か》へる訳に行かない。あれに嫉妬《しつと》を加へたらどうだらう。嫉妬では不安の感が多過ぎる。憎悪はどうだらう。憎悪は烈げし過ぎる。怒《いかり》？怒では全然調和を破る。恨《うらみ》？恨でも春恨とか云ふ、詩的のものならば格別、只の恨では余り俗である。色々に考へた末、仕舞に漸くこれだと気が付いた。多くある情緒のうちで、憐れと云ふ字のあるのを忘れて居た。憐れは神の知らぬ情で、しかも神に尤も近き人間の情である。御那美《おなみ》さんの表情のうちには此憐れの念が少しもあらはれて居らぬ。そこで物足らぬのである。

（十）

那美の表情に憐れの念が少しもあらわれていないのは、状況における社会的拡散をまともに蒙り、恒常的な生活の層から浮き上がってしまったがゆえにである。憐れとは、いいえて実に妙なるというほかない。画工の美学は超俗から俗世間の美への微妙な偏差をへて、ついにこのような欠如せるものをとらえるにいたった。そのとき、ようやくその完成を目前にするのである。それは、結末の次のような場面にあらわれる。


　茶色のはげた中折帽の下から、髯だらけな野武士が名残《なご》り惜気《おしげ》に首を出した。そのとき、那美さんと野武士は思はず顔を見合せた。鉄車はごとり／＼と運転する。野武士の顔はすぐ消えた。那美さんは茫然として、行く汽車を見送る。其茫然のうちには不思議にも今迄かつて見た事のない「憐れ」が一面に浮いてゐる。

「それだ！　それだ！　それが出れば画になります」

と余は那美さんの肩を叩きながら小声に云つた。余が胸中の画面は此咄嗟《とつさ》の際に成就したのである。

（十三）

完成はこうして、状況の社会的拡散によって揚げ底化を蒙った那美という女の表情に、恒常的な生活のなかに生きるほかない人間の像が、刻印された瞬間になされる。このことは、画工の美学がそのような生活の像を内にくり込むところに、はじめて成就されるものであることを告げている。

それだけでなく、漱石のいう「俳句的小説」もまた、主人公の芸術観に生活の像の動勢をとらえさせることによって、ようやく一篇の結末を得たといってよいのである。

それならば、こうして書きあげられた『草枕』という作品に、二葉亭、鷗外以来の「小説」の不可能性に応じうるものをみとめることができるだろうか。ひいては、この方向に、今後の漱石の「小説」の可能性を見い出していくことができるだろうか。漱石自身、『草枕』を、当時の自然主義リアリズムによる小説とも、『吾輩は猫である』『漾虚集』『坊っちやん』などとも異った特異な小説作品に仕上げたとき、おのれの内部に巣喰っていた「小説」についての未了の思いを拭い去ったといってよいだろうか。

まことに残念ながら、否とするほかない。やはり『草枕』一篇では不充分なのだ。この小説が、どんなに作者の表向きの意図とは異って、市井に生きる人間とその生活の動勢を「美」の名目のもとに掬い上げたものであろうと、これの指示する「意味」を呈示しえないかぎり、「小説」の不可能性にこたえることはできないからである。そのためには、那美に象徴されるところの、市井の生活から浮き上った人間を孤立させ、この孤立の意味を、生活の相と観念の相から二重に照射することが必要なのである。もちろん、それは那美でなくともよい。たとえば主人公の画工が旅の装いを解いて、おのれの生活に戻ったとき、みずから獲得した美学を、この生活の内部において、どこまで凝縮させうるかが描かれなければならないのである。

第五節　『二百十日』『野分』

第一項　孤高の精神と「自然」の相

漱石は『草枕』発表後、明治三九年一〇月二六日付鈴木三重吉宛の書簡のなかで、次のような心情吐露をおこなっていた。

> 只きれいにうつくしく暮らす即ち詩人的にくらすといふ事は生活の意義の何分の一か知らぬが矢張り極めて僅小な部分かと思ふ。で草枕の様な主人公ではいけない。あれもいゝが矢張り今の世界に生存して自分のよい所を通さうとするにはどうしてもイプセン流に出なくてはいけない。
>
> 　此点からいふと単に美的な文字は昔の学者が冷評した如く閑文学に帰着する。俳句趣味は此閑文学の中に逍遥して喜んで居る。然し大なる世の中はかゝる小天地に寝ころんで居る様では到底動かせない。然も大に動かさゞるべからざる敵が前後左右にある。苟《いやしく》も文学を以て生命とするものならば単に美といふ丈では満足が出来ない。丁度維新の当士〔志〕勤王家が困苦をなめた様な了見にならなくては駄目だらうと思ふ。（略）僕は一面に於て俳諧的文学に出入すると同時に一面に於て死ぬか生きるか、命のやりとりをする様な維新の志士の如き烈しい精神で文学をやつて見たい。

自己否定の厳しさといい、口調の烈しさといい、漱石の内部で何かが起っていることはうたがいない。あえていうならば、このとき漱石は、状況的拡散を拒絶するとともに、恒常的な生活へも埋没することのない精神をはぐくみつつあった。事実、この後『草枕』とは全く傾向を異にする『二百十日』『野分』などの、烈々とした精神の所有者を主人公とする小説が、書かれていった。したがって、このような覚醒は、心情のみのそれにとどまらず、そのまま「小説」の方向を決定するものであったと考えることができる。

ところで、この書簡を一読するところ、漱石はあたかも『草枕』のような小説を美的あるいは俳諧的文学とみなし、そこからの転位を意企しているかにみえる。けれども、『草枕』という小説が、作者の表向きの意図とは異ったものを実現していることは、前節で考察した通りである。それを考慮に入れるならば、ここでもまた漱石は、おのれの意企したところとは必ずしも符合しない転位の相を、『二百十日』『野分』において実現したと考えることができる。

たとえば、『野分』という小説は、『草枕』における画工の美学を、徹底して孤立させ、そこにあらわれる孤高の精神を、主題として構成されたものなのである。『二百十日』『野分』における「小説」の相は、『草枕』においてわずかながらもかいま見られた恒常的な実在の像から孤立してゆく知識人の課題を、まがりなりにもとらえたところにあるといっていい。

それは『草枕』だけにかぎらず、『吾輩は猫である』『漾虚集』『坊っちゃん』などの傾向に比べても、独特の相を呈するものといえる。つまり、それらがおしなべて社会的拡散の像を内にはらむものであったことに比べ、たとえば『野分』は、最後までそのような拡散に馴れることのできない特異な精神を、『吾輩は猫である』にみられた戯画的な図とも、『坊っちゃん』にみられた牧歌的な図とも異ったところに描き出そうとしているのである。

とはいえ、『二百十日』や『野分』が、これらの小説にみられるような社会的拡散をまったくモティーフにしていないとは断ずることができない。『草枕』がそうであった程度には、このモティーフを受容していることは否定しえないのである。それにもかかわらず、漱石は、拡散の不可避性を受け容れながら、なおかつこれを否定し去ろうとする時代錯誤的な精神を、『二百十日』においても『野分』においても描き出そうとした。そこに、これらの作品の特異性がみとめられるのである。

そのような精神は、たとえば『二百十日』においては、豆腐屋のせがれで、仁王のように筋骨たくましい慷慨家の圭さんに、『野分』においては、志士的な硬骨漢の白井道也先生にあらわれている。『二百十日』や『野分』の小説作品としての独自性は、これらの人物を決して苦沙弥や迷亭のような戯画的な像にも、あるいは坊っちゃんや山嵐のような典型としての像にも造型することなく、ある必然的な精神を所有した像に仕立て上げたところにみとめられる。

といっても、この精神は、二〇年代の『浮雲』や『舞姫』にみられたような関係の内的必然性をもって描き出されたものではない。むしろ、現実的な関係の相対性からもたらされる矛盾、軋轢を、「自然」の過激な相に一度昇華させ、この相に照らし合わせることによって造型されているといえる。このことは、この二つの小説が『二百十日』『野分』という季語を題名としたという特異性にも通ずる。より直接には、次のような「自然」をとらえる表現のかつてない簡潔さに象徴的なのである。

濛々《もう〳〵》と天地を鎖《とざ》す秋雨《しゅうう》を突き抜いて、百里の底から沸《わ》き騰《のぼ》る濃いものが渦を捲き、渦を捲いて、幾百噸《とん》の量とも知れず立ち上がる。その幾百噸の烟の一分子が悉《こと〴〵》く震動して爆発するかと思はるゝ程の音が、遠い遠い奥の方から、濃いものと共に頭の上へ躍り上がつて来る。

雨と風のなかに、毛虫の様な眉を攢《あつ》めて、余念もなく眺めて居た、圭さんが、非常な落ち付いた調子で、

「雄大だらう、君」と云つた。

「全く雄大だ」と碌さんも真面目で答へた。

「恐ろしい位だ」暫《しば》らく時をきつて、碌さんが付け加へた言葉は是《これ》である。

「僕の精神はあれだよ」と圭さんが云ふ。

「革命か」

「うん。文明の革命さ」

（『二百十日』四）

風がくる。垣の隙《すき》から、椽の下から吹いてくる。危ふいものは落ちる。しきりに落ちる。危ふいと思ふ心さへなくなる程梢を離れる。明らさまなる月がさすと枝の数が読まれる位あらはに骨が出る。

僅《わづ》かに残る葉を虫が食ふ。渋色の濃いなかにぽつりと穴があく。隣りにもあく、其《その》隣りにも

ぽつりぽつりとあく。一面が穴だらけになる。心細いと枯れた葉が云ふ。心細からうと見て居る人が云ふ。所《ところ》へ風が吹いて来る。葉はみんな飛んで仕舞《しま》ふ。
　高柳君が不図《ふと》眼を挙げた時、梧桐は凡《すべ》て此等《これら》の、径路を通り越して、から坊主になつてゐた。窓に近く斜めに張った枝の先に只一枚の虫食葉《むしくひば》がかぶりついてゐる。
「一人坊つちだ」と高柳君は口のなかで云つた。

（『野分』八）

ここに描き出された「自然」の相は、『草枕』にみられたような、「非人情」の美学による「自然」に比べるならば、はるかに現実的な関係を反映していることがわかる。それは、特定の美学におさめられるよりも、登場人物の現実に向かう精神の姿勢を象徴するものである。それだけでなく、この「自然」は、人間の精神を鼓舞し、憔悴させるある種の実在なのである。

たとえば『二百十日』にみられる阿蘇の激烈な情景は、仁王のような圭さんの精神を象徴するものであると同時に、現実的な関係の相対性からひき起こされる矛盾、軋轢を昇華した「自然」の相を指示するものにほかならない。『野分』のなかで「一人坊っちだ」とつぶやく高柳君のまわりを吹き抜けていく野分の情景もまた、高柳君の心象の喩であると同時に、まぎれもなく実在の「自然」なのだ。この自然の相が、高柳周作だけでなく、白井道也も中野輝一もひとしく規定する社会の関係を昇華したところに現れたものであることはうたがいない。

このような「自然」が、『草枕』はもちろん、『吾輩は猫である』にも『漾虚集』にも『坊っちゃん』にもみられなかったのは明らかである。それらは、モティーフの基底に、状況における社会的拡散を受容していたため、「自然」を、喩としても実在としても描き出す余地がなかったからということもできる。だがむしろ、それらの小説は、関係の拡散に対位するような「自然」の相を、いまだ発見する必要に駆られていなかったからという方が事実にかなっている。

現実への呪咀、罵倒をくりかえす苦沙弥の存在は、猫による戯画化、相対化の図のなかにおさめられ、やるかたない憤懣をぶちまける坊っちゃんの存在もまた、牧歌的な図のなかに自足させられていた。そこには関係の内部に分け入っていくにしたがい、この関係の影のように「自然」が不可避的に露呈されるというような「小説」の方向は成り立ちようがなかった。

『草枕』においても、この事情は変わらない。たとえそこに「自然」が登場していようと、それはあくまでも「俳句的」「美的」な選択によってあらわにされたものなのである。そこには、関係の内部に分け入った者の苦渋が、影を落とすことはなかった。

第二項　関係から独立して実在する自然

それならば、なぜ漱石は『二百十日』『野分』にいたって、「自然」を少くとも現実的な関係に相関するものとして登場させたのだろうか。漱石の内部に、鈴木三重吉宛の書簡にみられたような、現実に対する激しい精神がはぐくまれつつあったからである。漱石は、『二百十日』『野分』において、このような精神像を現実的な関係の内側から描出するよりも、「自然」の相へと昇華することによって、造型することを意図していた。

ここには、漱石の内部の動きにのみ還元することのできない同時代的な影が投じられている。すなわち、そこに描かれた「自然」は、明治三〇年代後半にようやく勃興しつつあった自然主義文学の発見した「自然」の相に対して、微妙な同位と偏差を呈するものなのである。

明治三〇年代後半に独歩、花袋、藤村などによって発見された「自然」とは、社会の関係に敗亡するほかはない人間の挫折の影をまといつけたものであった。彼らの描き出す「自然」が、どんなに抒情性豊かなものであろうと、その根底には社会における関係の相対化と拡散の状況に挫折した人間の悲哀が影を引いていたのである。これについては、すでに第二章においてふれているので、ここでは花袋と藤村の代表作から、次のような「自然」の相を引いて、『二百十日』『野分』のそれに比べてみよう。

村役場の一夜はさびしかつた。小使の室にかれは寝ることになつた。日のくれ〴〵に、勝手口から井戸の傍に出て、平野をめぐる遠い山々のくらくなるのを眺めてゐると、身も引入れられるやうな哀愁《かなしみ》がそれとなく心を襲つて来る。

近い森や道や畠は名残なく暮れても、遠い山々の頂《いただき》はまだ明るかつた。浅間の煙が刷毛ではいたやうに夕焼の空に靡《なび》いて、その末がぼかしたやうに広くひろがり渡つた。蛙の声は其処にも此処にも聞え出した。

処々の農家に灯《ともしび》が点《とぼ》つて、唄をうたつて行く声が何処か遠くで聞える。

かれはぢつと立尽《たちつく》して居た。

（『田舎教師』明治四二年）

何時の間にか丑松は千曲川の畔《ほとり》へ出て来た。そこは「下《しも》の渡し」と言つて、水に添ふ一帯の河原を下瞰《みおろ》すやうな位置にある。渡しとは言ひ乍ら、船橋で、下高井の地方へと交通するところ。一筋暗い色に見える雪の中の道には旅人の群が往つたり来たりして居た。荷を積《つ》けた橇《そり》も曳かれて通る。遠くつゞく河原は一面の白い大海を見るやうで、蘆荻《ろてき》も、楊柳《やうりう》も、すべて深く隠れて了つた。高社《かうしや》、風原《かざはら》、中の沢、其他越後境へ連《つらな》る多くの山々は言ふも更なり、対岸にある村落と杜《もり》の梢《こずゑ》とすら雪に埋没《うづも》れて幽《わづか》に鶏の鳴きかはす声が聞える。千曲川は寂しく其間を流れるのであつた。

（『破戒』明治三九年）

このような哀愁を帯びた蕭条たる「自然」が、およそ『草枕』的な美的、超俗的「自然」の対極に位置することはうたがいない。だが、これを『二百十日』『野分』の「自然」に並べてみるならば、通じる面と異なる面があることがわかる。

藤村や花袋の見い出した「自然」が、哀愁や寂寥の思いを誘うのは、社会の関係における敗亡の意識が影を落としているからである。そのかぎりにおいて、現実へ向かう精神の孤立を象徴するような「自然」を描いた『二百十日』『野分』とどこか通ずるように見える。なかでも、社会に疎外されたという意識から「一人坊っちだ」とつぶやく高柳君の心を吹きぬけていく『野分』の寂々とした「自然」は、『田舎教師』や『破戒』のそれを彷彿させる。

だが一方、『野分』の寂然たる「自然」も、『二百十日』の烈々たる「自然」も、確固とした実在の相の一部としてあるといってよいので、花袋や藤村にみられたような、関係からの敗亡の影として存在する「自然」とは、本質的に相容れないのである。『田舎教師』や『破戒』の「自然」は、関係に対するなすすべのない敗退をまといつけているため、『二百十日』『野分』のそれのように、関係から独立して実在するかのような相をとることができないのだ。

実際、豆腐屋のせがれで、仁王のように筋骨たくましく、口をひらけば金持ちと華族を罵倒する圭さんの天衣無縫といってよい性格や、元は中学の教師をしていながら、土地の有力者や金持ち、華族に頭を下げなかったため幾度も職を追われ、貧苦の生活のなかでおのれの信条を貫く白井道也の硬骨漢ぶりは、小林清三や瀬川丑松には決してみられないものであった。ゆいいつ『野分』の高柳周作における社会からの疎外意識が、清三や丑松のそれに通ずるといえばいえる。

だが、そのような高柳君の意識も、小説の現実においては白井道也の存在によって相対化されるほかないように描かれているのである。

「君は自分丈《だけ》が一人坊っちだと思ふかも知れないが、僕も一人坊っちですよ。一人坊っちは崇高なものです」

高柳君にはこの言葉の意味がわからなかつた。

「わかつたですか」と道也先生がきく。

「崇高――なぜ……」

「それが、わからなければ、到底一人坊っちでは生きてゐられません。――君は人より高い平面に居ると自信しながら、人がその平面を認めてくれない為めに一人坊つちなのでせう。然し人が認めてくれる様な平面ならば人も上つてくる平面です。芸者や車引に理会《りくわい》される様な人格なら低いに極《きま》つてます。それを芸者や車引も自分と同等なものと思ひ込んで仕舞《しま》ふから、先方から見くびられた時腹が立つたり、煩悶するのです。もしあんなものと同等なら創作をしたつて、矢《や》つ張《ば》り同等の創作しか出来ない訳だ。同等でなければこそ、立派な人格を発揮する作物《さくぶつ》も出来る。立派な人格を発揮する作物が出来れば、彼等からは見くびられるのは尤もでせう」

（『野分』八）

『野分』という小説は、白井道也のこのような孤高性を造型することに、主眼をおいているといってよい。『田舎教師』の清三や『破戒』の丑松に一脈通ずる心性をもった高柳君も、この道也先生の孤高の性格に魅せられていくのである。このような事情には、たんに一篇の小説の構成にのみ帰することのできない問題がはらまれている。つまり、漱石は高柳君的人物を白井道也の存在へと同調《シンクロナイズ》させることによって、『田舎教師』や『破戒』とは異った独自の「小説」の方向をさぐっていたのである。

第三項　現実を生きる人間の倫理性と道義心

そもそも明治二〇年代において、二葉亭の『浮雲』や鷗外の『舞姫』が、主人公の性格や個性を描き出すよりも、視えない関係に規定されてある彼らの存在を描き出そうとしたとき、近代的な「小説」の可能性と不可能性は決定されたといっていい。『浮雲』の内海文三と『舞姫』の太田豊太郎が、個性や性格を保持しえないまま、関係に規定され揺れ動く内心をかかえた存在であることは明らかである。そして、明治三〇年代の後半から四〇年にかけての小説作品に、彼らの血縁をもとめていくならば、『破戒』の丑松や『田舎教師』の清三を挙げるいがいないのである。

もちろん、『浮雲』以後二〇年に近い沈黙を破って書かれた『其面影』の小野哲也に、内海文三の後身をみい出すことができないわけではない。だが、丑松や清三とても、彼らを造型した作者の意識においては、文三や太田豊太郎の血縁に連なるものであることに変わりはない。藤村や花袋にとって、小説を書くモティーフのひとつは、社会の関係から疎外され、敗退してゆく人間の内心をどこまで描き出しうるかというところにあったからである。

だが、藤村や花袋の小説が、どこまで二〇年代の二葉亭や鷗外の「小説」理念とその挫折の相を継承しているかという問題になると、検討の余地が出てくる。なぜなら、『田舎教師』や『破戒』の主人公がどんなに、『浮雲』『舞姫』のそれのように動揺してやまない内心を抱えていようと、容易に哀愁を秘めた蕭条たる「自然」へと同化されうるものだからである。いうならば、花袋や藤村の造型した主人公の敗亡の意識からは、関係の構造とその根源をのぞきみることはできない。むしろ、そこには関係の影と陰画《ネガ》がかろうじてみとめられるにすぎないのである。

『野分』において白井道也という孤高の知識人を、あたうかぎりシンプルな輪郭のもとに描き出した漱石は、このような近代的「小説」の方向に対して、独特な対位を形成しようとしていた。それは、『草枕』にみられたような、モティーフの社会的拡散に切断をくわえるものではなく、むしろ、それを拒絶し、昇華させるところに形成されるものである。

このことは、『野分』において漱石が、「小説」の成立する場所を、現実的な関係を超出するところに見定めたということを意味しない。むしろ『野分』の漱石が、『草枕』からは想像つかないほどに、現実に向かう烈しい精神をつちかっていたことは先に指摘した通りである。現実的な関係に対して孤立しつづける白井道也の姿勢は、作者漱石の現実に向かう精神から選択されたものなのである。この選択が、二葉亭、鷗外から花袋、藤村におけるそれと対位をなすものにほかならないのである。

おそらく、このような選択には、『野分』においてようやく目ざめつつあった漱石の倫理性がかかわっている。これが、『野分』を『浮雲』『舞姫』以来の「小説」の不可能性に対位する小説にみせるゆえんなのだ。『野分』を「勧善懲悪」小説とみなした桶谷秀昭は、このような対位を視野におさめていた。桶谷は次のようなアウトラインをひいて、これを明らかにしている。


『浮雲』の作者と『野分』の作者の小説認識と創作態度は、根底のところで共通しているといっていい。しかし、二葉亭は、『浮雲』の第二編以後、「タイプ」の文学としての最初の企図から遠ざかり、主人公の心理の錯綜の袋小路にのめり込んでゆき、自己嫌悪に襲われて、中断のまま作品を放棄してしまう。そして「タイプ」の文学の性質を『浮雲』が失うにつれて、主人公の「性格」もまた失われてゆく。「性格」のかわりに「心理」が嫌でも頭をもたげてくる。漱石は『野分』を白井道也の単一な「性格」で強引に押し切った。しかし、そのことによってこの小説は、あの古い「勧善懲悪」小説の色彩を帯びることになった。

（『夏目漱石論』第四章「勧善懲悪と性格描写」）

だが二葉亭が『浮雲』第二編以後、「主人公の心理の錯綜の袋小路にのめり込んで」いったのは、人間の内部というものが視えない関係に規定された不安な構造にほかならないということから眼を離すことができなかったからである。二葉亭は、このような構造を必然的な連関のうちに描き出していくところに「小説」を成立させようとした。これに対して、『野分』を白井道也の単一な「性格」で強引に押し切った」漱石は、二葉亭のようにこの構造を、主人公の心理の錯綜において露呈させるのではなく、これを拒絶する姿勢を執りつづける人物を造型し、その「性格」を描くことで、そこからの自立の可能性を暗に示したということができる。

そのような白井道也の単一で強烈な精神は、関係に対して独立した相をとるという漱石の選択によって造型されたものであるため、現実的な関係と交叉することがない。たとえば、『浮雲』の文三が、お政、お勢、本田昇などの一挙一動を敏感に察知して、心的な関係の襞を複雑にしていくのに比して、白井道也は、おのれの行動が細君に及ぼしている心的負担に拘泥する様子を示さないのである。

「教師を御已《おや》めなさるつて。是《これ》から何をなさる御積りですか」
「別に是《これ》と云ふ積りもないがね。まあ、そのうち、どうかなるだらう」

「其内《そのうち》どうかなるだらうつて、夫《それ》じや丸《まる》で雲を摑む様な話しぢやありませんか」

「さうさな。あんまり判然としちや居ない」

「さう呑気ぢや困りますわ。あなたは男だから夫《それ》でよう御座んしやうが、ちつとは私《わたしく》の身にもなつて見て下さらなくつちやあ……」

「だからさ、もう田舎へは行かない、教師にもならない事に極《き》めたんだよ」

「極めるのは御勝手ですけれども、極めたつて月給が取れなけりや仕方がないぢやありませんか」

「月給がとれなくつても金がとれれば、よからう」

「金がとれれば……夫《そ》りやよう御座んすとも」

「そんなら、いいさ」

「いいさって、御金がとれるんですか、あなた」

「さうさ、まあ取れるだらうと思ふのさ」

「どうして？」

「そこは今考へ中だ。さう着《ちやく》、早々計画が立つものか」


（『野分』一）

白井道也という人物は、万事がこの調子なのである。もしこういう人間と生活を共にしなければならないとしたら、こちらも現実の生活に拘らないという姿勢を身につけていなければならない。たとえそれをなしえないとしても、いったいここに描かれているような家庭生活の瑣事に拘泥する細君の存在を、道也の強烈で単一な精神から排除することができるだろうか。『野分』における漱石は、それを可能であるとする視点から、この現実的すぎる細君を、道也の精神の孤高性を映す鏡のように描き出しているのである。しかもそこには、おのが細君さえも、そのなかにくり込んでしまう現実的な関係に対して、一貫した拒絶の姿勢を執るところにあらわれる独特の倫理性がある。

しかし、白井道也の性格の造型に腐心していた漱石は、一方において、みずから『浮雲』『舞姫』以来の「小説」の不可能性に応じる道を閉ざしていたとしなければならない。白井道也という人物の烈々たる精神が、どんなに私たちを魅きつけようと、「小説」の可能性は、やはり、このドン・キホーテ的人物の生きる舞台によりも、『浮雲』あるいは『舞姫』における主人公の内心の揺れとその挫折を、そしてまた、それらすべてを掬いとる観念を実在させる舞台にもとめていくほかはない。漱石自身これを試みるにいたったのは、大正四年の『道草』においてであった。先に引いた道也と細君の対話を、次のような『道草』の一節に比べてみればよい。

健三はもう少し働かうと決心した。その決心から来る努力が、月々幾枚かの紙幣に変形して、細君の手に渡るやうになつたのは、それから間《ま》もない事であつた。

彼は自分の新たに受取つたものを洋服の内隠袋《うちかくし》から出して封筒の儘畳の上へ放《はふ》り出した。黙つてそれを取り上げた細君は裏を見て、すぐ其紙幣の出所を知つた。家計の不足は斯《かく》の如くにして無言のうちに補はれたのである。

其時細君は別に嬉しい顔もしなかつた。然し若《も》し夫《をつと》が優しい言葉に添へて、それを渡して呉れたなら、屹度《きつと》嬉しい顔をする事が出来たらうにと思つた。健三は又若し細君が嬉しさうにそれを受取つてくれたら優しい言葉も掛けられたらうにと考へた。それで物質的の要求に応ずべく工面《くめん》された此金は、二人の間に存在する精神上の要求を充たす方便としては寧ろ失敗に帰《き》してしまつた。

（『道草』二一）

もし漱石が、『野分』の白井道也と細君の対立の図に「小説」の現実を限っていったならば、ここに描かれたような陰翳深い心理的場面を描き出すことはできなかっただろう。『道草』の現実は、うたがいなく『野分』よりも『浮雲』の系譜の上に設定されている。いうまでもなく、『道草』をそのまま『浮雲』の継承とみなすことはできない。『浮雲』以後二〇年の沈黙を破って書かれた『其面影』の方向を、『それから』以後の小説に継承した末に、『道草』の現実は描き出されたのである。

『野分』を書いていた漱石からは、後に「小説」の方法をそのような過程を経て究めていくことなど想像さえできない。それほどまでに『野分』という作品は、「小説」の不可能性を見究め、これを未了の思いのなかで組成してゆく意識からは縁遠いようにみえる。

だが、漱石は決して『野分』に、おのれの現実に対する倫理を十全に表現しえたとは考えていなかった。白井道也という人物の稀にみるほどの孤高の性格を造型し、これに合わせて小説の構成を切り抜いた漱石は、そのことによって切り捨てたものを表出意識の奥底に沈ませたまま、この一篇を閉じたにちがいない。この時、漱石が手にしていたのは、現実を生きる人間の真摯な倫理性と道義心を、いかに「小説」に表現するかという問題だけであった。

第六節　『虞美人草』

第一項　勧善懲悪と性格描写

明治四〇年六月教職を辞し、職業作家として立つべく朝日新聞に入社した漱石は、そのような事情を反映した小説を、入社第一作として発表した。この小説『虞美人草』は、しかし周囲の期待と漱石自身の気負いにもかかわらず、基本的には前作『野分』を出るものではなかった。

漱石が意企したのは、『野分』を書きながら手にした倫理性と道義心に対する強い関心を、絢爛たる文体の粧いと、劇的構成のなかに表現することであった。いうまでもなく、関係を内的必然性のもとに描くという「小説」の方法によってではなく、それぞれに典型的なタイプの人間を造型し、かれらを同様に典型的な劇的場面に配置するという、いささか古典的な方法を通してである。

だが、『虞美人草』という小説には、たんに古典的なイデオロギーの実践といって済ますことのできない積極的な意味がふくまれている。こういう視点から、この小説の本質を切開したのは、「勧善懲悪と性格描写」を書いた桶谷秀昭である。桶谷は、これを次のような「小説」論のなかに展開している。

わたしは最近二度この作品を読み返して、ずっと以前に読んだときよりも、意外なおもしろさを感じた。考えてみると、現在わたしたちは、あまりにもあいまいな人物のあいまいな意識の袋小路にのめり込んでいく一方の小説に付き合わされることが多いのであり、それにくらべれば、相当に荒削りであっても、ともかく「性格《キャラクター》」をもった人物の出てくる小説の魅力に飢えているのかもしれない。

『虞美人草』のおもしろさは、意外なことには、これが「勧善懲悪」のあの古くさいイデーに支えられた世界にほかならぬからであった。そして、そういう世界の中で生きる人物たちの「性格《キャラクター》」が、単純な強い線で描かれているからであった。（同前）

こういう桶谷の論が、『野分』論以来一貫した視点から展開されていることは注意すべきである。いうならば、桶谷は『虞美人草』という小説を、職業作家漱石の誕生を画する特別な一篇とみなすのではなく、あくまでも『野分』によって呈示された「小説」の方法の延長上に位置する作品とみなしている。「勧善懲悪と性格描写」というこの「小説」綸の主題は、『野分』と『虞美人草』を貫く方法をとらえているといってよい。

もちろん、桶谷はこの論において現代小説のニヒリズムを排し、『野分』や『虞美人草』にみられるような、輪郭のはっきりした「性格」描写から成る古典的な小説を称揚しているわけではない。「性格」紛失の苦悩を、いつのまにかどこかへ置き忘れてしまった」ような現代小説に毒された眼からみれば、『野分』や『虞美人草』に思いのほか新鮮な魅力をみい出すことができる、といっているにすぎない。

　だが、このような「小説」の見取図は、期せずして明治三〇年代後半から四〇年代にかけてのわが国の小説の諸相を映しとっているといえるのである。一方に藤村の『破戒』や花袋の『蒲団』のように、社会的因習や性的禁圧を前にして悩む人間、だが、そこから強いられた「性格」の紛失を最後までたどることのない人間を登場させた自然主義小説が書かれ、他方に『其面影』のように、閉塞的な関係のなかで無性格を強いられ、ついに破滅にいたる人間を登場させた小説が孤立した場所で書かれていた、というのが当時の小説の状況であった。

『虞美人草』が書かれたのは、こういう状況においてである。したがって、その絢爛たる粧いの背後に生きている明確で単一な輪郭から成る人物と主題は、『破戒』や『蒲団』などにみられるモティーフの現代的傾向とは相容れない。と同時に、『其面影』が指示していた方向を視野におさめているものでもなかった。職業作家としての漱石は、「性格」紛失とニヒリズムを深める現代小説の傾向に不満を抱きながら、「性格」の底を掘り下げていったあげく、廻廊をめぐるような苦しみを背負つた人間を描き出すよりも、あえて明確な「性格」の復権を求めたと考えることができる。

第二項　作者の観念の傀儡

『虞美人草』に登場する人間は、事実、どの一人をとってみても曖昧な印象を与えることはない。虚栄心が強く、万事において華美を好むものの、かなわぬ思いのゆえに死に至る女性、藤尾、その腹ちがいの兄で、病気がちのハムレット的な人物である甲野欽吾。藤尾の母で、甲野家の財産を手に入れようと、甲野さんを追い出し藤尾に婿を取るための策略を弄する謎の女。甲野さんの友人で、外交官試験に何度も落第しているものの、屈託のない人物である宗近一。またその妹で、甲野さんを慕っている純真そのものであるような糸子。甲野さん、宗近君の共通した友人で、私生児で孤児であるという暗い過去からの脱却をはかるために、藤尾との結婚をもくろむものの、ついには道義心にめざめる秀才の小野清三。そして、この小野さんを京都時代に引き取って養育した一徹の漢学者井上孤堂とその娘で小野さんの許嫁である古風な小夜子。これらすべての人物が、自分の振り当てられた役を明確に演じるところに成り立っているのが、『虞美人草』の世界なのである。

この世界は、作者の明らかな意図にしたがって一つの悲劇を形成する。諸人物の役割は、後半になるにしたがってそのような作者の意図を忠実に実践するところに明確化されていく。悲劇は策に破れ恋に敗れた藤尾の破局に露《あらわ》にされるのであるが、この劇は、一方において、甲野さんをはじめとする道義心を内に宿していた人間たちの回生をもたらすのである。その限りでは、悲劇というよりもむしろ、道義の劇であり、勧善懲悪劇といったほうがよいものなのだ。藤尾の葬式の夜に書かれた甲野さんの日記には、この事情が次のように記される。

悲劇は遂に来《き》た。来るべき悲劇はとうから予想して居た。予想した悲劇を、為《な》すが儘の発展に任せて、隻手をだに下さぬは、業《ごう》深き人の所為に対して、隻手の無能なるを知るが故である。悲劇の偉大なるを知るが故である。悲劇の偉大なる勢力を味はゝしめて、三世《ぜ》に跨《また》がる業を根底《こんてい》から洗はんが為である。不親切な為ではない。隻手を挙ぐれば、隻手を失ひ、一目《もく》を揺《うご》かせば一日を眇《べう》す。手と目とを害《そこな》ふて、しかも第二者の業は依然として変らぬ。のみか時々に刻々に深くなる。手を袖《そで》に、眼を閉ずるは恐るゝのではない。手と目より偉大なる自然の制裁を親切に感受して、石火の一拶《いっさつ》に本来の面目に逢着《ほうちゃく》せしむるの微意に外《ほか》ならぬ。

道義の観念が極度に衰へて、生を欲する万人の社会を満足に維持しがたき時、悲劇は突然として起る。是に於て万人の眼は悉《ことごと》く自己の出立点に向ふ。始めて生の隣に死が住む事を知る。妄《みだ》りに踊り狂ふとき、人をして生の境を踏み外して、死の圏内に入らしむる事を知る。人もわれも尤も忌み嫌へる死は、遂に忘る可《べ》からざる永劫《えいごう》の陥穽《かんせい》なる事を知る。陥穽の周囲に朽ちかゝる道義の縄は妄りに飛び超ゆべからざるを知る。縄は新たに張らねばならぬを知る。第二義以下の活動の無意味なる事を知る。しかして始めて悲劇の偉大なるを悟る。（十九）

文章の晦渋と狷介に惑わされないように読み込むならば、ここに述べられている甲野さんの悲劇論は次のような骨子から成り立っている。すなわち、「悲劇」というものは業深き人間に下される「偉大なる自然の制裁」であって、「道義の観念」が極度に衰えた社会に、突如として起こり、生ばかりを欲していた万人を死に目覚めさせるものである。これが、ひとり甲野さんの考えであるだけでなく、作者漱石の思念の一端でもあることはうたがいない。ここには、『野分』にみられたような、社会的拡散の状況に決して与しない漱石の烈々たる精神が生きている。

だが『虞美人草』における漱石は、『野分』でのように、おのれの精神を主人公の性格として形象化することはなかった。ひとりの人物に自己の倫理を託すのではなく、それぞれに明確な性格をもった人間の、これも典型的な劇的構成のうちに表現していった。しかも、この劇を進行させ、完成させるのは「偉大なる自然の制裁」というみえない力にほかならない。このみえない力が、『虞美人草』の劇の根底を律するものなのだ。明確な性格をもった登場人物は、すべておのれの役割をここから付与されるのである。そのかぎりにおいて、この力は、『虞美人草』の現実を成立させている作者漱石の視点であり、またその烈々とした倫理性を内に宿した精神であるということができる。

このような精神に、この小説に特徴的な「勧善懲悪」のイデーをみとめることができる。一方において、ここには『坊っちやん』『草枕』『野分』など、主人公に作者のイデーを託すことによって小説の基調を形成していた一人称小説とは異った、明確な客観小説の傾向がみとめられる。作者の観念が登場人物の一人一人を生かし、かつ小説の現実を統御するという十九世紀の西欧近代小説が体現していた小説の傾向が、曲がりなりにも実現されているようにもみえる。『虞美人草』に、漱石の職業作家としての第一歩を画すものをみい出すとするならば、こういうところにもとめるほかないのである。

もちろん、そのような小説の方法は、作者の小説認識の根底から生まれたものであるよりも、拡散の状況を肯じない作者の精神と倫理観の、小説的実践から産み出されたものであるといってよい。だが、この倫理観が、むしろ古典的といえるようなイデオロギーを現前させているのも、『虞美人草』という小説の特徴にほかならない。

このことは、登場人物を動かす作者の手が、小説的現実のいたるところにみえかくれしていることからも、明らかなのだ。たとえば、この小説のヒロインで虚栄心が強く、万事において華美を好む藤尾を描く一節は、次のようにである。

紅《くれなゐ》を弥生《やよひ》に包む昼酣《たけなは》なるに、春を抽《ぬき》んずる紫の濃き一点を、天地《あめつち》の眠れるなかに、鮮《あざ》やかに滴《した》たらしたるが如き女である。夢の世を夢よりも艶《あでやか》に眺《なが》めしむる黒髪を、乱るゝなと畳める鬢《びん》の上には、玉虫貝を冴々《さえ／＼》と菫《すみれ》に刻んで、細き金脚《きんあし》にはつしと打ち込んでゐる。静かなる昼の、遠き世に心を奪ひ去らんとするを、黒き眸《ひとみ》のさと動けば、見る人は、あなやと我に帰る。半滴のひろがりに、一瞬の短かきを偸《ぬす》んで、疾風の威を作《な》すは、春に居て春を制する深き眼《まなこ》である。此瞳《ひとみ》を遡《さかのぼ》つて、魔力の境《きやう》を窮《きは》むるとき、桃源に骨を白うして、再び塵寰《じんかん》に帰するを得ず。只《ただ》の夢ではない。模糊《もこ》たる夢の大いなるうちに、燦《さん》たる一点の妖星《ようせい》が、死ぬる迄我を見よと、紫色の、眉《まゆ》近く逼《せま》るのである。女は紫色の着物を着てゐる。　（二）

このような藤尾の描写には、明らかに『草枕』における那美のイメージが影を投じている。だが、ここに描かれた虚栄心の強い藤尾の像は、たとえば次のような那美のイメージに比べた場合、はるかに静的で、画のなかの餅という印象をぬぐいえない。

口は一文字を結んで静である。眼は五分のすきさへ見出すべく動いて居る。顔は下膨《しもぶくれ》の瓜実《うりざね》形《かた》で、豊かに落ち付きを見せてゐるに引き替《か》へて、額は狭苦しくも、こせ付いて、所謂《いわゆる》富士額の俗臭を帯びて居る。のみならず眉は両方から逼《せま》つて、中間に数滴の薄荷《はくか》を点じたる如く、ぴく／＼焦慮《じれ》て居る。鼻ばかりは軽薄に鋭どくもない、遅鈍に丸くもない。画にしたら美しからう。かやうに別れ／＼の道具が皆一癖あつて、乱調にどや／＼と余の双眼に飛び込んだのだから迷ふのも無理はない。

（『草枕』三）

那美のどこか平衡を失ったような容貌が、画工の眼を通して観察されたものであることは明瞭である。この那美の像にかぎらず、『草枕』という小説の現実は、根底において画工の眼を媒介に設定されている。そのかぎりにおいて、それは決して客観小説的イメージを呈することはないといってよい。

これに対して、『虞美人草』の藤尾の像は、少くとも作者の客観小説を目指そうとする人物構成のもとで描き出されている。華美で虚栄心の強い藤尾は、いかなるフィルターからも自由に読者の前に現われるようにみえる。にもかかわらず、藤尾という女性は、那美に比べた場合、どこか作者の観念の傀儡という印象をぬぐいえない。人物が生きていないといえばそれまでなのだが、要するにこういう人物描写にさえも、作者の観念の手つきが貌をあらわし、人間の存在を造型するよりも、それに見合った典型的な性格を操っているというほかないのである。
「思慮の浅い虚栄に富んだ近代ぶりの女性藤尾の描写は、作者の苦心したところであらうが、要するに説明に留まつてゐる。」という正宗白鳥の評言（『夏目漱石論』）は、よくこの事情をとらえている。

第三項　登場人物の心に抱かれた憧憬と不安

それならば『虞美人草』における漱石は、たんにおのれの道義心と倫理観を述べたいためにだけこの小説を書いたのであろうか。人物それぞれの典型的な性格は、近代小説のそれとは異なった古典的な観念小説の方法からもたらされたものにすぎないといってよいだろうか。

たしかに、そこに描かれた人物の傀儡性から考えるならば、『坊っちゃん』や『草枕』などの一人称小説が実現したものに及ばないといっていい。だが、『坊っちゃん』『草枕』の人物は、牧歌的、俳句的といった趣向のなかに自足した描かれ方をしているのに対して、画餅のごとき藤尾の存在でさえも、我《が》の女という近代的な外装をまとった張子の内部の空洞に、さまざまな描写の可能性を残しているのである。そうであるとするならば、いたずらにこの小説を、後退とのみみなすことはできないのである。

これは、藤尾のみにかぎらない。甲野さん、小野さんという人間の特異な性格についてもいえることで、たとえ作者の観念の手で操られたものであろうと、『坊っちゃん』『草枕』の登場人物にはみられない可能性を湛えているということができる。たとえば、小野清三という人間は、漱石の以前の小説には類例のない性格破産的人間として描かれているのである。

小野さんは暗い所に生れた。ある人は私生児だとさへ云ふ。筒袖《つつそで》を着て学校へ通ふ時から友達に苛《いぢ》められて居た。行く所で犬に吠《ほ》えられた。父は死んだ。外で辛《ひど》い目に遇《あ》つた小野さんは帰る家が無くなつた。已《や》むなく人の世話になる。

　水底の藻は、暗い所に漂ふて、白帆行く岸辺に日のあたる事を知らぬ。右に揺《うご》かうが、左に靡《なび》かうが嬲《なぶ》るは波である。唯其時々《たゞそのとき〴〵》に逆らはなければ済む。馴れては波も気にならぬ。波は何物ぞと考へる暇もない。何故波がつらく己《おの》れにあたるかは無論問題には上《のぼ》らぬ。上つた所で改良は出来ぬ。只運命が暗い所に生《は》えて居ろと云ふ。そこで生えてゐる。只運命が朝な夕なに動けと云ふ。だから動いてゐる。――小野さんは水底《みなそこ》の藻であつた。（四）

　こういう表現には、『虞美人草』の基調になっている華美で粉飾過多な表現には決してみられないある象徴性が感じられる。それは、いうまでもなく小野さんの暗い内部をいくぶんでも喚起する象徴性といってよい。一方、このような象徴表現だけに注目するならば、ここで事新らしくあらわれてきたものでないことは指摘するまでもない。こういう表出の水準は、すでに「鬼哭寺の一夜」「薤露行」などにみられたものであり、近くは『草枕』に描かれた「鏡が池」に椿の落ちる場面の系譜をひくものである。

　とはいえ、それは景物描写のなかに、不安や怖れといった心性を喚起させる象徴表現にすぎなかった。これに比して、『虞美人草』の一節の象徴表現は、小野さんという人間の暗い内部だけでなく、そういう性格の形成された生存の条件までも暗示しようとしているようにみえる。つまり、私生児で孤児で、世間から白眼視されたという小野さんの「過去」の生を、水底の藻のイメージは象徴しているのである。

こういう生存を強いられ、こういう暗い内部をかかえた人物は、『虞美人草』以前には決して描かれなかった。表現自体が、どんなに象徴性を獲得しようと、そのような志向性をもたなかったといってもいい。ここに、『虞美人草』という小説を、たんに古典的な観念小説とみなすことのできないゆえんがある。

とはいっても、小野さんの性格の内部を象徴的に描いたこの一節の表現が、『虞美人草』のなかでとりわけ特異な表出の水準にあるというわけではない。先に引用した藤尾を描く華美な表現に比べれば、たしかに、より沈着なものを印象づけるのだが、ここには、藤尾を描く際と同様の作者の観念の手つきが透けてみえるからである。それは、小野清三という性格破産者の存在を、内的な連関のもとに描き出す観念であるよりも、高みからこの人物の性格を操る観念なのである。たとえば、同じように水底《みなそこ》に主人公の内部を象徴させた次のような『道草』の表現を、これに並べてみれば、一層明らかになる。


葭簀《よしず》の隙《すき》から覗くと、奥には石で囲んだ池が見えた。その池の上には藤棚が釣つてあつた。水の上に差し出された両端《りやうはじ》を支へる二本の棚柱《たなばしら》は池の中に埋まつてゐた。周囲《まはり》には躑躅《つゝじ》が多かつた。中には緋鯉の影があちこちと動いた。濁つた水の底を幻影《まぼろし》の様に赤くする其魚を健三は是非捕《と》りたいと思つた。

(『道草』三十八)

健三の幼年時代の不安な憧憬を秘めた内部は、決して作者の観念の手によって操られてはいない。「濁った水の底を幻影《まぼろし》の様に赤くする」緋鯉の影へひきよせられる心を、健三だけでなく作者自身が、内部の奥深くに秘めている。そのような内部が、登場人物の心に憧憬と不安を抱かせ、そういう心を秘めた人間の存在を小説の現実に生かしているのである。『道草』における漱石の観念は、いわばおのれ自身に向き合うところに生ずる時間から成っている。これが、登場人物の存在と心性を内的必然性のもとに実在させる根本的な理由なのである。

これに比べるならば、小野さんの暗い内部を象徴的に描いた『虞美人草』の表現は、やはり、作者のある固定した観念から抽き出されているというほかないのである。「性格」紛失者である小野さんの不幸を描き出す作者の観念は、その不幸の内部に分け入るよりも、あらかじめ引かれた見取り図のもとに、輪郭線を引くことを意企しているのだ。ここには、『野分』の白井道也を描いた際の熱い共感がみられるわけでもない。要するに、作者は不易の観念に腰を据えて、そこから手をのばしているにすぎないのである。

第四項　職業作家としての後退

とはいえ、こういう観念の手がたとえ外装だけであろうと、藤尾や小野さんのような近代人を造型し、そこにさまざまな表現の可能性を拓いたことだけは、評価しても評価しきれないのである。藤尾を我《が》の女という張り子に描き出した作者の観念は、容易にその内部の空洞に入っていくことはなかったのだが、小野さんに関するかぎり、暗い過去を背負った性格破産者という概念の及ぶかぎりで、その内部に揺れ動く心を描き出そうとしている。
小野さんは、かつて京都時代に世話になった井上孤堂父娘が、自分を頼って上京したことを知り、その家を訪問することになる。けれど、かれの心のなかには、博士論文をものし、財産のある藤尾と結婚するという未来が占めているため、おのれの過去を思い出させる孤堂父娘には、なるべくならば会いたくないという思いが、根を張っていた。小野さんは後髪をひかれるような思いで孤堂先生の家に向かうのだが、このあたりから小野さんの動揺する内面は、先の象徴表現にはみられないようなリアリティで描かれるのである。

一人になると急ぎ度《たく》なる。急げば早く孤堂先生の家《うち》へ着く。着くのは難有くない。孤堂先生の家へ急ぎたいのではない。小野さんは何だか急ぎたいのである。両手は塞つてゐる。足は動いて居る。恩賜の時計は胴衣《ちよつき》のなかで鳴つてゐる。往来は賑《にぎや》かである。――凡《すべ》てのものを忘れて、小野さんの頭は急いでゐる。早くしなければならん。然しどうして早くして好《い》いか分らない。只一昼夜が十二時間に縮まつて、運命の車が思ふ方角へ全速力で廻転して呉《くれ》るより外に致方《いたしかた》はない。進んで自然の法則を破る程な不料簡は起さぬ積である。然し自然の方で、少しは事情を斟酌《しんしやく》して、自分の味方になつて働らいて呉ても好ささうなものだ。（十四）

小野さんの優柔不断は、孤堂先生の娘小夜子との婚約を解消しなければならないという思いからもたらされるものである。

是《これ》から先生の所へ行けば屹度《きつと》二重の嘘を吐かねばならぬ様な話を持ちかけられるに違いない。切抜ける手はいくらもあるが、手詰に出られると跳付《はねつ》ける勇気はない。もう少し冷刻に生れてゐれば何の雑作もない。法律上の問題になる様な不都合はして居《を》らん積だから、判然《はつきり》断つて仕舞へば夫迄《それまで》である。然しそれでは恩人に済まぬ。恩人から逼《せま》られぬうちに、自分の嘘が発覚せぬうちに、自然が早く廻転して、自分と藤尾が公然結婚する様に運ばなければならん。——後は？　後は後から考へる。事実は何よりも有効である。結婚と云ふ事実が成立すれば、万事は此《この》新事実を土台にして考へ直さなければならん。此《この》新事実を一般から認められゝば、あとはどんな不都合な犠牲でもする。どんなにつらい考へ直し方でもする。

只《たゞ》機一髪と云ふ間際《まぎは》で、煩悶《はんもん》する。どうする事も出来ぬ心が急《せ》く。進むのが怖《こは》い。退《しり》ぞくのが厭《いや》だ。早く事件が発展すればと念じながら、発展するのが不安心である。

（十四）

こういう小野さんの煩悶は、漱石の以前の作品には決してみられなかったものである。この小町さんから「気楽な宗近が羨ましい」と羨望の眼を向けられる宗近君の屈託のない闊達さならば、『吾輩は猫である』の苦沙弥や迷亭に、また『坊っちゃん』の坊っちゃんや山嵐にもみられたものである。

だが、小野さんの優柔不断な内面は、こういってよければ『浮雲』の文三や『破戒』の丑松のそれに通ずるものなのだ。しかも、小野さんはおのれのそういう性格が、この小説の他の登場人物、甲野さんや宗近君や浅井などとは異った実に厄介な病気であることをよく承知している。「浅井の様に気の毒気《どくけ》の少いものなら、すぐ片付ける事も出来る。宗近の様な平気な男なら、苦もなくどうかするだらう。甲野なら超然として板挾みになつてゐるかも知れぬ。然し自分には出来ない。」――これが、小野さんの偽らざる内面であり自己認識であるといえる。

『虞美人草』という小説は、こういう小野さんの内面を描き出したことにおいて、これ以後における小説の可能性をかいまみせているのである。

実際、ここでの漱石は、ある高みから観念の手をのばしているわけでもなければ、人間の内面を自明の型に合わせて練り上げているわけでもない。そうではなく、内面というものがいかに定まらぬものであるかを、既成のいかなる観念から抽き出すのでもなく、自身の体験の深みからたぐりよせたものだけで描き出している。いわば、漱石はここで表現に向かう観念を、関係の連関のなかにとらえているのだ。

こういう方法を手にするにいたって、ようやくにして『浮雲』の系譜にわずかながらも連なるところにさしかかっているということができる。たとえば、先に引用した小野さんの優柔不断な内面を、ほとんど二〇年前に書かれた次のような内海文三のそれに比べてみるといい。

それはさうと如何《どう》しようか知らん。到底言はずには置けん事《こつ》たから、今夜にも帰つたら、断念《おもひき》ツて言ツて仕舞はうか知らん。嘸《さぞ》叔母が厭な面《かほ》をする事《こつ》たらうナア……眼に見えるやうだ……しかし、其様《そん》な事を苦にしてゐた分《ぶん》には埒が明かない、何《な》にも是れが金銭を借りようといふではなし、毫《すこ》しも耻《はづ》ケ敷《しい》事はない。チヨツ今夜言ツて仕舞はう……だが……お勢がゐては言ひ難《にく》いナ。若しヒヨツト彼《あれ》の前で厭味なんぞを言はれちやア困る。是は何んでも居ない時を見て言ふ事た。ゐない……時を……見……何故。何故言難《いひにく》い。苟《いやしく》も男児たる者が零落したのを耻ずるとは何んだ。其《そ》様な小膽な。糞ツ今夜言ツて仕舞はう。

（『浮雲』第一篇）

あきらかに漱石は、小野清三の内面をこのような内海文三のそれの系譜の上に描き出そうとした。これについて、漱石がどこまで自覚的であったか確定しえないとしても、それぞれの内面を描く表出意識の類縁性は明瞭なのだ。

にもかかわらず、『虞美人草』の漱石は、いまだ『浮雲』における二葉亭の表出意識の根にあるものと交叉していない。このことは、同じ内面の不安定さを描きながら、そのような不安をもたらす契機となるものが、小野清三と内海文三とでは正反対であることに眼を向ければ了解されるだろう。つまり、『虞美人草』の小野さんの優柔不断な内面は、おのれの学問的野心や出世欲を阻むものを断ち切ろうとして断ち切れない思いのうちに露呈されるのである。これに対して、『浮雲』の文三のそれは、みずから世間的な野心や出世欲というものに背を向けようとして、これを敢然と実行しえない思いのうちに露呈されるものにほかならないのだ。

文三の内面は、したがって、近代の「制度」「規範」の禁圧をまともに蒙って挫折の余儀なきに至った作者の苦い思いを反映している。これに対して、小野さんの内面はあくまでもある間接的な形態で作者漱石のそれを映し出すにすぎない。いわば、漱石は、そのような内面をもたらす契機を、むしろイデオロギー的に断罪しつつも、内面自体のリアリティだけは「社会」における関係の相対性と拡散の状況にむき出しになったおのれの観念の時間から繰り出したのである。

しかし、『虞美人草』における漱石は、こういう小野さんの内面のリアリティを描きながら、決して『浮雲』の二葉亭のように、内面の袋小路にはまり込んで筆を投げ捨てるという過激には至らなかった。小野さんの煩悶は、やがて浅井という友人の代言行為のなかに解消され、体《てい》の良い婚約破棄の申し入れに変わってしまう。だが、これに怒った孤堂先生の一徹さと、屈託のないのらくら書生に過ぎなかった宗近君の、唐突としか思われないような道義の士への変貌とによって、おのれの野心を打ちくだかれ、ようやく自己の非に気がつくのである。

小説はこのあと、小野さんの心変りを知った虚栄の女藤尾が、死という破局へと向かっていくのだが、そこには、それぞれの人物の内面のリアリティに眼を向ける漱石はみとめられない。いたずらに観念の手を振り回す漱石だけが、目に立つといっていい。『虞美人草』という小説は、そのような観念の手によって、最終的にイデオロギー小説の基調を完成する。だが、そのことによって漱石は、「小説」としての『虞美人草』を、『浮雲』以来の「小説」の不可能性にはかかわらない領域へと追いやっていたのである。

そのような「小説」の方向へと漱石を駆り立てたのは、ほかでもなく、小野さんの無性格の内面よりも、藤尾をはじめとする明確な「性格」を造型し、かつ道義の観念のもとに一篇の悲劇をつくり上げねばやまない内的要請であった。この要請に、当時の社会的拡散の状況に対する漱石の激烈な倫理意識がかかわっていたことはいうまでもない。しかし、職業作家としての漱石がこれに固執する余り、後退を余儀なくされるほかなかったことも否定しえない。『虞美人草』を完成した後の漱石が、おのれの倫理観の発露の背後で、深い未了の思いに沈んでいたことはうたがいない。『虞美人草』の勝利は、おそらく『浮雲』以来の「小説」の不可能性の前に容易にうちくだかれるべきものであった。漱石は、この未了の思いの底から『坑夫』『夢十夜』という「小説」の彷徨へとすすんでいくのである。

第七節　『坑夫』

第一項　揺れ動く心的世界と不安な身体

明治四〇年一〇月に連載終了した『虞美人草』と、その二ヵ月後の明治四〇年一月に連載開始された『坑夫』との間にみられる「言語」「構成」「仮構性」にわたる懸隔ほどに、漱石における未了性の深さを証すものはない。漱石の初期の小説群のなかで、相前後して書かれた二つの小説における差異ならば、『吾輩は猫である』と『漾虚集』との間にも、『草枕』と『野分』の間にもみとめられたものである。だが、それらは『虞美人草』と『坑夫』とのそれほどに根源的なものではなかった。何よりも、漱石は『虞美人草』において一度は確立させたかのような「小説」理念を解体することによって、『坑夫』という模索と彷徨だけを印象づける小説を書いたのである。

けれども、このような視点から『坑夫』と前作『虞美人草』との断絶をだけを強調し、それ以前の初期小説との隔絶を指摘するだけならば、決してこの作品の位置を見究めたことにはならない。

『坑夫』にみられる、どのような系譜からも隔離されたかのような「小説」の方法は、『虞美人草』という小説そのものへのアンチ・テーゼとみなすことができるからである。いわば、彷徨と模索をのみ印象づけ『坑夫』の方法は、古典的と称してよいような『虞美人草』の明解な方法からの転回を期したものにほかならない。

転回は、いうまでもなく『虞美人草』における華美で粉飾過多な表現、明確すぎるほどの性格の造型、イデオロギーによる登場人物の裁断と事件の構成のすべてに対してなされたものである。『坑夫』における「小説」の彷徨は、粉飾をできるかぎり避けた話体表現、主人公のほとんど無性格といってよいような内面の不安定さ、構成らしい構成をとらず、モティーフを裸形のままに呈示するところに生ずる「混沌」に顕著である。これが前作『虞美人草』だけでなく、『吾輩は猫である』以来、一作一作がともかくも完結性を印象づける小説群に対して、『坑夫』が明確なアンチ・テーゼをなすゆえんである。

このような転回は、『坑夫』において唐突になされたものではない。それは、『虞美人草』あるいはその他の初期作品に準備されていた可能性の、実現とみなすこともできる。たとえば『虞美人草』には、藤尾や宗近君のような明確な性格の人間の他にも、小野さんのような性格破産者や甲野さんのような知的人間があらわれて、もし作者にそういう意図さえ自覚されれば、異った方向へと小説をすすめていく可能性をかいまみせていた。また、『吾輩は猫である』『坊っちゃん』などは、虚子的な写生文の規範からはみ出た飾りけのない話体表現をうみ出し、この方向における文体の可能性を呈していた。『坑夫』にみられる「小説」の彷徨が、これらの方向を推しすすめたところにあらわれたものであることはうたがいない。
それは、よんどころない三角関係からのがれ、「自分だけをふいと煙にしてしまおうと決心した」主人公が、家を出奔した後に、関係から放り出されいかなる根拠をも失った自己と、それにもかかわらず厳として存在する自己の身体に出会っていく場面に、明らかである。いわば、漱石は『虞美人草』終了後の時間において、関係の社会的拡散と膨化が、個体の心的世界をどのように変容させていくかという問題を、身体の根源にさぐっていったのである。『坑夫』の「自分」は、東京を出奔した後、歩き通しに歩きながら、「到底《たうてい》抜ける事の出来ない曇つた世界の中へ段々《だんだん》深く潜《もぐ》り込んで行《ゆ》く様な気がする」。

此《この》曇つた世界が曇つたなりはびこつて、定業《ぢやうごふ》の尽きる迄行く手を塞いで居てはたまらない。留まつた片足を不安の念に駆られて一歩前へ出すと、一歩不安の中へ踏み込んだ訳になる。不安に追ひ懸けられ、不安に引つ張られて、已《やむ》を得ず動いては、いくら歩いてもいくら歩いても埒が明く筈《はず》がない。生涯片付かない不安の中を歩いて行くんだ。とてもの事に曇つたものが、一層段々暗くなつて呉れゝばいゝ。暗くなつた所を又暗い方《はう》へと踏み出して行つたら、遠からず世界が闇になつて、自分の眼で自分の身体が見えなくなるだらう。さうなれば気楽なものだ。

こういう不安な心的世界の記述は、『坑夫』のいたるところにみられ、この小説の特異性をかたちづくっている。だが、これをたんに主人公の無性格にのみ還元することはできない。

主人公である「自分」は、不安のなかを歩いていることが苦痛なのではなく、何よりも不安をもたらすなにものかがおのれを強迫してやまないことが苦痛なのだ。そして、その根源に自分が身体としてこの世界に存在するという抜きがたい事実性があることを、この「自分」は気がついている。この不安からのがれるためには、「自分の眼で自分の身体が見えなくなる」ような世界に向かういがいないのである。

こういう記述は、作者漱石がこの小説の稿を起こすにあたって、関係におけるおのれの身体にラディカルに出会っていたことを告げている。『虞美人草』をはじめとするそれ以前の作品において漱石自身、おのれの身体を多かれ少かれ完結したものとみなしていた。だが、『坑夫』においてはじめて、そのような完結の仮装の根底にかくされている身体性を発見したのである。

『坑夫』の「自分」の無性格は『野分』の中野輝一や『虞美人草』の小野清三のそれに系譜をもとめることはできない。両者ともに深刻な性格の破産を体現しているものの、それをおのれの身体の不確定さにまで至らしめてはいないからである。むしろ、そのような不確定さならば『虞美人草』の甲野欽吾にみられるものであった。

活きてゐる眼は、壁の上から甲野さんを見詰めてゐる。甲野さんは椅子に倚《よ》り掛つた儘《まゝ》、壁の上を見詰めてゐる。二人の眼は見る度にぴたりと合ふ。昵《じつ》として動かずに、合はした儘の秒を重ねて分に至ると、向ふの眸が何となく働《はたら》いて来た。睛《せい》を閑所《かんしょ》に転ずる気紛《きまぐれ》の働きではない。打ち守る光が次第に強くなつて、眼を抜けた魂がじり〳〵と一直線に甲野さんに逼つて来る。

甲野さんはおやと、首を動した。髪の毛が、椅子の脊を離れて二寸許《ばかり》、前へ出た時、もう魂は居なくなつた。何時《いつ》の間にやら、眼のなかへ引き返したと見える。一枚の額《がく》は依然として一枚の額に過ぎない。甲野さんは再び黒い頭を椅子の肩に投げかけた。

（『虞美人草』十五）

こういう表現の背後には、意味を剝ぎ取られた自身の身体に向き合っている漱石の存在がかいまみられる。『虞美人草』では、小野さんのような優柔不断の内面をかかえた性格破産者が造形されるものの、このような身体的な崩壊や分裂の契機をみい出すことはできなかった。小野さんの身体は、たとえ、内面の優柔不断さに見合う程度に変形を受けていたとしても、決して表面に露呈されることはなかったのだ。

だが、ここにみられる甲野さんの分裂は、あきらかにおのれの身体を、関係のなかに構成することに失敗した者のそれである。もちろん、ここでの甲野さんの分裂と関係づけの失敗は一過的なものとみなしてよい。それにもかかわらず、漱石はこれを、自身の関係づけの挫折の経験に照らし合わせて、表現しているのである。

『坑夫』における「自分」の心的世界が、このような甲野さんの分裂と無縁でないことは明らかである。無縁でないどころか、それを甲野さんの場合のように一過的な事態とみなすのではなく、一種の心的な病いのようにとり出している。壁に掛けられた亡父の半身画を見ているうちに、自己と父親との関係づけに失敗して、身体的な分裂を経験する甲野さんには、確たる分裂の契機はない。だが、『坑夫』の「自分」を襲う不確定な身体感覚は、三角関係の破綻による決定的な関係づけの不能からもたらされたものなのである。

もちろん、それは「薤露行」にあらわれたエロティシズムの不可能性のモティーフに通ずるものであると考えることもできる。だが、「薤露行」の劇的世界は、作者の身体についての意識をむしろ覆い隠すものであった。一方、『坑夫』における三角関係は、「自分」の病んだ心的世界の原因として設定されている。そこには、関係における自己の身体にラディカルに出会った漱石の裸形の意識が反映しているということができる。

漱石は、この意識を通して「薤露行」における仮構性はおろか、『野分』『虞美人草』などにおいて形成した倫理観を解体し、揺れ動く心的世界の不安を表現するにいたったのである。

第二項　身体を関係づけることについての挫折

『坑夫』の「自分」が、不確定な身体感覚と心的世界の不安を切実に経験するのは、手配師の長蔵に連れられて坑山へ向かう途中、ふいに目が醒め、乗っていた汽車から降りたときであった。それは、次のように述べられている。

A　自分は肺の底が抜けて魂《たましひ》が逃げ出しさうな所を、漸《やうや》く呼びとめて、多少人間らしい了簡《れうけん》になつて、宿《しゆく》の中へ顔を出した許《ばか》りであるから、魂《たましひ》が吸《ひ》く息につれて、やつと胎内に舞ひ戻つた丈《だけ》で、まだふは〱してゐる。少しも落ち付いてゐない。だから此《こ》の世にゐても、此《こ》の汽車から降りても、停車場《ステーション》から出ても、又此の宿の真中に立つても、云はば魂《たましひ》がいや

〳〵ながら、義理に働いてくれた様《やう》なもので、決して本気の沙汰《さた》で、自分の仕事として引き受けた専門の職責とは心得られなかつた位《くらゐ》、鈍い意識の所有者であつた。

B

仕合《あは》せな事に、自分は自分の魂《たましひ》が、ある特殊の状態に居た為——明かな外界を明かなりと感受する程の能力は持ちながら、是《こ》れは実感であると自覚する程作用が鋭くなかつた為——此《こ》の真直な道、此《こ》の真直な軒を、事実に等しい明かな夢と見たのである。此《こ》の世でなければ見る事の出来ない明瞭な程度と、これに伴う爽涼《はつきり》した快感を以《もつ》て、他界の幻影《まぼろし》に接したと同様の心持ちになつたのである。

Aのような「ふは〳〵して」「少しも落ち付いてゐない」魂の状態は、東京の家を出奔してから歩き通しに歩いてきた「自分」の疲労や衰弱からもたらされたものとはかぎらない。もちろん、それが契機となっていることは否定できないのだが、このような心的世界は、身体を関係づけることについての決定的な挫折に起因している。

およそ身体というものは、この世界の関係の内に存在するかぎり、多かれ少かれ関係を律する「規範」へと同調するいがいない。そうでなければ、みずからの身体を、いかなる関係からも免除された生理的自然に同致するものとして受容するほかはない。いずれにしろ、個体は、このような同調あるいは同致を無意識のうちにも果たすことによって、身体をこの世界に関係づけているのである。

しかし、ひとたびこれをうまくなしえない身体を自覚するとき、身体そのものをこの世界の関係のなかに組み入れることが不可能になる。それだけでなく、おのれの身体についての統覚を失うにいたるのだ。このような関係づけの挫折は、心的世界に変容をもたらさずにいない。自己の身体が関係のなかに占める位置を確定しえないという意識は、外界の対象を明瞭に認識しえないという不安をひきよせてしまうのである。

こういう対象認識の不安は、Bに如実に述べられている。外界の対象の存在をとらえていながら、それを「事実に等しい明かな夢」と見たり、「他界の幻影《まぼろし》に接したと同様の心持ちになつた」というのが、それである。ここから、外界の存在をとらえ、そのなかに自己の身体を関係づけることが「出来ると云ふ事はちやんと心得てゐながらも、出来ると云ふ観念を全く遺失して、単に切実なる感能の印象を眸《ひとみ》のなかに受けながら立つてゐた」という心象がうまれる。

「自分」はなぜ身体を関係づけることに挫折し、このような不確定な心的世界に陥ったのだろうか。いうまでもなく、かれを出奔へと駆りたてた二人の少女との三角関係の破綻が、これにかかわっている。三角関係に象徴される関係の重圧に押しひしがれたあげく、この関係からのがれようとしたことが、挫折の原因であるといってもいい。だが、このことについて「自分」はほとんど知ることができない。なにゆえに、自分が暗いところへと向かい、なにゆえにえたいの知れない非現実感に悩まされなければならないのかをとらえることができない。

小説の現実は、このような「自分」が、ポン引きの長蔵に誘われて、ふらふらと坑山に連れて行かれ、暗い地底へ降りてゆくというぐあいに構成される。したがって、ほんとうに関係における身体にラディカルに出会っているのは、こういう「自分」の心的世界を表現し、かつこのような「小説」を書いた漱石なのである。このとき、漱石は『坑夫』の「自分」のように、この世界の関係を律する「制度」や「規範」に容易に同調することができず、この世界に関係づけることのできないおのれの身体に出会っていたのである。

第三項　心的世界のさまよいと小説の彷徨

漱石は『坑夫』を、このような場所から着想した。それにしても、そのような漱石の着想は、どこまで確固とした「小説」理念に結晶させられているのだろうか。おのれの身体を関係づけることに挫折したときの心的な崩壊感覚は、たしかに、三角関係の重圧から出奔した青年が、手配師に誘われるまま坑山へと連れてゆかれ、そこで暗い地底へと降りてゆくというこの小説の構成に見合うものであるといってよい。

だが、そのような構成は、どんなにそれらしく仕立てられようと、どこか必然性が稀薄なのだ。三角関係の叙述などは、「自分」の心的世界を表出するリアリティに比べれば、何ほどのこともない。要するに、この小説においては、「自分」の心的剥離感だけが必然的なもので、その他はすべてこれを描き出すための道具にすぎない。

実際、ふらふらと長蔵の後について、奇妙な小僧や赤毛布《あかゲット》とともに坑山に向かう「自分」を絶えず悩ませる非現実感や、坑山に着いてから暗い坑道へと降りてゆく次のような場面が暗示する疎隔感を、特異なリアリティをもって描き出したところにこの小説の独自性がみとめられるのである。

行く先は暗くなつた。カンテラは一つになつた。気は益〱《ますます》焦慮《いら》つて来た。けれども中〱《なか〱》出ない。たゞ道は何処迄《どこまで》もある。右にも左にもある。自分は右にも這入《はひ》つた、又左にも這入《はひ》つた、又真直にも歩いて見た。然《しか》し出られない。愈〱《いよ〱》出られないのかと、少しく途方に暮れてゐる鼻の先で、かあん〳〵と鳴り出した。五六歩で突き当つて、折れ込むと、小さな作事場《さくじば》があつて、一人の抗夫がしきりに槌《つち》を振り上げて鑿《のみ》を敲《たゝ》いてゐる。敲《たゝ》くたんびに鉱《あらがね》が壁から落ちて来る。其《そ》の傍《そば》に俵がある。是はさつきスノコへ投げ込んだ俵と同じ大きさで、もう一杯詰《つま》つてゐる。堀子が来て担《かつ》いで行く許《ばか》りだ。自分は今度こそこいつに聞いて遣《や》らうと思つた。が肝心《かんじん》の本人が一生懸命にかあん〳〵鳴らしてゐる。おまけに顔もよく見えない。丁度いゝから少し休んで行《ゆ》こうと云う気が起こつた。幸い俵がある。此《こ》の上へ尻を卸《おろ》せば、持つて来いの腰掛になる。自分はどさつとアテシコを俵の上に落した。すると突然かあん〳〵が已《や》んだ。坑夫の影が急に長く高くなつた。鑿《のみ》を持つた儘《まま》である。

ここには、暗い迷路のような坑内を、案内者からとり残されてさ迷いあるく「自分」の不安な心的世界が描かれているだけではない。こういう「自分」の心的世界に、地底においてようやく出会った一人の坑夫の存在が、顔もよく見えず影絵のようにおぼつかない一種の疎隔感をもってあらわれるのだ。これはたしかに、柄谷行人の指摘するように「荒涼たる心的風景」(『意識と自然』)といってよいであろう。

ていない。

だが、漱石はこのような心的風景を、いかなる意味においても関係の必然的な連関のなかに描いていない。「自分」の心的な疎隔感は、坑山に連れて来られるまでの外界からの心的剝離感の延長にあるものといえる。これが、身体を関係づけることに挫折したところに生ずる心的現象であることはうたがいない。それにもかかわらず、そのような関係づけの挫折については、二人の少女との三角関係として説明されているにすぎない。

それだけではない。この場面における心的疎隔感は、暗い坑内で出会ったひとりの坑夫との関係から生じたものといってよいのだが、これについても、この坑夫、安さんの次のような叙述のなかに解消されてしまうのである。

「おれも元《もと》は学校へ行つた。中等以上の教育を受けた事もある。所が二十三の時に、ある女と親しくなつて――詳《くは》しい話はしないが、それが基《もと》で容易ならん罪を犯した。罪を犯して気が付いて見ると、もう社会に容《い》れられない身体になつてゐた。もとより酔興でした事ぢやない。已《やむ》を得ない事情から、已《やむ》を得ない罪を犯したんだが、社会は冷刻なものだ。内部の罪はいくらでも許すが、表面の罪は決して見逃さない。おれは正しい人間だ、曲つた事が嫌《きらひ》だから、つまりは罪を犯す様にもなつたんだが、さて犯した以上は、どうする事も出来ない。学問も棄てなければならない。功名も抛《なげう》たなければならない。万事が駄目だ。口惜しいけれども仕方がない。其《そ》の上《うへ》制裁の手に捕へられなければならない。（故意か偶然か、彼はとくに制裁の手と云ふ言語を使用した。）然《しか》し自分が悪い覚えがないのに、無闇《むやみ》に罪を着るなあ、どうしても己《おれ》の性質として出来ない。そこで突つ走つた。逃げられる丈《だけ》逃げて、此処迄来《ここまで》て、とう〳〵シキの中へ潜《もぐ》り込んだ。それから六年といふもの、つひに日光《ひのめ》を見た事がない。毎日々々坑《あな》の中でかん〳〵敲《たゝ》いてゐる許《ばか》りだ。丸六年敲《たゝ》いた。来年になればもうシキを出たつて構はない、七年目だからな。然し出ない、又出られない。制裁の手には捕《つら》まらないが、出ない。かうなりや出たつて仕方がない。娑婆《しやば》へ帰れたつて、娑婆《しやば》でした所業は消えやしない。昔は今でも腹ん中にある。なあ君昔は今でも腹ん中にあるだろう。君はどうだ」

この安さんの告白には、『それから』『門』とつづく後期の陰翳深い小説のモティーフがみとめられる。あるいはここに述べられた事柄を、関係の必然的な連関のもとに描き上げていったならば、二葉亭の『其面影』に匹敵するような小説がうみ出されたかもしれない。だが、漱石は『坑夫』をついに、そのような「小説」の方向へとすすめることをしなかった。ある女とのことで罪を犯した安さんの過去は、あくまでも「自分」の心的疎隔感の原因としての、関係づけの挫折ということを傍から照し出すために用意されたものにすぎない。

もし、漱石が、「小説」についての未了の思いから『浮雲』や『舞姫』の不可能性に応じうるような方向へ『坑夫』をすすめていったならば、「自分」の経験してきた三角関係や安さんの過去に犯した罪と、社会の制裁のモティーフが、「自分」の心的世界以上の必然性をもって描かれたであろう。あるいは、そのようなモティーフを関係の連関のなかに描き出していくにしたがって、おのずと個体の心的風景が浮かび上がってくるような「小説」がうみ出されたかもしれなかった。

だが漱石は、関係の社会的拡大・膨化にともなって、ひとりの人間が社会における視えない関係に規定されて存在するほかない状況をとらえていたものの、関係づけそのものに失敗してしまった人間の心的世界の記述に終始するほかなかった。その結果、関係そのものが、入り組んだ三角関係としてあらわれたり、あるいはひとりの人間に罪の烙印を押すような禁圧としてあらわれたりする場面のリアリティを描くことができなかった。

その意味では、『坑夫』は、『それから』『門』を模索する過渡的な作品といってよい。そこにみられた「自分」の心的な彷徨は、何よりも作者漱石の「小説」についての彷徨を象徴している。

第八節　『文鳥』『夢十夜』『永日小品』

第一項　エロティシズムの主題の行方

明治四一年四月『坑夫』連載終了後、八月『三四郎』を起稿するまでの間に、漱石は『文鳥』『夢十夜』の二篇の小品を、また『三四郎』終了後、明治四二年五月『それから』の連載を開始するまでの間に『永日小品』一篇をそれぞれ発表している。『坑夫』『三四郎』『それから』など、職業作家漱石による連載長篇小説の谷間に置かれたこれらの小品は、「小説」的試行と主題の展開のなかで、思いのほか重要な役割を果たしている。

一つには、『文鳥』あるいは『永日小品』中の一篇「心」に象徴されるようなエロティシズムの主題の独特な呈示にみられるものである。また一つには『夢十夜』に代表されるような、「小説」における「仮構性」の源泉を「夢」あるいは「過去」の時間にもとめていく点に明らかにされるものである。この二つは、これらの小品のなかで緊密な構成のもとに統べられている。そこにあらわれたエロティシズムの主題は、失われた「時間」への哀惜と不可分のものなのである。

明治三六年、英国留学から帰朝後、相ついで書かれた一連の英詩によって表現の端緒をひらいた漱石におけるエロティシズムの主題は、その後『漾虚集』『坊っちゃん』『草枕』と、状況における社会的拡散を反映しながら、審美的、牧歌的、俳句的「美」のなかに形象化されてきた。『二百十日』『野分』が書かれるにおよんで、このようなエロティシズムの主題は、漱石の内部の激烈な倫理意識によって後景へおしやられ、『虞美人草』のイデオロギー小説的傾向と『坑夫』の心的不安を表出する小説の傾向においては顔を出すことがなかった。

もちろん、『虞美人草』においても『坑夫』においても、たとえ勧善懲悪劇や説明的記述のなかであれ、男女のエロス的関係は暗示されていた。そのかぎりでは、この主題が無化されたわけではなかった。それにもかかわらず、『二百十日』『野分』において、後景へと追いやられたエロティシズムの主題は、『虞美人草』『坑夫』においても本来のすがたで呈示されることはなかったのである。

それならば、なぜ漱石は『坑夫』脱稿後数ヵ月にして、可憐で清楚な文鳥の姿から追憶のなかに生きている美しい女への思慕を語った「文鳥」、死をへだてて百年の後にまみえる哀切な愛を語った『夢十夜』——「第一夜」、また、名も知らぬ美しい鳥との出会いをきっかけに、美しい女に従って薄暗い露路をどこまでもたどっていく甘美な憧憬とかなしみを語った「心」(『永日小品』) など、エロティシズムの主題を濃密に湛えた作品を書いたのであろうか。しかも、これらの作品にあらわれたエロティシズムが、『草枕』よりも『坊っちゃん』よりも『漾虚集』よりも、明治三六年英国留学からの帰朝後に書かれた一連の英詩のそれに呼応するようにみえるのはどうしてなのか。

漱石は、それらの作品において、『吾輩は猫である』発表後さまざまに試みてきた「小説」の方法を一度破棄しようとした。そのことによって、おのれ自身の内部の溶暗それ自体に、語らせることを意企したのである。したがって、これらの小品はとりわけて「小説」と規定しなければならない根拠はない。むしろ、それらは「夢」と「過去」の時間に向かう意識を「仮構」の源泉とした散文表現の極致といっていいものなのだ。

そのなかにあらわれるエロティシズムの主題もまた、「薤露行」『坊っちゃん』におけるような、フィクションの構図からかいま見られるものではなく、漱石自身の内部の悲傷にふれるような種類のものなのである。『文鳥』『夢十夜』『永日小品』などが、『漾虚集』や『坊っちゃん』や『草枕』よりも、はるかに遠く明治三六年の英詩に呼応するように思われるのはこの点においてといえる。

第二項　エロス的憧憬の表出

このような散文表現の緒口を、明治四一年六月に発表された「文鳥」の次のような一節にみとめることができる。

或日の事、書斎で例の如くペンの音を立てゝ侘《わ》びしい事を書き連ねてゐると、不図《ふと》妙な音が耳に這入つた。縁側でさら〳〵、さら〳〵云ふ。女が長い衣《きぬ》の裾《すそ》を捌《さば》いてゐる様にも受取られるが、只《ただ》の女のそれとしては、余りに仰山《ぎやうさん》である。雛段《ひなだん》をあるく、内裏雛《だいりびな》の袴《はかま》の襞《ひだ》の擦《す》れる音とでも形容したらよからうと思つた。自分は書きかけた小説を余所《よそ》にして、ペンを持つた儘《まま》縁側へ出て見た。すると文鳥が行水を使つて居た。

自分は急に易籠《かへかご》を取つて来た。さうして文鳥を此の方へ移した。それから如露《じよろ》を持つて風呂場へ行つて、水道の水を汲んで、籠の上からさあ〳〵と掛けてやつた。如露の水が尽《つき》る頃には白い羽根から落ちる水が珠《たま》になつて転がつた。文鳥は絶えず眼をぱち〳〵させてゐた。

昔紫の帯上でいたづらをした女が、座敷で仕事をしてゐた時、裏二階から懐《ふところ》中鏡で女の顔へ春の光線を反射させて楽しんだ事がある。女は薄紅くなつた頬を上げて、繊《ほそ》い手を額《ひたひ》の前に翳《かざ》しながら、不思議さうに瞬《まばたき》をした。

こういう散文表現には、漱石の秘められたかなしみが惨み出ている。それは、『坑夫』の「自分」が経験した心的不安でもなければ、『野分』の白井道也の風貌の奥にかくされた孤高の哀愁とも異なる。『坊っちゃん』のやりどころのない憤懣とも「薤露行」のエレーンの悲嘆とも異なる。しかもなお、それらすべての足下を流れるかなしみである。それは、存在の溶暗からたえまなく湧き出て、心の柔い部分を徐々に浸してゆくものである。

しかしいうまでもなく、ここで漱石は、このようなかなしみの流れるにまかせているわけではない。それは、「さら〳〵、さら〳〵」とかすかな音をたてながら行水を使っている文鳥の姿にかたちづくられ、また、ほそい手を額にかざしながら不思議そうに瞬きする追憶のなかの美しい女の像として結晶させられているのである。そこには、存在の溶暗に流れるかなしみに棹さす漱石の表現意識が息づいている。このかなしみの源をもとめて、薄暗い時間を遡っていくとき、夢とも追憶とも定かでない幻影の女が浮き彫りにされるのである。

　これを「小説」というよりも、散文表現の極致と評したいのは、嘱目の文鳥の姿から、追憶のなかの美しい女を導き出す表現の構造が、「虚構性」を稀薄化することによって、いかなる関係の連関をも構成せず、表出の源泉だけをかいまみせているからである。そのことによって、かなしみがおのずから語り出すように仕組まれている。

「文鳥」におけるこのような表出の機微は、明治四二年に発表された『永日小品』のなかの「心」という一篇において、より濃密な「仮構性」のなかにあらわされていく。ほとんど同じ主題とモティーフのもとに書かれたこの一篇の次のような一節には、「文鳥」から惨み出ているかなしみの源泉へ遡ろうとする内心の思いと、その思いから取り出された夢のような時間が見い出されるのである。

　鳥は柔かな翼と、華奢《きやしや》な足と、漣の打つ胸の凡《すべ》てを挙げて、其の運命を自分に託《たく》するものゝ如く、向ふからわが手の中《うち》に、安らかに飛び移つた。自分は其の時丸味のある頭を上から眺めて、此の鳥は……と思つた。然し此の鳥は……の後はどうしても思ひ出せなかつた。たゞ心の底の方に其後《あと》が潜《ひそ》んでゐて、総体を薄く暈《ぼか》す様に見えた。此の心の底一面に煮染《にじ》んだものを、ある不思議の力で、一所《ひとところ》に集めて判然《はつきり》と熟視したら、其の形は、――矢つ張り此の時、此の場に、自分の手のうちにある鳥と同じ色の同じ物であつたらうと思ふ。自分は直《たゞち》に籠の中に鳥を入れて、春の日影の傾く迄眺めてゐた。さうして此の鳥はどんな心持で自分を見てゐるだらうかと考へた。

するど何処かで、宝鈴《ほうれい》が落ちて廂瓦《ひさしがはら》に当る様な音がしたので、はつと思つて向ふを見ると、五六間先の小路《こうぢ》の入口に一人の女が立つてゐた。何を着てゐたか、どんな髷《まげ》に結つてゐたか、殆んど分らなかつた。たゞ眼に映つたのは其の顔である。其の顔は、眼と云ひ、口と云ひ、鼻と云つて、離れ離れに叙述する事の六づかしい――否、眼と口と鼻と眉と額《ひたひ》と一所になつて、たつた一つ自分の為に作り上げられた顔である。百年の昔から此処に立つて、眼も鼻も口もひとしく自分を待つてゐた顔である。百年の後迄自分を従へて何処迄も行く顔である。黙つて物を云ふ顔である。女は黙つて後を向いた。追付いて見ると、小路《こうぢ》と思つたのは露次《ろじ》で、不断の自分なら躊躇する位に細くて薄暗い。けれども女は黙つて其《そ》の中へ這入つて行く。黙つてゐる。けれども自分に後を跟《つ》けて来いと云ふ。自分は身を穿《すぼ》める様にして、露次の中に這入つた。

存在の溶暗から湧き出るかなしみは、ここでは名前の知れない一羽の美しい鳥にかたちづくられ、さらに薄暗い「露次」の奥へと「自分」を導いていく。「此の鳥は……」と思って、後はどうしても思い出せないのは、この美しい鳥が、漱石の「無言」と「沈黙」の奥底から湧き出るものの喩にほかならないからである。

ここにみられる仮構の時間は、それ以前のどの小説にもみられないような沈んだ色調を帯びている。それは、この仮構の時間が追憶と夢を機縁に紡ぎ出されたものであるからとはかぎらない。何よりも、漱石は心の底一面に煮染《にじ》んだあるものに形を与えようと、「無言」と「沈黙」の奥底へと眼を向けているからである。夢も追憶も、すべてこの内部の溶暗に向けられた漱石の表現意識が、ひきよせてきたものにほかならない。

「心」の仮構の時間が、漱石の初期小説群と異質のニュアンスを呈しているのは、エロティシズムの主題をとらえる機微においてである。もちろん、「文鳥」においてもこの主題は、どこか清楚な文鳥の姿に心ひかれるままに、追憶のなかの美しい女への憧憬をかきたてられる思いのうちにこめられていた。それは、「薤露行」や『坊っちゃん』や『草枕』のように「小説」的構成の細部に巧みに吹き入れられたものというよりも、淡々とした散文表現のなかに、かなしみとともに息づいているものであった。「心」の仮構の時間がとらえたのは、このようなエロス的憧憬にほかならない。それは「文鳥」よりも濃密に、哀感をこめて表出されているといってよい。

それだけではない。この作品に、奥行のある憧憬を可能にしたのは、「文鳥」の散文表現の生地《きじ》に覆いかけられた仮構のヴェールである。百年の昔から待っていた女のあとについて、細く薄暗い「露次」をたどっていく「自分」の姿からは、このヴェールがまちがいなくみとめられる。

第三項　エロス的空白とエロティシズムの不可能性

この靄のような仮構のヴェールは、「心」よりも半年程先に発表された『夢十夜』のなかでは、次のような哀切な夢語りとなってあらわれていた。

こんな夢を見た。

腕組をして枕元に坐って居ると、仰向《あふむき》に寝た女が、静かな声でもう死にますと云ふ。女は長い髪を枕に敷いて、輪郭《りんくわく》の柔らかな瓜実顔《うりざねがほ》を其の中に横たへてゐる。真白な頬の底に温かい血の色が程《ほど》よく差して、唇の色は無論赤い。到底死にさうには見えない。然し女は静かな声で、もう死にますと判然《はつきり》云つた。自分も確《たしか》に是《こ》れは死ぬなと思つた。そこで、さうかね、もう死ぬのかね、と上から覗《のぞ》き込む様にして聞いて見た。死にますとも、と云ひながら、女はぱつちりと眼を開けた。大きな潤《うるほひ》のある眼《め》で、長い睫《まつげ》に包まれた中は、只《ただ》一面に真黒であつた。其《そ》の真黒な眸《ひとみ》の奥に、自分の姿が鮮《あざやか》に浮かんでゐる。

自分は透《とほ》き徹る程深く見える此の黒眼の色沢《つや》を眺めて、是でも死ぬのかと思つた。それで、ねんごろに枕の傍《そば》へ口を付けて、死ぬんぢやなからうね、大丈夫だらうね、と又聞き返した。すると女は黒い眼を眠さうに睜《みはつ》た儘《まま》、矢張《やつぱ》り静かな声で、でも、死ぬんですもの、仕方がないわと云つた。

自分は黙つて首肯いた。女は静かな調子を一段張り上げて、

「百年待つてゐて下さい」と思ひ切つた声で云つた。
「百年、私の墓の傍《そば》に坐つて待つてゐて下さい。屹度《きつと》逢ひに来ますから」
自分は只《たゞ》待つてゐると答へた。すると、黒い眸《ひとみ》のなかに鮮に見えた自分の姿が、ぼうつと崩《くづ》れて来た。静かな水が動いて写る影を乱した様に、流れ出したと思つたら、女の眼がぱちりと閉ぢた。長い睫《まつげ》の間から涙が頰へ垂れた。――もう死んで居た。

（第一夜）

心の繊細な部分をふるわせるような哀感が、この夢語りをつつんでいる。これは、漱石の散文表現のなかでもっとも美しいもののひとつであるにちがいない。「文鳥」「心」にみられたエロティシズムの主題は、仮構のヴェールを通して鮮明な像を紡ぎ出していたのだが、ここでもまた、夢語りが織りなす仮構のヴェールは、鮮やかな像を紡ぎ出す。哀感も憧憬も、この鮮かな夢のイメージのなかに表出され、心の奥の溶暗でさえも、この夢語りのなかに暗示されるのである。

漱石は、「夢」というものが心の奥底の昏い部分に秘められている悔恨、願望、悲哀、憧憬を表出するものであることを直覚していた。心の底に煮染《にじ》んだある名づけがたいものは「夢」のなかでのみ表象されるということに気がついていた。だが、このような直覚や気づきも、「夢」がたんにそういう心的現象にすぎないならば、すべて個人的事情に帰してしまうほかはない。人はかなしい夢から醒めて、うっすらと頰を濡らしている自分に気がつくことがあっても、そんなことは日常の瑣事にまぎれ、忘却していくだけなのである。

しかし、「夢」が心の奥に秘められたあるものの表出にほかならないことを直覚したとき、漱石は、同時にこれが、社会における錯綜した関係の空白のように存在するものであることにも気づいたのである。「夢」が、このような関係を陰画《ネガ》のように映し出すことについてもよく了解していた。たとえそれが、眠っている「私」の心的世界を映し出すものであるとしても、私的事情にだけは帰することのできないということも。

それでは、なぜ漱石はこのような「夢」の機構を「小説」へと転ずる際に、主題をエロティシズムにもとめたのであろうか。心が、社会の関係のなかで空白を強いられているがゆえに、塵のようなものを積もらせていくとするならば、この空白は、男女の対なる心のなかにもっとも象徴的なかたちであらわれると考えたのである。一対の男女の不可能なエロス的合一を映し出すのは、心の底に塵のように積もったあるもの以外にない。新たなる「小説」の方法が、このような「夢」のリアリティを掬いあげるところにみい出されたとき、エロティシズムの主題が、本質的な意味をもって展開されたといえる。

第四項　関係の内面化と内面の関係化

『夢十夜』――「第一夜」におけるエロティシズムの主題が、現実の対なる関係を超出するという方向において展開されたことはいうまでもない。漱石は、そのような超出をおのれに許容する分だけ、現実的な対なる関係に対しては、終始怖れを抱いていた。それは、後になって『行人』『道草』『明暗』といった小説における、和解しあえない夫婦の関係として描かれることになる。

だが、対なる関係に対する漱石の怖れは、夫婦だけでなく、親子の関係にまで及ぶものであった。

それは、『道草』において、かつての養父への怖れとしてリアルに描かれることになる。『夢十夜』――「第三夜」の夢語りは、漱石の内部に秘められていたこのような怖れを「夢」のリアリティを通して表現したものなのである。

「自分」は六つになる我が子をおぶって、左右にひろがる青田の中を歩いてゆく。子供は不思議な事に、いつの間にか眼がつぶれて、青坊主になっている。わが子ながら少し怖くなり、どこか捨てるところはないかと思って見ると、闇の中に大きな森がみえる。自分は子供を背負ったまま、その森に向かって足を早めていく。

　雨は最先《さつき》から降つてゐる。路はだん／＼暗くなる。殆んど夢中である。只《たゞ》脊中に小さい小僧が食付《くつつ》いてゐて、其の小僧が自分の過去、現在、未来を悉《ことごと》く照して、寸分の事実も洩らさない鏡の様に光つてゐる。しかもそれが自分の子である。さうして盲目《めくら》である。自分は堪《たま》らなくなつた。

「此処だ、此処だ。丁度其の杉の根の処だ」

　雨の中で小僧の声は判然《はつきり》聞えた。自分は覚えず留《とま》つた。何時《いつ》しか森の中へ這入つてゐた。一間ばかり先にある黒いものは慥《たしか》に小僧の云ふ通り杉の木と見えた。

「御父《おとつ》さん。其の杉の根の処だつたね」

「うん、さうだ」と思はず答へて仕舞つた。

「文化五年辰年《たつどし》だらう」

成程文化五年辰年らしく思はれた。

「御前がおれを殺したのは今から丁度百年前だね」

自分は此の言葉を聞くや否や、今から百年前文化五年の辰年のこんな闇の晩に、此の杉の根で、一人の盲目《めくら》を殺したと云ふ自覚が、忽然《こつぜん》として頭の中に起つた。おれは人殺であつたんだなと始めて気が付いた途端に、脊中の子が急に石地蔵の様に重くなつた。（第三夜）

「百年」という時間の符合だけでなく、この夢語りが「第一夜」の哀切で甘美なかなしみと同一の根源を指しながら、表裏をなしていることはうたがいない。根源は、いうまでもなく、エロティシズムの不可能性にほかならない。

この夢語りは、エロティシズムの観念が現実的な対関係を形成するにあたって挫折の余儀なきにいたったことを主題としている。わが子を暗い森に捨てにいく「自分」は、すでに対なる関係において子をなすことの不可能性に直面している。そのことによって、エロティシズムの観念を「父」なるものの自覚へとひきよせることとの挫折を表明しているのである。この挫折の表明は、エロティシズムの観念に罪の刻印をおしつけずにいない。

百年前の罪に忽然と気がついた途端に、背中のわが子が石地蔵の様に重くなったという結末の一節には、人間存在の普遍的な罪が暗示されているようにみえる。だが、それだけではない。エロティシズムの不可能性を、美しく哀切な合一への憧憬に変じることによって、対なる関係から超出しようとする個体の観念が、断罪されているのである。いうならば、現実的な対なる関係に怖れを抱くのみで、決してこれを引き受けることをしないエロティシズムの観念を、普遍的な罪とみなしているのだ。

この一篇の夢語りにおいて、そのような罪を自覚し、いわれない怖れを抱く「自分」は、漱石自身の内面を暗示している。漱石は、心の奥底で、現実の対なる関係を超出したいという欲求を秘めていた。だが、どんなにエロティシズムへの溶化をはたそうと、対なる関係の「自然」においては、子をなしみずからは「父」となることを選択せざるをえない。そのことによって、一つの世代を形成することを余儀なくされる。このことに対して、漱石は、容易に馴れることができなかった。

とはいえ、漱石自身どのような思いを秘めていたにせよ、エロティシズムの不可能性を基軸とする憧憬と恐怖が、表裏をなして現実の社会における関係の空白を照らし出すということだけはよくとらえていた。「夢」が、このような憧憬と恐怖を、あるがままに表現するということについても認識していた。そこに、「夢」の表出機構を掬い上げ、「小説」の「仮構性」に投影するという方法がうまれた。

そのような表現の構造こそ、この「第三夜」に象徴的にみとめられるものなのである。「第三夜」の怖れの表白には、「第一夜」の憧憬からは想像もつかない関係の暗部が、夢のリアティを通して明るみに出されているのである。そこには、『吾輩は猫である』以来の小説の方法とは一線を画す、関係の内面化とでもいうべき方法が生きている。

だが、そこで漱石のなかの未了の思いが払拭されたわけではない。「第一夜」にしてもこの「第三夜」にしても、「文鳥」「心」などの短編にしても、エロティシズムの不可能性を通して、関係の空白を内面化しながら、この空白を現実の関係のなかに生ずる陥没として描き出すという方向からは逸れるほかなかった。

もし、この逸脱が、関係を内的な連関のうちに描き出すという二葉亭、鷗外以来の方法をも無化してしまうならば、挙げて採るべきものではなかったはずだ。もちろん、「夢」や「過去」の時間を機縁とした「小説」の「仮構性」は、決して関係の連関を無化するものではない。だが、関係の内面化を志向しているかぎり、内面の関係化を指標とする「小説」の方法と相容れることがないのは当然なのである。『夢十夜』連載終了後、漱石はふたたび、長編小説の執筆にとりかかる。いうまでもなく『三四郎』である。

第九節　『三四郎』

第一項　主題の韜晦と明瞭な仮構線

明治四一年九月『夢十夜』につづいて「東京朝日」に連載開始された『三四郎』が、同じ「東京朝日」に同年の四月から八月まで連載されていた島崎藤村の『春』の後を承けた長篇小説であったことはよく知られている。地方出身のナイーヴな一青年を通して、現代の青春を描こうというモティーフのもとに『三四郎』にとりかかった漱石の中に、明治二〇年代の暗く鬱屈した青春群像を描いた藤村の『春』にたいするある種の対抗意識がはたらいていたことは想像するに難くない。

もちろん、藤村の前作『破戒』を推賞していた漱石が、『春』のいたるところにみられるみずみずしい感性表現と冷静な描写に目をみはったであろうことは容易に推測することができる。だが、漱石は『三四郎』を起稿するに際して、二つの点において『春』との間に明確な対位を形成しようとした。一つは、エロティシズムの主題を取り上げる際の方法に、他の一つは「小説」世界の輪郭をなす仮構の形態にみとめられる対位である。

これを、漱石の意図的なものとだけ断定することはできない。とりわけ、後者などは、『吾輩は猫である』以来いくたびも未了の淵をたどりながら、ようやく『三四郎』にいたって達成されたものといえるからである。それほどまでに、『三四郎』の仮構世界の輪郭は、藤村の『春』だけでなく、『虞美人草』『野分』『草枕』などの作品に比べても、明瞭さをそなえている。いや少くとも、『春』の後を承けて『三四郎』を起稿した漱石は、『春』への対抗意識を契機に、『吾輩は猫である』以来の「小説」の彷徨に決着をつけた。それが『春』への対位の要因となっていたことはうたがえない。

そもそも『春』における仮構性の稀薄さとそれゆえの新鮮さは、その主題の淡さとあいまって、もし、二葉亭、鷗外以来の「小説」の不可能性を水でうすめるならば、必然的にあらわれ出るものを象徴していた。このような「小説」の不可能性への認識を内に秘めながら未了の淵を彷徨していた漱石にとって、ともかくも明瞭な仮構線をひくという『三四郎』の方向が、『春』のそれと対位を形成するのは当然であった。

だが、そのようにしてでき上がった『三四郎』という小説は、「小説」の方法に関するかぎり一定の成果をあげているものの、そのことによってむしろ主題を韜晦させるほかなかった。『三四郎』

において実現された仮構の世界は、漱石の内部に秘められていたエロティシズムの主題とモティーフを十分に掬い上げているとはいいがたいのである。三四郎と美禰子の関係に象徴されるのは、核心を韜晦させるところに醸し出されるエロティシズムの気分というほかない。

いやむしろ、この気分や雰囲気こそが逆に『三四郎』という小説の、稀にみる新鮮な表現と、やわらかい陽光に包まれたような明るさを生み出す要因になっているというべきだろうか。たとえば、三四郎と美禰子の間に漂うエロティシズムの雰囲気は、次のようなきめ細やかで味わい深い表現のなかに生かされている。場面は、広田先生、野々宮さん、よし子、美禰子、三四郎などで晩秋の一日を菊人形の見物に出掛けた際に、疲れのため気持ちを悪くして一行からはずれていく美禰子の後に追いついた三四郎が、二人きりになって言葉を交わすくだりである。

三四郎もとう〳〵汚ない草の上に坐つた。美禰子と三四郎の間は四尺許《ばかり》離れてゐる。二人の足の下には小さな河が流れてゐる。秋になつて水が落ちたから浅い。角の出た石の上に鶺鴒《せきれい》が一羽とまつた位である。三四郎は水の中を眺めてゐた。水が次第に濁つて来る。見ると河上で百姓が大根を洗つてゐた。美禰子の視線は遠くの向ふにある。向ふは広い畠で、畠の先が森で森の上が空になる。空の色が段々変つて来る。

たゞ単調に澄んでゐたものゝ中《うち》に、色が幾通りも出来てきた。透き徹る藍《あゐ》の地が消える様に次第に薄くなる。其上に白い雲が鈍く重なりかゝる。重なつたものが溶けて流れ出す。何処で地が尽きて、何処で雲が始まるか分らない程に嬾《ものう》い上を、心持黄な色がふうと一面にかゝつてゐる。

「空の色が濁りました」と美禰子が云つた。

三四郎は流れから眼を放して、上を見た。かう云ふ空の模様を見たのは始めてゞはない。けれども空が濁つたといふ言葉を聞いたのは此時が始めてゞある。気が付いて見ると、濁つたと形容するより外に形容のしかたのない色であつた。三四郎が何か答へやうとする前に、女は又言つた。

「重い事。大理石《マーブル》の様に見えます」

美禰子は二重瞼を細くして高い所を眺めてゐた。それから、その細くなつた儘の眼を静かに三四郎の方に向けた。さうして、

「大理石《マーブル》の様に見えるでせう」と聞いた。

三四郎は、

「えゝ、大理石《マーブル》の様に見えます」と答へるより外はなかつた。女はそれで黙つた。しばらくしてから、今度は三四郎が云つた。

「かう云ふ空の下にゐると、心が重くなるが気は軽くなる」

「どう云ふ訳ですか」と美禰子が問ひ返した。

三四郎には、どう云ふ訳もなかつた。返事はせずに、又かう云つた。

「安心して夢を見てゐる様な空模様だ」

「動く様で、なか〳〵動きませんね」と美禰子は又遠くの雲を眺め出した。

（五）

このような三四郎と美禰子の心理の交感をヴィヴィッドに描き出す表現が、「文鳥」『夢十夜』「心」などにおける散文表現の内面性をたどることによって達成されたものであることは注意しておいてよい。この明るい外光に照らされたような表出の新鮮さは、内面というものを徹底して韜晦することによって得られたものなのだ。そこからは、微細な心理を奥深くに秘めたあるゆかしさが味わわれるのである。これは、この場面に続いて美禰子がふいに呟いた謎のような言葉――「迷へる子《ストレイシープ》」をめぐる二人の反応を描き出す次のような一節においても、決して核心にはいたらないもどかしさとして、心憎いまでに表現されている。


迷へる子《ストレイシープ》といふ言葉は解つた様でもある。又解らない様でもある。解る解らないは此言葉の意味よりも、寧ろ此言葉を使つた女の意味である。三四郎はいたづらに女の顔を眺めて黙つてゐた。すると女は真面目になつた。

「私そんなに生意気に見えますか」

其調子には弁解の心持がある。三四郎は意外の感に打たれた。今迄は霧の中にゐた。霧が晴れゝば好《い》いと思つてゐた。此言葉で霧が晴れた。明瞭な女が出て来た。晴れたのが恨めしい気がする。

三四郎は美禰子の態度を故《もと》の様な、――二人の頭の上に広がつてゐる、澄むとも濁るとも片付かない空の様な、――意味のあるものにしたかつた。けれども、それは女の機嫌を取るため

の挨拶位で戻せるものではないと思つた。女は卒然として、

「ぢや。もう帰りませう」と云つた。厭味のある言ひ方ではなかつた。たゞ三四郎にとつて自分は興味のないものと諦める様に静かな口調であつた。

空は又変つて来た。風が遠くから吹いてくる。広い畠の上には日が限つて、見てゐると、寒い程淋しい。草からあがる地意気《ぢいき》で身体は冷えてゐた。気が付けば、こんな所に、よく今迄べつとり坐つて居られたものだと思ふ。自分一人なら、とうに何所《どこ》かへ行つて仕舞つたに違ない。美禰子も――美禰子はこんな所へ坐る女かも知れない。

「少し寒くなつた様ですから、兎に角立ちませう。冷えると毒だ。然し気分はもう悉皆《すつかり》直りましたか」

「えゝ、悉皆《すつかり》直りました」と明かに答へたが、俄に立ち上がつた。立ち上がる時、小さな声で独り言の様に、「迷へる子《ストレイシープ》」と長く引つ張つて云つた。三四郎は無論答へなかつた。（五）

こういう心理をオブラートのように包んでいるのが、エロティシズムの気分であり、雰囲気であるといってよい。もし、そのような覆いを剝ぎ取って核心まで至るならば、そこに、エロティシズムの不可能性の主題が露呈されることは推測するに難くない。だが漱石は、これについてはできるかぎりの韜晦をおこなうことによって、三四郎のナイーヴな心と美禰子の媚態をふくんだ心との心的交感を描き出すことに腐心している。その結果、ここにみられるようなきめの細かい表現と立体感のある仮構世界が生み出されたのである。

それは、藤村の『春』にみられる主題の淡さや仮構世界の平面性に対位する『三四郎』の表現の独自性であり、『虞美人草』にも『草枕』にもみられなかった、明確な仮構線の実現を指示するものなのである。

漱石は、『吾輩は猫である』以来さまざまな方法を試みながら、このような三四郎と美禰子の心的交感を仮構したとき、『春』にみられる淡さなどとは異質の方法——ある気分のなかに韜晦しつつ、なおその世界の陰翳を「仮構」の輪郭のなかに浮き彫りにするという方法を手にしたのである。そして、そこに実現された仮構線が、『それから』以後の小説作品を押し上げる基準となることはうたがいない。

第二項　暗く鬱屈した青春像

このような『三四郎』の成熟に比して、『春』にみられる淡さや稀薄さが、状況の根に対する藤村の自覚的な回避からもたらされたものであることは明らかである。岸本捨吉の勝子にたいする悶々たる思いの根には、封建的な大家族制度と社会的な因襲を背景としたエロティシズムの不可能性が口をひらいていた。

だが、当の岸本はこのことを承知していながら、そのような状況を打開するために勝子との間にどんな積極的な方法を講ずるわけでもなく、いたずらに遂げられぬ恋の思いに内攻し、それにも耐えられず漂泊の旅に向かうのである。そこに暗く鬱屈した青春像がうみ出されたのはたしかなのだが、この暗さが一方において、ある種、混濁した印象をもたらすことも事実なのである。

たとえば、次のような一節には、揺れうごく岸本捨吉の心が表裏をなしてあらわれている。

四五日《しごんち》の間は、名のつけやうの無い深い苦痛《くるしみ》に圧されるやうな日が続いて、左様《さう》いふ時には急に身体《からだ》が震へたり、胸騒ぎがしたり、思はず知らず涙が流れたりするが、それを通り越すと、今度は妙に寂しい、居ても起《た》つても居られないやうな日が来る。斯《こん》様な状態《ありさま》で、岸本は勝子のことを思ひつゞけた。実意の籠《こも》つた手紙を受取つてから、それに激せられて、一層彼は恋の情に燃えた。懊悩《あうなう》のあまり、其人《そのひと》の名を呼んで見ることもある。どうかすると、有りもしない口唇《くちびる》を熱心に捜《さが》すこともある。勝子がなければ、現世《このよ》に生きて於る甲斐《かひ》が無いやうに思はれて来た。　（三十二）

愛は岸本を導いた。菖蒲湯で身体《からだ》を洗ひ流して、サツパリとした心地《こゝろもち》に成つた彼は自分の部屋へ帰ってから先づ紙を展《ひろ》げた。彼は勝子へ宛てゝ最後の手紙を書き始めた。其時は最早《もう》遅かった。用心深い老祖母《おばあさん》が、寝る前に見廻りに来た頃は、彼が筆を執《と》つて居る最中であつた。鼠の音に眼でも覚ましたかして、復《ま》た老祖母《おばあさん》が雪洞《ぼんぼり》を点《つ》けて見に来ると、未《ま》だ岸本は机に向つて居た。其晩ほど、彼は自分の一生のことを考へたことがなかつた。彼は勝子に対《むか》つてもブツキラボウな手紙ばかり書いたもので、また其《それ》を以て男性《をとこ》らしいとして居たものである。其夜、彼は初めて自分の心に近い手紙を書いた。しかも、その心は捨てたと書いた。彼は最早《もう》勝子を慕つて居るものではないといふことを書いた。今迄の自分は唯《ただ》彼女を欺いて居たのであると書い

た。而《さう》して、決心の籠つた調子で、許嫁《いひなづけ》の人の許《ところ》へ行くやうに、親の心を安んずるやうに、斯う一気に書下した。　（八十六）

この岸本捨吉の懊悩と断念を、藤村は、明治二〇年代におけるわが国近代の禁圧をまともにこうむった挫折の淵からひきだしてきたのである。エロティシズムの不可能性は、直接的には岸本と勝子の恋愛とエロス的合一を阻む「家」の重圧からもたらされるものであるが、その根を遡っていくならば、不可避的に近代における「制度」「規範」の禁圧に行き当たるのである。

　これに対して、藤村の採った方法が、周到な回避にあったことは指摘したところである。にもかかわらず、この回避にたいする独特の自覚が、岸本の懊悩と断念を描き出す表現に、ある種のリアリティを付与していることは否定できない。

　このような岸本の内心のリアリティを、漱石の三四郎の、およそ内面の存在感をいまだ付与されていないようなナイーヴな心に比べてみるならばどうだろうか。岸本の性格破産者的な内心は、『浮雲』の文三から『破戒』の丑松をへて造型されたものにほかならず、そこに、藤村が、おのれの関係意識の悲傷を投じていたことは明らかなのである。

　したがって、岸本の悶々とした懊悩と取りすましたような断念のむこうに、強大な規範力の幻影がかいまみられるだけであったとしても、そのような影の片鱗さえもみせず、健康な光に包まれたような三四郎の純朴な精神からはのぞき見ることのできないものが、暗示されていることはまちがいない。勝子との遂げられぬ恋に悶える岸本の内面には、エロティシズムの不可能性が陰画《ネガ》のように映し出されているのである。だが、美禰子への思慕を内に秘めた三四郎の心には、およそ不可能性のどのような痕跡もみとめることができない。

とはいえ、視点を変えてみるならば、そこには藤村と漱石における状況的認識の偏差があらわされているということができる。実際、美禰子への思いを内に秘めながら、どこかで空隙を穿たれたような心理に陥ってしまう三四郎の健康な精神には、不可能性の根に少なくとも直接的には抵触しないエロス的関係が、徹底した韜晦のもとに映し出されている。

三四郎の心が、どのような障碍を前にしても「迷へる子《ストレイシープ》」という言葉に象徴されるようなナイーヴさを印象づけるのは、障碍が直接的には「制度」「規範」の禁圧を蒙ったところにあらわれるものとはかぎらないからである。それは、関係に規定されてある心には、ほとんど遍在するものと化しているからといってもいい。このような関係に遍在する障碍は、『春』の岸本捨吉が生きた明治二〇年代の状況によりも、三四郎の登場する四〇年代の現代的状況をよく象徴するものであった。

この現代的状況とは、日露戦後の社会における関係の拡散・膨化にともない、「性」的観念が親和性を帯びて拡大されたところにあらわれたものといえる。もちろん、藤村がそのような「性」的観念の親和性に無自覚であったわけではない。その所在を、鬱屈した「性」的欲望に還元することによって見当をつけていた。だが、藤村の自覚された回避の方法は、エロティシズムの不可能性の上限を、家族制度に象徴される禁圧に、下限を、血統にまつわる「性」的欲望に見い出すのみで、ついに状況における「性」的観念の親和力を剔抉することはしなかった。

こういう方法は、岸本捨吉の内心との間に、ほとんどいかなる偏差も付与されることのない勝子の内心を、次のように描き出すところに顕著である。

例の鼠色の肩掛に深く身を包んで、車を急がせて居る勝子の胸には、今、三人の人がある。一人は許嫁《いひなづけ》の麻生、一人は病んで居る森下、一人は岸本である。時とすると、勝子は博愛といふやうなことを考へて、この三人を同じやうに待遇《あしら》はうと思ふこともあつた。勝子に言はせると、自分は親の意《こゝろ》のまゝに定められたものである。それが自分の運命である。友達として長く交際《まじはり》を続けるといふより外に、岸本に対して自分の執《と》るべき道が見当らない。どうかして自分等は其方角に進みたい。一生の友達――何といふ楽しい思想《かんがへ》だらう。これが前の夜に一晩かゝつて考へつゞけて、最後に落ちて行つたところであつた。勝子は車の上でも斯の思想《かんがへ》を繰返した。（七十二）

ここで藤村は、ある種の倒錯に陥っている。このように告白されているエロス的関係が、「性」的親和性が拡大された現代的状況を映し出しているものであるにもかかわらず、これを「家」の重圧がそうさせた「運命」というところに収斂し、一方においてそれを裏返したように「博愛」といった観念へとおもむいているからである。漱石ならば、これらの観念のすべてを排し、ひたすら「性」的観念の親和性からもたらされる関係それ自体の障碍として、このようなエロスの関係をあらわしていくところだ。それを、「運命」や「博愛」という観念をもち出し、一方において「性」的欲望の生理自然性への還元をおこなっていったのが、藤村だけでなく当時の自然主義作家たちの常套的な方法にほかならなかった。

第三項　「性」的親和力と「罪」

およそ『三四郎』が、『春』にたいして明確な対位をかたちづくっているとするならば、藤村が勝子の内心に「博愛」という観念を抱かせることによって、エロス的関係の錯綜を切り抜けさせたのに対し、漱石は、同じようなエロス的関係のなかにいる美禰子という女性を、「性」的親和性の象徴的存在に仕立て上げたところにある。

三四郎の前に、親和的な雰囲気を漂よわせてあらわれる美禰子という女性を、漱石は「無意識の《アンコンシアス・》偽善者《ヒポクリット》」という観念の具現者として造型した。そのような漱石の意図は、関係の拡散にともなうエロス的観念の拡大化が、「性」に禁忌や規範を超出する親和力を付与するにいたった状況を、ひとりの女性に象徴させるところにあつた。それゆえ、美禰子の体現する「無意識の偽善」という観念は、たんなる女性の媚態に還元して済ますことはできない。むしろ、エロティシズムにかかわる状況の本質を映し出すものであった。

だが、このような漱石の、状況に向かう態度や選択が、すでに指摘してきたように、ある種の韜晦によってなされていることもまた否定できない。もちろん、この韜晦は「小説」に明快な輪郭を付与することにあずかっているのだが、にもかかわらず、根源を見えにくくしていることに変わりはない。たとえば、「性」的親和力を「罪」とみなす漱石の本源的モティーフは、三四郎でも野々宮でもない一人の男性との結婚を選択した美禰子が、三四郎と最後の言葉を交わす次のような瀟洒な場面に表現されているのである。

「結婚なさるさうですね」

美禰子は白い手帛《ハンケチ》を袂《たもと》へ落した。

「御存じなの」と云ひながら、二重瞼《まぶた》を細目にして、男の顔を見た。三四郎を遠くに置いて、却つて遠くにゐるのを気遣ひ過ぎた眼付である。其癖《そのくせ》眉丈は明確《はつきり》落《おち》ついてゐる。三四郎の舌が上顎《うはあご》へ密着《ひつつい》て仕舞つた。

女はやゝしばらく三四郎を眺めた後、聞兼る程の嘆息《ためいき》をかすかに漏らした。やがて細い手を濃い眉の上に加へて云つた。

「われは我が愆《とが》を知る。我が罪は常に我が前にあり」

聞き取れない位な声であつた。それを三四郎は明かに聞き取つた。三四郎と美禰子は斯様《かやう》にして分れた。（十二）

まことに心憎い別れの場面である。しかし「詩編」の一節を聞き取れない位な声で呟く美禰子の姿からは、漱石の選択していたエロティシズムの状況への視座は見えてこない。「われは我が愆《とが》を知る。我が罪は常に我が前にあり」という「詩編」の言葉の意味するところは、このような場面のさらりとした味わいで尽くされるべきものではない。

にもかかわらず、三四郎との別離に際して、みずからがまとうエロティシズムの雰囲気への自覚を、このような言葉で美禰子に呟かせた漱石は、この言葉の「意味」に共鳴するモティーフを内に宿しつつ、輪郭明瞭な「小説」をかたちづくることによって、韜晦するということをおこなっていたのである。

ちなみに、この場面が美禰子のいる教会へ別れを告げにやってきた三四郎の前に、忽然と美禰子が姿をあらわすというぐあいに構成されていることを考えるならば、彼女が「詩編」の一節を呟くということが、どんなにこういう場面に明快な輪郭を付与するかが容易に想像できる。だが、そのような場面の鮮かな輪郭にもかかわらず、漱石の本源的モティーフが、これらの言葉の「意味」からしか汲み出されえないものであることはうたがいない。

この「意味」が、対なる関係を障碍へと陥れるような「性」的親和性に対して「罪」の烙印を押すものであることは、いうまでもない。「詩編」の言葉によってあらわされた「罪」とは、旧約「サムエル記下」第十一、十二章に語られたダビデとウリヤの妻バテシバとの姦通の物語に語られているものである。そこには、三四郎と美禰子の関係に敷衍できない生ま生ましさが刻印されている。

ある日の夕暮、ダビデは床から起き出て、王の家の屋上を歩いていたところ、屋上から、ひとりの女がからだを洗っているのがみえた。その女は非常に美しかった。ダビデは人をつかわしてその女のことを探らせた。するとある人は彼に言った、「これはエリアムの娘で、ヘテびとウリヤの妻バテシバではありませんか」そこでダビデは使者をつかわして、その女を連れてこさせた。女は彼のところに来、彼はその女と寝た。女は身の汚れを清めた後、その家に帰った。女は身ごもった。彼女は人をつかわして、ダビデに告げて言った、「わたしは子をはらみました」。

朝になって、ダビデはヨアブにあてて手紙を書きウリヤの手に託してそれを送った。彼はその手紙に、「ウリヤを激しい戦いの最前線に出し、彼から退いて、彼を討死させよ」と書いた。ヨアブは町を包囲していたので、勇士たちがいると知っていた場所にウリヤを配置した。町の人々が出て来てヨアブに抗して戦った。人々のなかにも、ダビデの兵士たちの間にも倒れるものがあり、ヘテびとウリヤも死んだ。ヨアブは人をつかわして戦いのことをつぶさにダビデに告げた。

ウリヤの妻は夫ウリヤが死んだことを知り、悲しんだ。喪が過ぎた時、ダビデは人をつかわして彼女をたずねさせ、自分の家に寄せた。彼女は彼の妻となって男の子を産んだ。しかしダビデがしたこの事は主を怒らせた。

ダビデはナタンに言った、「わたしは主に対して罪をおかしました!」すると、ナタンはダビデに言った、「主はあなたの罪をゆるします。あなたは死ぬことはないでしょう。しかしあなたはこの行いによって主を冒瀆したので、あなたに生まれる子供はかならず死ぬでしょう」。

> 主は、ウリヤの妻がダビデに産んだ子を害せられたので、子は重い病気にかかった。ダビデはその子のために神に祈り、断食した。彼は家にもどると、終夜地に伏した。ダビデの家の長老たちは、彼のかたわらに立って彼を地から起そうとしたが、彼は起きようとはせず、また彼らと一緒に食事をしなかった。七日目にその子は死んだ。
>
> （「サムエル記下」第十一、十二章）

漱石は、このダビデの姦通の物語に通暁していた。三四郎との別離にあたって、「われは我が愆《とが》を知る。我が罪は常に我が前にあり」という言葉を、聞き取れない位な声で美禰子に呟かせたとき、ダビデの姦通に象徴されるものが、いかなる直接性をもともなわない気分とか雰囲気といってよいところにも忍び込んでくる「性」的状況を洞察していた。しかも、「性」的親和性が、たんなる気分にとどまらず、やがてエロス的関係を不可能に陥れるものであることをよくとらえていた。

もちろん、美禰子が体現する「無意識の偽善者《アンコンシアス・ヒポクリット》」は、旧約に語られたバテシバとダビデの姦通に比すべきものではないということもできる。『三四郎』においては、無意識的な媚態でもって三四郎を魅きつけ、やがて去っていく美禰子が、そのような自己のありようを「罪」として断じているのに対し、旧約の物語においては、バテシバに魅かれて姦通し、その夫を死にいたらしめたダビデのおこないが、「罪」と断ぜられているからである。

だが、漱石は、このダビデとバテシバの物語のなかに、ダビデの「罪」はもちろんのこと、彼を魅惑したバテシバの「罪」を読み取っているのである。これらの「罪」が決してひとりの男あるいは女の「性」に帰せられるべきものではなく、男女の対なる関係が疎外してきたエロティシズムの観念と、その不可能性に発するものであることを透視していた。「性」なるものが、関係のなかで本源的に「罪」をおかしてしまうものであることを洞察していたといってもいい。これが、最も現代的な状況を象徴するものであることについても、核心をとらえていたのである。

『三四郎』という小説は、疑いなく、このようなモティーフによって貫かれている。それは、三四郎と美禰子との関係にかぎらず、冒頭の一節における次のような場面――上京する汽車の中で隣り合わせた女とひょんな事から宿に枕を並べることになり、何ごともなく一夜を明かした後の別れ際に、「あなたは余つ程度胸のない方ですね」と女に言われた三四郎が、猛烈な恥しさをおぼえると同時に「元来あの女は何だらう。あんな女が世の中に居るものだらうか。女と云ふものは、あゝ落付いて平気でゐられるものだらうか、無教育なのだらうか、大胆なのだらうか。それとも無邪気なのだらうか。」と思いめぐらし、やがて恐ろしくなるくだりにもよくあらわれている。

ここでもまた、行きずりの女と地方出のナイーヴな青年という設定を剝がしてみれば、女の大胆さも三四郎の恐れも、ともにエロティシズムの親和性がもたらしたものにほかならない。そして、この小説の中では、終始傍観者的な知識人の役割を演ずる広田先生が、三四郎に語りかける次のような挿話もまた、同じモティーフからあらわれたものということができる。三四郎は広田先生になぜ結婚しないのかとたずねると。世の中には結婚のしにくい事情というのがあるのだと答える。

「例へば」と云つて、先生は黙つた。烟がしきりに出る。「例へば、こゝに一人の男がゐる。

父は早く死んで、母一人を頼《たより》に育つたとする。其母が又病気に羅つて愈《いよ〱》息を引き取るといふ、間際に、自分が死んだら誰某《だれそれがし》の世話になれといふ。子供が会つた事もない、知りもしない人を指名する。理由《わけ》を聞くと、母が何とも答へない。強ひて聞くと実は誰某が御前の本当の御父《おとつさん》だと微かな声で云つた。——まあ話だが、さういふ母を持つた子がゐるとする。すると、其子が結婚に信仰を置なくなるのは無論だらう」

「そんな人は滅多《めつた》にないでせう」

「滅多には無いだらうが、居る事はゐる」

「然し先生のは、そんなのぢや無いでせう」

先生はハ、、、と笑つた。

（十一）

漱石は『坑夫』において、安さんをして三角関係にかかわる「過去」を語らせたように、ここでもまた広田先生をして「性」にまつわる関係の暗部を語らせている。このような広田先生の語りは、安さんのそれと同様、優に一編の小説を構成するだけのモティーフを内包しながら、それぞれの小説の現実のなかでは、ついに挿話にすぎないものなのである。

とはいえ、『坑夫』という小説が、安さんの語る三角関係を、いかようにも仮構しえなかったことに比するならば、『三四郎』は、広田先生の挿話に秘められたモティーフを三四郎と美禰子の間に仮構してみせた。つまり、この挿話のなかの不義を犯した母の像は、あたうかぎりの韜晦の末に、「我が罪は常に我が前にあり」と呟く美禰子の像に重ねられるのである。

これが、ダビデを魅惑した貞淑な妻バテシバの像に淵を発し、『それから』の三千代『門』のお米『行人』の直『彼岸過迄』の千代子に投影され、漱石のうみ出した幾人かの女性のイメージへと連なっていくことはうたがいない。女性にかぎらず、代助や宗助や一郎や『こゝろ』の先生や須永市蔵や津田や――それらの男性が、多かれ少かれ怖れていたものこそ、この「罪」のイメージであった。『三四郎』は、まさにあのダビデとバテシバの物語にあらわれたモティーフを背景にしながら、それをできるかぎり韜晦することによって『吾輩は猫である』にも『漾虚集』にも『坊っちやん』にも、また『草枕』にも『野分』にも『虞美人草』にも『坑夫』にも、そして陰翳深い『夢十夜』「心」などの小品にもみられない明るい外光に照らされたような輪郭のはっきりした仮構世界をつくり上げた。それだけでなく、明治四〇年代の青春を描いたこの小説は、暗く鬱屈した二〇年代の青春を描いた『春』に比べても、はるかに明瞭なかたちを呈示していたのである。

もちろん、関係から疎外された人間の内面を、関係の連関のもとに浮かび上がらせるという「小説」理念を前にするとき、『三四郎』の仮構世界が、あまりに見透しのよいものであることは否定できない。にもかかわらず、そこに引かれた明瞭な仮構線と背後に韜晦されたモティーフとは、『それから』『門』『彼岸過迄』『行人』『こゝろ』『道草』『明暗』という後期の小説世界をうみ出すための不可欠の素地であったということができる。

漱石は『吾輩は猫である』以来いくたびも彷徨してきた未了の淵から、ようやくにして脱け出ることができたかのようにみえる。一方に、ダビデとバテシバの物語に象徴されるエロティシズムのモティーフを携え、他方に輪郭明瞭な仮構世界を携えて――。

第二部　深化しゆく小説

序章　作品が秘めている癒す力

数ある漱石の小説作品を、前期と後期に分けるとするならば、『三四郎』以前と『それから』以後ということになるのではないか。もちろん『門』と修善寺の大患後の『彼岸過迄』との間に線を引くことができないわけではない。しかし『それから』『門』には、それ以前の作品とは異なって、大患以後の作品の予兆となるような何かがたたえられている。そう考えるならば、『それから』が後期の印影深い小説群の濫觴であることはまちがいない。

では、『それから』以後の小説作品が、それまでの小説作品と異なるのは、どういう点でなのか。文学というものの原イメージが、そこに映し出されているという点でである。何をもって原イメージとみなすのかと問われるならば、作品が秘めている癒す力ということを挙げたいと思う。文学とは、本来癒すものであるという信念を、私は漱石の作品から得た。日本の近代文学者のなかで、そういう作品を産み出した作家は、漱石の他に数人が数えられるだけである。

とはいえ、その癒す力が、漱石のどこから汲みあげられてくるものなのかということについて考えてみると、そうたやすく答えをみい出すことができない。さしあたっていえることは、社会の相対性についての苦い認識者であった漱石が、あることをきっかけに、そういう社会から最も遠いところにみずからをおもむかせ、深く病いの淵に降り立ったということである。ために、その作品からは、おのずから治癒力ともいうべきものが滲み出てくるということだけである。

以前、小宮豊隆の『夏目漱石』を通読したとき、晩年の漱石が胃病と神経症に交互に襲われながら、その間の小康をたよりに『行人』『こゝろ』『道草』『明暗』といった作品を書きついでいたことを知り、戦慄をおぼえた。生活者としての漱石は、少くとも晩年に関するかぎり無に等しかったのである。たまたま連載小説を担当する朝日新聞社員という漱石の位置が、彼の生活を崩壊へともたらすことがなかったというだけで、もしそれらの条件が与えられていなかったならば、漱石は惨憺たるところに追いつめられたのではないか、というのがそのときの卒直な感想であった。

だが、現在流布されている晩年の漱石像は、この点をなぜか等閑視している。当時も今も変わらない社会的な名声が、漱石の晩年を廃疾者とみなすことをゆるさないのだ。けれども、『それから』から『明暗』へいたる漱石の行路は、ひたすらみずからの〈病い〉を凝視するがゆえに、身体的な病気にとらわれていく過程であった。それは、もはや漱石の身体的な容量の問題であるよりも、規矩を越え出ようとする精神の衝迫の問題である。

私には、漱石が当時すでに与えられていた社会的な名声の背後で、この衝迫に駆りたてられ、幾度となく文字通り臥床するの余儀なきにいたる姿が見えるような気がする。いったい何が、漱石をそこまで駆り立てたのであろうか。『それから』以後の漱石の作品を読みながら、脳裏に去来したのはこの問いであった。

それをいま批評の言葉で述べるならば、観念の可能態が、人間にとって自然の匂いをとどめた最後の領域である〈性〉に、無限の恣意性を刻印してしまうという近代の宿命ともいうべきものである。漱石は、この宿命に鋭敏なあまり、恢復不可能なまでに〈性〉を関係づけることに失敗した人間であった。『行人』から『明暗』にいたるまで、漱石は〈人の心が了解できない〉というただ一つの事を語っているように思える。重要なのは、漱石にとって〈人の心が了解できない〉というとき、必ず一対一の関係における人の心であったということである。

いわば、漱石は一対一の関係というものが〈性〉的なものを介在させずにはいないということを透視するとともに、これが了解できないのは観念の可能態を負わされてしまった人間が、〈性〉を関係づけることに不可避的に失敗してしまうからであるということを洞察していた。

けれども漱石はこの失敗をやりすごすことも、そこにうずくまることもしなかった。たび重なる疾患に苦しめられながら、小康を得ては、おのれを鞭打つようにしてこの失敗の根源を究めようとした。そこに『こゝろ』が『道草』が『明暗』が産み出されたのである。私たちの精神が現実の関係のなかで混迷を深め、病いの淵に陥り、おのれを精神の廃疾者と自覚するほかないまでにいたるとき、漱石の作品は心の底まで滲みわたってくるのである。

作品批評のために「時間」という概念を導入してみようと思う。うまくいくかどうかは別にして、漱石の病いの淵に湛えられ、汲みあげられて、作品の言葉を流れるものにそういう名を与えてみたいと思った。

第一章　『それから』論

第一節　白昼の戒律と身体への固着

　この世の約束事についてじゅうぶん分別をわきまえ、情宜にも厚く、ときに現実の社会に醒めた分析をくわえるほどの見識を有する三〇歳の男が、こと〈結婚〉と〈職業〉に関しては、まるで二〇歳そこそこの青年の脳髄に宿るごとき理論を開陳し、それがため、どのような現実的選択をもなしえぬまま、日々、アンニュイの淵に身を沈めていく。

　この男は、そのような倦怠の日々が、財産家の父親の月々の出費によって支えられているということをよく了承しているものの、容易に無為の生活から脱しようとしない。そんな息子ののらくらぶりに業をにやした父親が、いくぶんかは政略的に適当な結婚の相手をみつくろって、もうお前も身を固めてみてはどうかと強く促すに至るや、正体の知れぬ不安に悩まされはじめる。それどころか、今は友人の妻となっているひとりの女への愛によってしか、自分は救われないとかたくなに思い込む。

男の女に対する愛の告白は、もちろん真剣なものにはちがいないが、何事にも本気になることなく、日々をなすがままに過ごしてきた以前の彼の、どこにそのような情熱が秘められていたのだろうと思わせるほどの変貌ぶりである。男は、なぜもっとはやく打明けてくれなかったのかと恨みながらも、男の愛を容れてくれた女とともに悲劇へ向かってひたすら歩みを進めていく。

やがて、父親の経済的援助が途絶え、友人からは絶交を申し渡され、女は重い病いに臥したまま夫のもとに残される仕儀に至る。そして、男ひとりが、〈結婚〉と〈職業〉についての選択をみずからに課すために、酷暑の炎熱の中へ飛び出していく。

明治四二年六月から十月まで「東京朝日」に連載された長篇小説『それから』は、およそ以上のようなプロットから成っている。小説の時間は、主人公代助の、破局に向かってわずかずつ歩みを進める時間として周到に構成されているため、多少の狂いは生ずるものの、おおむね澱みのない流れをなしている。漱石にとっては『三四郎』において手に入れた仮構線に身をあずけさえすれば、そのような澱みのない小説の時間をかたちづくることは、それほど困難なことではなかった。

だが、『それから』を流れる時間を綿密にたどっていくとき、代助の破局に向かう悲劇にのみ収斂していくのではないという事実に、気づかざるをえない。時間は、いたるところで遮断され、そのたびごとに断層を付与されている。そこにはある種の典型が露呈されているとさえ考えられるのである。時間の断層は、「高等遊民」をもってみずから任じている代助の、奇妙な夢と身体への固着を描出する次のような冒頭の一節に、すでに生じている。

誰か慌《あわ》たゞしく門前を馳《か》けて行《ゆ》く足音がした時、代助の頭の中には、大きな俎下駄《まないたげた》が空《くう》から、ぶら下つてゐた。けれども、その俎下駄《まないたげた》は、足音の遠退《とほの》くに従つて、すうと頭から抜け出して消えて仕舞《しま》つた。さうして眼が覚めた。

枕元を見ると、八重の椿が一輪《いちりん》畳の上に落ちてゐる。代助は昨夕《ゆうべ》床の中で慥《たし》かに此《この》花の落ちる音を聞いた。彼の耳には、それが護謨毬《ごむまり》を天井裏から投げ付けた程に響いた。夜が更けて四隣《あたり》が静かな所為《せゐ》かとも思つたが、念のため、右の手を心臓の上に載せて、肋《あばら》のはづれに正しく中《あた》る血の音を確めながら眠《ねむり》に就《つ》いた。（一）

およそ、このような主人公の内面のしこりのようなものを表出する時間が、それ自体において小説の言葉を紡ぎ出す端緒となっているということが、異様なのである。少くとも『吾輩は猫である』から『三四郎』に至るさまざまな小説的試行は、こういう内面のトリヴィアルな固着を排除することによって、小説の時間を実現してきた。たとえ、そこに時間の断層がみとめられたとしても、決して内面の奥行きを表出するものではなかった。

だが、『それから』における小説言語とその時間は、主人公代助の内面の心的固着を表出する時間によって、いたるところに断層を付与され、代助の悲劇の展開だけに帰することのできない時間のモデルを形成しているのである。

なぜ漱石は、冒頭から代助の心的固着を表出する時間を紡ぎ出したのだろうか。三〇歳にもなりながら〈職業〉と〈結婚〉について何ら現実的選択をなしえず、父親の経済的庇護のもとで生活している代助という人間の病根をかいま見せようとしたからである。代助自身が、おのれの病根にどこまで自覚的であるかは問題ではない。むしろ、代助はといえば、自分白身の無選択の境遇にはそれなりの根拠があると思い込んでいる。部下の不始末の責任を取って退職した旧友の平岡が、三年ぶりに上京し、代助の父親の会社への就職をそれとなく依頼しながら、代助の生活ぶりに批判を向けたとき、彼は次のように明晰に答えるのである。

「君は金に不自由しないから不可《いけ》ない。生活に困らないから、働く気にならないんだ。要するに坊ちやんだから、品の好《い》い様なこと許《ばつ》かり云つてゐて、——」

代助は少々平岡が小憎らしくなつたので、突然中途で相手を遮《さへぎ》つた。

「働くのも可《い》いが、働くなら、生活以上の働きでなくつちや名誉にならない。あらゆる神聖な労力は、みんな麵麭を離れてゐる」

平岡は不思議に不愉快な眼をして、代助の顔を窺《うかゞ》つた。さうして、

「何故《なぜ》」と聞いた。

「何故《なぜ》つて、生活の為めの労力は、労力の為めの労力でないもの」

「そんな論理学の命題見た様なものは分らないな。もう少し実際的の人間に通じる様な言葉で云つてくれ」

「つまり食ふ為めの職業は、誠実にや出来悪《にく》いと云ふ意味さ」　（六）

代助も平岡も、現在自分たちが置かれている状況の根から言葉を発しているので、この応酬は、これまでにないほどのリアリティを呈している。『それから』の小説的時間を形成しているのは、このようなリアルな場面を表現する言葉にほかならない。だが、この場面における代助と平岡の議論は、どこまで彼らの内面と存在の根拠を表現しえているだろうか。

代助が平岡に対して、「神聖な労力」を主張し、「食ふ為の職業は、誠実にや出来悪《にく》い」と明確に述べるとき、その論理の正当さは認めるものの、現実に対する無選択の態度への居直りを行っていると断じざるをえない。平岡の反駁は、それを敏感に感じ取ってなされているのであるが、反駁の根拠が「食ふ為めだから、猛烈に働く気になる」というのでは、平岡もまた、働かざるをえないというおのれの負わされた状況を、切開しているとはいいがたい。

しかし、小説の時間は、〈職業〉をめぐって相反する立場に置かれた者の必然的な応酬を描き出す言葉によってかたちづくられている。もし、このうえ代助が働かないことと、平岡が働かざるをえないこととの根を明るみに出すならば、時間は塞き止められ、断層が生ずることは明らかである。少なくとも、この場面においては、代助も平岡も、自分たちが身をあずけている時間から身を引き剝がして、この断層を露呈させようとはしない。

だが、こういう場面のリアリティを、小説の時間のなかに導入した漱石は、代助の働かないことと、平岡の働かざるをえないことの二つの立場を共に律するものをよく見据えている。つまり、漱石には、なぜ代助が〈職業〉についての現実的選択を行わず、麵麭を離れた「神聖な労力」を述べ立てるのか、そして、平岡が食うための〈職業〉を求めて身をすり減らさざるをえないのかがよく見えている。

漱石は、そこから眼を離すことができないがゆえに、代助のような、また平岡のような人間を小説の現実に歩ませ、時間をかたちづくったのである。しかも、この時間は、平岡や代助によってではなく、漱石の根源へ向けられた眼によって断層を付与されるのだ。冒頭の一節における、代助の心的な固着を描出する表現は、そのような作者漱石の眼が捉えた時間の断層をあらわすものなのである。と同時に、働かざる論理を述べたてる代助の、みずからには自覚されず、ただ作者によってのみ診断された病根をあらわすものといえる。

それならば、『それから』において漱石が眼を向けつづけた根源とは何だろうか。「社会」のなかに存在する人間にとって〈職業〉とは何か、という問いによって掬いあげられるものにほかならない。「働くこと」が「社会」における人間を律する動かしがたい規範であるという事実を前に、漱石は躓いているのである。〈働かざるもの食うべからず〉という白昼の戒律が、「社会」の根底をかたちづくり、〈職業〉を律するとき、多かれ少かれ「社会」に顔を出す人間は、この戒律に従うことを余儀なくされるという事実に、どこまで馴れることができるのかという問いを発しているのだ。

人間存在が、このような戒律を受容するものではないことは、「社会」の幅が、人間を呑み尽くすものではないということが真実であると同様に、真実である。それだけでなく、人間はその闇の領域において、「社会」を無化することも可能である。彼がたとえ〈職業〉について、無選択の態度を採り続けようと、人間の名に恥じるものではないのだ。

だが、「社会」とは、個々の人間に規範としての戒律を課すことによって、白昼の領域だけでなく、闇の領域にまで浸入してくるものなのだ。彼がたとえ、白昼の戒律を拒否することを許容された幸運な境遇にあったとしても、それが規範としてすべての人間を律しているかぎり、彼一人が心の平安を得るわけにはいかない。麺麭を離れた「神聖な労力」を願う代助も、食うための〈職業〉をもとめて奔走する平岡も、あの白昼の戒律から外れた自己の存在を持て余し、心的な不安を飼いならしていることはうたがいない。

漱石は〈働かざるもの食うべからず〉という戒律が「社会」をかたちづくる普遍的な規範であることを看破していただけでなく、それが、明治四〇年代の状況の根底を支配するものであることにもいちはやく気づいていた。漱石は、代助をして次のように語らせるのである。

> 何故《なぜ》働かないつて、そりや僕が悪いんぢやない。つまり世の中が悪いのだ。もつと、大袈裟に云ふと、日本対西洋の関係が駄目だから働かないのだ。第一、日本程借金を拵《こしら》へて、貧乏震ひをしてゐる国はありやしない。此《この》借金が君、何時《いつ》になつたら返せると思ふか。そりや外債位は返せるだらう。けれども、それ許《ばか》りが借金ぢやありやしない。日本は西洋から借金でもしなければ、到底立ち行かない国だ。それでゐて、一等国を以て任じてゐる。さうして、無理にも一等国の仲間入りをしやうとする。だから、あらゆる方面に向つて、奥行を削つて、一等国丈《だけ》の間口を張つちまつた。なまじい張れるから、なほ悲惨なものだ。牛と競争をする蛙と同じ事で、もう君、腹が裂けるよ。其《その》影響はみんな我々個人の上に反射してゐるから見給へ。斯《か》う西洋の圧迫を受けてゐる国民は、頭に余裕がないから、碌《ろく》な仕事は出来ない。悉《こと〴〵》く切り詰めた教

育で、さうして目の廻る程こき使はれるから、揃つて神経衰弱になつちまふ。話をして見給へ大抵は馬鹿だから。自分の事と、自分の今日《こんにち》の、只今《たゞいま》の事より外に、何も考へてやしない。考へられない程疲労してゐるんだから仕方がない。精神の困憊《こんぱい》と、身体の衰弱とは不幸にして伴《ともな》つてゐる。のみならず、道徳の敗退も一所《いつしよ》に来てゐる。日本国中何所《どこ》を見渡したつて、輝いてる断面は一寸四方も無いぢやないか。悉《ことごと》く暗黒だ。（六）

代助のいささか激した口調の裏には、いいがたい痛切さが秘められている。この痛切な響きは、働かざる論理を奉ずる代助の、居直りともとられかねない慷慨にのみ帰することはできない。それは、現実の根源を律する白昼の戒律へ向けられた漱石の痛恨の思いから発せられたものなのだ。わが国の近代が、何よりもその白昼の戒律を動かしがたい規範とすることによって、一人の人間の闇の領域までを侵犯してきたその過程を洞察し、そこに痛恨の思いを込めているのである。

けれども、このような思いを、他人の眼にはどう見ても父親の庇護のもとに遊民をきめこんでいるとしか映らないような男の口を通して語らせるほかなかったというところに、漱石の、ひいては『それから』という小説の深刻なディレンマがあった。それゆえ、漱石は、痛切さを内に秘めながら、世の中を慷慨する代助という人間を、小説の時間のなかでは、あとうかぎりノンシャランな男として設定した。一方で、この代助の、現実への無選択をみずからに課すことによって、倦怠の淵に沈むほかない不安な内面を表出する時間を露出させせたのである。

第二節　小説的時間の断層

もし『それから』が、『吾輩は猫である』から『三四郎』に至る多様な小説群に一線を画し、その後の重要な小説群の濫觴となるものであるとするならば、その小説言語が達成した時間の断層、ひいては時間の多重性に最大の理由がみとめられる。

会社を辞職して上京した平岡と三年ぶりに再会した代助が、互いの境遇の相違から議論を行う場面に至るまでにも、代助は、誠実と熱心をもって国家社会への奉恩を説く父親の説教の前に座らせられたり、代助みずから「天保調と明治の現代調を、容赦なく継ぎ合せた様な一種の人物である」と評する嫂と屈託のない話に興じたり、また、上京の折からどこか色つやのよくない蒼白い頬をして、淋しそうに応対する平岡の妻三千代の訪問を受け、旧知の間から金の無心を申し出されるや、始終忙しそうに立ち回りながら、得意にも、失意にも見えない様子でそういう生活に慣れ抜いているような人物である兄に、三千代の無心を肩代わりするための捻出を願い入れてはすげなく断わられ、それとなく平岡夫妻の逼迫を思いやるものの、本気になって金を工面することには至らず、無聊の日を過ごしている。

このような代助の時間と、彼を取り巻く家族や平岡夫妻の時間とが、小説の現実をゆるぎなく流れ、時に、父親の過去やら、その過去の因縁から持ち上った代助の結婚話やら、上京して間もない状態で万事に落ち着くところがなく、いらついた内心をもって代助に応対する平岡の状況やら、産をなして子に死なれ、あまつさえ不治の病いを飼うに至った三千代の悲運やらを語る語りによって厚みをくわえられ、そこに小説における仮構の時間がかたちづくられていくのである。こういう小説の時間が、『三四郎』までの小説にはみられない流れをつくって、この作品に長編小説のリアリティを付与していることはうたがいない。

だが、それだけならば『それから』は、すぐれた風俗小説の規定を免れないのであって、とてもそれ以後の陰影深い小説群の濫觴となるものとはいえない。やはり、この小説は、時間のゆるぎない流れのなかに、ふいに現出する断層によってこそ、その独自性を刻するのである。断層は、いうまでもなく、代助の内面の無意識の固着からもたらされる。

代助の頭には今具体的な何物をも留《とゞめ》てゐなかつた。恰《あたか》も戸外の天気の様に、それが静かに凝《じつ》と働いてゐた。が、其《その》底には微塵《みぢん》の如き本体の分らぬものが無数に押し合つてゐた。乾酪《ちいず》の中で、いくら虫が動いても、乾酪《ちいず》が元の位置にある間は、気が付かないと同じ事で、代助も此微《このび》震《しん》には殆ど自覚を有してゐなかつた。たゞ、それが生理的に反射して来る度に、椅子の上で、少《すこ》し宛《づゝ》身体の位置を変へなければならなかつた。　（六）

午過《ひるすぎ》になつてから、代助は自分が落ち付いてゐたいと云ふ事を、漸く自覚し出した。腹のなかに小さな皺《しわ》が無数に出来て、其皺《そのしわ》が絶えず、相互の位地と、形状《かたち》とを変へて、一面に揺《うご》いてゐる様な気持がする。代助は時々斯《か》う云ふ情調の支配を受ける事がある。さうして、此《この》種の経験を、今日迄《こんにちまで》、単なる生理上の現象としてのみ取り扱つて居《を》つた。　（同）

この種の無意識の心的固着が、病理学的にどのように診断されるものか知らない。いずれにせよ、一過的な症状であることはまちがいないので、誰でもが、思い当たるふしがあるという程度の心的状態にすぎない。しかし、これを表出する言語は、明らかにそこに、ある意味を付与するものである。「微塵《みぢん》の如き本体の分らぬもの」「乾酪《ちいず》の中で、いくら虫が動いても、乾酪《ちいず》が元の位置にある間は、気が付かないと同じ事で」「腹のなかに小さな皺《しわ》が無数に出来て、其皺《そのしわ》が絶えず、相互の位地と、形状《かたち》とを変へて、一面に揺《うご》いてゐる様な」という喩による表現は、代助の心的状態が現実の根源を指そうとして、そこに、微細な違和の襞を無数に形成してしまうものであることを、よく象徴している。

違和がどこからやってくるのかについて、たぶん代助は、それほど自覚的ではない。ただ、正体の知れないものに絶えず自己の存在をさらしているという思いが、根強く代助の心を占めている。その微妙な心的状態を表出するため、漱石は、これらの喩を小説言語の中に導き入れたのである。こういう表現は、さらに代助の心的固着だけでなく、身体への固着をもとらえ、それを克明に描き出すに至る。

湯のなかに、静《しづか》に浸《つか》つてゐた代助は、何の気なしに右の手を左の胸の上へ持つて行つたが、どんどんと云ふ命の音を二三度聞くや否や、忽ちウエバーを思ひ出して、すぐ流しへ下りた。さうして、其所《そこ》に胡坐《あぐら》をかいた儘《まゝ》、茫然と、自分の足を見詰《みつめ》てゐた。すると其《その》足が変になり始めた。どうも自分の胴から生えてゐるんでなくて、自分とは全く無関係のものが、其所《そこ》に無作法に横《よこた》はつてゐる様に思はれて来た。さうなると、今迄《まで》は気が付かなかつたが、実に見るに堪えない程醜《みに》くいものである。毛が不揃《むら》に延びて、青い筋が所々に蔓《はびこ》つて、如何にも不思議な動物である。（七）

こういう身体への固着もまた、一過的なものにすぎないとみなしてよいのだが、このような無意味とも思われかねない場面に、代助の病根が、かいまみえるということだけは、否定できない。代助は、どんなに働かざる論理を奉じ、何事にも本気にならないことを旨として、日々の生活を送ろうとも、心的には「社会」によってまるごと侵されているのである。あの白昼の戒律を規範として成り立つ「社会」は、〈働くこと〉だけでなく、存在にかかわるすべてを規範化し、共同的な観念と意味によって縛り上げることを、その本質とするものなのである。

身体こそが、「社会」の戒律と規範を引き寄せる領域である。したがって代助のように、おのれの身体が異物のように受感されるという心性に固着する者はめったにいない。みずからの存在が、「社会」の戒律と規範を受容し、食うために働くことをくり返すことによって、身体の像は、ほとんど意識されない領域において、有意味化されているからである。だが、いったん白昼の戒律に従わず、規範を受容することに障害をおぼえ、「社会」がもたらす観念と意味に馴致しえないならば、おのれの身体が身につけている意味から、疎隔されるほかはない。身体は、どのような意味からも見放され、異物のようにそこに存在するのである。

漱石は、このような異物として現れる身体に対する代助の固執を描き出すことで、代助の病気が、いかに根深いものであるかを暗示しているのである。それだけでなく、代助の固着は、いくぶんか漱石の共有するものでもあった。だが、代助には、何故自分が心的不安の襞を重ね、身体への固着を示すのかの理由を、確かにはとらえることができない。「社会」の本質を、相対的なる現実を統御する戒律と規範のうちに透視し、これが、個の心の最も奥深い部分を侵蝕するものであることを洞察しているのは、漱石にほかならないからである。小説における時間の断層は、そのような漱石の手によって付与されたものであって、代助は不意に襲ってくる不安な心性にとまどい、一瞬、放心の態をなすだけである。

けれども、漱石は、代助をしていたずらに心的不安に固着させ、時間の断層へ陥らせるのではない。一方において、代助を小説の時間の中に歩ませることを忘れてはいない。代助は、しだいに自己の固執に駆られるかのように動きはじめるのである。三千代からの借金の申し出を、兄に肩代わりしてもらおうとして断られた代助は、いつもならば、それ以上の策に出るようなことは決してなく、そのままに打棄《うっちゃ》っておくところなのだが、今回ばかりは見過ごしてはいられぬ思いになってゆく。代助には、そのような心の動きがどこからやってくるものなのか、了解できない。平岡の窮状を見るに忍びないというだけならば、代助は〈職業〉をめぐって平岡と議論を交わす以前に、それなりの策を友人のために与えていたはずである。

代助を動かしているのは、みずからの病根への固着なのだが、このときの彼は、おのれの病気を飼いならし、それとともに蹲《うずくま》る者ではない。彼は、明らかに病気から癒えることを欲しているのである。代助の心の奥深い病巣には、「美《うつ》くしい線を奇麗に重ねた鮮かな二重瞼」の「黒い、湿《うる》んだ様に暈《ぼか》された眼」を持った三千代の「瞳を据ゑて凝《じつ》と物を見る」ときの表情が、無意識のうちに映じている。代助の病気は、はるか遠くから三千代の幻影を呼び、これに向かってわずかながらも身を起こそうとしているのである。

代助は、ともかくもまず嫂に借金の相談をしてみようと決心し、生暖《なまあたゝ》かい風の吹く日、兄の宅へと向かうのである。だが、嫂は予期に反して、代助の無心を次のような論理のもとにはねつけてしまう。


「それ御覧なさい。あなたは一家族中悉《ことごと》く馬鹿にして入らつしやる」

「どうも恐れ入りました」

「そんな言訳はどうでも好《い》いんですよ。貴方《あなた》から見れば、みんな馬鹿にされる資格があるんだから」

「もう、廃《よ》さうぢやありませんか。今日は中々きびしいですね」

「本当なのよ。夫《それ》で差支ないんですよ。喧嘩も何も起らないんだから。けれどもね、そんなに偉い貴方《あなた》が、何故《なぜ》私なんぞから、御金《おかね》を借りる必要があるの。可笑《をか》しいぢやありませんか。いえ、揚足《あげあし》を取ると思ふと、腹が立つでせう。左様《そん》なんぢやありません。それ程偉い貴方《あなた》でも、御金《おかね》がないと、私見た様なものに頭を下げなけりやならなくなる」

「だから先《さつ》きから頭を下げてゐるんです」

「まだ本気で聞いてゐらつしやらないのね」

「是《これ》が私《わたし》の本気な所なんです」

「ぢや、それも貴方《あなた》の偉い所かも知れない。然《しか》し誰も御金《おかね》を貸し手がなくつて、今の御友達を救つて上げる事が出来なかつたら、何《ど》うなさる。いくら偉くつても駄目ぢやありませんか。無能力な事は車屋と同《おん》なしですもの」（七）

代助は、おのれの陥っている時間の断層から這い出し、どうにかして癒えようと、嫂のもとにやって来たのであるが、嫂は、代助の内部に分け入ってくれはしない。しかし、代助を批判する嫂は、たんに「社会」や「生活」の規範を楯にして、代助の態度を難じようとしているのではない。「然《しか》し誰も御金《おかね》を貸し手がなくつて、今の御友達を救つて上げる事が出来なかつたら、何《ど》うなさる。いくら偉くつても駄目ぢやありませんか」という嫂の忠告は、代助の心を深く突き刺したはずである。代助が今陥っている病いの淵から這い出すために、三千代の存在が必要であるとするならば、代助の心の奥底に映じる三千代の幻影は、ぜひとも現実のものとならなければならない。そのためには、平岡を、というよりも、三千代の窮状を何とかして救わなければならない。にもかかわらず、現実的な処方について、彼は無能力にひとしいからだ。

代助には、みずからの手でもって、おのれの病いが引き寄せた三千代の幻影を現実化し、これを所有することが不可能であることを、嫂の批判は鋭くついているのである。嫂は、代助の無心を断ったただけでなく、父親の因縁による結婚をすすめ、一日も早く身を固めることを説くのである。だが、代助には、この点についてだけは嫂の批判を容れることができない。代助の心を占めているのは、いかにして三千代という女性の幻影を現実のものとし、これをみずから所有しうるかという問題にほかならないからである。

とはいえ、代助には、この問題を解くことができない。現実の三千代の存在に出会うためには、いくつかの障害をのりこえなければならないからだ。障害のひとつが、嫂の忠告に暗示されていた現実に対する代助の無能力、つまりは働かざる論理の帰結としての代助の無能力にあることはうたがいない。しかし、それだけではない。代助の心のなかには、もうひとつの強い禁圧がはたらいている。それは、三千代が今は平岡の妻であるという動かしがたい事実からやってくるものにほかならない。

代助は〈働くこと〉を基軸とした「社会」の関係を前に困惑しているだけでなく、そのような「社会」の関係が、人間の「性」的関係をも規範とし、制度とする巨大な壁を前に、途方にくれているのである。代助の病いは、この壁を強く自覚するにしたがい、よりはっきりと心の領域を占めるにいたる。三千代の影を現実化することによって、病いから癒えようとする心は、もうひとつの障害に出会い、さらに病いを高じさせるほかない。

宅を辞し、辛うじて最終の電車をつかまえて乗った代助は、自分が破滅へ向かって歩みつつあることを予感するのである。

其夜《その》は雨催《あめもよひ》の空が、地面と同じ様な色に見えた。停留所の赤い柱の傍《そば》に、たつた一人立つて電車を待ち合はしてゐると、遠い向ふから小さい火の玉があらはれて、それが一直線に暗い中を上下《うへした》に揺れつつ代助の方に近《ちか》づいて来るのが非常に淋しく感ぜられた。乗り込んで見ると、誰も居なかつた。黒い着物を着た車掌と運転手の間に挾まれて、一種の音に埋《うづ》まつて動いて行くと、動いてゐる車の外は真暗《まつくら》である。代助は一人明るい中に腰を掛けて、どこ迄《まで》も電車に乗つて、終《つひ》に下りる機会が来ない迄《まで》引つ張り廻される様な気がした。（八）

代助を乗せた最終電車は、彼を破局へと運ぶ暗い宿命の予兆である。そして漱石は、代助の悲劇を暗示するこのような表現において、時間の断層が、断層のままに小説の時間へと結節する微妙な領域をとらえたのだ。これ以後小説の時間は、断層から汲みあげられるものへと徐々に変貌する。代助の病いが、破局へ向かって彼を駆り立てるにしたがい、小説の時間もまた、いくつもの断層から汲みあげられて流れるのである。

第三節　無償性を内にはらむ「自然」

「社会」というものが、現実的な関係を相対的なるものとしながら、一方において、強力な戒律でもって個体の内面を律するものであることを、漱石ははやくからとらえていた。この戒律が、さまざまな形をとって個の内面を侵犯することについても洞察していた。代助が衝き当っていたのは〈働かざるもの食うべからず〉という、最も根底的で、かつ動かしがたい戒律であった。この戒律は、決して強圧的に彼の存在をとらえるものではなかったが、彼の心の奥深いところに癒しがたい病根を植えつけるものであった。

代助は、自分にもとらえることのできない病いから癒えるためには、ぜひともひとりの女性の存在が必要であるということをしだいに強く自覚するにいたる。だが、彼はこのような過程が、彼白身を、もうひとつの戒律の前にさらさずにはいないということに怖れを抱くのである。もうひとつの戒律とは、いうまでもなく〈姦通すべからず〉というものにほかならない。代助はこの戒律を前にして、どこに自己の向かうべき道を定めるのだろうか。

漱石は、このような代助をして、さまざまな戒律をもってあらわれる「社会」に内攻させるということはおこなわなかった。『それから』の漱石がおこなったのは、対なる関係が最も無償なるものとしてあらわれる領域を、「社会」の戒律の前に無防備のままさらすことであった。代助は、みずからの病いから救われるためには、たとえ平岡との友情を踏みにじり、嫂や兄や父の顔に泥を塗ることになり、ひいては世間に顔向けのできない仕儀に至るとしても、もはや三千代との愛を成就するいがいないという観念に憑かれはじめる。

代助の心のなかでは、三千代との愛は、「社会」の戒律に背くものとしてのみ受け取られているのではない。それが、無償の愛であるかぎり、「社会」に対しては無垢なるものとしてあらわれることを、代助はどこかで信じている。つまり、代助にとって三千代との愛は、「社会」のいかなる戒律によっても律することのできない無垢なるものの証しであった。漱石は、この対なる関係における無償の領域を「自然」という言葉であらわすのである。代助は、平岡との間に疎隔感を意識するにしたがい、それが、この「自然」の結果としてもたらされたものであることを強く意識する。

けれども、同時に、両人《ふたり》の間に横たはる一種の特別な事情の為、此《この》隔離が世間並よりも早く到着したと云ふ事を自覚せずにはゐられなかつた。それは三千代の結婚であつた。三千代を平岡に周旋した者は元来が自分であつた。それを当時に悔《くゆ》る様な薄弱な頭脳ではなかつた。今日《こんにち》に至つて振り返つて見ても、自分の所作は、過去を照らす鮮かな名誉であつた。けれども三年経過するうちに自然は自然に特有な結果を、彼等二人《ににん》の前に突き付けた。彼等は自己の満足と光輝を棄てゝ、其《その》前に頭を下げなければならなかつた。さうして平岡は、ちらり〳〵と何故《なぜ》三千代を貰つたかと思ふ様になつた。代助は何処《どこ》かしらで、何故《なぜ》三千代を周旋したかと云ふ声を聞いた。（八）

『それから』において、「自然」という言葉があらわれる最初の一節である。ここで、漱石はみずからが抽き出してきた「自然」なるものが、代助の心の奥底の最も微細な部分を、どのように震わせることになるかを伏せているかのようである。けれども、このような叙述の背後で、漱石は、「自然」が「社会」の戒律によって侵された代助の病根を媒介せずには、決して顔をのぞかせないということに自覚的である。

代助の心のなかに、「自然」が影を落とすにしたがい、「社会」がしだいに遠のいていく。結婚をめぐって父親と衝突した代助は、激した父親の叱正の言葉を何か遠いもののように聞き、茫然として父の顔を見るばかりである。父のもとを退出した後、二、三日の間、彼は自分の心に影を落とす「自然」に、しきりにこたえようとするのであるが、彼にはそれが、どんなに奇妙な場所へと彼の心を連れていくものであるか、いまだ自覚されていない。代助は、ただある予感にとらわれながら、心をできるかぎり「社会」の関係から遠ざけようとする。

蟻の座敷へ上がる時候になつた。代助は大きな鉢へ水を張つて其中《その》に真白な鈴蘭を茎ごと漬けた。簇《むら》がる細かい花が、濃い模様の縁《ふち》を隠した。鉢を動かすと、花が零《こぼ》れる。代助はそれを大きな字引の上に載せた。さうして、其傍《そのそば》に枕を置いて仰向けに倒れた。黒い頭が丁度鉢の陰になつて、花から出る香《にほひ》が、好《い》い具合に鼻に通《かよ》つた。代助は其香《そのにほひ》を嗅ぎながら仮寝《うたゝね》をした。

（十）

小説の時間は、もはや代助の心的固着によって断層を付与されるのではない。代助の心が、「社会」の戒律に馴れることのできない不安を、「自然」への溶化によって解き放とうとする傾向を示しはじめるや、これがもうひとつの時間を形成して、底を流れはじめる。時間は、断層を孕んだそれであると同時に、断層から湧出しはじめるもうひとつの時間として流れているのだ。そのような時間の微妙な流れのなかへ身をあずけることによって、代助は、おのれの病んだ部分に映じる三千代の影を引き寄せ、みずからのものとして所有しようとするのである。

現実の時間のなかでは、なにものへも帰属していないがゆえに、三千代の窮状を救うことのできない代助であるが、このようなかぎりなく「自然」へと溶化する時間のなかではじめて、妙《たえ》なる幻影が現実と化す場面へと導かれていくのである。

こうして代助が、鈴蘭の花の香を嗅ぎながらうたたねをしている間に、代助の夢は三千代の影をまねき寄せる。三千代は、自分のために奔走してくれた代助に礼を述べようとして代助のもとを訪れるのであるが、代助があまりによく寝入っているため、ちょっと買物を済ましてから、もう一度訪ねることを書生に言い残して出てゆく。が、代助は夢のなかで、誰かが自分の枕元に立ったことを察知している。代助には、「自然」への夢が、三千代の幻影を、自分のもとへと招くにちがいないことが予感されているからである。代助のかすかな予感を内に秘めた心象は、次のような陰翳深い表現によって告げられる。

斯《こ》んな風に代助は空虚なるわが心の一角を抱いて今日に至つた。いま先方《さきがた》門野を呼んで括《く》り枕を取り寄せて、午寝《ひるね》を貪《むさぼ》つた時は、あまりに潑溂たる宇宙の刺激に堪へなくなつた頭を、出来るならば、蒼い色の付いた、深い水の中に沈めたい位に思つた。それ程彼は命を鋭く感じ過ぎた。従つて熱い頭を枕へ着けた時は、平岡も三千代も、彼に取つて殆《ほと》んど存在してゐなかつた。彼は幸ひにして涼しい心持に寝た。けれども其《その》穏かな眠りのうちに、誰かすうと来て、又すうと出て行つた様な心持がした。眼を醒まして起き上がつても其《その》感じがまだ残つてゐて、頭から拭《ぬぐ》ひ去る事が出来なかつた。　（十）

鈴蘭の香りに包まれて午睡の夢に浸る代助は、それ自体を取り沙汰するならば、たんなる美的生活者にすぎない。「社会」の戒律に馴れることのできない心が、「自然」を美として受容することで癒されるとすれば、この心はどこかで「社会」への同調を果たしている。だが、代助の心は、美を享受し、そこに没入するにはあまりに深く病んでいた。「社会」の関係とその刺激を鋭敏に感受する心は、ひととき美なる「自然」へと身を浸すことがあっても、おのれを病いの淵から救い上げるであろう幻影をひき寄せずにはいない。

代助は、深い眠りと夢のような「自然」のなかから、彼をもうひとつの「自然」――対なるものの無償性を内にはらむ「自然」へと向かわせるものに出会う。「其《その》穏かな眠りのうちに、誰かすうと来て、又すうと出て行つた様な心持がした。」という代助のかすかな予感は、現実の三千代の訪問を言い当てているだけでなく、彼の心が内に秘めてきた幻影の、今現実の存在としてあらわれ出ようとする機微をとらえているのである。

そのような代助の思いのままに、三千代はといえば、平岡に嫁ぐ以前、代助との間にほのかな思いを意識し合った頃のように、髪を銀杏返しに結い、白い百合の花を持って代助の前に立ち現われる。もちろん、三千代は、自分の申し出た無心のため代助が奔走してくれたことに感謝の意を述べようと訪ねてきたのであるが、代助には、この時の三千代こそ、長い間、心の奥底に培ってきた幻影の、ついに実在と化した姿であることをうたがうことができない。そうではなく、三千代こそが、もはや行き場のない境遇から自己を救い出すべく、代助のもとへと現れたのだというならば、そういう三千代さえも、代助の病いがひき寄せ、感応することによって現実化した存在であるといっておきたい。

代助に案内され、書斎の椅子に腰を掛けるや、渇きをいやそうと一杯の水を所望した三千代は、代助がそれを勝手の方へ汲みに行っている間に、鈴蘭の活けてあった鉢の水を呑み干してしまう。この何でもない挿話のなかに、漱石は、三千代の実在が、いわば、ついさきの鈴蘭の香に包まれた代助の夢を吸い上げることによって、あらわれ出たものであることを暗示しているのである。

代助は、三千代の持ってきた百合の花を鈴蘭の鉢に活け、その強い香りのなかで三千代と対座する。三千代は、しきりに代助の百合の花を好んだ過去の時へと彼を引き戻そうとするのであるが、代助にとっては、おのれのはぐくんできた幻影が、いま実在と化して眼の前にあることの方が、一層、感動的なことがらであった。二人は、それぞれ心の奥に言いがたい思いを秘めて向かい合うのである。

そのうち雨は益《ます》〻深くなつた。家を包んで遠い音が聴えた。門野が出て来て、少し寒い様ですな、硝子戸《がらすど》を閉めませうかと聞いた。硝子戸《がらすど》を引く間、二人は顔を揃へて庭の方を見てゐた。青い木の葉が悉《こと》〻く濡れて、静かな湿《しめ》り気が、硝子越《がらすごし》に代助の頭に吹き込んで来た。世の中の浮いてゐるものは残らず大地の上に落ち付いた様に見えた。代助は久し振りで吾に返つた心持がした。（十）

小説の現実を流れる時間は今、この世界のすべての存在をその圏外に追いやり、雨に濡れる庭の木の葉を静かに眺める代助と三千代の心のうちをのみ環流しているかのようである。アンニュイに蝕まれた代助の心と、淋しい笑みを湛えた三千代のよるべない心とは、そのような時間の流れに洗われることで、まさに対なるものとして蘇生しつつあるといってよい。

代助は、できうるならば、この流れのなかにいつまでも身を浸し、三千代とともに、この世界で最も無償なる領域へとおもむきたかったにちがいない。しかし、代助の幻影のなかからあらわれた三千代の実在は、やがて平岡の妻としての現実に帰るほかはない。代助もまた、自己の存在が何ひとつ「社会」のなかに場所を占めることのない現実へと引き戻されるほかはない。庭を濡らす雨は、平岡のもとへ帰っていく三千代にとって、着物を濡らし、草履を濡らす現実の障害いがいではない。そのことに気がついた代助は、急いで車を雇い、何ひとつ心のうちを明かすことなく、三千代を平岡のもとへと帰すのである。

この三千代の訪問をきっかけとして、代助の心の中で三千代の存在が実在と化すことはうたがいない。たとえ、そのことを代助はそれほど明瞭に意識に上らせることがないとしても、小説の時間は、もはや実在と化した三千代へと向かう代助の心の傾斜を抜きにしては流れないからである。

漱石は、もう一度、代助をして自分の心に根を張るアンニュイへと眼を向けさせ、茫然とただ一人荒野の中に立つかのような思いにとらわれる代助を描き出す。ついには、彼の心の内でいくども反芻されたにちがいない一つのことがらへと代助を向かわせるのである。いうまでもなく、現在の自分にとって、三千代の存在が必要であるというそのことにほかならない。代助は思わず「矢つ張り、三千代さんに逢はなくちや不可《いか》ん」と眩くのである。

だが、代助には、現実の三千代が平岡の妻であるかぎり、逢ったところでどうすることもできない。平岡のもとを訪ね、三千代とも言葉を交わすのであるが、平岡とともに居る三千代は、代助が幻影のなかから織り上げ、実在となしたあの三千代ではない。たとえ、三千代のなかに、もう一度、銀杏返しに結い、百合の花を持って代助を訪れた時の自分に戻ろうという欲求が強くあったとしても、平岡のもとに居るかぎり、平岡と代助の話を聞きながら、ひっそり次の間で仕事をするいがいないのである。

代助は、みずから実在となした三千代の心を所有するためには、何ものかを超え出なければならない。もちろん、代助の心にそれが何であるか熟知されている。ただ、代助は、その何ものかを蹂躙し、超え出ることが、どんなに怖れをもたらすものであるかということを前に茫然とするほかはない。日ならずして、兄と嫂の肝煎りのもと、歌舞伎座での観劇を口実に、父親の因縁の佐川の娘を紹介された代助は、いつものように屈託なげに振舞うものの、やがて一人になって家へ戻る車の中で、どっと押し寄せてくる疲労に困憊してしまうのである。

第四節　愛の刑と愛の賚《たまもの》

代助は、みずからが実在となした三千代の引力を怖れ、彼を結婚へと向かわせようとする嫂の肉薄を怖れる。代助の心には、ここに至ってあらゆる選択を回避したいという思いが頭をもたげはじめる。三千代からも平岡からも、父や兄や嫂からも逃れるため、東京を遠く離れ、旅することを思い立つのである。

が、小説の時間は、もはや一刻の猶予もゆるされないかのように、代助の旅行の計画を無《な》みし、かれをひたすら悲劇へと駆り立てずにいない。発《た》つ前にもういっぺん三千代の様子を見て、それから、と思いながら、平岡のもとを訪ね、三千代の顔を見た代助は、もはや、自分が三千代の実在を回避することができないことを心に銘ずるほかなくなる。

翌日になってみれば、代助の出発する前にと、兄が待ち構えてかれを家へ連れ寄せ、佐川の娘を招待しての会食の席につかせる。代助には、もはやのがれるすべはない。彼を悲劇へと駆り立てずにはいない小説の時間は、代助の揺れ動く心をかいまみせながら、そのような心の動きを源泉として、流れるのである。


彼は寝ながら、何時迄《いつまで》も考へた。けれども、彼の頭は何時迄《いつまで》も何処《どこ》へも到着する事が出来なかつた。彼は自分の寿命を極《き》める権利を持たぬ如く、自分の未来を極《き》め得なかつた。同時に、自分の寿命に、大抵の見当を付け得る如く、自分の未来にも多少の影を認めた。さうして、徒《いたづ》らに其《その》影を捕捉しやうと企てた。

其《その》時代助の脳の活動は、夕闇を驚かす蝙蝠《かはほり》の様な幻像をちらり／＼と産み出すに過ぎなかつた。其羽搏《そのはばたき》の光を追ひ掛けて寝てゐるうちに、頭が床《ゆか》から浮き上がつて、ふは／＼する様に思はれて来た。さうして、何時《いつ》の間にか軽い眠《ねむり》に陥つた。（十三）

代助の揺れ動く心を叙したこのような一節が、小説言語のなかに、喩を導き入れることで達成されたものであることはうたがいない。このような喩は、代助が陥った時間の断層を暗示するために、何度か用いられていた。ここに至って、小説言語の構成のうちに生かされ、時間をかたちづくる機縁としてはたらいているのである。漱石は、代助を悲劇へと駆り立てるべく、このような喩を重ね、そこにゆるぎない時間を形成していく。その表現の機微にこそ、代助の破局は準備されている。

この時間の流れに身を置いた代助が、選択を回避することは決してゆるされない。平岡を訪ね、三千代を大事にするようにと忠告めいたことを述べ、一方、嫂を前にしては、自分には好いた女があるので今度の結婚は断ることにすると申し述べるのであるが、実のところ、彼の内にはただ一つのことが憑いて離れないのである。このときの代助は、これをたぐっていくならば、あの戒律を擁した「社会」に出会うことに気づいている。だが、それを知っていることと、それを苦痛をもって容認することの間には、深淵が口を開いている。

代助は、それを飛び越えねばならない。そのためには、三千代に愛を告白し、最終的な選択を下さなければならないのである。代助に三千代への愛の告白を決意させるのは、もはや彼の意志ではない。彼を駆り立ててやまないもの——今、世界の変容のように彼の前に現れる非情な光景である。

代助は、「何分宜《よろ》しく」と頼んで外へ出た。角へ来て、四谷から歩く積《つもり》で、わざと、塩町行《しほちやうゆき》の電車に乗つた。練兵場《れんぺいば》の横を通るとき、重い雲が西で切れて、梅雨《つゆ》には珍らしい夕陽《せきやう》が、真赤になつて広い原一面を照してゐた。それが向《むかふ》を行く車の輪に中《あた》つて、輪が回る度に鋼鉄《はがね》の如く光つた。車は遠い原の中に小さく見えた。原は車の小さく見える程、広かつた。日は血の様に毒々しく照つた。代助は此《この》光景を斜めに見ながら、風を切つて電車に持つて行かれた。重い頭の中がふら〳〵した。終点迄《まで》来た時は、精神が身体《からだ》を冒したのか、精神の方が身体《からだ》に冒されたのか、厭な心持がして早く電車を降りたかつた。代助は雨の用心に持つた蝙蝠傘《かうもりがさ》を、杖の如く引き摺《ず》つて歩いた。

（十四）

その夜は、夜半から強く雨が降り出した。代助は、どうどうと家を包む雨の音の中に夜の明けるのを待った。昼過ぎになって、雨を衝いて、花屋へ向かい、大きな白百合の花を沢山買って、それを鉢に生けた。それから三千代に、至急お目に掛ってお話ししたい旨、手紙にしたため、書生の門野を使いに出した。すべての用意をととのえ、「今日始めて自然の昔に帰るんだ」と胸の中で眩いた代助は、百合の香りに包まれて、そこに「純一無雑に平和な生命を見出した」。

其《その》生命の裏にも表にも、欲得はなかつた、利害はなかつた、自己を圧迫する道徳はなかつた。雲の様な自由と、水の如き自然とがあつた。さうして凡《すべ》てが幸《ブリス》であつた。だから凡《すべ》てが美しかつた。

（十四）

だが、これらすべては代助の夢であった。もし、代助が心のうちに秘めた三千代の幻像を永久に実在となすことがないならば、彼はいつまでもこの夢のなかに浸ることができたであろう。しかし、代助はいまや現実的な選択を下さずにいなかった。三千代への愛を告白し、三千代の実在を所有することをみずからに課したのである。彼の夢は、なにものにも犯されることのない無垢の姿をもってあらわれたのだが、それも束の間、またたく間に変容せしめられる。ひたすらに無償であるがゆえに、「社会」についに容れられることのないものが、現実の「社会」に場所を占めようとするその背理のうちに、夢は失墜するのである。

やがて、夢から覚めた。此《この》一刻の幸《ブリス》から生ずる永久の苦痛が其《その》時卒然として、代助の頭を冒《をか》して来た。彼の唇は色を失つた。彼は黙然《もくねん》として、我と吾手を眺めた。爪の甲の底に流れてゐる血潮が、ぶる／＼顫へる様に思はれた。彼は立つて百合の花の傍《そば》へ行つた。唇が弁《はなびら》に着く程近く寄つて、強い香《か》を眼の眩《ま》ふ迄《まで》嗅いだ。彼は花から花へ唇を移して、甘い香《か》に咽《む》せて、失心して室《へや》の中に倒れたかつた。（十四）

代助の愛の告白は、この昏倒せんばかりの苦痛から発するのであって、あの一刻の幸《ブリス》から発するのではない。彼がどんなに〈自然〉を希求し、対なるものの無償の領域へ身を浸すことを望もうと、現実的な選択を下すことは、この無償性を有償なるものへと転換することを余儀なくさせる。苦痛は、ほとんど必至である。にもかかわらず、代助にとって、三千代への愛の告白もまた、必至であるほかはない。三千代の実在を所有しないかぎり、彼自身の存在は、もはや根拠を失うほかはないからである、代助は、戸惑いの表情を浮かべて彼の前に座る三千代に対し、ただ一言「僕の存在には貴方《あなた》が必要だ。何《ど》うしても必要だ。僕はそれ丈《だけ》の事を貴方《あなた》に話したい為にわざ〳〵貴方《あなた》を呼んだのです。」と述べるのである。

それだけならば、代助はついにおのれ一個を救済するためにだけ、三千代への告白を行ったとされるかもしれない。だが、この一言を代助に発せしめた漱石は、愛によって、というよりも、対なる心によってしか癒されることのない病いというものが存在することを、透視している。「社会」における関係の相対性とその絶対なる戒律のなかで傷つき病んだ心は、対なる心を所有することによってしか癒されないということを洞察している。

「僕の存在には貴方《あなた》が必要だ。」と告白する代助は、たとえそれがこの世の戒律に背くものであろうと、対なるものとして癒えることを、みずからがひき寄せた三千代の実在に向けて語りかけているのである。

だが、癒えるということは、その無償の姿を「社会」にさらすことにほかならない。人は、「社会」における関係のなかで病むとき、〈自然〉の無償性がどんなに苦痛をともなうものであろうと、そこに身を浸すことによってしか癒えることができない。苦痛は、むしろこの無償の領域においては天啓でさえある。

そこでは、不安も恐怖も無償性の証《あかし》となることはあれ、彼をもう一度病いの淵に誘い込むことはない。ただ、もはや癒えたにちがいない対なる心が、「社会」と相容れることがないという事実に馴れることができないだけである。そのことは、決して病いではない。が、しばしば「社会」は、この無償の心をこそ、恢復不可能な病気とみなすのだ。

代助と三千代は、清浄な水に洗われたような二人の心に「病者」もしくは「罪人」の衣をまとわせようとする「社会」に、対峙するほかはない。なによりも、癒えたという事実の証《あかし》をたてるために、である。


「仕様がない。覚悟を極《き》めませう」

代助は背中から水を被《かぶ》つた様に顫《ふる》へた。社会から逐《お》ひ放たるべき二人の魂は、たゞ二人対《むか》ひ合つて、互《たがひ》を穴の明く程眺めてゐた。さうして、凡《すべ》てに逆《さか》らつて、互《たがひ》を一所《いつしょ》に持ち来たした力を互《たがひ》と怖れ戦《おのゝ》いた。

しばらくすると、三千代は急に物に襲はれた様に、手を顔に当《あて》て泣き出した。代助は三千代の泣く様を見るに忍びなかつた。肱を突いて額を五指《ごし》の裏に隠した。二人は此《この》態度を崩さずに、恋愛の彫刻の如く、凝《じつ》としてゐた。

二人は斯《か》う凝《じつ》としてゐる中《うち》に、五十年を眼《まの》あたりに縮めた程の精神の緊張を感じた。さうして其《その》緊張と共に、二人が相並んで存在して居ると云ふ自覚を失はなかつた。彼等は愛の刑と愛の賚《たまもの》とを同時に享《う》けて、同時に双方を切実に味はつた。（十四）

いったい代助と三千代は、何をそれほどまでに怖れおののいているのだろうか。彼らに〈病者〉〈罪人〉の刻印を押しつける「社会」の無慈悲な力に対してであろうか。もし彼らが、彼ら二人だけの魂のうちに癒されているとするならば、このうえは「社会」の刻印をできるかぎり遠ざけて生きていくことができないとは限らない。たとえば、崖下の陽の当らない家に静かに日々を過ごす『門』の宗助とお米のように。

しかし、今、愛の刑と愛の賚《たまもの》を同時に享けている彼らには、何ひとつ見えるはずがない。彼らが見つめ、怖れているのは、彼らをここまで連れてきたある力――「凡《すべ》てに逆《さか》らつて、互《たがひ》を一所《いっしょ》に持ち来たした力」だけである。それは、彼らに罪を刻印する「社会」の力ではない。むしろ、かれらの癒しがたい病いの淵からあらわれ、彼らをひたすら悲劇へと駆り立てずにはいない力である。

代助も三千代も、この「社会」のなかで病むほかはない存在を強いられていた。それゆえにこそ、彼らの魂は強く引き寄せ合ったのである。そして、愛はかれらを癒やした。だが、彼らを愛へと向かわせ、治癒へと向かわせるその同じ力が、悲劇へと駆り立てるということに代助と三千代は怖れおののいているのである。それほどまでに、この「社会」のなかでは、彼らの存在の容れられる余地がないという事実に出会って、おののいているのである。

代助は、急に物に襲われたように激しく泣き伏す三千代を見るに忍びない。みずからもまた、おのれの病いの深さを目の前にして、茫然とするほかないからである。だが、もはや二人はその病いの淵を共に歩むほかはない。共に歩むというそのことによって、病む者だけがかいまみることのできる無償なる〈自然〉にかすかにふれ、そこでのみ癒されるほかはない。

小降りになった雨の中を、江戸川の橋まで三千代を送り、彼女が横町を曲るまで見送った代助は、ゆっくりと歩をめぐらしながら「万事終る」とかすかに呟くのである。このときすべてが終りを告げた。それゆえ、この一瞬からすべてが始まったのだ。

雨は夕方歇《や》んで、夜《よ》に入《い》つたら、雲がしきりに飛んだ。其中《そのうち》洗つた様な月が出た。代助は光を浴びる庭の濡葉を長い間縁側《えんがは》から眺めてみたが、仕舞《しまひ》に下駄を穿《は》いて下へ降りた。固《もと》より広い庭でない上に立木の数が存外多いので、代助の歩く積《せき》はたんと無かつた。代助は其真中《そのまんなか》に立つて、大きな空を仰いだ。やがて、座敷から、昼間買つた百合の花を取つて来て、自分の周囲《まはり》に蒔き散らした。白い花弁が点々として月の光に冴えた。あるものは、木下闇《こしたやみ》に仄《ほの》めいた。代助は何をするともなく其間《そのかん》に曲《かゞ》んでゐた。（十四）

もはや代助は、三千代の幻像を織ることも、夢に浸ることもならない。すべてが始まったからである。だが、このはじまりは、代助をしてかぎりない清浄の痛みのなかに屈《かが》み込ませるものであった。一人平岡のもとに帰った三千代もまた、この月の光を浴びながら、おのれの無垢なる不幸の前に跪拝しているのである。

第五節　破局へと向かう時間

代助は、とりあえず父親に対して佐川の娘と結婚する意志がないことを告げなければならない。彼は一日も早く父に逢って話をしたかった。だが、父はなかなか代助に会ってくれない。何日かたって父親の知らせに接した代助は、家を訪れ、その前に座った。

父は予期に反して穏かに代助を迎えた。従来の仮面を脱いで、佐川の娘と結婚することが老い先短い自分に安心を与えるものであることを静かに説いた。代助は、老いた父に同情し、憐れをさえ認めた。代助の決心は一瞬鈍った。が、すでに賽は投げられたのである。代助は思い切って「貴方《あなた》の仰《おつ》しやる所は一々御尤《ごもつと》もだと思ひますが、私には結婚を承諾する程の勇気がありませんから、断るより外に仕方がなからうと思ひます」と述べた。彼はあえて三千代の名を口に出さなかった。期に達していないと考えたからである。「ぢや何でも御《お》前の勝手にするさ」「己《おれ》の方でも、もう御《お》前の世話はせんから」という父の答も予期通りのものであった。このとき、代助はあの〈働かざるもの食うべからず〉という「社会」の戒律の前に、もはや完全に無防備のままさらされたのである。彼の前に〈職業〉が、以前とは異ったリアリティをもって迫りはじめる。

けれども、代助にとってすべてが予期した通りではなかったか。彼が、あれほどまでに自分が〈職業〉をもたず、「社会」のなかに何ら場所を占めていないということにこだわり、自分ではそれを意識していないと思いつつも、知らず知らずのうちにそのこだわりから正体の知れない心的不安を培養していったのは、まさにこのような結果を予測していたからであった。

代助がもし、三〇にもなって父親の経済的援助のもとに、みずからは遊民をもって任じるような男でありつづけるならば、かれの〈職業〉に関する不安は、無意識のうちに抑圧されたままであるにちがいない。だが、三千代の実在を所有することを選択した今の代助にとってみれば、不安は明確な苦痛となってあらわれるのである。

代助には、現実の三千代に対する責任がある。たとえ〈社会〉からは徳義上の罪を負わされるとしても、代助は三千代とともに生活を営まねばならないからである。

しかしながら、代助は「神聖な労力」をもとめつつ働かざる論理を述べたてたかつての自分を、今となって断罪するわけにはいかない。〈職業〉というものが、人間の労働の抽象化され、規範化されたものにほかならず、それゆえに戒律を内に擁するものであるという認識が誤ちであるはずはないからだ。にもかかわらず、人は〈職業〉に就き、〈社会〉の中に何らかの場所を占めるほかはない。この〈社会〉に生きて、生活していくことは、それを不可避とするのである。どんなに重罪人の刻印を押されようと、三千代と共に生きて、生活していくためには、代助もまたやはり〈職業〉を選択しなければならないのだ。

一方、三千代はといえば、およそ代助が心をくだいている〈職業〉への懸念など思いも及ばないといった面持ちで、挙げて代助に信頼を寄せている。静かに落ち着き、その顔は「微笑《ほゝゑみ》と光輝《かゞやき》とに満ちてゐた」。三千代をその「光輝《かゞやき》」のなかに連れ出したのは代助であった。それならば、代助は、この「光輝《かゞやき》」をこそ共にしなければならないのではないか。だが、代助には三千代と共にこの「光輝《かゞやき》」を生きることは、少くとも「社会」のなかでは不可能であるという思いを拭うことができない。

やがて日は過ぎ、朝から蟬の声が聞こえる様になった。

三日目の日盛に、彼は書斎の中から、ぎら／＼する空の色を見詰めて、上から吐き下す焰《ほのほ》の息を嗅いだ時に、非常に恐ろしくなつた。それは彼の精神が此《この》猛烈なる気候から永久の変化を受けつゝあると考へた為であつた。（十六）

この炎天からぎらぎらと吐き下ろす焔の息のなかに、代助は破局の予兆をみとめるのである。小説の時間はこれ以後、代助の脳髄を焼きつくそうとするこの炎火を機縁にカタストロフィーへ向かって奔湍のように流れる。時間はこの炎に包まれてふいに停止するまで、代助を駆り立て、どこまでも悲劇を演じさせずにはいない。その緊迫した時間の流れのなかで、代助と三千代の、そして代助と平岡の最後の会見へと向かってゆくのである。

代助に残された問題は、平岡との間に徳義上のいかなる決着をつけるかということであった。そして、三千代に対して物質上の責任をどうとるかであった。つまりは「社会」の戒律に無防備のまさらされた自分自身を、いかに処するかという問題が、代助に迫っていたのである。

このときの代助は、三千代の幻影を実在となし、それを無償の領域において抱きしめた無垢なる愛の使徒ではない。三千代が平岡の妻であり、代助が物質的には無一物の落魄の身であるかぎり、どんなに彼らの愛が〈自然〉の無償性に棹さすものであろうと、それ自体ではついに不可能なるものである。代助は、この無償の愛をどこかで有償化しないかぎり、彼らはついに〈自然〉の夢に浸るほかない。代助は、三千代との愛を「社会」の規範へとあずけるのではなく、対なるものの有償性のなかで救い出さなければならないのだ。

一方、すべてを代助にゆだねている三千代には、代助がなぜそれほどまでに衝迫に駆られるのか理解することができない。三千代にとってみれば、代助の告白だけがすべてであった。平岡に嫁ぎ、まもなく死産の憂き目に会うとともに不治の病いを得、夫の平岡からは愛情らしい愛情を享けることのなかったこの女性は、代助の病いの深みから織り上げられるに十分な不幸を宿していたのである。

このような三千代からすれば、対なるものは、もはや無償の領域においてしか幸いをもたらさないということは、動かしがたい真実であった。愛がもし有償化されるならば、どこかで不幸をもたらすということを、三千代は、無意識のうちにも肝に銘じていた。もはや、彼女にとって、愛にかかわる現実的な与件は、無にひとしいものであった。それほどまでに、三千代の不幸は深かったのである。


「貴方《あなた》に是《これ》から先何《ど》うしたら好《い》いと云ふ希望はありませんか」と聞いた。

「希望なんか無いわ。何でも貴方《あなた》の云ふ通りになるわ」

「漂泊――」

「漂泊でも好《い》いわ。死ねと仰しやれば死ぬわ」

代助は又竦《ぞつ》とした。

「此儘《このまゝ》では」

「此儘《このまゝ》でも構はないわ」

「平岡君は全く気が付いてゐない様ですか」

「気が付いてゐるかも知れません。けれども私《わたくし》もう度胸を据ゑてゐるから大丈夫なのよ。だつて何時《いつ》殺されたって好《い》いんですもの」

「さう死ぬの殺されるのと安つぽく云ふものぢやない」

「だつて、放つて置いたつて、永く生きられる身体《からだ》ぢやないぢやありませんか」

代助は硬くなつて、竦《すく》むが如く三千代を見詰めた。三千代は歇私的里《ヒステリ》の発作に襲はれた様に思ひ切つて泣いた。

一仕切経つと、発作は次第に収まつた。後《あと》は例《いつも》の通り静かな、しとやかな、奥行のある、美しい女になつた。眉のあたりが殊に晴《は》れ〳〵しく見えた。
（十六）

この一節に、三千代という女性の不幸が、代助のどんな夢からも自由に滲み出ているといってよい。そして、代助もまた、現実の三千代がこういう女性であるからこそ、おのれの夢に浸るだけでなく、いかにかして対なるものの有償化を果たさなければならないのである。不幸に馴れきった三千代には、代助の実践へ向かう態度を前に途方にくれるほかない。だが、代助は三千代を説き伏せ、平岡と会い決着を付けることを約すのである。

翌日、代助をおとずれた平岡の話によれば、三千代は卒倒を起こし臥しているのだった。診察した医者は、むしろ彼女の心臓の病いが悪化していることに眉をひそめた。三千代は病いの床の中で、涙を流し、ぜひ詫まらなければならない事があるから、代助の所へ行ってその訳を聞いてくれと夫に告げた。平岡はいぶかしい思いで「君の用事と三千代の云ふ事と何か関係があるのかい」と代助にたずねた。代助は平岡の話に深い感動を受け、話し出そうとして一瞬ぐっと詰ったものの、静かにすべてを語り出した。「外はぎら〳〵する日が照り付けて、縁側迄《まで》射返したが、二人は殆《ほと》んど暑さを度外に置いた。」

代助がすべてを語り終えたとき、平岡はただ唸るような溜息をもって代助に答えただけだった。代助は平岡に向かって、君が与えるどんな制裁でも受ける覚悟であると言った。だが、平岡は、法律や社会の制裁は自分には何にもならない。いったい自分の名誉はどうして回復できると君は思うのかと代助に問い詰めるのである。代助には答えることができない。ただ、平岡に対して済まないと思いながら、今日まで歩を進めてきたという事実を認めるいがいない。

「すると君は悪いと思つてる事を今日迄《こんにちまで》発展さして置いて、猶其《なほその》悪いと思ふ方針によつて、極端に押して行《ゆ》かうとするのぢやないか」

「矛盾かも知れない。然《しか》し夫《それ》は世間の掟と定めてある夫婦関係と、自然の事実として成り上がつた夫婦関係とが一致しなかつたと云ふ矛盾なのだから仕方がない。僕は世間の掟として、三千代さんの夫たる君に詫まる。然《しか》し僕の行為其《その》物に対しては矛盾も何も犯して居《ゐ》ない積《つもり》だ」

「ぢや」と平岡は稍《やゝ》声を高めた。「ぢや、僕等二人は世間の掟に叶《かな》ふ様な夫婦関係は結べないと云ふ意見だね」

代助は同情のある気の毒さうな眼をして平岡を見た。

（十六）

　このとき、代助と平岡は、この世界の関係があらわにする最も奇異な場所へ連れ去られようとしているのだ。およそ、この場所においては、世間の掟による夫婦関係と自然の事実としての夫婦関係との別を説く代助の言葉が、弁解にしか聞こえないのは如何ともしがたい。平岡の毀損された名誉とは、対なる関係というものが絶えず内に秘めた邪悪な傾向に対する抗議の言葉とも受け取れるからである。つまり、平岡にとってもまた三千代との対なる生活がかけがえのないものであるとするならば、平岡こそが最も口惜しき男と成り下がるほかないからである。

　平岡は、三千代との対なる関係が決して永続的なものではなかったということに震撼したはずである。このうえ、もし平岡にとってもまた三千代の存在が代助と変わらぬほどに重大なものであったとしたらどうだろうか。平岡もまた自身の病から癒えるには三千代の存在が必要であると思い込んでいたとしたらどうだろうか。おそらく代助と平岡は〈社会〉と〈自然〉という対位によってはついに解することのできないある領域——関係それ自体が異様な空白と化してしまう場所へと連れ去られることは必定である。

　けれども、漱石は代助と平岡をそこまで連れ去ることはしなかった。そこまでいってしまえば、『それから』という小説は、新たな一編をこしらえるほかないからである。漱石は、これを代助の悲劇、あるいは代助と三千代の悲劇へと限定した。

　代助はやがて平岡に向って、君は三千代さんを愛していなかったが、自分は今彼女を心から愛し、彼女の存在が必要であると信じていると語る。平岡は、三千代を愛していなかったという事実を認めざるをえない。平岡の根拠は、やがて自分に三千代を周旋したのは代助であったという過去の事実にしかなくなる。それを平岡に述べさせたとき、漱石は、代助と平岡の悲劇を回避した。そうすることによって、代助のみを悲劇へと向かわせたのである。

平岡は、もはやみずからが足を踏み入れようとした領域から身を引かざるをえない。三千代を呉れという代助に対し、彼は遣ることは遣る、が今は遣れない、自分は確かに三千代を愛していなかったかもしれないが、今病いに臥している三千代を看護することは夫としての責任である、したがって病いから回復するまでは三千代を遣ることはできない、それだけでなく、自分はこのような事が起こった以上、世間的の夫として君とは交際するわけにはいかないので、絶交する、今後君と交渉があるとすれば三千代を引渡す時だけであると明確に述べる。

代助は、平岡の言葉に慄然とする。平岡は三千代の死骸だけを自分に見せるつもりだと直覚したからだ。このとき、代助の悲劇は最終的に成就されたのである。代助は、夜になって一人ふらふらと平岡の家の近くにやって来る。だが、平岡に三千代の様子をたずねることはもちろん、会うことさえできない。翌朝も同じように、やって来た。塀の傍に寄って耳を澄ましても、何ひとつ聞こえない。

> そのうち、強い日に射付けられた頭が、海の様に動き始めた。立ち留まつてゐると、倒れさうになつた。歩き出すと、大地が大きな波紋を描いた。代助は苦しさを忍んで這ふ様に家へ帰つた。夕食《ゆふめし》も食はずに倒れたなり動かずにゐた。其時《その》恐るべき日は漸く落ちて、夜が次第に星の色を濃くした。代助は暗さと涼しさのうちに始めて蘇生《よみがへ》つた。さうして頭を露に打たせなが

ら、又三千代のゐる所迄《まで》遣つて来たのである。

（十七）

其《その》晩は火の様に、熱くて赤い旋風《つむじ》の中に、頭が永久に回転した。代助は死力を尽して、旋風《つむじ》の中から逃《のが》れ出様《でやう》と争つた。けれども彼の頭は毫《がう》も彼の命令に応じなかつた。木の葉の如く、遅疑する様子もなく、くるり／＼と燄の風に巻かれて行つた。

（十七）

小説の時間は、このような代助の錯乱をもって破局へ流れ込んでいくのである。やがて代助の所業を暴き立てた平岡の手紙を持ってやって来た兄は、代助を前に事の正否を確め、もし事実ならば、もはや親子の縁を絶つ他ないという父の意向を伝える。代助には、兄の言葉に一言もあろうはずがない。すべてが、予測した通り成就しただけである。代助にとって、三千代以外は父も兄も平岡もことごとく敵であった。代助は、その悲劇をこそ三千代と共に歩もうとしてきたのだ。だが、代助にはその三千代さえも今、所有することがかなわない。代助の愛の実践は、破局として終るよりないのである。


代助は暑い中を馳けない許《ばかり》に、急ぎ足に歩いた。日は代助の頭の上から真直に射下《いおろ》した。乾いた埃が、火の粉の様に彼の素足を包んだ。彼はぢり／＼と焦《こげ》る心持がした。

「焦《こげ》る／＼」と歩きながら口の内で云つた。

飯田橋へ来て電車に乗つた。電車は真直に走り出した。代助は車のなかで、

「あゝ動く。世の中が動く」と傍《はた》の人に聞える様に云つた。彼の頭は電車の速力を以て回転し出した。回転するに従つて火の様に焙《ほて》つて来た。是《これ》で半日乗り続けたら焼き尽す事が出来るだらうと思つた。

忽《たちま》ち赤い郵便筒が眼に付いた。すると其《その》赤い色が忽《たちま》ち代助の頭の中に飛び込んで、くる〳〵と回転し始めた。傘屋の看板に、赤い蝙蝠傘を四つ重ねて高く釣るしてあつた。傘の色が、又代助の頭に飛び込んで、くる〳〵と渦を捲いた。四つ角に、大きい真赤な風船玉を売つてるものがあつた。電車が急に角を曲るとき、風船玉は追懸《おつか》けて来て、代助の頭に飛び付いた。小包郵便を載せた赤い車がはつと電車と摺《す》れ違ふとき、又代助の頭の中に吸ひ込まれた。烟草屋の暖簾《のれん》が赤かつた。売出しの旗も赤かつた。電柱が赤かつた。赤ペンキの看板がそれから、それへと続いた。仕舞《しまひ》には世の中が真赤になつた。さうして、代助の頭を中心としてくる〳〵と燄の息を吹いて回転した。代助は自分の頭が焼け尽きる迄《まで》電車に乗つて行かうと決心した。

（十七）

この代助の錯乱を表現する言語こそが、代助の悲劇だけでなく『それから』を画期の作となす根本なのだ。漱石は、みずから生み出したこのような表出の水準によって、もはや後戻りのきかないところまで突き進んでしまった。ここから、いかにして悲劇をはらむ日常へおもむくことができるであろうか。ともあれ、漱石は、錯乱した代助を「社会」のただ中に放り出すほかないのである。

第二章　『門』論

第一節　「和合同棲」という心

もしこの世に「和合同棲」という名に値する男女の関係が成立しうるとするならば、そのためには、いかなる与件が必要であろうか。『門』を着想するにあたって、漱石の心を占めていたのは、このような問いであった。漱石にとって、明らかであったのは、ひとりの男とひとりの女が共に、それぞれの心を「社会」から可能なかぎり遠い場所へと赴かせ、その存在を「社会」に対して無限に内化させるということであった。そこでのみ対なる心は、互いをぴたりと重ね合わせることができると考えたのである。

ならば、心と心は共に歩むというそのことによって、おのずから「社会」に対する内化を果たすことができるのであろうか。いや、心と心がもうひとつの心を疎外してしまうという酷薄な関係を抜きに、この内化は果たされることがない。それゆえ、「社会」に対して内化することは、「社会」から背離した場所へ対なる心を向けることにひとしい。心と心は、「社会」によって「罪人《つみびと》」の烙印を押されるとき、「社会」から可能なかぎり遠い場所へと赴くのである。

そのとき、対なる心は、「社会」に対して無限に内化するとともに、「和合同棲」という名に値する男女の関係を体現してみせる——漱石はこのような思いから、宗助とお米という類稀れな夫婦と、その静謐な日常生活を描き出した。小説の時間は、この象徴と化した一対の夫婦の日常生活における何げない場面の描写から、流れはじめるのである。それは、対なる心を「社会」から最も遠くへ赴かせるとともに、「社会」に対して最も深く内化させようとする漱石のイデーを、背後に負った時間である。

宗助は先刻《さつき》から縁側へ座布団を持出して、日当りの好《よ》ささうな所へ気楽に胡坐《あぐら》をかいて見たが、やがて手に持つてゐる雑誌を放り出すと共に、ごろりと横になつた。秋日和《あきびより》と名のつく程の上天気なので、往来を行《ゆ》く人の下駄の響が、静《しづか》な町丈《だけ》に、朗《ほが》らかに聞《きこ》えて来る。肱枕《ひじまくら》をして軒から上を見上《みあげ》ると、奇麗《きれい》な空が一面に蒼く澄んでゐる。其《その》空が自分の寝てゐる縁側の、窮屈な寸法に較べて見ると非常に広大である。たまの日曜に斯《かう》して緩《ゆつ》くり空を見る丈《だけ》でも、大分違ふなと思ひながら、眉を寄せて、ぎらぎらする日を少時《しばらく》見詰めてゐたが、眩《まぶ》しくなつたので、今度はぐるりと寝返りをして障子の方を向いた。障子の中では細君が裁縫《しごと》をしてゐる。

「おい、好《い》い天気だな」と話し掛けた。細君は、

「えゝ」と云つたなりであつた。宗助も別に話がしたい訳でもなかつたと見えて、夫《それ》なり黙つて仕舞《しま》つた。しばらくすると今度は細君の方から、

「ちよつと散歩でも為《し》て入らつしやい」と云つた。然《しか》し其時《その》は宗助が唯うんと云ふ生返事《なま》を返した丈《だけ》であつた。（二）

時間は、その気配さえ感じ取ることができないほど、静かに流れ始める。それは、現実の関係のなかで疲労困憊した心が、外界を締め出すことによって生ずる時間とも異なる。現実を受容し、日常生活に身を浸しながら、なお「社会」というものにできるならば触れないで済ましたいという心の傾斜に、おのずから流れる時間である。

こういう静かな時間の流れを感受するためには、私たちもまた、心をあらかじめ「社会」から遮断することが必要である。そして、私たちの眼もまた、窮屈な縁側から見上げられる蒼く澄んだ「奇麗な空」へと向けられなければならない。時間の源泉は、この宗助の縁側から見上げられた広大な〈天〉にあるからである。

〈天〉は、『門』における漱石のイデーが身をおく唯一つの場所である。それは、一対の夫婦を「社会」から最もかけ離れたところへと赴かせようとするところに、おのずから現れるものにほかならない。宗助とお米の日常生活の機微は、このような〈天〉のもとに、その微細な表情にいたるまで描き出される。秋日和の日曜に、縁側の日当りのよさそうな所にごろりと横になって、ゆっくり空を見る宗助と、障子のむこうで針仕事をしているお米との何気ない場面は、そのような〈天〉に俯瞰され、至福のイメージをかたどるのである。

とはいえ、宗助自身は、〈天〉にはらまれたイデーと、その実在感をそれほど明確に感受しているわけではない。彼に感受されているのは、たまの日曜に縁側にごろりと横になって、往来を行く人の下駄の響きに耳を澄ましたり、蒼く澄んだ奇麗な空を見上げたりすることだけが、何ものにもかえがたい充足にほかならず、障子のむこうで針仕事をしている細君と何気ない言葉を交わすことが、ある満ち足りた思いのうちにあるということだけである。

宗助は、それほどまでにこの世のあらゆることがらに対して、心的には〈放棄〉をおこなっている。自分という人間は、もはや、日常生活の些細な場面においてしか充足を感ずることのできない人間であるということについて、自覚的であるといってもいい。だが、秋日和の縁側に横になって、呆けたように空を見上げる宗助には、この自覚さえもどうでもよいものと感受されている。要するに、彼は、みずからが長い間に培ってきた心的〈放棄〉に、すっかり馴れきっているのである。

日常生活の微細な描写は、やがて縁側にやわらかい秋日和の陽ざしが射し込むのは、太陽が真上にさしかかるわずかの時間だけであることを明らかにしていく。宗助の〈放棄〉の像は、常には陽ざしにさえも閉ざされる日常のなかにあったのだ。

針箱と糸屑の上を飛び越す様に跨《また》いで、茶の間の襖を開けるとすぐ座敷である。南が玄関で塞《ふさ》がれてゐるので、突き当りの障子が、日向《ひなた》から急に這入《はひ》つて来た眸《ひとみ》には、うそ寒く映つた。某所《そこ》を開けると、廂《ひさし》に逼《せま》る様な勾配の崖が縁鼻から聳えてゐるので、朝の内は当つて然《しか》るべき筈《はず》の日も容易に影を落《おと》さない。崖には草が生えてゐる。下からして一側《ひとかは》も石で畳んでないから、何時《いつ》壊れるか分らない虞《おそれ》があるのだけれども、不思議にまだ壊《くづ》れた事がないさうで、その為か

家主も長い間昔の儘《まゝ》にして放つてある。（一）

宗助とお米の日常を明かしてゆくこのような描写の表情は、決して説明的記述に堕するものではない。ここでは、描写それ自体が、象徴の機能を付与されている。庇にせまるような勾配の崖が、縁鼻から聳えている日の当たらない借家での生活は、宗助とお米の〈放棄〉の像を喚起するに充分な象徴性を帯びている。そこには「社会」からできる限り遠い場所へと対なる心を赴かせようとする作者のイデーがこめられている。

日の遮ぎられた宗助とお米の日常生活には、このイデーを負わされた〈天〉が、つねにはるか上方に存在するのである。たとえ、陽ざしがふり注がれるのは、日が中天にさしかかった束の間に過ぎないとしても、むしろ、それゆえに〈天〉は、この夫婦の日常に視線をそそいでいるといえる。この視線につつまれるとき、宗助はその実在に一瞬ふれるように思うのである。

崖は秋に入《い》つても別に色づく様子もない。たゞ青い草の匂ひが褪《さ》めて、不揃《ぶぞろ》にもぢや〳〵する許《ばかり》である。薄《すゝき》だの蔦《つた》だのと云ふ洒落たものに至つては更に見当たらない。其《その》代わり昔の名残《なご》りの孟宗が中途に二本、上の方に三本程すつくりと立つてゐる。夫《それ》が多少黄に染まつて、幹に日の射すときなぞは、軒から首を出すと、土手の上に秋の暖味《あたゝかみ》を眺められる様な心持がする。宗助は朝出て四時過に帰る男だから、日の詰まる此《この》頃は、滅多に崖の上を覗く暇《ひま》を有《も》たなかつた。暗い便所から出て、手水鉢《てうづばち》の水を手に受けながら、不図《ふと》廂の外を見上げた時、始めて竹の事を思ひ出した。幹の頂に濃《こま》かな葉が集まつて、丸で坊主頭の様に見える。それが秋の日に酔つて重く下を向いて、寂《ひつ》そりと重なつた葉が一枚も動かない。（一）

描写の視線は、宗助のそれにそのまま重ね合わされているようにみえる。しかし、注意してみるならば、崖の中途から上の方へまばらに生えている孟宗竹が、黄に染まって幹に日の光を浴びている情景や、幹の頂のこまかな葉が、日に酔って重く下を向いたままひっそりと重なっている情景は、単に偶然、宗助の眼に映ったものとのみはいえない。宗助の眼は、内から滲み出るものによってこの情景を定着させている。その視線の背後には、かれの心が培ってきた〈放棄〉の姿勢が秘められている。そして、その背後からさらに遠い上方には、あのイデーを負った〈天〉が存在する。宗助は、このようなおのれの内なる眼を通して、日常見なれた情景のむこうに〈天〉の実在を一瞬、感受するのである。

だが、宗助という人間は、どこまで内部の眼というものを蔵しているのであろうか。少くとも、現在の彼は、朝出て四時過に帰る平凡な役所勤めに甘んじた人間である。内部などというものは、そのような生活の塵埃のなかに捨ててかえりみないでいることもまた確かなのだ。宗助にとってそのような生活は、みずから望んだものでさえあった。そういう生活をくりかえすことによって、内部というものを葬り去ろうとさえしているように見受けられる。

それならば、彼らの日々の営みに湛えられたひそやかさには、彼の自覚いかんにかかわらない〈放棄〉への強い意志がはたらいていると考えるべきだろうか。沈んだ内面の表情は、そこに由来するのである。彼が、〈天〉の実在を一瞬たりとも感受するのは、みずからすべてを放棄することをくりかえしながら、おのれにさえ自覚されない心の奥底に、内面としか名づけることのできない何かがかたちづくられ、これが鋭敏に感応するからなのだ。

しかし、小説の時間は決してこのような宗助の内面にだけとどまりはしない。たとえ、一瞬であろうと、描写の表情にそれがかいまみられるとしても、次の瞬間には、宗助はふたたび呆けた態をなして、日常の場面にもどるよりない。彼にとっては、それが望むところであるといってよく、もし、この痴呆のような日常が崩壊するとき、どんな邪悪なるものが顔をあらわすかを、宗助は知っている。崖下の日の当たらない借家住まいの宗助の日常生活は、彼に呆けることの至福を味わわせる必要な与件でさえある。

宗助の心の奥深くに秘められた〈放棄〉を、もっともよく理解しているのはお米である。むしろお米は、宗助以上にかれの内面の存在に気づいているといえる。宗助の心的な〈放棄〉が、彼女の心に出会うことによってなされたものであることを、お米はある痛みをともなって幾度も反すうしていたはずだ。

宗助が、日常生活の塵埃のなかでおのれの〈放棄〉に馴れていく過程は、お米にとって決してそれを忘却する過程ではなかった。むしろ、宗助が呆けたごとくに日常のなかへと埋没していけばいくほど、お米にはかれの内なる〈放棄〉が見えてきたにちがいない。彼女には、もはや放棄するなにものもないがゆえに、宗助の〈放棄〉をあたたかく見守り、かれの呆けたごとき幸福を共有することが夫の内面へ分け入るただひとつの方途であることがよくわきまえられている。そして、そのようなお米の心の姿勢こそが、あの〈天〉の視線によって包まれ、対なる心を〈社会〉から最もかけ離れた場所へと赴かせるというイデーの表現としてあるのだ。

「御米《およね》、近来《きんらい》の近《きん》の字はどう書いたつけね」と尋ねた。細君は別に呆《あき》れた様子もなく、若い女に特有なけたゝましい笑声も立てず、

「近江《おほみ》のおほの字ぢやなくつて」と答へた。

「其近江《そのおほみ》のおほの字が分らないんだ」

細君は立て切つた障子を半分ばかり開けて、敷居の外へ長い物指しを出して、其《その》先で近《きん》の字を縁側へ書いて見せて、

「斯《か》うでしやう」と云つた限《ぎり》、物指しの先を、字の留まつた所へ置いたなり、澄み渡つた空を一しきり眺め入つた。（一）

先に引用した、秋日和のやわらかい陽ざしの射し込む縁側に、ごろりと横になった宗助が、蒼く澄み渡った空を見上げる場面に引き続く場面である。ここには、宗助の日常の奥に秘められたものを共有するがゆえに、そこにどのような関心も向けることなく、ただ傍に静かに添うているお米の心がみとめられる。そして、お米が〈天〉の実在を感受するのは、そのような夫の内面を共有する瞬間においてである。宗助の見上げている澄んだ蒼空を一しきり眺め入るお米は、夫の心の深みに秘められた〈放棄〉を共にくぐり抜けることによって、〈天〉の実在に出会っているのである。

『門』における小説の時間は、こういう宗助とお米の日常生活を、ある場面では微細に、ある場面では淡々と描き出す描写のこまやかな表情のうちを流れている。宗助もお米も、この時間がどこから湧きあがり、どこへ向けて流れているのかについて、明らかには気づいていない。ただ、かれらの日常が、遠い以前みずからの手で葬ったあるものの帰結としてあることに気がつくとき、時間の流れる源泉が、ずっと向こうの〈天〉にあって、自分たちの現在が、それによって洗われつつあることを感受するのである。

宗助とお米の心はどんな関心からも遠く、彼らさえそれと気づかぬうちに、「和合同棲」と名づけてよいような対なる心のありかを表現しているのだ。

第二節　内なる〈放棄〉の姿勢

彼らの日常生活に、屈託が少しもないといえば嘘になる。〈社会〉に関わるどんなことがらをも放棄した宗助にさえも、毎日の役所勤めは、苦痛であることには変わりはない。しかし、彼はこれを苦痛としてあからさまに表明するわけではない。宗助は、彼の内なる〈放棄〉が、彼一人にゆるされたものではなく、お米との共有のなかで育まれたものであることをよく知っている。したがって、それは、決して彼自身の生を葬り去って済むようなものではない。

宗助は、すべてを放棄することによって、お米との対なる心のなかに生の根拠をみいだしたのであった。それならば、このお米との日常生活の糧をうるためにも、日々の勤めには耐えるほかはない。宗助の心のうちには、朝早くに家を出て、日の暮れる頃に帰ってくる日々の勤めが、決して「社会」へとつながるものではないことがよく了解されている。それは、かれの日常の屈託であるよりも、耐え忍ばねばならないひとつの過程なのだ。

しかし、それほどまでに〈社会〉に対して戸を閉ざしたような彼らの日常生活のなかにも、時に小波が起こり、それがいつ暴風となって荒れ狂うことになるかわからない。小波は、最も身近な家族の中から立ちはじめる。

父の死後、叔父の佐伯のもとで世話になりながら、学業に就いていた宗助の弟の小六が、叔父の突然の死後しばらくの間をおいて、叔母からもはや学資の面倒は見兼ねる旨を申し渡されたのである。小六はただ一人の兄である宗助を頼りに、自分の処置について佐伯との間に話をつけてほしいと申し出てくる。宗助からすれば、父の死に際して自分が東京を遠く離れていたこともあって、財産の一切は叔父に託していたのだから、今となって小六ひとり位の面倒が見られないといわれても納得がいかないという思いがある。だが、宗助はこの納得しえない思いを佐伯に表明することが、〈社会〉へとおのれを赴かせ、ひいてはかれの内なる〈放棄〉の姿勢にもとることになるということに気づき、思わぬ屈託のうちに沈むのである。

東京を遠く離れていたときにも、叔父の佐伯が宗助の父の家作の処分について、何ら具体的な報告をしてくれないことに、宗助は少からず不満を抱いていた。しかし宗助には、自分が犯した過去のあることがらのために、現在の自分が叔父に対して何ひとつ正当な要求をおこなえる身ではないという事実に思い当るほかなかった。それだけでなく、みずからを〈社会〉のどのような関係からも葬るほかはないと考えていた宗助には、これ以上に金銭上の紛争に巻き込まれることを好まなかった。宗助は、叔父との間の事をそれなりに放ってしまっていたのである。お米さえが、このことを理解してくれ、また弟の小六だけでも叔父のもとで面倒をみてもらえるならば、ほかに何もないというのが宗助の偽らぬ気持であった。

宗助よりも深くかれの〈放棄〉を見透しているお米は、かれの心痛を思いやって、むしろ何ひとつ拘泥した様子を見せない。「好《い》いや、小六さへ何《ど》うかして呉《く》れゝば。あとの事は何《いつ》れ東京へ出たら、逢つた上で話を付けらあ。ねえ御米《およね》、左《さ》うすると為《し》やうぢやないか」と云う宗助に、お米はただ一言「それで好《よ》ござんすとも」と答えるのである。

佐伯の件については、こんなふうにしてやり過ごされてきたものの、宗助とお米が東京を離れた見知らぬ土地で、どのような苦痛を忍んできたか、作者は、あまり多くを語ろうとしない。ただ、かれらの心が余儀なくして〈社会〉にふれるさまざまな場面で、たくさんの屈託をかかえ込んでいたことは、十分想像される。そういう屈託もまた、宗助とお米は、その対なる心のうちに解消し、〈社会〉からできるかぎり身をひそめることによって耐えてきたのである。

そのような宗助とお米の姿勢は、あたかも何ものかによって強いられ、そのなかから彼らが生きるためにようやく見い出してきたものであるかのようにみえる。漱石は、この夫婦の見知らぬ土地での生活について、わずかに数言を費すのみである。

夫婦は世の中の日の目を見ないものが、寒さに堪《た》へかねて抱合《だきあ》つて暖《だん》を取る様な具合に、

御互同志《おたがひどうし》を頼りとして暮してゐた。苦しい時には、御米《およね》が何時《いつ》でも宗助に、

「でも仕方がないわ」と云つた。宗助は御米《およね》に、

「まあ我慢するさ」と云つた。

二人の間には諦めとか、忍耐とか云ふものが、断《た》えず動いてゐたが、未来とか希望と云ふものゝ影は、殆《ほとん》ど射《さ》さない様に見えた。彼等は余り多く過去を語らなかつた。時としては申し合はせた様に、それを回避する風さへあつた。御米《およね》が時として、

「其内《そのうち》には又屹度《きつと》好《い》い事があつてよ。さう〳〵悪い事ばかり続くものぢやないから」と夫を慰める様に云《い》ふ事があつた。すると、宗助にはそれが、真心ある妻《さい》の口を藉《か》りて、自分を翻弄する運命の毒舌の如くに感ぜられた。宗助はさう云ふ場合には、何《なん》にも答へずにたゞ苦笑する丈《だけ》であつた。御米《およね》が夫《それ》でも気が付かずに、なにか云ひ続けると、

「我々は、そんな好《い》い事を予期する権利のない人間ぢやないか」と思ひ切つて投げ出して仕舞《しま》ふ。細君は漸《やうや》く気が付いて口を噤《つぐ》んで仕舞《しま》ふ。さうして二人が黙つて向き合つてゐると、何時《いつ》の間にか、自分達は自分達の拵《こしら》へた、過去といふ暗い大きな窖《あな》の中に落ちてゐる。（四）

宗助の屈託の根をたどっていくならば、結局のところ「過去といふ暗い大きな窖《あな》」という言葉でしかいいあらわすことのできないものへと行き着くほかはない。その正体が何であるのかを、作者は容易に明かそうとしない。ただ、宗助とお米が「社会」にふれるさまざまな場面で、いくつもの心痛を背負い込むごとに「抱合《だきあ》つて暖《だん》を取る様な具合に」耐え忍び、そこに心的な〈放棄〉の姿勢

をとってきたことだけが明らかである。宗助は、このような〈放棄〉に、もはや馴れつくしたといってよく、お米もまた夫のわずかな心の動きにも、これを読み取ってきたのである。崖下の日の当たらない借家での彼らの日常生活は、そういう宗助とお米の心の姿勢がまねき寄せたものなのだ。

宗助とお米にとって、小六の問題は、ことさらにあたらしく湧き起った屈託ではなかった。広島や福岡で、何度か叔父の佐伯との件について思いあぐねたまま、放り出してしまったその屈託が、小六の処置という具体的な問題として眼前に現れたものにすぎなかった。当然のように、宗助はもはやこの件について、叔父の死後その遺志を継いだ一人息子の安之助や叔母との間で争うつもりはなかった。宗助は、佐伯と交渉してほしいという小六の逼迫した要請に、兄としてこれといった明確な態度を取るわけでもなく、およそ弟からだけでなく、世間一般からしても愚図で頼りない兄を演ずるいがいない。

しかし、このような宗助の態度と、それを傍から静かに見守るお米のそれとを、漱石はあり余るほどの愛情を注いで描いているようにみえる。まるで、学資をさし止められ、学業を中途で放り出さねばならない破目に陥るかもしれない小六の逼迫などは、宗助の心の奥深くに秘められた〈放棄〉に比するならば、何ものでもないかのように漱石は、ただその一点をのみ照らし出している。

小六の要請にようやく重い腰を上げて、佐伯へ手紙を送った宗助のもとに、遠からぬうちに安之助が帰京するので、話はその折にという叔母からの返書が届いたときも、宗助は叔母のそのような措置に疑念をもつことさえも忘れているのである。描写の視線は、むしろ放心したかのような宗助の心と、周囲の何気ないたたずまいに、向けられる。

斯《か》う考へて宗助《そうすけ》はしきりに烟草《たばこ》を吹かした。表は夕方から風が吹き出して、わざと遠くの方から襲つて来る様な音がする。それが時々已《や》むと、已《や》んだ間は寂《しん》として、吹き荒れる時よりは猶淋《なほさび》しい。宗助は腕組をしながら、もうそろ〳〵火事の半鐘が鳴り出す時節だと思つた。

台所へ出て見ると、細君は七輪の火を赤くして、肴《さかな》の切身を焼いてゐた。清《きよ》は流し元に曲《こゞ》んで漬物を洗つてゐた。二人とも口を利《き》かずにせつせと自分の遣《や》る事を遣《や》つてゐる。宗助は障子を開けたなり、少時《しばらく》肴《さかな》から垂る汁《つゆ》か膏《あぶら》の音を聞いてゐたが、無言の儘《まゝ》又障子を閉《た》てゝ元の座へ戻つた。細君は眼さへ肴《さかな》から離さなかつた。（四）

これを些細な日常生活の描写とみなしてしまうならば、冒頭の印象深い場面から流れはじめた静謐な時間をとらえそこなってしまうだろう。夕方の往来を吹く風の音や、風の合い間のしんとした静寂に耳を傾けているのは、宗助ではない。こういってよければ、かれの心の奥深くに秘められた〈放棄〉の姿勢が、心の耳をひたすらに傾けることによって、そのかすかな響きと静寂にふれているのだ。

夕餉の支度をしている細君と下女の姿を眺めて、無言のまま座敷へ戻った宗助は、自分の所在なさをまぎらしただけかもしれない。だが、彼の心の眼には、このような日常のこまやかな場面こそが、何ものにもかえがたい満ち足りた思いをもたらすものであることがよく見えている。そして、そういう宗助の存在にさえ気がつかないかのように、せっせと夕餉の支度にかかっているお米もまた、この日常こそがなにものかであることを心に銘じている。そのような宗助とお米の心の姿勢を、この場面の奥に感受するとき、私たちもまた、あの〈天〉から湧いて流れてくる静かな時間にふれているのである。

宗助もお米も、心の片隅に小六の持ち来った屈託を、たえずとどめていたことは明らかであった。だが、不思議なことに、この屈託さえも、日を遮る崖の存在のように、彼らの日常に濃《こま》やかな陰翳をもたらす与件にみえてくるではないか。お前の面倒はこれ以上見られないので兄さんによく相談してみるがよいと叔母から申し渡され、急いで兄のところに事情を聞きにやってきた小六を返した日でさえも、夫婦の日常は少しもその表情を乱された気配を見せないのである。

其晩宗助《そのばんそうすけ》は裏から大きな芭蕉の葉を二枚剪《き》つて来て、それを座敷の縁に敷いて、其上《そのうへ》に御米《およね》と並んで涼《すゞ》みながら、小六《ころく》の事を話した。

「叔母さんは、此方《こつち》で、小六さんの世話をしろつて云ふ気なんぢやなくつて」と御米《およね》が聞いた。

「まあ、逢つて聞いて見ないうちは、何《ど》う云ふ料簡《れうけん》か分らないがね」と宗助《そうすけ》が云ふと、御米《およね》は、

「屹度左《きつとさ》うよ」と答えながら、暗がりで団扇《うちわ》をはた〳〵動かした。宗助《そうすけ》は何も云はずに、頸《くび》を延ばして、庇と崖の間に細く映る空の色を眺めた。二人は其儘《そのまゝ》しばらく黙つて居たが、良《やゝ》あって、

「だつて夫《それ》ぢや無理ね」と御米《およね》が又云つた。

「人間一人大学を卒業させるなんて、己《おれ》の手際《てぎは》ぢや到底駄目《とてもだめ》だ」と宗助《そうすけ》は自分の能力丈《だけ》を明か

にした。

（四）

叔母に対するお米の小さな不服も、宗助の自分の非力についての嘆きも、どのような情熱にも行動にも変ずるものでないことは、この場面のひそやかな気配が明かしている。この夫婦は、もういく度《たび》も、のっぴきならない問題に直面して、思い屈したあげく、無言のまま顔を見合わせるほかはないという事態を経てきているのである。それらを何度もくぐり抜けた末に、現在の日常へとたどりついたにちがいないのだ。そこに、たとえわずかながらも、はるか上方に拡がる〈天〉を見上げるだけの余地を見い出したのであるから、もしこの夫婦の日常を、その根元から崩すような事態が起るならば、もはや彼らには、この〈天〉をさえも見上げることかなわなくなるのは必定なのである。

幸いに小六の問題は、彼らの心の片隅に気がかりの種を撒いたものの、そういう事態にまで彼らを追い込むものではなかった。大きな芭蕉の葉を二枚座敷の縁に敷いて、庇と崖の間に細く映る空の色を眺めながら、言葉を交わす宗助とお米の姿は、彼らの心のうちにどんな晴れやらぬ思いが秘められていようと、至福に包まれている。彼らの話題が少しも喜ばしいものではないとしても、いやそれゆえにというべきか、二人並んで座す夫婦の姿は、「社会」のどのような塵埃からも隔てられ、そこだけが暗がりのなかにぽっかりと明りを点しているかのようである。

宗助は、しかし、小六の問題をそのままに放っておくことはできない。もし、宗助とお米がかれらの日常にひそんで、不幸のなかの至福ともいうべきものに浸るだけならば、過去においてそうであったように、ひとりの他者を見棄てるということをおこなってしまうかもしれないからだ。

宗助は、二、三日後には叔母の所に出掛け、叔父の生前に託していた財産の処分についてくわしい説明を求めるのである。しかし、彼には「宗助はあんな事をして、廃嫡に迄《まで》されかゝつた奴だから、一文だつて取る権利はない」と言い残した叔父の言葉を叔母から伝えられると、一言も返すことができない。結局は、長男の安之助が現在すすめている事業が成功したならば、小六の件についても何とかなるだろうという雲をつかむような話を聞かされ、父の残した財産の中でただひとつ叔母のもとに残されていた抱一《ほういつ》の屏風を引き取ることを約して帰宅するのである。

話を聞いたお米は、ただ宗助の労をねぎらういがいにない。やがて、次の日曜に小六を呼び、事の進展しなかったことを不服そうな弟の前で説明するものの、宗助にはそれ以上の処置をとることができない。兄の交渉に飽き足らず、安之助と直談判をした小六の血気盛んな様子を思うにつけ、宗助には、もうこれ以上どうすることもできない自分の非力を噛みしめるほかないのである。

御米《およね》は茶器を引いて台所へ出た。夫婦はそれぎり話を切り上げて、又床を延《の》べて寝た。夢の上に高い銀河《あまのがは》が涼しく懸《かゝ》つた。

次の週間には、小六も来ず、佐伯《さへき》からの音信《たより》もなく、宗助の家庭は又平日の無事に帰つた。夫婦は毎朝露の光る頃起きて、美しい日を廂《ひさし》の上に見た。夜《よ》は煤竹《すゝだけ》の台を着けた洋燈《らんぷ》の両側に、長い影を描いて坐つてゐた。話が途切れた時はひそりとして、柱時計の振子の音丈《だけ》が聞《きこ》える事も稀ではなかつた。（四）

『門』に、おいてとりわけ美しい叙述であるが、ここに漱石によって託された〈天〉のイデーのせつないまでの憧れを見なければ、何も見ないにひとしい。作者の美意識は、この夫婦のひそりとした日常のたたずまいと、その奥に秘められた〈放棄〉の像のなかに、もはや美意識というにはあまりに痛切な影を引いて息づいている。漱石は、こういう叙述において、あたかも美というものが、現実の「社会」に触れるたびに、いくつもの心痛を重ねるほかないような人間の心が、思い極まった末、なおこの世界に生きる証のように表出されるものであることを告げているかのようだ。

心の奥深くに、暗い過去をひきずっている宗助とお米こそが、誰よりも深くこの美しさを感受するものであることはいうまでもない。しかし、そういう彼らの日常を、ひそやかな美へと形象化した漱石こそが、不可解なるものを解きあぐねた結果、ふいと、この世界で最も美しいものの表現へと身を託したかのようなのである。そこに、静謐な時間が流れ、〈天〉が実在と化す一瞬が生み出されたのである。

第三節　〈自然〉と〈天〉

佐伯からは結局良い返事をもらえまいと考えた夫婦は、お米の六畳を一室あけて小六を住まわせることに決めた。後のところは、いくらかでも佐伯から助けてもらったら、小六の大学卒業までやってゆかれようと判断したのである。宗助は、もう一度、その件について佐伯に掛け合ってみることを小六に約し、ようやく弟の嬉しそうな顔を見ることになるのだが、やがて、佐伯のもとに行くつもりで、日を暮らしているうちに、世の中はようやく秋になり、宗助のせまい縁から奇麗に澄み渡った空が眺められるようになったのだった。

秋日和の日曜に、宗助は、その件を手紙にしたためて叔母のもとに送ったのである。それから後、小六の問題はいささかなりとも好転する気配をみせなかった。ただ、佐伯のもとから引き取った抱《ほう》一《いっ》の屏風が、お米の才覚で、通りの道具屋にいくばくかで売却できただけであった。夫婦の日常は、何ごともなかったかのように過ぎてゆき、日はしだいに短くなっていくのである。

其内《そのうち》薄い霜が降りて、裏の芭蕉を見事に摧《くだ》いた。朝は崖上の家主の庭の方で、鵯《ひよどり》が鋭い声を立てた。夕方には表を急ぐ豆腐屋の喇叭《らっぱ》に交つて、円明寺の木魚の音が聞《きこ》えた。日は益《ます〱》短かくなつた。（六）

円明寺の杉が焦《こげ》た様に赭黒《あかぐろ》くなつた。天気の好《い》い日には、風に洗はれた空の端《は》ずれに、白い筋の嶮《けは》しく見える山が出た。年は宗助夫婦を駆つて日毎に寒い方へ吹き寄せた。朝になると欠かさず通る納豆売の声が、瓦を鎖《とざ》す霜の色を連想せしめた。宗助は床の中で其《その》声を聞《き》ゝながら、又冬が来たと思ひ出した。（七）

景物へ向けられた描写の視線の清冽さは、比類ないものである。漱石は『門』以前のどの小説でも、これほどまでに心にしみ渡るような風景を描き出したことはなかった。こういう一節に、たとえば『破戒』や『田舎教師』など、同時代の自然主義の作品がうみ出した清新な景物の描写の痕跡をみとめることもできよう。だが『門』に描かれた風景は、漱石の〈天〉へ託されたイデーによって濾過されたものといってよいので、藤村や花袋のように「社会」に敗亡するほかない人間の悲傷の痕をとどめたものとは本質的に異なるのである。

その清例さは、何よりも「社会」から最も遠い場所へと赴く宗助とお米の対なる心を生かしている同じ源泉から滲み出るものにほかならない。そこには、「社会」というものから逸れていくだけで、やがては「社会」へと同調する回路を残した個のかなしみはみとめられないのだ。

だが、もし藤村や花袋の発見した抒情的な風景が〈自然〉という名に値するものであるとするならば、『門』のそれは、〈自然〉というにはあまりに作者のイデーを負いすぎているのではないだろうか。宗助のせまい縁から見上げられる奇麗に澄んだ蒼空や、崖の中途から上方にかけてまばらに生えている孟宗竹の黄にそまった姿や、焦げたように赤黒くなった円明寺の杉や、風に洗われた空の端《は》ずれに白い筋をけわしく見せる山や、崖上に鋭い声で鳴きたてる鵯《ひよどり》の声など、どのひとつをとっても、およそ宗助とお米の対なる心の傾斜のなかでとらえられているというほかないものなのである。

したがって、たとえひとつひとつが〈自然〉の景物の存在感を湛えていようと、いったん、彼らの日常生活の流れのなかに位置を占めるや、たとえば、宗助の家の暗い台所、煤竹《すすたけ》を敷いた洋燈《ランプ》、芭蕉の葉を敷いた狭い縁、とりわけ南側に崖の迫った日の当たらない家のたたずまいと連関して存在するほかないのである。そして、これらすべてが〈天〉のイデーのもとに、存在性を付与され、小説の時間を生じさせる機縁となっているので、そういう〈自然〉が、作者のイデーを影のように引いてあらわれるのは当然といえば当然なのだ。むしろ、そこに、ひとりの男とひとりの女が対なるものとしてこの「社会」にあることの不幸と幸福を、可能なかぎり汲み取るべきなのである。

漱石は『門』において、景物も人事もすべて宗助とお米の対なる心の赴きのなかに描き出しながら、一方、そのような赴きからまったく自由にあって、なおある満ち足りたものを印象する存在を描いてみせた。崖上に住む家主の坂井とその家族である。

世間とはできるだけ交際を避けて、ひっそりと暮らす宗助とお米には、家主である坂井は、たんに月々の家賃を下女に持たせて、代わりにその受取りをもらうにすぎない人間であった。だが、たまたまひょんなことから顔見知りになってみると、鷹揚で朗らかな性格のなかに、ある容量をそなえた人間であることがわかってくる。

宗助は、坂井の招きもあり、例の抱一の屏風を通りの古道具屋から買い入れたらしいことを坂井の口から耳にしたこともあって、一度坂井の宅を訪ねてみることを思い立った。崖上の坂井の家は、一歩門を入ったなりに、あるはなやかな雰囲気につつまれていることに気がつく。それは、経済的に恵まれた子供の多い家族というものが身につけている、さわがしさのなかの充足であった。

坂井の主人は在宅ではあつたけれども、食事中だと云ふので、しばらく待たせられた。宗助は座に着くや否や、隣の室《へや》で小さい夜具を干した人達の騒ぐ声を耳にした。下女が茶を運ぶために襖を開けると、襖の影から大きな眼が四つ程既に宗助を覗いてゐた。火鉢を持つて出ると其《その》後から又違つた顔が見えた。始めての所為《せゐ》か、襖の開閉《あけたて》の度《たび》に出る顔が悉《ことごと》く違つてゐて、子供の数が何人あるか分らない様に思はれた。漸く下女が退《さ》がりきりに退《さ》がると、今度は誰だか唐紙《からがみ》を一寸程細目に開《あ》けて、黒い光る眼丈《だけ》を其《その》間から出した。宗助も面白くなつて、黙つて手《て》招《まね》きをして見た。すると唐紙をぴたりと閉《た》てゝ、向《むか》ふ側で三四人が声を合《あは》して笑ひ出した。

（九）

この子どもたちの笑い声のむこうに、宗助は、坂井の身につけている容量の秘密をかいまみたにちがいない。それは、宗助とお米のひそやかな至福とは異った意味での、それ自体であるような充足といってよいものである。もし宗助とお米が、「過去といふ暗い大きな窖《あな》」を抱《かか》えることを免除されるとするならば、そのために噛みしめていた静謐な幸福に代わって、坂井とその家族が体現している幸福を手にしたかもしれない。

いや、宗助とお米という夫婦は、作者によって、対なる心というものが「社会」からどこまで遠く赴くことができるかという思いのなかから形象化されたものであった。それゆえ、彼らの心の傾斜が、作者によって払拭されることのないのはもちろん、かれらの日常が、坂井とその家族のそれには至りつくことのないものであることは明白なのだ。

それならば、なぜ漱石は、宗助とお米の日常のかたわらに坂井のそれを対置し、宗助を坂井と交際させるというプロットを立てたのだろうか。たぶん、漱石は坂井という人物が、宗助とは異なった意味での〈放棄〉を身につけているがゆえに、どこかで宗助のそれと感応するものであることを暗示したかったのである。

言葉をかえていえば、宗助のようなすべてを放棄した人間が、なお関係を結びうる他者が存在するとするならば、すべてに陽の幸福を身につけながら、その幸福がいささかも「社会」に場を占めないような、つまりは子どもたちの騒がしさのなかに満ち足りた趣味の人であり、好事家である坂井のような人間いがいにないことを漱石は暗示しているのだ。

もちろん、このような坂井の〈放棄〉が、強いられたものであるよりも、選び取られたものらしいことを考えるならば、依然として宗助とお米のなかに育まれた〈放棄〉だけが、何ものにも共有されることのない孤立を放射していることは明らかである。この坂井が後半になって、宗助を過去に対面させる狂言回しの役を演ずることを思い合わせるとき、そこに、運命の皮肉ともいうべき事態をかいまみるほかはないのである。

ともあれ、宗助とお米の日常は、下宿を引き払って移ってきた弟の小六の、万事に不満を押し殺したような所作に、ときおり狼狽したような表情をみせるものの、おおむね何ごともなく過ぎてゆく。その間、お米は小六のために、なにくれとなく気をつかい、心労を増していくのだが、そんなお米の義弟への心づくしを思いやっては、感謝の念を抱くと同時に、宗助は、普段でもあまり健康な月日を送ったことのない彼女の身に、何か身体に障る様な騒きでも起こらなければよいがと心配し出すのである。

不幸にも、此《この》心配が暮の二十日過になつて、突然事実になりかけたので、宗助は予期の恐怖に火が点いた様に、いたく狼狽した。其《その》日は判然《はつきり》土に映らない空が、朝から重なり合つて、重い寒さが終日人の頭を抑へ付けてゐた。御米《およね》は前の晩にまた寝られないで、休ませ損《そく》なつた頭を抱《かゝ》へながら、辛抱して働き出したが、起《た》つたり動いたりするたびに、多少脳に応へる苦痛はあつても、比較的明るい外界の刺戟に紛れた為か、凝《じつ》と寝てゐながら、頭丈《だけ》が冴えて痛むよりは、却《かへつ》て凌《しの》ぎ易かつた。兎角《とかく》して夫を送り出す迄《まで》は、しばらくしたら又何時《いつ》もの様に折り合つて来る事と思つて我慢してゐた。所《ところ》が宗助がゐなくなつて、自分の義務に一段落が着いたといふ気の弛《ゆる》みが出ると等しく、濁つた天気がそろそろ御米《およね》の頭を攻《せ》め始めた。空を見ると凍つてゐる様であるし、家の中にゐると、陰気な障子の紙を透《とほ》して、寒さが浸《し》み込んで来るかと思はれる位だのに、御米の頭はしきりに熱《ほて》つて来た。仕方がないから、今朝《けさ》あげた布団を又出して来て、座敷へ延べたまゝ横になつた。夫《それ》でも堪へられないので、清《きよ》に濡手拭を絞らして頭へ乗せた。それが直生温《ぢきなまぬる》くなるので、枕元に金盥《かなだらひ》を取り寄せて時々絞り易《か》へた。（十一）

いつかどこからか悲劇が襲ってきて、ようやくたもたれている静かな日常を、根こそぎ打ち倒すのではないかという宗助の怖れが、いま現実と化したかのようだ。せまい縁から見上げた奇麗な空は、その様相を一変し、凍ったような無表情でお米の頭を攻め始める。澄み渡った〈天〉のもとに、「社会」から最も遠い場所へと赴くことを課せられた宗助とお米は、その中途において、ついにイデーの重さに堪えかねたのであろうか。

しかし、幸いにも、彼らを打ち倒そうとしているのが、「過去という暗い大きな窖《あな》」ではなく、以前から前兆のみとめられたお米の病気であったことに、宗助は胸をなでおろしたにちがいない。これくらいの苦痛ならば、我慢し、耐え忍びさえするならば、何とか折り合いをつけることができるからだ。

もちろん、お米の苦痛と宗助の狼狽は、通常以上のものである。けれども、夫を送り出した後ついに床に臥して、ようやく夕方になって気をとり戻し、役所から戻った宗助の前に何気ないふうを装いながら、結局は前後不覚に陥るお米の姿と、そのために転倒せんばかりにあわて、八方手を尽くす宗助の姿とは、相変らず、淡々とした叙述によって描かれるのである。

彼ら夫婦にとって、病気さえもが、日をかぎる崖の存在と同様、二人の紐帯をさらに強く結びつける契機となるものなのである。そのことを知るにつけ、宗助の狼狽にも苦しそうなお米の様子にも、取り乱す者は、誰ひとりいない。そのうち小康を得、医者も帰り、小六も下女も寝についた後、宗助はお米のそばに床をのべていつものように眠るのである。

（十一）

五六時間の後冬《のち》の夜は錐の様な霜を挟《さしは》さんで、からりと明け渡つた。それから一時間すると、大地を染める太陽が、遮るものゝない蒼空に憚《はゞか》りなく上《のぼ》つた。御米《およね》はまだすや〳〵寝てゐた。

そのうち朝餉《あさげ》も済んで、出勤の時刻が漸く近づいた。けれども御米《およね》は眠りから覚める気色《けしき》もなかつた。宗助は枕辺に曲《こゞ》んで、深い寝息を聞きながら、役所へ行かうか休まうかと考へた。

〈天〉は再び顔をのぞかせ、澄んだ日の光をこの夫婦の頭上に注ぐのである。彼らの日常は、そうたやすく一変するものではなかった。かれらの家の裏にそびえる崖のように、崩れそうで決して崩れることのない不思議な強さを内に秘めているといってよかった。それは、もう何度も何度も危機に瀕しているうちに、おのずからかたちづくられた汲み尽くすことのできない力によるものなのだ。

深い寝息をたてて昏々と眠り込むお米と、その寝息を聞きながら出勤を迷う宗助とは、その不思議な力によってつながれている。そうであるかぎり、お米の眠りも宗助の気がかりも、すべて仮象にすぎず、彼らの心が共に〈天〉のイデーのもと、「社会」の彼方へと赴いていることだけが現実なのである。

強いて役所へ出掛けた宗助は、結局仕事が手につかず、昼になるのを待って、思い切ってうちへ帰って来た。

宅《うち》の門口迄《まで》来ると、家の中はひつそりして、誰もゐない様であつた。格子を開けて、靴を脱いで、玄関に上がつても、出て来るものはなかつた。宗助《そうすけ》は何時《いつ》もの様に縁側から茶の間へ行かずに、すぐ取付《とつつき》の襖を開《あ》けて、御米《およね》の寝てゐる座敷へ這入《はひ》った。見ると、御米《およね》は依然として寝てゐた。枕元の朱塗の盆に散薬の袋と洋杯《こつぷ》が載つてゐて、其洋杯《そのこつぷ》の水が半分残つてゐる所も朝と同じであつた。頭を床の間の方へ向けて、左の頬と芥子《からし》を貼つた襟元《えりもと》が少し見える所も朝と同《おなじ》であつた。呼息《いき》より外に現実世界と交通のない様に思はれる深い眠りも朝見た通《とほり》であつた。

凡《すべ》てが今朝出掛に頭の中へ収めて行つた光景と少しも変つてゐなかつた。宗助は外套《ぐわいたう》も脱がずに、上から曲《こゞ》んで、すう／＼いふ御米の寝息をしばらく聞いてゐた。御米《およね》は容易に覚《さめ》さうにも見えなかつた。　（十二）

お米のまわりで時間は停止していたのであろうか。否、時間はたしかに流れていたのである。妻の身を案ずる夫と、夫の心づかいを知らずに深い眠りに陥る妻の上方には、からりと晴れ渡った冬の太陽が、大地を染めてのぼっている。そのむこう、〈天〉の彼方から時間は静かに流れている。それは、このひそやかな夫婦の対なる心をのみ機縁として流れる時間である。耳を澄ましさえするならば、すうすういうお米の寝息をこごんだまましばらく聞いている宗助の背後に、この時間の流れるかすかな音を聞き分けることができるであろう。

第四節　運命的な出会いの記憶

この夫婦は、互いにふれないで済ますことができるならば、そのままにしておきたい心の傷を宿していた。

暮れのある日、久しぶりで坂井の家を訪れた宗助は、その家族のいかにも陽気でにぎやかな様子にふれて、思わず、坂井の生活に余裕のあるのは、金があるばかりではなく、子供が多いからにちがいないという感想をお米にもらすのである。宗助は、子供のいない自分たち夫婦の身の上について、特にお米の注意をひくために故意に口にしたつもりではなかったのだが、宗助の言葉は、夫婦の心の傷にそのままふれてしまう。

「私は実に貴方《あなた》に御気《おき》の毒《どく》で」と切なさうに言訳を半分して、又それなりに黙つて仕舞《しま》つた。洋燈《らんぷ》は何時《いつ》もの様に床の間の上に据ゑてあつた。御米《およね》は灯《ひ》に背《そむ》いてゐたから、宗助《そうすけ》には顔の表情が判然《はつきり》分らなかつたけれども、其声《その》は多少涙でうるんでゐる様《やう》に思はれた。今迄《いまゝで》仰向いて天井を見てゐた彼は、すぐ妻《さい》の方へ向き直つた。さうして薄暗い影になつた御米《およね》の顔を凝《じつ》と眺めた。御米《およね》も暗い中から凝《じつ》と宗助を見てゐた。さうして、

「疾《とう》から貴方《あなた》に打明けて謝罪《あやま》らう〳〵と思つてゐたんですが、つい言ひ悪《にく》かつたもんだから、夫《それ》なりにして置いたのです」と途切れ〳〵に云つた。宗助には何の意味か丸《まる》で解らなかつた。多少はヒステリーの所為《せゐ》かとも思つたが、全然さうとも決しかねて、しばらく茫然《ぼんやり》してゐた。するると御米《およね》が思ひ詰めた調子で、

「私にはとても子供の出来る見込はないのよ」と云ひ切つて泣き出した。

宗助《そうすけ》は此《この》可憐な自白を何う《ど》慰めて可《い》いか、分別に余つて当惑してゐたうちにも、御米《およね》に対して甚《はなは》だ気の毒だといふ思ひが非常に高まつた。

「子供なんざ、無くても可《い》いぢやないか、上の坂井さん見た様に沢山生れて御覧、傍《はた》から見てゐても気の毒だよ。丸《まる》で幼稚園の様で」

「だつて一人も出来ないと極《きま》つちまつたら、貴方《あなた》だつて好《よ》かないでせう」

「まだ出来ないと極《きま》りやしないぢやないか。是《これ》から生れるかも知れないやね」

御米《およね》は猶《なほ》と泣き出した。宗助《そうすけ》も途方に暮れて、発作の治まるのを穏かに待つてゐた。さうして、緩《ゆつ》くり御米《およね》の説明を聞いた。（十三）

お米の話というのは、こうであった。夫婦は、東京を離れて広島、長崎に移り住んでいたときにそれぞれ一度ずつ懐妊し、その度に胎児は育たぬままに流れてしまった。宗助は二度の打撃を男らしく受けた。すると三度目の記憶がやって来た。東京に移り住んではじめての年に、お米は又懐妊したのである。夫婦は、今度こそはと思って注意に注意を重ねたうえ、ようやく月が満ちて生まれるという段になってみると、赤児は子宮をのがれて広い所へ出たというまでで、浮世の空気を一口も呼吸しないで終ってしまった。

胎児は出るまぎわまで何ひとつ異変に会わなかったにもかかわらず、「臍帯纏落《さいたいてんらく》」といって、俗にいう胞衣を首に巻き付けて窒息死したのであった。「是が子供に関する夫婦の過去であつた。此《この》苦い経験を嘗《な》めた彼等は、それ以後幼児に就《つい》て余り多くを語るを好まなかつた。けれども二人の生活の裏側は、此《この》記憶のために淋《さむ》しく染め付けられて、容易に剝げさうには見えなかつた。時としては、彼我《ひが》の笑声を通してさへ、御互《おたがひ》の胸に、此《この》裏側が薄暗く映る事もあつた」（同右）。

こうしてお米は、三度目の胎児を失った頃から、自分が手を下した覚えがないにせよ、考え様によってはみずから絞殺したと同じことであるという強迫観念にとらえられ、罪の呵責に一人苦しむようになったのである。お米は、この苦しみを夫にさえ打ち明けることができず、天気のすぐれて美しい日の午前、夫を送り出してから表へ出て、ある易者の門をくぐったのであった。
易者は、算木を並べてみたり、ぜい竹をもんだり数えたりした後で、仔細らしくあごの下のひげを握って考え、お米の顔をつくづく眺めた末に「貴方《あなた》には子供は出来ません」と宣告したのである。「何故でせう」と聞き返したお米に対して、易者は「貴方《あなた》は人に対して済まない事をした覚えがある。其《その》罪が祟《たゝ》つてゐるから、子供は決して育たない」と云い切ったのである。

お米はもちろん、この話を聞いた宗助さえもさすがにいい気味がしなかった。易者の言葉は、彼らの心の傷にそのまま触れるものであったからだ。子供ができないというそのこと自体は、畢竟、偶然がもたらした不幸にすぎないということもできる。だが、それが彼らの過去に犯した徳義上の罪に起因するものであるとするならば、彼らの不幸は、必然の相貌を帯びるほかはない。それは、決して日常の些事にまぎれることなく、彼らを絶えず背後からおびやかしつづける。

およそ、夫婦にとって子供ができないということが、たとえ偶然のしわざであろうと、耐えがたい不幸であることは誰の目にも明らかである。そのうえ、もしこの不幸が、彼らに「過去といふ暗い大きな窖《あな》」の存在を連想させるほどの必然性を有しているとするならばどうであろうか。宗助とお米は、子供がいないということを、むしろ彼らの紐帯をかたく結びつけるための契機とみなしながら、それがために彼ら夫婦は、最後まで過去から逃れることができないという背理に出会ってしまう。

漱石は、こういう宗助とお米の必然化された不幸について語りながら、そのことにある動かしがたい根拠を有していた。つまるところ『門』における、対なる心を「社会」から遠くへと赴かせるというモティーフと、そこにかたちづくられたイデーは、そのような対なる心に子をなすことをゆるさないのである。

一対の男女が子をなして、父となり母となること自体が、どんなに「社会」からかけ離れた場所においてなされようと、否応なく「社会」を引き寄せてしまうということに漱石はよく通じていた。「社会」における関係というものが、家族と世代の恒常性を仮装することによって、その確固とした基盤を形成するということを洞察していたといってもよい。それならば、対なる心が「社会」から最も遠くに赴くために、子をなさないということは、むしろ必須の与件であるとさえいえる。

けれども、宗助とお米にとって、最後に到達する場所は、あくまでも「和合同棲」という名に値するものである。もし、そういう心の状態が、たとえば坂井のように子を間に容れることによってもなされるものであるならば、子をなさないということは、何ら対なる心が「社会」から遠ざかることの与件とはなりえないのではないか。

しかし、宗助とお米の対なる心を形象化した漱石には「和合同棲」というもののある純粋態を描きたかった。子をなし、世代を形成することが「社会」の関係へと通じてゆく径路をあえて完全に閉ざしてみたかったのだ。そのためには、子をなすことができないということは、たんに偶然の不幸であってはいけないので、彼らを「社会」から最も遠い場所へと赴かせるための与件と不可分のものでなければならなかった。

彼等が毎日同じ判を同じ胸に押して、長の月日を倦《う》まず渡つて来たのは、彼等が始《はじめ》から一般の社会に興味を失つてゐたためではなかつた。社会の方で彼等を二人限《ぎり》に切り詰めて、其《その》二人に冷《ひやゝ》かな背《そびら》を向けた結果に外ならなかつた。外に向つて生長する余地を見出し得なかつた二人は、内に向つて深く延び始めたのである。彼等の生活は広さを失なふと同時に、深さを増して来た。彼等は六年の間世間に散漫《さんまん》な交渉を求めなかつた代りに、同じ六年の歳月を挙げて、互《たがひ》の胸を掘り出した。彼等の命は、いつの間にか互《たがひ》の底に迄《まで》喰ひ入つた。二人は世間から見れば依然として二人であつた。けれども互《たがひ》から云へば、道義上切り離す事の出来ない一つの有機体になつた。二人の精神を組み立てる神経系は、最後の繊維に至る迄《まで》、互《たがひ》に抱き合つて出来上つてゐた。彼等は大きな水盤の表に滴《した》たつた二点の油の様なものであつた。水を弾いて二つが一《いつ》所《しよ》に集まつたと云ふよりも、水に弾かれた勢ひで、丸く寄り添つた結果、離れる事が出来なくなつたと評する方が適当であつた。（十四）

宗助とお米のひそやかな幸福を語る漱石の語り口は、日常生活の濃やかな描写にはみられない熱を帯びている。あたかも、漱石は、最後の繊維に至るまで抱き合って出来上がっているという彼らの対なる心の由って来たる根に存在するあるもの、「過去といふ暗い大きな窖《あな》」と呼ばれるものに光を当てようとして、いつになく熱しているかのようだ。この熱が、漱石のイデーにはらまれた比類ない憧憬からもたらされるものであることに注意を向けるべきであろう。そして、これに導かれるようにして、私たちは、宗助とお米の過去に対面させられるのである。

事の始まりは、宗助の京都における学生時代にまでさかのぼるのであった。その頃の宗助は、今と異ってすべてにわたって寛濶な一個の楽天家であった。その宗助が、たまたま講義のときによく隣合わせに並ぶ安井という学友と懇意になったのであった。この安井という男は、あらゆることについて軽快な宗助からすれは、いつもどこかに故障を有しているような影の薄い存在であった。宗助は、やがて安井と学年の終りには再会を約して手を分ち、帰京の折にはどこかで落ち合わせて共に京都入りすることを約束するほどの間柄となった。

だが、休暇も終りに近づくと安井からは、少し事情があって先に立たなければならない事になったという一通の封書を受け取ることになった。宗助は、一人京都に寄ったのだが、先に来ているはずの安井の姿はどこにも見られなかった。宗助は、不審な面もちで一週間ほどを過ごすうちに、安井が突然宗助の前に姿を現したのである。その際に、下宿生活はもうやめて、小さい家を借りようかと思っているという計画を宗助に打ち明けた安井は、その後とうとう学校の近くの閑静な所に一戸を構えることになった。

幾日か立って、始めて安井の家を訪問したとき、宗助は安井の秘密に触れたのであった。彼は、格子の前で傘を畳んで、内を覗き込んだ時、粗い縞の浴衣を着た女の影をちらりと認めたのである。この影の様に静かな女がお米であった。宗助は、この女が安井の秘密であることを意識の片隅にのぼせながら、その日は、ついに安井から一言も聞くことがなかった。やがていく度目かの訪問の際に、宗助は突然お米に紹介されたのである。

安井の紹介は「是《これ》は僕の妹だ」という一言に尽きた。その日は、ちょうど二人して町に買物に出ようというところだったので、宗助は道まで一緒に出掛けようとすぐに座を立った。安井は門口に錠をおろして、鍵を裏の家へあずけてくると云って、駆けて行った。宗助とお米は待っている間、二言三言口を利いただけであった。

宗助《そうすけ》は此三四分間に取り換《か》はした互《たがひ》の言葉を、いまだに覚えてゐた。それは只《たゞ》の男が只《たゞ》の女に対して人間たる親しみを表はすために、遣《や》り取《と》りする簡略な言葉に過ぎなかつた。形容すれば水の様に浅く淡いものであつた。彼は今日迄《まで》路傍道上に於て、何かの折に触れて、知らない人を相手に、是程の挨拶をどの位繰り返して来たか分らなかつた。

宗助は極めて短い其《その》時の談話を、一々思ひ浮べるたびに、其《その》一々が、殆《ほと》んど無着色と云っていゝ程に、平淡であつた事を認めた。さうして、斯《か》く透明な声が、二人の未来を、何《ど》うしてあゝ真赤に塗り付けたかを不思議に思つた。今では赤い色が日を経て昔の鮮かさを失つてゐた。互《たがひ》を焚《や》き焦した焰は、自然と変色して黒くなつてゐた。二人の生活は斯様《かやう》にして暗い中に沈んでゐた。宗助《そうすけ》は過去を振り向いて、事の成行を逆に眺め返しては、此《この》淡泊な挨拶が、如何《いか》に自分等の歴史を濃く彩つたかを、胸の中で飽迄《あくまで》味はひつゝ、平凡な出来事を重大に変化させる運命の力を恐ろしがつた。

宗助《そうすけ》は二人で門の前に佇んでゐる時、彼等の影が折れ曲つて、半分許《ばかり》土塀に映つたのを記憶してゐた。御米《およね》の影が蝙蝠傘《かうもりがさ》で遮《さへぎ》られて、頭の代りに不規則な傘の形が壁に落ちたのを記憶してゐた。少し傾きかけた初秋《はつあき》の日が、じり／＼二人を照り付けたのを記憶してゐた。御米《およね》は傘を差した儘《まゝ》、それ程涼しくもない柳の下に寄つた。宗助《そうすけ》は白い筋を縁に取つた紫の傘の色と、

まだ褪め切らない柳の葉の色を、一歩遠退いて眺め合はした事を記憶してゐた。（十四）

漱石は続けて、「今考へると凡《すべ》てが明らかであつた。従つて何等の奇もなかつた」と書き記している。確かにそうであろう。どうにも説明のならないある事態、それでいてそうでしかなかったような事態について言葉を費やすならば、そういう短い言葉で締めくくるよりないのだ。漱石は、宗助とお米を出会わせたある不可思議な力を前に、ほとんど現実的な描写も説明も叙述も放棄しているかのようだ。そういう短い言葉で締めくくるいがいには、彼らの心のうちに、どんな不可思議なるものが発酵しつつあったのか一切語らない。

誰もが多かれ少かれ、おのれの一生を決定するような運命的な出会いというものを持っている。そして、そういうものは、どんな心理的解析も立ち入るすきを与えず、ただ取るに足らない断片的な、それでいて鮮明な記憶を心の奥に残すだけである。

私たちの生が、もはやそういう運命的な出会いの帰結として存在することを忘却できるまでに至ったとき、それらの記憶もまた拭い去られ、何ごともないかのような日常の中にまぎれてゆくことができるのだ。そのときこそ、わずかながらも〈自然〉の意味にふれているのである。私たちの生が「社会」のうちにあって、忘却に忘却を重ねたすえにみずからも老い、やがて世代の生成をうながしてゆくことによって、「社会」を越えた何ものか、いわば基層としての〈自然〉にふれていくといってもいい。

けれども、もし出会いの運命的な力をいつまでも忘却することができず、その断片的な記憶が、年とともに鮮明さを増すような生を強いられている夫婦が存在するとするならば、どうであろうか。彼らの心は、「社会」の基層にあるものに触れる以前に、すでにして「社会」から放逐されている。そのためにこそ、運命の力の怖ろしさに日々出会うほかないのだ。

彼らには、もはや忘却することによって、この怖ろしさから解き放たれる方途はない。彼らにゆるされているのは、ひたすら放棄することだけである。「社会」にかかわるすべてを放棄することによって、運命的としかいいようのないある場面の淡々とした水のように浅く淡いなにものかを日々所有するいがいにないのだ。

宗助とお米は、彼らのひそやかな日常生活の幸福が、彼らの出会いの淡さについての鮮明な記憶に結びついていることに気がついていたはずだ。ほとんど無着色といってよいほどに透明な淡さが、その奥にどんな不可思議なものをはらんでいるかに気づいたとき、彼らの現在の生が、そのような出会いの再現としてあることに、愕然としたにちがいない。だが、彼らにはもはや、そういう生しかゆるされていないのであり、その淡さの中で、「社会」からどこまでも遠い場所へと赴くことを試みるのである。

漱石は、そういう夫婦の生と日常を描きたかったので、これに比べるならば、彼らの出会いが、やがて安井という一人の人間を疎外することになり、「社会」から徳義上の罪を負わされるという彼らの過去は、およそ運命の力としか形容することのできない出会いの怖ろしさを裏付けるきっかけにしかみえてこない。

宗助は当時を憶ひ出すたびに、自然の進行が其所《そこ》ではたりと留まつて、自分も御米《およね》も忽《たちま》ち化石して仕舞《しま》つたら却《かへつ》て苦はなかつたらうと思つた。事は冬の下から春が頭を擡《もた》げる時分に始まつて、散り尽《つく》した桜の花が若葉に色を易《か》へる頃に終つた。凡《すべ》てが生死《しようし》の戦ひであつた。青竹を炙《あぶ》つて油を絞る程の苦しみであつた。大風は突然不用意の二人を吹き倒したのである。二人が起き上がつた時は、何処《どこ》も彼所《かしこ》も既に砂だらけであつたのである。彼等は砂だらけになつた自分達を認めたけれども、何時《いつ》吹き倒されたかを知らなかつた。（十四）

すべてが明らかであると同時に、すべてが不可思議であるという以外に何をいうことができようか。漱石はただ一言「大風は突然不用意の二人を吹き倒したのである」と述べる。そして、この大風の記憶をかき立てる存在が眼の前に現れるかもしれないという思いによってこそ、宗助の心はかき乱されるのである。

第五節　死屍累々《ししるいるい》とは何か

こういう過去を負った夫婦にも、やがて新しい年がやってきた。正月は二日目の雪をひきいて注連飾《しめかざ》りの都を白くした。夫婦は、トタン張の庇を滑り落ちる雪の音に幾度か驚ろかされた。三日目の日暮れに、坂井の下女がやって来て、お暇ならばお遊びにどうぞという主人の意向を伝えていった。小六だけを遣って宗助は家にこもっていると、それから二、三日してまた例の下女がどうぞお話にという主人の命を伝えてきた。宗助は、それならばと坂井の宅に訪ってみると、細君と子供は留守で、主人は小さな書斎に宗助を迎え入れた。そこで、宗助は坂井の気楽そうな話題に耳を傾けているうちに、ある恐ろしい事実に対面したのである。

坂井の話によれば、彼には「冒険者《アドヴエンチエアラー》」としかいいようのない一人の弟がいた。これが、満州から蒙古へ渡って漂浪していたのが、去年の暮れになってむこうでの事業のために金を借りたいといって突然東京へ出て来たのだという。お米とともにその生を葬った安井が、風のたよりで満州に渡ったことを聞いていた宗助は、思わず坂井の話に引き入れられた。その弟が、今度向こうから一人友だちを連れてやって来るから会ってみてはどうかという坂井の言葉を聞いて、宗助は、胸さわぎをおぼえるのであった。強いてたずねてみると、その友人とは予期に違わず安井であった。宗助はその夜、ただ蒼い顔をして坂井の門を出るほかなかった。

宗助にとって、お米との日常生活の淡さが、彼らの出会いの淡さに結びついているということは痛切な真実であった。しかも、その淡さの背後には、もはや運命の力としか名づけようのない不可思議なるものがはたらいていた。だが、この不可思議な力が何に起因するのか、宗助にもお米にもおよそつかむことができなかった。唯一つ明らかなのは、彼らの出会いが、安井という人間を疎外し、起つあたわぬほどに打ちのめしたということだけであった。

これを「罪」というならば、咎《とが》は宗助にあるわけでもお米にあるわけでもなく、ただ彼らの出会いにはたらいた力にあるとみなすほかないのではないか。けれども、宗助もお米も、もはやその不可思議な力を直視するに耐ええないのである。彼らはただ、安井の存在にふれるとき、自分たちの

「罪」の恐ろしさとともに、それを犯させたある力に直面するほかないのである。

こういう宗助にとって、安井が坂井の家に現れるという事態は、彼らの過去が蘇るという以上の恐ろしい意味をもって迫ってきたはずだ。宗助が安井と再会するまでに、彼に「罪」を犯させた不可思議な力を直視していたとするならば、彼にはまだ安心の余地があったはずである。だが、宗助のしてきたことは、すべてを放棄することによって「社会」から最も遠くへ赴くということだけであった。

宗助の心の中に、いま安井と会うことは、いまに至るまでの自分の無為を暴露することにすぎないという思いが去来したはずである。ひいては、あの不可思議な力を直視することを避け、なすすべもなく日々を過ごしてきたおのれの弱さをさらけ出すことにほかならないという思いにとらわれたであろう。宗助は、何としてもそれを直視するだけの意力を養わなければならない。彼がお米とともに育んできた〈放棄〉だけでは、安井の存在を救済できないからである。

漱石は、ここにいたって、宗助とお米の日常生活へ注いできたあたたかい光を遮ったかのように、宗助を辛い試錬に立たせるのである。宗助は、内心の痛苦の思いをもはやお米にさえも打ち明けることができず、ひとり苦しむほかはない。一夜を懊悩のうちに過ごした彼は、翌日になっても激しい呵責からのがれることのできないまま、家を出るのであった。

其日《その》は朝から風が吹き荒《すさ》んで、折々埃《ほこり》と共に行《ゆ》く人の帽《ぼう》を奪つた。熱があると悪いから、一日休んだらと云ふ御米《およね》の心配を聞捨にして、例の通り電車へ乗つた宗助《そうすけ》は、風の音と車の音の中に首を縮めて、たゞ一つ所を見詰めてゐた。降りる時ひゆうといふ音がして、頭の上の針線《はりがね》が鳴つたのに気が付いて、空を見たら、此《この》猛烈な自然の力の狂ふ間に、何時もより明かな日がのそりと出てゐた。風は洋袴《ずぼん》の股を冷たくして過ぎた。宗助には其《その》砂を捲いて向ふの堀の方へ進んで行く影が、斜めに吹かれる雨の脚の様に判然《はつきり》見えた。（十七）

描写の表情は、もう少しも慈愛に満ちてはいない。宗助の頭上からは〈天〉のイデーは射しこんでいないのだ。遠い彼方からさらさらと、夫婦の日常に注がれていた時間の細かい砂粒は、どこか遠くへ逸れていったかのようだ。それにもかかわらず、ここに時間の痕跡がみとめられるとするならば、もう一度その光を恢復するまでの澱みのそれであるというほかにない。そしてその中においてこそ、宗助は作者の試錬に耐えなければならないのである。

おそらく、漱石もまたこういう場面を表現するにあたって、迷いのうちにあった。なぜなら、みずからが、渾身の力で象った宗助とお米の〈放棄〉の像が、ここに至って、その存続を危うくされているからである。対なる心を「社会」からできるかぎり遠い場所へと赴かせるというイデーが、どこまで可能かを実験されているからといってもよい。

もし、このイデーが、ひとりの男とひとりの女の出会いの不可解さに直面するのではないならば、ついには憧憬にすぎないことを証明されるほかはない。漱石は、宗助に是が非でもあの運命的な力を直視する意力を養わせなければならない。そのためにも、不可思議なるものを前に懊悩する宗助の内心を描き出さなければならない。漱石は、宗助をお米とのひそやかな日常から引き離し、暗い夜の巷を彷徨させる。

彼は黒い夜《よ》の中を歩きながら、たゞ何《どう》かして此《この》心から逃れ出たいと思つた。其《その》心は如何にも弱くて落付かなくつて、不安で不定で、度胸がなさ過ぎて希知《けち》に見えた。彼は胸を抑《おさ》へつける一種の圧迫の下《もと》に、如何にせば、今の自分を救ふ事が出来るかといふ実際の方法のみを考へて、其《その》圧迫の原因になつた自分の罪や過失は全く此《この》結果から切放して仕舞《しま》つた。其《その》時の彼は他《ひと》の事を考へる余裕を失つて、悉《ことごと》く自己本位になつてゐた。今迄《まで》は忍耐で世を渡つて来た。是《これ》からは積極的に人生観を作り易《か》へなければならなかつた。さうして其《その》人生観は口で述べるもの、頭で聞くものでは駄目であつた。心の実質が太くなるものでなくては駄目であつた。（十七）

宗助の心は、まったくひどいところに陥ってしまった。だが、このような懊悩が、あの不可思議なるものを直視する力を欠かした宗助の心の弱さに発するものであることに注意すれば足りる。そして、漱石は、この弱さを、とりあえず暗い夜の巷に放り出しているといってよい。やがて漱石は、宗助をこの弱さから救い出すために、禅寺へと向かわせる。だが、もはやそこにどのような救いも見い出されないことを、私たちは、よく知っている。宗助の心の弱さは、運命の力としか名づけることのできない不可思議なるものに出会った者ならば、誰でもが自覚するほかないものである。宗助をつき放した漱石とて、どこまでそれから救われていたかおぼつかない。むしろ、決して救われえず、それだけにこの弱さについて自覚を有していた者こそ『門』の漱石であったのではないか。

ともあれ、宗助は、役所にだけでなくお米にさえも病気と偽って、十日ばかりを山門に入った。さすがにその頃には、宗助の懊悩は鎮まったかにみえたものの、結局はどのような気力をも養うことかなわぬままに日を過ごすほかなかった。ただ、そこにおいて、宗助の心に、わずかずつでも平静が恢復されつつあることが感じ取られるのである。何よりも、そこでの宗助の生活を描く表現に、一種の落ち着きが恢復されていることを言祝がねばならない。


日は懊悩と困憊の裡《うち》に傾いた。障子に映る時の影が次第に遠くへ立ち退くにつれて、寺の空気が床《ゆか》の下から冷え出した。風は朝から枝を吹かなかつた。縁側に出て、高い庇《ひさし》を仰ぐと、黒い瓦の小口丈《だけ》が揃つて、長く一列に見える外《そと》に、穏かな空が、蒼い光をわが底の方に沈めつゝ、自分と薄くなつて行く所であつた。(十八)

宗助の頭上に〈天〉はわずかながらも覗きはじめた。そして、時間が静かに流れはじめた。宗助の心のなかには、悟りの片鱗さえもみられないにもかかわらず、おのずから恢復しはじめたのだ。なぜであろうか。おそらく、作者はもはやこれ以上宗助に試錬を与えることを断念したのである。不可思議なるものを直視しつづけるという重荷から解き、この男を、心の弱さのままに生かしめることをひそかに決断したのであるといってよい。

このうえ、もし生きうるとするならば、対なる心をさらに遠く「社会」のかなたへと赴かせ、さらに深く内なる〈放棄〉を抱かせるほかはない。そういう作者のあたたかい視線に包まれた宗助は、山門を去るにあたって思わず背後を顧みる。そして、ゆっくりと前を眺めるのである。

前には堅固な扉が何時迄《いつまで》も展望を遮ぎつてゐた。彼は門を通る人ではなかつた。又門を通らないで済む人でもなかつた。要するに、彼は門の下に立ち竦んで、日の暮れるのを待つべき不幸な人であつた。（二十一）

この不幸を背負って宗助は、お米とのひそやかな日常へと立ち帰るのである。

作者は筆を置くにあたって、坂井の口を借り、ひとつの挿話を添えている。清水谷から弁慶橋へ通じるどぶのような細い流れの中に、春先になると無数の蛙が生まれるという。その蛙が押し合い鳴き合って生長するうちに、幾百組か幾千組かの恋が成立する。そうしてそれらの愛に生きるものが、重ならないばかりにすき間なく続いて、たがいに睦まじく浮いていると、通りがかりの者が、石を打ち付けて、無残にも蛙の夫婦を殺していくので、その数はほとんど勘定し切れない程多くなるというのである。

「死屍累々《ししるいるい》とはあの事ですね。それが皆夫婦なんだから実際気の毒ですよ。詰《つま》りあすこを二三町通るうちに、我々は悲劇にいくつ出逢ふか分らないんです」（二十二）という坂井の言葉は、いったい何を語っているのであろうか。

第三章　『行人』論

第一節　性の争いというモティーフ

作者のモティーフに根を張ったあるものが、作品の構成をからめとり、分断し、いくつもの亀裂をくわえて、一篇の完成に躓きの石を投ずるということがある。作品にとって構成の整序は、モティーフを明確にするために不可欠のものなのだが、あらかじめ不可解なものに憑かれたモティーフは、容易に条理を備えた構成を容れようとしない。

『行人』という作品が私たちに印象づけるのは、このような構成とモティーフの不全である。漱石は、この作品を起稿するに当って、何度か構成的挫折に、見舞われたのではないか。それを経ることによって、はじめて『行人』の時間は流れはじめたと思わせるものがあるのだ。

主人公と目さるべき長野一郎は、常識もあり見識も高い学者である。その妻直との間に一女をもうけ、父母と成人した弟妹とからなる大家族のなかでの長男としての役割を果たしている。長男に特有の我儘な性格から、ときに癇癪を起こすことがあるものの、総じて社会的にも家族の一員としても其の本分を守っている。

だが、一郎は自分の妻を理解することができないといういらだちを心の奥底に秘めている。自分にとってもっとも身近な他者であり、対なる関係を形成すべき異性であるはずの妻の存在が、不可解なものとしてあらわれてくることに一郎は耐えられない。といって、一郎は妻を前にしておのれの心を開き、求める人間ではない。自己の内部にいらだちがくすぶり、疑惑が燃え上がるほどに凝っと待ちつづける態の人間である。

これに対して妻の直は、夫の心のなかにあるものを感受しているものの、すすんで夫に愛嬌をふりまくような女ではない。どこか青白い色つやの頬に淋しい片えくぼを寄せて、言葉少なに夫に応対しながら、一郎の妻としてまた長野家の嫁としての役割を静かに果たしている。たがいにおのれの場を動こうとしないこの夫婦に、不和は避けられないものといえよう。

それにしても、このような夫婦間の不和は、それほど特異なものなのだろうか。一対の男女が、それぞれの場を占めて、たがいに他者であることを固持するならば、不和は必然的に招きよせられる。そして、夫婦などというものは、他者であるという一点において多かれ少なかれこの種の不和を潜在させているのだ。

この意味で、一郎と直の不和などは世間一般にみられる夫婦の不和に解消して、顧ることさえしないという立場もありうる。だが、漱石は『行人』において、この対なる関係に忍び込んでくる不和こそが、不可解なるもののあらわれにほかならず、これの本源へこそ深く沈潜すべきであるという態度を採りつづけた。もちろん、内的モティーフはあくまでも小説言語とその構成を通じて表出される。だが、その本源へ遡ろうとする時間が、構成における破綻を招きよせないとはかぎらない。

そこで漱石は、対なる関係に忍び込んでくる不和を剔抉するにあたって、独特の構成を採った。一郎の弟二郎の視点を通して小説の場面を構成し、さらに一郎自身の内部については、終りに近く友人Hさんの手紙をして語らせるというものである。こういう手のこんだ構成は、いうまでもなく、モティーフの表出が蒙る構成上の破綻を、あえて受容したうえで、なおかつそこに意味をこめようとしたとき、自覚的に採用されたものといえる。ゆえに、二郎やHさんの存在はたんなる狂言回しでもなければ、作者の語りのための傀儡《かいらい》でもない。

二郎は、兄一郎と嫂直との間を観察し、観察したままに語るものであるとともに、兄によって嫂との間に恋情を交わしているのではないかという疑念を向けられている存在なのだ。もちろん二郎は、兄の疑念を否定するものの、自分自身、嫂に対する親愛の思いを、兄のためにも当の嫂のためにも持て余している。明らかに二郎の存在は、一郎と直との間の不和の直接的な原因とまではいわないまでも、遠因の一つには数えられるものである。

しかも、二郎の存在は、兄に対しても嫂に対しても、〈性〉として関係をとらざるをえないような相を負わされている。そのため、二郎を通して見られ、語られた一郎と直の姿は、一対一の関係がはらむ緊迫感を印象づけずにいない。これは、Hさんについてもいえることで、一対一の友情という関係のなかで心を通わせあう一郎とHさんの存在が、いかに〈性〉としてのありかたを示しているかを、Hさんの手紙はよく語っている。一郎と直との関係の不和の根は、一郎とHさんとの関係を通して、はじめて見えてくるのである。

このような構成を採ることによって、対なる関係に忍び込んでくる不和をとらえようとしたとき、漱石は、少くとも不可解なるものの根が〈性〉的なものにあることをよく見据えていた。これについては、一郎と直の関係が二郎によって語られる以前に、二郎と友人三沢との間の挿話のなかで述べられる次のような話に注意を向けてみればよい。

自分の「あの女」に対する興味は衰へたけれども自分は何《ど》うしても三沢と「あの女」とをさう懇意にしたくなかつた。三沢も又、あの美しい看護婦を何《ど》うする了簡《れうけん》もない癖に、自分丈《だけ》が段々《だん〳〵》彼女に近づいて行《ゆ》くのを見て、平気でゐる訳には行《ゆ》かなかつた。其処《そこ》に自分達の心付かない暗闘があつた。其処《そこ》に持つて生れた人間の我儘《わがまま》と嫉妬《しつと》があつた。其処《そこ》に調和にも衝突にも発展し得ない、中心を欠いた興味があつた。要するに其処《そこ》には性の争ひがあつたのである。さうして両方共それを露骨に云ふ事が出来なかつたのである。（「友達」二十七）

「あの女」とは、三沢が以前ある茶屋で出会った芸者で、今は、胃病のために入院している三沢と同じ病院に、やはり同じ病気で入院している女である。三沢は、その女の病気の原因が、自分が無理強いに酒を飲ませたことにあると思っている。二郎はといえば、その女を、三沢の見舞いのためやって来た病院でちらりと見かけたに過ぎないので、むしろその女に付添っている美しい看護婦に惹かれている。これだけとってみれば、三沢と二郎と「あの女」と美しい看護婦との間には、若い男女のありふれた恋愛図が描かれているにすぎない。

だが、漱石は、それを恋愛風俗として描くのでもなければ、若い男女間の心理的葛藤として描くのでもなく、「性の争い」という言葉であらわされる問題として描くのである。ここには、二郎と三沢との関係についての二郎自身の自己解剖とみなしてすませるには、あまりに尖鋭な問題が提出されている。それは、『行人』において漱石が、渾身の力をこめてそのあらわれをくわだてる観念といえる。

だが、いうまでもないことながら、生《なま》の観念の露出は小説のリアリティを損う。というよりも、ある問題をめぐるモティーフが明瞭な姿を保ってあらわれているならば、それをことさら小説的構成をとって提出する必要はないのだ。観念を吐露するために構成を不可欠のものとするのは、生《なま》のままではその観念をとらえることができないからなのである。おのれを明らめるためには、自身を表出しうる小説言語と構成を生み出すほかない。

したがって、先の一節において二郎の口を通して語られた言葉――「其処《そこ》に自分達の心付かない暗闘があつた」「要するに其処《そこ》には性の争ひがあつたのである」――には、対なる関係に忍び込むものをとらえようとする漱石のモティーフの片鱗がうかがえるものの、それをもって『行人』の問題のすべてが露呈されてあるとは断じがたいのである。

小説の時間は、この断片から流出しはじめたのであって、ここに還帰してきたわけではない。一郎と直の対関係がはらむ〈性〉の不可解さを露呈させるために、二郎の存在を、またHさんの存在を介在させたゆえんである。二郎の視点を通して、あるいはHさんの手紙によって構成された『行人』の小説的現実は、「性の争い」という言葉をめぐるモティーフが、どこまでその全容をさらけ出すに至るかの実験の場といってもよいものなのだ。

第二節　〈性〉における恣意性のゆらめき

三沢の「あの女」に惹かれるのは、「あの女」が、かつて三沢を慕い亡くなった精神病の娘さんを思いおこさせるからであった。三沢の口からこのことを告白されるにおよんで、三沢と二郎の「性の争ひ」は幕を閉じる。淋しそうな笑みを見せて三沢の盃を受ける「あの女」と、自分の孤独を訴えるように淋しそうな黒い眸を向ける精神病の娘さんの幻影は、そのまま二郎の眼に映じる嫂の姿となって甦るのである。

自分は便所に立つた時手水鉢《てうづばち》の傍《そば》にぼんやり立つてゐた嫂《あによめ》を見付《めつ》けて、「姉さん何《ど》うです近頃は兄さんの機嫌は好い方なんですか悪い方なんですか」と聞いた。嫂《あによめ》は「相変らずですわ」とたゞ一口答へた丈《だけ》であつた。嫂《あによめ》は夫《それ》でも淋《さみ》しい頬に片靨《かたゑくば》を寄せて見せた。彼女は淋《さみ》しい色沢《いろつや》の頬を有《も》つてゐた。それから其真中《そのまんなか》に淋しい片靨《かたゑくば》を有《も》つてゐた。（「兄」六）

学者であり、見識家である兄が、時折家族に見せる我儘と癇癪に静かに耐えている嫂に、二郎は同情以上のものを抱いている。だが、この場面における二郎の語り口は、嫂の淋しい色つやの頬に惹かれるおのれの心をいまだ奥深く秘めたまま、小説の語りに溶化しているといえる。二郎は、三沢が精神病の娘さんや「あの女」の淋しみに惹かれたように、自分もまた嫂の謎のように淋しい頬に惹かれていることに気づいていない。

だが、〈性〉における関係というものは、当人がそれにどこまで意識的であるかにかかわりなく、絶えず不安な恣意性として存在するものなのだ。これは、いうまでもなく直の二郎に対する関係においてもいえることで、彼女は夫の一郎にはとても抱きえない親密感を、二郎との間に無意識のうちにも覚えているのである。

このような〈性〉における恣意性のゆらめきこそ、社会的には婚姻の関係を結んでいる一対の男女の間を危機に陥れる重大な由因となるものなのだ。一郎と直の間の不和の一因もまたここからやってくるといえる。しかし、小説の場面においては、このことに気づいているのは一郎だけである。一郎は、〈性〉というものが、不安な恣意性としてあるということに馴れることができない。直と二郎との間に交わされる何げない親密さが、〈性〉のゆらめきに発するものであることを知っている。そこから立ちのぼる瘴気のようなものが、自分たち夫婦の間に忍び込み、陰微なかたちで間を隔てているにちがいないという疑念にとらわれている。

だが、一方において、たとえ直と二郎の間に交わされる心理の劇が、ある緊迫した状況を呈することがあっても、二郎はもちろん、直は決して二郎との間に形成された空隙を飛びこえてまで〈性〉の可能性を現実化するような女でないということもよく了解している。むしろ、直がもっと積極的に〈性〉のゆらめきに身を投じ、一郎の嫉妬を駆りたてるような女であったならば、一郎の悲劇は、回避されたかもしれないのだ。

二郎や他の男たちに媚を示し、夫である一郎を侮蔑するような女であったならば、一郎にもそれなりの対処の仕方があったはずだ。だが、直は、長野家の嫁として、一郎の妻として、過不足ないほどにその分をわきまえている。そのかぎりにおいて、二郎との間の親密さは、家族的なそれと解してさしつかえないものでさえある。直の存在には、何ら疑念をさしはさむ余地はないといっていい。

これらすべての事情にもかかわらず、一郎は、直の存在をぼんやりと包む〈性〉のゆらめきと、その深奥に秘められたあるものに馴れることができない。その不可解さの根は、もしかしたら性的なるもの一般に解消しえないなにものか、直の存在が「女性」であるというそのことに発しているのではあるまいか。一郎は、これらすべての混沌とするなかで、おのれの疑いをいたずらに研ぎすますいがいにない。

一郎の疑念が、はじめて明瞭なかたちをとるにいたるのは、直と二郎と母と共にした和歌山の宿においてであった。漱石は、まず何よりも、このような一郎の切迫した疑いを二郎の眼を通して描き出すことによって、その語りがたいあるものを、実にみごとに示唆するのである。

「急に暑苦しくなりましたね」と自分は嘆息するやうに云つた。

「左右《さう》さね」と答へた母の言葉は、丸《まる》で暑さが苦にならない程落付いてゐた。それでも団扇遣《うちはづかひ》の音丈《だけ》は微かに聞えた。

母はそれから弗《ふつ》つり口を利かなくなつた。自分も眼を眠《ねむ》つた。襖一つ隔てた隣座敷には兄夫婦が寝てゐた。これは先刻《さつき》から静《しづか》であつた。自分の話相手がなくなつて此方《こつち》の室《へや》が急に寂《ひつ》そりして見ると、兄の室《へや》は猶《なほ》森閑と自分の耳を澄ました。

自分は眼を閉ぢた儘凝《まゝじつ》としてゐた。然《しか》し何時迄《いつまで》経つても寝つかれなかつた。仕舞《しまひ》には静さに祟《たゝ》られたやうな此《この》暑い苦しみを痛切に感じ出した。それで母の眠《ねむり》を妨げない様にそつと布団《ふとん》の上に起き直つた。それから蚊帳の裾を捲《まく》つて縁側へ出る気で、成《な》る可《べ》く音のしない様に障子をすうと開けに掛《か》ゝつた。すると今迄《まで》寝入つてゐたと許《ばかり》思つた母が突然「二郎何処《どこ》へ行《ゆ》くんだい」と聞いた。「あんまり寝苦しいから、縁側へ出て少し涼まうと思ひます。」

「左右《さう》かい」

母の声は明晰《めいせき》で落ち付いてゐた。自分は其《その》調子で、彼女がまんじりともせずに今迄《まで》起きてゐた事を知つた。

（「兄」十五）

このような一節を味読するとき、『行人』のめざましい達成が、語りがたいものを表出するにあたって、それを、私たちの眼から巧妙に覆い隠すことによって、かえってそのリアリティを刻印するという表現方法にあったことに気がつく。いうまでもなく、この方法は、漱石の不可解なるものに憑かれた内的時間によってのみ支えられているので、およそ技巧とか技術といったものとは無縁である。表出意識が、一郎の疑念と、直との間の石のような沈黙を暗示するために、二郎のとまどいをうかべた視点を設定することは必然の要請であった。この意味において『行人』における漱石は、表現者として類をみないほどに意識家であったといえる。

和歌山の宿で、夜をまんじりともしないで明かしたのは二郎と母親だけではない。襖一つ隔てた隣座敷では、どこにも向けることができないまま、研ぎすまされた疑いを凝っと押し殺している一郎と、夫の疑念を解くことができないだけでなく、自分が一郎の妻として存在すること自体が、自分自身の〈性〉との間に齟齬をきたしてしまうことに凝っと耐えている直との沈黙が、終夜目覚めていたに相違ない。一郎が、この執拗な疑念を持て余した末に、弟の二郎を誘ってひそかに直の節操を試してもらいたいと依頼したのは、その翌日のことであった。

このときの一郎の内に、妻との間の性的不満足からひき起こされた異常な嫉妬妄想を認めてすますこともできよう。しかし、そうして片付けてしまうには、あまりに切迫した思いが一郎の内部を占めていたのである。一郎は二郎にたいして思わずこんなことを口ばしる。

「御前他《おまへひと》の心が解《わか》るかい」

「いや御前《おまへ》の心ぢやない。女の心の事を云つてるんだ」

「書物の研究とか心理学の説明とか、そんな廻り遠い研究を指《さ》すのぢやない。現在自分の眼前に居て、最も親しかるべき筈《はず》の人、其人《その》の心を研究しなければ、居ても立つても居られないといふやうな必要に出逢《であ》つた事があるかと聞いてるんだ」

（「兄」二十）

一郎は要するに、あまりにもラディカルなのだ。このラディカルさは、いささかも心理的なものを含んでいない。

第三節　関係が疎外する観念と倫理的悲劇

人は、おのれに最も近い異性の心が了解不可能であるという前提のもとで、いくらでもその異性との間に心理的な葛藤を演ずることができる。しかし、そのような心理劇は、どんなに侮蔑と嫉妬の入りまじった錯綜した様相を呈することがあろうと、根本のところで演ずる当事者自身が醒めている。彼らは、たがいに相手の〈性〉が了解不可能であるということについては、疑いを向けることがない。それを自明の領域に追いやっている分だけ、いくらでも心理的に戯れてみせることができるだけだ。

このような心理的葛藤と演戯を可能にするものが、たがいの〈性〉が秘めている恣意性のゆらめきにほかならない。異性の心がわからないのは、その〈性〉自体が不可解な瘴気を発しているからなので、しかも、それに保証されてこそ性愛の心理劇が可能になるのである。

だが一郎には、これらすべてがまったく納得できない。もし、〈性〉なるものが本来的に一対の男女の心をぴたりと重ね合わせることのできないものであるとするならば、人間の〈性〉は、どこかで重大な誤ちを犯してしまっているのである。もし、社会的に婚姻の関係を結んだ夫婦が、〈性〉を介して心と心をしっくりと通わせ合うということが不可能であるとするならば、人間のつくった社会とか制度というものが、〈性〉の自然さに背離しているのである。

このことは、一郎の胸のうちでは一つのことであって二つのことでない。一郎は、社会とか制度を支える観念の水準が、人間が自然からかぎりなく離反したことの代償のように成立しているものであって、そのことが、人間の〈性〉を不可解な瘴気のごとくに現出させる由因にほかならないということから眼を離すことができない。一郎にとって、最も親しかるべきはずの異性の心がわからないということは、おのれの拠ってたつ存在の根拠が了解できないというにひとしいのだ。

あえていうならば、一郎は、おのれがおのれ自身の心を信ずることも愛しむこともできず、それゆえにおのれの〈性〉について自覚的になりえないがゆえに、最も親しかるべき異性の心が理解できないという障害にラディカルな姿で出会っているのである。こういう人間の悲劇を倫理的と名づけるいがいにないとするならば、一郎の倫理的悲劇は、関係が疎外する観念から身をひきはがすことのできないもののそれであるといっていい。

だが、二郎には、兄の苦悶がどこからやってくるものなのかまったく理解できない。彼は、寝苦しい夜、隣室の石のような沈黙にとまどったように、このときもまた呆然とした挙句こんなふうに答えるいがいにないのである。

「兄さんに対して僕が斯《こ》んな事をいふと甚《はなは》だ失礼かも知れませんがね。他《ひと》の心なんて、いくら学問をしたつて、研究をしたつて、解りつこないだらうと僕は思ふんです。兄さんは僕よりも偉い学者だから固《もと》より其処《そこ》に気が付いて居らつしやるでせうけれども、いくら親しい親子だつて兄弟だつて、心と心は只《たゞ》通じてゐるやうな気持がする丈《だけ》で、実際向ふと此方《こっち》とは身体《からだ》が離れてゐる通り心も離れてゐるんだから仕様がないぢやありませんか」（「兄」二十一）

二郎の意見はたしかに正論なのだが、この種の正論は、どこを振ってみたところで、一郎の悲劇を解消できない。実際、このときの二郎は、ひとりの異性との間に心と心をぴたりと重ね合わせねばやまないという燃えるような渇望をいまだ経験していない。そうかといって、ひとりの異性にむかう心というものは、どこかで必ず空隙を残してしまうものであって、それゆえにこそ人間は〈性〉の放蕩を心的に享受しうるのだという想念に達しているわけでもない。要するに二郎は、他者との間の心的交渉を生活の瑣事を処するように何げなくやり過ごしてきたおのれの体験的基盤に立っているにすぎないのである。

もちろん、漱石は、このような二郎の思いが大多数の生活者の胸に隠された処世の道とでもいうべきもので、これが一郎のあまりに切迫した希求を相対化する契機にほかならないということをよくわきまえている。だが、二郎はこのような漱石の思想を荷いきるにはあまりに弱年で、生活というものの陰影をいまだよく身につけていない人間として描かれている。一郎の妄念と性急なほどの渇望を相対化する視点は、ようやくHさんの登場を待ってなされるのである。

二郎はといえば、兄の依頼の無理強いに嫂と和歌山へ出掛け、偶然のことから宿に閉じ込められ、一夜を明かすということがあってから、もはや兄にたいしてどんな正論も述べることができなくなってしまう。それどころか、二郎は一郎の苦悩をわずかながらに了解しうる人間にさえなっているのだ。いうまでもなく、契機は直の〈性〉にある。

凡《すべ》ての女は、男から観察しようとすると、みんな正体の知れない嫂《あによめ》の如きものに帰着するのではあるまいか。経験に乏しい自分は斯《か》うも考へて見た。又其《その》正体の知れない所が即《すなは》ち他の婦人に見出《みいだ》しがたい嫂丈《あによめだけ》の特色であるやうにも考へて見た。兎《と》に角嫂《あによめ》の正体は全く解らないうちに、空が蒼々と晴れて仕舞《しま》つた。自分は気の抜けた麦酒《ビール》の様《やう》な心持を抱《いだ》いて、先へ行く彼女の後姿を絶えず眺《なが》めてゐた。

突然自分は宿へ帰つてから嫂《あによめ》について兄に報告をする義務がまだ残つてゐる事に気が付いた。自分は何と報告して好いか能《よ》く解らなかつた。云ふべき言葉は沢山あつたけれども、夫《それ》を一々兄の前に並べるのは到底自分の勇気では出来なかつた。よし並べたつて最後の一句は正体が知れないといふ簡単な事実に帰する丈《だけ》であつた。或《あるひ》は兄自身も自分と同じく、此《この》の正体を見届けようと煩悶し抜いた結果、斯《こ》んな事になつたのではなかろうか。自分は自分が若《も》し兄と同じ運命に遭遇したら、或《あるひ》は兄以上に神経を悩ましはしまいかと思つて、始《はじ》めて恐ろしい心持がした。

（「兄」三十九）

不可解なるものに憑かれた漱石の内的時間は、一郎だけでなく、二郎をもまたその渦中にひき入れたかのようである。だが、少くとも二郎は、一郎とは異って、妻なる異性の心を理解しなければやまないという渇望に憑依するものではない。漱石の内的時間に憑いた不可解なるものは、あくまでも一郎の悲劇のなかに形象化されている。二郎の怖れは、ただそれを側面から照らし出すものにすぎない。

いうまでもなく、一郎の渇望とその悲劇は漱石の内的モティーフのあるがままなる表現ではない。漱石は、おのれの内的時間を小説の時間として結晶させるために、一郎の焦慮だけにかぎらず、その傍に二郎の憂鬱とHさんの公正を描き出すことを忘れてはおらず、何よりも直の〈性〉に、不可解なるものの実在感を刻印することを忘れてはいない。このような直の心性を、一郎と二郎の心的もつれの間に描き出したとき、小説の時間は、その流れを現実化するにいたるのだ。

第四節　それぞれの〈性〉を荷った日常からの離脱

たとえば、和歌山での嵐の一夜を明かした二郎と直が、一郎と母のいる宿に戻った場面は、以下のごとくである。

兄は三階の日に遠い室《へや》で例の黒い光沢《つや》のある頭を枕《まくら》に着けて仰向《あふむ》きになつてゐた。けれども眠つてはゐなかった。寧《むし》ろ充血した眼を見張るやうに緊張して天井を見詰めてゐた。彼は自分達の足音を聞くや否《いな》や、いきなり其《その》血走つた眼を自分と嫂《あによめ》に注いだ。自分は兼《か》ねてから其《その》眼付を予想し得なかつた程兄を知らない訳《わけ》でもなかつた。けれども室《へや》の入口で嫂《あによめ》と相並んで立ちながら、昨夕《ゆふべ》まんじりともしなかつたと自白して居るやうな彼の赤くて鋭い眼付を見た時は、少し驚かされた。自分は斯《か》ういふ場合の緩和剤として例《いつも》の通り母を求めた。其《その》母は座敷の中にも縁側にも何処《どこ》にも見当らなかつた。

自分が彼女を探《さが》してゐるうちに嫂《あによめ》は兄の枕元に坐つて挨拶《あいさつ》をした。

「只今《ただいま》」

兄は何とも答へなかつた。嫂《あによめ》は又坐つたなり其処《そこ》を動かなかつた。

（「兄」四十）

このような表現の特質については、すでに別の場面を引いて論じている。寝苦しい夜の宿で、兄と嫂のいる隣室の沈黙を、二郎のとまどいを介して暗示することによって、一郎と直の間を隔てるものを形象化する表現であった。

この場面においても事情は変わらない。漱石は、おのれの内的時間をいかなる構成をもって流出せしめるかに腐心している。そして、一郎の渇望とそれゆえの疑惑とを、「充血した目を見張るように緊張して天井を見詰め」る姿に暗示するのである。また直の〈性〉が秘めている哀しみともいうべきものを、一郎の妻として、その傍に端然と坐している直の姿に形象化する。こうした構成と表出の過程を通してこそ、時間は、生動しているといえるのだ。

だが、『行人』を読みすすむにしたがって、私たちは、しだいに性急になっていることに気づかざるをえない。嵐をきっかけに和歌山旅行を早めにきり上げて、東京に帰ってからは、一郎と直の姿は、二郎を語りとして家の内側からとらえられていく。だが、二郎の語りを追っていくにしたがって、一郎と直の不和がいつ家族の者たちに露呈されるのか、またその回復不可能な事態において二郎はいかなる立場をとり、いかなる語りによって一郎と直の内部を明かすのであるかを性急に知ろうとしているのである。

意に反して、帰ってからの一郎は、家族を遠ざけ、書斎に閉じこもる時間が多くなるだけで、時に二郎をそこに招じ入れて、おのれの苦悩の一端を語りかけることがあるものの、総じて自己の内側へと籠ってゆくことに専念しているかのようである。直はといえば、そのような一郎にある距離をもって対しているだけで、長野家の中でのおのれの分を決して越えようとしない。そうかといって、夫婦の間に水をさすようなふるまいをするわけでもない。ただ娘の芳江を抱いて、自分の居室に静かに坐しているだけである。

和歌山での切迫した時間の流れに比すれば、帰ってきてからの時間は実にゆるやかに何ごともないかのように流れているようにみえる。私たちの性急な求めをよそに、このゆるやかに流れる時間の中で、一郎も直もそれぞれの孤独を深めていくばかりである。

兄の顔には孤独の淋《さび》しみが広い額を伝はつて瘠《こ》けた頰に漲《みなぎ》つていた。
「二郎己《おれ》は昔から自然が好きだが、詰《つま》り人間と合はないので、已《や》むを得ず自然の方に心を移す訳《わけ》になるんだらうかな」
自分は兄が気の毒になつた。「そんな事はないでせう」と一口に打ち消して見た。けれどもそれで兄の満足を買ふ訳《わけ》には行《ゆ》かなかつた。

（「帰つてから」六）

最後にあれ程嫂《あによめ》に就《つ》いて知識を得たがつてゐた兄が、段々冷静に傾いて来た。其代《その》り父母や自分に対しても前程は口を利《き》かなくなつた。暑い時でも大抵は書斎へ引籠《ひきこも》つて何か熱心に遣《や》つてゐた。自分は時々嫂《あによめ》に向つて、「兄さんは勉強ですか」と聞いた。嫂《あによめ》は「えゝ大方《おおかた》来学年の講義でも作つてるんでせう」と答へた。自分は成程《なるほど》と思つて、其《その》忙しさが永く続くため、彼の心を全然其方《そつち》の方へ転換させる事が出来はしまいかと念じた。嫂《あによめ》は平生の通り淋《さび》しい秋草のやうに其処《そこ》らを動いてゐた。さうして時々片靨《かたゑくぼ》を見せて笑つた。（「帰ってから」四）

漱石は、ここでゆるやかな日常の時の流れに身をまかせたまま、それぞれの孤独を深める男と女の姿を描きながら、あたかもこの夫婦にとっては肌寒い秋風がかすかに吹き抜けるような関係こそが最も自然なものであり、一郎と直のみにかぎらず、夫婦というものの本質はつまるところこのような自然にあるのだということをそれとなく示唆しているかのようにみえる。和歌山において、あれほど切迫した関係を暗にほのめかし、そうすることによって不可解なるものに憑かれた観念の緊張を伝えた漱石は、いったいどこにいってしまったのだろうか。

だが、くりかえしいわねばならないのだが、私たちはあまりに性急すぎるのだ。漱石の表出意識がおのれの内的モティーフを十全に表現しうる構成を模索し、手さぐりしながら歩んでいる姿にもう少し注意を払ってみてもよいのである。そう思ってみれば、一郎にも直にも、読者に明かしてみせうるような内部の秘密などというものは何ひとつなく、一郎も直も、おのれの〈性〉の意味を日常の時間の流れのなかで、それぞれの仕方で負っているというにすぎないだけなのかもしれない。

そして、それこそが対なる関係にすきま風を吹きこむ根本の理由にほかならないのかもしれないのだ。

こうしてみれば、漱石の内的時間はこのとき、対なる関係のなかに忍びこむ不和の生地《きじ》のようなものに触れているので、決して雲散してしまったわけでも、霧消してしまったわけでもないということができる。できうるならば、漱石は、流れるともなく流れる静かな時間を表出することのなかに投身したかったのかもしれない。そのことによって、対なる関係の不和というものが、社会や制度における共同的な観念を自然とみなす私たちの感性の奥深いところで、自然のように感受され、やりすごされてきたものであることを印象づけたかったのかもしれない。

だが、私たちの性急さは作者を促して一郎と直の不和の根へと赴かせずにはいない。漱石は、日常の時の流れのなかで秋風が吹き抜けていくような一郎と直の不和が、しだいに家族の者たちに、見すごすことのできない重苦しさを投影していく過程を、二郎の語りを通して根気よく描写していく。一郎が家族の者を遠ざけ、妻の直を遠ざけて書斎に籠る時間が多くなっていくにしたがい、日常の時間は一郎の孤独な苦悶によってわずかずつ停滞していく。

彼は一心に何か考へてゐるらしかつた。彼は学者で且《かつ》思索家であるから、黙つて考へるのは当然の事のやうにも思はれたが、扉《ドア》を開けて其《その》様子を見た者は、如何《いか》にも寒い気がすると云つて、用を済ますのを待ち兼《か》ねて外へ出た。最も関係の深い母ですら、書斎へ行くのを余《あま》り有難《ありがた》いとは思つてゐなかつたらしい。

（「帰つてから」二十）

漱石は、寒々とした孤独のなかで、おのれの疑念と焦慮を深めていく一郎の姿を、二郎の眼を通してこんなふうに描くのである。もちろん、孤独な一郎の胸のうちから、最も親しかるべき異性の心が理解できないのはなぜなのかという問いが、拭い去られたことは一瞬たりともない。が、日常の時の流れは、一郎のこのような思いをできるかぎり抑制してきたといっていい。一郎は弟の二郎だけを書斎に招じ入れ、おのれの寒い思いを語りかけるのであるが、二郎は兄の孤独な想念をまともに受けとめることを避け、日常の時の流れへと遁走していくほかはない。

こうして、一郎の寒々しい孤独によって停滞させられた時間は、やがて二郎をも家族の者をも重苦しく圧迫するにいたり、ついに二郎は家を出ることを決心する。二郎の眼から隠された一郎は、おのれの孤独を深めていった末に、妻との不和もそれゆえの自身の孤独をも自然のように流し去ってしまう時へと身をあずけていた状態を、もはや過去のものとみなすほかはなくなってしまう。二郎は友人の三沢の話から、一郎の学校での様子が平生と異なることを知り、兄の時間がついに日常の時の流れから離脱しつつあることに気づくのである。

第五節　代償行為としての仲介者

一郎の孤独がおよぼす心的圧迫に耐えられず、家を出て下宿住まいをはじめた二郎の心には、いつのまにか憂鬱が根を張り出すのだった。この二郎の憂鬱が、日常的な時間の流れのなかで形成されてきた観念の自然態としての〈性〉へと、もはや還ることができなくなってしまった一郎と直との関係を、正確に映し出すものであることはうたがいない。

それだけでなく、二郎の憂鬱は、二郎自身における〈性〉のゆらめきを原因とする不安な心性の表現であることもまたたしかなのだ。二郎と一郎と直の三者の関係は、かれらの時間が、それぞれの仕方で日常的な時の流れから離脱してゆくにしたがい、ふたたび瘴気を発散しはじめる。家を出た二郎は、突然の嫂の訪問に、おのれの〈性〉のゆらめきが妖しくかきたてられる思いに陥るのである。

其《その》晩は静かな雨が夜通し降つた。枕を叩くやうな雨滴《あまだれ》の音の中に、自分は何時迄《いつまで》も嫂《あによめ》の幻影《まぼろし》を描いた。濃い眉とそれから濃い眸子《ひとみ》、それが眼に浮ぶと、蒼白い額や頬は、磁石に吸ひ付けられる鉄片の速度で、すぐ其周囲《そのまはり》に反映した。彼女の幻影《まぼろし》は何遍も打ち崩《くず》された。打ち崩《くづ》される度に復《また》同じ順序がすぐ繰返された。自分は遂《つひ》に彼女の唇の色迄《まで》鮮かに見た。其《その》唇の両端《はし》にあたる筋肉が声に出ない言葉の符号《シンボル》の如く微かに顫動《せんどう》するのを見た。それから、肉眼の注意を逃れようとする微細の渦が、靨《ゑくぼ》に寄らうか崩れようかと迷う姿で、間断なく波を打つ彼女の頬をありありと見た。（「塵労」五）

二郎の心の奥深く隠された〈性〉のゆらめきは、このような喩を意識的に導き入れた表現において、妖しくかきたてられているようにみえる。一郎も二郎も直も、日常の時の流れに身をおいて

〈性〉を自然のように受容するならば、こういう妖しげなゆらめきからは無縁でいることができたはずだ。だが、〈性〉というものは、人間にとってもはや自然そのものに還元することのできないものなので、彼らが日常的な時間から離脱する度合にしたがって、多かれ少かれそれを観念のゆらめきとして受感するいがいにないのである。

もしそれを忌避するならば、無意識的な抑圧からもたらされる不安や恐怖の側にとどまるほかはない。あるいは、不安や恐怖からのがれるために、何らかの代償行為へと執していくいがいにない。それも、おのれの内部から発散する妖しい〈性〉のゆらめきを押し殺し、不安や恐怖から一刻もはやく癒えるために、である。

そのように、二郎の心の奥深くからかすかなあらわれをみせた〈性〉の不安なゆらめきは、たちまちのうちにかき消え、彼の心のスクリーンは兄と嫂の不和を映し出してしまう。二郎は、しきりにゆらめきを払いのけ、不安のこちら側で、兄と嫂の不和を射影するという代償行為へと没していくようにみえる。

彼女の言葉は凡《すべ》て影のやうに暗かつた。それでゐて、稲妻のやうに簡潔な閃《ひらめき》を自分の胸に投げ込んだ。自分は此《この》影と稲妻とを綴り合せて、若《も》しや兄が此間中《このあいだぢゅう》癇癖の嵩じた揚句、嫂《あによめ》に対して今迄にない手荒な事でもしたのではなからうかと考へた。打擲《ちやうちやく》といふ字は折檻《せつかん》とか虐待《ぎやくたい》とかいふ字と並べて見ると、忌はしい残酷な響を持つてゐる。嫂《あによめ》は今の女だから兄の行為を全く此《この》意味に解してゐるかも知れない。自分が彼女に兄の健康状態を聞いた時、彼女は人間だから何《ど》んな病気に罹るかも知れないと冷《ひやゝ》かに云つて退《の》けた。自分が兄の精神作用に掛念《けねん》があつて此《この》問を出したのは彼女にも通じてゐる筈《はず》である。従つて平生よりも猶《なほ》冷淡な彼女の答は、美しい己《おの》れの肉に加へられた鞭の音を、夫の未来に反響させる復讐の声とも取れた。――自分は怖かつた。　（同右）

二郎は、直の〈性〉を契機として妖しく炎えあがるものを感受しながら、兄と嫂の関係にたいしては、語りであり仲介である者としての位置を守りつづける。そして、この仲介者としての二郎の憂鬱と不安と怖れを通して、一郎と直の間を隔てる溝がもはや日常の時に耐ええないものと化していることが暗示されるのである。二郎はといえば、仲介者としての自分の役割を忠実に果たすことによって、やがてこの不安と恐怖から着実に癒えてゆくといっていい。

こうして二郎は、その憂鬱の気に浸る間もなく、日常的な時間から逸脱してしまった一郎の孤独の内部を語ってくれる人物として、一郎の友人Hさんへ自分の役割をひき渡す。二郎は、家族の誰彼や友人三沢やHさんとの交わりのなかから、わずかずつ確実に回復していく。だか、一郎と直との間では、もはや回復不可能な不和が強く根を張っていくのである。Hさんに一郎を旅行に連れ出してもらうことを承諾させた二郎は、彼らの旅行の出立の後に家へ寄って嫂とこんな会話を交わすのだ。

「兄《にい》さんは夫《それ》でも能《よ》く思ひ切つて旅に出掛けましたね。僕は殊《こと》によると今度《こんだ》も亦《また》延すかも知れないと思つてたんだが」

「延しやなさらないわよ」

嫂《あによめ》は斯《か》ういふ時に下を向いた。さうして何時《いつ》もよりも一層《いつそう》落付いた沈んだ低い声を出した。

「そりや兄さんは義理堅いから、Hさんと約束した以上、それを実行する積《つもり》だつたには違《ちがひ》ないけれども……」

「そんな意味ぢやないのよ。そんな意味ぢやなくつて、さうして延ばさないのよ」

自分はぽかんとして彼女の顔を見た。

「ぢや何《ど》んな意味で延さないんです」

「何《ど》んな意味つて、――解つてるぢやありませんか」

自分には解らなかつた。

「僕には解らない」

「兄《にい》さんは妾《あたし》に愛想《あいそ》を尽かしてゐるのよ」

「愛想《あいそ》づかしに旅行したといふんですか」

「いゝえ、愛想《あいそ》を尽かして仕舞《しま》つたから、それで旅行に出掛けたといふのよ。つまり妾《あたし》を妻と思つてゐらつしやらないのよ」

「だから……」

「だから妾《あたし》の事なんか何《ど》うでも構はないのよ。だから旅に出掛けたのよ」

嫂《あによめ》は是《これ》で黙つて仕舞《しま》つた。自分も何とも云はなかつた。其処《そこ》へ母が風呂から上がつて来た。

「おや何時《いつ》来たの」
母は二人坐つてゐる所を見て厭な顔をした。

（「塵労」二十五）

こういうテンポの速い表現において、漱石は、もはや回復してしまった二郎といまだ病いのなかにいる直、あるいは一郎との断層をあますところなく語っている。二郎と直の親密さを以前から良からぬものと考えていた母は、彼らの姿を見て厭な顔をするのだが、実のところ、二郎の心のなかではもはやどのような〈性〉のゆらめきも、仲介者としての役割へと転移している。そこには、いかなる疑念をも挿しはさむ余地はないはずなのだ。ここではあくまでも、健康な二郎の傍で呟かれた「兄《にい》さんは妾《あたし》に愛想《あいそ》を尽かしてゐるのよ」という嫂の言葉がかいまみせる、一郎と直の関係の病いの深さを汲みとればよいのである。

第六節　〈性〉の宿命と夫婦の悲劇

それにしても、直という女性の内部にかくされたあるもの、打っても叩いても微動だにせず、端然と坐しててこでも動こうとしないもの、これこそが「女性」の本質をなすものであり、もはや痼疾といっていいものなのではないか――漱石の内的モティーフは、二郎にたいして「兄《にい》さんは妾《あたし》に愛想《あいそ》を尽かしてゐるのよ」と事もなげに呟く直の、老練とも無邪気ともつかない態度を描き出すことによって、ここまで結晶している。もちろん、病んでいるのは直の〈性〉だけではない。なによりも、一郎の〈性〉が根源的な病いをこうむっているのである。一郎が「男性」として回復不可能なほどに病んでいるというそのことが、「女性」としての直の病いをまねき寄せてしまうのだ。

いや、もしかしたらそうではないかもしれない。直という女性が、夫の前で一貫しておのれの〈性〉を秘め、禁忌とするという態度を執りつづけることが、一郎の〈性〉を病いへといたらせる要因であるかもしれない。少くとも一郎は、自分の前では禁忌とされているかのような直の〈性〉が、弟の二郎との間に妖しいゆらめきをかきたてることに耐えられず、二郎をして異常な申し出を承諾させたのだった。それらの試みもすべて虚しく、一郎は直の〈性〉に馴れることができないまま、おのれの孤独を深めていくほかなかったのだ。

もしも一郎が、直の心性の奥深く秘められたものが、「女性」が抱え込んでしまった痼疾ともいうべきものにほかならず、それは、一郎自身の病いの深さを映し出すものにほかならない、ということに気づいていたとしたらどうだろうか。つまり、直がおのれの〈性〉をどこまでも禁忌とする度合と、一郎があたかも〈性〉を切り捨ててしまったかのような孤独の深みへと沈潜していく度合とが、正確に比例することが、当の一郎に自覚されていたとしたらどうだろうか。あるいは、一郎だけに限らず直にも、ひいては二郎にもこのことが了解されていたならば、一郎と直の悲劇は回避されたのではあるまいか。

だが、漱石は、人間の〈性〉に忍び込む違和とその不可解さは、対なる関係のこちら側にいる男と女がどこまでそれを意識化しようと、容易に拭いえないということを洞察している。漱石は、それがほとんど宿命的と称してよいほどの根を有するものであることから眼を逸らしていないのである。
一郎の内部を語るHさんの手紙は、心待ちにしていた二郎の手にようやくにして届く。Hさんを通して語られる次のような一郎の言葉が、もはや異性をどのようにも受容しえないほどに、おのれの〈性〉を孤立させ、観念の宿命を生きることを強いられてきた者の悲劇を伝えるものであることを、私たちは、ようやく納得するにいたるのだ。

兄《にい》さんは鋭敏な人です。美的にも倫理的にも、智的にも鋭敏過ぎて、つまり自分を苦しめに生れて来たやうな結果に陥つてゐます。兄さんには甲でも乙でも構はないといふ鈍《どん》な所がありません。必ず甲か乙かの何方《どつち》かでなくては承知出来ないのです。しかも其《その》甲なら甲の形なり程度なり色合《いろあひ》なりが、ぴたりと兄さんの思ふ坪《つぼ》に嵌《はま》らなければ肯《うけが》はないのです。兄さんは自分が鋭敏な丈《だけ》に、自分の斯《か》うと思った針金の様に際《きは》どい線の上を渡つて生活の歩を進めて行きます。其《その》代り相手も同じ際どい針金の上を、踏み外さずに進んで来て呉《く》れなければ我慢しないのです。然《しか》し是《これ》が兄さんの我儘《わがまゝ》から来ると思ふと間違ひです。兄さんの予期通りに兄さんに向つて働き懸《か》ける世の中を想像して見ると、それは今の世の中より遥《はるか》に進んだものでなければなりません。従《したが》つて兄さんは美的にも知的にも乃至《ないし》倫理的にも自分程《ほど》進んでゐない世の中を忌《い》むのです。だから唯《ただ》の我儘《わがまゝ》とは違ふでせう。椅子を失つて不安になつたマラルメの窮屈ではありますまい。

（「塵労」三十八）

漱石は、観念の宿命を生きる一郎の悲劇を、そのような悲劇から最も遠いところで生きている人物の口を通じて語らせるという構成をとった。一郎とHさんの関係が、あくまでも一対一の関係として設定されているということについては先に述べたところである。これをより詳しく見るならば、観念の宿命をたどることで、対なる対象を見失ってしまった一郎の〈性〉と、観念を可能なかぎり自然性とみなすことで、対なる関係の自然態とでもいうべきものを身につけたHさんの〈性〉との幸福な出会いといってもいい。

もちろん、一郎とHさんとの間に性的関係が成立しているわけではない。だが、一郎はHさんのうちに、日常の時の流れのなかで観念の自然態をあるがままに受容する存在を見い出して、そこにかぎりない憧憬をかたむけている。一郎はHさんに、十年の間自分の家の下働きをつとめて、不平一つ言わず佐野のもとに嫁いでいったお貞さんの面影をみとめる。そして、そのようなHさんとの間に一対一の関係を形成することによって、暗に直との対関係とその不幸をほのめかすのである。

Hさんの口からは何ひとつ語られないのであるが、Hさんが、一郎という人はあまりに鋭敏すぎるために、いつでも相手に同じような鋭敏さを求めずにはいられず、みずから苦しむ結果を招いてしまうのだという的確な分析を下したとき、暗にこの鋭敏すぎる一郎の傍で、端然と坐すことを余儀なくされた直の忍耐の権化のごとき姿が示唆されているのである。Hさんがというのではなく、漱石の表出意識が、Hさんをして一郎の内部を語らせながら、たえず直の存在を彷彿させるという方向をとっているのだ。

この意味で、Hさんと一郎と直とは、作者の表出意識のうちで明らかな三角関係をかたちづくっている。Hさんの分析によれば、一郎の悲劇は、自分に最も親しい異性のみにかぎらず、世の中が自分の鋭敏さに対応するだけのものを宿していないというところからもたらされるものである。だが、一方において一郎はHさんに対して、自分の不安や恐怖は、止まることを知らず我々をどこまでも駆り立ててやまない文明の発展からもたらされるものであるという考えを表明する。

「人間全体が幾世紀かの後に到着すべき運命を、僕は僕一人で僕一代のうちに経過しなければならないから恐ろしい。一代のうちなら未《ま》だしもだが、十年間でも、一年間でも、縮《ちゞ》めて云へば一ヶ月間乃至《ないし》一週間でも、依然《いぜん》として同じ運命を経過しなければならないから恐ろしい。君は嘘かと思ふかも知れないが、僕の生活の何処《どこ》を何《ど》んな断片に切つて見ても、たとひ其《その》断片の長さが一時間だらうと三十分だらうと、それが屹度《きつと》同じ運命を経過しつゝあるから恐ろしい。要するに僕は人間全体の不安を、自分一人に集めて、そのまた不安を一刻一分の短時間に煮詰めた恐ろしさを経験してゐる」（「塵労」三十二）

このような一郎の告白を「強迫神経症的」と形容したのは桶谷秀昭だが（『夏目漱石論』――「相対と絶対の間」）、たしかにここには、絶えざる強迫観念に悩まされている異常な内部が告白されているといえる。強迫観念の根はいうまでもなく「進んで止《とど》まることを知らない」文明開化にある。この点について、桶谷は以下のように詳説している――「文明『開化』の概念的な定義が、『丁度汽車がゴーッと馳けて来る、其運動の一瞬間即ち運動の性質の最も現はれ悪《にく》い刹那の光景を写真に取つて、是が汽車だ汽車だ』（「現代日本の開化」）といふのに似ているとすれば、『開化』のもたらす生存の苦痛は『汽車がゴーッと馳けて来る』運動の名状しがたい感じに似ている」。

たしかに、この「強迫神経症的」な一郎の内部は、「現代日本の開化」において吐露された漱石の思念を正しく伝えるものであるといっていい。だが、一郎と直という一対の夫婦の姿を表出するところに露頭してきた漱石のモティーフは、必ずしも「現代日本の開化」のそれに重なるとはかぎらない。近代日本の社会を西欧のそれに比較して「外発的開化」とみなしながら、なおかつ我々はその外発性を受容し、「涙を呑んで上滑りに滑って行かなければならない」というペシミステックな決意を表明した漱石の思念は、知識人長野一郎のそれに重なるかもしれない。だが、一人の生活者としての一郎の強迫観念をたどっていけば、打っても叩いても微動だにせず、端然と坐して動かない直の〈性〉が存在している。

その〈性〉が発散するゆらめきのようなものを拭うことができず、「女性」というものはどんなに身近に存在しようと、永久に理解不可能な何者かなのではないかという疑念が存在している。それにもかかわらず、この不可解なるものに推参し、「何《ど》うあつても女の霊といふか魂といふか、所謂《いわゆる》スピリットを攫《つか》まなければ満足が出来ない」（「兄」二十）という切迫した焦慮が存在している。要するに、一郎は「開化」のもたらす観念の水準が、なによりも人間の〈性〉を痼疾と化すものであることに耐えられないのである。

いや、一郎はこのことについてはそれほど自覚的ではないのかもしれない。西欧一〇〇年の経験が累積してきた観念の水準に、わずか四、五〇年で達しなければならない近代日本の「開化」の構造が〈性〉を痼疾と化してきたということを洞察しているのは、漱石であるといったほうがよい。一郎は、直の〈性〉にたいする疑念と焦慮が、自分を駆りたててやまない「開化」の観念を宿命として生きざるをえない存在のしかたに起因することをとらえている。が、そのような自分の傍で、妻としてあるいは嫁としての分を黙然と尽くしている直の〈性〉もまた、もしかしたら「開化」の観念の水準が、「女性」にもたらした病いの表現なのではないかということには気づいていない。

だが、こういう一郎の姿を描くと同時に、自分のような腑抜けは夫に愛想をつかされるかもしれないという思いを内に秘めながら、静かに夫の傍に坐りつづける直の〈性〉を描く漱石は、不可解なるものの根が、一郎の孤立した観念の宿命と直の「女性」としての宿命とを遡るところに存在するものにほかならないということを透視している。もし、「開化」というものが強迫観念としてはたらくとするならば、一郎の観念の宿命にだけでなく、直の「女性」としての宿命にたいしても、であることを洞察している。

したがって、『行人』を「兄」「帰ってから」「塵労」と読み進んでいきながら、しだいに孤立を深めていく一郎の言葉を、Hさんの手紙を通して目に留めるとき、そこに一郎の内部の荒涼だけを読みとったのでは足りないのである。同様に荒涼とした内部を抱えたまま、坐して夫を待っているにちがいない直の〈性〉を読みとらなければならないのだ。

「死ぬか、気が違ふか、夫《それ》でなければ宗教に入《い》るか。僕の前途には此《この》三つのものしかない」
兄《にい》さんは果たして斯《か》う云ひ出しました。其時《そのとき》兄さんの顔は、寧《むし》ろ絶望の谷に赴く人の様に見えました。

(「塵労」三十九)

「神は自己だ」と兄さんが云ひます。兄さんが斯《か》う強い断案を下す調子を、知らない人が蔭《かげ》で聞いてゐると、少し変だと思ふかも知れません。兄さんは変だと思はれても仕方のないやうな激した云ひ方をします。

「ぢや自分が絶対だと主張すると同じ事ぢやないか」と私が非難します。兄さんは動きません。「僕は絶対だ」と云ひます。

(「塵労」四十四)

「絶望の谷に赴く」と言い「神は自己だ」「僕は絶対だ」と言う一郎の悲劇を前にして、心の片隅でいい気なものだと呟く声を払拭することができない。一郎の倫理的悲劇には、どこかに、自分が妻を愛することができないのは、妻が自分にたいして心をひらいてくれることがないからだといって、こちら側からは決して心をひらこうとしない男の身勝手さが感じられるからである。

だが、もし「絶望の谷に赴く人」のごとき一郎の顔や「僕は絶対だ」と叫ぶその表情のむこうに、まさに植えつけられた鉢植えのように坐して動かず、凝っとおのれの「女性」であることに耐えている直の絶望をも読みとるならば、それぞれの〈性〉の宿命を生きることを余儀なくされた夫婦の悲劇を描き出すことにおいて、漱石の内的モティーフが結晶をはたしていることに気がつくのだ。

それは、孤立した観念の宿命を生きる一郎の苦悩でもなければ、「女性」の宿命を生きる直の悲哀でもない。そうかといって、そのような直にひきよせられる二郎の憂鬱でもなく、観念を自然のように受容する生活人Hさんの公正でもない。しかもなお、それらすべてを内抱して、最終的には一郎と直という夫婦の悲劇の根から惨出している不可解なるものをあらわそうとする漱石の意志である。このことに気がついたとき、『行人』において狂いたつほどに美しい緊張をつたえた漱石の観念の結晶を、私たちは確かに手にしたといっていい。そしてそれこそ、この作品の構成的模索が私たちに残した貴重な意味なのだ。

第四章　『こゝろ』論

第一節　エロスの恣意性と世代の必然性

『こゝろ』は、漱石の内に秘められた暗鬱な気分が浄化され、おのずから滲み出たところに生み出された作品である。暗く、沈鬱な、しかもいいわくいいがたい清浄な印象が、緻密な構成のもとに全篇を覆っている。もし、この小説から「先生と私」「両親と私」「先生と遺書」といった三部の構成を取り払うならば、そこには、漱石の鬱の気分と形容してよいようなものがあらわれ出るであろう。

だが、私たちはことさらに、そのようなものを掬いあげようとして小説を読むのではない。この作品に惹かれるのは、みずからの心に根を張って動かないあるものを、類稀れな語りの言語によって浄化した漱石の情熱に動かされるからである。その不定形な暗さに倫理的な形を付与し、影のごとき憂鬱な気分に、普遍的な意味を与えようとした漱石の意志をそこに読み取るからにほかならない。『こゝろ』における小説の時間は、そのような情熱と意志にうながされて、静謐な流れをかたちづくるのである。

時間は、一人の青年と彼を引きつけてやまないある人物との精神的な交渉を物語る語りのうちを、静かに、しかも沈着に流れはじめる。明治も終りに近いある夏、海水浴に興じる人々のなかに西洋人と共に居る人を目にとめた青年は「どうも何処《どこ》かで見た事のある顔の様に思はれてなら」ず、「然《しか》し何《ど》うしても何時何処《いつどこ》で会つた人か想ひ出せない」（上　先生と私二）という思いから、その人の後を追う。

青年の心のうちには、無聊をかこつだけでなく、もしその心を引き付けるものがあるならば、直ちに感応する素地ができている。その心は、ひとりの異性に引き寄せられていく心にも似て、ナイーヴで一途な情熱を秘めたものである。そのような青年の心に、その人の存在が不思議な力をもって感応し、その心を彼の心の奥深くに秘められたあるものへと向かわせていく。

青年の心は、やがて、その人の存在がなぜそれほどまでに自分を引きつけるのか、その人の存在が自分にある安らぎを与えてくれるのはなぜなのか、という思いを抱いて、その人の生活へと近づいていく。

その人物もまた、みずからの存在が、思いがけなく一人の青年の心を引き寄せることを自覚し、そのことに怖れを抱きつつも、みずからの許へとやってくる青年の心を容れるのである。青年のかぎりなく引き寄せられる心と、その心を怖れつつもついには容れざるをえなかったその人が、みずからの死をもって、そのような心の悲劇を青年へ語りかける。一人残された青年は、もはや引き寄せられる心の悲劇を知った者の沈着さで、その人について語りはじめるのである。

私《わたくし》は其人《その》を常に先生と呼んでゐた。だから此所《こゝ》でもたゞ先生と書く丈《だけ》で本名は打ち明けない。是《これ》は世間を憚《はばか》る遠慮といふよりも、其方《その》が私に取つて自然だからである。私《わたくし》は其人《その》の記憶を呼び起すごとに、すぐ「先生」と云ひたくなる。筆を執つても心持は同じ事である。余所々々《よそ〳〵》しい頭文字《かしらもじ》抔《など》はとても使ふ気にならない。

（上　先生と私　一）

青年がその人の記憶を語りはじめるこの書き出しの一節に、『こゝろ』の主調音は決定されている。「其人《その》の記憶を呼び起すごとに、すぐ『先生』と云ひたくなる」という「私」の心、そしてそのことをどのような振幅も交えずに静かに語りかける一種沈んだ調子、そこには、みずからの内に澱んだ沈鬱なあるものを浄化しようとする漱石の内なる時間が滲み出ている。それはまた、その人に引き寄せられ、おのずから「先生」と呼んでしまう「私」の心と、その心を容れてゆくその人の心との感応と交渉を小説的時間の流れへと定着させていくものにほかならない。

そういう時間の流れは、鎌倉の海水浴場で先生の姿をはじめて目にとめた「私」が、幾日目かにふとしたことをきっかけにして、ようやく一種の親しみをおぼえるにいたる場面を語る次のような語りのなかを、不思議にエロティックなトーンを内に響かせながら流れるのである。

次の日私《わたくし》は先生の後につゞいて海へ飛び込んだ。さうして先生と一所の方角に泳いで行つた。二丁程沖へ出ると、先生は後《うしろ》を振り返つて私に話し掛けた。広い蒼い海の表面に浮いてゐるものは、其《その》近所に私等二人より外になかつた。さうして強い太陽の光が、眼の届く限り水と山とを照してゐた。私は自由と歓喜に充ちた筋肉を動かして海の中で躍《をど》り狂つた。先生は又ぱたりと手足の運動を已《や》めて仰向《あふむけ》になつた儘《まま》浪の上に寝た。私《わたくし》も其《その》真似をした。青空の色がぎら〳〵と眼を射るやうに痛烈な色を私の顔に投付けた。「愉快ですね」と私《わたくし》は大きな声を出した。

（上　先生と私三）

「私」は、先生とのはじめての心的交感が、引き寄せられる心の愉悦によって彩られていたことを静かに語りかけている。だが、こういう語りとそこに構成された場面から、時間のよどみない流れを汲み取るだけでは足りないのだ。むしろ、そういう流れをもたらした漱石の、浄化への静かな情熱を掬い取らなければならない。漱石が浄化しようとしているのは、この場面を流れる一種のエロティックなトーンに象徴されるものである。それは、かぎりなく引き寄せられる心が、その深層に秘めているクライシスであるといってもよい。

『行人』という異数の恋愛小説を生み出した漱石は、このような引き寄せがエロス的なものの本質にかかわることを透視していた。しかも、そういう引き寄せがそれを自覚した人間に、倫理的な悲劇を演じさせずにはおかないということもまたとらえていた。だが、漱石はこの悲劇を一郎と直の関係に特定するだけで、それを模倣し、反復する存在を設定しなかった。語りの役割を荷わされた弟の二郎と友人のHさんは、一郎の悲劇を模倣する者でも、反復する者でもなかったのである。

『こゝろ』の小説的時間を、先生に引き寄せられる「私」の心を語る語りを通してかたちづくったとき、漱石は「私」という青年を、先生の悲劇の原型を、当の先生との関係において模倣する存在として設定している。先生になぜか知れず引き寄せられる「私」の心は、一人の女性に引き寄せられたがゆえに、悲劇へと駆りたてられるほかなかった先生の心を正確に映し出しているのだ。「私」はこの悲劇を反復する者であると同時に、決して真正の悲劇へは至りつかず、代わりにそれを解読する役割をになう者として、語りかけるのである。先生との心的交渉を語る「私」の語りが、一種のエロティックなトーンを響かせるゆえんである。

このような先生と「私」の心的交渉に、たとえば、「精神的親族」(江藤淳『夏目漱石』)という言葉を与えうるとするならば、その肉感性と秘められたエロスの交感が、親族もしくは家族の身体性と背反するかぎりにおいてである。漱石は「私」をして、先生との心的交渉を語らせながら、「両親と私」の章において、「私」の先生へと引き寄せられる心が、必然的に家族から背馳する心としてあらわれることを暗示していく。『こゝろ』の小説的時間とは、漱石が浄化しようとする憂鬱とクライシスの根が、人間の〈性〉が内包する背理に起因するものであることを、わずかずつ明らかにしていく時間といえる。

性的存在としての人間は、エロスの対象をどこまでも遠隔化しうる本質である。それゆえに、不特定の対象のもとに引き寄せられる可能性をはらむものである。個体がそのようにしてエロスの恣意性を容れていくかぎり、エロスの対象の拡散を余儀なくされざるをえない。〈性〉は、引き寄せそのものであって、一定の対象との対関係の形成を阻むからである。

だが、もともと個体が性的存在であるとは、世代の生成を促す〈性〉の自然性を受容するかぎりにおいてではないのだろうか。〈性〉はそこで不定形の引き寄せであるよりも、自然の必然性のもとにおける凝縮を本来としている。したがって、エロスの引き寄せに身をまかせていた心が、もう一つの心との一対のうちに凝縮し、世代の生成に与ろうとするとき背理に直面せざるをえない。もちろん、凝縮しようとする心が、エロスの恣意性をみずからの心の奥にとどめるならば、この背理はどんな形をとることもない。それは、無意識の領域における不安な可能性として湛えられるだけである。だが、その可能性が、同じエロスの対象をめぐるもうひとつの引き寄せられる心を映し出してしまうならばどうであろうか。一方が、引き寄せられることに耐えきれず、その相手と対なる性として凝縮しようとするとき、おのずから、もうひとつの心を裏切ってしまう。〈性〉が内包する背理は罪となって、性的存在としての人間をおびやかしはじめるのだ。

漱石は『こゝろ』において、このような罪を先生の過去におけるある出来事のうちに形象化した。そして、それを「先生と遺書」の章における語りに託すという構成をとった。だが、小説の時間においてはこの語りは、あらかじめ「私」の内部に秘められているため、私たちは、あくまでも「私」の語りのなかに、その存在をおぼろげに意識しうるにすぎない。「私」の語りもまた、たえず、先生の存在の奥に匿された不透明ななにものかに関心を向けてゆく。だが、そのような先生に対する「私」の関心が、先生に罪障意識を植えつけた心性をそのままに反復してしまうのである。それがため、先生は「私」がみずからのもとへ引き寄せられてくることに、怖れを抱かずにはいられない。

私《わたくし》はそれから時々先生を訪問するやうになつた。行《ゆ》くたびに先生は在宅であつた。先生に会ふ度数が重なるに伴れて、私は益繁く《ますく》先生の玄関へ足を運んだ。

けれども先生の私に対する態度は初めて挨拶をした時も、懇意になつた其後《そのご》も、あまり変りはなかつた。先生は何時《いつ》も静《しづか》であつた。ある時は静《しづか》過ぎて淋しい位であつた。私は最初から先生には近づき難い不思議があるやうに思つてゐた。それでゐて、何《ど》うしても近づかなければ居られないといふ感じが、何処《どこ》かに強く働いた。斯《か》ういふ感じを先生に対して有《も》つてゐたものは、多くの人のうちで或《あるひ》は私だけかも知れない。然《しか》し其《その》私丈《だけ》には此《この》直感が後《のち》になつて事実の上に証拠立られたのだから、私は若々しいと云はれても、馬鹿気てゐると笑はれても、それを見越した自分の直覚をとにかく頼もしく又嬉しく思つてゐる。人間を愛し得る人、愛せずにはゐられない人、それでゐて自分の懐に入《い》らうとするものを、手をひろげて抱き締める事の出来ない人、――是《これ》が先生であつた。

（上　先生と私六）

淡々として沈着な「私《わたくし》」の語りは、先生の悲劇を、先生に対する心的交感を語るなかで浮き彫りにしている。「私」が「先生の遺書」を読んで、先生の悲劇の意味をどこまで解読したかを、この一節は告げている。

もちろん、「私」は愛の悲劇を性的存在としての個体が、エロスの恣意性と世代の必然性とに引き裂かれるところに否応なく生起するものとして、明確に分析しているわけではない。にもかかわらず「何《ど》うしても近づかなければ居られない」という「私」の思いを、ある淋しみとともに容れる先生の心を「人間を愛し得る人、愛せずにはゐられない人、それでゐて自分の懐に入《い》らうとするものを、手をひろげて抱き締める事の出来ない人、――是《これ》が先生であつた。」と語る「私」は、愛に向かう心が、対象への志向を凝縮するにしたがい、それ自体の内包する可能態と無限に背馳するものであることを、先生の悲劇から読み取っているのである。「私」がたとえそのことを胸におさめていたとしても、「私」の語りはそれを明確に述べるわけにはいかない。なぜなら語りは、あくまでも、作者によって小説的時間のうちに配置されているからである。

第二節　家族と世代についてのフィクション

漱石は、この語りのなかで先生という人の本来を「人間を愛し得る人、愛せずにはゐられない人」と「私」に判断させるのであるが、その「私」の前に、みずからについて再三「私は淋しい人間です」と語る先生の言葉を置くことを忘れていない。

「私《わたくし》は淋《さび》しい人間です」と先生は其《その》晩又此間《このあひだ》の言葉を繰返した。「私は淋しい人間ですが、ことによると貴方《あなた》も淋しい人間ぢやないですか。私は淋しくつても年を取つてゐるから、動かずにゐられるが、若いあなたは左右《さう》は行《い》かないのでせう。動ける丈《だけ》動きたいのでせう。動いて何かに打《ぶ》つかりたいのでせう」（上　先生と私七）

こういう言葉を、若い「私」が理解できなかったことはいうまでもない。先生のいう「淋しさ」とは、たんに欲求するものの欠如を嘆く心的状態ではないからである。それは、欠如であるがゆえに、たえず欲求する対象を志向する心性にほかならない。それゆえにこそ「淋しさ」はある危険な心性である、と先生は考えている。

「私は淋しい人間です」と述べる先生には、この「淋しさ」のもたらすクライシスがよく見えている。むしろ、みずからの過去の出来事を通して、あまりにそれが見えすぎるがゆえに「淋しさ」から身をもぎ放すことができないのだ。それだけではない。先生が自身について「私は淋しい人間です」と述べたとき、みずからの引き寄せられる心についての自覚を語りかけていたのだ。それが、おのれの内に罪障意識を植えつけるがゆえに、先生の「淋しさ」は、引き寄せられる可能性としてありながらも、決して動くことのならない心的状態としてとらえられているのである。「あなたは私に会つても恐らくまだ淋しい気が何処《どこ》かでしてゐるでせう。私にはあなたの為に其《その》淋しさを根元《ねもと》から引き抜いて上げる丈《だけ》の力がないんだから」と語りかける先生は、いわば、このような「淋しさ」のクライシスを見てしまった者の言葉をもって「私」に対しているのである。

けれども「私」の語りは、いまだ先生の真意を汲み取ることのできない者として、当時の「私」をそのままに再現しようとする。「淋しさ」を引き抜いて上げるだけの力がないと述べる先生の許に、「私」はなお引き寄せられ、幾度となく宅を訪問する。そこで「私」は、先生の家庭と、その奥さんとのひっそりとした生活に出会っていくのである。「私」にはその夫婦が「私の知る限り先生と奥さんとは、仲の好い夫婦の一対であつた。」(上 先生と私九)というふうに見えるのであるが、案に相違して先生は「私」に、自分たち夫婦について一種沈んだ調子で次のように述べるのだ。

「私《わたくし》は世の中で女といふものをたつた一人しか知らない。妻《さい》以外の女は殆《ほと》んど女として私に訴へないのです。妻の方でも、私を天下にたゞ一人しかない男と思つて呉《く》れてゐます。さういふ意味から云つて、私達は最も幸福に生れた人間の一対であるべき筈《はず》です」（上　先生と私十）

そのときの「私」には、先生がなぜ最後の一句を「最も幸福に生れた人間の一対であるべき筈《はず》です。」という当為で結んだのかが理解できない。それは、先生の「淋しさ」が理解できないことと同様である。なぜ先生は、自分は妻をただ一人の女と思い、妻もまた自分をただ一人の男と思ってくれているという事実を、ことさらに「最も幸福に生まれた一対」であることの条件としているのだろうか。

先生の内には、一対の男女がそれぞれの内に宿してしまうエロスの恣意性についての怖れが秘められていたのだ。たとえ、夫も妻もそのことに無自覚であろうと、かれらが「男性」あるいは「女性」として、その〈性〉を負う存在であるかぎり、それがエロスの恣意性のままに不特定の対象を引き寄せるものであることにおびえているのであるといってもよい。

もちろん、現在ある先生に、他を引き寄せるエロスが発現されているとするならば、先生の「私」に対する関係いがいではない。だが、先生は、ここからたえずその原型となった過去のある関係を呼び覚まされずにいない。先生の怖れはいわば、エロスの恣意性のままに引き寄せられる者が、一対の関係を形成する過程において不可避的に犯してしまった罪に向けられているのである。

けれども、このことを自覚して内に絶えず罪障意識を押し隠しているのは先生だけである。「私」には、なぜそれほどまでに先生が「淋しさ」を語りかけるのか理解できない。「私」だけでなく、奥さんもまた先生との間に幸福な一対の生活を送っていると信じながら、自分たちの間にどこからかすきま風が吹き抜けるように感じる瞬間を払拭することができない。ただ奥さんは、自分と夫との間には見えない風のようなものが吹き抜けていくような何かがあるという不安が秘められていても、それを切開し、その原因を究めることはしない。

これに対して、「私」には、先生の生活に近づいていけばいくほど、どうしても近づくことのできない何かがあることに気がつくと同時に、その原因がどこにあるのかが直覚されている。それは、「雑司ヶ谷にある誰だか分らない人の墓」(上 先生と私十五)である。「私」はすでに、先生が、毎月欠かさずにその人の墓に花を手向けにいくということを奥さんから聞かされている。「私」は先生の前でその墓について軽々しく口に上せたとき、先生の眉がちょっと曇り、「眼のうちにも異様の光が出た。」(上 先生と私六)ことを記憶している。「私」は、結局、先生との間を疎隔する根因をそこにもとめざるをえないのである。


雑司ヶ谷にある誰だか分らない人の墓、——是《これ》も私《わたくし》の記憶に時々動いた。私はそれが先生と深い縁故のある墓だといふ事を知つてゐた。先生の生活に近づきつゝありながら、近づく事の出来ない私は、先生の頭の中にある生命《いのち》の断片として、其《そ》の墓を私の頭の中にも受け入れた。

けれども私に取つて其《そ》の墓は全く死んだものであつた。二人の間にある生命《いのち》の扉を開ける鍵にはならなかつた。寧《むし》ろ二人の間に立つて、自由の往来を妨たげる魔物のやうであった。

（上　先生と私十五）

このような「私」の思いが、奥さんの微かな不安の根をも語っているものであることは明らかである。つまり、奥さんにとって、自分たち夫婦を幸福な一対とみなしながら、そのことに安んずることのできない根と、「私」にとって、先生に近づき「二人の間にある生命《いのち》の扉」を開けたいという念に駆られながら、その思いを満たすことのできない根とは、共にこの「雑司ヶ谷にある誰だか分らない人の墓」にあるといっていい。

この墓について、先生がどのような秘密を有していたかを「私」はやがて先生の遺書によって知ることができる。だが、それを直接先生の語りの時間のなかに見い出す前に、「私」は、この「魔物」のようなあるものの存在を読み解きたいという思いに駆られるのである。

いうまでもなく、この「墓」は先生の内なる罪障意識を象徴するものにほかならない。のみならず、それは「遺書」に語られる先生の悲劇の怖ろしさを暗に示すものなのだ。「私」の語りは、当時の「私」の思いを卒直に述べている者のそれであって、ここに先生の悲劇を知ってしまった者の戦慄がこめられていると断ずることはできない。だが、この「墓」を「二人の間に立って、自由の往来を妨たげる魔物のやうであつた」と語りかけるとき、「私」は先生の心の最も薄暗い部分に手をとどかせているのである。

それだけではない。「私」をしてそう語らせる漱石は、こうした表現によってみずからの憂鬱の根をおもてにしているのだ。もし、漱石が、たとえ過去において罪を犯すほかなかったとしても、なお対なるものの生成に身を託すことによって、この罪を償うことができるという思いを手にしていたならば、罪の無限循環のなかで独り「淋しさ」に耐える先生という人物像は、変容を蒙っていたかもしれない。

いや、『こゝろ』の漱石には、対なるものと世代の生成が、はたしておのれの内に巣喰う憂鬱を晴らしてくれるかどうかについていかなる確信をも持ちえなかった。この確信を手にするには、漱石の経験してきた現実の生活と家族の関係があまりに不幸に過ぎたからだ。にもかかわらず、エロスの恣意性を世代に対する罪とみなさずにいられない漱石が、一つのネガティヴな確信に達していたことは間違いない。奥さんとの間に子をなすことあたわず、幸福な一対を実質を伴ったものとして形成しえない先生に、その生命《いのち》を継承する存在としての「私」を近づけ、やがて、その「私」にのみ「生命《いのち》の扉」を開けてみせるという構成は、家族と世代についての漱石のぎりぎりのフィクションであったというほかないのである。

第三節　〈故郷〉〈家族〉〈父〉

「私」は、そのような役割を託された存在として、故郷の家族から背離することを代償に、先生のうちから「生命《いのち》」を受けようとしていく。「私」の語りは、このことをすでに胸の内におさめていながら、いささかも性急なものを印象づけない。静かに、かつ沈着に先生との精神的な交渉を叙していく。そこに、漱石が意図した暗さのうちなる静謐ともいうべき時間が流れていくのである。


我々は群集の中にゐた。群集はいづれも嬉しさうな顔をしてゐた。其所《そこ》を通り抜けて、花も人も見えない森の中へ来る迄《まで》は、同じ問題を口にする機会がなかつた。

「恋は罪悪ですか」と私が其時《そのとき》突然聞いた。

「罪悪です。たしかに」と答へた時の先生の語気は前と同じやうに強かつた。

「何故《なぜ》ですか」

「何故《なぜ》だか今に解ります。今にぢやない、もう解つてゐる筈《はず》です。あなたの心はとつくの昔から既に恋で動いてゐるぢやありませんか」

私は一応自分の胸の中を調て見た。けれども、其所《そこ》は案外に空虚であつた。思ひ中《あた》るやうなものは何《なん》にもなかつた。

「私《わたくし》の胸の中に是《これ》といふ目的物は一つもありません。私は先生に何も隠してはゐない積《つもり》です」

「目的物がないから動くのです。あれば落ち付けるだらうと思つて動きたくなるのです」

「今それ程動いちやゐません」

「あなたは物足りない結果私の所に動いて来たぢやありませんか」

「それは左右《さう》かも知れません。然《しか》しそれは恋とは違ひます」

「恋に上《のぼ》る楷段なんです。異性と抱き合ふ順序として、まづ同性の私の所へ動いて来たのです」

「私には二つのものが全く性質を異にしてゐるやうに思はれます」

「いや同じです。私は男として何《ど》うしてもあなたに満足を与へられない人間なのです。それから、ある特別の事情があつて、猶更《なほさら》あなたに満足を与へられないでゐるのです。私は実際御気の毒に思つてゐます。あなたが私から余所《よそ》へ動いて行くのは仕方がない。私は寧《むし》ろそれを希望してゐるのです。然《しか》し……」

私は変に悲しくなつた。

「私が先生から離れて行《ゆ》くやうに御思ひになれば仕方がありませんが、私にそんな気の起つた事はまだありません」

先生は私の言葉に耳を貸さなかつた。　（上　先生と私十三）

このような先生との精神的交渉を叙する「私」の語りが、すでに先生の「生命《いのち》」を授かった者のそれであることに注意しなければならない。騒がしい群集の中を通り抜けて、静かな森の中へやって来た二人の間に交わされたこれらの言葉は、先生と「私」の交渉が徹底してフィクショナルなものであることを暗示している。「恋は罪悪です」と語り、「私は男として何《ど》うしてもあなたに満足を与へられない人間なのです」と語る先生の言葉も、「私が先生から離れて行《ゆ》くやうに御思ひになれば仕方がありませんが、私にそんな気の起つた事はまだありません」と語る「私」の言葉も、あえてフィクショナルな「生命《いのち》」を授け、それを継承しようとした「精神的父子」（江藤淳「明治の一知識人」）の間においてはじめて意味をなすものにほかならない。

もちろん、先生はそのようなフィクショナルな継承ということに、何を期待しているわけでもない。性的なるものを基軸とした存在の継承ということについて断念するほかなかった先生に、どうして虚構の継承を期待することができようか。むしろ、先生にとっての関心事は、人間の心というものが、ひとつの可能態として存在するかぎり、不可避的に他を裏切ってしまうということについての暗い認識であった。

みずからが過去のある出来事において、この裏切りをおかしたように、そしてまた、そのことを脳裏から消しがたく思っているということさえも、他に対する罪としてあらわれてしまうという現実の関係についての暗い認識を、「私」はどこまで掬い取ってくれるだろうかという思いであった。そして、つけくわえるならば、もし、「私」が先生の認識のなかからその「生命《いのち》」を受け承いだとしても、その事自体が、他を裏切ることになるのではないか、という思いが先生のうちになかったとは断言できない。少くとも、故郷に帰った「私」をして、次のような感慨を述べさせる漱石のうちには、確実にその危惧が自覚されていた。


私《わたくし》は心のうちで、父と先生とを比較して見た。両方とも世間から見れば、生きてゐるか死んでゐるか分らない程大人しい男であつた。他《ひと》に認められるといふ点からいへば何方《どつち》も零《れい》であつた。それでゐて、此《この》将碁を差したがる父は、単なる娯楽の相手としても私には物足りなかつた。かつて遊興のために往来《ゆきき》をした覚《おぼ》えのない先生は、歓楽の交際から出る親しみ以上に、何時か私の頭に影響を与へてゐた。たゞ頭といふのはあまりに冷《ひや》か過ぎるから、私は胸と云ひ直したい。肉のなかに先生の力が喰ひ込んでゐると云つても、血のなかに先生の命が流れてゐると云つても、其時《その》の私には少しも誇張でないやうに思はれた。私は父が私の本当の父であり、先生は又いふ迄《まで》もなく、あかの他人であるといふ明白な事実を、ことさらに眼の前に並べて見て、始めて大きな真理でも発見したかの如くに驚ろいた。

（上　先生と私二十三）

漱石は、「私」と先生の精神的交渉が、若い「私」をして、「肉のなかに先生の力が喰ひ込んでゐると云つても、血のなかに先生の命が流れてゐると云つても、其時《その》の私には少しも誇張でない」とまで思わせていることを「私」の語りのなかに明らかにしている。だが、そのような「私」の思いがある倒錯を内にはらむものであることにも気づいている。人間の観念が、可能態としてあるとき、いつでも血肉を分けた家族の存在に対して背馳するものであることを、若い「私」の思いのうちに吐露させているのである。

「私は父が本当の父であり、先生は又いふ迄《まで》もなく、あかの他人であるといふ明白な事実をことさらに眼の前に並べて見て、始めて大きな真理でも発見したかの如くに驚ろいた」という「私」は、みずからの内なる観念の可能態と、家族の存在との背理を現実に照らし合わせて驚いているのだ。

けれども、このような驚きを「私」に語らせる漱石には、たんに驚きといって済ますことのできないものがあった。先生に引き寄せられ、自分の内に先生の命が流れているとまで思い込んでいる「私」の倒錯が、罪として現れるのではないかという思いといってもいい。にもかかわらず、漱石はこれをあえて押し殺し、「私」をして先生の命を継承させるのである。

漱石の思念は、若く性急な「私」に容易にその命を明かそうとしない先生の態度のなかにあらわされていた。先生は、引き寄せられる者の犯してしまう罪について知り尽くした者として、「私」の性急な求めに怖れを抱いていたのである。しかも、そのような怖れとともに、この罪の不可避であることを知る者として、「私」を容れることを余儀なくされてきた。そのアンビヴァレントな先生の態度こそが、漱石の思いを表現するものなのだ。

先生という人間に、人を信ずることができず、世の中を厭う背離意識を付与した漱石は、おのれの憂鬱の根が、観念の可能態と世代の自然性が背馳してしまうところにあることをよく知っていた。それゆえにこそ、先生の不信は、私たちを打つのである。先生が、みずからの不信を解消できるのは、背理を徹底した姿で成就する時いがいではない。そして、先生にそのことを決意させ、その成就へと駆り立てるという構成をとることによって、漱石は、みずからの憂鬱に形を付与しようとしたのである。

小説の時間は、漱石のこのような意図にしたがって、しだいに「私」と先生のフィクショナルな継承を予知させる「私」の語りのなかを流れていく。

「あなたは大胆だ」
「たゞ真面目なんです。真面目に人生から教訓を受けたいのです」
「私の過去を訐《あば》いてもですか」

許《あば》くという言葉が、突然恐ろしい響きを以《もっ》て、私の耳を打つた。私は今私の前に坐つてゐるのが、一人の罪人であつて、不断から尊敬してゐる先生でないやうな気がした。先生の顔は蒼かつた。

「あなたは本当に真面目なんですか」と先生が念を押した。「私は過去の因果で、人を疑《うたぐ》りつけてゐる。だから実はあなたも疑つてゐる。然《しか》し何《ど》うもあなた丈《だけ》は疑りたくない。あなたは疑《うたぐ》るには余りに単純すぎる様だ。私は死ぬ前にたつた一人で好《い》いから、他《ひと》を信用して死にたいと思つてゐる。あなたは其《その》たつた一人になれますか。なつて呉《く》れますか。あなたは腹の底から真面目ですか」

「もし私の命が真面目なものなら、私の今いつた事も真面目です」

私の声は顫へた。

（上　先生と私三十一）

「死ぬ前にたつた一人で好《い》いから、他《ひと》を信用して死にたい」という先生の思いは、引き寄せる者と引き寄せられる者が、〈死〉を引き換えに、いかなる不安と危惧と怖れからも解き放たれて、ひとつの同調《シンクロナイズ》をなしとげたいという思いに通ずるものである。しかも、先生がこういう思いのなかで生きて存在しているかぎり、この同調《シンクロナイズ》はかならずあらたな罪を重ねてしまう。そのような先生の内なる屈折にとどくことのできない若い「私」は、ただ一途に先生から命を受ける日を待つのである。

やがて、大学を卒業した「私」は、病気で臥した父のいる郷里にひとまず帰省することになるのだが、幾日かを父母とともに暮らしているうちに、何かしれない悲しみが心の底に滲み込むように感ぜられてくる。

　私《わたくし》の哀愁は此《この》夏帰省した以後次第に情調を変へて来た。油蟬の声がつく／＼法師の声に変る如くに、私を取り巻く人の運命が、大きな輪廻《りんね》のうちに、そろ／＼動いてゐるやうに思はれた。私は淋しさうな父の態度と言葉を繰返しながら、手紙を出しても返事を寄こさない先生の事をまた憶ひ浮べた。先生と父とは、丸《まる》で反対の印象を私に与へる点に於て、比較の上にも、連想の上にも、一所に私の頭に上《のぼ》り易かった。

　私は殆《ほとん》ど父の凡《すべ》ても知り尽してゐた。もし父を離れるとすれば、情合の上に親子の心残りがある丈《だけ》であつた。先生の多くはまだ私に解つてゐなかつた。話すと約束された其《その》人の過去もまだ聞く機会を得ずにゐた。要するに先生は私にとつて薄暗かつた。私は是非とも其所《そこ》を通り越して、明るい所迄行《までゆ》かなければ気が済まなかつた。先生と関係の絶えるのは私にとつて大いな苦痛であつた。私は母に日を見て貰つて、東京へ立つ日取を極《き》めた。（中　両親と私八）

　父は「私」にとって、あくまでも見える存在であり、これに対して先生は、どこまで近づいていってもも見えない存在である。その父と先生の運命が、「私」を取り巻いて「大きな輪廻《りんね》のうちに」動いているように思われるとき、「私」の心の底に哀愁が滲み込むように感じられる。見えない先生の存在の薄暗い部分を通り越して、明るい所まで行かなければ気がすまないと思いつめている

「私」は、「もし私の命が真面目なものなら、私の今いった事も真面目です」と先生を前にして述べ、その命を身に受けようとしたときの切迫した思いを反芻しているのかもしれない。

そういう「私」の傍には、先生に引き寄せられ再び東京へ出て行こうとする息子の姿に、淋しさを感じている病気の父がいることを「私」は忘れることができない。「私」には、見えない存在である先生へと向かおうとすればするほど、見える存在である父が一緒に脳裏に浮かんでくることをどうすることもできない。「私」の悲しみが、自分をめぐる父と先生の存在のありかたからもたらされたものであることを、「私」の語りの背後から漱石は暗示しているのである。

そのために漱石は、この「両親と私」の章において先生の薄暗い部分に引き寄せられていく「私」の思いをできるだけ相対化することに努めている。大学を卒業した知識人の卵である「私」が、郷里の家族のなかで味わう違和感を描き出しながら、少しも〈故郷〉〈家族〉〈父〉といったものの存在を蔑《ないがし》ろにしていない。むしろ、息子の大学卒業をゆいいつの楽しみにし、できうるならばその息子が社会の一員として立ってゆくまでを見届けたいと思いながら、日に日に衰弱してゆく父親の姿を「私」の語りを通してある種の慈しみのうちに描き出している。

もちろん、漱石はそのようにして朽ちてゆく父の姿を描くことによって、「都会の、不安でざわ〳〵してゐるなかに、一点の燈火の如く」（中　両親と私五）存在している先生の運命をこそ終始暗示している。そういう構成上の意図があったことはうたがいない。にもかかわらず、「両親と私」の章における衰弱し、死に赴く父親の姿は、動かしがたいリアリティを有している。

子供の時分から仲の好かつた作さんといふ今では一里ばかり隔たつた所に住んでゐる人が見舞に来た時、父は「あゝ作さんか」と云つて、どんよりした眼を作さんの方に向けた。

「作さんよく来て呉《く》れた。作さんは丈夫で羨ましいね。己《おれ》はもう駄目だ」

「そんな事はないよ。御前《おまへ》なんか子供は二人とも大学を卒業するし、少し位病気になつたつて、申し分はないんだ。おれを御覧よ。かゝあには死なれるしさ、子供はなしさ。たゞ斯《か》うして生きてゐる丈《だけ》の事だよ。達者だつて何の楽しみもないぢやないか」

洗腸をしたのは作さんが来てから二三日あとの事であつた。父は医者の御陰《おかげ》で大変楽になつたといつて喜んだ。少し自分の寿命に対する度胸が出来たといふ風に機嫌が直つた。傍にゐる母は、それに釣り込まれたのか、病人に気力を付けるためか、先生から電報のきた事を恰《あたか》も私の位置が父の希望する通り東京にあつたやうに話した。傍にゐる私はむづがゆい心持がしたが、母の言葉を遮る訳にも行《ゆ》かないので黙つて聞いてゐた。病人は嬉しさうな顔をした。


（中　両親と私十三）

こういう一節が、『こゝろ』という一見観念的な小説のなかに占める位置は、思いのほか重要なのである。ここに、死に赴く人間の姿を客観的に描こうとする同時代の自然主義の手法をみとめることもできよう。だが、漱石は、このような父の姿を「私」の語りを通して描くことによって、小説の時間にある構造を付与しようとしている。いわば、単に客観的な描写といって済ますことのできない意味をこめているのだ。

漱石の意図は、このようにして衰弱し死へと赴いていく父親の姿に、世代というものの推移を象徴させることにあった。〈故郷〉〈家族〉〈父〉にかかわる存在が、あるがままの推移のうちに生成と消滅をくりかえしていくことが、「私」の内なる観念の可能態を相対化する根拠であることを明示しようとしていたのである。にもかかわらず、漱石は〈故郷〉〈家族〉〈父〉にかかわる存在が、観念の可能態に対して、何らかの価値に与るものと考えていたわけではなかった。

むしろ、漱石は朽ちて死に赴く父親の存在が、不可避的に「私」の内なる〈性〉と背馳してしまうということから目をそむけることができなかった。世代の生成というものが蒙る、不可避的なパラドックスに眼を注がずにはいられなかったのだ。そのような漱石の眼によってとらえられているがために、死へ赴く父の姿を語る「私」の語りは、決して一元性へと還元しえない意味を持つのである。「両親と私」の章が、『こゝろ』において欠かすことのできない位置を占めているのはこのゆえである。

父の病いが高ずるにしたがい、一度は先生へ引き寄せられる思いを断ち切れず、東京へ発つことを考えた「私」も、その傍を離れがたくなってゆく。父母のすすめにしたがって、やむなく先生に卒業後の位置の周旋を依頼した「私」のもとに、会いたいが来られないかという電報を打って寄こした先生を、今までのことから鑑て少々不審に思いながらも、「私」は父の病状の悪いことを理由に断りの通知を送るのである。

やがて、明治天皇の崩御と乃木大将の殉死という事件が相継いで起こり、父のまわりにはしだいに死の影が濃くなってゆく。昏睡状態に陥った父の傍で看病する「私」のもとに、先生の署名になる一通のぶ厚い郵便が届けられる。「私」は病人のもとを離れ、落ち付かない思いで最初の一頁を読み、直ちにその長い手紙が何のために書かれたかの理由を知るのである。

先生は瀕死の父親の傍にいる「私」に、書面でもって自分の過去を告白しようとしたのだ。だが、それだけならば、「私」は、いつか機会が来たら必ず話すという約束を得ていたことなので格別に驚くに価しない。「私」を不安に陥れたのは、その長いものを落ち着かない気持で拾い読みしているうちにみとめた「自由が来たから話す。然《しか》し其《その》自由はまた永久に失はれなければならない」(中 両親と私十八)という一節であった。ざわざわする胸を抑えながら、無意味に頁を繰っていった「私」の眼に「此《この》手紙があなたの手に落ちる頃には、私はもう此《この》世に居ないでせう。とくに死んでゐるでせう」(同右)という一句がはいってきた時、その胸は一度に凝結したように感じられる。

そのときはじめて「私」に、先生の命の扉を開けることが、先生の死と直面することであったことが気づかれるのである。「私」はもはや先生の薄暗い過去などはどうでもよく、ただその安否のみが気づかわれてくる。昏睡状態の父を一目見て、先生の手紙を袂の中に入れた「私」は停車場《ステーション》に車を走らせ、簡単な断り書きを残して東京行の汽車に飛び乗ってしまう。

私《わたくし》はごう〳〵鳴る三等列車の中で、又袂から先生の手紙を出して、漸《やう》く始めから仕舞迄《しまひまで》眼を通した。
(同右)

こうして、「私」の語りは終わりを告げる。そして、それは「先生と遺書」と題された次章における先生の語りへと接続されていく。私たちはその推移の過程において、三等列車の中で先生の遺書を読んでいる「私」の姿を彷彿させる語りが、いつまでも尾をひいているかのような錯覚に襲われてしまう。だが、この錯覚は実のところ、次章の語りを導き出す重要な結節の役割を果たしているものなのだ。小説の時間は、これを結節として、「私」の語りから先生の語りへと流れてゆくのである。

第四節　猜疑、不信、背離意識

私《わたくし》は何千万とゐる日本人のうちで、ただ貴方《あなた》に、私の過去を物語りたいのです。あなたは真面目だから。あなたは真面目に人生そのものから生きた教訓を得たいと云つたから。

私《わたくし》は暗い人世の影を遠慮なくあなたの頭の上に投げかけて上《あ》げます。然《しか》し恐れては不可《いけ》ません。暗いものを凝《じつ》と見詰めて、その中から貴方《あなた》の参考になるものを御攫《おつか》みなさい。

私《わたくし》は今自分で自分の心臓を破って、其《その》血をあなたの顔に浴せかけやうとしてゐるのです。私の鼓動が停《とま》つた時、あなたの胸に新しい命が宿る事が出来るなら満足です。（下　先生と遺書二）

小説の時間は、先生の告白のうちを緊迫した響きをもって流れはじめる。すでに「先生と私」

「両親と私」の章の「私」の語りのなかで、何度か予告されていた事柄が、現実の姿をとって現われ出たのである。事実関係を踏まえるならば、この先生の告白は「私」の語りの以前になされていたのであって、「私」の語りを導き出した当のものなのである。けれども、事実としての時間構成が小説の時間と背反しているということは、この際、問題にならない。私たちは、あくまでも「ごう〳〵鳴る三等列車の中で」これを読んでいる「私」を脳裏にうかべながら、先生の告白の緊迫したトーンを耳に入れるのである。

注意すべきは、このような語りの残像と時間の転倒が、先生から「私」へのフィクショナルな継承を用意したということにほかならない。この緊迫した響きに最も強く打たれているのは、昏睡状態の父親を後に残してこのような告白に出会っている作中の「私」なのだ。漱石は、事実の時間を転倒させ小説の時間を仮構する結節点に、「私」の感応と困惑をおくことによって、先生の意図する虚構の継承ということが、どんなに辛い矛盾を秘めたものであるかを告げているのである。

先生の告白は、その悲劇を語るにあたって、みずからのうちに根を張っていた猜疑心について語りかける。それは「私は過去の因果で、人を疑りつけてゐる」（上 先生と私三十一）とかつて「私」に語った不信の根に当るものにほかならない。

先生は、両親の死後、最も信用していた叔父に裏切られ、財産を横領されるという過去を有していたのである。人を信ずることができないという心が芽生えたのは、この事件をきっかけにしてであった。若い「私」に対して、「私」の郷里の家族について尋ね、家の財産について問いながら、鋳型に入れたような悪人が世の中にいるはずはない、平生はみんな普通の人間なのだが、金によって人間はどんなにでも変わりうるのだ、と語った先生は、この事件から受けた心的負債が、その後の自分の人生を左右するものであったことを語りかけていたのである。

先生によって語られた叔父による財産横領という過去は、しかしながら、その猜疑心の根を説明し尽すものではないようにみえる。少くとも、日々先生に接してその薄暗い内部にふれていた当の「私」に、納得のいくものであったかどうかうたがわしいのである。

だが、叔父の存在に先生にとっての〈故郷〉〈家族〉を象徴させるならば、先生はその存在に裏切られたということを語っているのだ。いうまでもなく、〈故郷〉〈家族〉があるがままで先生を裏切ったのではなく、〈金〉にひきよせられることによって、そこに安住の地を求めようとする先生を裏切ったのである。こういう先生のうちに、〈故郷〉〈家族〉の存在が、疎隔感をもって意識されたとしてもやむをえない。先生は、あるがままなる〈故郷〉〈家族〉の存在に価値をみとめようとしながら、それがあらわにする現実態を前にして背を向けざるをえなかったのである。

先生に猜疑心を植えつけた根を、叔父による財産横領事件として設定した漱石は、〈金〉というものが観念の形態にほかならず、それゆえに人間の心に恣意性をうえつけるものであることに気がついていた。しかも、この恣意性にしたがって引き寄せられる者が、そこで必然的に裏切りをおかしてしまうということについてもまた自覚的であった。

いうまでもなく、〈金〉を媒介とした関係が、他を裏切る可能性を内に孕んでいたとしても、そのこと自体が、先生の内部に拭いえぬ猜疑心を植えつけた理由にはならない。先生にとって忘れることのできないのは、両親の死後、最も信用しうる家族の存在である叔父が、〈金〉という観念の形態に心をあずけることによって、自分を裏切ったということにほかならない。観念に同調《シンクロナイズ》する者が、〈故郷〉〈家族〉の存在を裏切ってしまうという事態こそが、先生の心に不信を植えつけた根因なのである。

人の心がわからないという先生の不信は、したがって、叔父による財産横領という小説的設定のあいまいさにもかかわらず、思いのほか根深いものであった。漱石は、少くとも、この世界の関係が観念の恣意性を介して成り立っているかぎり、猜疑、不信、背離意識が、人間の心に強く根を張るものであることを熟知していた。漱石の憂鬱は、この恣意性にしたがって引き寄せるものと引き寄せられるものとがつくりだす関係の構造に、容易に馴れることができない心の謂であったといっていい。叔父に裏切られたという過去をもつ先生に、常規を逸する猜疑心をみとめるとき、その奥にこの漱石の憂鬱をかいまみるほかはないのだ。

やがて、先生はみずからの猜疑心をいやしてくれるものを、下宿の御嬢さんへの愛にみい出していったことを告白する。「私は御嬢さんの顔を見るたびに、自分が美しくなるやうな心持がしました。御嬢さんの事を考へると、気高い気分がすぐ自分に乗り移つて来るやうに思ひました。もし愛といふ不可思議なものに両端《りょうはじ》があって、其《その》高い端《はじ》には神聖な感じが働いて、低い端《はじ》には性欲が動いてゐるとすれば、私の愛はたしかに其《その》高い極点を捕《つら》まへたものです。」（下　先生と遺書十四）というのがその内容だ。だが、他方において、このような愛が猜疑心を癒してくれるどころか、さらにあらたな疑惑の種を播くものであったことを告白せざるをえない。

疑惑の種は、御嬢さんの母親である奥さんが、策略を弄して娘を自分に接近させようとしているというものであり、御嬢さん自身もまた、愛以外の目的で自分に近付こうとしているという思いから芽生えてくるものである。そこに先生は叔父と同様、何ものかに引き寄せられて、自分の愛の心を裏切ろうとしている関係を読み取ってしまう。先生は、御嬢さんを信ずる心と猜疑する心との間に迷うほかなくなるのである。御嬢さんへの愛を強く感ずれば感ずるほど嫉妬心の虜になっていくことをどうすることもできない。先生は、この得体の知れない心を次のように告白するのである。

茶の間か、さもなければ御嬢さんの室《へや》で、突然男の声が聞えるのです。其《その》声が又私の客と違つて、頗《すこぶ》る低いのです。だから何を話してゐるのか丸《まる》で分らないのです。さうして分らなければ分らない程、私の神経に一種の昂奮を与へるのです。私は坐つてゐて変にいら〳〵し出します。私はあれは親類なのだらうか、それとも唯の知合なのだらうかとまづ考て見るのです。夫《それ》から若い男だらうか年輩の人だらうかと思案して見るのです。坐つてゐてそんな事の知れやう筈《はず》がありません。さうかと云つて、起《た》て行つて障子を開けて見る訳には猶《なほ》行きません。私の神経は震へるといふよりも、大きな波動を打つて私を苦しめます。（下　先生と遺書十六）

このような嫉妬心の表白は、尋常なものではない。愛を感ずる心に同時に嫉妬が芽生えるのは、ごくありふれた心性にすぎないとみなすこともできる。だが、そう考えて済ますには、先生の心はあまりに過敏なものを内に秘めている。

要するに、先生の心は、御嬢さんに愛を感じ、引き寄せられるあまり、関係というものをとらえることができなくなっているのである。もし、御嬢さんの心が先生の愛を容れ、先生もまたそのことを信ずることができたならば、このような嫉妬心にとらえられることがなかったといってよいかもしれない。

けれども、先生の嫉妬心がそういうことではとうてい癒されない性質のものであったことはうたがいない。先生には、御嬢さんに愛を感じ、引き寄せられれば引き寄せられるほど、御嬢さんの心もまたある可能態として存在していることが見えてしまうのだ。しかも、御嬢さんの心が可能態として見えてくるにしたがい、愛の関係そのものがその輪郭を失い、不定形ななにものかとしてあらわれてくるということから目をそらすことができない。そこに、常規を逸した過敏な嫉妬心が植えつけられる理由があった。

先生のこのような心性を描き出した漱石には、人間の心というものが可能態として存在することこそが、関係を見えにくくさせる根幹にほかならず、そのとき人はどのような異様な心性にもとりつかれうるということへの強い思いがあった。みずからもまた、その異様な心性にとらわれ、人の心がわからないという思いをたえず抱きつづけてきたからである。

だが、漱石はそういう思いのなかから先生という人間を生み出したので、決して、そういう心のもたらす憂鬱の底へとうずくまるのではなかった。漱石はいわば、耐えることによって、先生の耐えがたい心を描き出したのだ。先生の語りの背後から漱石が露呈させていくのは、そのような先生の耐えがたい心にほかならないのである。

先生はもはや、この引き寄せるものが関係に刻印する不透明さから、逃れることができなくなっていく。にもかかわらず、その猜疑、嫉妬を癒してくれるものは御嬢さんとの一対一の愛いがいではないという思いも捨てることができない。そういうディレンマをはらんだ先生の傍に、Kの存在があらわれるのである。そして、漱石は御嬢さんと先生とKの関係のなかで、いわば耐えがたい心の悲劇を追いつめてみせた。

奥さんと御嬢さんと私《わたくし》の関係が斯《か》うなつてゐる所へ、もう一人男が入《い》り込まなければならない事になりました。其男《そのをとこ》が此家庭《このうち》の一員となつた結果は、私の運命に非常な変化を来《き》たしてゐます。もし其男《その》が私の生活の行路を横切らなかつたならば、恐らくかういふ長いものを貴方《あなた》に書き残す必要も起らなかつたでせう。私は手もなく、魔の通る前に立つて、其瞬間《そのしゆんかん》の影に一生を薄暗くされて気が付かずにゐたのと同じ事です。自白すると、私は自分で其男《その》を宅《うち》へ引張つて来たのです。

（下　先生と遺書十八）

先生の告白は、ある被害感のもとに「其男《その》」Kの存在を「私」に対して開陳しているようにみえる。この被害感は、Kの存在から蒙ったものとみなされているわけではない。先生は、自分と御嬢さんとの関係の中にKをひき入れたのは自分にほかならないと告白しながら、そこに生じた魔の通るような運命の変化について語ろうとしている。そのことによって、関係のもたらす残酷な力の被害を吐露しているのである。

それならば、御嬢さんとの間にありもしない男の存在を妄想してまで嫉妬に駆られていた先生が、いったいなぜ、あたかも嫉妬妄想の対象を実在化するかのようにKをひき入れてきたのだろうか。もし、Kが先生にとっての畏敬する友であり、また両親に死なれ、叔父に裏切られるという過去を有する先生と同様、継母に育てられ養子に出されるという過去のなかに、家族についての不幸を負わされた人間として設定されているのでなければ、まるで先生の嫉妬を試みる存在として登場したかのようにみえるのだ。

だが、このKという男は嫉妬妄想をかきたてるような人間であるどころか、「道」のために精進することを第一とする人間であり、まことに古風なストイシズムをひそかに育むような人間であった。おそらく漱石は、そういうKの、精神的な向上心と意志の力を養おうとして苦い挫折を嚙みしめる姿のなかに、先生の心の空白を共有する存在を象徴させようとしたのである。いうならば、先生と同様その空白を愛によって癒されるほかないまでにつのらせた人間としてKを描き出すことによって、先生の猜疑、嫉妬がそのようなKとの現実の関係のなかでいかなる形をとるかを見究めようとしたのである。

Kとは、そういう妄想を抱くほかないまでに耐えがたい心に陥っていた先生が、呼びこむほかなかったもうひとつの耐えがたい心にほかならないのだ。そして、この二つの耐えがたい心が御嬢さんへの愛をめぐって演じてしまう関係の悲劇にこそ、運命の残酷な力がはたらいたのである。少くとも、漱石は、Kという人間をあたかも先生の嫉妬を駆り立てる妄想の実在であるかのように登場させながら、これだけの小説的構成を付与していたのである。

第五節　耐えがたい心の奥に隠されたもの

先生は終始、Kの意志の強さ、精神的な向上心について畏怖をもって述べながら、一方において、そのようなKが、自分と同様「不平と幽鬱《いううつ》と孤独の淋しさ」（下 先生と遺書二十）を噛みしめる耐えがたい心を内に秘めていることを明らかにしていく。そして、みずからの耐えがたい心が御嬢さんへの愛によって癒される思いを得たように、Kのそれもまた、愛とまではいわないまでも「人間らしさ」にふれることによって癒されることを期待するのである。

こうして、先生はKを御嬢さんと奥さんの家庭に、下宿人である自分の食客として招き寄せる。だが、こういう関係が、いかに先生の耐えがたい心から生み出されたものであろうと、Kにとってはある種の心的負債のもとに受け容れられるほかなかったことは想像にかたくない。先生にとっての誤算は、Kの心にみずからと同様の耐えがたい心をみとめながら、それがエロスの恣意性にひきよせられることによって癒されようとするとき、不可避的に耐えがたさを増幅してしまうということについての省察を欠いたことであった。

なぜ先生は、おのれの猜疑と嫉妬に照らし合わせて、御嬢さんへの愛が決してそのまま対なるものへと凝縮するわけでも、奥さんの家庭が、家族の価値と直結するわけでもないという現実を直視しなかったのだろうか。人間の心が観念の可能態のままに動くとき、むしろそのような価値へと到ろうとする心を裏切ってしまうということについて思いめぐらさなかったのか。先生が、いまだ弱年でそういう心と関係の不可解さを洞察することができなかったからであろうか。それならば、みずから描きあげた当為に憑かれてKをひき入れた先生は、無知ゆえの罪を犯したというべきであろうか。

そういう小説的構成を先生の語りのなかに明らかにしていった漱石は、耐えがたさに気づきながら、それを癒してくれるある観念の形態を、あたかも実在であるかのごとくに信じようとする人間の性急な思いを先生に託したのだ。そのような性急さを、現実の関係というものが、どんなに残酷な場所へと連れ去るものであるかを描き出そうとしたのである。

彼の口元を一寸《ちょっと》眺めた時、私《わたくし》はまた何か出て来るなとすぐ疳付《かんづ》いたのですが、それが果して何の準備なのか、私の予覚は丸《まる》でなかつたのです。だから驚いたのです。彼の重々しい口から、彼の御嬢さんに対する切ない恋を打ち明けられた時の私を想像して見て下さい。私は彼の魔法棒のために一度に化石されたやうなものです。口をもぐ〳〵させる働きさへ、私にはなくなつて仕舞《しま》つたのです。（下　先生と遺書三十六）

先生の顔からヴェールを剝いだのは、Kの切ない告白であった。だが、気がついてみれば、先生にとってすべてが予感された通りであった。その時、Kの「魔法棒のために一度に化石されたやう」に感じたとすれば、それほどまで先生の性急な心は、この事態の到来を覆いかくしていたということを語っているのだ。

御嬢さんという女性が、ことさらにエロスの恣意性をもって異性をひきよせる存在として描かれているわけではない。先生の連れてきた食客のKの偏屈さに、はじめは近づきにくいものを感じていながら、やがて少しずつ打ち解けるにしたがい、一種の家族的な親密さをもってKに対していただけにすぎない。そこに、女性特有の技巧や、若い女の媚態をみとめえたとしても、先生の語りは決してそういうものを印象づけない。

御嬢さんに対する切ない恋をKから打ち明けられた先生は、御嬢さんと奥さんの家庭のもたらす人間らしさによって、Kとともに癒されようとする心が、虚妄以外の何ものでもなかったことに気づいたはずだ。現実に帰ってみるならば、Kの告白をきっかけに先生は、以前の嫉妬心の虜になっていくほかはなかった。にもかかわらず、先生は、この耐えがたさのうちに常軌を逸した心性を飼いならすのではなく、御嬢さんへの愛を対なるものとして現実化するほかないと思うにいたる。そのことが、一方において、Kの心にどのような暗い影を投ずることになるかを先生は見ようとしなかった。たとえ、それを見つめたところで、愛によって癒されたいと思う先生の性急な心は、もはや先生をとどめることができなかったのだ。

先生は、Kの耐えがたい心を顧るいとまもなく、逆に彼をあえて精神のリゴリズムに閉じ込め、みずからは御嬢さんを貰い受ける約束を奥さんから取りつけようとする。このとき、先生は引き寄せられるものの性急さをもって、再びおのれの眼を覆ってしまったのである。

私《わたくし》は程なく穏やかな眠《ねむり》に落ちました。然《しか》し突然私の名を呼ぶ声で眼を覚ましました。見ると、間の襖が二尺ばかり開いて、其所《そこ》にKの黒い影が立つてゐます。さうして彼の室《へや》には宵の通りまだ燈火《あかり》が点《つ》いてゐるのです。急に世界の変つた私は、少しの間口《あひだ》を利く事も出来ずに、ぼうつとして其光景《そのこうけい》を眺めてゐました。（下　先生と遺書四十三）

二尺ばかりの襖の間にぼうと立った「Kの黒い影」は、先生の性急な心が見ることをしなかった関係の空白部の喩である。覆いを剝ぎ取り、そこを直視したならば、先生自身の「黒い影」もまた立っていたにちがいない。もしかしたら、その影は、先生の夢の中にあらわれたみずからの赤裸々な耐えがたい心であったのかもしれない。

だが、先生は「然《しか》し翌朝になって、昨夕《ゆふべ》の事を考へて見ると、何だか不思議でした。私はことによると、凡《すべ》てが夢ではないかと思ひました。」（同右）と語るのみで、それ以上の詮索はしない。先生の心には、Kの存在のもたらす怖れから逃れるために、一刻もはやく御嬢さんを貰い受けるための現実的な処置を行おうとする性急さが渦巻いているからである。そして、ついに事態はやって来る。先生が、みずからの「黒い影」を性急さによって覆い隠していたとき、Kはそれに耐えきれず自裁して果てたのだ。

私《わたくし》は今でも其《その》光景を思ひ出すと慄然《ぞつ》とします。何時《いつ》も東枕で寝る私が、其晩《そのばん》に限つて、偶然西枕に床を敷いたのも、何かの因縁かも知れません。私は枕元から吹込む寒い風で不図《ふと》眼を覚したのです。見ると、何時《いつ》も立て切つてあるKと私の室《へや》との仕切の襖が、此間《このあひだ》の晩と同じ位開いてゐます。けれども此《この》間のやうに、Kの黒い姿は其所《そこ》には立つてゐません。私は暗示を受けた人のやうに、床の上に肱を突いて起き上りながら屹《きつ》とKの室《へや》を覗きました。洋燈《らんぷ》が暗く点《とも》つてゐるのです。それで床も敷いてあるのです。然《しか》し掛布団は跳返《はねかへ》されたやうに裾の方に重なり合つてゐるのです。さうしてK自身は向ふむきに突つ伏してゐるのです。私はおいと云つて声を掛けました。然《しか》し何の答もありません。おい何《ど》うしたのかと私は又Kを呼びました。それでもKの身体《からだ》は些《ちつ》とも動きません。私はすぐ起き上つて、敷居際迄《ぎはまで》行《ゆ》きました。其所《そこ》から彼の室《へや》の様子を、暗い洋燈《らんぷ》の光で見廻して見ました。

其《その》の時私の受けた第一の感じは、Kから突然恋の自白を聞かされた時のそれと略《ほゞ》同じでした。私の眼は彼の室《へや》の中を一目見るや否や、恰《あたか》も硝子で作つた義眼のやうに、動く能力を失ひました。私は棒立に立竦《たちすく》みました。それが疾風の如く私を通過したあとで、私は又《また》あゝ失策《しま》つたと思ひました。もう取り返しが付かないといふ黒い光が、私の未来を貫いて、一瞬間に私の前に横たはる全生涯を物凄く照しました。さうして私はがた／＼顫へ出したのです。

（下　先生と遺書四十八）

『こゝろ』の表現の頂きをなす一節であるといってよい。この暗く緊迫した響きは、たんに先生の過去の事件を語るもののそれであるだけでなく、先生がいま赴こうとしている残酷な場所を暗示する語りの響きにほかならない。自分の眼が「恰《あたか》も硝子で作つた義眼のやうに、動く能力を失」ったとき、はじめて先生は、おのれの眼を覆っていたものを剝ぎ取られたことに気づき、そこに「もう取り返しが付かないといふ黒い光が」未来を貫いて、一瞬間に全生涯を物凄く照らし出した光景を見てしまうのである。そのとき、先生の義眼のごとき眼は、おのれの「黒い影」と、その影の陥っている関係の空白部をみとめ、それが自身の生涯にどんなに辛い影を投ずるものであるかを見てしまうのである。

先生に宛てられたKの遺書に「自分は薄志弱行で到底行先の望みがないから、自殺する」「もっと早く死ぬべきだのに何故《なぜ》今迄《まで》生きてゐたのだらう」（同右）という文句を見い出した時、先生は、一歩誤まれば、自分こそが「黒い影」に脅かされて、みずからに手を下していたかもしれないという思いにとらわれたはずだ。Kの遺書の文句は、自分に課したストイシズムに挫折したことを明かしているのではなく、観念の可能態に引き寄せられるものが、関係のなかで蒙ってしまう耐えがたい心を語っているからである。

先生がこの世に残され、Kが逝ってしまったのは、二人の間にその耐えがたい心をいかに処するかについての思いの相違があったからというほかはない。先生が、それをただただ御嬢さんとの愛によって癒されようとしていたとき、Kは愛において引き寄せられる心と精神のストイシズムに引き寄せられる心との亀裂に陥っていたのだといえる。Kには、そのストイシズムに引き寄せられる心が、どこまでいっても耐えがたさをしか刻することがないということが気づかれていなかったわけではない。それに気づいたからこそ、御嬢さんへの愛に引き寄せられていったにちがいないのだ。

しかし、Kは愛について先生ほど性急になることができなかった。もし、性急に引き寄せられていくならば、先生を裏切ることになるということが見えていたからか。いや、Kには先生の愛についてはほとんど思いが及ばなかった。むしろ、Kをひきとどめたのは、彼にもはや耐えがたさをしか植えつけることのない精神のストイシズムであった。「だからKが一直線に愛の目的物に向つて猛進しないと云つて、決して其《その》愛の生温《なまぬる》い事を証拠立てる訳には行きません。いくら熾烈な感情が燃えてゐても、彼は無暗《むやみ》に動けないのです。前後を忘れる程の衝動が起る機会を彼に与へない以上、Kは何《ど》うしても一寸踏み留まつて自分の過去を振り返らなければならなかったのです。」（下　先生と遺書四十三）という先生は、みずからの性急な心に照らし合わせて、Kの心的なディレンマを読み取っていたのである。

こういうKにくらべるならば、耐えがたい心が猜疑、嫉妬といった心性として襲ってきた先生にとって、それを癒すためには、御嬢さんとの愛を対なるものとして現実化するほかないという思いがやってきたのは必然というほかないのだ。そして先生は、そのような必然を性急にたどっていった。その結果、Kを自殺へと追いつめてしまったとしても、もはや、そこには二つの耐えがたい心がたどるほかなかった径路が見えるというしかないのである。

しかし、それならば、Kの死に出会った先生が、黒い光によって自分の前に横たわる全生涯を照らされる思いに陥った理由の説明がつかない。つまるところ、先生がKに対して抱く罪障意識が解かれないのだ。実際、先生は、Kの心的なディレンマを見抜いていながら、「おれは策略で勝つても人間としては負けたのだ」（下　先生と遺書四十八）という思いを払うことができない。先生が、Kに対する罪障意識の由って来たる根にふれるためには、Kの心的ディレンマの奥に匿されたものを、みずからのものとして所有することがぜひとも必要なのである。

第六節　不在証明と完全なる物語

Kの死後、御嬢さんと結婚し、幸福な生活をはじめた先生は、どうしてもKのことを忘れることができない。その不安を追い払うため書物に没頭しようとするが、それもならず、やがて酒に溺れていく。そして、妻との間に目に見えないすきま風が吹き抜けていくことをどうすることもできない。みずからにさえその理由の解けないKの死について、妻に打ち明けることができないからだ。のみならず、先生はその不安についても妻に明かすことができない。先生は「何処《どこ》からも切り離されて世の中にたつた一人住んでゐるやうな気」（下　先生と遺書五十三）がして寂寞を噛みしめるほかない。

同時に私《わたくし》はKの死因を繰返し〳〵考へたのです。其《その》当座は頭がたゞ恋の一字で支配されてゐた所為《せい》でもありませうが、私の観察は寧《むし》ろ簡単でしかも直線的でした。Kは正しく失恋のために死んだものとすぐ極《き》めてしまつたのです。しかし段々落ち付いた気分で、同じ現象に向つて見ると、さう容易《たやす》くは解決が着かないやうに思はれて来ました。現実と理想の衝突、――それでもまだ不充分でした。私は仕舞《しまひ》にKが私のやうにたつた一人で淋《さむ》しくつて仕方がなくなつた結果、急に所決したのではなからうかと疑ひ出しました。さうして又慄《ぞつ》としたのです。私もKの歩いた路を、Kと同じやうに辿つてゐるのだといふ予覚が、折々風のやうに私の胸を横過《よこぎ》り始めたからです。　（下　先生と遺書五十三）

「たった一人で淋《さむ》しくつて仕方がなくなつた」Kの心にふれた時、先生は、はじめてKの心的ディレンマの奥に匿されていた耐えがたい心にみずからの心を開いたのである。しかも、注意すべきは、そのことが、先生にみずからの増幅する耐えがたい心に気づかせる契機であったということにほかならない。先生のKに対する罪障意識の根因を解くことは、こうして、おのれの耐えがたい心に直面していくことにほかならなかったのである。

けれども、それならば、先生はすでにして、Kの自殺という事態に出会った時に、おのれの性急な心が覆いかぶせていたヴェールを取り払い、そこに、みずからの耐えがたい心の必然を見たのではなかったか。そこから、Kの耐えがたい心を推し測ることもできたはずである。にもかかわらず、先生は御嬢さんと結婚し、幸福な一対としての生活を送ることによってしか、ほんとうにそれに気づくことができなかった。なぜか。

先生の性急な心の誤算は、御嬢さんとの愛を成就し、一対の生活を送ることによってはじめてあばかれる性質のものであったからだ。いうまでもなく、いまは先生の妻となった御嬢さんにどんな責があるわけでもない。エロスの恣意性としてある〈性〉と、現実の一対の生活のなかで生成していく自然としての〈性〉との間に横たわる深淵が、どんなに性急な心によっても越えがたいという事態に先生は直面していったということなのである。そして、その時あらわれたのは、かつて先生の心に猜疑と嫉妬を植えつけた耐えがたい心にほかならなかった。それは、もはや常軌を逸した心性を植えつけるものでもなく、ただすきま風のごとくに妻との間を吹き抜けていくにすぎなかったのである。

だが、そういう先生の心の傾向が、まぎれもなくKの淋しさへと引き寄せられるがゆえに、妻との間のすきま風をさらに吹き込むことになるという事態に先生は気づいていた。少くとも、漱石は、人間の心が引き寄せられるものとして存在するかぎり、対なるものとして生成しようとする心と背馳するほかないことを洞察していた。そして、先生の淋しさを癒すものがあるとするならば、引き寄せられるというその心を抹殺するか、そうでなければ、そういう心と観念と関係のありように耐えることによって、なおかつ対なるものとして生成しようとする心に価値をもとめていく以外ないということを熟知していた。

漱石は、先生をして前者の道をたどらせ、その代償のように「私」へのフィクショナルな継承をおこなわせたのである。そのために、先生に負わせなければならなかった憂鬱を、漱石はおのれの洞察の底の底から抽き出してきたということができる。

　私《わたくし》の胸には其《その》時分から時々恐ろしい影が閃きました。初めはそれが偶然外から襲つて来るのです。私は驚きました。私はぞつとしました。然ししばらくしてゐる中《うち》に、私の心が其《その》物凄い閃きに応ずるやうになりました。しまひには外から来ないでも、自分の胸の底に生れた時から潜んでゐるものゝ如くに思はれ出して来たのです。私はさうした心持になる度《たび》に、自分の頭が何《ど》うかしたのではなからうかと疑《うたぐ》つて見ました。けれども私は医者にも誰にも診て貰ふ気にはなりませんでした。

（下　先生と遺書五十四）

私《わたくし》がこの牢屋の中に凝《じつ》としてゐる事が何《ど》うしても出来なくなつた時、又その牢屋を何《ど》うしても突き破る事が出来なくなつた時、畢竟《ひつきやう》私にとつて一番楽な努力で遂行出来るものは自殺より外にないと私は感ずるやうになつたのです。貴方《あなた》は何故《なぜ》と云つて眼を睜《みは》るかも知れませんが、何時《いつ》も私の心を握り締めに来るその不可思議な恐ろしい力は、私の活動をあらゆる方面で食ひ留めながら、死の道丈《だけ》を自由に私のために開けて置くのです。動かずにゐれば兎《と》も角《かく》も、少しでも動く以上は、其《その》道を歩いて進まなければ私には進みやうがなくなつたのです。

（下　先生と遺書五十五）

漱石は、このような先生の心をおのれの鬱の気分に耐えることによって、渾身の力をふりしぼり小説的構成のうちに解き放った。精神科医ならば、ここに罪責妄想による自殺衝動を見い出すところであるが、そんな診断が、漱石の耐える心にとって何ものでもないのはいうまでもない。そして、「不可思議な恐ろしい力」に駆られてみずからの命を断つ先生が、にもかかわらず、そのことを他の誰にでもなく、自分に不思議な力で引き寄せられてきた一人の青年に書き残すという構成を取ったとき、漱石の耐える心がフィクショナルなものによってのみ癒されるものであることを明かしていたのである。

小宮豊隆のように（岩波文庫『こゝろ』解説）、漱石は『こゝろ』を書いて一度死んだ、ということはできない。むしろ、漱石は、先生の遺書が「私」の語りを呼びこむという構成のなかで、語りの死がもうひとつの語りを導くというフィクショナルな構成のなかに蘇生したといわなければならない。そのような漱石の耐える心に出会う時、『こゝろ』という小説の時間が、先生の語りからふたたび「私」の語りへと流れていくことに気づくのである。

もし『こゝろ』における漱石に、ある性急さをみとめうるとするならば、先生の「私」に対するフィクショナルな継承を完璧な形として描き出そうとするあまり、「妻《さい》に凡《すべ》てを打ち明ける事の出来ない位な私ですから、自分の運命の犠牲として、妻《さい》の天寿を奪ふなどゝいふ手荒な所作は、考へてさへ恐ろしかつたのです。私に私の宿命がある通り、妻《さい》には妻《さい》の廻《まは》り合せがあります。二人を一束にして火に燻べるのは、無理といふ点から見ても、痛ましい極端としか私には思へませんでした。」（下　先生と遺書五十五）と先生に告白させることによって、対なるものとして蘇生する道を閉ざしたということにほかならない。

明治天皇の崩御に接した先生に「最も強く明治の影響を受けた私どもが、其後《そのあと》に生き残つてゐるのは畢竟《ひつきやう》時勢遅れだといふ感じが烈しく私の胸を打ちました。」（同右）と語らせる漱石は、内なるフィクショナルなものへの傾斜をある形として呈しているというほかない。そして、妻を前にして「もし自分が殉死するならば、明治の精神に殉死する積《つもり》だ」（下　先生と遺書五十六）と先生に答えさせたとき、漱石は、対なるものの生成の道を完璧に断ち切ってみせたのだ。そこには、そのような道があまりに見えすぎる者のおこなう不在証明《アリバイ》が読み取られるといいたいほどだ。

にもかかわらず『こゝろ』は、漱石のそのような不在証明によってこそ、完璧なる物語の時間を印象づけるのである。

私《わたくし》は私の過去を善悪ともに他《ひと》の参考に供する積です。然《しか》し妻《さい》だけはたつた一人の例外だと承知して下さい。私は妻《さい》には何にも知らせたくないのです。妻《さい》が己れの過去に対してもつ記憶を、成るべく純白に保存して置いて遣りたいのが私の唯一の希望なのですから、私が死んだ後でも、妻《さい》が生きてゐる以上は、あなた限りに打ち明けられた私の秘密として、凡《すべ》てを腹の中に仕舞《しま》つて置いて下さい。

（下　先生と遺書五十六）

この先生の語りの結末に、私たちは『こゝろ』という作品を完全な物語として仕上げようとした漱石の確信を読み取らずにはいられないのである。

第五章　『道草』論

第一節　遠い所から帰って来た者

ひとりの男とひとりの女が対なる関係を結び、やがて子を産み、老いて死ぬということは、本当にはどういうことなのだろうか。個体は観念として、対なる関係における〈自然〉を拒絶することもできれば、子を産むことの〈自然〉を拒否することもできる。観念において、このような可能性を秘めているかぎり、ひとりの男とひとりの女が、一対の関係を結び、やがて子を産み、老いて死ぬという過程は、背理としてしか成り立ちようがないのではあるまいか。にもかかわらず、これが必然のものとして立ち現れてくることを否定することができない。『道草』の根底を流れているのは、この問いから滲み出てくる時間である。それは、小説的時間のさらに深層を、あたかも暗渠の水のように流れている。

健三が遠い所から帰つて来て駒込《こまごめ》の奥に世帯《しょたい》を持つたのは東京を出てから何年目になるだら

う。彼は故郷の土を踏む珍らしさのうちに一種の淋《さび》し味《み》さへ感じた。（一）

書き出しの一節が、すでに時間の二重性を示唆している。小説の時間は、主人公健三の過去をさりげなく語ることによって、現在が、「遠い所」で過ごした過去の時間から帰って来たところに構成される時間であることを暗示する。健三の現在が、観念としてはどこまでも「遠い所」へと往きうるにもかかわらず、対なる関係の〈自然〉へと還ってきたところにあるということを告げるものであるといってもいい。

このような場面設定は、崖下の日の当たらない家に日常生活を営む、『門』における宗助お米夫妻のそれを彷彿させる。しかし、『門』に描き出された宗助お米の関係が、暗い過去の影をひいているがゆえに、象徴としての〈自然〉の高みにまで達しているのに対して、遠い所から帰って来て、ようやく対なる関係における〈自然〉を受容しようとする健三に、この〈自然〉が、はやくも受容しがたいものとしてあらわれるのだ。

健三は、ある日、小雨の降る往来で偶然にひとりの男と出会う。彼は、遠い所へ行く以前のさらに遠い過去において、健三を養育し、その後、故あって関係を断っていた男である。その男が、昔と同じように帽子を被らず、健三の現在に姿を現すや、健三の希求する〈自然〉が脅かされはじめる。その男の存在自体が、健三における対なる関係が仮りのものでしかないことをあらわにしはじめるのだ。

一方、健三の細君お住は、いまなお遠い国の臭いをしみつかせ、論理の力で相手をやりこめようとする健三に対して、ことごとに反発をおぼえ、夫と独立した自己の存在を主張しようとする。この夫婦は、『門』における宗助お米夫妻の、互に相手の苦しみを思いやっていたわりあう関係からするならば、ほとんど理解し合うことのない他者の結びつきとしか思われない。ここでもまた、細君との間に、健三の受容しようとする対なる関係は、仮りのすがたを露《あらわ》にせざるをえない。

こうして小説の時間は、健三の現在を、往来に立って彼を見詰める帽子を被らない男と、生活に根を下ろしててこでも動こうとしない細君の存在とによって照らし出しながら、ゆるやかに流れはじめる。

健三の希求する〈自然〉が仮りのものでしかないことを露《あらわ》にするもうひとつの理由は、彼自身のうちにあるといえる。彼は、毎日を仕事に追われ、心にはほとんど余裕をもつことのない生活を強いられながら、なお「心の底に異様の熱塊があるといふ自信を持つてゐ」る。そのことが、人間を避け、社交を避け、細君には冷たい人間と思われ、親類からは変人扱いされる理由となっているのに、健三はそのことに少しも気づかず、「索寞たる曠野《あらの》の方角へ向けて生活の路を歩いて行きながら、それが却つて本気だとばかり」思っているのである。

健三は、〈自然〉を希求するがゆえに、荒野をさまよわざるをえない。〈自然〉を受容しようとすることが、〈自然〉から背離していくことであるという矛盾を断ち切ることができずに、細君と反目し、親類を遠ざけてしまうのである。

小説の時間は、時間の守銭奴のごとき健三の焦りや苛立ちによってわずかにかき乱されることはあっても、ひとたび流れはじめるや、あたかもずっと以前から何事も起こらなかったかのごとくに、静かに流れつづける。このような時間の流れの、ゆるぎのないありようは、それが流れはじめる端緒を形成していた、かつての養父島田の存在と細君お住の存在をときにはずっと後景に退けてしまうかのような観を呈しさえする。

しかし、注意しなければならないのは、小説の時間は、健三を脅かす養父の存在や、健三とは理解しあうことのない細君の存在や、そして何よりも時間に追われながらも「生きてゐるうちに、何か為終《しおほ》せる、又仕終《しおほ》せなければならない」と考えて始終苛立っている健三の存在を機縁として流れている、ということである。このことは、健三の受容しようとしている〈自然〉が、かつての養父島田の存在と細君お住の存在によって、又健三自身の存在によって、仮りのすがたを露《あらわ》にしながらも、なおかつ、一篇を通して自然の動じがたさを実現してゆくことに通じている。

小説の時間は、時間をかき乱すさまざまな機縁をくり込んで、あたかも自然のごとくに静かに流れつづけるのである。そして、このような確固とした時間を小説の構成のうちに生じさせているものこそ、観念にとって〈自然〉とはいかなるものかという問いに滲み出る時間なのだ。

彼の時間は静かに流れた。然《しか》し其《その》静かなうちには始終いら／＼するものがあつて、絶えず彼を苦しめた。遠くから彼を眺めてゐなければならなかつた細君は、別に手の出しやうもないので澄ましてゐた。それが健三には妻にあるまじき冷淡としか思へなかつた。（九）

健三をいらいらさせ、苦しめるのは、彼の心の底に燃えている「異様の熱塊」である。それは、彼を観念の極限まで駆り立てるものである。たしかに健三は「駒込《こまごめ》の奥に世帯《しょたい》」を持つことによって、〈自然〉を受容しようとしてきた。だが、彼は、〈自然〉を希求し、受容することが、何よりも観念の過程を不可避とするということについて自覚的である。健三は「異様の熱塊」に駆り立てられて、「索寞たる曠野《あらの》の方角へ向けて生活の路を歩いて行」くことを、「却《かへ》つて本来だ」と心得るのである。

細君のお住には、〈自然〉とは、すでに自分が根を下ろしている日々の生活以外にはどこにも求めようのないものである。もし、夫の健三が心から〈自然〉を希求しているのであれば、彼自身が日々の生活の中で少しでも妻に優しく、子供に暖かく振舞ってくれればよいのだ。そうすれば、自分もまた妻らしく夫に対することができる。その方がどんなにか〈自然〉であるかわからない。細君には、夫の健三は〈自然〉に対処する根本的な態度を、いつかどこかで取りちがえてしまったとしか思われない。

もちろん、細君は夫を非難することにおいて、整然とした論理を駆使するわけでもなければ、おのれの存在についてそれほど自覚的であるわけでもない。細君の存在自体が、すでに〈自然〉に根を張っている。健三への非難は、〈自然〉それ自体が発する批判であるとかんがえられないこともない。

だが、「異様の熱塊」に駆り立てられて絶えずいらいらしている健三にとって、細君が根を下ろしている生活の〈自然〉とは、仮りのものでしかない。自分の受容しようとしている〈自然〉が、そのような生活のあくを抜く以外に実現しようのないものであることは明らかである。それをするためには、いかに偏屈と思われ変人扱いされようと、一度は観念の過程を極限までたどるほかないということに健三は気づいている。健三の焦りと苛立ちは、こういってよければ、静かに流れる時間の流れを堰き止めて、根源的な時間を露出させたいという思いからやってくるものである。

このような健三の焦りや苛立ちを吸収して、小説の時間は静かに流れるのである。

第二節　仮のすがたをとって現われる〈自然〉

健三の受容しようとしている〈自然〉と、細君が体現している〈自然〉が最初に齟齬をきたすのは、養父島田の代理と名乗る男に健三が会うかどうかを語りあう場面においてである。


「来るだらう。どうせ島田の代理だと名乗る以上は又来るに極つてるさ」

「然《しか》しあなた御会ひになつて？　若《も》し来たら」

実をいふと彼は会ひたくなかつた。細君はなほの事夫《をつと》を此《この》変な男に会はせたくなかつた。

「御会ひにならない方が好《い》いでせう」

「会つても好《い》い。怖《こは》い事はないんだから」

細君には夫《をつと》の言葉が、また例の我《が》だと取れた。健三はそれを厭だけれども正しい方法だから仕方がないのだと考へた。　　（十二）

細君には、島田の代理という男に、夫を会わせることによって、夫がかつての養父と関わり合うようになることを忌む気持ちがはたらいている。このような細君の心のはたらきは、夫を妙な関わりから遠ざけたいという心理と同時に、自分たちが根を張っている生活の〈自然〉を崩されたくないという心理から成っている。このような心理は、格別に非難されるべきものではなく、ごく普通の生活者のそれとしては当然のものであろう。だが、これを当然として見過ごすならば、生活に根を下ろした〈自然〉は、容易に仮のすがたを明らかにすることはないのだ。

細君は、みずからの〈自然〉にしたがって夫をこの男に会わせまいとする。だが、健三にはもう少し複雑な心理がはたらく。健三にとってもまた、この妙な男に会って、島田と関わりをもつことは厭なことに変わりはない。寸毫も惜しんで、何ものかに駆り立てられる生活を送っている健三は、細君とは違った意味で、自分の時間を奪われたくないという心理がはたらく。

さらに、かつての養父島田は、幼少期の健三に何ひとつ懐かしい思い出を残してくれないような人間である。健三は、いまだに島田の人格への嫌悪の情を禁ずることができない。彼には、細君以上にこの男との会見を断る理由が揃っているといえる。だが、もし健三がこれらの理由を根拠にして、この男と会うことを断り、島田との関わりを断ってしまうならば、彼の拠って立つところは、細君の体現している生活の〈自然〉と何ら異なるところのないものとなってしまう。

健三にとって希求の対象であり、受容の対象である〈自然〉とは、細君の体現する〈自然〉には回帰しえないものなのだ。〈自然〉は、健三自身の観念の過程の果てに見えてくるものであって、そのような観念の姿勢は、仮りのすがたを取った〈自然〉を、決して拒絶しないという態度によって保証される。健三は、島田と関わり合うことを「厭だけれども正しい方法だから仕方がないのだ」と考えることによって、この態度を細君の前に明確にするのである。

やがて日ならずして、島田の代理と名乗る男が再び健三の家の玄関先に現れる。健三の予想通りにこの男は、島田に代って「月々若干《なにがし》か」の金を無心するのだが、健三にはそれだけのことをするだけの余裕がない。彼は、自分の経済事情を打明けてまで、この男に納得してもらうほかはないのである。金の無心は取り下げたものの、この男はなかなか引下がろうとしない。

「何《ど》んなものでせう。老人も取る年で近頃は大変心細さうな事ばかり云つてゐますが、――どうかして元通りの御交際《おつきあひ》は願へないものでせうか」

健三は一寸《ちよつと》返答に窮した。仕方なしに黙つて二人の間に置かれた烟草盆《たばこぼん》を眺めてゐた。彼の頭のなかには、重たさうに毛繻子《けじゆす》の洋傘《かうもり》をさして、異様の瞳を彼の上に据ゑた其《その》老人の面影《おもかげ》があり／＼と浮かんだ。彼は其《その》人の世話になつた昔を忘れる訳に行かなかつた。同時に人格の反射から来る其《その》人に対しての嫌悪の情も禁ずる事が出来なかつた。両方の間に板挟みとなつた彼は、しばらく口を開き得なかつた。

「手前も折角《せつかく》斯うして上がつたものですから、是丈《これだけ》は何《ど》うぞ曲げて御承知を願ひたいもので」

吉田の様子は愈《いよいよ》丁寧になつた。何《ど》う考へても交際《つきあふ》のは厭でならなかつた健三は、また何《ど》うしてもそれを断るのを不義理と認めなければ済まなかつた。彼は厭でも正しい方に従はうと思ひ極《きは》めた。

（十三）

細君の拠って立つ生活の〈自然〉を前にして、健三のうちにはたらいた複雑な心理がここでもくりかえされる。この一節だけを読んでみれば、健三は、島田と交際することを、昔世話になった養父に対する義理と考えているかのように思われる。だが、健三の選択の根拠は、細君の前に明らかにしたものといささかも異ならない。「彼は厭でも正しい方に従はうと思ひ極《きは》めた」のである。

健三にとってかつての養父島田老人とは何者なのだろうか。健三は、幼少時に島田のところに養子に出された。島田と妻のお常は、彼を「余所《よそ》から貰ひ受けた一人つ子として」異数に取り扱うのである。だが、何年かして、島田は養子の健三と妻を残して別の女と一緒になってしまう。健三はしばらくお常に養育されるものの、やがて実家に引き取られるのである。

ここで島田との縁は切れてしまう。だが、正式に養父子の縁切り証が取り交わされるのは、彼が二〇歳を過ぎてからである。いずれにしろ、今となっては、島田は、健三にとって何者でもないのであって、もし関わりを持つとするならば、昔の養父としかいいようのない存在なのである。島田は、健三にたいして何者でもないにもかかわらず、仮りのすがたであらわれる〈自然〉の象徴として、彼の現在をたえず脅かしつづける。

其時《その》健三の眼に映じた此《この》老人は正《まさ》しく過去の幽霊であつた。また現在の人間でもあつた。それから薄暗い未来の影にも相違なかつた。
「何処迄此《どこまでこの》影が己《おれ》の身体《からだ》に付いて回るだらう」

健三の胸は好奇心の刺戟に促されるよりも寧《むし》ろ不安の漣漪に揺れた。

（四十六）

健三は、過去から現在へと通路をつけ、未来の影を投げかけることをやめない〈自然〉に、拭いようのない不安をおぼえる。このような〈自然〉とは、島田との、現在は断ち切られたはずの親子の関係を指すものである。健三は、これを根拠に人情と実の〈自然〉を強要する島田の存在に、おのれの希求する〈自然〉がうちくだかれる思いに陥るのである。健三の眼には、帽子を被らないで外出する島田の姿が、彼を脅かすものの象徴としてあらわれるのだ。

だが一方で、その底を流れるものにふれることは、そのような〈自然〉を敢えて拒否しないという選択によって可能となる。みずからが希求する〈自然〉を露顕させるためには、仮のすがたをとって現われる〈自然〉を拒絶してはならないのだ。たとえ島田が、いまでは何者でもない関係を根拠に、健三にまとわりつこうと、健三は彼の存在を拒絶しないという態度を貫き通すことによってしか、〈自然〉の根にふれることはできない。

健三が見据えている〈自然〉の根とは、いうまでもなく、あの根源的な時間の流れにほかならない。それは、仮りのものとしか考えられない関係を根拠に、他者の領域を侵蝕しようとする島田の存在と、いわれのない要求を突き付けられて脅える健三の存在とを、究極において相対化してしまう何ものかである。

「彼は斯《か》うして老いた」

島田の一生を煎じ詰めたやうな一句を眼の前に味はつた健三は、自分は果して何《ど》うして老ゆるのだらうかと考へた。彼は神といふ言葉が嫌《きらひ》であつた。然《しか》し其《その》時の彼の心にはたしかに神といふ言葉が出た。さうして若《も》し其《その》神が神の眼で自分の一生を通して見たならば、此《この》強欲な老人の一生と大した変りはないかも知れないといふ気が強くした。（四十八）

健三は、たしかに根源的な何ものかにふれている。そして、このようなとき、小説の時間は、観念にとって〈自然〉とは何かという問いから滲み出る時間に生かされてある。この世界において、仮のすがたをとって現われるものとその根底を流れるものと、二つながらに見据えているのは、もちろん健三である。健三の観念の彷徨もまた、この時間を逸しては不可能なのである。だが、その健三は、何よりも漱石の徹底した問いの時間によって生かされている。

健三の観念が究極において受容しようとした〈自然〉とは、彼の前に「神」という言葉でしか言いあらわすことのできないものとしてあらわれる。それは、観念の根拠を相対化すると同時に、仮のすがたをとって現われる〈自然〉の根拠をも相対化するものであるといってよい。いうならば、すべてを相対化することによって、人間の存在の根拠を掬い上げるものなのだ。

第三節　「老い」と「父」であることとの選択

健三は、このような必然の過程を、残酷といってよいほどの冷厳な眼によってとらえる。

出産率が殖えると死亡率も増すといふ統計上の議論を、つい四五日前ある外国の雑誌で読んだ健三は、其時《そのとき》赤ん坊が何処《どこ》かで一人生れゝば、年寄が一人何処《どこ》かで死ぬものだといふやうな理屈とも空想とも付かない変な事を考へてゐた。

「つまり身代りに誰かゞ死なければならないのだ」

彼の観念は夢のやうにぼんやりしてゐた。詩として彼の頭をぼうつと侵す丈《だけ》であつた。それをもつと明瞭になる迄《まで》理解の力で押し詰めて行《ゆ》けば、其《その》身代りは取も直さず赤ん坊の母親に違なかつた。次には赤ん坊の父親でもあつた。けれども今の健三は其処迄行《そこまでゆ》く気はなかつた。たゞ自分の前にゐる老人にだけ意味のある眼《まなこ》を注いだ。何の為に生きてゐるか殆《ほとん》ど意義の認めやうのない此《この》年寄は、身代りとして最も適当な人間に違なかつた。（「八十九」）


健三は、自分の目の前にいる島田に「父」を見い出しているのだ。健三が「子」の立場に立って、島田を「父」とみなしているというのではない。彼は、みずから「父」であることを、老いて、もはや生まれてくる赤ん坊の身代りとしての役割しか果たしえなくなった島田の姿に重ね合わせながら受容しているのである。

「老い」とは、世代の生成のための身代りにほかならないものであって、しかもそのことを人間的必然の過程として受容するためには、みずからが枯れ衰えてゆく「父」であることを自覚するいがいにない。観念は、対なる関係における〈自然〉を容れることによって、最終的にはこの自覚へと達するのである。

個体は観念として、対なる関係における〈自然〉を拒絶しうる存在であり、その限りにおいて老いることも、「父」であることをも無化しうる存在である。しかし、〈自然〉を受容し、みずからが枯れ衰えてゆく「父」であることを自覚するのもまた、観念の過程にほかならない。いうならば、観念にとって〈自然〉とは何かと問う時間が、〈自然〉のなかで磨耗していくほかない「父」という存在を自覚にまで高めるのだ。

健三が、島田に世代の生成のための身代りとしての役割をみとめた時、同時に自分もまたそのような役割を果たしうる存在であることを自覚したのである。この自覚をたどっていくならば、漱石の問いに滲み出る時間に出会わざるをえない。

『道草』に登場するどの人間も、健三の目からすれば、身代りとしての役割しか果たしえないように生き、老いてゆく存在にすぎない。健三その人にしてからが、ほとんど必然の過程として、そのような役割を負わされている。しかし、健三はこのような過程を、観念の過程を媒介にすることによって、自覚へと転化しうる存在である。これに対して、老いを必然の過程として生きる人間は、生成する世代にたいして身代りであることを選択しているのであるが、この選択は、生活的自然に密着している分だけ、自覚の外にあるといってよい。

たとえば、健三の兄は、派手好きで勉強嫌いであった華やかな過去からするならば、現在は、ほとんど隔世の感のするような生活をくりかえしている人間である。東京の真中にある或大きな局へ勤める小役人であるこの兄の半生は、健三からすれば、「恰《あたか》も変化を許さない器械の様なもので、次第に消耗して行くより外には何の事実も認められなかつた」。そして、このような生活をつづける兄には、過去において、「老い」を必然の過程のごとくに決定づける取りかえしのつかない事件があったのだ。

間《ま》もなく彼は三人の子の父になつた。そのうちで彼の最も可愛《かはい》がつてゐた惣領《そうりやう》の娘が、年頃になる少し前から悪性の肺結核に罹《かゝ》つたので、彼は其《その》娘を救ふために、あらゆる手段を講じた。然《しか》し彼のなし得る凡《すべ》ては残酷な運命に対して全くの徒労に帰した。二年越煩《にねんごしわずら》つた後《あと》で彼女が遂《つひ》に斃《たふ》れた時、彼の家の簞笥は丸《まる》で空になつてゐた。儀式に要る袴は無論、一寸《ちよつと》した紋付の羽織さへなかつた。彼は健三の外国で着古した洋服を貰《もら》つて、それを大事に着て毎日局へ出勤した。

（三十四）

健三の兄にとって、「老い」の自覚は、子を失うという取り返しのつかない悲しみを経験したときに、最も強く彼を襲う。この悲しみは、世代が生成するために必然の身代りであるはずの自分が生きのびて、世代の生成を荷うはずの子が死亡したということから起ってくるものである。子の死後を生きのびてしまった自分は、もはや子の身代りとなることが不可能であるという事実をみとめるとき、自分が、ただ枯れ衰えてゆくだけの「父」であるほかないということに不意に出会うのである。

兄は健三のところに、かつて父が島田との間に健三の処置に関して取り交わした書付の束を持って置いていく。そのなかには、健三の書類だけでなく、兄の来歴に関する書類がいくつかまぎれ込んでいた。二、三日たって再びやって来た兄は健三と、その書類の束を取り出しながら、こんな会話を交わすのである。

「まだ斯《こ》んなものが這入《はひ》つてゐたよ。是《これ》も君にや関係のないものだ。さつき見て僕もちよいと驚いたが、こら」

彼はごた〳〵した故紙《こし》の中から、何の雑作《ざふさ》もなく一枚の書付を取出《とりだ》した。それは喜代子《きよこ》といふ彼の長女の出産届の下書《したがき》であつた。「右者本月《みぎはほんげつ》二十三日午前十一時五十分出生致《いた》し候《そろ》」といふ文句の、「本月《ほんげつ》二十三日」丈《だけ》に棒が引懸《ひつか》けて消してある上に、虫の食つた不規則な線が筋違《すぢかひ》に入つてゐた。

「是も御父《おとつ》さんの手蹟《て》だ。ねえ」

彼は其《その》一枚の反故《ほご》を大事らしく健三の方へ向け直して見せた。

「御覧、虫が食つてるよ。尤《もつと》も其筈《そのはず》だね。出産届ばかりぢやない。もう死亡届迄《まで》出てゐるんだから」

結核で死んだ其《その》子の生年月を、兄は口のうちで静かに読んでゐた。（三十六）

死んだ子の生年月を静かに読んでいる兄は、生活的自然のこちら側で、「父」であることを静かに受け容れているのである。それは、「老い」をなすがままに許容してゆく「父」たちの姿と何ら異るところがない。健三の兄の場合、子はすでにこの世にいないという事実が、わずかばかり他の「父」たちに比して、「老い」を濃く印象づけているというにすぎない。いずれにしろ、このときの彼は生活的自然の推移のうちで、「父」としての自分の姿に出会っているのである。

この兄の姿を、傍から静かに眺めている健三の胸には、どのような思いが去来しているのだろうか。漱石は、この場面においてあえて健三に一言も語らせない。だが、健三の沈黙は、この兄のうちに「老い」をなすがままに容れてゆく「父」の姿を凝っと見ているもののそれである。そして、みずからもまた〈自然〉の必然にしたがって「老い」を許容してゆくほかはないことを噛みしめているのである。

しかし、この場面において健三を沈黙させた漱石の内部には、「老い」と「父」であることとの選択を生活的自然に帰するだけでは済まされないもうひとつの時間が流れている。それは「老い」をも「父」であることとの選択をも、観念の過程を媒介とした自覚にまで至らしめねばやまない問いに滲み出る時間である。

健三は、このような作者の問いを託されることによって、みずからは島田とも兄とも何ら異るところのない選択を強いられながら、それを根源的な過程としてとらえかえすことを課せられている。死んだ子の生年月を静かに読む兄の姿を、傍から眺めている健三の胸のうちには、みずからに強いられた選択への思いと、それへの自覚の思いとが混然としている。そして、この健三とこの兄とを一つの場面に配しているものこそ、まぎれもなく漱石の時間にほかならない。

第四節　違和と葛藤を余儀なくされる関係

漱石は、はやくからみずからが「父」であることを選択し、それを自覚にまで至らしめることにいわれのない恐怖を抱いていた。個体が対なる関係のなかで「父」であることを自覚することが、いかなる恐怖を代償として果たされるものであるかを、『夢十夜』のなかの一つの挿話を通して語っている。

「こんな夢を見た」という文によってはじまる『夢十夜』のいくつかの挿話のうち、「第三夜」はとりわけて異様な夢が語られている。自分は六つになるわが子を負《おぶ》って、左右にひろがる青田の間を歩いている。子どもは不思議なことに、いつの間にか眼が潰《つぶ》れて、青坊主になっている。自分はわが子ながら少し怖くなり、どこか捨てるところはないかと思って見ると、闇の中に大きな森が見える。自分はその森を目標に子を負《おぶ》って歩いて行く。

　雨は最先《さつき》から降つてゐる。路はだん／＼暗くなる。殆《ほと》んど夢中である。只《たゞ》背中に小さい小僧が食付《くつつ》いてゐて、其《そ》の小僧が自分の過去、現在、未来を悉《ことごと》く照して寸分《すんぶん》の事実も洩らさない鏡の様に光つてゐる。しかもそれが自分の子である。さうして盲目《めくら》である。自分は堪《たま》らなくなつた。
「此処《ここ》だ、此処《ここ》だ。丁度《ちようど》其《そ》の杉の根の処《ところ》だ」
　雨の中で小僧の声は判然《はつきり》聞えた。自分は覚えず留つた。何時《いつ》しか森の中へ這入《はひ》つてゐた。一間ばかり先にある黒いものは慥《たしか》に小僧の云ふ通り杉の木と見えた。

「御父《おとつ》さん、其《そ》の杉の根の処《ところ》だつたね」

「うん、さうだ」と思はず答へて仕舞《しま》つた。

「文化五年辰年だらう」

成程《なるほど》文化五年辰年らしく思はれた。

「御前《おまへ》がおれを殺したのは今から丁度《ちやうど》百年前だね」

自分は此《こ》の言葉を聞くや否や、今から百年前文化五年の辰年のこんな闇の晩に、此《こ》の杉の根で、一人の盲目《めくら》を殺したと云ふ自覚が、忽然として頭の中に起つた。おれは人殺であつたんだなと始めて気が付いた途端に、背中の子が急に石地蔵の様に重くなつた。


（『夢十夜』第三夜）

漱石の眼は、この世界の関係の根源が、互いが互いを喰い殺すような葛藤にあるということを見抜いている。このような葛藤は、自己と他者との間にみとめられるばかりではなく、自己と自己との間にも、自己と家族の間にも暗い深淵をひらいている。背中に負《おぶ》ったわが子は、百年前に自分が殺した盲目《めくら》であり、その盲目のわが子に今自分は殺されるかもしれないという恐怖は、そこからやってくるのである。

それならば、「父」が「子」の世代の実現のために、身代りとなって老いてゆくという生活的自然の過程は、実は、たがいに他を排除しあうところに成り立つ関係が、「父」と「子」の間にあらわれたものとみなすべきなのだろうか。漱石は『夢十夜』のなかの挿話では、少くともそのように考えていた。そこには、この世界の関係の奥底に、とうてい和解し合うことのない葛藤をみてしまったがゆえに、自分を「子」に対する「父」として選択することに、いわれのない怖れを抱いている孤独な個人の顔がみえてくるばかりである。

その顔は、幼くして養家に追いやられ、自己のあずかり知らぬ理由で再び実家に連れ戻されるという経験を通して、この世界におけるあらゆる存在に、違和と恐怖を見てしまった健三の孤独に通じるものといえる。彼は、追憶のなかで幼少時の孤独なおのれの姿をたどるうちに、この恐怖と違和を彼に植えつけた原初の光景に出会うのである。

> 坂を下《お》り尽《つく》すと又坂があつて、小高い行手に杉の木立が蒼黒く見えた。丁度其《ちやうどその》坂と坂の間の、谷になつた窪地の左側に、又一軒の萱葺《かやぶき》があつた。家は表から引込《ひつこ》んでゐる上に、少し右側の方へ片寄つてゐたが、往来に面した一部分には掛茶屋《かけぢやや》の様な雑《ざつ》な構《かまへ》が拵《こしら》へられて、常には二三脚の床几《しやうぎ》さへ体《てい》よく据ゑてあつた。
> 葭簀《よしず》の隙から覗くと、奥には石で囲んだ池が見えた。その池の上には藤棚が釣つてあつた。水の上に差し出された両端《りやうはし》を支へる二本の棚柱《たなばしら》は池の中に埋《う》まつていた。周囲《まはり》には躑躅《つゝじ》が多かつた。中には緋鯉の影があちこちと動いた。濁つた水の底を幻影《まぼろし》の様に赤くする其魚《そのうを》を健三は是非捕《と》りたいと思つた。
> 或日《あるひ》彼は誰も宅《うち》にゐない時を見計《みはから》つて、不細工《ぶさいく》な布袋竹《ほていちく》の先へ一枚糸を着けて、餌《えさ》と共に池の中に投げ込んだら、すぐ糸を引く気味の悪いものに脅《おびや》かされた。彼を水の底に引つ張り込ま

なければ已《や》まない其《その》強い力が二の腕迄《まで》伝はつた時、彼は恐ろしくなつて、すぐ竿を放《はふ》り出《だ》した。さうして翌日《あくるひ》静かに水面に浮いてゐる一尺余りの緋鯉を見出《みいだ》した。彼は独り怖《こは》がつた。(三十八)

健三のこのときの恐怖をとらえて、柄谷行人は「彼が彼自身の存在(自然)とは乖離し異和として存在するという了解の投射である」(「意識と自然」)という指摘を行っている。このような指摘の重要性を認めたうえで、ここには自己が自己にたいして違和であることが、同時にこの世界のあらゆる存在に対して葛藤を余儀なくされるといった関係への、了解が投影されてあると付け加えておきたい。健三の恐怖は、どこにも和解しうる関係をみい出すことのできない、彼自身の存在のありかたからもたらされたものなのだ。

第五節　一対の男女に違和をもたらすもの

「父」と「子」の間に、たがいに殺し合うような暗い関係のイメージを映した『夢十夜』の漱石は、健三の孤独を、自己の存在の根をどこにも見い出すことのできない幼少時の経験から汲み出し、それを現在の健三の生に重ねあわせる。健三は、生活的自然の裏側に、幼少時から体得してきた和解しあうことのできない関係と、そのような関係のなかの孤独を見てしまう。

かつて養父母との間に嫌悪の情しか憶えなかった彼は、実の父にたいしても懐かしい思い出を一つとして持たず、現在の生活のなかでは、細君の父や、実の兄や姉といった親類縁者から疎まれ、みずからも彼らと融和することのできない思いを抱くよりない。とりわけて、細君のお住との関係は、健三の、自己の孤独に鋭敏なまでに感応してしまう感性と、細君の、存在それ自体が放射する孤独とが衝突しあって、一種の生ま生まとした図を呈する。

「己《おれ》は決して御前《おまへ》の考へてゐるやうな冷刻な人間ぢやない。たゞ自分の有《も》つてゐる温《あたゝ》かい情愛を堰《せ》き止めて、外へ出られないやうに仕向けるから、仕方なしに左右《さう》するのだ」

「誰もそんな意地の悪い事をする人は居ないぢやありませんか」

「御前《おまへ》は始終《しよつちゆう》してゐるぢやないか」

細君は恨めしさうに健三を見た。健三の論理《ロジック》は丸《まる》で細君に通じなかった。

「貴夫《あなた》の神経は近頃余《よ》つ程《ぽど》変ね。何《ど》うしてもつと穏当に私《わたくし》を観察して下さらないのでせう」

健三の心には細君の言葉に耳を傾ける余裕がなかつた。彼は自分に不自然な冷《ひやゝ》かさに対して腹立たしい程の苦痛を感じてゐた。

「あなたは誰も何《なん》にもしないのに、自分一人で苦しんでゐらつしやるんだから仕方がない」

二人は互に徹底する迄《まで》話し合ふ事のつひに出来ない男女《なんによ》のやうな気がした。従《したが》つて二人とも現在の自分を改める必要を感じ得なかつた。　（二十一）

「互《たがひ》に徹底する迄《まで》話し合」ったとて、健三の孤独と細君のそれとは、和解することができないであろうと小説の時間は語っているかのようだ。

健三も細君も、二人の間に違和をもたらす理由がどこにあるかをうすうす感づいている。健三が「異様の熱塊」に駆り立てられて、書斎の中に閉じこもることが、細君の拠って立つ生活的自然と背反してしまうからという理由は、その一端にすぎない。この夫婦は、たがいに相手に対して他者であることをどこかで固持しつづけているのである。夫婦の関係も、他者と他者の関係にすぎないことを、健三とお住の夫婦は最もよく象徴している。

健三が感じる細君の他者性とは、彼女が生まれ育った家族の論理に発するものである。官史である細君の父は、実務家として相当の地位にまで立ちながら、自己の擁する内閣が崩壊してからは、悲境をかこつことを余儀なくされていた。この実務家としての生を選択してきた父は、人間をその手腕によって評価することを常としていた。これに反して実用にははなはだ遠い生活を送っている健三には、細君の父の存在はどこまでいっても自分とは相容れないものである。二人の間には自然の溝がつくられるほかはなかったのである。

この父の家族のなかで比較的自由に育てられた細君のお住が、父の奉ずる実用の論理をおのれの存在の根拠とするのは当然であった。

健三の所へ嫁《とつ》ぐ前の彼女は、自分の父と自分の弟と、それから官邸に出入《でいり》する二三の男を知つてゐるぎりであつた。さうして其《その》人々はみんな健三とは異《ちが》つた意味で生きて行くものばかりであつた。男性に対する観念をその数人から抽象して健三の所へ持つて来た彼女は、全く予期と反対した一個の男を、彼女の夫《をつと》に於《おい》て見出《みいだ》した。彼女は其何方《そのどつち》かゞ正しくなければならないと思つた。無論彼女の眼には自分の父の方が正しい男の代表者の如くに見えた。彼女の考へは単純であつた。今に此夫《このをつと》が世間から教育されて、自分の父のやうに、型が変つて行くに違ひないといふ確信を有《も》つてゐた。

案に相違して健三は頑強であつた。同時に細君の膠着力《かうちやくりよく》も固かつた。二人は二人同士で軽蔑し合つた。自分の父を何かにつけて標準に置きたがる細君は動《やゝ》ともすると心の中で夫《をつと》に反抗した。健三は又自分を認めない細君を忌々《いまく》しく感じた。一刻《いつこく》な彼は遠慮なく彼女を眼下《がんか》に見下《みくだ》す態度を公けにして憚らなかつた。（八十四）

たがいに存在の根を通じ合わせることのできないこの夫婦は、相手にたいして他者であることを、おのれの出自に固執することによってさらけ出してしまう。だが、実用と手腕を人間評価の第一と考える父の論理に、存在の根拠をもとめる細君にたいして、健三はいかなる出自を呈しているというべきだろうか。健三には、拠るべき出自といえるだけの何ものもなく、ただ幼少時の孤独な生活からもたらされた頑固で変屈な性癖が残されているのみである。

だが、それだけでは、この夫婦がありきたりの反目をこれほどにくりかえす理由が解かれない。細君が、おのれの出自への固執を自覚の外においている分だけ、健三は、彼の絶対的ともいえる孤独さえも届かないようななにものかを、自覚の外においているのだ。

筋道の通つた頭を有《も》つてゐない彼女には存外新しい点があつた。彼女は形式的な昔風の倫理観に囚《とら》はれる程厳重な家庭に人とならなかつた。政治家を以て任じてゐた彼女の父は、教育に関して殆《ほとん》ど無定見であつた。母は又普通の女の様に八釜《やかま》しく子供を育て上る性質《たち》でなかつた。彼女は宅《うち》にゐて比較的自由な空気を呼吸した。さうして学校は小学校を卒業した丈《だけ》であつた。彼女は考へなかつた。けれども考へた結果を野性的に能《よ》く感じてゐた。

「単に夫《をつと》といふ名前が付いてゐるからと云ふ丈《だけ》の意味で、其人《そのひと》を尊敬しなくてはならないと強《し》ひられても自分には出来ない。もし尊敬を受けたければ、受けられる丈《だけ》の実質を有《も》つた人間になつて自分の前に出て来るが好《い》い。夫《をつと》といふ肩書などは無くつても構はないから」

不思議にも学問をした健三の方は此点《このてん》に於て却《かへ》つて旧式であつた。自分は自分の為に生きて行《ゆ》かなければならないといふ主義を実現したがりながら、夫《をつと》の為にのみ存在する妻を最初から仮定して憚からなかつた。

「あらゆる意味から見て、妻は夫《をつと》に従属すべきものだ」

二人が衝突する大根《おほね》は此所《こゝ》にあつた。

（七十一）

この部分を引用して、もし細君が、ここに述べられている論理を主張し、「その論理に身を縛り、おのれの情感のゆらめき、言動を活気づけるようになれば、細君は細君ではなく、立派な、ひとりの『新らしい女』、すなわち、『或る女』の早月葉子の御姉様役ぐらいは勤まるだろう」と冗談ともつかぬことを語ったのは篠田一士である（「漱石の存在」『日本の近代小説』）。たしかに細君は、健三の前にそれだけの存在感を呈しているといえる。しかし、篠田も指摘しているように、細君は「実はこんなに論理の筋道を立てて、健三に対する不満を述べたてることはもちろん、かりに自分の胸に言いきかすことさえできるような女ではない」(「同」)。要するに、細君はおのれの出自に固執しているだけにすぎず、そのことによって実用を旨として形成される生活的自然にさらに強く根を張っていくだけなのである。

細君がそれを自覚の外においている分だけ、健三は健三で、「あらゆる意味から見て、妻は夫に従属すべきものだ」という論理を自覚の外においている。もし細君が自己の正当性を論理的に明らかにするようになるならば、立派なひとりの「新しい女」の役が勤まるだろうという仮定が成り立つとすれば、同じように、もし健三が観念の過程をたどることにおいて、〈自然〉を受容するという姿勢を捨てるならば、自らは家父長権の上にあぐらをかいているにすぎないことに無自覚のまま、新しい論理を並べたてる知識人の役が勤まるだろうという仮定も成り立つにちがいない。

だが健三は、そうなるにはあまりに彼固有の出自の闇が暗すぎたのだ。みずからが自覚の外においている家父長権を盾に、細君の生活的自然に密着した論理に対抗する健三の姿が如実に描かれるほど、彼の、どこにもおのれの存在の根拠を見出すことのできない孤独が浮き彫りにされる。そう思ってみるならば、このような健三とともかくも生活を共にしている細君の、ほとんど自覚さえとどきえない孤独もまた見えてくるように思われる。

夜は何時《いつ》の間にやら全くの冬に変化してゐた。細い燈火《ともしび》の影を凝《じつ》と見詰めてゐると、灯《ひ》は動かないで風の音丈《だけ》が烈しく雨戸に当つた。ひゆう〳〵と樹木の鳴るなかに、夫婦は静かな洋燈《あかり》

を間に置いて、しばらく森《しん》と坐つてゐた。（七十一）

このような文章の背後には、この夫婦に違和をもたらした時間の深さを覗きこんでいる漱石の姿がかいま見られる。そういって悪ければ、なぜひとりの男とひとりの女は、自己のあずかり知らぬ出自に支配され、それほどまでに反目し合わねばならないのかという問いと、それにもかかわらず対なる関係を形成し、やがて共に老いてゆくことによって、世代の生成を促すのはなぜなのだろうかという問いが発せられているのである。

健三と細君は、このような問いに滲み出る時間に生かされているのだ。静かな洋燈《あかり》を間に置いて森《しん》と坐っている夫婦の姿を描き出している小説の時間のさらに深層を、この問いの時間が絶えまなく流れていることを見逃してはならない。

第六節 「自然」が与えた「緩和剤」

『道草』の根底を流れるこのような時間は、少くとも漱石の先行する諸作品にはそれほど顕著にみとめられるものではない。たとえば、『夢十夜』の挿話には、ひとりの男が「父」として「子」の世代の生成のための身代りとなることは、実は「子」によって「父」が喰い殺されることにほかならないという暗い認識が支配的である。

同じように一組の夫婦を描き出した他の小説を思いうかべてみても、『門』における宗助とお米の関係は、二人が過去に犯した罪の重さを共有しているがゆえに、ほとんど象徴の高みにまで達しているといえるものである。『行人』における一郎と直の関係は、一郎の観念の孤立に、かろうじて耐えうるような女性として直は造型されているという点を抜きにすることのできないものである。『こゝろ』の先生と奥さんの関係にいたっては、先生の罪障意識を照らし出すことが主題となっているため、奥さんは先生の居室の襖のむこうにひっそりとたたずんでいるといった印象がもっぱらといえる。

いずれにしろ、どのように男女の愛の不可能を主題にしたものであろうと、他者との間にひろがる暗い違和の関係を主題にしたものであろうと、『道草』におけるように、ひとりの男とひとりの女が、彼らの間に違和をもたらす出自の闇を負いながら、なおかつ一対の関係を形成し、みずからは世代の生成の身代りとして老いてゆくほかはないのはなぜかという問いを糧として、小説的時間が紡ぎ出されたことはなかった。

> 幸ひにして自然は緩和剤としての歇斯的里《ヒステリー》を細君に与へた。発作《ほっさ》は都合好く二人の関係が緊張した間際に起つた。健三は時々便所へ通ふ廊下に俯伏《うつぶせ》になつて倒れてゐる細君を抱《だ》き起《おこ》して床の上迄《まで》連れて来た。真夜中に雨戸を一枚明けた縁側の端《はじ》に蹲踞《うづくま》つてゐる彼女を、後《うしろ》から両手で支へて、寝室へ戻つて来た経験もあつた。
>
> そんな時に限つて、彼女の意識は何時《いつ》でも朦朧として夢よりも分別がなかつた。瞳孔が大きく開《ひら》いてゐた。外界はたゞ幻影《まぼろし》のやうに映るらしかつた。

枕辺《まくらべ》に坐つて彼女の顔を見詰めてゐる健三の眼には何時《いつ》でも不安が閃《ひら》めいた。時としては不憫の念が凡《すべ》てに打ち勝つた。彼は能《よ》く気の毒な細君の乱れかゝつた髪に櫛を入れて遣《や》つた。汗ばんだ額を濡れ手拭で拭いて遣つた。たまには気を確にするために、顔へ霧を吹き掛けたり、口移しに水を飲ませたりした。

或時の彼は不思議な言葉を彼女の口から聞かされた。

「御天道《おてんたう》さまが来ました。五色《ごしき》の雲へ乗つて来ました。大変よ、貴夫《あなた》」

「妾《わたし》の赤ん坊は死んぢまつた。妾《わたし》の死んだ赤ん坊が来たから行《い》かなくつちやならない。そら其所《そこ》にゐるぢやありませんか。桔槹《はねつるべ》の中に。妾《わたし》一寸行つて見て来るから放して下さい」

流産してから間もない彼女は、抱《だ》き竦《すく》めにかゝる健三の手を振り払つて、斯《か》う云ひながら起き上がらうとしたのである。

細君の発作《ほつさ》は健三に取つての大いなる不安であつた。然《しか》し大抵の場合には其《その》不安の上に、より大いなる慈愛の雲が靉靆《たなび》いてゐた。彼は心配よりも可哀想《かはいそう》になつた。弱い憐れなものゝ前に頭を下げて、出来得る限り機嫌を取つた。細君も嬉しさうな顔をした。（七十八）

健三の孤独は、少くともおのれがどこにも存在の根拠を見出すことのできないことを自覚している者のそれである。これに対して細君の孤独は、ほとんど存在それ自体に密着して、対自化の契機を失った者のそれであるといえる。このたがいに孤独な夫婦の間に、「緩和剤」が与えられるとするならば、細君のヒステリー発作以外にはないというのは、ある意味でかなり痛ましい認識である。しかし、もしこれを、どんなに理解を絶した他者の関係であろうと、どこかで「自然」はこの関係に「緩和剤」を与えるものなのだという認識からもたらされたものと解するならば、この場面はまぎれもなく、あの根源的なる時間に連なるものである。細君の、発作から来る幻覚がもたらした言葉には、彼女が根を張っている生活的自然が、その装いを脱ぎ捨てるならば、確実に根源的自然へと通じていることが語られてあるといってもいい。子を胎内で死なしてしまった悲しみは、女性にしか経験されないものであろうが、しかもなお、この悲しみが、世代の生成を促してゆく時間に、喪失を契機にしてふれたものであることは確かなのだ。

このことを、ついに対自化することができず、ヒステリーの発作によってしか表現することのできない細君の姿に、「不憫の念」をおぼえ、「弱い憐れなものゝ前に頭を下げて、出来得る限り機嫌を取」る健三もまた、無意識のうちに、細君の触れているものを共有している。

たがいに通じ合うことのないような孤独をかかえた健三と細君が、こうして共に「自然」の根に触れているとき、彼らを生かしている小説の時間の深層を、あの根源的なるものへととどこうとする時間が絶えまなく流れていることを、ここでもまた汲み取るべきである。しかも、この時間は、夫婦の関係の間では、ほとんど細君と同じ円の上を廻るほかはない健三に、全力を振るって「父」であることの自覚へと促すものでもある。

自分の存在を脅かすかつての養父島田の老いた姿に「父」を見、わが子を喪失してからは、しだいに消耗してゆく外には何の事実も認められないような生活をくり返している兄の姿に、なすがままの〈自然〉を選択させられた「父」の姿をみとめている健三が、いかにして「父」であることを自覚にまで至らせることができるだろうか。

日ならずして、夫婦の緊張した関係を和らげる契機となった細君のお腹の子が、予期より早く臨月に至ったとき、健三は赤ん坊をみずからの手で取り上げねばならない破目に陥ってしまう。


　産婆は容易に来なかつた。細君の唸《うな》る声が絶間なく静かな夜の室《へや》を不安に攪《か》き乱《みだ》した。五分経つか経たないうちに、彼女は「もう生れます」と夫《をつと》に宣告した。さうして今迄《まで》我慢に我慢を重ねて怺《こら》へて来たやうな叫び声を一度に揚げると共に胎児を分娩した。

「確《しつ》かりしろ」

　すぐ立つて布団の裾の方に廻つた健三は、何《ど》うして好《い》いか分らなかつた。其《その》時例の洋燈《ランプ》は細長い火蓋《ほや》の中で、死のやうに静かな光を薄暗く室内に投げた。健三の眼を落してゐる辺《あたり》は、夜具の縞柄さへ判明《はつきり》しないぼんやりした陰で一面に裹《つつ》まれてゐた。

　彼は狼狽した。けれども洋燈《ランプ》を移して其所《そこ》を輝《てら》すのは、男子の見るべからざるものを強ひて見るやうな心持がして気が引けた。彼は已《やむ》を得ず暗中に模索した。彼の右手は忽《たちま》ち一種異様の触覚をもつて、今迄《まで》経験した事のない或物に触れた。其《その》或物は寒天《かんてん》のやうにぷり〳〵してゐた。さうして輪郭からいつても恰好《かつかう》の判然《はんぜん》しない何かの塊《かたまり》に過ぎなかつた。彼は気味の悪い感じを彼の全身に伝へる此塊《このかたまり》を軽く指頭で撫でゝ見た。塊りは動きもしなければ泣きもしなかつた。たゞ撫でるたんびにぷり〳〵した寒天のやうなものが剝げ落ちるやうに思へた。若《も》し強く抑へ

たり持つたりすれば、全体が屹度《きつと》崩れて仕舞《しま》ふに違ないと彼は考へた。彼は恐ろしくなつて急に手を引込《ひつこ》めた。（八十）

この一節をめぐって、本質的な指摘を行ったのは、私の知るかぎり、柄谷行人と吉本隆明である。柄谷行人は、先に引用した「意識と自然」という漱石論において、古本隆明は『言語にとって美とはなにか』の第四章「表現転移論」において、それぞれ次のように述べている。

健三がこのとき感じた恐怖は、幼年期の緋鯉に引きずりこまれた経験にひとしく、ほとんど漱石固有の存在感覚といってよい。それはサルトルが「吐き気」とよんだものとさしてちがいはない。健三の恐怖は、彼の意識がものにひきよせられ、ものに同化してしまいそうになるところにある。そのものは不気味で醜悪で「寒天のやうにぷり〳〵した」ものだ。むろんそれは、赤ん坊でもなけば緋鯉でもない。そういうフィジカルなものではなくて、むしろ非存在である。『道草』の隅々に存在しているのは、かかる非存在なのだ。（柄谷行人「意識と自然」）

細君に俄かに陣痛がおこり、産婆も医者も間にあわぬうちに分べんがはじまり嬰児が産みだされたとき、狼狽する主人公の姿は、世の夫どもが体験する日常的な体験にしかすぎない。しかし、狼狽のあとにやってきている描写は日常的ではない。人間が人間を産むという〈事実〉にたいする怖れと、それが夫婦の日常的生活のあいだから結果するということについての思想的なかたまりをのみこんでいる主人公の姿は、描写によって明らかに暗示されている。

（吉本隆明『言語にとって美とはなにか』）

「漱石固有の存在感覚」を指摘する、柄谷の眼の確かさをいささかも蔑《ないがし》ろにするものではないが、私には、このときの健三もあるいは背後の漱石も、「父」であることを負わされた者として、不気味で醜悪な「もの」へひきよせられる恐怖を感じていたと思われる。その意味では、この場面に、「人間が人間を産むという〈事実〉にたいする怖れと、それが夫婦の日常生活のあいだから結果するということについての思想的なかたまりをのみこんでいる主人公の姿」を読み取っている吉本の指摘は、納得のいくものである。

「思想的なかたまり」をのみこんでいるのは、もちろん、健三だけではない。何よりも、漱石が「人間が人間を産む」とはいかなることであるかを問うているのである。健三はそのような作者の問いを負わされた者として、「父」であることを選択させられているのだ。

このときの健三の怖れは、えたいの知れないものに駆られて、わが子を暗い森へ捨てに行く『夢十夜』の「自分」がとらわれている怖れとは異っている。健三には、たとえ、何物とも知れない不気味で醜悪な「もの」を前に、「父」であることの選択を強いられたとしても、そのことをあえて受容することによってしか、これを自覚にまで至らせることができないという思いがはたらいている。それは、先に引用した部分に続く次の一節に明らかであろう。

「然し此儘《このまま》にして放《はふ》つて置いたら、風邪《かぜ》を引くだらう。寒さで凍《こゞ》えてしまふだらう」

死んでゐるか生きてゐるかさへ弁別《みわけ》のつかない彼にも斯《か》ういふ懸念《けねん》が湧いた。彼は忽《たちま》ち出産の用意が戸棚の中《うち》に入れてあるといつた細君の言葉を思ひ出した。さうしてすぐ自分の後部《うしろ》にある唐紙《からかみ》を開けた。彼は其所《そこ》から多量の綿《わた》を引き摺り出した。脱脂綿といふ名さへ知らなかつた彼は、それを無暗《むやみ》に千切《ちぎ》つて、柔かい塊の上に載せた。（八十）

もちろん、このような健三の処置を、こんな場面に直面させられたならば、誰でもが取るにちがいない世の「父」どもの当然の行為とみなすこともできよう。あるいは、梶木剛のいうように、ここに知識人健三の生活的な諸事にたいする手際の悪さを見、反対に、事もなげにお産を処理した産婆や、出産後もけろりとしている細君の様子に、女たちの力を対置する見解（『夏目漱石論』）にも反対はしない。だがここに、不気味で醜悪な「もの」に対して自ら「父」であることを選択しようとする、いささかぎこちない健三の姿を見るならば、それは、彼の存在を脅かす島田に、生活的自然の一過程としての「老い」を見い出し、彼の存在をあえて受容しようとした健三の姿勢に呼応するものであることが明らかになるはずだ。

第七節　片付かない世の中と人間の運命

「産が軽い丈《たけ》あって、少し小《ちひ》さ過《す》ぎる様だね」

「今に大きくなりますよ」

健三は小さい肉の塊《かたま》りが今の細君のやうに大きくなる未来を想像した。それは遠い先にあつた。けれども中途で命の綱が切れない限り何時《いつ》か来るに相違なかつた。

「人間の運命は中々片付かないもんだな」

細君には夫《をつと》の言葉があまりに突然過ぎた。さうして其《その》意味が解らなかつた。

「何ですつて」

健三は彼女の前に同じ文句を繰返すべく余儀なくされた。

「それが何《ど》うしたの」

「何《ど》うもしないけれども、左右《さう》だから左右《さう》だといふのさ」

「詰らないわ。他《ひと》に解らない事さへ云ひや、好《い》いかと思つて」

細君は夫《をつと》を捨てゝ又自分の傍《そば》に赤ん坊を引き寄せた。健三は厭な顔もせずに書斎へ入《はひ》つた。

彼の心のうちには死なない細君と、丈夫な赤ん坊の外に、免職にならうとしてならずにゐる兄の事があつた。喘息《ぜんそく》で斃《たふ》れやうとして未《ま》だ斃れずにゐる姉の事があった。新しい位地が手に入《い》るやうでまだ手に入《い》らない細君の父の事があつた。其他《そのた》島田の事も御常《おつね》の事もあつた。さうして自分と是等《これら》の人々との関係が皆《みん》なまだ片付かずにゐるといふ事もあつた。　（八十二）

いつもならば、もっと執拗にくりかえされる細君とのいさかいを何気なくかわし、「厭な顔もせずに書斎へ入った」健三の姿には、生活的自然を受容し、それを「父」であることの自覚にまで至らせることを覚悟した者の余裕のようなものが感じられる。生活的自然に根を下ろした細君が、存在それ自体において、子を産み老いていく「母」の役割を選択させられているのに対して、健三は、観念の過程を媒介にすることによって、この〈自然〉を受容することをみずからに課しているといってよい。

彼の心のうちを去来する人々の運命は、仮のすがたとしての生活的自然を様々に受け容れながら、すぺからく生誕と老いと死の過程を経るものである。そういうものとして相対化されるときに、それらの人々との関係は、なかなか片付かないままに、なお健三の観念の過程において、受容される。「人間の運命は中々片付かないものだな」という健三の言葉は、生活的自然のなかで様々な関係を生きながら、世代の生成を促しつつ根源的なる〈自然〉に触れてゆく人々の運命を、みずからのものとして受け容れたときに、思わずもれてきた吐息のようなものである。

そのような健三を傍に、小説の時間は、確実に一つの季節の推移を告げる。


細君の床が上げられた時、冬はもう荒れ果てた彼等の庭に霜柱の錐を立てやうとしてゐた。

「大変荒れた事、今年《ことし》は例《いつも》より寒いやうね」

「血が少くなつた所為《せい》で、さう思ふんだらう」

「左右《さう》でせうかしら」

細君は始めて気が付いたやうに、両手を火鉢の上に翳《かざ》して、自分の爪の色を見た。

「鏡を見たら顔の色でも分りさうなものだのにね」

「えゝ、そりや分つてますわ」

彼女は再び火の上に差し延べた手を返して蒼白《あをしろ》い頰を二三度撫でた。

「然《しか》し寒い事も寒いんでせう、今年《ことし》は」

健三には自分の説明を聴かない細君が可笑《をか》しく見えた。

（八十五）

何気ない夫婦の会話のなかに、子を産むことによって確実に衰えてゆく「母」と、その姿を眺めながら、自分自身もまた「父」として枯れていくことを感じている一対の男女の姿が浮き彫りにされている。

衰えてゆく「母」は、それでも子を抱き可愛がることによって、生活的自然に根を張り、そのことによって〈自然〉の根へと連なっていくことができる。やがて、子は成長し、「母」を捨て、もうひとりの異性との間に子をなすことによって、世代の生成を促してゆくだろう。それを承知していながら、なおかつ、「母」は自足している。だが、健三には、みずからの観念に固執する分だけ、このことを受け容れるには相応の暇《いとま》が必要である。

いずれにしろ、健三が、作者に託された問いを負いつづけるかぎり、この小説には終りというものがない。一度は受け容れた島田の、きりのない無心に自分の生活そのものが脅かされることを感じた健三は、何がしかのまとまった金を用立てることを約束に、島田との交際を断つにいたる。実際に、金を用立てることによって、島田の書付けを手にした健三と、それを手に取って大事そうに簞笥の抽斗にしまい込む細君との間に、こんな会話が交わされて、『道草』は結末を告げる。だが、それはあくまでも一編の小説の形式上の問題にすぎない。


「まあ好《よ》かつた。あの人だけは是《これ》で片が付いて」

細君は安心したと云はぬばかりの表情を見せた。

「何が片付いたつて」

「でも、あゝして証文を取つて置けば、それで大丈夫でせう。もう来る事も出来ないし、来たつて構ひ付けなければ夫迄《それまで》ぢやありませんか」

「そりや今迄《まで》だつて同じ事だよ。左右《さう》しやうと思へば何時《いつ》でも出来たんだから」

「だけど、あゝして書いたものを此方《こつち》の手に入れて置くと大変違ひますわ」

「安心するかね」

「えゝ安心よ。すつかり片付いちやつたんですもの」

「まだ中々片付きやしないよ」

「何《ど》うして」

「片付いたのは上部丈《うはべだけ》ぢやないか。だから御前《おまへ》は形式張つた女だといふんだ」

細君の顔には不審と反抗の色が見えた。

「ぢや何《ど》うすれば本当に片付くんです」

「世の中に片付くなんてものは殆《ほとん》どありやしない。一遍起つた事は何時《いつ》迄《まで》も続くのさ。たゞ色々な形に変るから他《ひと》にも自分にも解らなくなる丈《だけ》の事さ」

健三の口調は吐き出す様に苦々《にが〱》しかつた。細君は黙つて赤ん坊を抱上《だきあ》げた。
「おゝ好《い》い子だ〱。御父《おとう》さまの仰やる事は何だかちつとも分りやしないわね」
細君は斯《か》う云ひ〱、幾度《いくたび》か赤い頬に接吻した。

（百二）

証文を取っておきさえすれば安心だと考える細君の論理が、社会の関係（それを世間ということもできるのだが）に根拠を置くものであることは明らかだ。その限りにおいて細君は生活に根を張ったその存在の正当性を主張しているのである。だが、健三には、証文一つでかつて自分の養父であった人間との関係に片が付くなどとはとうてい思われない。いわんや、島田の存在に、「老い」をなすがままに許容してゆく「父」の姿をかいま見、そのことによって、自らもまた「父」として老いてゆかざるをえないという事実に照らされてきた健三にとって、この関係の総体に片を付けるなどということがありえないことは火を見るより明らかである。

健三は、このことをあらためて確認することによって、赤ん坊を抱き上げてその赤い頬に接吻する細君の前に、「父」であることを自覚することの困難を吐き出すのだ。そのような健三の苦々しい口調の背後で、さらにくりかえされるにちがいない葛藤こそが、赤ん坊の頬に接吻する細君の〈自然〉をも救い上げるにちがいないのである。

こうして『道草』の小説的時間は終りを告げる。だが、この時間はもともと終りのない日常の時間を虚構するものであった。そのなかで、ひとりの男とひとりの女が対なる関係を結び、子を産み老いてゆくという、可能なかぎり〈自然〉に近い時間として仮構されてきたのである。この時間を生かしているのは、個体はなぜこのような〈自然〉を必然の過程として受容しなければならないのか、という問いに滲み出る時間にほかならなかった。したがって、小説の時間がたとえ結末を迎えようとも、この時間がひとつの日常世界を形成して、とどまるところなく流れつづけるかのような印象を与えるのは当然なのである。

この時間に生かされながら、健三は細君と反目し、島田の幻影に脅かされ、兄や姉や細君の父の枯れていく姿に立ち会ってゆく。小説の時間が仮構した日常の動じがたさは、時間が円環を描いて流れつづけることをつよく印象づける。そして、健三その人が、このような時間のなかで、いく度となく挫折し、さらに観念の過程をたどっていくことを、「駒込《こまごめ》の奥の世帯《しょたい》」に帰って来た人間の宿命として課せられていくのである。

第六章　『明暗』論

第一節　相対的な透視図と絶対の時間

未完の大作『明暗』を流れる時間を、どう形容したらよいのだろうか。私たちの知力、意志、情熱のすべてをうち砕いて無表情に流れる時間とでもいうべきだろうか。あるいは、そのような時間をひそかに装うことによって、知の可能性の極限を越えようとする観念の時間といったほうがよいのだろうか。

小説の現実に眼を移すならば、さまざまな人物の意識の動きや心理の襞をからめとって、筋肉の動きや皮膚の皺のように実在させようとする言葉、そして、そこに定着された細密画のような関係の諸相を、弾きあい、侵しあう微細な砂粒のように流れる時間をいうべきだろうか。

自分は現実の関係が見えていると自負し、みずからの言動を綿密な計測のもとに選択していると思い込んでいる男が、一方において自分一個の計測をたちまちのうちに狂わされてしまう。自分というものは、もしかすると現実の関係の函数値として巧妙に計測されているにすぎないかもしれない――男の内面の声を聞くことができるならば、そんな呟きがもれてくるかに思われる。

そういう男と夫婦の関係にある女は、夫の愛を得るためには相手をこれ以上ないまでに愛すること だという信念を抱きながら、自分の愛が世間に対して見栄と体裁としてあらわれる事態に直面し、いいしれぬ焦燥に身を焦がす。女もまた、みずからの愛が、関係の函数値としてしか機能しないのではないかという怖れを内面の奥深くに秘めているにちがいないのだが、容易に内なる呟きがもれ出てくることはない。

彼らはそれぞれの意識と行動を、ある冷徹で無慈悲な時間によって規定され、その規定されることに対するおびえさえも抑圧されたまま、それぞれの自恃のもとに砂粒の時間を生きるほかない。そういう時間の多重構造が、『明暗』という作品のいたるところに仕掛けられ、圧倒的なリアリティで打ちつける。それが、たんに長篇小説の構成にとって機能的にはたらくだけならば、それほど驚くべきことではない。漱石のこの世界の関係についての徹底した認識から生み出されたものであることに気づくときにのみ、私たちは震撼させられるのである。


医者は探りを入れた後で、手術台の上から津田を下《おろ》した。

「矢張《やつぱり》穴が腸迄《まで》続いてゐるんでした。此前《このまへ》探つた時は、途中に瘢痕《はんこん》の隆起があつたので、つい其所《そこ》が行き留りだとばかり思つて、あゝ云つたんですが、今日疎通を好くする為に、其奴《そいつ》をがりがり掻き落して見ると、まだ奥があるんです」

「さうして夫《それ》が腸迄《まで》続いてゐるんですか」

「さうです。五分《ごぶ》位だと思つてゐたのが約一寸程あるんです」

津田の顔には苦笑の裡《うち》に淡く盛り上げられた失望の色が見えた。医者は白いだぶ〳〵した上着の前に両手を組み合はせた儘《まゝ》、一寸《ちよつと》首を傾けた。其《その》様子が「御気の毒ですが事実だから仕方がありません。医者は自分の職業に対して虚言《うそ》を吐《つ》く訳に行《ゆ》かないんですから」といふ意味に受取れた。

津田は無言の儘《まま》帯を締め直して、椅子の背に投げ掛けられた袴を取り上げながら又医者の方を向いた。

「腸迄《まで》続いてゐるとすると、癒りつこないんですか」

「そんな事はありません」

医者は活発にまた無雑作に津田の言葉を否定した。併《あは》せて彼の気分をも否定する如くに。

「たゞ今迄《まで》の様に穴の掃除ばかりしてゐては駄目なんです。それぢや何時迄《いつまで》経つても肉の上《あが》りこはないから、今度は治療法を変へて根本的の手術を一思ひに遣《や》るより外に仕方がありませんね」

「根本的の治療と云ふと」

「切開です。切開して穴と腸と一所にして仕舞《しま》ふんです。すると自然《しぜん》割《さ》かれた面の両側が癒着して来ますから、まあ本式に癒るやうになるんです」

津田は黙つて点頭《うなづ》いた。彼の傍《そば》には南側の窓下《まどした》に据ゑられた洋卓《テーブル》の上に一台の顕微鏡が載つてゐた。医者と懇意な彼は先刻《さつき》診察所へ這入《はひ》つた時、物珍らしさに、それを覗かせて貰つたのである。其時《そのとき》八百五十倍の鏡の底に映つたものは、丸《まる》で図に撮影《と》つたやうに鮮かに見える着色の葡萄状の細菌であった。

津田は袴を穿《は》いて仕舞《しま》つて、其洋卓《そのテーブル》の上に置いた皮の紙入を取上げた時、不図此《この》細菌の事を思ひ出した。すると連想が急に彼の胸を不安にした。（一）

ゆるやかな、ほとんど無着色といっていいような時間の流れのなかで、場面や登場人物の内面が、ある堅固な物体の動きのように外側から観察されている。観察しているのは、時間を仮構しようとする漱石の観念にほかならない。にもかかわらず、それは、どのような人称性をも廃棄され、みずから仮構した時間の流れに没しているのである。

観念の階梯をはせ登ることで、しだいに作者の〈私〉を払い除け、ついには現実の関係を統御するものにみずからを擬するにいたった時間の流れが、ここには存在している。もう少し言葉に則してみるならば、「まだ奥がある」という医者の言葉が津田の内面にひき起こしたにちがいない怖れを、まるで圧搾機にかけるようにして「津田の顔には苦笑の裡《うち》に淡く盛り上げられた失望の色が見えた」と表現する無表情な言語に、あの冷徹な時間の顔がのぞかれるといっていい。

医者の口から何げなく発せられる「根本的の手術」「切開」「癒着」という言葉が、「まだ奥がある」という先の言葉とあいまって、ある象徴的な意味を付与されていることについてはよく指摘されるところだ。それならば、この医者と津田の会話の言語を律する間のゆるぎない現存は何を暗示しているのだろうか。

〈手術〉〈切開〉〈癒着〉がもし可能ならば、このゆるやかで無慈悲な時間にうち砕かれ、呑みこまれるという経験をへた後にほかならないという厳然たる事実である。そういう時間のなかに呑みこまれ、おのれの治癒についてのどのような見通しも、その流れのうちにしか得ることができないがゆえに、津田の不安は「丸《まる》で図に撮影《と》つたやうに鮮やかに見える葡萄状の細菌」のイメージでようやく表出されるのである。「すると連想が急に彼の胸を不安にした」——津田のこの不安は顕微鏡にのぞかれた細菌のように微視的なものでありながら、ある絶対的な関係の函数として存在する彼の内面を確実に侵蝕するのである。

小説の現実をいたるところで律する冷酷無比な時間に津田の内面が感応するのは、医者の診断を終えて帰宅するまでの極くわずかの間と、昔の恋人である清子の療養する温泉場へ向かう途中の、やはりわずかの間にすぎない。その間だけ、津田はおのれを恃む砂粒の時間への固執を断たれて、あの冷酷無比な時間の実在に直面するのである。温泉場へ向かう場面は後に検討を加えるとして、とりあえず、病院から帰宅する間に津田を襲う想念を引いてみるならば、そこにあの時間の痕跡がみとめられるのは明らかなのだ。

電車に乗つた時の彼の気分は沈んでゐた。身動きのならない程客の込み合ふ中で、彼は釣革にぶら下りながら只《ただ》自分の事ばかり考へた。去年の疼痛《とうつう》がありく\と記憶の舞台に上《のぼ》つた。白いベツドの上に横へられた無残《みじめ》な自分の姿が明かに見えた。鎖を切つて逃げる事が出来ない時に犬の出すやうな自分の唸り声が判然《はつきり》聴えた。それから冷たい刃物の光と、それが互に触れ合ふ音と、最後に突然両方の肺臓から一度に空気を搾り出すやうな恐ろしい力の圧迫と、圧《お》された空気が圧《お》されながらに収縮する事が出来ないために起るとしか思はれない劇しい苦痛とが彼の記憶を襲つた。

（二）

先の一節に比べるならば、より深く津田の内面に分け入っているかにみえる。それは、あたかも顕微鏡に覗かれる葡萄状の細菌のように描出されている。にもかかわらず、これらの言語が、あの冷徹な時間からの逸脱であるどころか、みずからもまたこの時間を実現し、この時間の絶対性の及ぼす力をも表現するという二重の意味を荷っていることに注意しなければならない。「彼の気分は沈んでゐた」「無残《みじめ》な自分の姿が明かに見えた」「自分の唸り声が判然《はっきり》聴えた」という表現に暗示されているのは、「彼」を決して主体に据えようとしない非情さいがいではない。そして、そこに流れる時間の取りつくしまのない表情にほかならないのだ。

この時間が津田の内面をとらえるさまが「鎖を切つて逃げる事が出来ない時に犬の出すやうな」「両方の肺臓から一度に空気を搾り出すやうな」という喩を通して表現されるとき、そこに私たちは、内面をおびやかす「不可思議な力」をみとめるのである。この独特な喩法に着目して「形而上的な喩」と名付けたのは『言語にとって美とはなにか』の吉本隆明だが、これが、『明暗』における絶対無比の時間に対する内面の関係の像的喩となっていることはうたがいない。

帰宅の電車の中で津田を襲う想念が、彼の主体を可能なかぎり縮小する方向にはたらかず、まるで内面のおびえが論理的な表現を得たかのごとく吐露される一節に目を転じてみよう。

「此《この》肉体はいつ何時《なんどき》どんな変に会はないとも限らない。それどころか、今現に何《ど》んな変が此《この》肉体のうちに起りつゝあるかも知れない。さうして自分は全く知らずにゐる。恐ろしい事だ」（二）

「精神界も同じ事だ。精神界も全く同じ事だ。何時《いつ》どう変るか分らない。さうして其《その》変る所を己《おれ》は見たのだ」（同右）

いったい津田という男は、こんな省察をおこないうるような思慮深い人間なのだろうか。妻のお延に対しては、いつでも心的に受け身の位置に立たされながら、それを認めるには自尊心が強すぎ、妹のお秀の押しつけがましい親切心に辟易させられながら、自分の入り用のものだけは手に入れようとする手前勝手なこの男のどこに、このような思索者めいた一面がかくされているのだろうか。だが、無意識のうちにおのれのインタレストを計量しているかのごとき津田の内面に、かすかな小波のような不安がかくされていることをまで否定することはできない。それは、覗いてみれば、顕微鏡の鏡の底に映った細菌のように鮮明なイメージを放射するものなのだが、日常の津田が、これを無意識の領域に追いやって、ひたすら自己のみを恃んだ言動に身を任せていることもまた否定できないのだ。それならば、ここに明晰に述べられた怖れはいったい何なのか。

この論理的な津田の省察には、この男の生きている時間が、ある絶対的な関係に組み込まれ、作為された相対時間としてあらわれる時、不意に表象される内面の図が投影されている。内面の無意識の領域にかくされた小波のような不安が、作為され、相対的な関係図のうちに明確に場所を与えられるとき、このような論理的省察が表象されるといってもいい。

この変換の過程を統御しているものこそ、あの無慈悲な絶対の時間にほかならない。そのような過程に、現実の世界を支配する絶対なるものにはついに感知することのできない作為が感じられるとするならば、その部分にのみ、作者漱石のこの世界をとらえる観念の息吹きを確認すればよいのである。「精神界も同じ事だ。精神界も全く同じ事だ。何時《いつ》どう変るか分らない」という津田の感慨は、彼のものであって彼のものではない――いわばある変換のもとにあらわれた内面の表象なのだ。

小説の現実を流れる絶対の時間は、そのような彼らの卑小さを暴き出す言葉を罠のように仕掛けている。電車の中で津田を襲った想念は、やがて二三日前に友達から聞いたポアンカレーによる「偶然」についての説――原因があまりに複雑すぎて見当がつかない出来事を偶然というという説へと向かい、そこにこめられた意味の前で不意に立ち止まる。

> 彼は友達の言葉を、単に与へられた新しい知識の断片として聞き流す訳に行かなかつた。彼はそれをぴたりと自分の身の上に当て嵌《は》めて考へた。すると暗い不可思議な力が右に行くべき彼を左に押し遣つたり、前に進むべき彼を後《うし》ろに引き戻したりするやうに思へた。しかも彼はついぞ今迄《まで》自分の行動に就《つ》いて他から牽制を受けた覚がなかつた。為《す》る事はみんな自分の力で為《し》、言ふ事は悉《ことごと》く自分の力で言つたに相違なかつた。（二）

「暗い不可思議な力」を感ずる津田の内面を叙述する言語が、「しかも」という接続詞で結ばれて、日常の言動についての彼の強固な自尊と自恃を述べる言語へと移ってゆく。この明らかな撞着を強力に統御してしまう時間は、「原因があまりに複雑過ぎて一寸見当の付かない」事象を見えない必然の糸で結びつけてしまう自然のように、小説の現実を支配する。

それだけではない。津田をはじめとする登場人物を極度に論理的で明晰な言動へと駆りたてながら、彼らの卑小な自己を明るみに出し、断罪する。遠ざかってみれば、ほとんど物理的時間ともいうべき無表情な流れをなし、近づいてみれば、一人物の内面の撞着から複数の人物の齟齬にいたるまで、すべて相対的な透視図のなかに投げ込む時間、のみならず、それらを強力に意味づけ、統御してしまう作為に満ちた時間を仮構すること——それこそが『明暗』という作品における漱石の最大のオリジナリティにほかならない。

第二節　エロスの関係を支配する力

私たちの意志、情熱のすべてを制御し、複雑すぎる関係の連鎖の中にそれらを結びつけてしまう必然の力、それを「暗い不可思議な力」と感受する津田の思索者めいた内面は、実のところ、彼を打ちのめしたある経験を抜きにしてはあらわれえないものであった。その経験を津田は次のように反芻する。

「何《ど》うして彼《あ》の女《をんな》は彼所《あすこ》へ嫁に行つたのだらう。それは自分で行《い》かうと思つたから行つたに違ない。然《しか》し何《ど》うしても彼所《あすこ》へ嫁に行《ゆ》く筈《はず》ではなかつたのに。さうして此己《このおれ》は又何《ど》うして彼《あ》の女《をんな》と結婚したのだらう。それも己《おれ》が貰はうと思つたからこそ結婚が成立したに違ない。然《しか》し己《おれ》は未だ嘗《かつ》て彼《あ》の女《をんな》を貰はうとは思つてゐなかつたのに。偶然？　ポアンカレーの所謂《いわゆる》複雑の極致？　何だか解らない」　（二）

ここで津田は、先の内省家としての印象を払拭して、卑俗な日常を生きる人間に立ち返っているように見える。彼をとらえていたのは、「暗い不可思議な力」というよりも、彼の結婚に関与した「偶然」としか思われない事情であった。津田にはこの「偶然」の糸をたぐって、それを統御しているあるものを明るみに出すことはできない。いや、そうしようとも思わない。もともと津田の内面は、時間の作為のもとに拡大されることはあっても、みずから規矩を越えようとする何ものをも持ち合わせてはいないからだ。「何だか解らない」と最後に呟く彼の慨嘆は、この男が、時間に支配された日常から決して身を引き剝がそうとはしない人間であることを明かしているといっていい。

だが、津田の慨嘆には、たんにこの男を卑俗な日常へと立ち返らせるだけには限らない意味がかくされている。彼の内面に秘められた無意識のおびえに作為を施すならば、この慨嘆は「精神界も同じ事だ。精神界も全く同じ事だ。何時《いつ》どう変るか分らない。さうして其《その》変る所を己《おれ》は見たのだ」という先の内省に直接することはうたがいない。にもかかわらず、小説の時間はそこに滞ることをせず、もっぱら彼を日常へ帰還させる方向へと流れ、そこに物語の伏線を形成していくのである。

私たちは、すでに一篇の全体を見透した者の特権をもって、ありえたかもしれない時間の作為をそこに予測することができる。すると、そこにあらわれてくるのは性的関係の危うさについての省察である。津田の内面からは「エロスの関係も全く同じ事だ。何時《いつ》どう変るか分らない。さうして其《その》変る所を己《おれ》は見たのだ」という声が聞こえてくるように思われる。そして「右に行くべき彼を左に押し遣つたり、前に進むべき彼を後に引き戻したりする」「暗い不可思議な力」は、彼の〈性〉を左右し、エロスの関係を彼の意志にかかわりなく規定してしまう力に思われてくるのである。

もう少し津田の結婚の事情に即いてみよう。津田には、彼の上役の細君である吉川夫人の肝煎りになる清子という恋人がいた。津田と清子はたがいに愛し合っているかに見え、結婚も時間の問題と目されていた。その矢先に、突然清子は津田のもとを去って、別の男と一緒になったのである。津田が、妻のお延と知り合ったのはその半年後である。津田と清子の事情を知らないお延は、津田を愛し津田もまた清子への未練を断ったようにお延を愛し、二人の結婚は成ったのだった。

だが津田には、以上のような経緯が、みずからの力では解くことのできない謎に思われる。そこにはエロスの関係にかんするある不可解な力が作用していたとしか考えられない——もし、津田の奥深くにかくされたおびえに語らせるならば、そんな呟きがもれてくるかに思われる。けれども「為《す》る事はみんな自分の力で為《し》、言ふ事は悉《ことごと》く自分の力で言つた」という日常の津田からするならば、清子が自分のもとを去ったことはともかく、お延との結婚にエロスの不可解な力がはたらいたと仮定することは困難であるにちがいない。

卑小な自意識家である彼には、お延との関係にかんするかぎり、愛が自己の意志をまってはじめて成就するものであるということについてなにがしかの確信があった。事実、彼はこの確信を証拠立てるように、世間にたいして妻を大事にしていることを誇示するのである。父親との金銭上の約束を反故にしてまでお延に高価な指環を買い与え、手術の日とたまたまかち合ったお延の芝居見物の約束を、内心の不満を押し殺して履行させる津田には、不可思議な力の影響などどこにも感じさせるところがないかのようだ。

だが、津田は、みずからの意志をもって選択した愛の対象であるお延にたいして、ある怖れを抱いている。小説の時間は、津田をして彼の卑俗さをさらけ出すような慨嘆を吐き出させた後で、お延にたいする内心のおびえを次のような表現のなかに露《あらわ》にするのである。

彼が不図《ふと》眼を上げて細君を見た時、彼は刹那的に彼女の眼に宿る一種の怪しい力を感じた。それは今迄《まで》彼女の口にしつゝあつた甘い言葉とは全く釣り合はない妙な輝きであつた。相手の言葉に対して返事をしようとした彼の心の作用が此《この》眼付の為に一寸《ちょっと》遮断された。すると彼女はすぐ美しい歯を出して微笑した。同時に眼の表情が迹方《あとかた》もなく消えた。（四）

津田がお延の眼に宿る「一種の怪しい力」を感じたとき、彼の内面に、無意識のおびえが頭をもたげたはずである。津田にとってお延とは、みずからの意志をもって選択した愛の対象であるにもかかわらず、エロスの関係を危うさとしてしか意識できない存在なのだ。それは清子の場合に感じた怖れ――突然自分のもとを去ってしまうのではないかという怖れではない。彼が感じているのは、お延の自分にたいする愛が、彼をほしいままに翻弄し、彼自身の意志を踏みにじってしまう専横的なものではないかという疑いにほかならない。

津田は、みずからの意志をもって選択したと信じている〈性〉の関係が、ある激しい情念によって破壊されるのではないかという怖れに憑かれているのである。もちろん、津田のお延に対する愛が、あらかじめ自己の意志などの関与しないものであったならば、彼はそれほどお延を怖れる必要はなかったのかもしれない。愛というものが、みずからの意志を越えたなにものかの実現であると信じられていたならば、津田は清子に去られたことに不可解さを感ずることも、お延との関係に、据わりの悪さをおぼえることもなかったにちがいない。彼は、湧きあがる情念のままに〈性〉の合一を享受できたかもしれないのである。

だが、不幸にして津田は、おのれの卑小な自己を棄てることができず、エロスの関係さえも自己の意志によって律することができると信じてきたのだった。そういう彼に、不意にエロスの関係それ自体が危さとして映ったとすれば、自己を恃むその性癖が彼の目を曇らせたと考えるよりないのではないか。

津田は、清子との間においてもまた、愛においてあまりに自意識家でありすぎたのだ。お延の場合と異って、清子との間が、彼自身の意志によって得られたものではなく、吉川夫人の肝煎りであるという事情は、彼の自意識のもう一つの発露を明かしているにすぎない。清子に、津田のもとを去る理由があったとすれば、津田の愛が決してバリアを越えようとしない性質のものであり、しかも、そのことの裏に彼の第二の自意識のごとくに、吉川夫人の存在が控えているということであった。

津田が、内心にかくしていたエロスの関係についてのおびえは、彼がみずからを恃み、関係を計量した言動を進めれば進めるほど、塵のように積もってきたにちがいない。それならば、津田がこれほどの自意識家ではなく、もっとおのれの情念の動きに身をまかせることのできる人間であったならば、関係が不可解なるものとしてあらわれることはなかったと断言できるだろうか。だが、こういう問いは、津田という稀にみる卑俗な自意識家を造型した漱石の意図を踏みにじることになりかねない。むしろ、それを問うならば、津田と同様、いやそれ以上に卑小な自己にとらわれているお延の愛について考察してみたほうがよい。

お延という女の内心に秘められた愛の情念は、その自意識を時に振りすてて相手の胸もとに飛び込んでいくほどに激しいものである。愛についての自尊心と情熱をないまぜにしているこの女は、たえず夫である津田に飽きたりないものを感じ、かならず自分の力で夫を自分のもとへ引き寄せてみせようという思いに身を焦がしている。それでいながら、津田との関係が容易に愛の合一にいたることがないのは、そこになにものかの力がはたらいているからではないかといううたがいを抱いているのだ。

小説の現実において、その力を象徴するのは、吉川夫人と清子の存在なのだが、いずれにせよ、お延はお延でどんなに情念の虜になろうとエロスの関係を統御する不可解な力の存在をおぼろげながら意識せざるをえない。それならば、やはり〈性〉的関係なるものは、関係の内側にある男女の自意識にかかわりなく、危さとしてしかありえないものではないか。
『明暗』を流れる冷徹無比な時間は、この問いについての解答を封印するかのように、一方で津田の自意識と内心のおびえをとらえ、他方でお延の自尊心と情熱をとらえながら、ゆっくりとそれらを弄ぶようにして流れる。お延の眼の光に「怪しい力」を感じた津田の微妙なおびえを確実にとらえ、一瞬後には美しい歯をかいま見せながら嫋やかに微笑するお延の心理のかすかな動きをとらえるその流れの絶妙さに、私たちは、目を瞠《みは》らざるをえない。

それはまた、津田とお延のそれぞれの内に異ったかたちで秘められた〈性〉的関係の危うさについての意識を容易なことでは解放せず、ゆるやかにかつ酷薄に彼らの日常の関係を定着させていく。たとえば、月々の出費の不足分を父親の仕送りに頼っていた津田に、父親のもとから今月は送金できない旨を認めた手紙が届いた時の、津田とお延の間を支配するのは、彼らのそれぞれを卑俗な体裁屋にしつらえてしまう容赦のない時間である。津田はお延に、お延の叔父である岡本に融通してもらうことはできないかと尋ねる。

「厭よ、あたし」
お延《のぶ》はすぐ断つた。彼女の言葉には何の淀《よど》みもなかつた。遠慮と斟酌を通り越した其《その》語気が津田にはあまりに不意過ぎた。彼は相当の速力で走つてゐる自動車を、突然停《と》められた時のやうな衝撃《シヨツク》を受けた。彼は自分に同情のない細君に対して気を悪くする前に、先《ま》づ驚いた。さうして細君の顔を眺めた。

「あたし、厭よ。岡本へ行つてそんな話をするのは」

お延は再び同じ言葉を夫の前に繰り返した。

「左《さ》うかい。それぢや強ひて頼まないでも可《い》い。然《しか》し」

津田が斯《か》う云ひ掛けた時、お延《のぶ》は冷かな（けれども落付いた）夫の言葉を、掬《すく》つて追退《の》けるやうに遮つた。

「だつて、あたし極りが悪いんですもの。何時《いつ》でも行くたんびに、お延《のぶ》は好《い》い所へ嫁に行つて仕合せだ、厄介はなし、生計《くらし》に困るんぢやなしつて云はれ付けてゐる所へ持つて来て、不意にそんな御金の話なんかすると、屹度《きつと》変な顔をされるに極つてゐるわ」

お延《のぶ》が一概に津田の依頼を斥けたのは、夫に同情がないといふよりも、寧ろ岡本に対する見栄に制せられたのだといふ事が漸く津田の腑に落ちた。彼の眼のうちに宿つた冷やかな光が消えた。
（八）

お延の眼に宿る「一種の怪しい力」におびえ、お延の所作を「自分の眼先にちらつく洋刀《ナイフ》の光のように眺め」、絶えず「小さいながら冴えてゐるといふ感じと共に、何処《どこ》か気味の悪いといふ心持」（十四）を抱いている津田も、彼女が見栄に制せられた言動を敢えてする時だけは、そして、その見栄がおのれのインタレストに関ると判断されるときだけは、お延の存在を容れることができる。お延はお延で、津田を身勝手で、どこか冷やかな男と思っていながら、彼女の見栄が津田との間で一種の黙契をかわす瞬間の、かたい歯車が嚙み合うような思いに拠りどころをもとめざるをえない。

津田の手術日と岡本の招待になるお延の芝居見物の日がかち合ったことで、二人がたがいに相手の腹のさぐり合いを繰り返した際にも、津田は岡本への見栄からお延の芝居行きをゆるし、お延は同じ見栄から津田を病院に残したまま、自分は盛装して芝居見物に興ずることを敢えて行ったのだった。また、津田の入院中に妹のお秀が幾分押しつけがましい親切心から、彼の入り用の金をもってやって来、それを津田がどう受け取るかで兄妹のいさかいになったところに、岡本から微妙な意味をこめて与えられた小切手を持って現れたお延が、津田をしてお秀に対する面目を保たせる仕儀に至った際にも、彼ら夫婦は、見栄と体裁の一点で歯車を噛み合わせたのである。

いったい、この夫婦には、それぞれの内に秘められたエロスの関係についての怖れなど第一義の問題ではなく、世間体と夫婦の自尊心さえ満足させられるならば、いつでもこの怖れを抑圧することができると信じているかのごとくである。少くとも、先の一節を流れる時間は、この夫婦をそこまで陥れているようにみえる。「お延が一概に津田の依頼を斥けたのは、夫に同情がないといふよりも、寧《むし》ろ岡本に対する見栄に制せられたのだといふ事が漸く津田の腑に落ちた。彼の眼のうちに宿つた冷やかな光が消えた」。

この二つのセンテンスの間を統御しているものこそ、あの酷薄な時間、津田を見栄張りで体裁屋の枠から決して逃れようとさせない時間なのだ。しかも、それは、一方において津田の、みずからにさえ意識されない不安を拡大し、それを彼の意識のかかわらぬ次元に繰り展げてみせる時間にほかならない。

彼は広い通りへ来て其所《そこ》から電車へ乗つた。堀端を沿ふて走る其《その》電車の窓硝子の外には、黒い水と黒い土手と、それから其《その》土手の上に蟠《わだか》まる黒い松の木が見える丈《だけ》であつた。車内の片隅に席を取つた彼は、窓を透《すか》して此《この》さむざむしい秋の夜の景色に一寸《ちよつと》眼を注いだ後、すぐ又外《ほか》の事を考へなければならなかつた。（十三）

電車を下りて橋を渡る時、彼は暗い欄干の下に蹲踞《うづく》まる乞食を見た。其《その》乞食は動く黒い影の様に彼の前に頭を下げた。彼は身に薄い外套を着けてゐた。季節からいふと寧《むし》ろ早過ぎる瓦斯《がす》暖炉の温《あたゝ》かい焔をもう見て来た。けれども乞食と彼との懸隔は今の彼の眼中には殆《ほと》んど入る余地がなかつた。彼は窮した人のやうに感じた。父が例月の通り金を送つて呉《く》れないのが不都合に思はれた。（同前）

津田は、自分の存在が「暗い不可思議な力」に左右されてあり、お延との関係も清子との過去の関係も、エロスの危さに支配されてあることになぜもっと踏み込まないのだろうか。彼の心象風景を映したようなこの場面は、かすかに彼の不安が頭をもたげ、時間を踏み越える可能性を告げているかのようにみえる。だが、それはあくまでも彼の内面を主体に据える時間のなかで可能であるにすぎない。津田の心象風景は、彼の内面の不安をフィルターにして映された映像のように観客に見えるだけだ。そこには、彼の意識の関与する余地がない。

ようやく、彼の主体が私たちの眼に映じてきたとき、すでに彼は日常の地平にある自己から一歩も抜け出ていないのである。「窓を透《すか》して此《この》さむざむしい秋の夜の景色に一寸《ちよつと》眼を注いだ後、すぐ又外《ほか》の事を考へなければならなかつた」。「けれども乞食と彼との懸隔は今の彼の眼中には殆《ほと》んど入る余地がなかつた。彼は窮した人のやうに感じた。父が例月の通り金を送つて呉《く》れないのが不都合に思はれた」。

この巧妙な時間の変換は、私たちを幻滅させる。だが、この幻滅とともに幾度も卑俗な日常に引き戻され、そのたびごとに時間の脅威を感受すること、津田にかわって私たちができるのはそのことだけだ。そして、できうるならば、津田にかわって、エロスの関係を支配する不可思議な力を白日のもとにさらすことである。

第三節　酷薄な時間に抗おうとする情熱

なぜ津田とお延の夫婦は、世間への見栄と体裁の一点でしか合意に達することができないのだろうか。しかも、その合意は、重い歯車を噛み合わせるような一致でしかないのだろうか。彼らのエロスが〈性〉の関係の危うさに規定されてあるからだ。彼らの〈性〉が、関係の相対図のなかである種の負債を負っているからといってもよい。

たとえば、その一端を具体に則して述べるならば、津田については、彼と古川夫人との関係から察知することのできるものであり、お延については、彼女と叔父の岡本との関係から推察されるものである。もちろん、津田における負債を彼と清子の関係にもとめることもできる。少くとも、津田とお延の間に薄い雲のようにかかって、間を隔てている清子の存在が、彼らの間の重要な変数となっていることはうたがいない。

だが、それだけでは、津田と清子の関係が突然崩壊したことの理由が解かれない。むしろ、津田はすでに清子との関係にあっても、あらかじめエロスの負債を負っていたとするべきなのだ。それが、吉川夫人との関係にあることを、おそらく、清子は感知していた。彼女は、津田との関係を持続していくことが、みずからもまたこの負債を負うことに通ずると直覚するとともに、その重苦しさに耐えられず、津田のもとを去ったのである。

したがって、この負債は、それを意識した者にとって、もはやそのまま関係を持続していくためには、ある強固な意志の力を必要とするものなのだ。幸いお延は、津田の負っているエロスの負債を何か得体の知れないもののように感じていながら、それの及ぼす力に直接出会うことがない。ただ、自分に対する吉川夫人の態度から、それの所在を無意識のうちにも嗅ぎつけている。では、津田が吉川夫人との関係において負っているエロスの負債とは、どういうものか。

彼はある意味に於て、此《この》細君から子供扱ひにされるのを好《す》いてゐた。それは子供扱ひにされるために二人の間に起る一種の親しみを自分が握る事が出来たからである。さうして其《その》親しみを能《よ》く能《よ》く立ち割つて見ると、矢張《やはり》男女両性の間にしか起り得ない特殊な親しみであつた。例へて云ふと、或人が茶屋女などに突然背中を打《ど》やされた刹那に受ける快感に近い或物であつた。

同時に彼は吉川《よしかは》の細君などが何《ど》うしても子供扱ひにする事の出来ない自己を裕《ゆた》に有《も》つてゐた。彼は其《その》自己をわざと押し蔵《かく》して細君の前に立つ用意を忘れなかつた。斯《か》くして彼は心置なく細君から嬲《なぶ》られる時の軽い感じを前に受けながら、背後は何時《いつ》でも自分の築いた厚い重い壁に倚《よ》りかゝつてゐた。（十二）

津田と吉川夫人との間を占めているものは、男と女の〈性〉を活性化するエロスの戯れといえる。この種のまとわりつくようなエロスの雰囲気が、たぶん、津田と吉川夫人との間を陰微にかつ濃密に支配していた。もちろん、津田も吉川夫人も、そのことにおぼろげながら気づいていても、決してこれを一つの関係へ定着させようとはしない。というよりも、あらかじめどのような〈性〉的関係へも収斂しないという保証を代償に、彼らのエロスは、戯れをほしいままにすることができるのである。吉川夫人が津田の上司の奥さんであり、彼の後見役的な位置にあるという関係がかえって、彼らのエロスの戯れを無意識の放恣へと向かわせるといってもいい。

しかし、それだけならば、津田が吉川夫人との間にエロスの負債を負ってしまう理由が解かれない。彼は、吉川夫人との間に覚えるエロスの快味を「茶屋女などに突然背中を打《ど》やされた刹那に受ける快感」のようにやりすごすことができるからである。だが、津田には、このエロスの戯れがたんに戯れにとどまらず、無意識の自我のように彼の自己を規定しようとしていることが敏感に察せられるのだ。上司の細君が部下を陰微に支配するという、権力の関係とはそのまま重なり合うことのならないものを、察知しているのである。

それは、たとえてみるならば、母親のエロスが思春期の息子のエロスにたいして無意識の自我のようにはたらくという関係に似ている。母親と息子が母子の情愛で包み込まれてある間、彼らはそれと意識しないエロスの戯れを享受していながら、息子のエロスが、ここから分離しようと意志するや、それは彼の自我にたいして無意識の膠着力としてはたらくという事情が、津田と吉川夫人のエロスの関係に関与しているように思われるのだ。そして、津田が敏感に察知しているのは、この力にほかならない。

にもかかわらず、津田は、吉川夫人のエロスからおのれを分離して、あらたな異性との間に愛の関係を確立する方向へと自己を向かわせるわけではない。津田にとって気がかりなのは、そこに包みこまれている間は、心置なくなぶられる快味に興じていさえすればよい戯れが、いつのまにか彼の自己を支配し、統御する力へと変じてしまうということであった。

この変容は、もちろん、津田の自我がエロスの対象を限定しようとするときに生ずるので、決して理由のないものではない。だが、津田にとっては、エロスの力が、愛の確立を阻むということよりも、彼の卑小な自意識を侵蝕するということのほうがはるかに恐ろしいのである。

こういう津田の性向が、彼と清子との間を隔て、いままたお延との間を隔てようとしているのである。にもかかわらず、津田は、その原因が、吉川夫人との関係に陰微な力をふるうエロスの戯れにあることを容易なことでは納得しない。そのため、みずからはその支配力に対する防壁を築いていると信じつつ、なぶられるようなエロスの快味に浸らずにいられない。

後半にいたって、この自恃を手にしているはずの津田が、吉川夫人に、てもなく籠落させられ、お延の処置を夫人に託したまま、みずからは清子のいる温泉場へ向かうという夫人の筋書きをそのまま受け容れてしまうことを私たちは、よく知っている。そのとき、津田の築いた「厚い重い壁」など、エロスの関係にはたらく陰微な力には、ほとんど用をなさないことに気づかされるのである。

こういう津田であってみれば、彼に吉川夫人との関係が、自我を支配する抑圧力として意識されることはあっても、男女の間を隔てるエロスの負債として意識されることは、ほとんどないといっていい。むしろ、この負債を敏感に嗅ぎつけるのは、津田との間に愛を交わそうとした清子とお延にほかならない。清子については、その痕跡さえも描かれていないのだが、彼女が、絶えずそれに耐えがたいものを感じていたであろうことは、想像するにかたくない。

しかし、清子ほどにいまだその力の影響を受けていないお延の直覚からだけでも、それはじゅうぶん想定できる。たとえば、岡本の叔父の招待になる芝居見物の際に、同じ劇場でたまたま出会った吉川夫人の、自分に対するあからさまな敵意と黙殺に狼狽するとともに、その由ってきたる根について思いめぐらすお延には、ある種の直覚が確実にはたらいているのである。

「延子《のぶこ》さん。津田さんは何《ど》うなすつて。」

いきなり斯《か》う云つて置いて、お延《のぶ》の返事も待たずに、夫人はすぐ其《その》後を自分で云ひ足した。

「先刻《さつき》から伺《うかゞ》はう〳〵と思つてた癖に、つい自分の勝手な話ばかりして――」

此云訳《このいひわけ》をお延は腹の中で嘘らしいと考へた。それは相手の使ふ当座の言葉つきや態度から出た疑でなくつて、彼女に云はせると、もう少し深い根拠のある推定であつた。彼女は食堂へ這入つて夫人に挨拶をした時、自分の使つた言葉を能《よ》く覚えてゐた。それは自分のためといふよりも、寧《むし》ろ自分の夫のために使つた言葉であつた。彼女は此《この》夫人を見るや否や、恭《うや〳〵》しく頭を下げて、「毎度津田が御厄介になりまして」と云つた。けれども夫人は其《その》時其《その》津田については一言も口を利かなかつた。自分が挨拶を交換した最後の同席者である以上、其所《そこ》にはそれ丈《だけ》の口を利く余裕が充分あつたにも関はらず、夫人は、すぐ余所《よそ》を向いてしまつた。さうして二三日前津田から受けた訪問などは、丸《まる》で忘れてゐるやうな風をした。

お延は夫人の此《この》挙動を、自分が嫌はれてゐるからだと許《ばかり》解釈しなかつた。嫌はれてゐる上に、まだ何か理由があるに違ないと思つた。でなければ、いくら夫人でも、とくに津田の名前を回避するやうな素振を、彼の妻たるものに示す筈《はず》がないと思つた。彼女は自分の夫が此《この》夫人の気に入つてゐるといふ事実を能《よ》く承知してゐた。然《しか》し単に夫を贔負《ひいき》にして呉《く》れるといふ事が、何で其《その》人を妻の前に談話の題目として憚《はゞか》られるのだらう。お延《のぶ》は解らなかつた。

（五十五）

あからさまにいえば、吉川夫人はお延に嫉妬心を抱いているのである。だが、相手の嫉妬を敏感に察知するお延にも、なぜそれほどまで自分が嫉妬されなければならないのかわからない。ただ、この嫉妬を通して、自分と津田の夫婦が、吉川夫人によってある種の負債を負っていることだけが直覚される。そして、この負債が自分の津田へと向ける愛情を、どこかで曇らせる根因となっていることに思いあたるのである。

津田が、「自分の築いた厚い重い壁」を防御するあまり、その所在を失念しているエロスの負債を、お延は確実にとらえるといってもいい。それほど、お延の津田に対する愛情が深いものであったというべきか。あるいは、津田を愛そうとするお延の情熱は、彼女自身の自尊心を、突き抜けようとするほどに激しいものであったというべきだろうか。いずれにしろ、そこに津田とは比べものにならないお延の独自性をみとめることができるのだ。

実際、この一節を流れる時間は、お延の心理の微妙な揺れ動きのうちに潜り込んで、いささかの作為も感じさせない。津田の深層を拡大鏡にかける際の作為の痕がみられないのである。時間が、お延という女性の小我ともいうべき相対時間をほしいままにしていることはうたがいないのだが、一方において、お延の心を流れる時間が、津田とは異った自然で必死の流れをなしていることもまた否定できない。

この流れに身をまかせ、みずからの情熱のおもむくところへどこまでも向かおうとするお延が、吉川夫人のもたらす威圧をエロスの負債と直覚するのは、津田への愛もさることながら、彼女自身が津田と吉川夫人との関係と相似したエロスの関係を心的にかかえこんでいるからなのだ。それは、彼女の叔父である岡本との間にみとめられるものである。

お延は、子供の時分から岡本の家にひき取られて育ったことから、自然とこの叔父の〈性〉との関係においてみずからの〈性〉を形成してきたのである。彼女のエロスは、洒落で屈託のない、それでいて細いところに気をまわす叔父との間に揺り籠でゆすられるような快味を感じてきた。

それは、津田と吉川夫人の間にみとめられるエロスの戯れほど粘着的なものではないとしても、一種の戯れを内に秘めた親和であることはたしかなのだ。そして、このエロスの親和力が、無意識の自我としてお延の自己を規制していることもまた否定できない。むしろ、叔父との間の無意識の親和力が、そこからおのれを分離して、あらたな愛の関係を形成しようとする彼女の意志に対し、違和を露《あらわ》にする。そのことについて、お延のひたすらな小我は、津田などには及びもつかないほど、自省的である。

　如何にして異性を取り扱ふべきかの修養を、斯《か》うして叔父からばかり学んだ彼女は、何処《どこ》へ嫁に行つても、それを其儘《そのまま》夫に応用すれば成効《せいかう》するに違ひないと信じてゐた。津田と一所になつた時、始めて少し勝手の違ふやうな感じのした彼女は、此《この》生まれて始めての経験を、成程《なるほど》といふ眼付で眺めた。彼女の努力は、新しい夫を叔父のやうな人間に熟《こな》しつけるか、又は既に出来上つた自分の方を、新しい夫に合ふやうに改造するか、何方《どつち》かにしなければならない場合によく出合つた。彼女の愛は津田の上にあつた。然《しか》し彼女の同情は寧《むし》ろ叔父型の人間に注がれた。斯《こ》んな時に、叔父なら嬉しがつて呉《く》れるものをと思ふ事がしば〳〵出て来た。すると自然の勢ひが彼女にそれを逐一叔父に話してしまへと命令した。其《その》命令に背くほど意地の強い彼女は、今迄《まで》何《ど》うか斯《か》うか我慢して通して来たものを、今更告白する気には到底《とても》なれなかつた。（六十二）

　時間が、お延の内面に作為を施して流れていることはうたがいない。だが、この時間は、彼女の相対時間を関係の透視図に組み込むことだけを目途としているようには見えない。冷徹であるというならば、冷徹な流れであることに変わりはないのだが、そこにはある種の寛容が秘められている。

それは、お延という女の砂粒の時間を覆いつくして、なおその内部に渦まくディレンマの切実さを切り捨てることをしない。

そのなかでこそお延は、津田への愛が、叔父とのエロス的親和と背理してしまうこと、そして、それゆえに「同情」という情念の発現が「愛」にとって負債としてついてくるにちがいないこと、にもかかわらず、みずから選択した「愛」を成就するためには、ひとたびは分離したエロスへと決して還帰することのできないことを痛切に感じ、おのれの負わされたエロスの負債の重さを噛みしめるのである。

こういうお延に、吉川夫人の嫉妬の裏にかくされたものが何であるか分からなかったはずはない。たとえ、津田と吉川夫人の関係の機微までとらえることができないとしても、津田がその関係から負債を受け取っているらしいことは直覚されたにちがいないのだ。そして、みずからの心に負った負債とあいまって、それが自分たち夫婦の間を隔てる原因の一つであることは感知されていたと見てまちがいない。

少くとも、お延は、吉川夫人のエロスの力に対してむなしい自己防御をおこなう津田に比べるならば、叔父の親和性へと流れてしまいたくなる自己を「愛」の名において回復させようとするほどに激しい情熱を内に秘めている。この情熱が、彼ら夫婦の関係に負わされたエロスの負債から、必死に自己をもぎ離そうとするもうひとつの情熱に通ずるものであることはうたがいない。

津田との「愛」の不完全であることを「自然の勢ひ」にまかせて逐一叔父に告白したい欲求に駆られながら、ついに一点で踏みとどまる「意地の強い彼女」は、決して、津田に愛されていることをことさらに誇示するために入院中の夫を後に残して芝居見物にやってきた見栄張りのお延と同じではない。どんなに意地とも見栄ともみえようが、その根底に彼女の愛の情熱が流れていることを見落とすべきではない。それを見落とす時、お延を津田と同類の卑小な自意識家と見誤ってしまうのだ。そして、お延のひたすらな愛の情熱を安々と蹂躙してしまう冷酷無比な時間の装置をも、やりすごしてしまうのである。

実際、岡本の家でのお延のどこにも行き場のない心、それも、どこにもその責任を転嫁することのできないお延の心ほど、見栄や自尊心と無縁のものはない。お延には、みずから選んだ津田との愛を成就したいという情熱が、現実の夫婦の関係に対して無力であることに耐えられない。それだけでない。叔父の岡本がなぜかこの齟齬を見透していながら、お延の愛の選択にわずかの狂いもないかのように振舞うことが、自分を一層惨めにするように思われてならず、不意に涙を流してしまう。

そのお延の負け犬のようにみじめな心を汲み取らないならば、ついにその心を無表情な足どりで流れてゆく時間の策略から免れることはできない。むしろ、この時間がたんに罠を仕掛けるだけでなく、奔湍のように不意にお延という女の時間をほとばしらせる一瞬をとらえ損なってはならない。従妹の継子の結婚の相手について、意見をもとめられたお延は、内心の惨めさをねじ伏せるかのように継子に向かってこんなことを口ばしるのである。

「何故あたしが幸福だかあなた知つてて」

お延《のぶ》は其所《そこ》で句切《くぎり》を置いた。さうして継子の何かいふ前に、すぐ後を継《つ》ぎ足した。

「あたしが幸福なのは、外に何《なん》にも意味はないのよ。たゞ自分の眼で自分の夫を択ぶ事が出来たからよ。岡目八目でお嫁に行かなかつたからよ。解つて」

継子は心細さうな顔をした。

「ぢやあたしのやうなものは、とても幸福になる望はないのね」

お延《のぶ》は何とか云はなければならなかつた。然《しか》しすぐは何とも云へなかつた。仕舞《しまひ》に突然興奮したらしい急な調子が思はず彼女の口から迸《ほとば》しり出した。

「あるのよ、あるのよ。たゞ愛するのよ、さうして愛させるのよ。さうさへすれば幸福になる見込は幾何《いくら》でもあるのよ」

斯《か》う云ったお延《のぶ》の頭の中には、自分の相手として津田ばかりが鮮明に動いた。彼女は継子に話し掛けながら、殆《ほと》んど三好の影さへ思ひ浮べなかつた。（七十二）

自分の眼で自分の夫を選ぶことができ、岡目八目でお嫁に行かなかったから幸福であるという論理だけならば、お延をたんに気位が高く自尊心の強い女にみせるにすぎない。事実、この部分に続く数行後で、彼女のこの性癖は「平生包み蔵《かく》してゐるお延の利かない気性が、次第に鋒鋩《ほうぼう》を露はして来た」と規定されてしまう。そして、自己の意志で結婚の相手を選んだことが、彼女の自尊心に与える満足は、清子に去られてもなおみずからの意志でお延を選択したことが、津田の自尊心に与える満足とさして異なるものではない。お延と津田は、彼らの見栄が共通のインタレストにかかわる時に通じ合ったように、この点において奇妙な一致を見せるのである。

　だが、幸福になるためにはただ相手を愛すればよく、そうして相手に自分を愛させればよいというその後に続く述懐は、決して津田にはみとめることのできないお延の独自性の証《あかし》である。この切ないまでに一途なお延の思いは、時間のなかでどんな作為もくわえられず、裸形の姿を呈しているといっていい。

　あの冷徹な時間の魔は、このようなお延の内心のほとばしる思いに対してだけは、不思議なくらい寛容なのだ。勝気なお延を控え目な従妹の継子の傍に並べて、その比重を冷静に計測するかのような時間が、一方においてお延の内心の思いを容認する時間と通底するものであるというところに、お延をとらえる時間の微妙な変幻を見ることができる。

　とはいえ、私たちを圧倒的な力で打つのは、このような時間の変幻が、あの酷薄な時間の掌中にあるものにほかならないという事実である。

　あれほどまでひたすらに、無意識の自然ともいうべき叔父とのエロスの関係から自己分離を果たそうとしながら、みずからのディレンマに衝き当って無念の涙を流したお延が、陰陽不和に最も良く利く薬だという微妙な意味とともに叔父から差し出された小切手を、やがて、津田と自分たち夫婦の体面を妹のお秀に対して保持するために使うことになるという物語りの運びは、あたかも、お延の情熱を冷笑するものの皮肉な足どりであるかのように見える。

　その点に気づくとき、お延の情熱が真にたたかいを挑むべきは、無意識のエロスの負債などではなく、彼女自身の自尊心ではないかと思われてくる。この点に関するかぎり、津田についても同断であって、この夫婦が見栄という一点で、軋む歯車をようやく嚙み合わせるような一致を見る以外には、ついに和合の機会を見い出せずにいるのは、お延も津田も、自尊心とも我執ともいえる何ものかを捨て去ることができないからだと判断したくなるのである。

だが、いったい自尊心とか我執というものは、ある絶対的な関係のなかで、私たちの心が否応なく引き寄せてしまう函数値のようなものではないのか。私たちが、この世界の相対的な関係の中にしか存在しえないかぎり、多かれ少かれ我執の徒であることを否定することはできないのである。このかぎりにおいて、お延はおろか津田でさえも断罪する資格を、誰一人として持ち合わせてはいない。

私たちにできるのは、関係のなかで否応なく我執に取り憑かれてしまう自己から決して脱け出ようとしない津田の姿に痛痒を感ずるとともに、そこから脱出しようとする情熱を持ち合わせながら、結局は自己へとひき戻されてしまうお延の姿に痛切さを感ずることだけである。そして、お延の愛の情熱が、岡本や吉川夫人やお秀に象徴される世間のなかで、他愛もなく見栄や自尊心へと変じてゆくメカニズムを凝視する以外にないのである。どんな情熱も意志も、ある絶対的な関係の函数値に変換してしまう巨大な装置を見極めるいがいにないのだ。

そこに眼を凝らしさえするならば、現実の相対的な関係の背後にどのような観念の恣意性をも許容し、逆に関係を無限に拡散させる機能を有したある不可解な力もまた見えてくるにちがいない。のみならず、それらが一個のメカニズムの両面をなしてはたらいていることが察せられるはずだ。これにもてあそばれるように、お延は、みずからのひたすらな愛の情熱を卑小な見栄へと変じてしまい、また、正体の知れないエロスの恣意性におびやかされて、ただ空しく愛の情熱に火をつけるということを際限なくくりかえしていたのである。

したがって、お延がみずからの愛の情熱を実現するために、たたかわねばならない真の対象とは、この視えないメカニズム以外ではない。彼女にエロスの負債として直覚されていた津田に対する吉川夫人の関係と自分に対する岡本の叔父の関係も、つきつめるならば、この装置が観念の恣意性のもとに拡散させたエロス的関係にほかならないのである。

このエロスの関係から身をもぎ放そうとするお延のたたかいは、実のところ少しも標的を見誤っていたわけではない。ただ、彼女は、みずからのたたかいがおのれの意志のあずかりしれぬところで、何ものかによって歪められていることに気づいていないだけなのだ。

あるいは、彼女をおびやかすエロスの力と、彼女のたたかいの情熱を、卑小な我執へと変じてしまう不可解な力とが、共通の根をもつものであることに気づいていないだけなのである。お延のどんな情熱の時間も、あの無慈悲で酷薄な時間の魔力に統御されてあるかぎり、彼女についに覚醒の時が訪れることはないであろう。だが、そのことが彼女の熾烈な情熱をまで無化することにはならない。少くとも、この時間を創出した漱石だけは、お延のたたかいの何たるかを明確にとらえていた。

岡本のもとを辞して帰宅したお延は、ざわざわする胸をしずめるように、京都にいる自分の両親へ宛てて、自分たち夫婦の幸福そうに暮しているおもむきについて書き連ねる。だが、その嘘の皮を重ねたような彼女の行為を目のあたりにして、思わず苦笑をもらしそうになる私たちの耳元に、間髪を入れず、彼女の胸の内なる必死の叫びが聞こえてくるのだ。

「この手紙に書いてある事は、何処《どこ》から何処迄《どこまで》本当です。嘘や、気休《きやすめ》や、誇張は、一字もありません。もしそれを疑ふ人があるなら、私《わたくし》は其人《その》を憎みます、軽蔑します、唾を吐き掛けます。其人《その》よりも私の方が真相を知つてゐるからです。私は上部《うはかは》の事実以上の真相を此所《こゝ》に書いてゐます。それは今私に丈《だけ》解つてゐる真相なのです。然《しか》し未来では誰にでも解らなければならない真相なのです。私は決してあなた方を欺《あざむ》いては居りません。私があなた方を安心させるために、わざと欺騙《あざむき》の手紙を書いたのだといふものがあつたなら、其人は眼の明いた盲人《めくら》です。其人《その》こそ嘘吐です。どうぞ此《この》手紙を上げる私を信用して下さい。神様は既に信用してゐらつしやるのですから」

（七十八）

まるでお延は、私たちの苦笑を見透したかのように敢然と挑戦してくるではないか。その舌鋒の激しさに辟易し、何か奇異なるものを眺めるような気持で彼女の情熱に目をやる私たちは、おそらく、彼女のたたかいの何たるかをいまだ解することができないのである。のみならず、当のお延でさえも真実のところ、みずからのたたかいの意味について知りつくしているとは思われない。

彼女はただ、おのれの内面からほとばしるものを抑えることができないだけなのだ。それを「上部《うはかは》の事実以上の真相」という言葉で表現する漱石こそ、お延の情熱の意味をとらえているのである。しかも、注意しなければならないのは、そのような彼女の情熱さえもある種の作為のもとに拡大する時間が、ここには動かしがたく現存するということだ。お延の必死の叫びさえも、もしかしたら時間の作為によってしかこの現実に定着されないものではないかということに思い至るとき、私たちは彼女のたたかいがどこまでいっても敗北するしかないものであることを予感してしまうのだ。

その酷薄さ、苛借なさこそが、もはやお延の情熱に同化することのできない漱石の観念、しかも〈私〉を徹底した姿で消去した観念の時間のあらわれなのである。

とはいえ、時間によって作為を施されたお延の内面の情熱は、同じように作為された津田の内面の不安と同列に論ずることのできないものである。あたうかぎりの作為のもとに、内心のおびえを高度の省察へと導かれながら、津田にゆるされるのは「何だか解からない」と投げ出してしまうことだけであった。これに対して、お延の情熱は、どんなに激烈な論理を仮装させられるときがあろうと、それ自体さいごまで時間を生きることを許容されている。

この情熱は時間のなかで動かされることを余儀なくされながら、そのことに絶えず抗おうとするものをはらんでいる。それはまた、彼女が現実の時間のなかで、どこにも行き場のない人間であるがゆえに、やみがたく彼女を衝き動かすものにほかならない。

第四節　心的優者と劣者

こういうお延の情熱とその存在は、ほとんどアナーキーと名づけてよいものである。嘘と虚栄と体裁でうわべを塗りかためたようなこの女の内面に、どんな切迫した焦慮が渦まいているかを、津田もお秀も吉川夫人も岡本の叔父も誰一人として気づこうとしない。ただ、津田の友人の小林一人が彼女の内面へ土足のままあがりこんでくるのである。津田の入院中に、彼との約束になる古外套を貰い受けに家へやってきた小林は、お延の前でこんなことを口ばしるのだ。

「僕だつて朝鮮三界迄《さんがいまで》駈落のお供をして呉《く》れるやうな、実のある女があれば、斯《こ》んな変な人間にならないで、済んだかも知れませんよ。実を云ふと、僕には細君がないばかりぢやないんです。何《なん》にもないんです。親も友達もないんです。つまり世の中がないんですね。もつと広く云へば人間がないんだとも云はれるでせうが」

お延は生まれて初めての人に会つたやうな気がした。斯《こ》んな言葉をまだ誰の口からも聞いた事のない彼女は、其《その》表面上の意味を理解する丈《だけ》でも困難を感じた。（八十二）

この貧乏ジャーナリストで警察から「社会主義者」と目されている男、友人の津田をはじめ誰からも軽蔑されていながら、不敵な倨傲をもって相手の虚につけこんでくる不逞の輩、この人物の、アナーキーな心情を内にはらんだ言動は、唯一、お延の内面と釣り合うものを呈している。もしお延が、見栄も体裁も捨て、何一つよりどころのない内面をさらけ出すならば、自分には親も友達も何にもない、つまり世の中がない、人間がないんだと言う小林の言葉がそのまま吐き出されるにちがいない。

後になって、津田やお秀を前に、津田のかくされた秘密をめぐり、自尊心をかなぐり捨て必死に相手にすがりつこうとした時、お延にこの小林の言葉が想起されなかっただろうか。だが、小林の貧寒ななりから、この男を見下している気位の高い彼女には、みずからの内面を代弁するような小林の言葉に接した時ただ、「生まれて初めての人に会つたやうな気」がするにすぎない。そして、ついにその言葉の意味を理解することは、できないのである。

それだけでなく、お延には、小林が彼女に匹敵するような情熱家であることも理解できない。夫の留守にあがり込んで、夫について思わせぶりな事をほのめかし、いたずらに厭がらせをしているとしか思われないこの男の陋劣さが、あるネガティヴな情熱の表現であることを見透すことができないのである。

「奥さん、僕は人に厭がられるために生きてゐるんです。わざ〳〵人の厭がるやうな事を云つたり、為《し》たりするんです。左《さ》うでもしなければ苦しくつて堪らないんです。生きてゐられないんです。僕の存在を人に認めさせる事が出来ないんです。僕は無能《やくざ》です。幾ら人から軽蔑されても存分な讐討《かたきうち》が出来ないんです。仕方がないから責《せ》めて人に嫌はれてでも見ようと思ふのです。それが僕の志願なのです」

お延の前に丸《まる》で別世界に生れた人の心理状態が描き出された、誰からでも愛されたい、又誰からでも愛されるやうに仕向けて行《ゆ》きたい、ことに夫に対しては、是非共左右《さう》しなければならない、といふのが彼女の腹であった。さうしてそれは例外なく世界中の誰にでも当て嵌《はま》つて、毫《がう》も悖《もと》らないものだと、彼女は最初から信じ切つてゐたのである。（八十五）

「人に厭がられるために生きている」という小林の生のありようは、まぎれもなく「人に愛されるために生きている」お延の生の陰画《ネガ》にほかならない。つまり、小林もお延も、ともに「左右《さう》でもしなければ苦しくて堪らない」いわば、どこへも行き場のなくなった人間なのだ。小林が「人の厭がるやうな事を云つたり為《し》たりする」ことで自己の存在を他に認めさせようとするとき、そこには倒立した情熱と自恃が隠されている。それはまた「人を愛することで、相手にも自分を愛させようとする」お延の自尊心と情熱と決して無縁ではないのである。

それがお延の眼に「丸で別世界に生れた人の心理状態」と映ったとするならば、小林がおのれのエゴイスティックな情熱と日常的に闘っているほど、お延はおのれについて明晰ではないのである。お延がみずからのやみくもな情熱を直視するならば、そこに、人を愛することで是非とも相手に自分を愛させなければ「苦しくて堪らない」どこにも行き場を失った人間がみえてくるにちがいないのだ。

だが、小林の前に座しているお延は、この男の陋劣さに業を煮やしながら、一方で一度は「畏怖、軽蔑、不審、馬鹿らしさ、嫌悪、好奇心」の入り乱れた感情を抱くことしかできない。お延が、津田のひそみにならってこの男を見下している自分の位置を放棄するならば、という仮定は、およそ彼女を統御する時間のもとでは成り立ちようがないのだ。彼女が組みこまれている関係のメカニズムのなかでは不可能である、といってもいい。

このお延の位置を見越したように、小林は、自分はことさら奥さんに厭がらせをしているつもりはない、ただ「天然自然の結果、奥さんが僕を厭がられるやうになるといふ丈《だけ》」なのだと述べるのである。「天然自然の結果」といふ小林の言葉を「絶対的な関係のメカニズムによつて」と読みかえてみれば、彼が、お延の存在を見抜く眼の冷徹さに一驚を喫するのである。

もしかして、この小林という男は、あの酷薄無比な絶対の時間の人格化された存在なのであろうか。お延の虚を突くだけでなく、卑俗な日常の関係のなかに安んじて、決して動こうとしない津田の自己欺瞞を容赦なく暴いていくこの不思議な男には、津田にもお延にもみえない関係のメカニズムが透視されているのであろうか。

「だから先刻《さつき》から僕が云ふんだ。君には余裕があり過ぎる。其《その》余裕が君をして余りに贅沢ならしめ過ぎる。其《その》結果は何《ど》うかといふと、好きなものを手に入れるや否や、すぐ其《その》次のものが欲しくなる。好きなものに逃げられた時は、地団太を踏んで口惜《くや》しがる」　（百六十）

「そらね。さう来るから畢竟口先ぢや駄目なんだ。矢ッ張り実戦でなくつちや君は悟れないよ。僕が予言するから見てゐろ。今に戦ひが始まるから。其《その》時漸く僕の敵でないといふ意味が分るから」　（同右）

「よろしい、何方《どつち》が勝つかまあ見てゐろ。小林に啓発されるよりも、事実其《その》物に戒飭《かいちよく》される方が、遙かに覿面《てきめん》で切実で可《い》いだらう」　（百六十七）

津田を批判する小林の言葉は、まるで標的をあやまりなく撃ち抜く銃弾のようである。しかも、その執拗な攻撃は、人に厭がられることを本望とするこの男の性向をあらわして思わず顔をそむけたくなるほどだ。この男をもはや相手にするさえ厭わしい無頼漢とみなして、早々に引き上げようとする津田に、私たちは同情さえ催すのである。津田ならずとも、こんな男にまとわりつかれて、しつこくねじこまれたならば、とてもかなわないであろうというのが率直な感想なのだ。

けれども、いったん、小林の言葉に耳を傾けてみるならば、この「無頼漢」がこうまで真実を衝いていることに驚いてしまう。「余裕」が津田を精神的に贅沢にさせているといい、「実戦でなければ悟れない」といい、「事件其物に戒飭《かいちょく》される方が、遙かに覿面《てきめん》で切実」だという小林は、津田が決してかえりみることをしない関係のメカニズムを、確実にとらえているのである。

要するに小林の眼から見れば、津田は、日常の関係にあぐらをかいて、卑小な自己を満足させているだけで、おのれを規定している不可解な関係が見えていないのである。やがて、そういう津田も、この関係に投げこまれ、みずから恃んでいる「余裕」の根元を震撼させられるはずだ、というのが小林の言いたいところなのだ。この小林の言葉は、あたかも津田のその後の運命を予言するような重い響きを有している。津田は、それをほとんどとりあわない風を装いながら、確実にこの小林の言葉に侵されているのである。

小林が、こうまで誤りなく津田の急所を衝くことができるのは、彼が津田の拠りどころとする世間に、どんな場所も占めることのできない人間だからなのだ。貧乏ジャーナリストで、朝鮮三界まで身売りすることを余儀なくされているこの男には、津田やお延の信じている世間など、はじめから存在しないにひとしいのである。しかし、それだけならば、小林がこれほどの炯眼をもっていることの理由にはならない。小林程度の破滅的無頼漢ならば、そう稀れな存在ではなく、彼らのすべてが小林のような人物とはかぎらないからである。

やはり、この小林という男は、どこへも行き場のなくなった自分の立場を、あたかも虚点と化すかのようにして、この世界の関係のメカニズムを透視する位置に自分をおき、またみずからその装置に同致することをやってのけている人間なのかもしれない。それゆえ、この男が現実を統御する絶対無比の時間の人格化された存在に思われてきたとしても、不思議はないのである。

けれども、真実のところ、小林という男は、それほどの器量をもち合わせた人間なのだろうか。先のお延との対面にみたように、この男はたとえネガティヴなかたちであれ、おのれの情熱と自恃を発現させることにおいて、津田やお延にひけを取らないほどの自意識家であった。この小林の自尊心は、津田やお延に対してよりも、彼が共感を寄せている下層階級の人間に対して、明瞭なかたちであらわれるのだ。

たとえば、小林の送別会のような集まりで、彼は、餞別の名で津田から何がしかの金銭を貰い受ける。だが、小林は、その金をそこに居合わせた原という貧乏芸術家の青年にくれてやる。それが小林の下層階級にたいする同情とのみみなすことができないのは、彼がこの行為を、たんに津田の「余裕」が上から下に流れただけのことと解するだけで、そこにいかなる自己感情の痕跡も見い出そうとしないことからも明らかである。

小林のこの態度は「余裕」の流れつく先である原に、彼の思い通り受け容れられるわけではないことが明らかになってくる。原は、現在の自分の生活を救ってくれるにちがいない十円紙幣が喉から手が出るほど欲しいにもかかわらず、「それ程欲しさうな紙幣《さつ》へ手を出さなかつた」。小林は、焦れた末にとうとう原に問いかける。


「何故取らないんだ、原君」

「でも余《あん》まり御気の毒ですから」

「僕は僕で又君の方を気の毒だと思つてるんだ」

「えゝ、何うも有難う」

「君の前に坐つてる其男《その》は男で又僕の方を気の毒だと思つてるんだ」

「はあ」

原はさつぱり通じないらしい顔をして津田を見た。小林はすぐ説明した。

「其紙幣は三枚共、僕が今其男から貰つたんだ　貰ひ立てのほや／＼なんだ」

「ぢや猶何《なほど》うも……」

「猶何《なほど》うもぢやない。だからだ。だから僕も安々と君に遣《や》れるんだ。僕が安々と君に遣《や》れるんだから、君も安々と取れるんだ」

「さういふ論理《ロジツク》になるかしら」

「当り前さ。もし是《これ》が徹夜して書き上げた一枚三十五銭の原稿から生れて来た金なら、何《なん》ぼ僕だつて、少しは執着が出るだらうぢやないか。額からぽた〳〵垂れる膏汗《あぶらあせ》に対しても済まないよ。然《しか》し是《これ》は何でもないんだ。余裕が空間に吹き散らして呉れる浄財だ。拾つたものが功徳を受ければ受ける程余裕は喜ぶ丈《だけ》なんだ。ねえ津田君さうだらう」（百六十六）

この小林の論理には、津田の急所を衝いた時の鋭さが見られない。なぜなら、小林は金というものはあぶら汗を垂らして得るときにのみその所有者にとって意味をなすので、そうでないものは「余裕」の産物であり、いわば空間に吹き散る紙ふぶきのように意味を剝離されたものにすぎないという論理のもとに、金の授受にまつわる心的負担を取りのけることができると考えているからである。

だが、原の方は、それがどのようにして得られたものであれ、金というものが本来的にまといつけてしまう関係から、小林のようには自由になることができない。「でも余《あん》まり御気の毒ですから」という原の言葉は、気の毒なのは原であるのか、小林であるのか、あるいは津田であるのか明確に指示していないにもかかわらず、そこに「気の毒」という意味が付与されるほかないことを示している。つまり、小林の論理のある種の正当性にもかかわらず、そこに心的優者と劣者との関係が生じざるをえないことを語っているのだ。

おそらく、小林という男はみずから意志しないにもかかわらずいつでも下層階級にたいして、こういう関係をとってしまう人間なのだ。いわば、みずから仕組んだ観念が、現実の関係の中で裏切られていることに気づかず、結局は自尊心を満足させる結果に陥ってしまうのである。したがって、小林という人物は、あたかもあの冷徹無比な絶対の時間に同致して、津田やお延の「余裕」を裁いているようにみえながら、みずからもまた、この時間によって相対化されている存在にすぎない。

彼は、関係のメカニズムをもっともよく透視する視点を、観念のうえで所有しているにもかかわらず、現実的にはおのれの存在もまたその関係に規定されてあることに気づいていないのである。

「余裕」が上から下へと流れるだけだという論理で、原の心的負担を取りのけようとする小林は、津田の彼に与えた金が、津田とお延とお秀の間での悶着の末、彼の手もとに残ったという因縁付きのものであることに気づいていない。にもかかわらず、彼らの間に渦まいたある醜悪なものを、紙切れのように一息で吹き飛ばしてしまう大胆さを小林は、持ち合わせているのである。

ただ、その小林が、原をはじめとする下層階級の人間からみれば、おのれの仕掛けた観念に陶然としている空疎なインテリにみえないとはかぎらない。たとえ、彼らが小林を直接的には疎んずることがないとしても、彼らと小林との関係が、おのずからそこに帰着してしまうのだ。

津田と連れ立って藤井の家を辞した後、彼を無理に安酒場に誘い入れた場面の表現は、このことをより明確に明かしている。

「君は斯《か》ういふ人間を軽蔑してゐるね。同情に価しないものとして、始めから見縊《みくび》つてゐるんだ」
斯《か》ういふや否や、彼は津田の返事も待たずに、向ふにゐる牛乳配達見たやうな若ものに声を掛けた。

「ねえ君。さうだらう」

出し抜けに呼び掛けられた若者は屈強な頸筋を曲げて一寸《ちよつと》此方《こつち》を見た。すると小林はすぐ杯をそつちの方へ出した。

「まあ君一杯飲みたまへ」

若者はにや／＼と笑つた。不幸にして彼と小林との間には一間程の距離があつた。立つて杯を受ける程の必要を感じなかつた彼は、微笑する丈《だけ》で動かなかつた。しかしそれでも小林には満足らしかつた。出した杯を引込めながら、自分の口へ持つて行つた時、彼は又津田に云つた。

「そらあの通《とほり》だ。上流社会のやうに高慢ちきな人間は一人も居やしない」　（三十四）

ここでの小林には、津田を批判する際の鋭さも、原を懐柔する際の大胆さもみとめられない。ただ貧民階級への連帯意識に陶然としている知識人の空疎な姿が見られるだけである。もちろん、小林は本気で彼らと連帯しているつもりなので、それが彼を津田に対峙させる根拠となっていることも否定できない。だが、現実には「不幸にして彼と小林との間には一間程の距離があつた」という関係が形成されてしまうのである。

それだけではない。小林はこの「距離」に気づくことができない。自分の境遇を「親も友達もない、世の中がない、人間がない、つまりは何もないのだ」と内省する彼の醒めた意識が、同じ境遇にありながらそれを対象化することのない人々と彼を疎隔させてしまうことについて、それほど自覚されていない。

けれども、この部分を流れる時間は、すべてを見透したうえで、小林を容赦なく支配し、相対的な関係のなかに組み込むことを忘れていない。小林が、津田に劣らないほどの身勝手な俗物にみえてくるとするならば、それはこの容赦のない時間が、彼の時間を冷徹に統御しているからにほかならない。

だがそれにしても、この小林が、お延や津田の間で演ずる不思議な役割——まるで時間の傀儡《かいらい》であるかのような役割に、興味をそそられざるをえない。すでに小林が、現実から疎んぜられた自己を虚と化して、津田やお延の「余裕」を裁く手口に、時間の鋭利な機鋒をみとめてきた。さらにここで、彼が誰から頼まれたわけでもないのに、津田やお延に、あるほのめかしを行って、彼ら夫婦の間に疑惑の種を播く補劣な遣り口に注意を向けてみよう。

お延を前に「津田君にはあれでまだあなたに打ち明けないやうな水臭い所が大分あるんでせう」「奥さんあなたの知らない事がまだ沢山ありますよ」(八十四) と思わせぶりな言葉で津田の秘密をほのめかし、また津田にたいしては、彼がもしやと思っている点をお延に話したかのようなそぶりをみせて、いたずらに彼を疑懼させる小林は、あたかも彼らが怖れているあるものを顕在化させる者の陰険な手先のように思われる。小林がお延にこんな暗示を与えなければ、たぶん彼女は、自分の岡本に対する関係から、津田と吉川夫人の間を推測するのみで、そこにみえかくれにあらわれるエロスの力に直面することはなかったにちがいない。

また、津田は津田で小林の余計な差し出口がなかったならば、吉川夫人とのエロスの戯れに興じつつ、自己の防壁は決して崩さないという態度をとりつづけるだけで、内心の奥深くかくされたエロスの不可解な力にたいするおびえをおもてにあらわすことはなかったにちがいない。そして、彼らが世間にたいして、うわべを取り繕った夫婦の関係を維持していくだろうことはまちがいないのである。

だが、津田とお延の間を裂くような暗示を行って、みずから得心している小林には、清子に突然逃げられた津田が、そのことについてある種の据わりの悪さを味っているにもかかわらず、あたかもそんな事がなかったかのように、お延を可愛がっている風を世間に対して装っていることが我慢ならなかったのである。また、お延はお延で、夫についての過去の行きがかりにまったく無知で、いかにも素直でしとやかそうな妻を装っていることが腑に落ちないのである。

その小林が、たんにそういう津田とお延への嫉みから、彼らの間を引き裂こうとしているだけならば、そこにあらわれるのは、夫婦の機微についてまるで無神経な無頼漢の遣り口にすぎない。だが、小林はある明確な役割のもとにそれを演じている。それは、津田とお延の夫婦の虚妄をあばき、その奥にかくされた正体の知れぬエロスの力を、彼らそれぞれに明瞭に意識させるという役割である。

これを小林は、現実から疎んぜられたおのれの場を代償に与えられたのである。小林にそれを与えたのは、いうまでもなく、あの絶対の時間にほかならない。時間は、小林をみずからの傀儡《かいらい》のように動かすことによって、それ自身のもたらす威力に、津田とお延を目覚めさせるのである。

それにしても、小林の暗示するところがたんに清子の存在にあるとするならば、なぜ津田もお延もあれほどまで心的な恐慌に陥らねばならないのだろうか。たとえば、お延の場合、たかが結婚したばかりの夫に自分の知らない色恋沙汰が以前にあったらしいことが感じられるぐらいで、なぜあんなにも動顛しなければならないのか。あるいは津田は、それを妻に知られることを、なぜあれほど警戒しなければならないのか。

そこには、津田とお延を統御する時間が、彼らの内面を拡大鏡にかける作為のありようが、ことさらに見受けられる。つまるところ、清子の存在は、津田にとっての昔の恋人という意味にとどまらないものを彼らに与えているのである。清子は、小林の執拗なほのめかしによって現実的な意味を剝離され、エロスの恣意性の象徴と化しているのだ。津田とお延の心的恐慌は、この象徴と化した存在に鋭敏に感応するところから引き起こされたものにほかならない。

お延と津田が、それぞれ異った方向からこの意味を受感していることはいうまでもない。津田にとっては、清子の体現する恣意性は、「何時どう変るか分からない」エロスの危うさとして意識されるとともに、お延の専横的な愛から彼自身を免れさせるエロスの源泉と感じられている。

また、お延にとってそれは、妻としての自尊心を揺がすものであるとともに、彼女自身の愛の情熱の実現を阻む邪悪なるものにほかならない。しかも、津田がこのエロスの恣意性の浸透をたんに内面の奥深くで感じ取るだけでなく、明瞭に意識に上せるようになるのは、お延のそれにたいする疑惑を通してなのである。

お延は、小林が去ってから思う存分泣き尽くした後、抽斗を開けたり、戸棚を開けたりして、夫の秘密を知る手がかりになるものを探しはじめる。状差しから津田宛ての手紙を抜き出して、中身を確かめているうちに、彼女の疑惑は明瞭なかたちを帯びてくるのである。

突然疑惑の焔が彼女の胸に燃え上つた。一束の古手紙へ油を濺《そゝ》いで、それを綺麗に庭先で焼き尽してゐる津田の姿が、あり／＼と彼女の眼に映つた。其《その》時めら／＼と火に化して舞ひ上る紙片《かみきれ》を、津田は恐ろしさうに、竹の棒で抑へ付けてゐた。それは初秋《はつあき》の冷たい風が肌《はだへ》を吹き出した頃の出来事であつた。さうしてある日曜の朝であつた。二人差向ひで食事を済ましてから、五分と経たないうちに起つた光景であつた。箸を置くと、すぐ二階から細い紐で絡げた包を抱へて下りて来た津田は、急に勝手口から庭先へ廻つたと思ふと、もう其包《そのつゝみ》に火を点けてゐた。お延《のぶ》が縁側へ出た時には、厚い上包《うはづゝみ》が、既に焦げて、中にある手紙が少しばかり見えてゐた。お延は津田に何でそれを焼き捨てるのかと訊いた。津田は嵩ばつて始末に困るからだと答へた。何故《なぜ》反故《ほご》にして、自分達の髪を結《ゆ》ふ時などに使はせないのかと尋ねたら、津田は何とも云はなかつた。たゞ底から現れて来る手紙を無暗《むやみ》に竹の棒で突ツついた。突ツつくたびに、火になりきれない濃い烟が渦を巻いて棒の先に起つた。渦は青竹の根を隠すと共に、抑へつけられてゐる手紙をも隠した。津田は烟に咽ぶ顔をお延《のぶ》から背けた。（八十九）

まことに象徴的な表現というべきで、この濃い烟を巻きあげてくすぶる手紙の燃えがらは、津田とお延の無意識の領域を浸透するエロスの恣意性の表象なのである。津田は、それがとうに燃え尽きたものと信じこもうとしているのだが、内心の奥深くにかすかにたっている烟を消尽することができない。お延は小林の言葉をきっかけとして、いままで津田との間に雲のように感じていたものが、突然濃い烟となって彼女の前にたちあがるように思われるのである。

それは、吉川夫人と津田との間にただよっていたエロスの戯れとも、陰微な膠着力とも異なりながら、なお、関係が疎外するエロスの観念という点で共通の根をもつものなのである。しかも、それは、吉川夫人の場合のように、決してあからさまに姿をあらわすことがなく、眼を凝らしてみればたちまち空気中にまぎれてしまうかすかな烟のようなものである。だが、そうであるがゆえに、お延の疑惑の焔はいっそう激しく燃えあがるのだ。

第五節　赦すことのできない心情

お延の疑惑を流れる時間は、いまだ彼女を、津田との愛を成就させようとする激しい情熱家とも、妻として夫の秘密に無知でいることに耐えられない気位の高い自意識家とも規定していない。その二つをないまぜにした感情を、お延の内に抱かせているようにみえる。したがって、もし彼女が後者の方へと自己のありかたを統御されるならば、小林のように彼女を相対化する眼に出会うことは必然なのだ。だが、彼女の真情があくまでも前者のうちにあるものとするならば、たとえそのような眼に出会ったとしても、決して相対化されえないものを呈することは確実である。

お延に対峙するのは、もはや小林ではない。小林ほど辛辣ではないにしても、彼女の自尊心を優に相対化するだけの心得を持った義妹のお秀である。このお延とお秀の対峙は、津田をも巻きこんで前半の山場を形成していることはうたがいないのだが、そこに踏み込む前に、あらかじめ彼らの間にわだかまっているある事情について素描しておかねばならない。

津田は、お延との間に新しい家庭を構えるに当って、京都の父親から毎月の不足分を仕送りしてもらう約束を、お秀の夫の堀を間に立てて取りつけていた。津田の依頼を無雑作に引き受けた堀は、盆暮の賞与の大部分をその償却に当てるという方針のもとに、渋る父親を説得してくれたのだった。

ところが、津田はてんから約束の履行など考えていないらしく、彼の賞与はお延の指を彩る高価な指環に費やされたのである。もともと、妻であるお延への見栄から、彼女に内緒で父親と約束を交わした津田には、父親に仕送り分の返済をすることよりも、彼女の金銭上の虚栄心を満足させることのほうが重大な関心事であった。

だが、津田の関心がお延に向けられている間に、父親は約束不履行を理由に今後の送金を断ってきた。それには、嫂のお延を普段から派手好きで見栄張りな女とみて快く思わなかったお秀が、指環の顚末を京都へ報告したという事情がくわわっていた。お秀には、お延が津田をそそのかして金の返済を履行させないようにしたという思い込みがあった。

だが、実際に、父親の処置が表立ってみると、まるで夫の堀が責任者扱いにされているという事態に行き合ってしまったのである。お秀は夫の手前もあり、事の成行きにすっかり当惑してしまう。それだけでなく、自分が陰にまわって父親を突っ付いたように津田に思われることがいかにも癪でならない。

そんなこんなで、彼女は入院中の津田のもとに、当座の彼に入り用の額だけを用立ててやって来たのだが、当の津田が先の件について少しも悔いるところがみえないばかりか、自分に入り用のものだけは妹から巻き上げようとする魂胆が見え透いて、そうおいそれとは兄の前に親切心を見せるわけにはいかない。津田は津田で、この器量好みで比較的裕福な家に嫁にいったお秀の、成上り者に特有の差し出がましい態度が鼻について、容易には頭を下げるわけにはいかない。津田とお秀は、こういう事情のもとにたがいの腹の探り合いをくりかえすのである。


「兄さん、あたし此所《こゝ》に持つてゐますよ」

「何を」

「兄さんの入用《いりよう》のものを」

「左様《さう》かい」

津田は殆《ほと》んど取り合はなかつた。其《その》冷淡さは正《まさ》に彼の自尊心に比例してゐた。彼は精神的にも形式的にも此《この》妹に頭を下げたくなかつた。然《しか》し金は取りたかつた。お秀はまた金は何《ど》うでも可《よ》かつた。然《しか》し兄に頭を下げさせたかつた。勢ひ兄の欲しがる金を餌《ゑば》にして、自分の目的を達しなければならなかつた。結果は何《ど》うしても兄を焦らす事に帰着した。（百）

この部分を、『道草』における健三と細君との給料の授受の場面に比べて、ここには彼らの間に作者の託した希求と歎きが一片もみとめられず、ただ「砂のような、それでいてねちねちした、この二人の肚の探り合い、かけひきを仮借なくあばきだす」「作者の心熱」だけがみられるという意味のことを述べたのは桶谷秀昭だが（『夏目漱石論』）、私たちもまた、ここにあの無慈悲で容赦のない時間の進行をまのあたりにするという以外に言葉がない。

時間は、彼らの塵ほどの心理の動きまで拡大鏡にかけ、息ぐるしいほどの透視図をそこに露呈させる。彼らの度はずれた論理的な応酬は、小説的時間というにはあまりに作為の勝った時間のもとに統御されて、むしろ演劇的時間ともいうべきものをかいま見せる。この演劇的時間を通して、私たちは、作者漱石の観念の時間を思わずのぞき見るのである。「漱石の筆の運びは、みずからの心熱を統御して決して乱れないが、その乱れぬ冷静さが何か度を越しているのである」（同右）。その度を越した冷静さこそ、私たちを震撼させる。


津田は話を此所《こゝ》いらで切り上げて仕舞《しま》ふより外に道はないと考へた。なまじい掛り合へば掛り合ふ程、事は面倒になる丈《だけ》だと思つた。然《しか》し彼には妹に頭を下げる気が些《ちつ》ともなかつた。彼女の前に後悔するなどといふ芝居じみた真似は夢にも思ひ付けなかつた。その位の事を敢《あへ》てし得る彼は、平生から低く見てゐる妹に丈《だけ》は、思ひの外《ほか》高慢であつた。さうして其《その》高慢な所を、他人に対してよりも、比較的遠慮なく外へ出した。従つていくら口先が和解的でも大して役に立たなかつた。お秀にはたゞ彼の中心にある軽蔑が、微温《なまぬる》い表現を通して伝はる丈《だけ》であつた。彼女はもう遣《や》り切れないと云つた様子を先刻《さつき》から見せてゐる津田を毫《がう》も容赦しなかつた。さうして又「兄さん」と云ひ出した。

其時《その》津田はそれ迄《まで》にまだ見出し得なかつたお秀の変化に気が付いた。今迄《まで》の彼女は彼を通して常に鋒先《ほこさき》をお延《のぶ》に向けてゐた。兄を攻撃するのも嘘ではなかつたが、矢面に立つ彼を余所《よそ》にしても、背後に控へてゐる嫂丈《あねだけ》は是非射留めなければならないといふのが、彼女の真剣であつた。それが何時《いつ》の間にか変つて来た。彼女は勝手に主客の位置を改めた。さうして一直線に兄の方へ向いて進んで来た。

（百二）

このような叙述のテンポをもって、度を越した冷静さといいたいのである。ともあれ、ここに実現された相対的な関係の透視図をつぶさに眺めるならば、ここで統御され、繰られているのは、彼らの醜悪な我執とのみ断ずることのできないということが見えてこないだろうか。お秀がこうまで兄を追いつめ、津田が妹の機鋒を防ごうとするのは、お秀のうちに嫂のお延にたいする嫉妬が渦まいているからである。

いや、それを嫉妬といってしまっては、お秀をとらえている執拗なある感情を掬い落としてしまうきらいがある。少くとも、彼女が、自分や両親に迷惑を及ぼしてまで津田に大事にされ、また大事にされたがっているお延をゆるすことができないでいることは確かである。それだけではない。津田がそういうお延に自由にされて、いかにも妻を大事にするようなそぶりをみせているのが、お秀には我慢ならないのだ。

遊び人の堀のもとに嫁いで、二人の子供を抱え、さらに姑につかえなければならないお秀に、津田とお延がよそおっている夫婦の一対が、鼻もちならないものにみえるのは自然の勢いといっていい。津田がお延の虚栄心を満足させることにのみ競々とせず、妻をほどほどに取り扱い、自分にも両親にもやさしさをみせてくれるならば、そしてまたお延が、津田の愛情の保証を高価な指環に求めるようなことをせず、自分たちへの遠慮から津田の見栄をことさらにかきたてないような女ならば、お秀の忿懣は爆発することがなかったかもしれない。

そこには、生活を基盤とした家族的な親和を、〈性〉の第一義とみなすことに慣れてきた者が、夫婦の対を基軸とするエロスの関係を、実質はともあれ形のうえで実現しようとする者に対する反感と嫉妬が渦まいている。

しかも、お秀のこのような感情は、津田の矛盾をも嗅ぎつけてしまう。津田が、それほどお延を大事にしている風をよそおいながら、内心ではいまだに清子への未練が断たれていないという撞着を見抜くのである。そして津田は、この未練のために、お延を怖れ、彼女に好き放題をさせているというのがお秀の推察するところである。津田はここで、お秀に心臓を射抜かれることになるのだが、お秀はそれだけでは満足ができない。みずからの嫉妬と反感をなだめるためには、ぜひともお延の虚妄をあばかずには済まされない。

もし、津田のお延に対する態度が、お秀の推察通りであるとするならば、お延の津田に向かう心も虚栄心の域を出ない。結局、何ら実の伴ったものではないということが明らかになるはずだ。夫婦の対なるエロスとみえたものは、彼らの自尊心のあらわれにすぎないものであることが証明されるにちがいない。

だから、お秀は、お延に対してその矛盾を衝きさえすればよいのだ。嫂さんは兄さんに大事にされて、いかにも幸福な妻であると思っているかもしれませんが、実のところは、そういう姿をことさらに世間に見せびらかしているだけで、少しも実が伴っていないのではありませんか、とお延に向かつて言えばよいのである。だが、突然津田とお秀の前に姿を現したお延を前にして、彼女はそれを口に出すことができない。津田とお秀のねちねちとしつっこい腹のさぐり合いは、ここにお延をつけくわえてさらに度がくわわる。

お延に対して終始良からぬ感情を抱いているお秀の腹を読んだ津田が「お延お前お秀に詫《あやま》つたら何《ど》うだ」と云い出すと、嫂にたいする自分の感情を詫びなどで証拠立てられたのではかなわないと思ったお秀は、「兄さん、あなた何を仰しやるんです。あたしが何時《いつ》嫂《ねえ》さんに詫《あやま》つて貰ひたいと云ひました。そんな言掛りを捏造されては、あたしが嫂さんに対して面目《めんぼく》なくなる丈《だけ》ぢやありませんか」と兄の言葉を遮ぎる。お延はお延で、何故自分が詫まらねばならないのか腑に落ちず、逆にお秀の押しつけがましい親切心を皮肉るように、津田にお秀の親切に対してお礼を仰ったらどうかと迫るのである。

すると、不意に章立てがあらためられ、次のような一節がくわえられる。

三人は妙な羽目に陥つた。行掛り上一種の関係で因果づけられた彼等は次第に話を余所《よそ》へ持つて行く事が困難になつてきた。席を外す事は無論出来なくなつた。彼等は其所《そこ》へ坐つたなり、何《ど》うでも斯《こ》うでも、此《この》問題を解決しなければならなくなつた。

しかも傍《はた》から見た其《その》問題は決して重要なものとは云へなかつた。遠くから冷静に彼等の身分と境遇を眺める事の出来る地位に立つ誰の眼にも、小さく映らなければならない程度のものに過ぎなかつた。彼等は他《ひと》から注意を受ける迄《まで》もなく能《よ》くそれを心得てゐた。けれども彼等は争はなければならなかつた。彼等の背後《せなか》に背負《しよ》つてゐる因縁は、他人に解らない過去から複雑な手を延ばして、自由に彼等を操つた。（百七）

まるで時間は、みずからの作為のからくりの弁解をおこなっているかのようだ。それほどまでにこの時間は、彼らの関係を拡大鏡にかけ、のっぴきならない因縁をあらわにしてきたのである。あるいは、みずからの支配と統御のからくりを駆使してきたというべきか。いずれにせよ、時間は、ここに至って弁解とも説明ともつかぬかたちで、おのれを露呈している。そのことが、今までくりのべられてきた彼らの息ぐるしいほどの探り合いの図に、ある種の距離を付与していることは否定できない。

けれども、そこで、彼等の背後に背負っている因縁が、払拭されるわけにはいかないこともまた確かなのだ。彼らの暗闘は少しも終息する気配を見せない。お秀がお延の矛盾を衝いて、彼女の虚妄をさらけ出すまでは終りそうもないのである。

しまいにお秀は、津田の前に持ってきたものを出して、取るようにして受け取って下さいと喰い下がるのだが、行きがかり上、素直に出るわけにはいかない津田は、不意にお秀への感謝を空々しく並べたて、彼女の怒りを買ってしまう。その怒りが、意味ありげな微笑とともにお延へと向けられ、彼女の自尊心を試みるかに思われたとき、お延は、岡本の叔父からもらった小切手を帯の間から出して、お秀の機先を制するのである。

やがて、これをきっかけにすっかり劣勢にまわってしまったお秀は、とうとう腹の中に仕舞っていたものを吐き出すのだ。

「私《わたくし》は何時《いつ》かつから兄さんに云はう／＼と思つてゐたんです。嫂《ねえ》さんのゐらつしやる前ですよ。だけど、其《その》機会がなかつたから、今日迄《まで》云はずにゐました。それを今改めてあなた方のお揃ひになつた所で申してしまふのです。それは外でもありません。よござんすか、あなた方お二人は御自分達の事より外に何《なん》にも考へてゐらつしやらない方だといふ事丈《だけ》なんです。自分達さへ可《よ》ければ、いくら他《ひと》が困らうが迷惑しようが、丸《まる》で余所《よそ》を向いて取り合はずにゐられる方だといふ丈《だけ》なんです」　（百九）

「兄さんは自分を可愛がる丈《だけ》なんです。嫂《ねえ》さんは又兄さんに可愛がられる丈《だけ》なんです。あなた方の眼には外に何《なに》にもないんです。妹などは無論の事、お父さんもお母さんももうないんです」　（同前）

「自分丈《だけ》の事しか考へられないあなた方は、人間として他《ひと》の親切に応ずる資格を失つてゐらつしやるといふのが私の意味なのです。つまり他《ひと》の好意に感謝する事の出来ない人間に切り下げられてゐるといふ事なのです。あなた方はそれで沢山だと思つてゐらつしやるかも知れません。何処《どこ》にも不足はないと考へておいでなのかも分りません。然《しか》し私から見ると、それはあなた方自身に取つて飛んでもない不幸になるのです。人間らしく嬉しがる能力を天から奪はれたと同

様に見えるのです」　（同前）

津田とお延に対するお秀の批判は、小林のそれのように陰険で、もってまわった印象を与えない。いかにも痛烈かつ明晰である。けれども、その舌鋒は、小林のそれほどに津田をもお延をも深く突き刺さない。津田はお秀の断案を、「自分の特色と認める以上に、一般人間の特色とも認めて」「寧ろ冷静に受ける」。一方、お延はこれを「意外な批評」と思い、「たゞ呆《あき》れるばかり」である。津田とお延の心性の微妙な段差をとらえて間然するところない一節といっていいのだが、ともあれ、彼ら双方ともお秀の批判に真底から揺るがされた形跡がみられないことは確かである。

なぜお秀は、小林のように彼らの急所を衝くことができないのだろうか。津田やお延の矛盾をとらえていた彼女は、もしそうする気になれば、小林以上に彼らの矛盾を白日のもとにさらすことができたはずである。津田に対しては、お延を大事にする風をよそおいながら、清子への未練を断ち切ることができないでいることを、お延に対しては、津田との間に幸福なエロスの一対を実現しているつもりでいながら、少しも実が伴なっていないことを指摘すればよいのである。このことを腹に収めていないお秀ではないはずである。

にもかかわらず、彼女は二人を前にして、あなたがたは自分たちの事よりほかはなにも考えていない人間だとか、人間として他人の親切に応ずる資格のない人間だとか、一見痛烈でいながら、その実、言った当人を寒からしめるような批判を吐き出すことしかできない。なぜだろうか。

お秀には、小林のように、津田やお延に対して自己を虚に化すことができないのだ。あなたがたは自分を可愛いがるだけだ、他人の親切が分からないと言うとき、彼女もまた、夫の手前から自分を可愛いがっているだけで、自分の親切を押し売りしているにすぎないことに気づいていない。津田やお延の自分が、自己本位に根を下ろした自分で、お秀の自分が家族本位に根を下ろした自分であるという相違は、この際、問題にならない。津田とお延のうわべを取り繕った夫婦の関係は、お秀が埋没している両親、夫、姑といった家族の関係と同位にあるものにすぎないからである。

小林ならば、こういうお秀をもまた「余裕」のもとに相対化してしまうことはうたがいない。要するに、津田、お延とお秀との暗闘は、そこにどんな因縁がからみ合っていようと、同じ土俵上のことといっていいのだ。お秀が言いたいだけのことを言って立ち去った後、津田に向かって「秀子さんは、まさか基督教《キリストけう》ぢやないでせうね」と言うお延の言葉には、桶谷秀昭のいうように「これをいったお延と、いわれたお秀が両方ともに揶揄されているような滑稽さがある」（同右）。

お秀が、津田とお延のエロスの矛盾を衝くことができないのは、彼女が家族本位の老成ぶった自己からのがれられないからだけではない。そういう自己に根を張っている彼女には、エロスの関係についての矛盾を、津田の場合はともあれ、お延の場合に関してほんとうには洞察することができないからである。

お延が、津田との間に幸福な一対を形成しているふうを装おいながら、内心においてどんなに非望の思いに憑かれているか、またそれがため、津田との間を靄のようにへだてるエロスの恣意性に悩まされ、疑いの魔に憑かれているかをまるで見究めることができないからだ。愛についてのお延の自尊心を痛烈に相対化するお秀も、この点に関しては彼女の敵ではない。

第六節　家族という〈性〉的制度

お延は、お秀のことをきっかけに、夫との間に一度は融和の思いを噛みしめたものの、小林だけでなく、お秀までが知っているらしい津田の秘密をぜひとも突き留めたいという思いに駆られる。そこで、お延は、お秀の家をおとずれるのである。お延とお秀はあらためて対峙するのであるが、この対峙の場面の主題となっているのは、奇しくも病院の場面でお秀の押さえそこなった愛の問題にほかならなかった。

だが、お秀の話題にする「愛」は、お延からすれば、何ら現実的な契機を持たない「漫然として空裏に飛揚する愛」にすぎない。お延には、放蕩家の堀を夫に持って、日々この問題に悩まされているにちがいないお秀が、風船玉のような空論をもてあそぶことしかできないことが不思議でならない。お延はどうかして、この議論家を裸にしたいと思い、みずから津田の自分に対する愛への不満を話題に供するのである。

「まだ何か不足があるの」
斯《か》う云つたお秀は眼を集めてお延《のぶ》の手を見た。其所《そこ》には例の指環が遠慮なく輝やいてゐた。然《しか》しお秀の鋭い一瞥《いちべつ》は何の影響もお延《のぶ》に与へる事が出来なかつた。指輪に対する彼女の無邪気さは昨日と毫《ごう》も変る所がなかつた。お秀は少しもどかしくなつた。

「だつて延子さんは仕合せぢやありませんか。欲しいものは、何でも買つて貰へるし、行《ゆ》きたい所へは、何処《どこ》へでも連れていつて貰へるし——」

「えゝ。其所丈《そこだけ》はまあ仕合せよ」

他《ひと》に向つて自分の仕合せと幸福を主張しなければ、わが弱味を外へ現はすやうになつて、不都合だと許考《ばかり》へ付けて来たお延《のぶ》は、平生から持ち合せの挨拶をつい此《この》場合にも使つて仕舞《しま》つた。さうして又行《ゆ》き詰つた。芝居に行つた翌日《あくるひ》、岡本へ行つて継子と話をした時用ひた言葉を、其儘《そのまま》繰り返した後で、彼女は相手のお秀であるといふ事に気が付いた。其《その》お秀は「そこ丈《だけ》が仕合せなら、それで沢山ぢやないか」といふ顔付をした。

（百二十七）

時間は、ここでお延とお秀の双方に巧妙な罠を仕掛けている。内に燃えあがる愛の情熱のゆえに、現実の津田の虚飾の愛に満足を覚えることのできないお延は、にもかかわらず、みずからもまた、手に高価な指環を遠慮なく輝かして毫も気づくところのない虚飾家にすぎない。そのことをお秀の前にさらけ出す一方、お秀はお秀で、愛について高尚な議論を相手に仕向けておきながら、お延の情熱などには少しも気づく気配がない。物質的な満足さえ得られるなら何の不満があるものかと、みずからの卑俗な現実家ぶりをあらわにする。

その巧妙さに私たちは、いくども味ったあの幻滅をまたここでも、味わわせられるかに思う。にもかかわらず仔細にこの場面を眺めてみるならば、お秀を卑俗な現実家に陥れる冷酷な時間は、お延の自尊心に対してある意味をしのばせているようにみえる。お秀の眼に、遠慮なく夫から買い与えられた指環を輝かすお延は、みずからの情熱に自覚的であるほどには、その自尊心に自覚的ではないのだ。つまり、お延の見栄は意識して露呈されるのではなく、彼女の無意識の発露であることが指示されているのである。彼女は、内なる情熱をほとばしらせようとして、つい自尊心にとらわれてしまう女なのだ。

そういう無意識はどこからやってきて、彼女の心を占めてしまうのだろうか。彼女の求めてやまない絶対の愛が、現実において不可能であるという事態からである。いわば、愛についての彼女の意欲、情熱が現実の関係のなかで不本意に曲げられてしまうがゆえに、それを償おうとする意識が、つい彼女に自尊心の衣をまとわせるのである。

お延がみずからの無意識から自由になるのは、身にまとったあらゆる虚飾をかなぐり捨てて、おのれの意識に取り憑いてはなれない疑いを、お秀の前にさらけ出すときである。

お延《のぶ》は光る宝石入の指輪を穿《は》めた手を、お秀の前に突いて、口で云つた通り、実際に頭を下げた。

「秀子さん、何《ど》うぞ隠さずに正直にして下さい。さうしてみんな打ち明けて下さい。お延《のぶ》は此《この》通り正直にしてゐます。此《この》通り後悔してゐます」

持前の癖を見せて、眉を寄せた時、お延《のぶ》の細い眼から涙が膝の上へ落ちた。（百二十九）

お延のどこにも行き場のない人間であることが、ここでもまた露呈された。すべてを剝ぎ取ってしまえば、ここに帰着するほかないことを私たちは知りつくしていたはずではないか。
にもかかわらず、彼女のひたすらな時間は、彼女の無意識を統御する無慈悲な時間に侵され、容易に溢れ出ることがないのだつた。お秀の前に、岡本からもらった小切手をちらつかせて夫婦の体面を保持してみせたり、津田に対して、その小切手を工面するためにわざわざ岡本のところに出向いてきたのだと見えすいた虚言を弄するお延は、無邪気といえば無邪気にちがいないが、なぜそこまで嘘の皮を張らなければならないのかと思われてきたのだった。

だが、時間は周到かつ綿密に彼女の無意識の領野を占拠し、彼女の本来的な時間の奔出がいかに困難であるかを示唆したうえで、不意に、何もかもを捨てておのれの時間に身をゆだねる彼女の姿をわたしたちの前に現出させるのである。そこで、彼女の小我を支配する時間は、その支配の手をゆるめるだけでなく、彼女の内から溢れ出る時間となってみずからを露《あらわ》にする。奔湍のような彼女の思いは、まるで現実を統御して悠々と流れる時間の水が、その流れに抗おうとするものにあたって吹き上げる飛沫のようではないか。

自尊心をかなぐり捨て、敗けることを覚悟のうえでお秀に津田の秘密を打ち明けてくれと乞い願うお延の真情を、お秀が解することのできないのはいうまでもない。それどころか、妻として夫の遊蕩に慣れてしまっているらしいお秀には、津田の愛を独占しようとするお延が、ひどく身勝手で横着な女にみえてしまう。しまいにお秀は、秘密を打ち明けるどころか、秘密の一つや二つ夫にあったところでどうしたといった風をみせるのである。そこで、愛をめぐるお延とお秀の対峙は頂点に達する。

「だつて自分より外の女は、有れども無きが如しつてやうな素直な夫が世の中にゐる筈《はず》がないぢやありませんか」

「あるわよ、あなた。なけりやならない筈《はず》ぢやありませんか、苟《いやし》くも夫と名が付く以上」

「さう、何処《どこ》にそんな好《い》い人がゐるの」

「それがあたしの理想なの。其所迄行《そこまでゆ》かなくつちや承知が出来ないの」

「いくら理想だつてそりや駄目よ。その理想が実現される時は、細君以外の女といふ女が丸《まる》で女の資格を失つてしまはなければならないんですもの」

「然《しか》し完全の愛は其所《そこ》へ行つて始めて味はれるでせう。其所迄《そこまで》行き尽《つく》さなければ、本式の愛情は生涯経つたつて、感ずる訳に行《ゆ》かないぢやありませんか」

「そりや何《ど》うだか知らないけれども、あなた以外の女を女と思はないで、あなた丈《だけ》を世の中に存在するたつた一人の女だと思ふなんて事は、理性に訴へて出来る筈《はず》がないでせう」

「理性は何《ど》うでも、感情の上で、あたし丈《だけ》をたつた一人の女と思つてゐて呉《く》れゝば、それで可《い》いんです」

「あなた丈《だけ》を女と思へと仰しやるのね。そりや解るわ。けれども外の女を女と思つちや不可《いけ》ないとなると丸《まる》で自殺と同じ事よ。もし外の女を女と思はずにゐられる位な夫なら、肝心のあなただつて、矢つ張り女とは思はないでせう。自分の宅《うち》の庭に咲いた花丈《だけ》が本当の花で、世間にあるのは花ぢやない枯草だといふのと同じ事ですもの」

「枯草で可《い》いと思ひますわ」
「あなたには可《い》いでせう。けれども男には枯草でないんだから仕方がありませんわ。それよりか好きな女が世の中にいくらでもあるうちで、あなたが一番好かれてゐる方が、嫂《ねえ》さんに取っても却《かへ》つて満足ぢやありませんか。それが本当に愛されてゐるといふ意味なんですもの」
「あたしは何《ど》うしても絶対に愛されて見たいの。比較なんか始めから嫌ひなんだから」（百三十）

対話の間に挿まれた地の文を、あえて削除してみた。彼らの胸の奥からしぼり出される言葉は、それだけで、彼らの性格、思想、感情のすべてを語り尽くしていると思われるからである。およそ、これほどまでに論理的で知的な会話が、さしたる教養をそなえているとも思われない二人の女の間でくりひろげられること自体が、すでに驚嘆すべきことがらなのだ。

ここには、もはや描写や叙述に還元することのできない劇的な時間が流れている。いわば、時間の作為が、お延とお秀という二人の女をして劇を演じさせているのである。江藤淳のいう「光彩陸離たる」「知的会話」（『夏目漱石』）という言葉が、この一節ほどに当てはまる部分はない。

ここで現実家の役割を演じているのはお秀であり、理想家の役割を演じているのはお延であると一応判断することができる。けれども、現実と理想という言葉は、彼らそれぞれが代表しようとするある意味を表象しつくしているとは思われない。たしかにお秀は、愛について徹底した現実主義者といっていい。だが、彼女が代表しているのは、エロスについての制度といってもいいものなのだ。

たとえば、好きな女がたくさんあるうちで、妻としての自分が一番好かれているというエロスの関係を、放蕩家の夫との間に形成しているこの女を、結婚という制度に疑いを抱かない従順な女の一人とみなすことはできないだろうか。なるほど、みずからが根を下ろした倫理を強固に主張するお秀には、制度の内側にある女の従順さなど一かけらも見受けられない。彼女は、おのれを主張して一歩もゆずらない点で、お延に勝るとも劣らないのである。

だが、彼女のあらわにする自己とはたとえば、家族という制度をいつでも代表している。一対の夫婦の〈性〉の直接性と自然性を本質とするものであるよりも、親子、兄妹、嫁姑といった拡散した〈性〉の関係を強力に統合する制度としての家族が、彼女の自己が代表するものなのだ。同様に、お秀はここで、どんなに煥発そうにみえようと、エロスの恣意性を恣意性のままに放置して、なお夫婦の〈性〉を統合する制度としての結婚を代表していることはまちがいない。そして、お秀のいう愛が、エロスの制度化を支配する男性にとって都合のよい隠れ蓑にすぎないことは一目瞭然であろう。お秀が、本質的に従順な女にみえるのはこのゆえである。

これに対して、夫婦の本質を、どこまでも一対一の〈性〉に求めてやまないお延は、たんに理想家というよりも、これを不可能ならしめる制度の厚い壁に対する反逆者であるといつていいのだ。お延が怖れ、たたかいを挑んでいるのが、津田の秘密――そこに象徴されるエロスの恣意性であるとするならば、そこから直接、制度への反逆が導かれるわけではない。

けれども、男と女の間に恣意的に形成されるエロスの可能性は、現実的な結婚という制度に保証されてはじめて存続するものにほかならない。したがって、これに対するたたかいが、必然的に制度への反逆に帰着することはうたがいない。

いうならば、彼女が求めてやまない「完全な愛」とは、一方で仮装の一対を強力に編成しながら、他方において、これを可能な限り拡散させるエロス的制度に対する否認を内にはらむものにほかならない。お延がこの点についてどこまで自覚的であるかは問題ではない。ただ、彼女が愛の理想をとなえ、「完全な愛」を希求すればするほどに、この世界のどこにも行き場を失ってしまった人間にみえてくるということだけが重要なのだ。

このようなお延が制度を代表するお秀の前で、むなしいたたかいをくりかえしているようにみえるのはいかんともしがたい。お延のたたかいは、すでに敗北を決定づけられたもののそれにほかならないからだ。にもかかわらず、敢然と挑戦する彼女の意欲、情熱だけは何ものにもかえがたいのである。

時間は、制度に包まれててこでも動こうとしないお秀の時間と、それにどこまでも反旗を翻そうとするお延の時間とを等分に配しながら、もはや制度というものでは律することのできない巨大なるものの足跡を刻印する。お秀の不易の時間に比して、思いなしかお延のひたすらな時間に輝きがみとめられるように思われるのは私たちの僻目であろうか。

エロスについての制度を代表しているのは、お秀だけではない。お秀のように、そこに同調しているものの動じがたさをもって、直接お延の希求を引きずり下ろそうとするのではなく、ある陰微な力を彼女の情熱に及ぼし、それを打ち砕こうとする存在である。すでにお延は、この力の存在をそれとなく感知していながら、一度もそれに直面することがなかった。今ふたたび、決して表にはあらわれず、ただ津田への影響を通じてのみ、彼女に覆いかぶさる力がはたらきはじめるのである。いうまでもなく、吉川夫人の存在にほかならない。

入院中の津田を見舞った夫人は、日頃、夫人に対して津田が築いていると信じて疑わない「厚い重い壁」を巧妙に崩しはじめ、彼の内心のおびえを引きずり出してしまう。清子の突然の変貌に不可解なエロスの力を感知して怖れるとともに、お延の専横的な愛の情熱にも怪しい力を感じている津田が、いかにも清子への未練などは断ち切ったように、お延を大事にしているふうを装っていることを見抜いてしまうのである。

津田の自己欺瞞を直覚する鋭利さだけならば、吉川夫人を待つまでもなく、小林にもお秀にもみとめられた。だが、吉川夫人の眼は、たんにそれを見抜くだけでなく、津田の築いた防壁をあやまりなく破壊するだけの力を有したものにほかならない。「永久夫人の前に赦されない彼は、恰《あたか》も蘇生の活手段を奪はれた仮死の形骸と一般であつた。用心深い彼は生還の望の確としない危地に入り込む勇気を有《も》たなかつた」（百三十七）

けれども、吉川夫人には津田を籠落させることだけが、最終の目的とは思われていない。彼女は、はじめから津田との間に「解り切つてるぢやありませんか。私丈《だけ》は貴方と特別な関係があるんですもの」という言葉に示されるようなものを共有していた。したがって、彼の自己欺瞞をあばくことは、いつもの戯れぐらいにしか感じられていない。

彼女は思惑通り、津田の内心を自分の前で告白させ、彼に清子のいる温泉場行きを諾させる。そうまでして、津田の自意識に力をふるう吉川夫人は、清子との再会を機に津田の怖れの鎮静されることをもくろむとともに、最終的には、お延の愛の情熱をうち砕くことをもくろんでいたのである。

「そんな事は貴方《あなた》が知らないでも可《い》いのよ。まあ見て入らつしやい、私《わたし》がお延《のぶ》さんをもつと奥さんらしい奥さんに屹度《きつと》育て上げて見せるから」

津田の眼に映るお延は無論不完全であつた。けれども彼の気に入らない欠点が、必ずしも夫人の難の打ち所とは限らなかつた。それをちやんぽんに混同してゐるらしい夫人は、少くとも自分に都合の可《い》いお延を鍛へ上げる事が、即ち津田のために最も適当な細君を作り出す所以《ゆゑん》だと誤解してゐるらしかつた。それのみか、もう一歩夫人の胸中に立ち入つて、其《その》真底を探ると、飛んでもない結論になるかも知れなかつた。彼女はたゞお延を好かないために、ある手段を拵へて、相手を苛《いじ》めに掛るのかも分らなかつた。気に喰はない丈《だけ》の根拠で、敵を打ち懲らす方法を講じてゐるのかも分らなかつた。幸ひに自分で其所《そこ》を認めなければならない程に、世間からも己《おのれ》れからも反省を強ひられてゐない境遇にある彼女は、気楽であつた。お延《のぶ》の教育。――斯《か》ういふ言葉が臆面なく彼女の口を洩れた。夫人とお延の間柄を、内面から看破る機会に出会つた事のない津田には又其《その》言葉を疑ふ資格がなかつた。彼は大体の上で夫人の実意を信じて掛つた。然《しか》し実意の作用に至ると、勢ひ危惧の念が伴はざるを得なかつた。

「心配する事があるもんですか。細工はりう〳〵仕上を御覧《ごら》うじろつて云ふぢやありませんか」

いくら津田が訊いても詳しい話しをしなかつた夫人は、斯《こ》んな高を括つた挨拶をした後で、教へるやうに津田に云つた。

「あの方は少し己惚《おのぼ》れ過ぎてる所があるのよ。それから内側と外側がまだ一致しないのね。上部《うはべ》は大変鄭寧で、お腹の中は確《しつ》かりし過ぎる位確《しつ》かりしてゐるんだから。それに利巧だから外へは出さないけれども、あれで中々慢気《まんき》が多いのよ。だからそんなものを皆んな取つちまはなくつちや」（百四十二）

こんな無遠慮とも放漫ともいっていい態度で、津田とお延の間に介入してくる吉川夫人とはいったい何者なのだろうか。私たちは、そこにお秀よりももっとあらわな姿で制度を代表するものの存在を認めないわけにはいかない。

要するに、吉川夫人は、津田とお延の一対を裏も表もない世間並みの夫婦に仕立て上げることを、みずからの善意と信じてうたがわないのだ。夫には、エロスの恣意性についての怖れなどを抱かせてはならず、妻にはそれを振り払って完全な愛を実現しようとする情熱などを燃え上がらせてはならない。そして、夫が内心のおびえを払拭され、妻に従順にかしずかれることに満足をみい出すならば、残るは、妻の「慢気」を抜いて、夫に御しやすい細君に仕立て上げることである。そこに、制度としての夫婦が定着されることはうたがいない。

吉川夫人のもくろみは、ここにあるといっていい。

だが、吉川夫人が制度を代表する存在であるゆえんは、そこに尽くされているのではない。津田とお延の一対を世間並みの夫婦に仕立てる一方、彼女は、津田に対する陰微なエロスの関係をなかば恒常的に保証されることを企てているからである。つまりは、仮装の一対を強固に編成する一方で、エロスの拡散と恣意性を保証しようとする〈性〉的制度の顔を、吉川夫人は過不足なく備えているのである。

清子が、この吉川夫人の重圧に耐えきれずに、津田のもとを去ったにちがいないという想像については、すでに何度か述べたところである。ここにいたって、吉川夫人の力に直面するにちがいないお延が、お秀に対した場合と同様、それに激しい否認の意志を露《あらわ》にするであろうことも想像にかたくない。

ならば、津田はどうか。一度ならずとも二度まで、彼はそれにからめ取られ、しかもそのことにみずからは無自覚のまま、自分だけは「厚い重い壁」を築いていると思いこむのだろうか。時間は、吉川夫人の処置に対する津田のかすかに揺れ動く心を素描するとともに、彼女の放漫さ、気楽さが、津田のそのような微妙な揺れ動きをも意に介さない臆面のなさからもたらされるものであることを着実に印象づける。いうまでもなく、同時に、そういう吉川夫人もまた、他の何ものにでもなく、時間そのものの容赦なさによって、完膚なきまで相対化されているのである。

私たちは、右に引いた一節の中の「津田の眼に映るお延は無論不完全であつた。けれども彼の気に入らない欠点が、必ずしも夫人の難の打ち所とは限らなかつた。それをちゃんぽんに混同してゐるらしい夫人は、少くとも自分に都合の可《い》いお延を鍛へ上げる事が、即ち津田のために最も適当な細君を作り出す所以だと誤解してゐるらしかつた。」という部分の、津田と吉川夫人のかすかなゆきちがいをも拡大してしまう時間を見逃すべきではない。この制度の顔のごとき吉川夫人の臆面なさを相対化する時間の足どりを、とらえそこなうべきではないのだ。

第七節　大きな自然と小さな自然

吉川夫人の処置にかすかな不安を抱く津田は、たとえ一瞬にしろ、内心のおびえを通してエロス的制度に抵触している。にもかかわらず、夫人のさしがね通り、清子に会ってみれば、不安もおびえも片がつくと信じてしまうのである。

時間は、吉川夫人に懐柔される津田の心理を、容易なことでは拡大鏡にかけることをしない。いつものようにのらりくらりと夫人の詰問をかわしては、結局追いつめられる破目に陥った津田は、色気が多過ぎるとか己惚だとか臆病だとか決めつけられて、内心にきざした一瞬の不安もまた、跡かたもなく蹂躙されてしまうのだ。津田に代わって、吉川夫人の威力を察知するのは、彼らの対面など露ほども知らずに、お秀の家から病院に向かうお延なのである。

お延《のぶ》はそれ以上にまだ敏《さと》い気を遠くの方迄《まで》廻してゐた。彼女は自分に対して仕組まれた謀計《はかりごと》が、内密に何処《どこ》かで進行してゐるらしいと迄《まで》癇付いた。主謀者は誰にしろ、お秀が其《その》一人である事は確《たしか》であつた。吉川《よしかは》夫人が関係してゐるのも明かに推測された――。斯《か》う考へた彼女は急に心細くなつた。知らないうちに重囲のうちに自分を見出した孤軍のやうな心境が、遠くから彼女を襲つて来た。彼女は周囲《あたり》を見廻した。然《しか》し其所《そこ》には夫を除いて依《たよ》りになるものは一人もゐなかつた。彼女は何を置いてもまづ津田に走らなければならなかつた。其《その》津田を疑ぐつてゐる彼女にも、まだ信力は残つてゐた。如何《いか》な事があらうとも、夫丈《だけ》は共謀者の仲間入はよもしまいと念じた彼女の足は、堀の門を出るや否や、ひとりでにすぐ病院の方へ向いたのである。

もし津田が、吉川夫人の処置に疑問を抱いた挙句、エロスの恣意性に対するおびえをみずからの手で払拭し、お延の情熱が及ぼす怪しい力に対しても、身をそらすことのない男であるならば、夫だけはと念ずるお延の追いつめられた心は、救われたかもしれない。だが、吉川夫人のさしがねに捕えられて一瞬の不安さえも握りつぶしてしまった津田は、お延にとって最も遠い存在と化してしまう。

お秀と吉川夫人が、彼女に対して仕組まれた「謀計《はかりごと》」に関係しているらしいことは、お延の容易に感知するところである。彼女の「孤軍のやうな心境」は、そこにめぐらされた厚い包囲が視えてしまう者の特権でさえある。だが、彼女の情熱は、「夫丈《だけ》は共謀者の仲間入はよもしまい」というひとすじの信力の支えによってこそ発揮されるべきものであった。その信力さえもうち砕かれたお延は、いったいどこに拠りどころを求めたらよいのか。

私たちは、思わず、この時こそ彼女の情熱は、どのような虚飾をも捨てて、夫の前にさらけ出されるべきだと考えようとする。そのとき、吉川夫人への一瞬の不安を噛み殺したばかりの津田が、お延の情熱の前にみずからを裸にしないとはかぎらないからだ。

少くとも、津田の内心の奥深くにかくされて、彼自身にさえも容易に自覚されることのない怖れ、不安が、お延の情熱に感応しないとはかぎらないからだ。追いつめられ、あらゆる拠りどころを失ったお延の心を流れる時間は、あたかも、そういうお延と津田の溶解へと向かうかに思われる。だが、津田への疑惑を抱きはじめ、彼と吉川夫人とお秀との三つ巴を脳裏に描きはじめたお延は、しだいに時間の手によってねじ曲げられるのだ。

彼女は何《ど》うしようといふ分別なしに歩いて来た事に気が付いた。すると何《ど》んな態度で、何《ど》んな風に津田に会ふのが、此《この》場合最も有効だらうといふ問題が、左も重要らしく彼女に見え出して来た。夫婦の癖に、そんな余所行《よそいき》の支度なんぞして何になるといふ非難を何処にも聴かなかつたので、一旦宅《うち》へ帰つて、能《よ》く気を落ち付けて、それから又出直すのが一番の上策だと思ひ極めた彼女は、遂にもう五六分で病院へ行き着かうといふ小路の中程から取つて返した。さうして柳の木の植つてゐる大通りから賑やかな往来迄《まで》歩いてすぐ電車へ乗つた。（百四十三）

お延の情熱を歪める時間の無慈悲さが、これほどまでに底意地の悪さを印象づける場面はそう多くはないはずである。それは、制度などというものの足もとにも及ばないある邪悪なるものの感触である。彼女の無意識の領域へと遠慮なく踏みこみ、その情熱を決してほとばしらせようとしないあるもの——それに動かされるようにして、お延は病院への道を引き返すのである。その掌中にあるお延は、もはや技巧の女といわれようが、細工の勝る女といわれようが致し方ないといわねばならない。「夫婦の癖に、そんな余所行《よそいき》の支度なんぞして何になるといふ非難」を甘んじて受けるほかないのだ。

だが、彼女の無意識界を支配する時間は、たんにその無慈悲さを刻印するためだけに、こういう場面を現前させたのではない。関係にからまれていやおうなくあらわれてしまう心理をこそ定着させようとしたのである。

自分の愛の情熱に一顧だに与えないお秀と、それを無遠慮にうち砕こうとする吉川夫人と、そして最後のよりどころであるはずなのに、いつのまにか彼らの仲間に入っているらしい夫とが形成する三つ巴、さらにその向こうで、自分から夫を奪おうとする謎の女、それらが複雑にからみあってお延の心と関係するとき、いったい彼女ならずとも、夫への意地を張ってみせようという心理にとらわれて至極当然ではないか。

そういう関係に陥ってなお、意地とも技巧とも無縁にみずからの心をあらわすことのできる女がどこにいるのだろう。少くとも、『明暗』の現実を生きているどの人間にも、そういう可能性をみい出すことはできない。清子はどうか。たぶん、彼女ならば、そのような関係が形成され、からみあってくる気配が察せられるならば、現実的にそこに陥る前にみずからそこを避けようとするであろう。そして、そういうことを自然にできるのが、清子という女の天性といえる。

これに対して、お延は、関係にからみつかれ、のっぴきならない破目に陥ったとき、誰でもがそうするように意地を張り通し、策を弄することしかできない女なのだ。そのかぎりで、彼女の心性にはどこにも特殊なものはない。関係というものが、人間の心をどのように微妙にねじ曲げるかの見本といってもいいものが、お延の心理には見受けられる。

したがつて、彼女の心の動きと行動をとらえて発せられる「夫婦の癖に、そんな余所行《よそいき》の支度なんぞして何になるといふ非難」には、時間の進行の中にさし挿まれた作者の嘆きが秘められているのだ。にっちもさっちもいかない関係に陥って、たがいに意地を張り、「余所行《よそいき》の支度」をするしかなくなった男と女の心を、余儀ないものとして認めながら、そのことに嘆きの声を発せざるをえない漱石がここにはいる。

けれども、そのような慨嘆が、現実にそういう心を発現させる関係とその時間に、一息の乱れをももたらさないこともまた明白なのだ。この時間の中では、作者の嘆きの声さえも一瞬のうちにかき消される。そこでお延の心が先の見えない場所へと追いつめられていくのは必定なのである。一度家へ戻って、出直したお延には、先にも増して夫への疑惑が拭いえぬものになってしまう。自分を病院へ来させまいとする津田の策略の証拠をつかみ、そのうえ、病室に吉川夫人の来訪を証拠だてるものを眼にしたとき、お延のうたがいは、夫の腹の詮索へと掛からずにいない。津田にたいするお延は、たとえ心的には優位に立っていようと、そこにとどまるわけにはいかないのである。

何故心に勝つた丈《だけ》で、彼女は美くしく切り上げられないのだらうか。何故凱歌を形の上に迄《まで》運び出さなければ気が済まないのだらうか。今の彼女にはそんな余裕がなかつたのである。此《この》勝負以上に大事なものがまだあつたのである。第二第三の目的をまだ後に控へてゐた彼女は、此所《ここ》を突き破らなければ、其後《そのご》を伺うする訳にも行かなかつたのである。

夫《それ》のみか、実をいふと、勝負は彼女に取つて、一義の位をもつてゐなかつた。本当に彼女の目指す所は、寧《むし》ろ真実相であつた。夫に勝つよりも、自分の疑ひを晴らすのが主眼であつた。さうして其疑《その》ひを晴らすのは、津田の愛を対象に置く彼女の生存上、絶対に必要であつた。それ自身が既に大きな目的であつた。殆《ほと》んど方便とも手段とも云はれない程重い意味を彼女の眼先へ突き付けてゐた。

彼女は前後の関係から、思量分別の許す限り、全身を挙げて其所《そこ》へ拘泥《こだは》らなければならなかつた。それが彼女の自然であつた。然《しか》し不幸な事に、自然全体は彼女よりも大きかつた。彼女の遥か上にも続いてゐた。公平な光りを放つて、可憐な彼女を殺さうとしてさへ憚からなかつた。

彼女が一旦拘泥るたびに、津田は一足彼女から退いた。二旦拘泥れば、二足退いた。拘泥るごとに、津田と彼女の距離はだん〳〵増して行つた。大きな自然は、彼女の小さい自然から出た行為を、遠慮なく蹂躙した。一歩ごとに彼女の目的を破壊して悔いなかつた。彼女は暗に其所《そこ》へ気が付いた。けれども其《その》意味を悟る事は出来なかつた。彼女はたゞそんな筈《はず》はないとばかり思ひ詰めた。さうして遂にまた心の平静を失つた。（百四十七）

私たちは、こういう事態の到来することをあらかじめ推量し尽くしていたのではなかったか。にもかかわらず、現実的にこの事態を前にするとき、あらためて深い驚きにとらえられざるをえない。不思議の感に打たれるといってもいい。津田の愛を得ようとするお延の情熱が「真実相」「彼女の自然」という言葉で表現されているあいだは、何よりも彼女を包みこむ時間の無限の寛容をみる思いがしていた。そこには私たちを根底から揺り動かすものがあっても、不意を襲うものは感じられなかった。

ところが、その同じ時間が、掌を返すごとくに「然し不幸な事に、自然全体は彼女よりも大きかった」という叙述に連なっていくとき、驚かざるをえないのだ。いやそこにさえも、まだ「不幸な事に」とか「可憐な彼女」という言葉を手がかりに、あわただしく引いていく寛容の波の跡を見いだすことができる。私たちを決定的に打ちのめすのは、「大きな自然は、彼女の小さい自然から出た行為を、遠慮なく蹂躙した」という一節の酷薄なたたずまいにほかならない。

いったいここから、たとえば「則天去私」という言葉に託した漱石の思いをどう汲み取ればよいというのだろうか。「大きな自然」という言葉に、私たちの卑小な自我を超えた何ものか――天とも運命ともいわれる不可思議なるものを認め、これに対して、私たちの意欲、情熱のついに抗しがたいことを率直に認めるべきであろうか。そして、どんな意欲、情熱をも捨て去って、この不可思議なるものの懐に包みこまれることを潔しとすべきであろうか。

漱石は、そういう思想を明かすために「大きな自然」という言葉を、そしてその言葉を生かしている絶対の時間を、私たちの前に呈示してみせたのであろうか。

だが、それにしてはこの時間のたたずまいの無慈悲さは何であろう。あたかも、お延の情熱を極点まで燃え上がらせて、不意に冷水を浴びせかけるような酷薄さは何であろう。それをしも、天命というもののあらわれと解するならば、「則天去私」とは何と残酷な思念であろうか。むしろ、私たちはその思念の奥にかくされた漱石の眼の冷徹な光をこそ見るべきではないのか。

なるほど、天命であろう。私たちの意欲、情熱がある関係においてしか作用せず、しかも、それが作用するとき、必ずこれをうち砕こうとする作用が生じてしまう。意欲や情熱が激しければ激しいほどに、それをうち砕こうとする力もまた、激烈に発揮されざるをえない。関係のなかで意欲するとは、そういうことだ。突き破ろうとすればするほどに視えない何ものかの力にからめとられてしまう。そのものの存在をこそ、ここで漱石は鏤刻しようとしたのではないか。

だが、なぜ漱石は「可憐な」お延をそれほど苛んでまで、このものの存在を仮構しなければならなかったのか。漱石の時間が、現実において、このものの存在する時間に最も容赦なく蹂躙されていたからだ。ある絶対の時間に——ということは、ある絶対の関係に規定されてしまうおのれの存在を、誰よりも敏感に感じつづけていたからである。

漱石は、これを、知力のすべてを尽くして超克しようとした。それだけでなく、知の極限をも越え出ようとした。そこに時間のこのうえない酷薄なたたずまいが仮構されたのだ。おのれの存在が、何ものかによって統御され支配され、蹂躙されていることに暗に気づいても、ついにその意味を覚ることのできないお延の意欲と情熱を、このような漱石の時間は確実に越え出ている。その明白な段差にこそ、「大きな自然」の仮構されるゆえんがある。

それならば、お延にとって、その意味を覚るとはどういうことなのだろうか。津田とのエロスの関係において、彼女の愛の情熱が、その熾烈な炎にもかかわらず、彼を魅きつけるよりも、彼に怪しい威力を感じさせてしまうということの意味を解するということである。彼女の愛の発露が、津田を愛の擒《とりこ》とし、彼を帰服させる方向へはたらくとき、彼はそこにどんな満足をも感じえず、ただおのれの慢心を挫かれる思いに陥ってしまうという事実を、お延は覚るべきであつたのだ。

要するに、彼女は、愛というものが、相手の自我を奪い尽くそうとする邪悪な力を関係のなかで露《あらわ》にしてしまうということに気づかねばならないのである。関係というものの不可解な力が、愛の情熱を奪い合う力に変じてしまうことに、もっとお延は鋭敏であるべきであった。

けれども、こういう彼女への要請が、ただおのれをあの絶対の時間へ同化させうる者によってのみなされるということは、よくよく考慮されなければならない。夫への疑惑に苛まれ、みずからはただ夫の愛を得ようとする情熱のほかには、それを氷解するどんな手段も持ち合わせないお延の行き場のない心を、誰が審くことができるだろう。


お延《のぶ》の声は緊張のために顫へた。

「あなた。あなた」

津田は黙つてゐた。

「何《ど》うぞ、あたしを安心させて下さい。助けると思つて安心させて下さい。貴方以外にあたしは憑《よ》り掛り所のない女なんですから。あなたに外《はず》されると、あたしはそれぎり倒れてしまはなければならない心細い女なんですから。だから何《ど》うぞ安心しろと云つて下さい。たつた一口で可《い》いから安心しろと云つて下さい」

津田は答へた。

「大丈夫だよ。安心をしよ」

「本当？」

「本当に安心をしよ」

お延《のぶ》は急に破裂するやうな勢いで飛びかゝつた。

「ぢや話して頂戴。どうぞ話して頂戴。隠さずにみんな此所《ここ》で話して頂戴。さうして一思ひに安心させて頂戴」

（百四十九）


もしこういうお延を審くことのできる者がいるとするならば、すべてを失った人間の情熱がどういうものであるかを解さない朴念仁にすぎないのだ。作者ですら無上の共感を寄せているこの情熱を、どうして私たちが批判できようか。

問題は、こういう情熱さえもが、エロスの関係のなかで邪悪な力に変じてしまうというそのことなのだ。そのゆえに、お延のひたすらな自然を踏みつけにしてはばからない「大きな自然」の所在を、漱石は失念することができないのである。彼女の愛を、たんに上慢と我執のあらわれとして審きうる者には、おそらく真の意味でこの「大きな自然」もまた見えていないといわねばならない。

逆にいって、もしお延の愛に全身を挙げて同調しうる者がいるならば、残念ながら彼は、漱石の凝視していた「大きな自然」の威力をはるかに少く見積る者であるといわねばならない。そういうお延のアンビヴァレントな場所を呑みこんで、時間は容赦なく進行する。この容赦のなさは、彼女に対してよりも、津田の卑俗さを定着するうえで、いかんなく発揮されるのである。津田は、お延の切迫した心にどうこたえたか。

「そんなくだ〳〵しい事を云つてたつて、お互《たがひ》に顔を赤くする丈《だけ》で、際限がないから、もう止さうよ。其代りおれが受け合つたら可《い》いだらう」

「受け合ふつて」

「受け合ふのさ。お前の体面に対して、大丈夫だといふ証書を入れるのさ」

「何《ど》うして」

「何《ど》うしてつて、外《ほか》に証文の入れやうもないから、たゞ口で誓ふのさ」

お延は黙つてゐた。

「つまりお前がおれを信用すると云ひさへすれば、それで可《い》いんだ。万一の場合が出て来た時は引き受けて下さいつて云へば可《い》いんだ。さうすればおれの方ぢや、よろしい受け合つたと、かう答へるのさ。どうだね其《その》辺の所で妥協は出来ないかね」（百四十九）

ここには、いかにも意識家の津田にふさわしい巧緻な手ぎわが透けて見える。すべてをかなぐり捨てて、夫にすがりつこうとするお延の情熱に、専横的な愛以外を見ることのできない津田には、体面を保つこと、妥協することだけが、危機を脱するゆいいつの方法にみえてしまうのだ。

私たちは、この津田の遣り口の卑俗さに思わずため息の出る思いがする。だが、口惜しいことに津田を嗤う者は彼をとらえているのっぴきならない関係に嗤われる者であることもまた否定することができない。もし、彼を嗤いたければ、こういう遣り口でお延を納得させた後に「畢竟《ひつきよう》女は慰撫し易いものである」とか「慰撫に限る。女は慰撫さへすれば何《ど》うにかなる」とたかをくくる彼の心を嗤えばいいのだ。

だが、この津田の巧者な手が、彼ら夫婦にもたらしたある作用だけは記憶にとどめておかねばならない。それは、完全な愛の不可能であるとき、その空白にあらわれるいわくいいがたいある作用にほかならない。時間は、彼らの心の動きをくまなくたどった末、それを「同情」とか「気の毒」という言葉によってあらわすのである。

彼は今迄是《までこれ》程猛烈に、又真正面に、上手《うはて》を引く様に見えて、実は偽りのない下手《したて》に出たお延《のぶ》といふ女を見た例《ためし》がなかつた。弱点を抱いて逃げまはりながら彼は始めてお延《のぶ》に勝つ事が出来た。結果は明瞭であつた。彼は漸く彼女を軽蔑する事が出来た。同時に以前よりは余計に、彼女に同情を寄せる事が出来た。（百五十）

彼女は自分の弱点を淩《さら》け出すと共に一種の報酬を得た。今迄何《までど》んなに勝ち誇つても物足りた例《ためし》のなかつた夫の様子が、少し変つた。彼は自分の満足する見当に向いて一歩近づいて来た。彼は明かに妥協といふ字を使つた。其裏《そのうら》に彼女の根限《こんかぎ》り掘り返さうと力《つと》めた秘密の潜在する事を暗に自白した。自白？　彼女は能《よ》く自分に念を押して見た。さうしてそれが黙認に近い自白に違ひないといふ事を確かめた時、彼女は口惜しがると同時に喜んだ。彼女はそれ以上夫を押さなかつた。津田が彼女に対して気の毒といふ念を起したやうに、彼女もまた津田に対して気

の毒といふ感じを持ち得たからである。（同右）

愛というものが、熱すれば熱するほど相手を奪い尽くすものであるならば、ここには愛の一かけらもない。だが、愛がついにエロスの合一を阻む邪悪なる力であるとするならば、ここには確実に和解がある。たがいに弱みをさらけ出すことで、相手を憐れむという和解である。が、それはもはや愛ではない。ゆえに、相手を奪わないだけでなく、何ものをも奪うことはない。つまりは、どんな悲劇をもまねきよせないものだ。

そして、現実におけるエロスの関係が、こういう和解を基底に成り立っていることはうたがいない。どこにも悲劇の起る余地がなく、決して規矩を越えることがなく、それでいてある種の和合をとげているようなエロスの関係、これが私たちの日常を支配している愛らしきものの姿である。

お延は、津田の巧者な手に導かれてここまでたどりついた。そこで、もし、津田もお延も真底からこういうエロスの関係に自足しうる男女であったならば、この物語はここにおいて終りを告げていたであろう。

だが、津田はみずから「女は慰撫さへすれば何《ど》うにかなる」とたかをくくっておきながら、内心のおびえを決して払拭することができない。お延は、一時は津田の言うがままに従ったものの、いつか一度腹の中にしまっている勇気を夫のために発揮する日が来るにちがいないという予感を消すことができない。お延の情熱もまた、いまだ蕩尽されてはいなかったのだ。こうして、時間は、彼ら夫婦の愛の表裏をたどり尽くして、なお悠然と流れてゆくのである。

第八節　夢のようにぼんやりとした宿命の重囲

お延との間に「妥協」の名による和解をとげた津田は、彼女の愛のもたらす怪しい力からひとまずはのがれることができた。だが、彼がそのことで、エロスの関係を支配する不可解な力から自由になりえたわけではないことはいうまでもない。

彼には、清子の突然の変貌の意味を解き明かすことができなければ、内心の奥深くにかくされた不安、おびえを払うことはできないということがよくわきまえられている。ただ、津田はそうすることをできるだけ回避し、不安やおびえを禁圧して、お延との夫婦の関係を取り繕うことに意を尽くしてきたのだった。小林やお秀に、その矛盾を衝かれた時にも、彼はあえて何事をなそうともしなかった。

彼には、みずから進んで内心のおびえを払う方法をとるよりも、矛盾のうちにあることのほうがはるかに居心地がよかったのである。なぜなら、不安を消去するためには、少くともそれの由ってきたる根に直面しなければならず、そのことが、彼の不安やおびえを払拭するどころか、明瞭な恐怖となって、一層彼の意識を責めつけないとはかぎらないからである。

津田には不可解な力に直面することが、さらにえたいのしれない怖れに憑かれることになりかねないという思いが根強くあったのだ。にもかかわらず、津田は、内心のおびえの根をぜひとも断ちきりたいという思いをも、完全に抹消することができなかった。

こういう津田の心を見透かして、清子のいる温泉場行きの企てを彼に持ち掛けたのが吉川夫人であった。彼女の意図がどういうものであれ、津田は吉川夫人の企てに自分をのせることが、みずからの意志を留保することにつながり、ひいては、ありうるかもしれない緊迫した場面を、あらかじめ避けるように自分を仕向けることにつながるということをよく承知していた。吉川夫人のなすがままに温泉行きを諾したかのような津田にも、それだけの算段はあったといっていい。

だが、お延を後に残して、一人、山間の薄暗い温泉場にたどり着いた津田は、そんな算段など何の用もなさないことに気づかざるをえない。停車場を出て、薄暮の町に足を踏み入れた彼は、あるとりとめない思いに一時に襲われるのである。

靄《もや》とも夜の色とも片付かないものゝ中にぼんやり描き出された町の様は丸《まる》で寂寞たる夢であつた。自分の四辺にちら／＼する弱い電燈の光と、その光の届かない先に横《よこた》はる大きな闇の姿を見較べた時の津田には慥《たしか》に夢といふ感じが起つた。

「おれは今この夢見たやうなものゝ続きを辿らうとしてゐる。東京を立つ前から、もつと几帳面に云へば、吉川夫人に此《この》温泉行を勧められない前から、いやもつと深く突き込んで云へば、お延と結婚する前から、――それでもまだ云ひ足りない、実は突然清子に背中を向けられた其《その》刹那から、自分はもう既にこの夢のやうなものに祟《たた》られてゐるのだ。さうして今丁度その夢を追懸《おっか》けやうとしてゐる途中なのだ。顧みると過去から持ち越した此一条《このひとすぢ》の夢が、是《これ》から目的地へ着くと同時に、からりと覚めるのかしら。それは吉川夫人の意見であつた。従つて夫人の意見に賛成し、またそれを実行する今の自分の意見でもあると云はなければなるまい。然しそれは果して事実だらうか。自分の夢は果たして綺麗に拭ひ去られるだろうか。自分は果たしてそれ丈《だけ》の信念を有《も》つて、此《この》夢のやうにぼんやりした寒村の中に立つてゐるのだらうか。眼に入る低い軒、近頃砂利を敷いたらしい狭い道路、貧しい電燈の影、傾むきかゝつた藁屋根、黄色い幌を下した一頭立の馬車、――新とも旧とも片の付けられない此一塊《このひとかたまり》の配合を、猶《なほ》の事夢らしく粧《よそほ》つてゐる肌寒と夜寒と闇暗《くらやみ》、――すべて朦朧たる事実から受ける此《この》感じは、自分が此所《こゝ》迄《まで》運んで来た宿命の象徴ぢやないだらうか。今迄《まで》も夢、今も夢、是《これ》から先も夢、その夢を抱いてまた東京へ帰つて行く。それが事件の結末にならないとも限らない。いや多分はさうなりさうだ。おや何のために雨の東京を立つてこんな所迄《まで》出掛て来たのだ。畢竟《ひつきよう》馬鹿だから？　愈《いよ／＼》馬鹿と事が極《き》まりさへすれば、此所からでも引き返せるんだが」

（百七十一）

津田のおびえは、はじめて私たちの前に吐露されるにいたった。正確にいえば、病院での診察を終えて帰宅する途中の場面以来二度目に当たるのだが、彼がこれほどまでに自己の不安定な内面をさらしたのは、やはりはじめてのことである。少くとも、ここには、以前のような思索家めいた内面の風景は見られない。みずからの不安の根を確かめようとしながら、一層濃密な不安に囲繞されていく内面の姿がみとめられるだけだ。いったい何が、自意識家の津田をここまで連れ去ったのであろうか。

私たちは、何ひとつそのきっかけを探し出すことができない。すべてが時間の進行のままに、どっと襲い来たったとしか考えることができない。しかも、時間は津田の内面に作為をくわえているというよりも、ある抗しがたい勢いに押されるように、困惑した内面の流れに同調しているようにみえる。

津田の心を領する強度の疎隔感、剝離感は、どこからもたらされたのだろうか。エロスの関係にはたらく不可解な力が、おのれの〈性〉を関係づけようとする彼の意志を突然挫いてしまったという事実から、とひとまずいうことができる。津田は、いわば〈性〉を関係づけることに根本的に失敗した人間だったのだ。清子が結婚を目前にしながら、突然彼のもとを去ったことが、彼の意識のなかで根源的な失敗の記憶となり、その深層に心的な疎隔をひき起こしていたのである。

しかし、彼はこの疎隔から生ずる怖れや不安を無意識の領域に抑圧し、お延との間に失敗を償却したふうを装ってきた。それが、虚妄でしかないことは、お延のもたらす愛の力を「怪しい」と感じざるをえない彼自身の心が明かしていた。

だが、お延の怪しい力との間に「妥協」をなしとげた津田は、みずからの根源的な失敗とそこからもたらされる心的疎隔とを彌縫しうるかに錯覚した。これが錯覚でしかないことに、たぶん彼は気がついていた。吉川夫人の企てに乗ったかたちながら、清子に再会しようと思った津田は、すでにして、おのれの失敗に取り憑かれていたといえる。

温泉町に足を踏み入れた津田を襲ったのは、彼が彌縫しうると錯覚してきた根源的な失敗と、そこからもたらされる心的疎隔だった。そのとき同時に津田は、失敗が彼にとってもはや宿命的な何ものかであることを告知される。それだけでなく、この失敗をもたらした不可解なエロスの浸透力を、一層深く、一層濃密に受感せざるをえない。薄暗く、朦朧とした夢のようなものに囲繞された津田は、自分は確かにこの夢に祟られているという思いを拭い去ることができない。

こういう津田の内面の風景に、漱石自身の怖れを一瞬かいまみるとき、私たちは、漱石こそが〈性〉を関係づけることに失敗した人間だったのではないかと思わざるをえない。津田を取り囲む夢のようなものに、漱石を生涯にわたって悩ませてきたある不可解なるもの、エロスの関係に生起するとつけくわえてよい不可解なるものの形象をみる思いがする。

それは、〈性〉を関係づけようとする意識をいたるところでうちくだく不可思議な力、もはや運命とか宿命とか名づけるほかないものの姿である。この夢に重囲されて「すべて朦朧たる事実から受ける此感じは、自分が此所《こゝ》迄《まで》運んで来た宿命の象徴ぢやないだらうか」と思い「運命の宿火だ。それを目標に辿りつくより外に途はない」と考える津田は、確実に作者の魂を分け与えられている。

> 一方には空を凌《しの》ぐほどの高い樹が聳えてゐた。星月夜の光に映る物凄い影から判断すると古松《こしよう》らしい其《その》木と、突然一方に聞こえ出した奔湍《ほんたん》の音とが、久しく都会の中を出なかつた津田の心に不時の一転化を与へた。彼は忘れた記憶を思ひ出した時のやうな気分になつた。
> 「あゝ世の中には、斯《こ》んなものが存在してゐたのだつけ、何《ど》うして今迄《まで》それを忘れてゐたのだらう」
> （百七十二）

靄とも夜の色ともつかない茫漠とした闇を抜けて、馬車に揺られていく津田の前にあらわれた巨大な樹木と、一方に聞こえ出した奔湍の音とは、彼を、忘れていた宿命に再び目覚めさせる機縁であった。津田は、そのときの感慨をきっかけに、深い内省のうちに沈んでいってもよかったはずだ。おそらく、津田の背後にいる漱石は、そういう内省の果てにこの宿命を凝視しているはずである。けれども、津田には作者から分け与えられた魂をもちこたえることができない。彼には、この宿命を清子という存在から切り離して考えることができない。彼は、迷いのままにただ宿命に駆られているおのれをみい出すよりないのである。津田の背後にあって、関係の宿命から決して眼をそらすことをしない漱石の時間は、津田を駆り立て呑みこもうとする無気味な時間の足跡を確実に刻するのだ。

不幸にして此述懐《このじゆつくわい》は孤立の儘《まま》消滅する事を許されなかつた。津田の頭にはすぐ是《これ》から会ひに行く清子の姿が描き出された。彼は別れて以来一年近《ちか》く経つ今日迄《まで》、いまだ此《この》女の記憶を失くした覚がなかつた。斯《か》うして夜路《よみち》を馬車に揺られて行《ゆ》くのも、有体《ありてい》に云へば、其《その》人の影を一図に追懸けてゐる所作に違ひなかつた。御者は先刻《さつき》から時間の遅くなるのを恐れる如く、止せば可《い》いと思ふのに、濫《みだ》りなる鞭を鳴らして、しきりに痩馬《うま》の尻を打つた。失はれた女の影を追ふ彼の心、其《その》心を無遠慮に翻訳すれば、取りも直さず、此《この》痩馬ではないか。では、彼の限前に鼻から息を吹いてゐる憐れな動物が、彼自身で、それに手荒な鞭を加へるものは誰なのだらう。吉川夫人？　いや、さう一概に断言する訳には行《い》かなかつた。では矢つ張彼自身？　此《この》点で精確な解決を付ける事を好まなかつた津田は問題を其所《そこ》で投げながら、依然としてそれより先を考へずにはゐられなかつた。

「彼女に会ふのは何の為だらう。永く彼女を記憶するため？　会はなくても今の自分は忘れずにゐるではないか。では彼女を忘れるため？　或《あるひ》はさうかも知れない。けれども会へば忘れられるだらうか。或《あるひ》はさうかも知れない。或《あるひ》はさうでないかも知れない。松の色と水の音、それは今全く忘れてゐた山と渓《たに》の存在を憶ひ出させた。全く忘れてゐない彼女、想像の眼先にちら／＼する彼女、わざ／＼東京から後《あと》を跟《つ》けて来た彼女は、何《ど》んな影響を彼の上に起すのだらう」

（百七十二）

津田が痩馬ならば、彼の尻に「手荒な鞭を加へるものは誰なのだらう」――彼は、ほんとうはこの問いをこそつきつめるべきであつた。おのれの宿命を凝視するとはそういうことだ。が、時間のなすがままに揺れ動くしかない彼は、この宿命を感知することができても、その根源に分け入ることはできない。おのれの失敗を精確に解きほぐすことができない。彼の心を占めているのは、彼自身を失敗へと促した清子との再会が、彼にどんな影響を及ぼすのだろうかという不安だけである。

彼にとって清子というのは、エロスの源泉であると同時にエロスの関係を阻害する恣意的なるものの象徴である。もし津田が、清子をエロスの源泉として記憶にとどめたいために彼女に会うのならば、おのれの宿命の予感などは抱かなくて済んだであろう。一方、清子をエロスの恣意性の象徴とみなして怖れていたみずからの心を拭い去るために彼女に会うのならば、彼にそれだけの用意がないかぎり、彼女との再会が何ものをも保証してくれないことは明らかである。

津田は、清子との再会に先立って、おのれの失敗を解き、宿命の根へ分け入るだけの覚悟を有していなければならなかった。けれども、どこにもそのような覚悟を抱く余地を見い出すことのできない彼は、いたずらに迷いのうちに没するほかはない。時間は、津田の微妙な心の揺れ動きを定着するとともに、「冷たい山間《やまあひ》の空気と、其《その》山を神秘的に黒くぼかす夜の色と其《その》夜の色の中に自分の存在を呑みつくされた津田とが一度に重なり合つた時、彼は思はず恐れた。ぞつとした」（百七十二）という一節に、どんな覚悟からも見放された彼の戦慄を刻するのである。

おのれを左右する不可解な力を前にして、どんな覚悟もどんな用意も持ち合わせていない津田は、やがて旅館についた後も容易に意を決することができない。

「今のうちならまだ何《ど》うでも出来る。本当に療治の目的で来た客にならうと思へばなれる。ならうとなるまいと今のお前は自由だ。自由は何処迄《どこまで》行つても幸福なものだ。其《その》代り何処迄《どこまで》行つても片付かないものだ、だから物足りないものだ。それでお前は其《その》自由を放り出さうとするのか。では自由を失つた暁に、お前は何物を確と手に入れる事が出来るのか。それをお前は知つてゐるのか。御前の未来はまだ現前しないのだよ。お前の過去にあつた一条《ひとすぢ》の不可思議より、まだ幾倍かの不可思議を有《も》つてゐるかも知れないのだよ。過去の不可思議を解くために、自分の思ひ通りのものを未来に要求して、今の自由を放り出さうとするお前は、馬鹿かな利巧かな」「馬鹿になつても構はない、いや馬鹿になるのは厭だ、さうだ馬鹿になる筈がない」

（百七十三）

このように疑懼する津田は、いわば「馬鹿になつても構はない」という覚悟のもとに、不可思議な宿命に踏み込んでいく漱石の掌中にあるといっていい。

津田は、夢のようにぼんやりとした宿命の重囲にあって戦慄するときにだけ、作者の心を分け与えられている。彼は、みずからの怖れのうちに彷徨するほかないのだ。風呂場を出て自室へ戻ろうとした津田が、迷路のような廊下をさまよって、不意に清子と出くわす場面の不確実な印象は、「馬鹿になる筈《はず》がない」という彼の自恃が、どんなにもろいものであるかを証明するに十分である。津田を取り巻いていた宿命は、彼の自省の奥にかくされた不安に点火し、彼の前に幾重にも夢の幕を張りめぐらす。そのなかを、津田は夢遊病者のように彷徨するのである

> 廊下はすぐ尽きた。其所《そこ》から筋違《すぢかひ》に二三段上ると又洗面所があつた。きら／＼する白い金盥が四つ程並んでゐる中へ、ニツケルの栓の口から流れる山水だか清水だか、絶えずざあ／＼落ちるので、金盥は四つが四つとも一杯になつてゐるばかりか、縁を溢れる水晶のやうな薄い水の幕の綺麗に滑つて行く様が鮮やかに眺められた。金盥の水は後《あと》から押されるのと、上から打たれるのとの両方で、静かなうちに微細な震盪《しんたう》を感ずるものゝ如くに揺れた。　（百七十五）

時間はもはや、現実を裁断しない。温泉宿のありふれた洗面所の光景は、津田を濃密に囲む夢幻の時間のなかで、彼の感覚を執拗に責めたてるものの象徴と化す。「絶えずざあ／＼落ちる」水音、

金盥の縁を溢れる「水晶のやうな薄い水の幕」その「微細な震盪《しんたう》」を津田は、もはや現実のものと受け取ることができない。浅い夢のなかで、夢中の擾音や微震に悩まされて、なお目ざめることのできないときの悪寒のように、彼は、これらのものから気味の悪い刺激を感じざるをえない。あたりの静けさに照り渡る電灯の光のもとで、絶えず盛りあがって縮むことをくりかえす不定形な渦は、彼を夢魔のように責めたてるばかりだ。耐えきれずに視線をそらした彼の前に、突然異様な人形《ひとがた》が姿を現わす。はっとして眼を据えてみると、それは洗面所の横にかけられた大きな鏡に映つた自分の姿であつた。

彼は相手の自分である事に気が付いた後でも猶《なほ》鏡から眼を放す事が出来なかつた。湯上りの彼の血色は寧《むし》ろ蒼かつた。彼には其《その》意味が解《げ》せなかつた。久しく刈込を怠つた髪は乱れた儘で頭に生ひ被《かぶ》さつてゐた。風呂で濡らしたばかりの色が漆のやうに光つた。何故だかそれが彼の眼には暴風雨に荒らされた後《あと》の庭先らしく思へた。（百七十五）

寝苦しい夜の夢のなかに、こちらを凝っと見ている異様な風態の男がいる。どこかで見たことがある男だと考えるが、どうしても思い出すことができない。記憶のもつれた糸を懸命に解きほぐそうとして苛ついていると、不意にそれが自分の姿であることに思いいたる。鏡の中に自分の影像をみとめた津田は、そういう悪夢のうちをさまよっていたのである。

しかも、夢の中の自分は、いつもの眼鼻立の整った好男子ではない。髪は乱れ、血色は蒼く、幽霊としかいいようのない風采をしている。彼は、あきらかに何ものかに祟られていたのだ。後になって、その宵の自分を顧た津田は、そこに「常軌を逸した心理作用の支配」を認めざるをえない。意識家の津田は、この心理作用を一過的なものとみなして済まそうとする。いつもの自分ならば、容易にそうすることができるはずである。だが、この温泉町に着いて以来、絶えずえたいのしれない夢のようなものに悩まされてきた彼には、自分の思惑とは別に、これが自分に取り憑いて離れない宿命のそれのように思われてならない。

それだけではない。津田は、もはや以前のように、夢の囲繞を宿命の象徴と考え、そこに清子の存在を結びつけるということができなくなっている。夢の涌出を前に釘付けになっている自分自身から離れることができない。悪夢は津田であり、津田は悪夢そのものだ。

その瞬間、二階にある障子を開閉する音が突然聞こえた。

　ひつそりした中《なか》に、突然此《この》音を聞いた津田は、始めて階上にも客のゐる事を悟つた。といふより、彼は漸く人間の存在に気が付いた。今丸で方角違ひの刺戟に気を奪《と》られてゐた彼は驚いた。勿論《もちろん》驚きは微弱なものであつた。けれども性質からいふと、既に死んだと思つたものが急に蘇へつた時に感ずる驚きと同じであつた。

（百七十六）

津田は、悪夢から醒めたのであろうか。おそらく、そうにちがいない。ようやく人間の存在に気がつき、すでに死んだと思ったものが急に蘇った時に感ずるような驚きにとらえられた彼は、迷路をさまよい、夢に襲われ、宿命に呑みこまれていたおのれから不意に身を引き剝がしたのである。彼は、そのような自分の醜さを人前にさらすのが恥かしく、すぐ逃げ出そうとする。だが、そうする自分が、彼を卑小な意識家に仕立て上げる時間のほしいままになるということに津田は気がつかない。悪夢が自分いがいの何ものでもないということに慄然とする津田は、それから醒めることが、一層巨大な、しかも作為に満ちた悪意の支配のもとにおかれるということにはついに無自覚であるらしいのだ。清子の出現は、そういう彼の一瞬の隙をあやまたず衝くのである。

第九節　知の極限を越えようとする時間

清子との別れをついに解することができず、その不可解さにおびえてきた津田に、彼女との再会が、条理にかなった形でなされると考えられていたとは思われない。津田にとって、別れてからの清子は、たとえば彼を囲繞する靄とも夜の色ともつかないぼんやりとした夢のようなものと切り離すことのできない存在であつた。彼は、夢の延長のような迷路の彷徨のさなかに、いつかそのなかから清子が姿を現すのではないかという予感に無意識のうちにも、憑かれていたにちがいない。けれども、不意の音に驚かされ、悪夢から身をひき剝がした津田は、この予感をすばやく内心の奥に封じ込め、あたかも清子の存在を失念していたような意識を時間の統御のもとに形成してしまうのだ。彼におけるこの意識と無意識の微妙な間隙を、清子の出現は明るみに出すのである。「階上の板の間迄《まで》来て其所《そこ》でぴたりと留まつた時の彼女は、津田に取つて一種の絵であつた」という清子の姿は、津田の意識と無意識のあわいに投影された精妙な像であったといっていい。津田は、この像を目のあたりにして、意識を取り戻した時の驚きよりも何十倍か強烈な驚きにとらえられる。それが、彼の無意識のうちに匿されたあるものに明白な光をあてたからにほかならない。

　それならば、清子はどうか。なぜ、彼女は津田との突然の出会いに、かくまでも呆然の態を呈したのであろうか。津田と違って、清子には何の予期もなかったからか。「突然の中《うち》にたゞ突然がある丈《だけ》であつた」からか。

　もし清子が、津田の無意識を領する夢のようなものと切り離すことのできない存在であったならば、津田を驚かすことはあっても、みずからの驚きは、夢の重囲のうちにまぎれていってもよかったのではないか。たとえ姿をみせても、その驚きを気取られる前に、周りを取り囲む靄のようなもののなかにかき消えていってもよかつたのではないか。そうしてこそ、津田の清子にたいするおびえは決定的になったはずだ。彼は、そのときおのれを取り囲む悪夢のうちに、ふたたび憑かれ、さらに彷徨をくりかえすほかなかったにちがいない。

　けれども、津田を意識のおもてに連れ出し、現実の関係のうちに統御しようとする時間は、彼だけでなく、清子をもまたこの統御からまぬがれることをゆるさない。清子の驚きは、一瞬のうちに彼との間の「複雑な過去を覿面《てきめん》に感じ」たもののそれといえる。あれほど津田に、不可解と感じられていた清子の変貌が、何ら清子のうちにはらまれていたものではなく、複雑な過去の関係が彼女にとらせた余儀ない仕儀であったことが、彼女の驚きには語られてある。

　時間は、津田を前にした彼女の呆然たる姿を明確にとらえることで、清子もまた時間と関係の支配のうちにしか生きられない存在であることを暗示するのである。清子の変貌が、津田の内心に、ある不可解な力を感じさせるものであったとすれば、津田との関係が清子に同じ力を感じさせなかったとは断言できない。むしろ、それを敏感に感じ取ったからこそ、彼女は津田のもとを去ったのではなかったか。

翌朝、「昨夜来の魔境から今漸く覚醒した人のやうな眼を放つて、其所《そこ》いらを見渡した」津田は、かすかな不安を感じるものの、手際よく清子訪問の段取りをつける。そのとき、彼が無意識のうちにも「さうだ馬鹿になる筈《はず》がない」という自恃を支えとして、清子の存在に匿されているものに向かっていたことはうたがいない。

津田を統御する時間が、清子の秘奥を明かそうとしないことは断るまでもない。むしろ、時間は、彼女と津田をめぐる関係こそが何ものかであることを、津田と彼女を同じ透視図のなかに収めることで、示唆する。だが、そこに組み込まれて、疑義を挿むことのならない津田には、このことを了解ができない。彼は、清子を自分にとって最も都合のよい角度からしか見ることができないのである。

いうまでもなく、時間の統御のもとにあるのは津田の清子をみる視角だけではない。清子の態度そのものが、時間のもとに統べられてあるといわねばならない。突然の津田との出会に呆然として、蒼白の態をなした昨晩の清子と、津田の眼にどこから眺めても鷹揚としか映らない眼前の清子とをいささかの矛盾もなく支配しているものこそ、あの絶対の時間なのだ。

注意したいのは、当の清子がこの時間によってもてあそばれているようにはみえないということだ。津田のように、それをやりすごしておきながら、内心におびえを飼いならしているというわけではない。要するに、清子は、時間のなすがままになって少しも悔いがないらしいのだ。いや、むしろ清子という女は、どんなに時間の冷徹な透視図のなかに組み込まれようと、なすがまま、あるがままにおのれを処することのできる女性であるといった方がよいのかもしれない。言葉をかえていえば、時間に蹂躙される自己を蹂躙されるがままに任せることで、おのずから蹂躙そのものを無化してしまうすべを無意識のうちに心得た女性であるといえようか。

いずれにせよ、清子が過去における津田との間の複雑な関係から、すばやく身をそらすことができたのは、このような天然自然の作法のゆえであったと思われる。それは、決して津田の眼に映る鷹揚というものではない。むしろ、あるがままなる存在の無垢性とでもいえばよいのかもしれない。ゆえに、清子の天性が「自然」であると「無垢」であるとは、一つのことで二つのことではない。清子が、彼女の変貌を疑いつつ彼女を鷹揚と評するほかない津田の前で、どんな態度を呈したかを反すうしてみようではないか。

「僕が待ち伏せをしてゐたとでも思つてるんですか、冗談ぢやない。いくら僕の鼻が万能《まんのう》だつて、貴女《あなた》の温泉《ゆ》に入る時間迄《まで》分りやしませんよ」
「成程《なるほど》、そりや左右《さう》ね」
清子の口にした成程《なるほど》といふ言葉が、如何にも成程《なるほど》と合点したらしい調子を帯びてゐるので、津田は思はず吹き出した。

「一体何だつて、そんな事を疑つてゐらつしやるんです」

「そりや申し上げないだつて、お解りになつてる筈《はず》ですわ」

「解りつこないぢやありませんか」

「ぢや解らないでも構はないわ。説明する必要のない事だから」

津田は仕方なしに側面から向つた。

「それでは、僕が何のために貴女《あなた》を廊下の隅で待ち伏せてゐたんです。それを話して下さい」

「そりや話せないわ」

「さう遠慮しないでも可《い》いから、是非話して下さい」

「遠慮ぢやないのよ、話せないから話せないのよ」

「然《しか》し自分の胸にある事ぢやありませんか。話さうと思ひさへすれば、誰にでも話せる筈《はず》だと思ひますがね」

「私の胸に何《なん》にもありやしないわ」

単純な此《この》一言は急に津田の機鋒を挫いた。同時に、彼の語勢を飛躍させた。

「なければ何処《どこ》から其《その》疑ひが出て来たんです」

「もし疑ぐるのが悪ければ、謝《あや》まります。さうして止します」

「だけど、もう疑《うたぐ》つたんぢやありませんか」

「だつてそりや仕方がないわ。疑つたのは事実ですもの。其《その》事実を白状したのも事実ですもの。いくら謝まつたつて何《ど》うしたつて事実を取り消す訳には行かないんですもの」

「だから其《その》事実を聴かせて下されば可《い》いんです」

「事実は既に申上げたぢやないの」

「それは事実の半分か、三分一です。僕は其《その》全部が聴きたいんです」

「困るわね。何といつてお返事をしたら可《い》いんでせう」

「訳ないぢやありませんか、斯《か》ういふ理由があるから、さういふ疑ひを起したんだつて云ひさへすれば、たつた一口で済んぢまう事です」

今迄《まで》困つてゐたらしい清子は、此《この》時急に腑に落ちたといふ顔付をした。

「あゝ、それがお聴きになりたいの」

「無論です。先刻《さつき》からそれが伺ひたければこそ、斯うして執濃く貴女を煩はせてゐるんぢやありませんか。それを貴女《あなた》が隠さうとなさるから――」

「そんならさうと早く仰《おつし》やれば可いのに、私隠しも何《なん》にもしませんわ、そんな事。理由《わけ》は何でもないのよ。たゞ貴方《あなた》はさういふ事をなさる方なのよ」

「待伏せをですか」

「えゝ」

「馬鹿にしちや不可《いけ》ません」

「でも私の見た貴方《あなた》はさういふ方なんだから仕方がないわ。嘘でも偽りでもないんですもの」

「成程《なるほど》」

津田は腕を拱《こまぬ》いて下を向いた。


（百八十六）

津田は思ひ切つて、一旦捨てようとした言葉を又取り上げた。

「それで僕の訊きたいのはですね――」

清子は顔を上げなかつた。津田はそれでも構はずに後を続けた。

「昨夕《ゆふべ》そんなに驚いた貴女《あなた》が、今朝は又何うしてそんなに平気でゐられるんでせう」

清子は俯向《うつむ》いた儘《まゝ》答へた。

「何故《なぜ》」

「僕にや其《その》心理作用が解らないから伺ふんです」

清子は矢つ張り津田を見ずに答へた。

「心理作用なんて六づかしいものは私にも解らないわ。たゞ昨夕《ゆうべ》はあゝで、今朝は斯《か》うなの。それ丈《だけ》よ」

「説明はそれ丈《だけ》なんですか」

「えゝそれ丈《だけ》よ」

（百八十七）


私たちは、ここに、おのずから、なすがままに流れる淡い河瀬の水が、河床の鋭利な石塊を撫でるようにすべって、よどみのない様を思い浮かべることができる。清子の天性のイノセンスの流露が、津田の拘泥をかわすさまは無類のものである。ここにいたって時間はあたかも清子の流れへと同化し、津田の巧緻な意識を翻弄しているかのようだ。いや、清子の無垢なる全一性こそが、時間をあるがままに顕在化させ、津田をいたるところで嘆息させているといったほうがいい。

　このとき津田は、みずから鷹揚と評してはばからない清子のうちに、そういうおのれの視角を無限に逸れていくものを認めてもよかった。清子の本性が、どのような関係をも逸らしてしまうところにあることに気づいてもよかったのである。

　けれども、津田はどうしてもそこに眼を届かせることができない。時間の統御のこちら側にある者が、おのずから時間の統御を無化した者の本質を見抜くことができないのは致しかたないことかもしれない。津田は、清子を鷹揚とみる眼を決して変えようとせず、一方で彼女の豹変に怖れを抱きつづけるほかないであろう。清子にエロスの源泉を感じつづけるとともに、エロスの不可解な力を感じつづけるほかないのである。

　とはいえ、清子のイノセンスは津田の自意識を決して救済しない。津田どころか、この世界の関係にからまれてある存在を、ただ一人として救うことができない。それは、どんな関係からもおのずから逸れてしまう本質だからである。

　私たちは、清子の無類に無垢なる天性を愛で、それをかぎりなく憧憬することはあっても、決してそこに関係の宿命を切り拓く機縁をみい出すことはできない。津田のように、そこに尽きせぬエロスの源泉を感受することがあっても、彼女のなすがままなる存在が、私たちを幻惑させるにちがいないことをよく知っているからである。

　それだけではない。私たちが、清子のようにどんな関係からもおのずから逸れていく本質にいたりえないこともまた自明である。すると、清子とは、時間に蹂躙され、関係にからまれ、懊悩した果ての漱石が綴った夢だったのではあるまいか。その本性に疎ければ、あたかも関係そのもののように不可解な力を印象づけ、そこに醒めれば限りなく無垢なる光を発してあらわれる不思議な存在――漱石の夢はそこに結晶したのではなかったか。

けれども、漱石はみずから織り上げたこの夢を聖化するほど無自覚ではなかった。もし清子を聖化するならば、津田の無意識のおびえに投影されたみずからの怖れを欺くほかないことを漱石は熟知していた。現実の絶対なる時間の統御のもとにあって、いかにしても払拭することのできない不安に憑かれていた漱石は、一とき純一無垢な魂を夢みることがあっても、そのうちにおのれの不安を解消しうるとはとうてい考えられなかった。

聖なるものが、いつでも現実の関係にからまれた人間の不安やおびえを解消するかのような幻想を本質とするものであることに、漱石は自覚的であった。『明暗』の現実を支配する絶対の時間は、この不安のうちに醒めつづける漱石の内的時間の創出になるものなのである。ゆえに、清子は「則天去私」の具現などではない。むしろ、このような時間の構造こそが「則天去私」といっていい何ものかなのである。清子のイノセンスとて、この構造から免れうるものではない。

事実、清子の前に無化されているかのような時間も、確実に彼女をその掌中に収めている。彼女は、そのことをいたずらに疑懼することがないだけだ。いつどこででも、なすがままなる自然のうちに、これを逸らすことができるからである。だが、このことを清子は少しも意識することがない。無垢の無垢たるゆえんといっていいのだが、そういう清子の本性に、時間を超え出たものの痕跡をみとめることは不可能にひとしい。

そこにみられるのは、時間の蒙るある局限的な透過性であるといっていい。おそらく、漱石は清子という夢が、みずからの創出した絶対の時間を透り抜けていくさまを織り出したかったのである。そのことによって、時間というものが、対象を統御しつつ、その統御自体を透明に化する局面を表象したかったのだ。何よりも、時間の統御のもとにありながら、内心のおびえについに醒めることのない津田の自意識の間隙を露呈させるためである。

そういう津田が、清子に救われるなどのぞむべくもないことだ。逆に津田が、江藤淳のいうように「宿痾を再発して死ぬ」（『夏目漱石』）ということもありえない。津田の執り続けるのは、時間の統御を自在に透過する清子の存在に、尽きないエロスの源泉を感じつつ、ついにその本性をとらええないがため、エロスの不可思議な力を受感せずにいないという態度だけである。そして、この態度にとらわれている津田は、最後まで、おのれを囲繞する絶対の時間と関係の宿命に醒めることはないといっていい。

お延のうちに感じるエロスの怪しい力を、「妥協」の名のもとにやわらげることに成功した津田は、どこにも突き抜けることがなく、何ものをも創り出すことのない愛らしきものに、一種の据わりの悪さを感じつつ拠り所をもとめていくほかなかった。そこにしか、みずからの〈性〉を関係づけることに挫折した津田の自意識の赴くさきはなかったのである。

だが、一方のお延が、津田との間の虚偽の和解に安住できる女性でないことは明らかである。彼女のうちには、激しく盛んな火が燃え続けている。それは、津田の巧緻な自意識によっても、制度に埋没したお秀の老成によっても、制度を代表する吉川夫人の奸計によっても消すことのできない火である。

いうまでもなく、清子のなすがままなる無垢をもってしても、お延の激しい火を鎮めることはできないであろう。夫のために、腹の中にしまっている勇気を発揮する日が来るにちがいないという予感は、お延が津田と清子のいる温泉場へ駆けつけるという設定のもとに、的中することになるだろう。そこで、お延と清子との間に何らかの対峙がひき起こされることは想像するに難くない。

だが、関係をおのずから逸れていく清子の天性は、お延との間に何らの劇をも構成しない。お延は、それのためにみずからがあれほどに疑心暗鬼の態をなしていたエロスの恣意性の象徴が、実は関係を無化したかのようなイノセンスとしてあらわれる事態に出会って驚くはずだ。もし、そのとき彼女がみずからまとった虚飾をぬぎ捨てて清子に対するならば、たとえそこに劇が構成されえないとしても、「情熱」と「無垢」の相会う稀有の場面が現出するにちがいない。

お延は、清子との対峙を通して、みずからの完全な愛をもとめる情熱が、最終的には悲劇を招来するしかないことを自覚するであろう。お延の内に燃え盛る火は、『こゝろ』の先生や『行人』の一郎の演じた倫理上の悲劇を、関係のなかで不可避的に招き寄せてしまうことに気づいていくのではないか。

いかなる悲劇からも遠くにあって、輝きつづける清子のイノセンスに照らされるとき、お延はみずからのパッションが、関係のなかである邪悪な力に変じてしまうことに醒めていくだろう。そこで、彼女は内部の火をできるかぎり鎮めることを試み、津田とともに「同情」という愛の脱け殻を、再び被っていくのであろうか。

私たちには、もはや、これ以上を予測することができない。ただいえることは、彼女がみずからの火が内にはらんだクライシスを顕在化させるとき、悲劇の渦中に巻き込まれずにはいないということである。同時に、それが最後まで鎮められるとき、津田とお延は、決して片付くことのない内部をかかえた一対の夫婦として、世間の中に確実に場を占めていくということだけである。そこに、もはや悲劇の片鱗さえ感ずることのできない澱んだ日常が待っているとするならば、この日常を圧倒的な威力をもって支配する時間の絶対性と関係の宿命をあらためて認めるよりないであろう。

　こうして、お延のパトスのむこうへ悲劇の予感を湛え、津田の自意識の赴くさきへ索漠とした日常の姿を投影して、時間はふいに止切れる。その最後の一瞬に立ちつくすとき、知の極限を越えて、時間の絶対性と関係の宿命へ推参しようとする漱石の時間が、白紙のむこうへとすべっていくさまを眼に留めるのだ。その過激なといっていい時間の流れの、永遠の中断をこそ、惜しんで余りあるといわねばならない。

第三部　思想としての漱石

序章　自己追放というモティーフ

第一節　国民的作家という呼称から漱石を救い出すこと

一人の作家の全体像に向かい合うということを、いま私は、あらためて行おうとしている。歴史は二度繰り返すというが、漱石の悲劇を描いたこれまでの試みに対して、これから進めるそれが茶番劇にならないという保証はない。それにもかかわらず、この試みを進めようとするのには理由がある。

一八六七年にこの世に生を享け、一九一六年、『明暗』執筆中に帰らぬ人となった漱石を、明治の作家とも日本近代を代表する作家ともみなさないということ。とりわけ、死後、時を隔てず被せられた国民的作家という呼称から、漱石を救い出すこと。その上で、その思想を、一九世紀後半から二〇世紀前半の普遍思想のなかに置き直してみることである。

いったい漱石を国民的作家と呼ぶ風潮は、いつごろから定着したのだろうか。はじめて漱石という作家に出会ったときから、この呼称はど、この人にふさわしからざるものはないと思ってきた。

私は、二〇何歳かで、いまだ国民にも国家の一員にもなりきることができないでいた。そんなときに、思いがけず行路をあたえてくれたのが、漱石であり、『こゝろ』や『道草』や『明暗』といった漱石の作品であった。

『こゝろ』の先生に、「私」がはじめて出会ったのは、鎌倉の由比ヶ浜である。若い「私」は、いつかどこかでこの人に出会ったことがあるという思いがして仕方がない。どうかして言葉を交わしたいと思い、一度ならず、二度、三度、海水浴にやってくる先生を待ち受ける。先生などと呼ぶもの、この先生の印象が、国民とか国家とかあるいは日本社会といったものから最もかけ離れたところにあることを、「私」は、直感している。しかし、だからこそ、その人を先生と呼ばずにいられない。

私は、『こゝろ』の登場人物である若い「私」に自分を重ねるようにして、この人物にひかれていった。同時に、そういう人間をして、過去に犯した罪について語らせ、やがては、自殺の道を選ばせる漱石という作家に、ある種の残酷な情熱を感じずにいられなかった。先生の死を見届けることになった若い「私」が、その後どのような人生を歩むことになったのか。そんなことを心に留めながら、気がついてみると、私は、数一〇年の歳月をへて、先生をも漱石をも超える年齢に達していたのである。

私は、ときに、国民にも国家の一員にもなりきることのできなかった、若年の自分を顧みながら、なぜ『こゝろ』の先生は、国民とか国家とか、あるいは日本社会といったものから、最もかけ離れたところに身を置くことを選んだのだろうかという思いにとらえられる。しかし、一方においてこんな思いがきざしてくることも事実である。先生のように自分を社会から遠い場所に置くことで、社会のなかに身を置いていたときには決して見えなかったものが、見えてくるということもありうるのではないか。むしろ、国家や社会からあえてみずからを追放することによって、その本質の立ち上がる場面に出会うということ。『こゝろ』の先生は、そのようにして摑んだ真実を、若い「私」につたえるために、あえて自殺という道を選んだのではないだろうか。

漱石を『こゝろ』の先生と重ねるのは、無茶というものである。しかし、国家や社会から最も遠い場所に自分を追放するとき、見えないものが見えてくるという信念は、漱石のなかでこそはぐくまれたものといえるのではないか。そこには、一八世紀から一九世紀に成立した国民国家や近代社会の根幹を問い直す、普遍的なモティーフが込められているということさえできる。漱石を、国民的作家とも日本近代を代表する作家ともみなさず、その思想を、一九世紀後半から二〇世紀前半の普遍思想のなかに置き直してみることの是非は、ここにかかっているといっていい。

第二節　社会の基底をなす人間と人間の関係

もともと、この世界から一定の距離を置くことによって、現実の本質をとらえるという方法は、近代的自我にとって、最も親しいものであった。自己放棄といい自己追放というも、決してこれと無縁のものではなかったのである。一八世紀において、他に類例のない「私」について語ったルソーが、社会から自分を隠すように、『孤独な散歩者の夢想』を書いたのが、その端的なあらわれといえる。

だが、一九世紀後半から二〇世紀前半の普遍文学、普遍思想のなかに見出されるのは、これと根本的に異なるものなのだ。

たとえば、最も象徴的な自己追放を遂げた者として、一九世紀の詩人ランボーを挙げることができる。一九歳にして『地獄の季節』を完成し、生との訣別を歌ったランボーは、「断じて近代的でなければならない」という言葉を残して、アフリカの砂漠に向かった。エチオピアの都市ハラルを拠点に、アフリカ奥地との交易を進めていったランボーは、近代の向こうで何をくわだてようとしたのか。

近代社会や国民国家が、どのようにすれば瓦解《がかい》するかを身をもって明らかにすること。「ざらざらした現実を抱きしめる」とは、それらを否定することではなく、これに試練をあたえることにほかならなかった。そのためには、その身を、一度は国家や社会から最も遠い場所に追放する必要があった。ランボーにとってそこが、暗黒大陸といわれるアフリカであったということに、特別な意味はなかったはずだ。

ランボーのように象徴的な自己追放を遂げないとしても、一九世紀後半から二〇世紀前半の大いなる思慮を身につけた者たちは、これを、さまざまなかたちで行っていたのである。膨大な数の政治論文と資本主義の原理を究める経済理論とを書き継いでいたマルクスは、諸個人のありかたが社会や国家とどこで、どのように齟齬《そご》をきたすかを辿り尽くした上で、なおかつ甦りを遂げるものがあるとするならば、そこにこそ、非有機的というべき関係の総体が見出されると考えた。

マルクスは、ランボーのように商人資本の拡大のために、アフリカの奥地に交易の手を広げてゆくということはしなかった。だが、その商人資本の差額取引が、やがては資本主義経済における価値形態の基底となって、利益を生み出していくことを突き止めていった。そのために、彼は、ランボーとは異なったかたちで、ロンドンの大英博物館に引き籠らなければならなかった。妻や娘たちを困窮させながら、マルクスはあえて流竄の身を甘受していったのである。

だが、それはマルクスやランボーといった一九世紀の知にかぎることではなかった。ニーチェやベンヤミンといった二〇世紀のそれにもいえることなのだ。

二〇歳をいくらか出たばかりの頃、ニーチェの『ツァラトゥストラ』や『道徳の系譜』『権力への意志』といった書物を紐解き、絶望的な気分に陥ったことをおぼえている。私には、そこに書かれてあることのほとんどが、未知の、理解しがたい、一種恐るべきことがらに思えてならなかった。哲学や思想をかたちづくる容器のようなものが、そこでは砕けている。そんな印象が先に立ったのである。

だが、いまの私にとって重要なのは、ニーチェが進行性麻痺症という病名のもと、後半生を精神病棟に追いやるという仕方で、身をもって示した自己追放のありかたにほかならない。それほどまでに社会や国家から自分を追放しながら、その社会や国家を内側から鍛え上げるような力が、ニーチェにはあるのだ。

それを大いなる思慮というならば、この不思議な器量のようなものを、発狂したニーチェを映した「落日を見るニーチェ」という画像と、切り離して考えることができない。はじめてそれを見たのは、ニーチェの生涯をたどった書物の口絵写真だったのだが、遠くの夕陽を茫然と凝視するニーチェの、ほとんど虚の表情といっていいそれに、しかし私は、いまだかつて感じたことのない知の深さと広がりを見ていた。

実をいうと漱石もまた、これとそっくりの画像を残しているのだ。それを私は、小宮豊隆の『夏目漱石』に収められた口絵写真のなかに見い出した。修善寺の大患から何年かを経て、小康状態を得ているものの、決して健康とはいえない体調のもと、『行人』『こゝろ』『道草』『明暗』という作品を、東京朝日新聞に連載していた時期の漱石が、そこには描かれていた。

どてらのようなものを身にまとって、はるか遠くを凝視する漱石は、まるで魂の抜け殻のように見えた。これが、東京朝日新聞の連載小説を担当する、当時すでに国民的賞賛を受けた作家の姿かと、一瞬目を疑った。多くの弟子を擁し、家族にも恵まれ、名声をいっしんに集めている漱石の像とは、まったく異なるものが、そこには認められたのである。

だが、この口絵写真を自著に選んだ小宮豊隆は、自分にとってこれこそが「先生」の名に値するということを直感していた。漱石の虚の表情には、自分をこの社会から最も遠いところに追いやりながら、一方において、社会や国家の根底にかたちづくられるリレーションを、いかにすればかたちあるものとして取り出すことができるかを思い測っている者の広やかさが認められるのだ。

『こゝろ』の「私」が先生と呼ばずにいられなかったその人のすがたも、これとそう違わなかったのではないか。あらためて、そんなふうに思うのである。先生は、「私」に宛てた「遺書」のなかで、「私はいま自分で自分の心臓を破ってその血をあなたの顔に浴びせかけようとしているのです。

あなたの胸に新しい命が宿ることができるなら満足です」と、語りかける。

こういう言葉でしか、社会の基底をなす人間と人間との関係について語ることができない、そういう事態について漱石という作家は同時代の誰よりも深く、むしろ、ニーチェやランボーやマルクスといった、まぎれることのない思想の体現者と同じ水準において感知していたのである。

第三節　国民的作家と人生永遠の教師

漱石以後、日本の近代の作家や思想家のなかで、漱石の足跡にみずからのそれを重ねることのできるような存在は、数えるほどしかいない。このことは、自然主義作家の良心ともいうべき正宗白鳥と昭和の大知識人である小林秀雄とによる「思想と実生活」論争を例に挙げてみれば、その一端がうかがわれる。

漱石がこの世を去ること数年先駆けて、一九世紀を代表するロシアの作家トルストイが、八二歳の生涯を閉じた。それから約二〇年後、トルストイ晩年の日記が翻訳され、大きな反響を呼んだのだが、人々の耳目を引いたのは、『戦争と平和』『アンナ・カレーニナ』といった不朽の名作を残し、リアリズム小説の完成者とも人間真実の洞察者ともされたトルストイが、妻とのいさかいに耐え切れず、身一つで家出をした末に、鄙びた田舎の小駅で客死したという事実だった。

八二歳という高齢で、住み慣れた家をあとにしたトルストイに、いったい何が起こったのか。実際には年来の秘書でもあった娘が同行したとされるものの、これが彼トルストイに、遅れてやってきた「自己追放」の衝動であったことは、うたがうことができない。

後期作品における、人間存在の存亡にかかわるモラルの希求と、そのために全世界から寄せられた「人生永遠の教師」という呼称。だが、トルストイは、それらすべてを敢えて脱ぎ捨て、ただの老人として彷徨のうちに果たときにこそ、みずからの思念は成就されると考えた。

　彼のなかで起こっているこの放棄への欲望が、ランボーやニーチェを動かしたものと同種のものであることを、正宗白鳥も小林秀雄も、決して口に出すことをしなかった。

「人生救済の本家」のように信頼されていたトルストイが、「孤独独邁の旅に出て、ついに野垂れ死にした経路を日記で熟読すると」「人生の真相を鏡に掛けて見る如くである」と白鳥はいう。これに対して、小林は「彼の心が『人生に対する抽象的煩悶』で燃えていなかったならば」、妻をおそれて家出をするなどしなかったにちがいないというのだ。そのうえで、あらゆる思想の力は、実生活から訣別するところにあらわれるのでなければ、およそ何の意味があろうかと述べる。

　小林秀雄も正宗白鳥も、トルストイをとらえていたあるものの所在を、それぞれの仕方で受け取っていた。それを、「人生の真相」とか「抽象的煩悶」という言葉であらわそうとしたのだが、影を落としているのは、近代の向こうに望まれる普遍の関係への見果てぬ夢であるとまでは語らなかった。帝政末期のロシア社会を内側から瓦解《がかい》させ、まったくあらたな人間の繋がりを如何にすればかたちづくることができるか。八二歳のトルストイをとらえていたのが、燃えるようなこの問いであったことについて、なぜか口を噤むのである。

　晩年のトルストイが、まるでシェイクスピアの「リア王」のように、老いて荒野をさまよう者であることに、典型的な人間劇を見ていたからだろうか。そうであったとしても、荒野のリヤ王を通してシェイクスピアが望み見ていたものもまた、この絶対的といっていい関係のダイナミズムであると看破してよかった。

漱石だけが、これらのすべてを胸にしまって、『こゝろ』『道草』『明暗』という小説を書きついでいった。トルストイが、田舎の小駅で客死した一九一〇年から数年を経た一九一六年（大正五年）、『明暗』執筆途中で帰らぬ人となった漱石のなかに、トルストイにもシェイクスピアにも匹敵する大いなる思慮がはたらいていたことを、私はうたがうことができない。

歴史は、確かに繰り返す。一度目は悲劇として、二度目は茶番劇《ファルス》として（マルクス『ルイ・ボナパルトのブリュメール十八日』）。しかし、二度目を茶番劇としないためには、何が求められるのか。一九世紀から二〇世紀における普遍思想の文脈を鑑みることによって漱石という作家の、不思議に豊かな器量と、懐の深さをたずねることである。これから始まる第三部で行われるのは、そのことにほかならない。

第一章　三〇分間の死と存在論的転回

第一節　普遍性としての山脈

漱石山脈という言葉がある。漱石を師と仰ぐ人々、さらには、子規をはじめ漱石と深い縁でつながる人々の、山をなして連なるさま、あたかもひとつの山脈を仰ぎ見るがごとき。これが、いつの頃から称されるようになった名なのか、審らかにしない。おそらく、漱石生前においてその片鱗のようなものは、流布していたのではないか。

考えてみれば、これほど漱石という存在を象徴的にいいあらわす呼称はない。漱石に連なる人々というより、漱石自身が、山脈のように聳え立つものの謂いなのである。そういう漱石の存在をあらしめたのが、正岡子規であり、寺田寅彦であり、小宮豊隆、森田草平、内田百閒、野上弥生子、芥川龍之介なのだ。いや、漱石の謦咳に接すること深くなかったものの、東京朝日新聞の校正担当として、『それから』や『門』をいち早く目にしていたにちがいない石川啄木をこれにくわえてもいい。

その作品に朱筆を入れながら、漱石という存在が、不思議な器量をそなえてあることに啄木は、気がついていたはずだ。森鷗外の主宰する「スバル」に多くの短歌を発表した啄木にとって、山脈の名に値するのは、鷗外であり、鷗外に連なる人々であるといえないこともない。だが、明治四三年、大逆事件の年に、東京朝日新聞に連載された『門』や『思ひ出す事など』といった漱石の作品に、この事件を俯瞰するほどの大きな思慮を見ていたのは、後にこの事件にふれ『時代閉塞の現状』を書く石川啄木だった。

それは、たとえば啄木の死の二年後に発表される「私の個人主義」と題された漱石の講演の、以下のような一節に、明瞭なかたちでうかがわれるものだ。

私は此世に生れた以上何かしなければならん、と云つて何をして好いか少しも見当が付かない。私は丁度霧の中に閉ぢ込められた孤独の人間のやうに立ち竦《すく》んでしまつたのです。さうして何処からか一筋の日光が射《さ》して来《こ》ないか知らんといふ希望よりも、此方《こちら》から探《たん》照灯を用ひてたつた一条で好いから先迄明らかに見たいといふ気がしました。所が不幸にして何方の方角を眺めてもぼんやりしてゐるのです。ぼうつとしてゐるのです。恰《あたか》も嚢《ふくろ》の中《なか》に詰《つ》められて出る事《こと》の出来ない人のやうな気持ちがするのです。私は私の手にたゞ一本の錐《きり》さへあれば何処《どこ》か一ヶ所突き破つてみせるのだがと、焦燥《あせ》り抜いたのですが、生憎《あいにく》其錐は人から与へられる事もなく、又自分で発見する訳にも行かず、たゞ腹の底では此先自分はどうなるだらうと思つて、人知れず陰鬱な日を送つたのであります。

こういう散文の水位というものを、日本の近代文学は、漱石のこの、死に先立つこと二年にして綴られた文までもつことがなかった。それは、英文学を専攻したものの、英文学とはどういうものかについて皆目見当がつかないという思いの表白に限らない。みずからの存在が、なにものかから疎隔されているということについての、自覚とともにやってきたものなのだ。

たとえば、これよりも数年先駆けて、ほとんど同じ状況について語った、鷗外の『妄想』をあげてみるならば、事態はよりはっきりする。西欧留学の根拠を見失った意識の彷徨について、独自の仕方で語った鷗外の文が、漱石に匹敵するものであることを否定するものではない。だが、鷗外の『妄想』には、存在との根源的な疎隔ということが問題とされた形跡がない。

「自我」が無くなる苦痛について、それが無いことのすわりの悪さについて語り、にもかかわらず、「自我」というものが、「広狭種々の social《ソチアル》 な繫累的思想」の「簇《むら》がり」からなり、「あらゆる方面から引っ張ってゐる絲の湊合《そうごう》」にほかならないことを語る、当時として、画期的な構造論的把握が、しかし、存在それ自体から追放され、深い森のなかをさまよう孤独な実存からなされたものではないことは、明らかなのである。

器量や大きな思慮というものが、そのような彷徨の向こうからやってくるということを、この時の漱石は、無意識のうちにもわきまえていた。ロンドン留学時の感懐にもおよんだ大正三年のこの文には、たとえば、当時の不如意について「余の神経衰弱と狂気とは命のあらんほど永続すべし」と語った『文学論』序（明治三九年）の叙述からは、決してくみとることのできないものが感じられる。

それは、鷗外はもちろんのこと、漱石が終生畏敬してやまなかった二葉亭四迷の作品にも見出すことのできないものなのである。

明治三九年（一九〇六年）東京朝日新聞に連載された二葉亭の『其面影』が、漱石の後期作品に大きな影を投げかけることになることを、同じ年「ホトトギス」に『坊っちやん』を発表していた漱石は、予感していた。しかし、漱石は、『其面影』の次のような表現が、そのままでは決して普遍性をうることがないということも、それとなく感じ取っていた。それは、同じ年に公表された『文学論』序の表現の水位が、そのままでは普遍へと達しえないのと同様であった。


葉村に別れた哲也の姿は、今朧踵《こつく》と九段坂を降りて行く。

直《すぐ》眼下の町々には、軒燈《のきランプ》やら電燈やらが星屑のやうに散らばつて、駿河台《するがだい》は清澈《すみき》つた空を背景に、夕闇の中に深沈《しんめり》と沈んで見え、看慣れて居ても流石《さすが》に棄難い眺めであるを、哲也は一向に顧眄もせず、深き想ひの籠もつた目を俯せて、凝然と地面を視詰つめた儘で、朧踵と降りて行く。


妻と妻の妹との三角関係を予兆のように秘めた小野哲也の内面描写が、当時として、誰も成しえない表現の水準にあることを、漱石はとらえていた。だが、このような内面描写のさらに向こうには、哲也の全的な破滅がやってくるほかなく、この破滅が、『文学論』序にいわれる「神経衰弱と狂気」に、どこか似通うものであることも、漱石は顧みていた。
この暗く沈んだ小野哲也の内面には、存在そのものから疎まれ、さまよい歩かずにいられない実存のすがたは投影されていない。ここにあるのは、エロスの関係が一人の人間にもたらす深い挫折ということであって、この挫折を普遍的なものとして取り出す契機は、いまだ見出されていないのである。
たとえば、これをダンテ『神曲』の高名な一節に並べてみるならばどんなことになるだろうか。

人生の道の半ばで
正道を踏みはずした私が
目をさました時は暗い森の中にいた。
その苛烈で荒涼とした峻厳《しゅんげん》な森が
いかなるものであったか、口にするのも辛い、
思いかえしただけでもぞっとする、
その苦しさにもう死なんばかりであった。
しかしそこでめぐりあった幸せを語るためには、
そこで目撃した二、三のことをまず話そうと思う。
（平川祐弘訳）

ここには、翻訳ということを差し引いてもなおくみとられる、リアルな内面のすがたが認められ

る。ダンテにとって人生の半ばで、道を踏みはずすとは、存在の根源から隔てられてあることに気がつくという経験であった。暗い森で目をさまし、荒涼としたなかをさ迷い歩き、死に値するような苦難に耐えていく。そのことに理由はないのである。

漱石の、霧のなかに閉じこめられた孤独に、どんな根拠もないように、それは自己存在の根底からやってきて、不意に彼らを囚われの身へと到らしめる。

だが同時に、理由も根拠もなく彷徨へと促されるというそのことを、普遍的な条件として取り出しうるかどうかに、彼らの文学や思想を、大いなる思慮のもとに生かしめる契機がある。ダンテにかぎらず、シェイクスピアでもゲーテでも、いわば時代を象徴する普遍文学、普遍思想をたずねていくならば、かならず、このような契機に行き当たるのである。

そして、二葉亭にも鷗外にも見出すことができず、ただ漱石にだけこれを見出しうるということ。漱石の文学思想を、国民国家や近代社会の枠を超えたところに位置づけさせるゆえんはそこにあるのだ。

第二節　ロンドン留学と『文学論』

このような漱石の存在感覚は、いったい、どこからやってきたのだろうか。最初の覚醒が現れたのは、おそらくロンドン留学時においてである。

漱石がイギリスへの留学を拝命したのは、明治三三年（一九〇〇年）、三四歳の時である。三年間のロンドン滞在は決して実り多いものとは言えず、下宿の一角に万巻の書を積み上げ、文学の「心理的」「社会的」根拠を明らかにするという作業に没頭した。後に『文学論』として上梓されたのが、このときの研究を基にしたものであることは、周知のところである。

英文学を研究するに当たって、漱石の前に立ちはだかったのは、文学の普遍的な基準は、どこに存在するのかという問題だった。そのことを、漱石は、こんなふうに語る。

自分は少時より好んで漢籍を学んできた。これを学ぶこと短きにもかかわらず、文学とはいかなるものかという定義を、漢文学からえてきた。英文学も、決してこれと異なるものではあるまいと思い、そのようなものであるならば、生涯かけてこれを学ぶも悔いはないと考えた。ところが実際に学んでいくにしたがい、漢学にいう文学と英語にいう文学とは同じ定義のもとに一括することのできないものではないかという感慨をうるにいたった（『文学論』序より）。

ロンドン留学は、漱石にとってこの感慨を動かしがたいものとする事態であった。すでに、文科大学英文科の全過程を終了し、愛媛県尋常中学の英語講師、熊本第五高校の英語教授を勤め、英語研究のための留学を国家から命ぜられるほどの学力を備えた、当時としては第一級の学徒であった漱石にとって、英語にいう文学の定義がわからないということは、あってはならないことであった。

しかし、事実は異なり、みずからの基準にしたがって個々の作品を評価するも、必ずしも英文学の伝統に根ざしたという評価基準と重なるとはかぎらなかったのである。

ここから漱石は、「神経衰弱と狂気」と背中合わせになりながら、文学の普遍的な基準を明らかにする作業を進めていく。だが、後年『文学論』として上梓されたこの試みが、決して満足すべきものではないことは、漱石自身「失敗の亡骸《なきがら》」「奇形児の亡骸《なきがら》」「立派に建設されないうちに地震で倒された未成市街の廃墟のやうなもの」（「私の個人主義」）と語っているところからも明らかである。端的にいって、文学の普遍的基準を「心理的」「社会的」根拠によって確定するというその試みが、作品の評価ということでいえば、本末転倒というほかないことは、承服せざるをえないところなのだ。

しかし、この『文学論』の評価をめぐってさまざまに論議されてきたことも事実なのである。「凡そ文学的内容の形式は（F＋f）なることを要す」として、文学作品の価値を「認識的要素（F）」と「情緒的要素（f）」との結合から引き出すこの一見不毛な議論が、いったんは不毛の地に自己を追いやることによって、一焦土に芽が芽吹くように」普遍的価値への確信が降りてくる、そういう得がたい試みであったとする議論（加藤典洋「近代日本のリベラリズム」）もみいだされるほどである。

『文学論』の試みが、どのようなものであったにせよ、それから数年後の大正三年（一九一四年）の時点において、漱石は迷うことなく文学の普遍的基準を手にしている。ロンドン留学に際しての「不安と焦燥」について語りながら、『文学論』序でのそれは、この普遍性にいまだ到達しえない者の表現というほかなかった。これに対して、大正三年「私の個人主義」のそれは、まちがいなく、ある普遍の水位にまで達しえた者の表現となっているのだ。

その間に、いったい何があったのか。

明治四三年大逆事件の年に漱石を襲った三〇分間の死の経験、一般に修善寺の大患と称せられる経験である。病後の養生のため、伊豆修善寺温泉に滞在するも、大量の吐血、危篤状態に陥り、三〇分間にわたって意識を完全に失う。

この経験が、漱石の文学にあたえた影響については、語りつくされているかの観がある。にもかかわらず、確認しておきたいのは、身体の内側から不意に襲ってきた災厄が、漱石をして、最も私的であると同時に、普遍的なるものをかいまみさせたということだ。

事実に即していえば、これに先立つこと数年、『文学論』の試みから程なくして、漱石に一つの転機がおとずれていた。『吾輩は猫である』の発表をきっかけに、『坊っちやん』『草枕』『三四郎』といった作品の作家として起つに至ったということである。漱石は、この転回を通して文学の普遍性への行程を一歩ずつ進めていくことになるのだが、とりわけ明治四三年の経験は、この普遍性が社会的動因にも、心理的動因にもなく、存在論的ともいうべき動機に根ざしていることを知らしめるのである。

このことは、この年に東京朝日新聞に連載され、石川啄木の校正の手を経たにちがいない『門』と『思ひ出す事など』の表現の水位をみれば明らかになるはずだ。

宗助はしきりに烟草《たばこ》を吹かした。表は夕方から風が吹き出して、わざと遠くの方から襲つて来る様な音がする。それが時々已《や》むと、已んだ間は寂《しん》として、吹き荒れる時よりは猶《なほ》淋しい。宗助は腕組をしながら、もうそろ〳〵火事の半鐘が鳴り出す時節だと思つた。（四）

御米《およね》は茶器を引いて台所へ出た。夫婦はそれぎり話を切り上げて、又床を延《の》べて寝た。夢の上に高い銀河《あまのがは》が涼しく懸《か》ゝつた。（略）夫婦は毎朝露の光る頃起きて、美しい日を廂《ひさし》の上に見た。夜《よ》は煤竹《すすだけ》の台を着けた洋燈《らんぷ》の両側に、長い影を描いて座つてゐた。話が途切れた時はひそりとして、柱時計の振子の音丈《だけ》が聞える事も稀ではなかつた。（二）

修善寺における大患の二ヶ月前に連載完結した『門』には、大量の血を吐き、死生の境を彷徨することになる漱石の内面の予兆とみられる表現が、随所に認められる。男女の三角関係を、人間の倫理の問題としてとらえたこの作品が、二葉亭の『其面影』に対する漱石の一つの回答を示すものであったことは、まちがいない。

だが、それ以上に注目すべきは、ここにあらわれた表現の水位が、あることがらを予兆のようにはらんでいるということである。それを、二葉亭においてついに実現しえなかったもの、三〇分間にわたる死を経験した後に、漱石に結実することになる普遍のありようといっていいだろうか。

たとえば、ここにみられるひそやかな淋しさといったもの、自然の広大から射しこむ光に洗われた夫婦の日常が、漱石のなかでどのような経緯をたどって、一つのイデーに至ろうとしているのか。そのことをたずねていくならば、表現というものが、ある決定的な事態を先取りするということに行き当たらざるをえない。その表現が、生と死の根底をさらい、人間の倫理を、内側から問いただすようなものであればあるほどに、これをあらわした者の、内的な危機を暗示せざるをえないのだ。

夕方から風が吹き出して、遠くの方から襲って来る様な音がするという表現。それが時々やむと、やんだ間はしんとして、吹き荒れる時よりはなおさびしいという表現。さらには、夢の上に高い銀河《あまのがわ》が涼しく懸ったといい、毎朝露の光る頃起きて、美しい日を廂《ひさし》の上に見たというこれらの表現が、宗助とお米の犯した罪によって彩られたものであることに気がつくとき、束の間の平穏が、大風の予感を秘めたものであることに、思い至らざるをえないのである。

『門』の表現とは、そういうものとしてあるといえばいいだろうか。そして、このような予兆をはらんだ表現を成し遂げたということが、存在そのものとの、根源的な疎隔をあらわにする契機となるということなのである。

第三節　転回としての三〇分間の死

修善寺における三〇分間の死の経験は、そんなふうにして漱石にやってきた。

これについて、直接的には、『修善寺日記』『思ひ出す事など』を糸口にすることができるのだが、なかでも、そこに書きとめられた幾篇かの漢詩が示しているのは、死が存在の根源をはるか彼方から照らし出したという事態にほかならない。

それは、たとえば次のような五言古詩にかいまみられるものである。

縹渺玄黄外　　縹渺《ひょうびょう》たる玄黄《げんこう》の外《そと》
死生交謝時　　死生《しせい》　交《こも》ごも謝《しゃ》する時《とき》

寄託冥然去
我心何所之
帰来覓命根
杳窅竟難知
孤愁空遶夢
宛動蕭瑟悲
江山秋已老
粥薬鬢将衰
廓寥天尚在
高樹独余枝
晩懐如此澹
風露入詩遅

寄託《きたく》　冥然《めいぜん》として去《さ》り
我《わ》が心《こころ》　何《な》んの之《ゆ》く所《ところ》ぞ
帰来《きらい》　命根《めいこん》を覓《もと》むるも
杳窅《ようよう》として竟《つい》に知《し》り難《がた》し
孤愁《こしゆう》　空《むな》しく夢《ゆめ》を遶《めぐ》り
宛《えん》として蕭瑟《しようしつ》の悲《かな》しみを動《うご》かす
江山　秋已《すで》に老い
粥薬《しゆくやく》　鬢将《びんまさ》に衰《おとろ》えんとす
廓寥として　天尚《な》お在り
高樹　独《ひと》枝を余《あま》す
晩懐　此《か》くの如く澹《たん》に
風露《ふうろ》　詩に入ること遅《おそ》し

（はるかにおぼろな天地の外、死と生が入れ替わるとき、生きるよすがとなるものは、闇のなかに消え、我が心は、どこへ行こうとするのか。この現実の世界に帰って命の根を探し求めるものの、はるか遠くぼうっとしてついに知ることができない。孤独なる愁いは、空しく夢をめぐり、あたかも、秋の草木を風が吹きぬける時の悲しみのようだ。川にも山にも、秋はすでに深く、髪は、いまにも真っ白になろうとする。天は、それでもなお、広大無辺にありつづける。背の高い木は、葉をすべて落とし、枝だけが残っている。思いは淡々として、風露が、ようやくに詩のなかへと入り込む）。

ここには精一杯漢詩、漢籍の伝統につながりながら、ある普遍的な表現に達せんとする思慮が、確実にみとめられる。

子規の手ほどきを受けた俳句はさておき、漱石にとって漢詩表現は、手練のものであり、高い水準を実現するのにもっとも相応しいものであった。たずねていくならば、このような表現の達成が、唐代の詩人、杜甫や李白や王維や李賀といった作品のそれに通じるものであることは、明瞭なのである。

しかし、漢詩における表現の水準は、漱石にあって、もっとも近代的な散文表現を成し遂げた際に、あたかも裏地のように見出されるものであった。そのことは、『明暗』執筆中午後の日課として書き記された幾篇かの連作律詩に照らし合わせても、明らかなのである。問題は、あくまでも表地の方にあるので、それを、私たちは、『思ひ出す事など』の以下のような表現にみとめることができる。

> 其内《そのうち》穏やかな心の隅《すみ》が、何時《いつ》か薄く暈《ぼか》されて、其処《そこ》を照らす意識の色が微《かす》かになつた。すると、ヹイルに似た靄《もや》が軽く全面に向かつて万遍《まんべん》なく展《の》びて来た。さうして総体の意識が何処《どこ》も彼処《かしこ》も希薄《きはく》になつた。夫《それ》は普通の夢の様に濃いものではなかつた。尋常の自覚の様に混雑した

ものでもなかつた。又其《その》中間に横《よこた》はる重い影でもなかつた。魂が身体《からだ》を抜けると云つては既に語弊がある。霊が細かい神経の末端に迄行《までゆ》き亘《わた》つて、泥で出来た肉体の内部を、軽く清くすると共《とも》に、官能の実覚から遙《はる》かに遠からしめた状態であつた。（略）発作前《ぜん》に起こるドストイエフスキーの歓喜は、瞬刻のために十年もしくは終生の命を賭《と》しても然《しか》るべき性質のものとか聞いてゐる。余のそれは左様《さよう》に強烈のものではなかつた。寧ろ恍惚《くわうこつ》として幽《かす》かな趣《おもむき》を生活面の全部に軽く且《か》つ深く印《いん》し去つたのみであつた。　（二十）

大吐血を経て、半時間の間死生の境をさまよった意識の状態が記述されている。ここには、みずからの意志を超えたあるもののなすがままになりながら、なおかつ、おのれを超越するものとの懸隔を測らずにいられない、醒めた意識が見出される。普遍性の表現とは、このような意識を通ってなされるものにほかならない。そのことを、この一節ほどに、よく物語っているものはないといえる。

しかし、興味深いのは、この意識の状態を明らめるに当たって、漱石は、ドストエフスキーにおける癲癇発作直前の恍惚状態に言及しているということである。これを、自身の状態についての格好の比較材料として採られたものとみなすならば、何かを見誤ることになるだろう。漱石の、ドストエフスキーについての理解は当時の水準をはるかに越えていた。これに匹敵するのは、内田魯庵訳の『罪と罰』刊行に際して北村透谷の行った批評と、昭和における小林秀雄の一連のドストエフスキー論考以外にないといっていいほどなのだ。

このことは、ここに引いた一節の表現の水準を鑑みるならばうたがいないところだ。だが、それだけではない。漱石は自身の死の経験が、ドストエフスキーの発作前の意識の状態に比せられることを指摘するだけでなく、社会主義に連座した廉で告発されたペトラシェフスキー事件の、死刑判決と銃殺間際での恩赦の経験に、遠く響きあうものであることを述べるのである。

回復期に向《むか》つた余は、病牀《びやうしやう》の上に寝ながら、屡《しばく》ドストイエフスキーの事を考へた。殊《こと》に彼が死の宣告から蘇へつた最後の一幕を眼に浮かべた。——寒い空、新しい刑壇、刑壇の上に立つ彼の姿、襯衣《しやつ》一枚のまま顫《ふる》へてゐる彼の姿、——悉《ことぐ》く鮮やかな想像の鏡に映つた。独《ひと》り彼が死刑を免《まぬか》れたと自覚し得た咄嗟《とつさ》の表情が、何うしても判然《はつきり》映らなかつた。しかも余はたゞ此咄嗟の表情が見たい許《ばかり》に、凡《すべ》ての画面を組み立てゝゐたのである。

（二十一）

なぜ漱石は、これほどまでにドストエフスキーの経験に拘泥するのであろうか。これが、あくまでも政治上の事件とのかかわりにおいて生じたものであって、社会主義にも、革命思想にも縁のなかった漱石に、その本質を捉えるには、何かが欠如していたということもできる。事実、死から生への転回を遂げたドストエフスキーは、このあと四年間を流刑地であるシベリアで過ごすことになるのだが、後に『死の家の記録』という作品で明らかにされるこの厳寒の地で出会った驚くべき事柄は、漱石の想像を絶するものであった。

にもかかわらず、『死の家の記録』に残されたドストエフスキーの記述を、生の側からではなく、死の側から読み解くならばどうだろうか。そこには死生の間を彷徨った漱石の三〇分間の死の経験に通じるものが見いだされないだろうか。事実、『死の家の記録』がどんなに異常な罪人たちの生を描き出しているように見えようと、ドストエフスキーのなかにあるのは、一瞬の死を経験したあとに、この生はどのような姿で現れてくるのかという関心であった。小林秀雄によって「非社会的」とも「怪物」とも評された彼ら罪人たちの生が、ドストエフスキーにとっては、どれも深い死の刻印を打たれたものであることは、疑う余地がなかった。

そもそも、死の宣告から蘇るとは、この生そのものが死をはらんであること、そして、私たちが根源的に存在から疎隔されてあることに気がつくという経験なのである。そのことを通して、ドストエフスキーは、彼ら異常な罪人たちの生こそが、もっとも疎隔され、死と紙一重のところで、この世に送り出されたものであるという事実に思い至ったのである。『死の家の記録』の直叙的な記述からは、容易にうかがい知ることができないものの、ドストエフスキーのシベリア体験とは、そういうものとしてあったのだ。ドストエフスキーの過酷な意識の体験が、自身の三〇分間の死に値するものでないかと考えていた漱石にとって、このことはほとんど疑う余地のないところであった。

いえば、「死刑を免れたと自覚しえた咄嗟《とっさ》の表情」がどうしてもはっきり映らないというとき、漱石は、みずからの三〇分間の死がいかなるものかについて、捉えることができないといっているのである。そのことは、直接的に、この捉えがたい死によって、生が存在するということを認めずにはいないということの表明なのである。

ドストエフスキーのように政治事件に連座したわけでもなく、過酷な刑に処せられたわけでもないにもかかわらず、漱石のなかには、すでに『白痴』や『罪と罰』において達成される表現の水準が、はっきりと見えていた。そして、ドストエフスキーが描く異様な人物像に比肩する人間たちを、『行人』『こゝろ』『道草』『明暗』といった作品において、漱石は、漱石の流儀で造形することになるのである。そこには、このときの存在経験が、遠く影を落としている。

それだけではない。

この明治四三年という年が、大逆事件による多くの政治犯を輩出した年であることを思い合わせるならば、そこに不思議な符合を認めざるをえない。修善寺における三〇分間の死の経験とは、そういうことをも含めた、すぐれて存在論的な転回ともいうべき経験にほかならないのである。

第四節　存在論的な文の連なり

それでは、この存在論的ともいうべき動機の根を、私たちはどこに求めることができるだろうか。

周知のように、作家としての漱石の誕生を画したのは、明治三八年、「ホトトギス」に掲載された『吾輩は猫である』第一である。修善寺の大患の二ヶ月前に完成された『門』について、これが予兆をはらんだ表現をいたるところに残しているとしたのは、先に見た通りである。この倣いでいくならば、『門』からはじめて『吾輩は猫である』に遡るにしたがい、まるで存在の根へと遡及するようにして、あの転回を支度する動機の片々が探し当てられる、そういうこともできるのではないか。

たとえば、それは『吾輩は猫である』の、次のような表現に認められるものである。

漸くの思ひで笹原を這ひ出すと向ふに大きな池がある。余は池の前に坐つてどうしたらよからうかと考へてみた。別に是といふ分別《ふんべつ》も出ない。暫くして泣いたら書生が又迎《むかひ》に来てくれるかと考へ付いた。ニャー、ニャーと試みにやつて見たが、誰も来ない。其内《そのうち》池の上をさら〳〵と風が渡つて日が暮れかゝる。（一）

この作品の第一回が、「ホトトギス」に掲載された際、鷗外の『舞姫』や二葉亭の『浮雲』のような、近代小説の体裁をとった作品とみなす者は誰もいなかった。強いていうならば、子規の提唱した「写生文」の範疇に入るものとするのが、一般であった。

漱石には、鷗外や二葉亭のように、公と私の間で引き裂かれた人間の内的苦悩を描き出すというモティーフは、それほど強くみられない。彼らの心を砕いていた、草創期の国家社会において、有為の人間として生きるとはどういうことかという問いを読み取ることは困難なのである。

だが、それにもかかわらず、『門』をはじめとして明治四三年の経験を通過することで、この内的苦悩に匹敵する、いやそれ以上に深い背理に直面していった。これを、社会の関係と、存在論的な疎隔とがもたらす修復不可能な背理というならば、この兆しに当たるものが、『吾輩は猫である』の先の表現から、かすかにかいま見られるということなのだ。

そこには、「猫」の語りを通して、この世に生を受けるということの寂寥が、存在の原風景として描き出されている。あえていうならば、漱石にとって『吾輩は猫である』の表現とは、風刺や諧謔でも滑稽や機知でもなく、この寂寞とした淋しさにあった。そして、それこそが、明治四三年の転回に遠くつながる糸の経路であるといっていいのだ。

とはいえ、ここには、それだけでは済まない問題も見受けられる。『吾輩は猫である』を、『浮雲』や『舞姫』に並べたとき、近代小説の結構という点において見るならば、後者に席を譲らざるをえない。『浮雲』の内海文三や『舞姫』の太田豊太郎には、セルバンテスの『ドン・キホーテ』からはじまる近代的人間の自我のあり方が、確実に投影されている。彼らは、ドン・キホーテと同様に、国家社会というだけでなく、いまあるこの世界に、決して馴れることのできない存在なのだ。そしてドン・キホーテほどではないとしても、内心小さな狂気を押し殺し、時に破天荒な振る舞いに走らずにいられない、そんな思いに悩まされる者なのである。

そういうドン・キホーテ的狂気を相対化する存在としてのサンチョ・パンサを描き出すことにおいても、『浮雲』や『舞姫』はモティーフを共有している。たとえサンチョ・パンサに当たる者が登場しないとしても、小説的機構のどこかに、彼ら太田豊太郎や内海文三を相対化する契機が宿っているからである。

これに対して、苦沙彌先生をはじめ『吾輩は猫である』に登場する太平の逸民といわれる人物たちは、どうか。ドン・キホーテに通ずる飄逸が感じられるものの、その醒めた狂気ともいうべきものを見出すことは、困難といわなければならない。猫の視点を通して彼らの逸脱振りが相対化されているとしても、敗れることを承知で絶対なるものに挑まずにいられない後者のあり方への、やむにやまれぬ相対化とはいいがたいのである。

それほどに、このラ・マンチャの騎士の内心には、世界そのものへの深い怖れが隠されている。サンチョに語る、以下のような言葉からも、そのことは推し量ることができる。

わが信ずるに足る忠実な従士よ、この夜の闇、この異様な静けさ、この木立のにぶい得体のしれぬざわめき、われわれが求めてきた水の、月世界の高山から崩れ落ちるかと思われるものすごい音、さてはわれわれの耳を聾《ろう》し、いたましめる小止みもないものを打つ響きによく心をとめるがよい。こういうものが残らずひとつになって、いやそのひとつびとつが、マルテの胸にさえ不安と恐怖と驚きを満たすに十分だから、ましてこういう出来事や冒険になれていない人間にはなおさらのことじゃ。　（会田由訳）

『ドン・キホーテ』が、たんに近代的人間の自我のあり方を示した小説であるだけでなく、ある大きな思慮のもとにあらわれた普遍文学であるゆえんは、こういう文にあるといっていい。そしてそういうことでいうならば、この作品が、二四歳にして当時オスマン帝国とのあいだで繰り広げられたレパントの海戦に参戦し、左手の自由を失くしたという体験を持つセルバンテスの、世界と存在にまつわる怖れを投影したものであることも、たしかなのである。

ところで、このラ・マンチャの騎士の内面、それをあらしめるセルバンテスの存在感覚が、ロンドン留学において、異邦の地に放り出された体験をもつ漱石のそれを彷彿とさせるといえないだろうか。のみならず、それは、『浮雲』の内海文三や『舞姫』の太田豊太郎の内面を通り越して、明治四三年における三〇分間の死を経た漱石その人のもとに具現されているのではないか。

そのように考えてみるならば、この存在感覚は、三〇分の死にいたるまでにも、『吾輩は猫である』からはじめて、帰朝後に書かれた小説作品の端々に、ある絶対的な淋しさとして予兆のようにあらわれているとさえいえるのだ。そのことを『吾輩は猫である』に探し求めていくならば、『吾輩は猫である』そのものでなく、『吾輩は猫である』における独特の文のすがたに見い出すことができるということなのである。

『坊っちゃん』『草枕』『夢十夜』『三四郎』といった作品にもまた、このいわば存在論的といった「文の構え」が見出されるということ。そのことを明らかにするために、先に引いた「猫」の生誕の場面につづけて、以下のようにたどってみよう。

時々風が来て、高い雲を吹き払ふとき、薄黒い山の背《せ》が右手に見える事がある。何でも谷一つ隔てゝ向ふが脈の走つて居る所らしい。左はすぐ山の裾《すそ》と見える。深く罩《こ》める雨の奥から松らしいものが、ちよく／＼顔を出す。出すかと思ふと、隠れる。雨が動くのか、木が動くのか、夢が動くのか、何となく不思議な心持ちだ。

（『草枕』一）

月が温泉《ゆ》の山の後からのつと顔を出した。往来はあかるい。すると、下《しも》の方から人声《ひとごゑ》が聞《きこ》えだした。窓から首を出す訳には行《ゆ》かないから、姿を突き止める事は出来ないが、段々近付いてくる模様だ。からん／＼と駒下駄を引き擦る音がする。眼を斜めにするとやつと二人の影法師が見える位に近付いた。

（『坊っちやん』十一）

何でも大きな船に乗つてゐる。

此船が毎日毎夜すこしの絶間《たえま》なく黒い煙《けぶり》を吐いて浪《なみ》を切つて進んで行《ゆ》く。凄《すさ》まじい音である。けれども何処へ行くんだか分らない。只波の底から焼火箸《やけひばし》の様な太陽が出る。それが高い帆柱の真上迄来てしばらく掛《かか》つてゐるかと思ふと、何時《いつ》の間にか大きな船を追ひ越して、先へ行つて仕舞ふ。さうして、仕舞には焼火箸《やけひばし》の様にぢゆつといつてまた波の底に沈んで行く。其度《たんび》に蒼《あお》い波が遠くの向ふで、蘇枋《すはう》の色に沸《わ》き返る。すると船は凄《すさ》まじい音を立ててその跡を追つかけて行く。けれども決して追つかない。

（『夢十夜』第七夜）

空が又変つてきた。風が遠くから吹いてくる。広い畠の上には日が限つて、見てゐると、寒い程淋しい。草からあがる地意気《じいき》で身体《からだ》は冷えてゐた。気が付けば、こんな所に、よく今迄べつとり坐つて居《ゐ》られたものだと思ふ。自分一人なら、とうに何処《どこ》かへ行つて仕舞つたに違ない。美禰子も、——美禰子はこんな所へ坐る女かも知れない。

（『三四郎』五）

『坊っちやん』という小説の痛快無碍なる語りに引かれ、さまざまな登場人物のありようの、通俗を絵に描いたようなすがたに嘆じ、そして、坊っちゃんその人の、無類の性癖を愛でているときでも、私たちは、それらすべてをあらしめる素地が、このような文として顔をのぞかせていることを、感じ取らずにいない。

あるいは、『三四郎』という小説の、うつろいゆく景気のうちに、人物を配置していく絶妙な仕方に打たれ、とりわけ三四郎と美禰子の、決してエロスの関係をとることのない微妙な距離につつまれながら、そのむこうで、麦畑を吹いていく風のような気配におどろくとき、やはりこのような文が、やわらかい畑地のように連なっていることを感じ取っているのだ。

『草枕』という小説の、俳諧趣味とも平俗ともいわれる境地についても同様である。人里離れた那古井の温泉郷とそこに住む人間たちの、俗で平明で淡々とすぎていく生を前に、「非人情」の美学を奉ずる画工《えかき》の思案と薀蓄に耳傾けるとき、私たちをとらえるのは、そういう美学でもなければ、市井の生き方から外れてしまった那美という女性の奇矯な振る舞いでもない。この不思議な感興を催す文の連なりなのである。

そして、『夢十夜』という作品がもたらす、不思議なインプレッションはどうであろう。夢というにはあまりにもリアルな物語が、存在そのものの溶液から浸透して、不安や怖れや哀しみやエロスに触れていくとき、私たちを内側から震わせるのは、まるで遥かかなたへと続いていく海洋の波のような文の連なりなのである。

第五節　無名性と存在の遺棄

なぜ漱石は、このような文を連ねることをやめなかったのだろうか。

それを問うには、漱石という存在を、作家以前の、いや生誕以前の深い海溝へと遡ってゆかねばならないのではないか。少なくとも、『吾輩は猫である』『坊っちゃん』『草枕』『夢十夜』『三四郎』といった作品をたずねていく限りでは、直接その理由に行き当たることはできない。漱石は、これらの作品を、そのような問に対して応答するといったモティーフのもとに描いていないからである。

たが、『吾輩は猫である』が、語り手である「猫」の生誕の場面から始まり、死の場面で終結するということ、この世に生を受けるとすぐに遺棄され、かろうじて拾われたものの、名づけられることのないままに、恬淡とした日々を送り、最後は朦朧として溺死する「猫」。そういう存在の眼を通して、世の常識から少しばかり外れた人物たちの行状を描いたというところに、漱石の無意識の動機をみとめることもできるのだ。

あるいは、『坊っちゃん』の生い立ちを語る冒頭の数ページ。生母に疎まれること多く、その母とも早くに死に別れ、父や兄の愛を受けるでもなく、ただ年老いた奉公女に果報のように愛情を注がれて育ったという下りが、主人公の無鉄砲で一本気な性格の由来を説明しているようで、実はこの主人公が、決して世馴れることのない存在の仕方を約束された者であることを示唆する。その仕方に、やはり漱石の隠された動機をみとめることができるのである。

『草枕』や『三四郎』には、これに類する登場人物の設定は認められない。だが、旅の画工《えかき》が足を踏み入れる人里離れた温泉郷に、未生以前の世界に通ずるそぞろ懐かしさを読み取り、また熊本から東京へと向かう途次、三四郎の経験するまるで胎内潜《くぐ》りでもあるかのような思いがけない遭遇に、この世に足を踏み入れようとする存在の戸惑いを読み取るとき、そこにもまた漱石の動機が、見えないかたちで生きていることに気がつくのである。

そして、『夢十夜』である。ここに引いた第七夜が、漱石のロンドン留学時の渡航の経験に由来するものであることは、想像に難くない。漱石自身も、往時を回顧し、そのときの茫漠とした心境を基に、小さな夢語りを綴ろうとしたのであろう。しかし、そう言ってしまうには、あまりに過剰なものがこの作品には感じられる。

実際、ここに描かれた黒い煙を吐き、凄まじい音を立てて、蘇枋《すほう》の色に染まった海面をすべってゆく大きな船。波の底に沈んで行く太陽の跡をどこまでも追ってゆくこの船が、たとえば、ゴーギャンの寓意的大作に付された題辞「われわれはどこから来たのか、われわれとは何か、われわれはどこへ行くのか」を連想させるものではないといえようか。自殺未遂をおこなう直前にゴーギャンをとらえたこの問のモティーフを、漱石が無意識のうちにも共有していなかったとは、言い切れないのである。

とはいえ、このときの漱石にとって、ゴーギャンの動機は、あくまでも隠されたものとしてあった。『夢十夜』という作品を、タヒチ島の人事や自然を題材にして、原生的といっていい不思議な光景に描き出したゴーギャンの大作と並べることはできない。

あるいは、彼をタヒチへとおもむかせた要因の一つであったゴッホの、死の直前の作品群、とりわけ「烏のいる麦畑」の、まるで「実在の光景ではなく、数千万年の後、最後の一人になった人間が見る風景ででもあるかのように」（高橋源一郎『ニッポンの小説――百年の孤独』）現前する光景と、『夢十夜』のそれとを同列に論じることはできない。

にもかかわらず、ゴーギャンやゴッホの作品が投影する永遠の時間、原生的とも超越的といってもいいような根源的な時間を、漱石が無意識のうちにも所有していたということ。そのことが、漱石をして、あのような文を連ねることをやめさせなかった最大の理由なのである。

たとえば、『浮雲』や『舞姫』が描き出した近代的自我のうちに、近代を突き抜けんばかりにおのれを追放し続けた画家たちのモティーフを読み取ることができるかを、たずねてみるといい。二葉亭や透谷や啄木といった、わが国の近代にとって欠かすことのできない存在においてさえも、漱石が無意識のうちに抱いていたモティーフを、それとして掬い上げることは困難なのである。

このモティーフが、漱石の中で自覚的な表現のかたちをとるまで、これからあと数年を要するということ、その明治四三年の経験が漱石をして、どのような転回へといたらしめたかについては、わずかではあるが先に触れたところだ。それは、生そのものが死をはらんであること、そして、私たちの存在が、存在そのものから疎隔されてあることに気がつくという経験であった。

そういう意味でいうならば、ゴーギャンやゴッホあるいはセザンヌといった画家たちをとらえていたのもまた、色彩や形態の革新的な表現というにとどまらない、存在そのものの転回といった問題であったといえる。故郷エクス・アン・プロヴァンスに籠って、日課のようにサント・ヴィクトワール山を描き続けていたセザンヌが、無言のうちに反芻していたのも、生と死の根へとさかのぼるような経験にほかならなかった。

そこには、ゴーギャンの抑制された原色のむこうから謎のように立ちあらわれる静謐な無のイメージもなければ、ゴッホの沈んだ色調のうちに偏在する不占なまでのきらびやかさもみられない。だが、その浅さの層としてのみあると同時に、そのことで不思議な輪郭をかたちづくる淡い色彩のひろがりが、「われわれはどこから来たのか……」という問のモティーフを言葉にも声にもならない、まさに色合いそのものとしてあらわしていることは、否定できないのである。

明治四三年の経験に至るまでの漱石の軌跡が、たとえてみるならばセザンヌのこの浅さの層と不思議にくっきりとした形態になぞらえうるものであるというならば、言い過ぎになるだろうか。ゴーギャンやゴッホが、セザンヌの実現した色彩そのもののひろがりと輪郭のうちに、存在の根源から発する問いかけを読み取り、それを、それぞれの仕方でかつてない色の浸透や塊として実現していったように、漱石の無意識のモティーフは、そのものの紛れることのない自覚に伴い、やがては、だれも実現することのなかった作品へともたらされていくのだ。

これがたんなる類想として退けることができないのは、セザンヌにしてもゴーギャンにしてもゴッホにしても、一九世紀から二〇世紀に出現した普遍思想の投影を、確実に受けているという理由からなのである。漱石自身のモティーフもまた、そういう大きな思慮のもとにあったということを否定する根拠はないといっていい。

修善寺における三〇分間の死の経験は、漱石をして、ドストエフスキーの数奇な経験を思い起すに至らしめた。もし漱石に、ゴーギャンやゴッホについての知見があったとするならば、タヒチにおけるゴーギャンやオーヴェールにおけるゴッホの、死と隣り合わせのような、いや死に魅入られたような異様な経験について、語ってやまなかったのではないか。

とりわけ、あれら驚くべき作品群の傍らで、それに匹敵するような文を手紙というかたちで書き継いでいたゴッホの言葉に触れていたならば、漱石は、この避けられない狂気のために、生そのものを滅ぼしていった同時代のオランダの画家のなかに、ドストエフスキーが語った、死刑寸前の一瞬のふるえるような意識状態に通じるものを読み取ったにちがいない。

アルル近郊のサン・レミ精神病院の窓外に広がる一面の麦畑と、刈り入れに余念ない孤独な農夫の姿を描いた作品について、ゴッホは、こんな言葉をついやすのである。

> この刈る人に、僕は、死の影像を見ている、（略）この死には悲しいものは少しもないのだ。あらゆるものの上に純金の光を漲《みなぎ》らす太陽とともに、死は、白昼、己の道を進んでいくのだ。（略）自然という偉大な本の語る死の影像だ、だが僕が描こうとしたのは殆んど微笑している死だ。紫色の岡の線を除いては、凡《すべ》てが黄色だ、薄い明るい黄色だ。獄房の鉄格子越しに、こんな具合に景色が眺められるとは、（略）
>
> （『ゴッホの手紙』）

このゴッホの言葉を、私はいま、小林秀雄の訳で引いているのだが、その小林がこれに添えた言葉――「動機は、彼の後期の絵の明るい透明な色調の持つ、言うに言われぬ静けさに繋《つな》がる様に思われる、再び、夏は、オーヴェルの野に廻《めぐ》って来た。『これを描いている僕の気持ちの静けさは、どうやら余り大きすぎる様だ』と彼は母親に書く。彼は、大発作後の平静期が終りに近付いている事をよく知っていた」。

小林秀雄は、ゴッホについて語りながら、まるで漱石という大先達者の内心のモティーフについて語っているようではないか。あるいは、漱石が、ゴッホに精通していたならば、そんなふうに語ったのではないかと思わせるように、小林は語っているといってもいい。

修善寺における三〇分間の死の経験とは、まさにゴッホにおける「大発作後の平静期」に当たるそれであったといっていい。漱石は、ドストエフスキーに下された死の宣告について思いめぐらしながら、この平静期が終りに近づいていることを確実に予感していたのである。

――彼の後期の絵の明るい透明な色調の持つ、言うにいわれぬ静けさ、そう小林はゴッホについて言う。だが、漱石こそ、『吾輩は猫である』『坊っちゃん』『草枕』『夢十夜』『三四郎』といった作品のベースに、いわく言いがたい沈んだ色調の文を連ねながら、ひとえに、後期の作品の静けさを、無意識のうちにも用意していたということができる。

第二章　一九一〇年、明治四三年の大空

第一節　エポックとしての明治四三年

明治四三年五月、天皇の暗殺計画に関わったという廉で多数の社会主義者・無政府主義者が検挙された。世にいう大逆事件である。このとき、大逆罪で起訴された幸徳秋水はじめ二四名は、十分な審議の行われることのないまま、翌一月、死刑の宣告を下され、一二名が刑死するにいたる。

この事件が、当時の文学者にあたえた影響には、はかりしれないものがあった。森鷗外、徳富蘆花、田山花袋といった作家たちが、これをきっかけにして、みずからの文学観を省みざるをえなくなったということは、周知のところだ。

なかでも、当時少壮の作家であった永井荷風は、政府の強権的処置に対してまったく無力であった自分を顧み、以後、おのれを「文学者」というより、「戯作者」とみなすほかないと語るにいたった。さらには、この事件に震撼され「時代閉塞の現状」という刺激的な論を、ひそかに書き継いでいた石川啄木。

彼らが、幸徳秋水や管野スガの刑死を理不尽きわまりないものとして憂えていたのに対して、かんじんの漱石においては、この事件に触れた形跡がまったくみられない（『それから』において、三千代の夫の平岡が、代助に、政府がいかに社会主義者・幸徳秋水を恐れているかを話すのだが、代助には興味が湧かないといった場面はあるのだが）。三月から六月の三ヶ月にわたって東京朝日新聞に『門』を連載している間、騒然とした社会の状況が、新聞紙上でつたえられなかったとは考えられない。にもかかわらず、漱石の目に、これが特別重大事と映ることはなかったようなのだ。

それから二ヵ月後の八月、修善寺温泉に療養中の漱石を、大吐血が見舞う。大患は、漱石をして一層、このきなくさい世間の動きから身を遠ざけさせたかに見える。『修善寺日記』『思ひ出す事など』のどこをみても、それらしい記述は、認めることができない。漱石の関心が、自己の病と身辺の事情から、外へ向かうことは、なかったかのごとくである。

だが、もし処刑をまじかに控えて、おのれの感慨を書き綴ったという幸徳秋水の「死刑の前」という文章に触れることがあったならば、漱石は、そこにみずからと同様、死というとらえがたいあるものを、わが身に引き寄せようとする人間の感懐を読み取ったのではないだろうか。

《人間にとって天寿を全うして死ぬるほどに幸せなことはない。にもかかわらず、いかに多くの人々が、志なかばにしてこの世を去っていくことか。病死、事故死、自死、謀殺死。彼ら無念の死を遂げていくものたちの心中を察するならば、迫り来る処刑を前に、自分一個の死をのみ嘆く気持ちにはどうしてもなれない。願わくば、これから後彼らに非業の死をもたらす社会的条件のわずかなりとも改善され、今よりも十年なりと二十年なりと、この世の春を味わわんことを》。

死を前にした幸徳の述懐は、実際のところ奇妙なほどに冗長である。しかし、こんなふうにその精髄を要約してみるならば、おのれを措いて他へと向かわずにはいられない心意が、如実に汲み取れるのではないか。そこには、三〇分間の死を経験した漱石ならば、そう読み取るにちがいないと思われるような熱塊が、随所にみとめられる。それは、社会主義や大逆罪ということを超えて、幸徳を動かしている真の要因にほかならない。

ペトラシェフスキー事件に連座して死刑の宣告を受けたドストエフスキーは、死を前にして、この生そのものが死をはらんであること、そして、生と死が、おのれを超えてあることに気がついていた。そのことを、みずからの経験を通して感じ取っていた漱石は、ドストエフスキーのそれが、一方で、幸徳の「死刑の前」に述べられるような思いを内にはらむものであることを直観していた。漱石のドストエフスキー経験とは、そういうものとしてあったのだ。

たとえば、『白痴』のムイシュキンを通して語られるドストエフスキーの処刑前の、一瞬とも永遠ともとれる時間を、「寒い空、新しい刑壇、刑壇の上に立つ彼の姿、襯衣《しやつ》一枚のまま顫え《ふるえ》ている彼の姿」という叙述によってとらえた漱石に、この数分間がおのれ一個の存在を超えたところで刻まれるものであることは、疑いないところであった。処刑台の前に拉致され、柱に縛られて銃殺の号令が下されるまで、残りあと五分間という事態にいたって、ムイシュキンの語りは、こんなふうに続く。

いよいよ残り五分という段になると、この五分が永遠のように続く時間に思われてならなかった。彼は、最初の二分間を友との告別のために、次の二分間を自分のことを考えるために、残りの一分間を周囲の光景を眺めるために費やそうと思った。だが、そうしている矢先、ふいに、奇妙な想念が彼をとらえる。自分はいまここにこうして存在しているのに、あと数分たったら一種のあるものになってしまう。苦しい意識のなかで、いったい何ものになるのかと、そのことを反芻しているうちに、ふと見ると、刑場から遠からぬところに会堂があって、金色の屋根の頂が陽光に輝いている。彼は、その陽の光から、眼を離すことができなくなってしまった。その陽光こそが自分にとっての、驚くべきあるものにちがいない。このきらきらと輝くものこそが、自分の「新しい自然」そのものなのだ、そう思うと、彼はそこに釘付けになってしまった。

（改訳・抄出）

森田草平を通して手にしたといわれる『白痴』を、漱石は、大患をはさんで何度か目にしたと思われるのだが、とりわけエパンチン家の夜会のこのくだりを読みながら、何を思っていただろうか。「今にも到来すべき新しい未知の世界と、それにたいする嫌悪の念は、じつに恐ろしいものでした」とムイシュキンの語りは続く。だが、そこにしまわれていたのは、この嫌悪の念に尽きるものではない。丸い会堂の金色の屋根が、朝の光にきらきらと輝いていると、ムイシュキンに語らせたとき、ドストエフスキーは、この五分間の先にあるのが、決して底なしの闇ではなく、大いなるあるものであることを示唆していた。いいかえるならば、おのれ一個の死をもって世界が閉ざされるのではなく、そこから永遠に回帰してくる現在、ともいうべきものがありうることを語りかけようとしていた。

それは、言葉にすることが困難な真実といっていいのだが、『白痴』をはじめとするドストエフスキーの作品が、この真実にかたちをあたえる試みであったということ。同様に、これをみずからの死の経験を通して受け取っていた漱石にとって、『行人』『こゝろ』『道草』『明暗』といった作品が、この試みに通ずるものであることを、否定することはできない。

そのことを、漱石の生きた明治四三年という現実のなかに、あえてたずねていくとするならば、大逆罪の廉で、死刑に処せられた幸徳秋水の、死を直前にした感懐を糸口にすることができるということなのである。

あらためて、幸徳の「死刑の前」に耳を傾けてみよう。


死ぬならば天寿を全くして死にたいというのが、万人の望みであろう。（略）されど天寿を全くして自然に死に帰すということは甚だ困難である。（略）いわんや多数の権力なき人、富なき人、弱き人、愚かなる人をやである。（略）彼らはその天寿の半ばにも達せずして、紛々として死に失せるのである。（略）ひとり病気のみではない。彼らは餓死もする。凍死もする。溺死もする。（略）私欲のために謀殺される。窮迫の為に自殺する。今の人間の命の火は、油つきて滅するのではなく、皆烈風に吹き消されるのである。（略）不慮の横死のみでも、年々幾万にのぼるか知れない。

死刑を前にした幸徳のうちに生動しているのは、他者の死に対する強い関心である。非業の死を遂げた者たちに対する汲みつくせぬ思いといってもいい。これを人間の深い感情を現す共苦《コンパッション》という言葉でとらえるならばどうか。ここには、ムイシュキンを通して語られる、処刑前五分間のそれに、はるか遠くからつながっていくものがあるといえないだろうか。

もちろん、後者における切迫した状況と語りの緊迫性は、あくまでも小説的現実において意味をもつものであって、「死刑の前」のそれとは、まったく別種の経験を示唆するということもできる。にもかかわらず、幸徳をとらえた他者の死に対する強い関心が、ムイシュキンの語る処刑前五分間の経験の底板となっていることを、退ける理由はないのである。

第二節　わが必要なる告白

死が人間にとって苦痛であるのは、自分がこの世界から消え去ったとしても、世界は変わることなくあり続けるということを、受け容れることができないからである。この真実を表明するために、ドストエフスキーは、同じ『白痴』の別の場面に、不治の病で死を約束された一八歳の少年を登場させ、ムイシュキンの別荘に集まった人々の前で「わが必要なる告白」をおこなわせる。

彼、イッポリートにとって、数週間後にやってくる死とは、自分からすべてを奪い、この自分を一匹の蠅にも劣る存在に堕せしめるものである。

ミハイル・バフチンによって明らかにされたドストエフスキーのポリフォニックな語りは、ムイシュキンの語る処刑前五分間の経験とイッポリートの死を前にした心情とを、同じ小説空間に配置する。前者の静謐な色調に、後者の憤怒の彩りを並べることで現実のとらえがたさを暗示するのである。

イッポリートにとって、この身が「一匹の蠅」にも如かないということは、そういう世界や存在のありようを、決して受容できないということなのである。そのことを、この一八歳の少年は、十字架から降ろされたばかりのキリストの無残な姿を描いたホルバインの絵によって示す。そこには、イエスでさえも破ることのできなかった、貪欲あくなき唖の獣のような自然の姿が描かれていると言うのだ。

しかし、このイッポリートの思いには、自分に対する極度なまでの関心はあっても、他者に対する関心がない。もっというならば、幸徳秋水を動かしていた、他者の死に対する強い関心がみられない。

いや幸徳のそれは、死を約束された者のそれというよりも、みずからの処刑を前に、おのれの拠って立つ諸々を顧みたところに現れた感懐にすぎない。それにくらべるならば、暗愚なる死をこの手で捉えようとするイッポリートには、他者の死に対する関心の起こる余地はない。

実際、イッポリートは、この貪欲あくなき唖の獣に呑み込まれる前に、残された最後の選択を遂げようとする。隠し持っていた短銃によってこめかみを撃とうとするのである。だが、一八歳の少年には、衆目の前で死を演ずるには、どれほど細心の注意が必要かを推し測ることができない。雷管を忘れたまま引き金を引いたイッポリートの所業は、結局は一幕の茶番として人々の笑いを誘うにいたる。
その一部始終をわがことのように受け取っていたムイシュキンだけが、失笑とも憫笑ともつかない人々の笑い声を背に、パーヴロフスクの公園へと降りていく。そこで不意にこんな思いに襲われるのである。
脳裏に浮かぶのは、これまでの人生のほとんどを過ごしたスイスの山奥の心療院でのある一日のことである。

あるとき太陽の輝かしい日に山へ登って、言葉に言い表せない悩ましい思いをいだきつつ、長いあいだあちこち歩きまわったことがある。目の前には光り輝く青空がつづいて、下の方には湖水、四周にも果てしも知らぬ明るい無窮の地平線がつらなっていた。彼は長いことこの景色に見入りながら、もだえ苦しんだ。彼を悩ましたのは、これらすべてのものに対して、自分がなんの縁もゆかりもない他人だという考えであった。（略）
しかし、いま彼は当時の自分がこうした考えを、すっかり同じ言葉で語ったことがあるように思われた。で、あの『蠅』の感想も、イッポリートが当時の自分の言葉と涙の中から取って来たような思いがした。彼はそうと固く信じきっていたので、そのためになぜかしら心臓の鼓動が烈しくなって来た……。
（米川正夫訳）

ムイシュキンは、このとき処刑寸前に体験した「新しい自然」とそこからもたらされる「嫌悪の情」を無意識のうちにも反芻している。会堂の屋根にキラキラと光る日の光とは、スイスの心療院の湖水や地平線を照らす日の光と同じものであると直感しているのである。「これらすべてのものに対して、自分がなんの縁もゆかりもない他人だという考え」こそが、ムイシュキンによって、死刑囚の「嫌悪の情」として語られたものの実体にほかならない。

しかし、銃殺寸前のドストエフスキーの無意識には、イポリートやムイシュキンにはいまだ意識されていないものが映し出されていた。だからこそ、「丸い会堂の金色の屋根が、朝の光にきらきらと輝いていると、ムイシュキンに語らせたとき、ドストエフスキーは、この五分間の先にあるのが、決して底なしの闇ではなく、大いなるあるものであることを示唆していた。いいかえるならば、おのれ一個の死をもって世界が閉ざされるのではなく、そこから永遠に回帰してくる現在、ともいうべきものがありうることを語りかけようとしていた」ということができるのである。

私は、それをドストエフスキーにおける回心の経験と考えるのだが、このとき死刑囚であるドストエフスキーは、会堂の屋根にキラキラと輝いている日の光に、十字架に架けられたイエス・キリストをかいま見たのではないか、そしてそこから、イッポリートがホルバインの絵の奥にかいま見た「貪欲あくなき唖の獣のような自然」と表裏をなすような「新しい自然」を感じ取ったのだ。

だが、ドストエフスキーはムイシュキンにそれを語らせるにあたって、「自分はいまここにこうして存在しているのに、あと数分たったら一種のあるものになってしまう」という「苦しい意識」と「今にも到来すべき新しい未知の世界と、それにたいする嫌悪の念」に拘泥させた。ドストエフスキー自身が、そのような意識や感情からのがれられなかったということもあるのだが、なによりも、みずからの銃殺寸前の経験を、ムイシュキンという人物のいやしがたい疎外感を通して語らせようとしたからである。
ムイシュキンの精神に損傷をあたえてやまないのけ者意識は、イッポリートの憤怒の念の奥に隠されたそれに一度は共鳴する。だが、やがてムイシュキンのなかに、ドストエフスキーが銃殺寸前にかいま見た「新しい自然」への大いなる感受がやってくる。それをドストエフスキーは、「嫌悪の情」から「赦し」といっていいあるものへの転回として描くのである。それは、別荘での騒動からしばらくたって、イポリートとムイシュキンが再開した場面にあらわれているものにほかならない。

あなたがたはみんなこのぼくをまるで……まるで陶器の茶碗みたいにびくびくしながら扱っているようですね……なにかまいません、かまいません、ぼくは怒りゃしませんよ。（略）もっともどうやら、ぼくはできるだけ早く死なくちゃならんのですよ、でなければ、ぼく自身で……いや、放っといてください。失礼します。ところで……ああ、そうそう。いや、ひとつ教えてくれませんか、どうしたらいちばんいい死に方ができるでしょうね？　つまりその、どうしたらできるだけ人の役に立つ死に方ができるでしょうね、さあ、教えてください！

このイポリートの問いかけに対して、もはやムイシュキンのなかにイポリートのなかの「のけ者意識」に同調《シンクロナイズ》するものはない。代わってムイシュキンの口からこんな言葉が出てくるのである。

「どうか私たちのそばを素通りして、私たちの幸福を赦してください」公爵は静かな声で言った。

（木村浩訳）

このときのムイシュキンの言葉には、ドストエフスキーの無意識の声がまちがいなく響き合っている。死刑寸前に見えていた会堂の屋根にキラキラと輝く日の光。その光の向こうから「どうか私たちのそばを素通りして、私たちの幸福を赦してください」という言葉が聞こえてこなかっただろうか、そうドストエフスキーはいっているのである。そして、ドストエフスキーにおける回心の経験とはそういうものにほかならない。

第三節　普遍の意志と大いなる器量

それならば、修善寺における三〇分間の死を経験した漱石は、このような場面をどんな思いで読んでいたのだろうか。イッポリートの一幕の劇を無言のままたどった末に、ムイシュキンのこの一節に至ったとき、漱石の胸のうちを去来したのは、次のような想念だったのではないか。

死がおのれ一個の存在を無に帰してしまったとしても、世界は変わることなくあり続ける。世界とは、私たちの生がそこから現れ、やがてそこを去ってもなお生きつづける大いなる実在にほかならない。そのような想念を、先に挙げた五言古詩の以下のような詩句のなかに読み取ることができないだろうか。

縹渺玄黄外
死生交謝時
孤愁空遶夢
宛動蕭瑟悲
廓寥天尚在
高樹独余枝

縹渺《ひょうびょう》たる玄黄《げんこう》の外
死生《しせい》　交《こも》ごも謝《しゃ》する時《とき》
孤愁《こしゅう》　空《むな》しく夢《ゆめ》を遶《めぐ》り
宛《えん》として蕭瑟《しょうしつ》の悲《かな》しみを動《うご》かす
廓寥《かくりょう》として　天尚《てんな》お在《あ》り
高樹《こうじゅ》　独《ひと》り枝《えだ》を余《あま》す

漱石のなかには、周りに広がる無窮の自然に対して、「自分がなんの縁もゆかりもない他人」にすぎないというムイシュキンを襲った苦しい思いはみとめられない。自分ひとりだけが余計者なのだという、イッポリートの苛立ちも見出すことができない。にもかかわらず、それらをわが事のように顧みて、胸を痛めるムイシュキンのはるかむこう、「天尚《てんな》お在《あ》り」というその天にたゆたう悲しみのようなものがみとめられる。

それは、「死刑の前」の幸徳秋水をうごかしていた、他者の死に対する強い関心にも通ずるものである。ドストエフスキーは、ムイシュキンという稀有の人間を描くことによって、そのことをおもてにしていったのだが、漱石は、そういうドストエフスキーの言葉に耳を傾けながら、みずからが作家として、あのポリフォニックな話法をどのようにすれば手に入れることができるかを、思っていたにちがいない。技法の問題としてではなく、信念の問題として、いかにすればそれを所有することができるかを。

そういう漱石が、ムイシュキンの語る処刑前五分間の経験を、どのような思いで読み取っていたかは、もはや疑う余地がない。あと数分たったら一種のあるものになってしまうという苦しい意識も、会堂の金色の屋根が陽光に輝いているというその光景も、このきらきらと輝くものこそが、自分の「新しい自然」なのだという思いも、すべてが、普遍のといっていい広大な地平から語りだされていることが、明らかにされるのだ。

それこそが、自分を越えて他者への関心がひらかれていく地平にほかならず、たとえてみるならば、他者の呪詛や憤懣をわが事のように受け取らずにはいられない共苦《コンパッション》に由来する場所ということができるのである。

漱石の経験とは、まさにこのような地平に根をおくものなのである。それを、漱石は、幸徳秋水とドストエフスキーという、自分にとってまったくの他人であるような存在と、遠く響きあうようにして受け取っていた。彼らを結びつけていたのが、大逆事件とペトラシェフスキー事件という、これもまた漱石には無縁のといっていい、暗殺未遂事件であったということ。それほどまでに奇しき縁が、ここには、はたらいていたといわざるをえない。

それだけではない。この明治四三年、一九一〇年が、トルストイが、妻とのいさかいに耐え切れず、身一つで家出をした末に、鄙びた田舎の小駅で客死した年であったという事実に目を向けてみるならばどうだろうか。ここにもまた、ある不思議なといっていい縁が見出されるのではないだろうか。

この八二歳のトルストイの出奔が、遅れてやって来た自己追放の衝動であったということを、あらためて顧みてみよう。トルストイもまた、これに先駆けること数十年、『戦争と平和』において、自分を越えてひらかれていく普遍の地平について語っていた。そのことが、まるで自然の成り行きででもあるかのように見出されてくるのである。

アウステルリッツの戦いで、ナポレオン軍の銃弾に倒れ、瀕死のまま仰向けに横たわるアンドレイ公爵の頭上に広がる高い空。

彼は目をあけた。だが、何も見えなかった。頭上には空以外、もはや何一つなかった。——澄んでこそいないが、やはり計り知れぬくらい高く、静かにただよう灰色の雲をうかべた高い空だった。「なんて静かで、安らかで、荘厳なんだろう」「どうして今までこの高い空が目に入らなかったのだろう？　でも、やっとこれに気づいて、おれは実に幸福だ。そうとも！　この果てしない空のほかは、すべてがむなしく、すべてが欺瞞なのだ。この空以外には何一つ、何一つ存在しないのだ。しかし、それすら存在しない。この静けさと安らぎ以外、何もないのだ。ありがたいことじゃないか！」

（原卓也訳）

この果てしない空いがいはすべてがむなしいと、瀕死のアンドレイはいう。だが、そのような語りをあらしめているのは、死を前にして、世界の無意味に深く直面したアンドレイではない。大ナポレオンのなかにさえ偽りや虚栄心や勝利の悦びを認めてやまないアンドレイは、しかし、この永遠のような青空を頭上はるかに眺めながら、いまだ他者への共感を手にするにいたっていない。

それは、あたかもスイスの山奥の心療院での一日、ムイシュキン公爵が、目の前につづく光り輝く青空、果てしなくつらなる無窮の地平線に見入りながら、自分が縁もゆかりもない他人だという考えにとらえられる、その仕方に通ずる。

だがムイシュキンの語りの背後で、ドストエフスキーは、そのような苦しい意識がやがては、イッポリートの同じ苦しみに対する共感として結実することを予告している。同じように、アウステルリッツの無限の青空を仰ぎながら、人間の営みのむなしさにとらえられるアンドレイを、トルストイはある普遍性、まったき公平性という理念でつつみこむのだ。

それは、こんな具合にしてである。

果てしのない無窮の自然にくらべて、この身の小ささに打たれる。それだけでは、自己存在の根拠のなさにとらえられたとしても、同様に何の根拠もなくこの世界に投げ出され、この世界から消えていく存在に対する関心が認められない。瀕死のアンドレイを襲った想念が、どこかでそのような狭隘さを示していたとするならば、彼の死の演習は、イッポリートのそれにも似た茶番にすぎない。

だが、イッポリートの茶番をムイシュキンの思いが、わがことのように受け容れるように、アンドレイを受け容れている存在が、ここにはまぎれもなくある。それをトルストイは、ドストエフスキーのように極限的な生を生きてきた人物に体現させるのではなく、ある現実、必然というおおきな思慮によってあらわれる現実に体現させるのである。

『戦争と平和』という作品において、それこそが最大のテーマといっていいのだが、この公平性と普遍性は、クトゥーゾフ率いるロシア軍をして、ナポレオン軍との壊滅的な戦闘を繰り広げさせるボロジノの会戦を描くところにあらわれる。

戦争の勝敗は、司令部の作戦や兵士の士気によって決せられるわけではない。戦場のはるか彼方へと広がる広大な空の前では、そのようなものはなんら意味をなさない。勝敗を決するのは、ある普遍の意志、すべてを必然のもとに去来させながら、まったき公平性によってそれらを現前させる大いなる思慮ともいうべきものではないか。

このような思念を生かしているものこそ、作者トルストイの話法なのである。アンドレイをはじめとする諸々の人物たち、そして戦争という現実をおそるべきリアリズムによって描き出しながら、その背後で、このトルストイの話法は、汲みつくしえない共苦《コンパッション》をうちに秘めていたのである。

わずか四一歳にして、このような思念に達したトルストイにとって、後半生は、この意志との闘いであった。

いかにすればこの共苦《コンパッション》をかたちあるものとして実現しうるか。『アンナ・カレーニナ』はもちろんのこと、『復活』をはじめとする倫理の投影を帯びた作品の背後で、トルストイの話法は、そのことに腐心していたのである。その結果が、生涯の最後にやってきた自己追放の強い衝動にほかならなかった。

　ドストエフスキーをはじめとする偉大な一九世紀の文学に、いち早く接していた漱石が、このようなトルストイの思念をかいま見なかったとは断定できない。少なくとも、ムイシュキンが語る処刑前五分間の経験を万感の思いで読み取っていた漱石が、会堂の屋根に照り映える「新しい自然」を、アウステルリッツの戦場に広がる広大な空のもとにあるものと感知していなかったとはいえない。

　だが、トルストイの話法は、結局は漱石の目に留まることなく、後になってようやく、自然と人類の調和を唱える白樺派の作家たちに称揚されるにいたる。ドストエフスキーの、世界に対するネガティヴ・キャラクターも、漱石の自我の葛藤も同じように希釈されることによって、この自然と人類の調和は、ありうべき理想型として提示されるのである。

　なかで、志賀直哉だけは漱石の三〇分間の死の経験にも、ドストエフスキーの処刑前五分間の経験にも通ずる思念を所有していた。代表作『暗夜行路』における、時任謙作をして死に直面せしめる仕方は、次のごとくである。

　謙作が、伯耆《ほうき》大山の広大な自然に触れていく場面をみていこう。


　　彼は、自分の精神も肉体も、今、此大きな自然の中に溶け込んでいくのを感じた。その自然といふのは芥子粒程に小さい彼を無限の大きさで包んでゐる気体のやうな眼に感ぜられないものであるが、その中に溶けていく、――それに還元される感じが言葉に表現できない程の快さであつた。（略）彼は今、自分が一歩、永遠に通ずる路に踏み出したといふやうな事を考へてゐた。彼は少しも死の恐怖を感じなかつた。然し、もし死ぬなら此儘死んでも少しも憾むところはないと思つた。

志賀直哉は、漱石以後の作家のなかで、普遍の意志や大いなる器量というものを示しえた数少ない作家の一人である。ここに描かれた自然と永遠の相は、アンドレイ公爵が眼にしたアウステルリッツの高い空や、ムイシュキン公爵の語る、処刑直前の会堂の円屋根に射す陽光にも通ずるものといえる。

いや、ここに語られているのは、まったく異なる死生観であって、それは、ドストエフスキーやトルストイには決してみとめることのできない、東洋的自然に対する無意識の親和に由来するものである。そう考えることもできないことではない。

だが、『行人』『こゝろ』『道草』『明暗』における漱石の試みを通過した志賀の中に、そのような東洋的自然観が生き残っていたとは考えられない。志賀直哉は、やはりアンドレイやムイシュキンの経験した「自然」がいかなるものであったかを、当時としては誰も達し得ない水準でとらえ、時任謙作の死の意識を描き出したのである。

問題は、ここには、受容はあっても共苦《コンパッション》がないということなのである。おのれの死に対する無限の関心はみとめられても、そのような死が、他者との関係においてあるということへの関心がそんなにはみられないということなのだ。
たとえば、『戦争と平和』においてトルストイが、勝敗を決する普遍の意志、必然の力というものを描き出そうとした時、たんに人間の自由を超えた実在について語ろうとしたのではなかった。戦争が、数え切れないほどの無意味で無惨な死をもたらしながら、「戦いは、万物の父であり万物の王である」と語ったヘラクレイトスの言葉を借りるならば「万物の父」として「万物の王」として君臨するということ、そのことの意味について問おうとしたのである。

『戦争と平和』の最終章を占める自由と必然についてのトルストイの思念をたどっていくならば、このことは明らかなのである。

権力とは民衆の意志の総和であるとか、どのような自由も、制限として認識されないかぎり、真の自由とはいいがたいとか、いかなる必然の意志も、そこに人間の自由が関与しないかぎり、歴史を動かすことはできないといった思念を通して、トルストイが言おうとしたのは、人間の営みというものが、他者との関係を通してしかなされず、そこにはおのれ一個を超えた存在との関わりが脈動しているということにほかならなかった。

一九〇四年に勃発した日露戦争に、明確な反戦の意志を表明していたトルストイにとって、戦争が「万物の父」として君臨することは決してあってはならないことであった。それにもかかわらず、歴史が、ある必然の意志によって、戦いを「万物の王」として君臨させてきた事実を、曲げることはできない。ならば、そのような戦争を動かしているある力、人間の自由意志をねじ伏せてしまうような絶対の力を、現前させればいいのではないか。

アウステルリッツの高い無限の空に、アンドレイがかいまみたのは、まさにそのような思念にほかならない。いや、そういう思念のもとに生かされているアンドレイの、しかし、いまだそこに達しえぬ感懐を、トルストイは描き出したというべきなのだ。

伯耆《ほうき》大山の自然に、永遠をかいまみた時任謙作は、まちがいなくそのようなアンドレイの思いを共有している。しかし、アンドレイの背後にひかえる普遍の思念といったものを、時任謙作の向うに望みみることはできない。そういう話法を手にしたのは、志賀直哉ではなく、『行人』『こゝろ』『道草』『明暗』における漱石が、唯一であったということ。そのことを思うならば、あの三〇分間の死の経験が、いかなるひろがりをもって漱石を襲ったかを、あらためて考えずにいられないのである。

第四節　国民国家と日露戦争

幸徳秋水、内村鑑三、与謝野鉄幹、与謝野晶子。漱石と同時代を生きた多くのすぐれた文学者、思想家のなかから、この四人を抽出してみる。何が見えてくるだろうか。

明治三七年二月旅順口海戦からはじまって、数々の激戦と何一〇万という死傷者を出し、翌八月ポーツマス条約によってようやく講和をえた日露戦争に対して、明確な批判の言葉を残しているということ。その言葉は、そのまま明治四三年大逆事件の理不尽さに対する批判にもつながっていたということ。

彼らの戦争批判は、明治国家のありかたと根底から抵触するものであったがゆえに、たとえば、幸徳におけるように、大逆事件に象徴される暗殺行為の疑惑を引き寄せずにいなかった。では、そういう批判の核心には何があったのか。

近代社会や国民国家が、人間と人間との根本的な非融和性を隠しているということへの直観である。このことは、社会や国家が、人間の自由意志の実現であるとする考えからは、決して出てこないものである。

一九世紀ドイツの哲学者ヘーゲルによって完成されたこの国家観は、人間を共同体的な縄矩から解放し、理性と良心に根ざした相互の承認をもたらした。そのような国家においては、諸個人は互いに相手の自由を認め、みずからの良心に従って行動することで、正義と善とを目指すことができる。国家とは、そういう公正な社会を成り立たせ、それを根本において機能させる現実態をいうとはいえ、本来ヘーゲルにしても、カントにしても、ホッブズやルソーにおいても、彼らが描いた近代社会の像には、社会に生きる人間の非融和性を、いかにして解いていくかといった動機がこめられていた。人間の自由意志や、道徳的精神が、現実の社会や国家において実現されているというのではない。近代社会は、そういう原理によって打ちたてられるのでないならば、もはや理由も根拠も失ってしまう。彼らの理念の根本には、そのような当為がひかえていたのである。

ホッブズやルソーにおいて、この理念は社会契約説というかたちをとった。万人の万人に対する闘争をいうホッブズにおいても、人間はいたるところで鉄鎖につながれているというルソーにおいても、国家が、そのような社会状態に根拠をあたえるものでないならば、何の意味もなかった。そこには、近代において、より現実的なすがたをもって現れた諸個人が、互いに相手に対して非融和的な関係を取ろうとする事態への認識があったといえる。

これは、人間の本質を非社交的社交性と規定することで、非融和的な関係性をとらえたカントにおいて、典型的なかたちをとった。カントにおいては最高善や世界共和国といった、ほとんど超越的といっていい理想型をおくことによってしか、国家や社会の根拠が確定されることはなかった。

理性と良心に基づく相互承認と、人間の自由意志の実現形態としての国家社会というヘーゲル的理念において、このことは最も現実的なかたちで現れたのである。近代的な諸個人が、互いに相手の自由を認めるよりも、みずからの自由を相手に認めさせようとして、あくなき闘争を繰り広げる。ヘーゲルは、これを主人と奴隷の死を賭けた戦いとか、行動する良心と批評する良心との和解しがたい争いといった事例を挙げて論じたのだが、そこには国家や社会の根底をかたちづくる関係が、いかにすれば実効あるものとして見出されるかという思念が生きていたといえる。

この点にくらべるならば、ヘーゲルの国家観が、当時のプロイセン国家を範型とするもので、国家意志のもとにあっては、人間の自由意志の制限もやむなしとみなしたということには、それほど大きな意味はない。やはり、ヘーゲルにおいてもまた問題は、近代においていよいよ現実的となってきた、人間と人間との非融和性というところにあったといえる。

これをいかにして普遍の関係のなかに解き放つことができるか。ルソーの社会契約も、ホッブズのリヴァイアサンも、あるいはカントの世界市民も、すべてそのような動機のもとに構想されたものなのである。

だが、彼らの構想が、一八世紀から一九世紀において実現されたフランス革命において、現実の形態を見出したとき、齟齬は必至となった。人間の自由と平等をうたう精神が、絶対王政を廃棄し、共和政への移行を遂げることでしか実現されないとするならば、この精神は、カントやヘーゲルの理念の現れであるよりも、一つの政体を代表するような理念の現われといわざるをえないからである。

実際、共和政を実現させたフランス革命が、平等の極端な実践として、ロベスピエールによる恐怖政治をもたらし、自由意志の現実的形態として、ナポレオンの専制政治をもたらしたことは、記憶にとどめられてよい。フランス革命を機に現実化していった近代社会は、人間の自由や平等が、諸個人の欲望をどのようなかたちで調整していくかについて明確な展望をもたらすことのないまま、国民国家と市民社会の成立を促していったのである。

このことについて、最も鋭い批判を展開したのは、ルソーやヘーゲルから国家や社会についての思想を批判的に継承したマルクスなのである。

マルクスによれば、市民社会が、各人の自由意志の実現を基本原理とすることは、近代になって現れてきた様々な関係を動態化するために必須のことがらであった。

人間の自由な活動は、まずもって労働の飛躍的な展開と生産の増大を推し進めていく。たとえ、自由意志が、他者の領域を侵害し、結果として、各人の非融和性をあらわにするとしても、そこに、本質的問題があるわけではない。むしろ問題は、自由意志による活動が、決して公平感をもたらさず、かえって各人に不全の意識を植えつけてしまうというところにあった。

理由は、市民社会や国民国家が、人間の自由な活動と自由ならざる実態との、二重性によって成り立っているというところにある。

たしかに諸個人の欲望は、市民社会の現実においては、自由な活動として現れる。だが、市民社会は、現実的に国民国家の枠組みの中でしか成立しない。その結果、国民国家を現実的なものとして推し進めていく階層の一般利害と、諸個人の特殊利害との間に齟齬が生ずるのである。

マルクスは、この齟齬を、さらに次のような脈絡のなかで捉えていった。

個人の自由な活動による社会の動態化は、国民の自覚を促し、ナショナルな実体を強化していく。そこに、国民国家の積極的な意義を認めることができないわけではない。だが、そのようにして成立した国民意識は、一方において、諸個人の自由な活動に制約をくわえる一般利害として現れざるをえない。市民社会の現実とは、そういう二重性にあるので、この二重性を覆い隠すような観念の共同形態を様々にかたちづくっていくのが、国民国家なのである。

こういうマルクスの思念からするならば、ロベスピエールの恐怖政治も、ナポレオンの専制政治も、そのような二重性の現われとして記憶されるべきものにほかならない。

実際、ルイ・ボナパルトのクーデターを論ずることによって、マルクスは、第二帝政を、市民社会における一般利害と特殊利害との齟齬の代行形態と位置づけていった。ここに至って諸個人の特殊利害は、個人とか市民といった意識を持てない層にまで広がることになり、彼らのなかに巣くう市民社会への不満こそが、ルイ・ボナパルトを大統領へと押し上げていった。その根底には、国民国家が、近代社会の成り立ちのもとで解消されたはずの非融和性を、次々に広げていくとともに、第二帝政といった一般利害と特殊利害の代行形態によって縫合していったという鋭い洞察があった。そのことによって、国民国家は、人間と人間との非融和性を、国家間の解消不能な非融和性として、あらためて現実化していったというのが、マルクスの認識にほかならなかった。

第五節　戦争の必然と運命の影

『戦争と平和』で、ナポレオン戦争を描いたトルストイにとって、このようなマルクスの思念は、疑う余地のないものであった。一九世紀にいたって、ヨーロッパを席巻した戦争の現実は、たんに領土拡大や民族的な征服といったものでは説明できない要因を抱えていた。

一八世紀から一九世紀において成立しつつあった国民国家が、根底において相互の非融和性を解消することのないままに成立したものであるということ。ここに最大の原因があったのである。

若くしてクリミア戦争に従軍したトルストイが、このことを、近代戦の苛酷な現実を通して感じ取っていたことは、まちがいない。アウステルリッツの広大な空を見上げる瀕死のアンドレイにとって、大ナポレオンでさえも偽りや虚栄の徒に見えたのは、このような理由からであったといえる。だが、トルストイは、アンドレイのこの思いを、さらに大いなる思念のもとに置きなおす。

はるか彼方へと広がる広大な空の前では、権力者の倨傲はなんら意味をなさない。たとえ、大ナポレオンのなかで偽りや虚栄の心がはたらいていたとしても、戦争を引き起こすのは、国民国家間の拭うことのできない非融和性にほかならない。そして、勝敗を決するのは、司令部の作戦でもなければ、指導者の采配でもなく、この非融和性をいかんともしがたいものとするある見えない力である。

『戦争と平和』が、自由と必然という主題のもとに描き出そうとしたのは、そのような問題なのである。

人間の自由意志の実現としての近代国家が、なぜ戦争という事態を引き起こしてしまうのか。そこにトルストイは歴史の必然を認めるのだが、それは決して戦争という現実を、必然の相のもとに受け入れんがためではなかった。そういう必然から人間は逃れられないとしても、戦争という現実があらわにする根源的な非融和性に対して、これは決してあってはならないものとして批判すること。

一九〇四年に勃発した日露戦争に明確な非戦の意志を表明したトルストイの真意は、そこにあったといえる。

幸徳秋水、内村鑑三、与謝野鉄幹、与謝野晶子といった少数の文学者、思想家が唱えた非戦論が、このようなトルストイの思想に響きあうものであったということ。彼らのなかで、トルストイにも劣らないほどの共苦《コンパッション》がはたらいていたということは、後の大逆事件をも含めた幸徳秋水の姿勢に明瞭に現れている。

では漱石は、どうか。大逆事件の明治四三年、三〇分間の死を経験するまでに、漱石もまた、トルストイに通ずるような思念を擁していたといえるだろうか。

残念ながら、これについては明確に否といわざるをえない。日露戦争に際して漱石が残しているのは、「従軍行」「征露の歌」といった戦争詩にほかならず、後に友人である満鉄総裁中村是公に招かれて、旅順港を訪れたときも、漱石は日露戦争について一言も触れていないのである。

明治四二年（一九〇九年）、漱石はその時の印象を『満韓ところ〴〵』という文章において、以下のように書き記す。

> 通り路は、長い厚板を坂に渡して、下から三階迄を普請《ふしん》の足場の様に拵《こしら》へてゐる。彼等は此坂の一つを登つて来て、其一つを又下りて行《ゆ》く。上るものと下りるものが左右の坂の途中で顔を見合わせても、殆《ほと》んど口を利《き》いた事がない。彼等は舌のない人間の様に黙々として、朝から晩迄、此重い豆の袋を担ぎ続けに担いで、三階へ上つては、また三階を下《くだ》るのである。其沈黙と、其規則づくな運動と、其忍耐と其の勢力とは殆んど運命の影の如く見える。（十七）

「彼等」といわれているのは、旅順港においておもに穀物や豆類の荷揚げをおこなう苦力《クーリー》である。漱石が、この時、眼にした苦力が、日本が日露戦争の結果、租借地として譲り渡された大連や旅順において、過酷な労働に従事する下層中国人であることはうたがいない。彼らは、黒人奴隷解放後、資本主義生産の発展にとって必要な労働力として、中国のみならず、欧米諸国においてもまた需要が増していたという。

たとえば、日露戦争に際して非戦論を唱えたトルストイは、すでに一八六一年アレクサンドル二世による農奴解放令に当たって、農事調停委員として様々に力を尽くしている。後年になって、さらに貧民層の民勢調査をおこなったことをきっかけに、私有権や著作権の放棄をおこなおうとして、妻との間で何度も衝突を繰り返した。

彼の『芸術論』が『戦争と平和』や『アンナ・カレーニナ』までをも否認するような一種の芸術否定論であったということ。そのことについて賛否両論のあることを認めた上で、問うてみたいのだが、晩年になるに従い過激さを増していったトルストイは、いったい何にそれほど心を砕いていたのか。

国民国家が、その根拠として擁している修復不可能な非融和性と、近代社会が必然的に招き寄せてしまう諸個人間の不公平性。そのことが、帝政ロシアにおいて、対外的にはアジア諸国への進出と、国内における貧富の拡大をもたらしているという現実に対して、彼トルストイは、決して目をそらすことができなかった。

そのようなトルストイの思想芸術が、後にロシア革命を主導したレーニンの容れるところとなったとして、そのことは決して大きな問題ではない。『戦争と平和』において、歴史を、自由と必然のもとに描いたトルストイからすれば、のちに起こる革命も反革命も、スターリンによる粛清も、すべて歴史の必然がしからしめたものにすぎないのである。

そういう必然にとらえられながら、なおかつ人間にとっての自由がありうるとするならば、それはどのようなものであるのか。『人生とは何か』『われら何をなすべきか』といった過激なまでのモラル追及の書の背後で、トルストイが目指していたのはそのことにほかならない。

『満韓ところ〴〵』において、旅順港を舞台に、まるで蟻の行列のように課役に従事する苦力《クーリー》のすがたに「運命の影」をかいまみた漱石は、いまだトルストイの芸術にも理念にも達していない。にもかかわらず、そこに歴史の必然とも戦争の現実とも結びつかない、しかし同じ「必然」という言葉でいうしかない何かを感知していることは、確かなのである。

残念なことに、明治四二年の漱石には、これ以上のことを咀嚼することはかなわなかった。それは、『吾輩は猫である』からはじめて『坊っちゃん』『草枕』『夢十夜』『三四郎』といった作品の随所に、存在論的といった文の構えを残していた漱石が、しかし明治四三年における三〇分間の死を経験するまでには、これを世界と存在についての大いなる思念として見出すに至らなかったということと同様なのである。

ただ、やがて修善寺の大患を、ドストエフスキーの銃殺五分前の経験への感受を通して潜り抜けていく漱石は、そこに、自分一個の存在を超えたものへの共苦《コンパッション》を確実に読み取っていくのである。それは、明治四三年（一九一〇年）八二歳にして、田舎の小駅で客死する運命にあったトルストイの以下のような言葉に、たんなる隣人愛にとどまらない思いが脈動していることを、みずからのなかから了解していくということでもあった。

きみは、万人がきみのために生活せんことを欲し、彼ら自身よりもより多くきみを愛せんことを欲しているであろう？　ところで、きみのこの希望が達せられるかもしれない状態は、ただ一つあるだけである。それは、いっさいの生物が、他人の幸福のために生き、自分自身よりも他人を多く愛するような状態である。その時はじめて、きみも、また他のいっさいの生物もみな、万物から愛されるようになり、彼らの一員であるきみも、願うところの幸福をうることになるであろう。

（『人生論』中村白葉訳）

こういうトルストイの言葉が、生涯の最後における自己追放を予感のようにはらんだものにほかならないということ。一九一〇年（明治四三年）の経験をへた漱石は、やがて『こゝろ』や『明暗』といった最後の作品のなかで、このことを、理念としてよりも一つの小説的現実として描き出していく。たとえば『こゝろ』の先生が自死するに当たって、「記憶して下さい。このような人間が生きていたということを」と若い「私」に語りかけたとき、先生は、自分ではなく、自分を超えたある存在を、思いのうちに描きながら、この言葉をつたえたということもできるのである。

第三章　博士問題の去就と不幸の固有性

第一節　不幸の固有性

この生を生きていくうえで、ある適わなさに遭遇しない人間は一人としていない。しかし、これを生活上のさまざまな不如意とみなし、諸事万端においてやりすごしていくのも、人間の常といえる。漱石という作家は、このような世間一般の生といったものを、当時の社会の諸相を背景に描き出した数少ない作家の一人なのだ。

『それから』の代助が帰属する上流階級の家庭には、新興の企業家として成功を収めた父親の薫陶が行き渡り、『行人』の一郎の営む知識階級の家庭には、高等教育を受けた人間特有の良識と秩序が形づくられている。しかし、これら一見幸福そうに見える家庭が、どのような不全を抱えているか。代助や一郎の内面に照明を当てることで、この落差を明らかにしていくのが、漱石の方法であったといえる。

ここには、「幸福な家庭はすべてよく似かよったものであるが、不幸な家庭はみなそれぞれに不幸である」(『アンナ・カレーニナ』)といったトルストイの認識に通ずるものがある。一九世紀ロシアの上流社会を舞台に、幸福な家庭の妻として生きていた一人の女性の破滅していくすがたを描いたトルストイは、人間にとって不幸こそが固有の意味をもつということを示そうとした。

このことは、漱石の方法に照らし合わせてみると、いっそう明らかになる。漱石もまた、不幸の固有性に固執せずにいられなかった作家だが、それは、人間の幸不幸というものが計測不可能であるという認識からやってくるものであった。そして、この認識をたどっていくとき、一見幸福そうに見える家庭が抱えている不全というのが、決して個々の成員の責に帰せられるものではなく、その時代や社会の諸相によって編まれたものであるという考えに行き着くのである。

とはいえ、これをトルストイにおける一九世紀の帝政ロシア社会とか、漱石における明治の文明開化の時代として取り出すことには、さしたる意味はない。重要なのは、人間の幸福や不幸が、微細な差異の織物として現れ、しかも、これの背後にどのような差異も容れることのない固有の不幸が控えているという構図である。時代や社会は、そのなかで個々の要因として作用するといえるので、いわば、固有の不幸をそれぞれの仕方で編み上げるのが、時代と社会なのである。『戦争と平和』において、歴史の必然と人間の自由を問題にしたトルストイにとって、幸福な家庭の妻として生きていた一人の女性を愛と嫉妬の炎で焼き尽くすのが、不幸の固有性といっていいある必然のはたらきであることは、疑う余地のないところであった。アンナのヴロンスキーに対する思いは、夫であるカレーニンに対する不満や、上流階級の家庭特有の倦怠感に帰することのできない、主体をねじふせるような不穏な愛に由来するものといえる。

『アンナ・カレーニナ』という恋愛小説は、その意味において、『戦争と平和』の主題を、あらたなかたちで展開した作品ということもできるのである。瀕死のアンドレイ公爵が仰ぎ見るアウステルリッツの高い空を、普遍の、大いなる思慮をもって描き出したトルストイは、『アンナ・カレーニナ』においてもまた、この不幸の固有性を、アンナの破滅の場面のうちに示唆するのである。

　彼女は近づいてくる二輌目の車輪から、目を離そうともしなかった。そして、中央部が目の前にきた、まさにその瞬間、彼女は赤いバッグをほうりだし、首を肩にすくめて、貨車の下へ前のめりにとびこむなり、まるですぐに起き上がろうと身がまえるかのように軽快な動作で膝をついた。が、そのとたん、自分がしでかしたことにぞっとした。「あたしはどこにいるんだろう？　何をしているのかしら？　何のために？」彼女は身を起こして、うしろへとびすさろうとした。しかし、何やら巨大な無慈悲なものが、彼女の頭を突きとばし、背中をつかんで引きずった。「神さま、許してください、何もかも」抵抗の不可能さを感じながら、彼女は言った。小柄な百姓が、何やらつぶやきながら、鉄を鍛えていた。不安と虚偽と、悲しみと、悪とに満ちた一巻の書物を読むための明かりになっていたろうそくが、かつてなかったほどの明るい光に燃えあがり、これまで闇にとざされていたすべてのものを彼女に照らしだしてみせ、ばちばちと爆《は》ぜて、しだいに暗くなり、ついに永久に消えてしまった。

（原卓也訳）

トルストイは、アンナをして破滅へと向かわせてやまない必然の力を、一寸の狂いもなくとらえる。「何やら巨大な無慈悲なものが、彼女の頭を突きとばし、背中をつかんで引きずった」という表現には、アンナという愛多い女性のみならず、帝政ロシアの上流社会が、内側から瓦礫のように崩れていく様までもがうかがわれる。それはまた、『白痴』のイッポリートの口を通して表明される「暗愚にして傲慢な、無意味にして永久な力の観念」をも示唆するのである。

ドストエフスキーにも通ずるようなこの普遍の話法が、固有の不幸ともいうべきある絶対の現存に由来するものであることは、疑う余地のないところである。トルストイは、そのことを受け取ったうえで、なおかつこれが時代と社会によって様々な差異の織物に編みあげられていくさまをとらえていった。そのこともまた、疑いえない真実ということができる。

ところで、このような一九世紀リアリズムの理念は、『アンナ・カレーニナ』に先立つこと二〇年、フロベールの『ボヴァリー夫人』において、一つの到達点を示していた。ここに引いたアンナの破滅の場面が、エンマ・ボヴァリーの以下のような死の場面に起源を有するものであることは、まちがいないといえる。

たちまち胸がせわしくあえぎはじめた。舌がだらりと口の外へたれた。目の玉はたえずぎろぎろ動きながらも、消えてゆく二つのランプの丸ほやのように光が失せていった。魂が肉体を離れようとしてあばれているように、肋骨がおそろしいほどの息づかいでゆさぶられる。(略)エンマは電気をかけられた死骸のように、髪をふりみだし、目を見すえ、あっと息をのんで身を起こした。(略)痙攣がエンマをベッドの上に打ち倒した。みんなは枕べにつめ寄った。彼女はすでにこときれていた。

（山田齋訳）

第二帝政期にいたる停滞した社会を背景に、ヨンヴィルの開業医シャルルの妻エンマの愛の遍歴を描いたこの小説が、ロマン的愛の破綻をとらえた悲劇であることは、明らかである。エンマの最後は、その迫真性において、他のいかなる悲劇にも肩を並べうるものということができる。

だが、フランス革命以後の政治的転変を経て勃興してきた市民階級、とりわけ、第二帝政の基盤として広範な層を成していたブルジョア階級に対する存在的な違和をモティーフとしたこの小説が、マルクスの言を借りるならば、悲劇が去ったのちの茶番劇《ファルス》として描かれたものであることは、注意しておいてよい。

そこには、作者フロベールの、時代と社会に対する閉塞意識と、生来のといっていいペシミズムが深く関与している。フロベールは、エンマの最後を描きながら、残された夫のシャルルにも、オメー氏をはじめとするヨンヴィルの住人、さらには、ルイ・ボナパルト治世下の停滞した社会にも、何ら変化が起こらないことを示唆するのだ。

これに対して、『ボヴァリー夫人』から二〇年を経てあらわれた『アンナ・カレーニナ』には、帝政ロシアの上流社会を舞台としながら、その閉塞を内側から崩していくような動きが、確実にみとめられる。それは、アンナとヴロンスキーの破滅するしかない恋愛を描きながら、一方で、レーヴィンの内的な遍歴と若き農事経営者としての営み、そしてキティとの結婚として結実する生活の諸相を、明瞭な輪郭のもとに描き出すその仕方にあらわれているといえる。

アンナの破滅の場面を、巨大な無慈悲なものの到来と、ばちばちと爆《は》ぜるような炎、その明るすぎる光によって一瞬照らしだされ、やがて永劫の暗黒へ消えていくすがたとして描き出したトルストイは、みずからの話法が、以下のようなレーヴィンの感懐をも包み込むものであることを意識していた。

> あらゆるものの必然的な終末である死が、今はじめて、目にあらわせぬほどの力で、想像された。この死、すぐそこにいる死、夢うつつにうめきながら、日ごろの習慣で神も悪魔も見境なくよびつづけている、愛するこの兄の内にひそむ死は、これまで彼が考えていたほど、遠い存在では決してなかった。死は彼自身の内にもひそんでいた。彼はそれを感じた。今日でなければ明日、明日でなくとも三十年後にはきっとやってくる。しょせん同じことではないだろうか？ しかも、この避けがたい死とはいったいどんなものなのかを、彼は知らなかったし、一度も考えたことがなかったばかりか、考えるすべさえ知らず、考える勇気さえ持たなかった。
> （同前）

不治の病に臥す兄ニコライと寝台を並べながら、不意にレーヴィンをとらえる死の意識が、アンナを駆りたてる不穏な情熱と出所を共にするものであることを、トルストイは示唆する。同時に、それらがある種の明暗を分けるものであることも、ここには語られているのである。アンナの不穏な情熱が、まさに行き場を失ったものであるのに対して、レーヴィンの死の意識が、ハイデガー的にいうならば、みずからの頽落と直面することによって、生の内側から世界へとかかわっていくものであること。そのことを、この陰影深い表現は示唆してやまないのだ。

それを可能にしているのが、彼トルストイにおける不幸の固有性についてのまぎれのない受感であるということ。そこに、トルストイをして大いなる思慮と並はずれた器量を備えさせた由因があるということ。そのことを、アンナの破滅の場面からレーヴィンの死の自覚の場面は、確実に物語っているのである。

一九世紀自然主義小説の完成者とされるフロベールに、このような話法を求めることは、どこまで可能か。みずからのモティーフを問われて、「ボヴァリー夫人は私だ」とこたえたというフロベールにとって、第二帝政期にいたる時期の停滞した社会と、紋切り型の通念に浸るブルジョアたちへの嫌悪の念は、決して拭うことのできないものであった。その根底に、人間的関係のすべてを忌避する、深いペシミズムがひかえていたということは、いうをまたない。

だが、このこともまた、否定しえない真実なのだが、フロベールのペシミズムには、ルイ・ボナパルトの茶番を内側から改変していこうというハッションが、明瞭にはみとめられないペシミズムの底から、関係のダイナミズムをひらいていこうとする欲望があきらかなかたちではみられないといってもいい。

このような物言いが、『ボヴァリー夫人』のみならず『感情教育』『サラムボー』『ブーヴァールとペキュシェ』といった傑作、問題作を残した大作家フロベールの意を曲げるものとの誹りを受けることは、百も承知である。にもかかわらず、そこには、トルストイやドストエフスキーが体現していた不幸の固有性についての感受が薄いといわざるをえない。もっというならば、この固有性をそれぞれの仕方で編み上げていく時代や社会への広大な視線が、容易にはみられないということである。

ここには、フロベールやモーパッサン、さらには、エミール・ゾラといったフランス自然主義の流れが、一九世紀から二〇世紀において現れた普遍文学、普遍思想から逸れていかざるをえない理由がある。むしろ、マラルメ、ランボー、ボードレールといった象徴主義の詩人たちのなかにこそ、そのような大いなる思慮と広大な視線を認めることができる。そう言っても、決して過言ではないのである。

明治四三年、三〇分間の死を経験した漱石にとって、アンナの不穏な愛やレーヴィンの死についての意識は、最も親しいものであった。それを、漱石はトルストイを熟読し、ドストエフスキーを枕頭に置くことによって、手に入れてゆくのではない。みずからの死の経験と存在の奥から潮のように寄せてくる存在感覚に照らして、手にしていくのである。それは、日露戦争にも大逆事件にも関わることのならなかった漱石をして、ある批判的姿勢をとらせる要因にもなるのである。

第二節　博士問題の去就

明治四四年二月、政府文部省管轄下の博士会は、漱石に対する文学博士号授与の決定を下した。漱石は、これに対して辞退の旨を申し出るものの、政府における授与の姿勢の堅く、何度かの折衝を重ねたすえに、結局は、物別れに終わった。この経緯は、世間の耳目を集めることになり、賛否両論を引き起こすことになった。いわゆる博士辞退問題として、後代まで語り継がれるこの選択が、漱石のうちに胎動しつつあった普遍の思慮によるものであることは、論をまたない。

この問題について、漱石はみずからの立場を公にすることを辞さなかったのだが、なかでも次のような言葉は、このことを明かして余りある。

> 博士制度は学問奨励の具として、政府から見れば有効に違ひない。けれども一国の学者を挙げて悉《ことごと》く博士たらんがために学問をすると云ふやうな気風を養成したり、または左様《さう》思はれる程にも極端な傾向を帯びて、学者が行動するのは、国家から見ても弊害の多いのは知れてゐる。余は博士制度を破壊しなければならんと迄は考へない。然し博士でなければ学者でない様に、世間を思はせる程《ほど》博士に価値を賦与《ふよ》したならば、学問は少数の博士の専有物となつて、わずかな学者的貴族が、学権を掌握し尽すに至ると共に、選に洩《も》れたる他は全く一般から閑却されるの結果として、厭ふべき弊害の続出せん事を余は切に憂うるものである。余は此《この》意味において仏蘭西《フランス》にアカデミーのある事すらも快く思つておらぬ。
>
> 従つて余の博士を辞退したのは徹頭徹尾主義の問題である。此《この》事件の成り行きを公にすると共に、余は此《この》一句丈《だけ》を最後に付け加へて置く。
>
> （「博士問題の成行」）

日露戦争についても、大逆事件についても、批判的言辞を残すことのなかった漱石にとって、博士問題についての明確な選択とみずからの拠って立つ立場の表明は、それらの欠落を埋めるに十分なものであった。

ここで漱石は、市民社会が一般利害と特殊利害の二重性によって成り立つとともに、その代行形態を、国民国家として外化していくといったマルクスの認識に通ずるものを明らかにしている。学権を掌握しつくそうとする「学者的貴族」の利害と、真実の追究に労を惜しまない個々の学者との利害の二重性が、博士制度を生み出し、博士会といった文部省の授与機関を正当化していく。そして、それらの事態は、国民国家の基盤を整えるために必須の条件をなすのである。

実際、漱石の博士辞退は様々な反響を呼び、なかには、「夏目文学博士殿」という上書きのもとに博士辞退を祝すという内容を記した封書を寄こす人士さえあった。当時、ようやく台頭しつつあった市民階級は、文部省による博士制度に、個別の利害の追求に対する一般的で公的な認定をみいだすとともに、これに与ることのない特殊な利害についても、支持しない自由というかたちで根拠をあたえていった。

漱石の旧師マードックは、国家的名誉を辞退した先達として、グラッドストーン、カーライル、スペンサーの名を挙げ、彼らと同様漱石の選択には、モラル・バックボーンの存在が確かなものとして感じられると述べた（「博士問題とマードック先生と余」）。成熟した市民社会は、このようなマードックの見解を容れるところで成り立っているといっていい。功績に対する名誉の授与も、そういう名誉の受授についての自由な選択も、同時に容れるだけの容量を備えたのが、市民社会だからである。

だが、漱石が博士辞退にこめた理念は、そのような成熟した市民社会の原理によっては、覆い尽くすことのできないものであった。

そもそも、市民社会を一般利害と特殊利害との二重性としてとらえたマルクスの理念自体、市民社会が、それ自体において成熟することはないという認識に裏打ちされたものであった。一般利害と特殊利害との二重性は、必然的に、より一般的な共同性の観念形態をうみだし、その代行形態として現れる国民国家は、結果として前者の追求を正当化するとともに、これに与ることのない後者を、根底から疎外していく。そこには、もはや特殊利害ということさえできない、利害そのものからの底なしの墜落という事態が生起するのである。

マルクスの、市民社会と国民国家についてのイデオロギー批判は徹底したものであった。それは、彼自身「労働者」という名で呼ぶことになる、特殊利害から際限なく疎外されていく層に対する共苦《コンパッション》なしにはありえないものであった。みずからの労働力以外にはどんな根拠もなく、それを商品として売ることによって、むしろ一般利害の認定を促していくような存在。そういう存在を考慮に入れることによって、はじめて近代の市民社会と国民国家の弊害を明るみに出すことができるというのが、マルクスの考えであった。

このようなマルクスの理念を、市民社会の経済的背景をなす資本主義的生産様式への批判としてとらえることで、「労働者」や「労働力商品」を、資本の搾取という脈絡においてのみ受け取るならば、何かを見誤ることになるであろう。そこには、漱石が博士辞退に際して述べた、「わずかな学者的貴族が、学権を掌握しつくすにいたると共に、選に漏れたる他はまったく一般から閑却されるの結果」となるという、その一般から無限に零れていく層に対する共苦《コンパッション》が、確実にはたらいているからである。

これを漱石の理念としていうならば、「まったく一般から閑却されるの結果」として終わる存在が、たとえ真実追求に余念のない学者であったとしても、存在的には、「労働者」と同様、それ自体においては何者でもないもの、闇から闇へ葬られるものにほかならないというのが、その真義なのである。マルクスのように、市民社会や国民国家、さらには資本主義的生産様式についての批判的イデオロギーを身につけることはなかったとしても、そういう存在への共苦《コンパッション》の深さにおいて、このときの漱石が、マルクスをはじめとする普遍理念に連なるものであることは、疑いを容れない。

博士問題についての話題がようやく下火になった時期、漱石は、第一回帝国学士院恩賜賞を、木村項発見によって受賞した木村栄《ひさし》の功績を殊更に称揚する社会に向けて、以下のような一文を草する。

社会は今迄科学界をたゞ漫然と暗《くら》く眺めてゐた。さうして其科学界を組織する学者の研究と発見とに対しては、其比較的価値所《どころ》か、全く自家の着衣喫飯《ちやくいきつぱん》と交渉のない徒事《いたづらごと》の如く見做《な》してきた。さうして学士会院の表彰に驚いて、急に木村氏をえらく吹聴し始めた。吹聴の程度が木村氏の偉《えら》さと比例するとしても、木村氏と他の学者とを合わせて、一様に坑《こう》中に葬《はうむ》り去つた一ヶ月前の無知なる公平は、全然破れて仕舞つた訳になる。一旦木村博士を賞揚するならば、木村博士の功績に応じて、他の学者も亦《(また)》適当の名誉を荷《にな》ふのが正当であるのに、他の学者は木村博士の表彰前と同じ暗黒な平面に取り残されて、たゞ一の木村博士のみが、今日迄学者間に維持せられた比較的位地を飛び離れて、衆目の前に独り偉大に見える様になつたのは少なくとも道義的の不公平を敢《あえ》てして、一般の社会に妙な誤解を与ふる好意的な悪結果である。

（「学者と名誉」）

漱石の筆致は、博士問題での憤懣を晴らすかのように、いつになく過激なものといえる。だが、これを社会的な名誉や賞揚にまつわる一般的事情に帰して、それに与ることのできない存在の心理的反感を代弁するものとみなすならば、真意を過つことになるであろう。問題は、ここでもまた市民社会が一般利害を第一とすることによって、特殊利害の底を必然的に抜いてしまうというところにあった。本来ならば、個別の利害に与ってしかるべき存在が、一般利害と特殊利害の二重性という構造のなかで、それ自体から疎外されてしまう、そういう存在的な不公平に漱石の目は向けられているのである。

そのような漱石の視線が、「一様に坑中に葬り去」られ、「暗黒な平面に取り残されて」いく存在への共苦《コンパッション》に由来するものであることは、いうをまたない。そしてその根源に、不幸の固有性というべきものへの並外れた感受がはたらいていることもまた否定しえないのである。

事実に即していうならば、政府文部省より、文学博士号授与の通知を受けたのが、明治四四年二月二〇日。その一ヶ月前に当たる一月二四日には、大逆罪の廉で幸徳秋水はじめ一二名に死刑執行がなされている。一八七一年生まれの幸徳は、享年四〇歳にして、処刑台の露と化す。この年四四歳の漱石は、あと五年の命のなかで、幸徳についても、大逆事件についても一切語ることなく、ただひたすら、不幸の固有性と、利害一般から取り残されてゆく存在への共苦《コンパッション》を身に養っていた。
そういう漱石の思慮が、たとえば幸徳とともに処刑された一二名の一人である紀州新宮の医師大石誠之助について、以下のように語った与謝野寛のそれに通ずるものであることは、うたがいない。

大石誠之助は死にました。
いい気味な、
機械に挟まれて死にました。

人の名前に誠之助は沢山ある、
然し、然し、
わたしの友達の誠之助は唯一人。
わたしはもうその誠之助に逢はれない。
なんの、構ふもんか、
機械に挟まれて死ぬやうな、

それでも誠之助は死にました。
おお、死にました。

日本人でなかつた誠之助、
立派な気ちがひの誠之助、
有ることか、無いことか、
神様を最初に無視した誠之助、
大逆無道の誠之助。

ほんにまあ、皆さん、いい気味な、
その誠之助は死にました。
誠之助と誠之助の一味が死んだので、
忠良な日本人は之から気楽に寝られます。
おめでたう。

（与謝野寛「誠之助の死」）

作者の与謝野寛とは、『明星』を主宰して、近代短歌に浪漫主義の息吹を吹き込んだ与謝野鉄幹の名である。日露戦争開戦の翌年、鉄幹は、みずからの号を廃し本名寛を名乗るにいたる。奇しくも、同じ一九〇五年、『吾輩は猫である』の作家漱石が誕生することになるのだが、このような名乗りの経緯について、鉄幹与謝野寛には、ひそかに期するところがあったと考えられる。いうまでもなく、日露開戦に象徴される戦争への、批判的姿勢である。
それは、内村鑑三や幸徳秋水にみられるような明確な非戦論の立場として表明されるものではなかった。にもかかわらず、彼の内に、そういう姿勢をはぐくむものがなかったならば、それから数年後、このような作品をものすることはなかったにちがいない。そして、彼を促したのは、妻である晶子の日露反戦をモティーフとした「君死にたまふことなかれ」であった。

あゝおとうとよ、君を泣く
君死にたまふことなかれ、
末に生まれし君なれば
親のなさけはまさりしも、
親は刃《やいば》をにぎらせて
人を殺せとをしえしや、
人を殺して死ねよとて
二十四までをそだてしや。

君死にたまふことなかれ、
すめらみことは、戦ひに
おほみづからは出でまさね

かたみに人の血を流し、
獣《けもの》の道に死ねよとは、
死ぬるを人のほまれとは、
大みこころの深ければ
もとよりいかで思《おぼ》されむ。

（与謝野晶子「君死にたまふことなかれ――旅順口包囲軍の中に在る弟を歎きて」）

この作品が、明治三七年（一九〇四年）という時点において、いかに真率無比のものであったかを証明するために、同じ年「帝国文学」に寄稿された漱石の戦争詩「従軍行」「征露の歌」を引き合いに出すには及ばない。たとえ漱石のそれが、暗い存在感覚を影のようにまとったものであるにせよ、この作品に見られるような非業の死を遂げるものへの共感は、見出すことができないのである。
だが、与謝野晶子の作品から汲み取られる深い思いを、共苦《コンパッション》の名で語るためには、ある媒介が必要である。旅順口包囲軍のなかで死と隣合わせの戦いを強いられている「弟」への呼びかけは、マルクスのいう、一般利害と特殊利害の二重性から無限に疎外されていく存在への共苦《コンパッション》とは微妙に異なるからだ。それは、ヘーゲルがソフォクレスの悲劇『アンティゴネー』を引いて語った、兄弟と姉妹とのあいだに生ずる純粋な人倫の感情に通ずるものということもできるのである。

第三節　共苦《コンパッション》と憐憫《ピティ》

アンティゴネーとは、ギリシア神話におけるテーベの王オイディプスの娘である。盲目の父オイディプスの手を引いて、さまよいあるくアンティゴネーは、父の死後、残された二人の兄のうち、王位継承の争いに敗れ、死体のままに放置されていたポリュネイケスを、国家の命に背き手厚く葬る。その咎で地下に閉じ込められ、みずから死を選ぶことになるのだが、そのようなアンティゴネーの行為を、ヘーゲルは家族をつかさどる神々のおきてととらえた。

それは、地上における国家や社会のおきてと、根底において背馳するものである。法と秩序による国家社会は、アンティゴネーに象徴されるような、死にゆく兄に対する哀悼の念を禁句にすることによって、成り立つからだ。

だが、ヘーゲルの思念は、たんに国家社会の規範と家族のエートスとの背反を問題としたものではなかった。ヘーゲルによれば、地上のおきてが、普遍の統治形態をとるためには、地下の神々のおきてを、みずからのうちに汲み上げていなければならない。兄弟と姉妹との間にはぐくまれる人倫的関係を、ひとたび地下に閉じ込めたうえで、そこから大樹が土中の養分を吸い上げるように、エートスとパッションを涵養していかなければならないのだ。

このとき、統治形態は、共苦《コンパッション》をうちにはらんだ絶対精神として、現実化される。アンティゴネーの、兄ポリュネイケスに対する愛惜の思いは、この絶対精神のもとで、家族の人倫的関係にとどまらない、他者一般への受苦をはらんだ関係へと化していくのである。国家共同体が、アンティゴネーの哀悼の念を枯らすようなことがあるならば、みずからの根拠を失い、滅んでゆくしかないと述べることによって、ヘーゲルは、そのような統治形態が、現実の国家社会に特定されることのない、普遍的な精神の現われであることを示唆する。

このようなヘーゲルの思念を深いところで受け取ったうえで、それを内側から編みかえていったのがマルクスなのである。国家共同体は、ときにアンティゴネーの愛惜の念を枯らすだけでなく、「女性」に象徴される存在と根本において敵対すると述べた時、ヘーゲルは、マルクスのいう、特殊利害と一般利害の二重性から無限にこぼれていく存在を、確実に視野に入れていた。ただ、そのような存在が、現実の社会において、いかなるかたちをとってあらわれるのかを示唆するにいたらたが、たとい[illegible]

マルクスのいう「労働者」や「労働力商品」が、神々のおきてをつかさどる存在の、地上における疎外形態をも意味するものであること、それを最も象徴するのが家事労働に従事する女性のありかたであることは、『経済学・哲学草稿』における疎外された労働についての叙述、さらには『資本論』における商品に対する独特の分析からも明らかなのである。そのような存在に対する共感は、一方において、「共産主義革命」という理念をはぐくむことになるのだが、それはたんに、資本主義社会の転覆をすすめる政治的なプログラムというにとどまらない、普遍的で永続的な運動形態の謂いにほかならない。

「君死にたまふことなかれ」にうたわれた与謝野晶子の思いが、ヘーゲルのいう、姉と弟のあいだに生ずる人倫の感情に通ずるものであるとするならば、晶子は、そのようなエートスが、国家社会と根本的に敵対するものであることを予感していた。そのことが、この作品をして、確固とした戦争批判の詩たらしめた理由なのだ。

だが、ここにあらわれているエートスやパッションが、ヘーゲルの絶対精神からマルクスの情熱的な受苦にまでも通ずるためには、「大石誠之助の死」にみられるようなイロニーをぜひとも身につける必要があった。

紀州新宮の医師として、部落民や貧民の医療に尽くし、日露戦争に当たっては、明確な非戦論の立場を貫いた大石誠之助。公娼廃止運動にも取り組み、最後まで国家社会から疎外された存在に対する共苦《コンパッション》を絶やすことのなかった大石誠之助の刑死を「大石誠之助は死にました。／いい気味な、／機械に挟まれて死にました」とうたった鉄幹与謝野寛のなかに息づいていたのは、「君死にたまふことなかれ」における晶子のパッションに触発されたみずからの思いを、いかにすれば、幸徳や大石のコンパッションと共振させることができるかという問題であった。

そして、鉄幹の試みは、なかば以上成就した。「誠之助の死」という作品を浚う諧謔の深さは、比類ないものということができる。その俗謡的な語り、アイロニカルな言葉の運び、残酷といっていいような断言には、非業の死を遂げた友への告別というにおさまらない深い悲しみが、こめられているからである。

明治四四年の漱石が、この作品を眼にしていたとは、考えられない。あるいは、雑誌「明星」の受贈があり、たまたま眼にすることがあったとしても、漱石にとって幸徳秋水や大石誠之助の刑死は、遠い世界の出来事であった。にもかかわらず、三〇分間の死を経験した漱石のうちに、不幸の固有性に対する汲み尽くしえない思いがはぐくまれていたことを、否定することができない。

それから数ヵ月後に起こった博士辞退問題において、漱石はこれを、一貫した思念として表明するのだが、そのときの漱石のうちに生動していた感情を、あらためて以下のような一節に照らしてみるならば、どうであろうか。

共苦《コンパッション》とは、まるで伝染でもするかのように他人の苦悩に打たれることであり、憐憫《ピティ》とは、肉体的には動かされない悲しさであるから、両者は同じものでないだけでなく、互いに関連さえないものであろう。共苦《コンパッション》は、それ自体の性格からいって、ある階級全体、ある人民、あるいは――もっとも考えられないことであるが――人類全体の苦悩に触発されるものではない。それは一人の人間によって苦悩されたもの以上に先に進むものではなく、依然としてもとのままの共苦《コンパッション》にとどまっている。その力は情熱《パッション》自体の力に依存している。すなわち、情熱は理性とは対照的に、特殊なものだけを理解することができるのであり、一般的なものの概念を持たず、一般化の能力も持たない。（ハンナ・アレント『革命について』志水速雄訳・一部改訳）

一九〇六年、『吾輩は猫である』の作家漱石の誕生した翌年に、ユダヤ人としてドイツに生をうけ、ナチス政権成立後は、フランス移住を経て、のちアメリカへの亡命を果たした政治哲学者アレントのこのような言葉が、漱石のなかに生動していた感情を照らしだすものとは、必ずしも言い切れない。それはあくまでも、彼女の行ったナチズム、ボルシェヴィズムへの根底的な批判を通して手にされたものなので、そのことを考慮に入れるならば、牽強付会のそしりをまぬがれがたいことは、承知している。

にもかかわらず、アレントによって、コンパッションとかコンサファリングと名づけられた苦しみを共にする感情が、明治四四年における漱石を動かしていると考えることは、できないことではない。ここにみられるアレントの思念が、二〇世紀の全体主義批判のみならず、一八世紀から一九世紀に成立した近代社会と国民国家への批判を通して手にされたものであり、そこには、ドストエフスキー、トルストイ、マルクスといった一九世紀の大いなる思念によって拓かれた、人間にとっての根源的な感情が確実に投影されているからである。

それだけではない。共苦《コンパッション》とは他人の苦悩に打たれることであり、それは、決して一般化されることのない、特殊な、ただ一人の人間に対して、受苦せずにいられないパッションにほかならないという時、同じ女流としての与謝野晶子から、鉄幹与謝野寛、さらには大石誠之助をはじめ、大逆事件に連座して刑死した幸徳秋水以下一二名を動かしていた深い感情が、影絵のように写し出されているといってもまちがいではないのだ。

そして、一九一〇年大逆事件とはまったく無縁のところで、三〇分の死を経験した漱石のうちに生きていたのもまた、一人の人間の受苦《パッション》を通して共有されるようなある普遍の情熱《パッション》といっていいものであった。それを、漱石は、マルクスにも、トルストイにもふれることなく、ただ、ペトラシェフスキー事件に連座して、死刑の宣告を受けたドストエフスキーの銃殺前五分間の経験にみずからのそれを重ねることによって、手にしていったのである。

そのことが、決して偶然でもなく、牽強付会でもない証拠に、アレントの共苦《コンパッション》についての洞察が、同じドストエフスキーの大審問官とイエスについての挿話に根拠をおくものであることをあげてみることができる。

『白痴』のムイシュキンの言葉を万感の思いでたどっていた漱石が、『カラマーゾフの兄弟』の、イヴァンの手になる劇詩「大審問官」を目に留めていなかったということはできない。そこに、ムイシュキンやイポリートの経験に通ずるものを読み取っていたと想像することは十分可能なのである。もちろん、一九一〇年、明治四三年の時点で、『カラマーゾフの兄弟』が、さらには、「大審問官」が、わが国にどれだけ受容されていたかを考慮に入れるならば、このことは、安易に断定できることではない。だが、問題は、漱石がそれを読んでいたかどうかにではなく、そこにこめられたドストエフスキーの思念にあずかっていたかどうかにあるのだ。

大審問官とイエスについての挿話に、共苦《コンパッション》と憐憫《ピティ》の起源をもとめたアレントの炯眼が、このことを明かしている。とりわけ、同情《コンパッション》が、一人の人間の不幸の特殊性に向けられるのではなく、「絶対的多数の群衆の際限のない苦悩」に向けられるとき、それは、底なしの感傷《センチメント》へと変わっていくという言葉。そこから、どのようにして特殊の受苦《パッション》、いわば不幸の固有性を取り戻していくか。漱石の関心をも通過するかたちで、マルクスやドストエフスキーの大いなる思念があらわれるのは、そのような地平においてなのである。

第四節　大審問官と精神の自由

劇詩「大審問官」の舞台は、異端審問の火が燃え盛る一六世紀スペインのセビリアである。一〇〇人以上もの異教徒が焼き殺された翌日、キリストが民衆のもとに姿を現わす。人々は、その人が「主」であることを知り、打ち勝ちがたい力で引き寄せられていく。慈悲をたたえた表情で、民衆の間を通っていくその人のうちには、彼らの苦悩に対する共感が燠火のように燃えている。やがて、その人は、幼くして命の尽きた七歳の女の子を前に、ラザロと同様の秘蹟を行う。動揺と叫喚と慟哭が人々の間に広がるのだが、通りかかって、その様子に不穏な空気を察知した大審問官は、これをただちに獄舎につなぎ、自由を奪い取るのである。

イヴァンの口を通して語られるこの物語のなかで、ドストエフスキーは、九〇歳になんなんとする大審問官の燃えんばかりのまなざしと、囚われの身となってぼろ布のようにうずくまるその人の無言とを、同じ舞台に配置する。その人がイエスであることを直観したこの粗末な法衣をまとった老人は、目の前の襤褸《らんる》の人に向かってこんなふうに語りはじめるのである。

人間や人間社会にとって、自由ほどたえがたいものはほかにない。(略)このまっ裸な焼け野原の石を見ろ。もしおまえがこの石をパンにすることができたら、全人類は感謝の念に燃えながら、おとなしい羊の群れのようにおまえのあとを追うて走るであろう。(略)人間としては、良心の自由ほど魅惑的なものはないけれど、またこれほど苦しいものはないのだ。ところがおまえは、人間の良心を支配する代わりに、かえってその良心を増し、その苦しみによって、永久に人間の心の国に重荷を負わしたではないか。（略）よく人間を観察するがいい。いったいおまえはだれを自分と同等の高さまで引き上げたか？　わしが誓っておくが、人間はおまえの考えたよりも、はるかに弱く卑劣に作られている。（米川正夫訳）

大審問官の口吻は、人間の現実を白日のもとにさらし、それがいかに真実とはほど遠いものであるかをあばきたてる。

人間にとって、愛も信仰も、自由も良心も、重荷以外の何ものでもない。彼らはただ、いまここにある苦しみを癒してくれるものがあるならば、そのもののために、すべてを投げ出し、羊の群れのようにそのあとについていく。そのことは、彼らが従順な信徒であることの証《あかし》であるどころか、自分の苦しみのためには他を顧みることのない身勝手で、始末に負えない卑劣漢であることを明かし立てているにすぎない。彼らは、結局、汚れた幸福のためならば、どんな権力にも屈服する汚らしい羊の群れなのだ。

そのような大審問官の言葉が、人間に対する根底的な不信と、人間への蔑みに根ざしていることは、うたがいない。だが一方において、それは、アレントの言葉を借りていえば、「群衆の際限のない苦悩」に対する底なしの憐憫《ピティ》に由来するものということもできるのである。何百人という異教徒の焼き殺されるのを目の前に、彼らの苦しみを一顧だにしない国王、廷臣、僧侶のようにではない。むしろ、苦悩に対する汲み尽くしえない哀れみのゆえに、人間への不信からのがれることができない、それが大審問官なのである。

そのことを、ドストエフスキーは、イエスの言葉によって明かすのではなく、大審問官その人の、とどまることを知らない口説によって明らかにしていく。自由になった人間は必ずといっていいほど、自分の不幸や苦しみを、万人の苦悩として受け容れてくれる対象へ投げ出し、その前にひれ伏しようとする――そう述べるとき、大審問官は、人間の真実をついているのではなく、「彼らを一つの苦悩する人類というようなある実体に総括」(アレント)しているにすぎない。ドストエフスキーは、ぼろ布のようにうずくまる寡黙なイエスの、不幸の固有性と苦悩の特殊性へのまなざしを暗に描き出すことで、そのことを示唆する。

しかし、それだけではない。

大審問官の言葉が、ナザレのイエスなる人に向けられていると同時に、ルソーやカントやヘーゲルといった近代精神の探求者たちへもまた向けられているということ。そのことに注意するならば、ドストエフスキーは、たんにキリストの信仰や愛を俎上にのせるだけでなく、近代社会が必然的に抱え込んだ、人間と人間との非融和性を問題にしていたということが明らかになるのである。いわば、近代が実現しようとした、良心の自由や徳と善といったエートスによっては、この非融和性は容易に解きがたいことを、大審問官の言葉によって示唆していたということなのである。

だが、ヘーゲルの良心の自由やカントの最高善の由ってきたる根をたどっていくならば、大審問官の問題にする人間同士の非融和性に行き着くことも確かなのだ。理性といい、自己意識というも、この非融和性をいかに処するかという動機から生まれたものということができる。鉄鎖に繋がれ、隔てられた人間同士の社会契約を説いたルソーにおいても、人間が自尊心や欲望からのがれられないかぎり、非融和的な社会状態から解かれることはないという認識が確実にあった。そういう意味でいうならば、彼らの提示した理念が、大審問官の暗い人間観と無縁のものということはできないのである。

このことを最もよく示しているのは、『リヴァイアサン』におけるホッブズの考えである。一七世紀イギリスの哲学者ホッブズは、自然状態における人間のあいだには「万人の万人に対する闘争」が生み出されると述べ、人間は人間に対してたがいに恐怖の対象であるということを語った。ホッブズは、そこから社会契約にもとづく統治国家の必要性を強く説いたのだが、これが近代における国民国家の原型をなしていることは、まちがいないのである。

このようなホッブズの人間観が、ピューリタン革命におけるクロムウェルの容赦のない粛清、その後に続く内乱を経験することによって培われたものであるとともに、宗教改革を経ることによってかたちづくられてきた信仰の自由、内的な倫理、道徳的精神といったものの、現実社会における失効を目の当たりにすることではぐくまれたものであることは、注意しておいてよい。

それだけではない。ホッブズが強力な統治国家の象徴とみなした「リヴァイアサン」が、旧約聖書の「ヨブ記」において、ヨブの不信を最終的に打ち砕き、神の力のもとに統べていく怪物的存在の謂いであることを考慮に入れるならば、人間に良心の自由や内的な倫理を負わせたことを根本的な過ちとみなして、彼らを強力な力で救済し、統治していくことの必要性を説く大審問官の考えに通ずるものであることを、否定することはできないのである。

もし相違があるとするならば、ホッブズの統治国家が、あくまでも社会契約にもとづいたもので、契約の不履行があった場合には、いつでも統治形態の再編がありうることを含んでいる点である。そのかぎりにおいて、ホッブズもまた、ルソーやカントやヘーゲルと同様、近代的人間の自由な活動というものに根拠をおいていた。大審問官の暗い人間観を共有しつつ、それをいかにして、社会契約と統治形態のなかでのりこえていくか、ホッブズの関心は、そこにあったということができる。

一般意志による契約社会の必要性を説くルソーにしても、個々人の相互承認からなる法治国家の確立を説くヘーゲルにしても、普遍的な道徳にもとずく世界市民の実現を説くカントにしても、このようなホッブズの関心を受け継ぐことによって、内なる大審問官を根絶やしにすることをおこなったのである。それを可能にしたのは、市民社会が、人間の欲望や利己心を内側から鍛え上げていくことで、それらをソシアルな倫理にまで高めていくことができるという考えにほかならない。

大審問官によって、汚れた幸福のためならば、どんな権力にも屈服する汚らしい羊の群れにほかならないとされた人間が、ここでは、自己を生かすためには、隷従と屈服のなかから立ち上がり、たがいに自由を認め合うような関係を作っていくほかはないということに気づいていくのだ。

とりわけ、ヘーゲルの思想は、大審問官の人間観を克服しうるような人間相互の関係と、それにもとづく社会と国家のありかたを構想した点で、特筆すべきものということができる。ヘーゲルにおいて、汚れた幸福への隷従と、苦悩への拘泥から身を引き剝がすことを促がすのは、みずからが絶対的な服従を強いられているということへの怖れなのである。相手を承認しあう自由も、相互の繋がりをもとめる精神の力も、そこを通過することでしか現れてこない。

このことを、ヘーゲルは、主人と奴隷の承認をめぐる闘争とか、行動する良心と批評する良心との相克といった理念によって語る。そこにおいて、たがいの承認と相互の繫がりをもたらすのは、おのれの生が、死というもっとも特殊なるものに浸透されてあるということへの気づきなのである。奴隷の位置に甘んずるほかない者が、それにもかかわらず、「死の怖れを感じ」「内面から解体させられ、自分自身の隅々まで慄えあがらされ、すべて自分のなかで固定したものは何もかも揺り動かされ」たとき、はじめて承認へと促されるのだ（『精神現象学』樫山欽四郎訳）。

　このようなヘーゲルの思想は、人間のなかに良心の自由や精神の力をみとめることとの無効を説く大審問官の理念に十分答えうるものということができる。個々の人間が、汚れた幸福からのがれることができないのは、彼らが利己心と欲望のとりこであるからではなく、他者との関係のなかで、たがいに譲ることのできない自己に拘らずにいられないからである。幸福といい不幸といい、快といい苦痛といい、この関係のなかでおのれを十全に生かすことができないという思いが、隷従と拘束をもたらす。そこでは、絶対的な貧困でさえも、承認関係の不全からやってくるものにほかならないのだ。

　もしおまえが荒野の石をパンに変えることができたら、全人類は感謝の念に燃えながら、おとなしい羊の群れのようにおまえのあとを追っていくだろうという大審問官の言葉を前に、ヘーゲルは、もし全人類の間で相互の承認が成り立つならば、もはや荒野の石をパンに変える必要はなく、汚れた幸福のためにどんな権力にも屈服するということは、決して起こりえないであろうと答えるにちがいない。

　いうまでもなくドストエフスキーは、このような承認関係というものに対して、ある留保をおいていた。そういう承認関係を基にした社会契約や統治の理念によって人間社会を律することができないというのが、ドストエフスキーの考えであったからだ。

にもかかわらず、そのような承認を促がす契機として、みずからの生が、死によって浸透されてあることへの怖れを取り出すヘーゲルのモティーフまで否認するということはなかったはずだ。そのような怖れを、人は、『白痴』のムイシュキンが語る、銃殺前五分間の経験のようにして手にするのであり、最後の一分間に現れるまったく新しい自然のように、自由や精神のいまだかつてないありかたに遭遇するからである。

イヴァンの劇詩「大審問官」は、そのことを、銃殺前五分間の経験という比喩で語るのでなく、ある思いもかけない挿話によって語る。それを、ドストエフスキーは、以下のような場面に凝縮したかたちで描き出してみせる。

大審問官は、口をつぐんでからしばらくの間、囚人がなんと答えるか待ちもうけていた。彼は、相手の沈黙が苦しかったのだ。見ると、囚人はしじゅうしみ入るように、静かに相手の目を見つめたまま、何ひとつ言葉を返そうとも思わぬらしく、ただじっと聞いているばかりだ。老人はたとえ苦い恐ろしいことでもいいから何か言ってもらいたくてたまらなかった。が、とつぜん囚人は無言のまま老人に近づいて、九十年の星霜をへた血の気のないくちびるを静かに接吻した。それが答えの全部なのだ。

（米川正夫訳）

漱石が、この下りにさしかかったとき何を思っていたかを考えてみるならば、どうであろうか。『カラマーゾフの兄弟』についても「大審問官」についても、それを目に留め、読み通した証拠のまったくないにもかかわらず、そのことを想定してみることは、なにごとかなのである。

浮び上がってくるのは、漱石のなかで生動しつつある共苦《コンパッション》のすがただ。博士問題の去就をきっかけに、「一様に坑中に葬り去」られ、「暗黒な平面に取り残されて」「まったく一般から閑却されるの結果」となってしまう存在について語りかけた漱石は、一九一〇年の大逆事件にも、一八四九年のペトラシェフスキー事件にも、イヴァンの語る一六世紀スペインの異端審問にも直接関わることなく、だが、みずからの死の経験を通して、その核心にふれていたのである。

もちろん、漱石の経験は、まったく特殊な、アレントの言葉を借りるならば、ほとんどプライベートといっていいものにほかならなかった。だが、それゆえにこそ、その「奪われた」（アレント『人間の条件』）ありようを通ることで、普遍の理念にいたろうとするものであった。

ナザレのイエスらしき人の無言の接吻が、九〇年の星霜をへた血の気のないくちびるにふれたという言葉を前にしたとして、漱石は、同じイエスのそれが、七歳にしてこの世の光から遮断された女の子の、血の気を失ったくちびるにふれたと語られている場面を、同時に思い描かなかっただろうか。死に引き渡された幼女のもとに、ラザロにおこなったと同じ秘蹟が実現したと書かれているのだが、そのようなものが、大審問官にあたえた答えと同様、何ものをも動かすことのないプライベートなことがらにすぎないことを、漱石はとらえたにちがいない。しかし、それゆえにこそ、普遍の輝きを放つものであることを、受け取ったのではないだろうか。

博士問題について語った明治四四年の一一月、漱石は二歳になる五女ひな子を失う。突然死のようなひな子の死は、漱石にとって耐えがたい傷みであった。明治四五年一月に起稿した『彼岸過迄』のなかに「雨の降る日」という一章をもうけ、その死を悼む。漱石の筆致は、どんな感傷からも遠く、淡々として、無駄のないものであった。

車に乗るとき千代子は杉の箱に入れた白い壺を抱《いだ》いて夫《それ》を膝《ひざ》の上に載《の》せた。車が馳《か》け出すと冷たい風が膝掛と杉箱の間から吹き込んだ。高い欅《けやき》が白茶《しらちや》けた幹を路の左右に並べて、彼等を送り迎へる如くに細い枝を揺り動かした。其《その》細い枝が遥《はる》か頭の上で交叉《こうさ》する程繁《しげ》く両側から出てゐるのに、自分の通る所は存外明るいのを奇妙に思つて、千代子は折々頭を上げては、遠い空を眺《なが》めた。

（「雨の降る日」八）

たった二歳で逝ってしまった小さな従妹の死を、膝の上に抱いて、遠い空を眺める千代子は、そこに何をみとめたのだろうか。漱石は何ひとつ言葉を費やすことなく、「須永の話」と題された次章において、その千代子という妙齢の女性を、ドストエフスキーやトルストイの作品に登場するような、激情を内に秘めた愛多き女として描き出すのである。

第四章　存在の不条理と淋しい明治の精神

第一節　『死の家の記録』と『彼岸過迄』

須永市蔵というのが、その名である。修善寺の大患後、漱石が最初に稿を起こした長編小説『彼岸過迄』において、重要な役割を演ずる人物なのだが、なぜだろうか、この二十何歳かの盛年といっていい人物の印象が、どこかくすんだようにとらえがたいのだ。『それから』の長井代助、『門』の野中宗助、さらには小川三四郎という名を思い起こしてみてもいい。漱石の命名は、シンプルかつモダンといっていいもので、作品の題名と同様、いつのまにかその気風に染まってゆくといったケースが一般なのに、である。

それだけではない。この須永市蔵と命名された人物のとらえがたさは、むしろ、ドストエフスキーの登場人物、ラスコーリニコフやスヴィドリガイロフ、ムイシュキンやラゴージンやスタヴローギンやイヴァンといった特異な人物たちにくらべたとき、一層明らかになる類のものなのである。

そのことを、漱石は意図していたというのではない。にもかかわらず、須永市蔵という人物の内面をたどっていくとき、ここには、長井代助にも野中宗助にも、いわんや小川三四郎にもみとめることのできない、独特の心的傾向がみとめられるのである。

この小説を東京朝日新聞に連載するに当たって、漱石は、「彼岸過迄に就いて」という一文を草している。死の宣告を受け、辛くも生還した人間が、それ以前の仕事にどのようにして着手できるのか。漱石の筆致は、いつになく頼めなさを感じさせるものだが、なかでもこんな一節には、小宮豊隆いうところの「勇ましいけれども、何か淋しい」（『夏目漱石』）響きが感じられる

東京大阪を通じて計算すると、吾《わが》朝日新聞の購読者は実に何十万といふ多数に上《のぼ》つてゐる。其《そ》の内で自分の作物《さくぶつ》を読んでくれる人は何人あるか知らないが、其の何人かの大部分は恐らく文壇の裏通りも露路《ろじ》も覗《のぞ》いた経験はあるまい。全くただの人間として大自然の空気を真率《しんそつ》に呼吸しつゝ穏当に生息している丈《だけ》だらうと思ふ。自分は是等《これら》の教育ある且《かつ》尋常なる士人《しじん》の前にわが作物を公にし得る自分を幸福と信じてゐる。

漱石が、自分の作品を本当に読んでほしいと思ったのは、ここでいう文壇の裏通りも露地も覗いた経験のない、全くのただの人、教育あるかつ尋常なる士人といっていい人にかぎらなかった。たとえば、銃殺五分前にして刑の執行を解かれたドストエフスキーの前に広がる「新しい自然」とは、それまでの社会や自然を一度白紙に戻すことであらわれてくるまったく新たな関係といっていいものだった。そのことを、ドストエフスキーは、その後四年間のシベリアにおける流刑生活の

なかで受け取っていくのだが、彼を動かしたのは、「ただの人間として」この自然と社会の関係のなかに生きている存在だけではなかった。そういう関係から、一度は底板を抜かれるようにしてこぼれ落ち、死と隣り合わせのような生を強いられてきた、非社会的な怪物的存在だったのである。『死の家の記録』という作品においてドストエフスキーがとらえたのは、そのような者たちのありようであった。だが、ドストエフスキーは、彼ら、人非人とも人でなしともいっていいような人物たちの行状を繰り返し記述しながら、一方で彼らの内面を描くことを禁欲的なまでに控えた。そのことによって、彼らを、ムイシュキンや、イヴァンや、ラスコーリニコフといった、後に彼自身が造形する人物たちの原型として提示していったのである。

ドストエフスキーにとって、銃殺五分前の極限的経験とその後のシベリアにおける流刑生活とは、それほどまでに、広大で深い坩堝のようなものを湛えていたということができる。もし、それをムイシュキンや、イヴァンや、ラスコーリニコフのなかに造形できるならば、それを語りかける相手とされるのは、オルロフやペトロフといった『死の家の記録』の人物たちのような存在以外ではない。

彼らのように、嫉妬と憎悪と虚栄のために、人生を台無しにしてしまったような存在、それにもかかわらず、一片の悔悛の情もあらわすことなく、一度犯した大罪を何度でもくりかえして恥じない存在、その岩盤のような存在にこそ言葉を届けること。それを、ドストエフスキーは、後年の重要な作品において企てたのである。

言葉を届けるとは、決して届くことのない、むしろ、言葉など平然と跳ね返すものを前に、それでもなお語ろうともくろむことなのだ。

漱石もまた、このような事情について誰よりもよく洞察していた。『吾輩は猫である』に登場する高等遊民といっていい人物たちから、『草枕』の非人情を奉ずる画工《えかき》、『三四郎』の広田先生をはじめとする知識層を登場人物として選びながら、一方において、『坑夫』『虞美人草』『それから』『門』という作品において、漱石は、確実に言葉や知識から縁遠い、あるいはそこから少しずつ縁を失くしていく存在を登場させるのである。それを象徴するのが、『それから』の長井代助から『門』の野中宗助への移行である。

『それから』という作品が、長井代助による日露戦後の国家社会批判を随所に盛り込んだ、当時における最も現代的な小説であることはまちがいない。だが、代助の批判的言辞が、父親による経済的な庇護の下でなされていることも明らかなので、その舌鋒が鋭ければ鋭いほど、空転せざるをえない。漱石は、明らかに代助が身につけた言葉や知識が、現実性のない一種の上塗りに属するものとみなしていた。

そのことは、代助と三千代の禁忌の愛を描くにいたって、しだいに明らかになっていく。この、生きてあるそのことだけで「淋しくって仕方がない」女性を前にして、代助の知識や言葉が手もなく負けていく様は、やはりなにごとかなのである。

三千代の病死と代助の心的破綻を暗示して、『それから』は幕を閉じるのだが、続編とされる『門』の宗助には、代助の面影がまったくといっていいほど見られない。かつては友人の妻であったお米が、三千代と同様どこか倖の薄い女性として描かれているものの、宗助には、このお米によってみずからの知や言葉を見失う羽目に陥るということがない。崖下の陽の当たらない貸家での夫婦の日常は、言ってみればそういうものから最も縁遠いところで営まれるのである。

そのような呆けた生が、宗助とお米の、過去に犯した徳義上の罪によるものであることが、やがて明らかにされていく。とはいえ、三〇分間の死を予兆のようにはらんだこの作品が生彩を放つのは、そういう罪の物語においてではない。むしろ、彼らのくすんだ日常の描写においてなのである。漱石は、知も言葉も失って、生きる根拠さえもなくしていく夫婦の姿を描き出すことにおいて、いうところの「ただの人間」というのが、社会の底板を抜いた場所に生きざるをえない存在であることを、示唆していくのだ。

だが、『それから』や『門』が、陽の当たる場所から遠ざかっていく存在を描くことにおいて、感傷を排したリアリズムを実現したものであったとしても、ドストエフスキーが『死の家の記録』に描き出したような非社会的存在については、関心の外にあったといわねばならない。ドストエフスキー自身、銃殺五分前の極限的経験を経ることによって、『貧しき人々』『ネートチカ・ネズヴァーノヴァ』といったそれ以前の作品から『死の家の記録』への転回をはかったので、問題は、これに当たる作品、いやそこに登場するオルロフやペトロフといった原型的人間を、漱石は、どのようにして造型することになるのかということである。

『彼岸過迄』という作品、とりわけ「須永の話」に登場する須永市蔵とは、まさにそのような原型的人間なのである。

大罪を犯して厳寒の地に流された囚人たちと、亡父の遺したものによって不自由なく暮らす須永を並べることは、無茶といえばいえないことはない。どんな言葉も跳ね返してしまう岩盤のような存在、そこにこそ言葉を届けなければならないような存在とは、オルロフやペトロフなので、須永という人間に、そのようなものを見出すことは不可能といえる。むしろ、心的に破綻していく代助や、罪の影におびえる宗助の姿に、須永には見られない陰翳深い人間像がみとめられるということもできる。

にもかかわらず、この須永市蔵という人間が、代助や、宗助よりも、『死の家の記録』のオルロフやペトロフに近い存在であるということを、否定することはできない。理由は、彼らのなかに巣食っている怪物的ともいうべき、心的な反動形成である。ドストエフスキーは、それを、みずからもまた妻殺しの罪で服役するアレクサンドル・ペトローヴィッチという人物の口を通して語らせるのだ。

彼の中に見出せるのは、無限のエネルギーと、行動の渇望と、心に決めた目的達成の渇望だけである。わけても、わたしはこの男の異常な高慢さにおどろかされた。（略）虚栄と傲慢は例外なくほとんどすべての囚人の特性なのである。彼はひどく頭のいい男で、決しておしゃべりではないが、こっちがどぎまぎするほどざっくばらんだった。（略）ところがわたしが彼の良心にまで触手をのばして、せめて悔恨のひとかけらでもさぐり出そうとしているのに気がつくと、彼はさも軽蔑しきったような傲慢な目で、じろりとわたしをにらむのだった。（工藤精一郎訳）

数多くの殺人の罪を問われて、笞刑の判決を下されたオルロフについて語るアレクサンドル・ペトローヴィッチの語りの背後で、ドストエフスキーは、一人の人間の中に形成される渇望や傲慢や虚栄や悔恨といった反動感情を、いかにすれば浮き彫りにできるかを試みる。このような試みが、ラスコーリニコフやスタヴローギンといった人物たちを造形するに当たって、重要な役割を果たしたことは、疑いをいれない。彼らの、特異な行動と思念は、まさにオルロフのような人間の心的傾向から形づくられたものということができるからである。

しかしドストエフスキーは、『死の家の記録』からはじめて、『罪と罰』や『悪霊』や『カラマーゾフの兄弟』にいたるまでにおよそ、一〇年の歳月を費やしている。それだけの時間をかけなければ、オルロフやペトロフの内面を鍛えあげ、ポリフォニックな話法のなかに形づくることはできないと考えたのである。それが、死の宣告からこちら側の世界へと還ってきた人間のたどらなければならない過程であった。

では、漱石はどうであろうか。

須永市蔵が、オルロフやペトロフに匹敵するような反動感情の持ち主であることが明らかにされるものの、『彼岸過迄』におけるその仕儀は、いかにも性急の感を免れがたい。前半の、須永の友人である敬太郎を中心とするミステリー仕立ての語りに、一種のニュートラルな趣が感じられるだけに、一層そう思われるのである。たとえば、須永の心的傾向は、従妹である千代子と高木との関係をめぐって、以下のような表白のなかに直接あらわされる。

僕は寝付かれないで負けてゐる自分を口惜《くや》しく思つた。電燈は蚊帳を釣るとき消して仕舞つたので、室《へや》の中に隙間《すきま》もなく蔓延《はびこ》る暗闇《くらやみ》が窒息する程重苦しく感ぜられた。僕は眼の見えない所に眼を明けて頭丈《だけ》働らかす苦痛に堪《た》へなくなつた。寝返りさへ慎んで我慢してゐた僕は、急に起《た》つて室《へや》を明るくした。序《ついで》に縁側《えんがは》へ出て雨戸を一枚細目に開けた。月の傾いた空の下には動く風もなかつた。僕はたゞ比較的冷かな空気を肌と咽喉に受けた丈であつた。

（「須永の話」三十一）

敬太郎と須永の叔父田口との掛け合いを、丹念な風俗描写を重ねることで描き出した漱石の筆は、後半にいたって、敬太郎からも田口からもうかがうことのできない内面の描写を、須永のうちに不意に実現する。千代子との間に無意識のうちにもかたちづくっていた男女の絆が、高木の出現によって壊れていくと思い込んだ須永の内心が、こんなふうに描かれるのだ。

ドストエフスキーならば、敬太郎に当たるような狂言回し的人物の語りを通して、外側から問題の人物の輪郭を描き、少しずつ内面に至って行くところを、漱石は、ある場面まで達するや不意に、この内面を、問題の人物に直接語らせてしまうのである。

実際、『死の家の記録』において、アレクサンドル・ペトローヴィッチの語りは、さまざまな囚人たちの、常軌を逸した行動や心理をおもてにするものの、それを内面そのものの表出として現すことはなかった。そのためには、この囚人たちを、一度社会的繋留のなかに置き直し、彼らが、そのような行動や心理を遂げるにいたった必然の関係を描き出さなければならないからだ。ドストエフスキーのポリフォニックな話法とは、この過程を踏むことで生み出されたものなのである。

だが、漱石には、ドストエフスキーが一〇年の歳月をかけて成し遂げていった近代小説の手法を、残り五年の年月によって実現しなければならないという事情があった。漱石自身、どこまでみずからの余命を数えていたかは別にして、この「須永の話」という一章において、彼、須永市蔵をペトロフやオルロフよりもずっと内面に沈む人物に描かずにはいられない理由があったのである。

そのことによる功罪を、漱石は、おそらくわきまえていた。この須永市蔵という、『行人』の一郎にも、若き日の『こゝろ』の先生にも通ずるような人物の内面を表白することによって、死から生還した人間が、いかにすれば存在そのものからの疎隔を問題にしうるかにふれていく。ドストエフスキーよりもトルストイよりも性急な仕方で、このことを手にしていった漱石は、彼の一九世紀の偉大なリアリズム小説を内側から編み直すような作品を、その後の小説において実現していくのである。

第二節　明治天皇崩御と乃木大将殉死

明治四五年七月明治天皇崩御、御大葬の日に当たって、乃木希典の殉死がつたえられる。すでに、『舞姫』一編をのこして、近代小説の地平から身を引いていた森鷗外は、数日にして『興津弥五右衛門の遺書』という歴史小説を草した。この年の四月、『彼岸過迄』の連載を終了していた漱石は、これから二年後に書くことになる『こゝろ』において、天皇への殉死を、ひとつのテーマとして盛り込む。それがこのときの経験に由来するものであることは、まちがいないところだ。

明治天皇崩御と乃木大将殉死という事件が、大患以後、身体的な不調から免れることのなかった漱石に、どのような印象を与えるものであったか。御大葬を間近に控えたある日、鎌倉の禅師を尋ねる「初秋の一日」と題された散文の次のような一節をたどってみるならば明らかである。

> 汽車の窓から怪しい空を覗《のぞ》いてゐると降り出して来た。それが細《こま》かい糠雨《ぬかあめ》なので、雨としてよりは寧ろ草木を濡らす淋しい色として自分の眼に映つた。三人は此《この》頃の天気を恐れてみんな護謨《ゴム》合羽《がつぱ》を用意してゐた。けれども夫《それ》がいざ役に立つとなると決して嬉《うれ》しい顔はしなかつた。彼等は其《その》日の侘《わ》びしさから推《お》して、二日後に来る暗い夜《よる》の景色を想像したのである。（略）汽車を下りて車に乗つた時から、秋の感じは猶《なほ》強くなつた。幌《ほろ》の間から見ると車の前にある山が青く濡《ぬ》れ切つてゐる。其《その》青いなかの切通《きりどほ》しへ三人の車が静かに掛つて行《ゆ》く。（略）すると左右を鎖《とざ》す一面の芒《すすき》の根から爽《さはや》かな虫の音《ね》が聞え出した。それが幌《ほろ》を打つ雨の音に打ち勝つやうに高く自分の耳に響いた時、自分は此果《このはて》しもない虫の音《ね》に伴《つ》れて、果しもない芒《すすき》の簇《むらが》りを眼も及ばない遠くに想像した。さうしてそれを自分が今取り巻かれてゐる秋の代表者の如くに感じた。
> （略）翌朝《あくるあさ》は高い二階の上から降るでもなく晴れるでもなく、たゞ夢のやうに煙《けむ》るＫの町を眼の下に見た。三人が車を並べて停車場《ステーション》に着いた時、プラットフォームの上には雨合羽《あまがつぱ》を着た五、六人の西洋人と日本人が七時二十分の上り列車を待つべく無言の儘《まゝ》徘徊《はいかい》してゐた。

御大葬と乃木大将の記事で、都下で発行するあらゆる新聞の紙面が埋《うづ》まつたのは、夫《それ》から一日置いて次の朝の出来事である。

（「初秋の一日」）

明治天皇崩御から二ヵ月後の大正元年九月に発表されたこの散文には、大患の予兆をはらんだ『門』の表現にも、大患後の頼めなさのなかで書き進められた『彼岸過迄』の表現にも見出すことのできない、独特の趣きがみとめられる。不思議な人称性の消去とでもいえばいいだろうか。これをたとえば、『門』に語られた参禅の経験に照らし合わせて「父母未生以前本来の面目」といった公案によって語ることもできないことではない。

だが、三〇分間の死を経験することで、ドストエフスキーにもトルストイにも通じるような普遍の思念を望み見ていた漱石に、それらの公案や言葉が、空理の域に属するものであることは、明らかであった。父母未生以前の暗闇とは、存在そのものの欠如や疎隔によってもたらされたものにほかならないので、そこには、みずからの存在が、他者のそれとの繫がりにおいてしか現れないということについての認識があるのだ。人称性の消去とは、それゆえ、関係そのものへの欲望を秘めたものということができる。

この「初秋の一日」という散文の趣き、微妙な彩りのなかに人事景物をすべて消去していきながら、ある広やかな地平にあらためてそれらを置き直してみせる仕方は、そのことを明かして余りある。明治天皇崩御と乃木大将殉死という事件は、漱石に、そのようなものとしてやってきた。

人称性の消去ということについていえば、乃木殉死の報に接するや、数日にして『興津弥五右衛門の遺書』を認《したた》めた鷗外にとってもまた、それは火急の課題であった。主君の十三回忌に当たって、かねてから望んでいた殉死を遂げるにいたった細川藩士興津弥五右衛門の、絶対といっていい忠誠心を描いた鷗外は、これを契機に、歴史小説、史伝体小説といった独自の方法を生み出していく。『阿部一族』『山椒大夫』『高瀬舟』『渋江抽斎』といった作品がそれなのだが、それらを貫いている主題が、自我の滅却、自己放棄、無名性の選択といったところにあることは、まちがいないところだ。

とはいえ、自我の苦悩と葛藤を描くところに、近代小説の規範を見出してきた鷗外が、乃木殉死の報に接して、にわかに人称性の消去という問題に直面したと考えることは、実情に合わない。その思想的転回は、漱石と同様、明治四三年の時点において行われていた。いうまでもなく、大逆事件の衝撃である。

軍医総監として、日清・日露の戦いを経てきた鷗外に、大逆罪の廉で囚われの身となった幸徳秋水以下数十名の思想信条が、みずからのそれと相容れないものであることは、明らかであった。にもかかわらず、鷗外は『かのように』『沈黙の塔』という作品を書くことで、天皇と明治国家についての自身の考えを表明するのである。

それは、いってみるならば、ホッブズやルソーに通ずるような思念にほかならないので、人間のうちなるニヒリズムを、社会と国家の関係のなかで統べていくというものであった。国家や、国家を統帥する元首というものは、人間のなかのアナーキーでニヒリスティックな欲動を統御するために、どうしても必要な存在なのである。

鷗外の思念のなかでは、そのような、自我の奥深くにうごめいているものをいかにして抑制し、滅却するかが、最大の問題となる。もし個々人が、あらためてこのことを社会の基底に据えることができるならば、西欧的な近代社会とは異質の仕方で、国家や社会の繋がりがかたちづくられるにちがいない。『興津弥五右衛門の遺書』において、主命への絶対帰依をテーマにした鷗外は、そう考えたのである。

しかし、鷗外の意図とは異なって、殉死にいたった乃木の動機には、こちらから容易にうかがい知れないものがあった。長州藩士として、吉田松陰の流れをくむ思想風土のなかに育った乃木は、西南戦争においても日清・日露の戦いにおいても、軍の統率者として、完璧な指揮をとったとはいいがたい面があった。そのことが、悔いとして残り、後に殉死を決するにいたったとされている。ただ、乃木には、軍人としても政治家としても、どこかとらえがたい面があった。周囲を威圧し、権威をかさに着るような姿勢とは無縁であることはもちろん、その態度には、茫洋とした忌憚ないものが備わっていた。そのことは、同じ長州藩出身の山形有朋、桂太郎、伊藤博文といった政治家たちと比べてみれば明らかである。とりわけ、日清戦争後、台湾総督として台湾統治を進めた乃木の、専制と武断による支配を可能な限り排するといった政治理念は、中央政界の容れるところとならず、結局は、座礁するにいたった。

乃木にとって、この経験は、後々まで大きな傷跡として残ったにちがいない。日露戦争における旅順攻撃の司令官として、難航を極めたことも、乃木における、統治理念の根底にかかわる問題とみなすことができる。

乃木希典とは、いってみるならば、内心の共苦《コンパッション》を御するあたわざる軍人政治家なのである。それは、吉田松陰に象徴される勤皇思想にはらまれたものということもできるのだが、乃木のなかに生動する共苦《コンパッション》は、むしろ、幸徳秋水や鉄幹与謝野寛に通ずるものということができる。

このような人物が、山形有朋、桂太郎、伊藤博文といった長州閥の政治家たちと相容れなかったのは、自然の成り行きであった。山形有朋を元老として擁した明治政府の、大逆事件に対する政治姿勢が、乃木のなかに少なからざる違和をもたらしたと考えることもできないことではないのだ。明治天皇崩御に際しての乃木の殉死には、どこか「草木を濡らす淋しい色」（「初秋の一日」）として映じてやまないものがあった。そこには、みずからの理念をこの世において容れられることのなかった存在の、無念の死という意味合いが感じられる。いや、そのような思いを胸の奥にしまって、乃木は、殉教者でもあるかのように、天皇の御大葬の日に自死を遂げたのである。

もし乃木が、軍人政治家でなく宗教家、革命家としての生涯を送ったならば、その死に際して、幸徳秋水と同様、天皇の死を深く悼むとともに、非業の死を遂げた名もなき人々の死を悼んだにちがいない。

乃木殉死に深く動かされた鷗外、漱石は、このことを明らかに観取していた。いや、これをみずからの共苦《コンパッション》に照らし合わせて直感していたのは、漱石なので、鷗外においては、『興津弥五右衛門の遺書』に見られるような、主命への絶対帰依、そのことによる自我の滅却という問題が専らであったといっていい。大逆事件による衝撃を、アナーキーでニヒリスティックな欲動の統御という課題によってとらえた鷗外にとって、これは当然の仕儀であった。

だが、鷗外の直観力は、乃木のなかに、自己を殺し、天命に従った精神主義者、武士道精神の体現者といった像を認めるのみでは済まされなかった。自分を殺すという乃木の生き方のなかに、自己放棄とも無名性の選択ともいえる深い器量のようなものが脈打っていることをとらえていた。『阿部一族』における犬死ともいえる一族の殉死を描き、やがては、『渋江抽斎』以下の史伝体小説において、歴史の表舞台から忘れ去られた無名の学者の気骨ある行状を丹念に記述するにいたって、鷗外は、乃木のなかに生きていた自己放棄の理念を、確実にみずからのものとしていくのである。

それならば、漱石はどうか。『初秋の一日』という散文において、乃木殉死にふれたとき、そこに現れている、人称性の消去が、乃木の自己放棄に通ずるものであることは、まちがいないところであった。だが、大逆事件に際して、三〇分間の死を契機に、無言の共振をおこなっていた漱石には、この放棄の像と、他者の苦悩に対する共苦《コンパッション》と切り離すことのできないものであった。乃木の尋常ならざる死に方に、漱石は、無念の死を死んでいった者たちへの鎮魂の思いをみとめたのである。

それは、死を前にした幸徳秋水の述懐のなかに語られる、非業の死を遂げていった無数の人々というに限らない。むしろ、存在そのものから疎隔されて、暗闇へと追放されたものへの、無意識の悲しみが、漱石を動かしてやまなかったのだ。『初秋の一日』という散文の趣は、そのことをあらわしている。

明治天皇崩御と乃木殉死の二年後、漱石は、「私の個人主義」と題する講演をおこなう。そこで、みずからを「霧の中に閉ぢ込められた孤独の人間のやうに立ち竦《すく》んで」いる者とみなすのだが、ロンドン留学に際しての心境を語ったこの一節が、実は、三〇分間の死を経験することによってえられた存在感覚を暗に示したものであることは、いうをまたない。

さらに漱石は、国家と個人のかかわりについてふれながら、個人の自由というものは「国家の安危に従つて、寒暖計のやうに上がつたり下がつたりする」もので、「国家が危くなれば個人の自由が狭《せば》められ、国家が泰平の時には個人の自由が膨張して来《く》る」のは、理の当然である、だから、「吾々は国家の事を考へてゐなければなら」ない、と述べる。

二〇世紀初頭の帝国主義の時代において、日清・日露の戦いを経た日本国家が、相当に疲弊し、危急存亡の危機にあることを漱石は、明確につかんでいた。にもかかわらず、「自己本位」をとなえ、決して他に助力を頼むことのない個人主義を奉じることをも辞さなかった。

その個人主義とは、本来淋しいもので、「槙雑木《まきざつぽう》でも束《たば》になつてゐれば心丈夫で」あるのに、ある場合には、「たつた一人《ひとり》ぼつちになって、淋しい心持」をさせてやまないもの、それでもなお、自分のなかで守らなければならない何かなのだと語るのである。漱石はそのとき、みずからの淋しい個人主義の対極に、生涯を淋しい国家主義をもって任じた乃木希典を据えていなかっただろうか。その共苦《コンパッション》の深さにおいて、この両極が大いなる繋がりをかたちづくることを、疑うことができないのである。

第三節　淋しい明治の精神

生涯を淋しい国家主義をもって任じた乃木希典というならば、その向こうに、一生を淋しい社会主義に捧げて刑死した幸徳秋水の像を描き出してみることもできる。たとえば、御大葬と乃木殉死の報を前に、若き日の参禅の跡を、鎌倉の円覚寺にたずねた漱石の「初秋の一日」という散文の、不思議な人称性の消去を、幸徳秋水の以下のような散文に並べてみるならばどうだろうか。

きたる五日の公判は、まだなかなかひらかれそうもない。ことわっておくが、僕は、夜間多く寝られない。宵でも暁でも、月が東方の空にのぼっているあいだは、病室の窓ガラスに、隈なくさしこんできて、僕は満面にその清らかでつめたい光をあびて、仰臥している、と知りたまえ。このごろは、連夜、東明の月をながめていた。今から旬日の後は、宵月に向かって、いろいろのことを思うであろう

岩崎革也君の病気は、どうか。いまでもまだ病院にいるのか。おついでの節、よろしく伝声をねがう。

（『平民主義』）

私の獄中からの発信は、いよいよこのたびをもって最後とする、ことほどさように、放免の時期がちかづいた。いまから三旬の後は、せまい監房を出て、自由自在に体をうごかし、諸君とじたしく手をとって談笑できるか、と思えば、心中に人知れぬよろこびが、みちあふれている。

近来、詩もなく、歌もできない。鉄格子が、梅雨の長雨にうす暗い夕も、つねに本を読んでいた。青桐の葉が、涼風にふるえている早朝も、まだ読みつづけている。一日また一日、ひた

すら読書をむさぼって、清閑をすごしている。

（同右）

明治三八年筆禍事件のために禁固五ヶ月の刑を受け、巣鴨刑務所に入獄した幸徳の、服役中の感懐を述べた一文である。ここに、漱石の「初秋の一日」と同様の人称性の消去を見出すのは、困難であるということもできる。漱石の散文の、練達といっていいありようには、『彼岸過迄』の後、『行人』『こゝろ』『道草』を経、『明暗』において成就される普遍の地平がかすかにのぞまれる。これに対して、幸徳の散文には、もはや残された命数の決して多くはないこと覚った者の、この世の名残といった趣がある。

しかしこれが、大逆罪の廉で囚われの身となること五年先駆けて綴られた文であることを考慮に入れるとき、ある種の感慨に打たれざるをえない。ここには、漱石の言葉でいうならば、「淋しい心持」が、その「淋しい心持」どうしで、いいがたい繫がりをつくっているさまが感じられる。これが、幸徳秋水における淋しい社会主義の精髄なのである。それは、この文のたたずまいに見受けられる、不思議なまでの抑圧力のなさにあらわれている。

同志岩崎革也の病気を気遣う幸徳は、主著である『社会主義神髄』において、みずからを科学的社会主義者と称している。だが、そこには、エンゲルスの提唱する決定論的唯物史観とはまったく異なるもの、むしろマルクス思想の根底に流れる共苦《コンパッション》が随所に感じられるのだ。それは、大規模な産業化を進める近代社会が、人々に自由で平等な機会を与えながら、一方において、修復不可能な不公平を次々に生み出していくという現実についての直感からもたらされたものといえる。

幸徳は、博士問題において漱石が述べたところの、業績を評価されることなく「暗黒な平面に取り残されて」（「学者と名誉」）いく存在を、社会において、職業に就くこともできず、能力を生かすこともできないまま「暗黒の域に転落する者」（『社会主義神髄』）としてとらえ、それが世界の大多数にほかならないと見なすのである。これを社会主義的な富の分配の不公平という理念で語るものの、幸徳のなかに生動する共苦《コンパッション》は、この不公平が、存在そのものの根源的な疎隔からもたらされたものであることを、示唆してやまない。

それこそが、漱石の思念に共振する根本にほかならないのだが、いうならば、明治天皇御大葬の日に、妻とともに殉死して果てた乃木希典のうちにも、この絶対的な不公平という現実から目をそらすことのできない思いがあった。そのことを、軍人政治家として一篇の文も公にすることのなかった乃木のなかに認めることは、容易なことではないであろう。にもかかわらず、「初秋の一日」という漱石の散文を通して、そのことを思い描いてみることは、何事かなのである。

ではいったい、個人主義といい社会主義といい国家主義といい、彼らをいちように捉える淋しさ、この、存在そのものからやってくる不公平とは、どういうものであるのか。三〇分間の死を経験した漱石が語る次のような言葉に耳を傾けてみたい。

二月の末になつて、病室前の梅がちらほら咲き出す頃、余は医師の許《ゆる》しを得て、再び広い世界の人となつた。振り返つて見ると、入院中に、余と運命の一角《いっかく》を同じくしながら、遂に広い世界を見る機会が来ないで亡《な》くなつた人は少なくない。ある北国《ほっこく》の患者は入院以後病勢が次第に募《つの》るので、付添《つきそひ》の息子《むすこ》が心配して、大晦日《おほみそか》の夜《よ》になつて、無理に郷里に連れて帰つたら、汽車がまだ先へ着かないうちに途中で死んで仕舞つた。一間《ひとま》置いて隣の人は自分で死期を自覚して、諦《あき》らめて仕舞へば死ぬと云ふことは何でもないものだと云つて、気の毒な程大人しい往生を遂げた。

（『思ひ出す事など』三十三）

余の病気に就《つい》て治療上色々《いろ〳〵》好意を表してくれた長与病院長《ながよびやういんちやう》は、余の知らない間にいつか死んでゐた。余の病中に、空漠《くうばく》なる余の頭に陸離《りくり》の光彩を抛《な》げ込んでくれたジェームス教授も余の知らない間にいつか死んでゐた。二人に謝すべき余はたゞ一人生き残つてゐる。

（同右）

漱石の口調は、どこか寂寞とした心細さを印象づけるものだが、それだけに生《なま》の心情が述べられていると考えることができる。

人生の災厄に出遭った者が、決まって口にするのは、なぜ自分だけが災いから免れることができたのか、なぜ、自分は愛する者やいとしい家族の身代わりになることができなかったのかという言葉だ。同時に、なぜ自分や自分の家族が、このような災厄に遭わなければならないのかという言葉にならない問いである。

このような言葉や問いが、人間の深い心情から発するものであることはうたがいない。だが、これを遡っていくならば、必ずや存在の根源的な不条理といっていい事態に出会わざるをえないのである。

生誕がすでに、意志や責任のあずかり知らぬところで決定されているという事実。不条理の端緒は、そこに開かれているといっていいのだが、それをさらにいうならば、なぜ自分だけが、この世に生を享けたのかという問いのかたちをとってあらわれるのだ。その背後には、生命に至ることなく暗黒のうちに没していった存在に対する、無意識の罪責意識がひめられている。

なぜ自分だけが生き残ったのかという問いが、倫理の投影を帯びるのは、ここにおいてである。普通ならば、災厄から免れたことは、よろこばしいことではあれ、決して、責任を問われる類のことではない。生きて、ふたたびこの世の光を受ける者がいる傍らで、むなしく消え去っていく者がいることは、理の当然ということさえできる。にもかかわらず、どうにもならない不条理の念に打たれるのを、人は避けることができない。

そのとき、人間は、存在そのものが、根本的な不公平を刻印されてあるということに打ち当たるのである。この不公平が、生誕から死にいたるまでをおおっているとするならば、これを解き明かさないかぎり、国家社会がもたらす不公平にも、産業化がもたらす不公平にも、決して触れることはできない。逆にいうならば、それらをわがことのようにとらえる時、「暗黒な平面に取り残されて」いく存在や、「暗黒の域に転落する者」に対して、汲みつくしえない共苦《コンパッション》を感じるのである。漱石や幸徳とは、まさにこのような存在論的不条理を、いちはやくにとらえていた者ということができる。

台湾統治に当たって、武断政治を敷くあたわざるところがあったとされる乃木を、ここに加えることは、少しも異様ではないであろう。乃木のなかに、植民地支配という現実において、暗黒の中へと消え去っていく者から目をそらすことのできない思いが秘められていたことはうたがえない。乃木希典とは、そのような存在論的不条理のために、みずからを死に追いやらずにいられなかった者なのである。そのことを、漱石は、『こゝろ』において「先生」の自死する理由として、こんな言葉で語るのだ。

すると夏の暑い盛りに明治天皇が崩御《まうぎよ》になりました。其時私は明治の精神が天皇に始まつて天皇に終わつたやうな気がしました。最も強く明治の影響を受けた私どもが、其後に生き残つてゐるのは必竟《ひつきやう》時代遅れだといふ感じが烈《はげ》しく私の胸を打ちました。（下　先生と遺書五十五）

それから約一ヶ月程経《た》ちました。御大葬《ごたいそう》の夜私は何時《いつ》もの通り書斎に坐つて、相図《あいず》の号砲を聞きました。私にはそれが明治が永久に去つた報知の如く聞えました。後で考へると、それが乃木大将《のぎたいしやう》の永久に去つた報知にもなつてゐたのです　（同右五十六）

大正三年に発表されたこの作品が、明治四五年に起こった事態をそのままフィクションのなかに取り込んで成立していることを思うとき、漱石の同時代についての強い思いをあらためて受け取らざるをえない。にもかかわらず、この一節が『こゝろ』という作品において、一種の不協和音のように解されてきたことも否定できないのである。時代からも、社会からも距離を置いて、ひたすらおのれの過去と向き合ってきた「先生」の、いったいどこに「明治の精神」への傾斜をみとめることができるのか。そういう率直な意見がなされてきたことも事実なのだ。

だが、いわれるところの「明治の精神」が、時代を象徴するエートスというよりも、むしろ、時代から取り残され、消え去っていく存在に対する共振を内にはらんだ精神と考えるならばどうだろうか。それは、明治という活力にあふれた時代を隈取る陰影のようにしてあるので、そういう活力が決して向日性に富んだものではなく、拭うことのできない淋しさを漂わせたものであることを、おのずから明らかにする。淋しい明治の精神、そういっていいような何かを、「先生」は、みずからの死を賭して、若い「私」につたえようとしたのである。

そういう人物を造形することによって、漱石は、存在論的不条理ともいうべきものが、国民国家の形成を経て、列強と相渉ろうと二度の戦争を戦ってきたこの日本を、あたかも金属疲労のようにおおいつつあることを直観していた。それが漱石の、明治という時代、そして、ようやく形をとってきた国民国家や近代社会についての、独特の感受の仕方であった。

第四節　遺棄された生と無意識

一九一二年、明治から大正への改元がなされた九月、漱石は『彼岸過迄』を上梓し、一一月には、『行人』の筆を起こしている。須永市蔵という、ドストエフスキーの『死の家の記録』に匹敵するような原型的人間像を描き出しながら、一方において、生誕と死についての不条理とそれゆえの罪責意識にふれていくのである。これが、漱石の生い立ちにまつわる無意識の外傷体験に由来するものであるということは、多くの論者の指摘するところである。

慶応三年（一八六七年）、江戸牛込の名主夏目小兵衛直克の五男として生まれた漱石夏目金之助は、両親の高齢を理由に、その出生を歓迎されることがなかったといわれる。事実、生後まもなくに里子に出され、その後生家に連れ戻されたものの、二歳にして、新宿二丁目名主鹽原昌之助の養子として出されることになる。このときの経験が、後に『道草』の題材とされるにいたるのだが、漱石が親から疎まれた子であることは、疑いないところであった。

だが、このことをもって、生誕と死にまつわる存在論的不条理と深い罪責意識を解き明かすことはできない。母親の愛につつまれること少なく、父親との間でも相応の確執を経ることのなかったことが、無意識の外傷形成をおこなったのは事実であるとしても、それが、問題として意識されるには、ある契機が必要であった。いうまでもなく、修善寺における三〇分間の死の経験である。このとき、漱石は、みずからを死に遅れ、生き残った者と受け取ることで、存在そのものに刻印された不公平という問題に直面する。

生を享受する者とこれを疎まれる者との間には、紙一重の差しかなく、それは、いつでも取替え可能であるということ。このことは、生を享受する側にある者が、おのれの僥倖を意識するとき、そのような僥倖にあずかることのできなかった存在に思いをはせずにいないということを意味する。逆にいえば、おのれを疎まれ、遺棄された者であるとみなすとき、みずからもまた、いつかどこかで誰かを、遺棄し、疎んじた者であるということを意識の奥に刻み込んでいるということなのである。存在論的不条理とは、そのような連関をどこかに秘めたものなのだ。

漱石が直面していたこの不条理と罪責意識について、同時代におけるウィーンの精神科医ジークムント・フロイトは、エディプス・コンプレックスの名のもとに、独自の方法で理論化することを試みていた。一九一二年（明治四五年）を皮切りに、フロイトは長い臨床医の経験から、後期の重要な思想として結実する著作を著していたのである。

フロイトのエディプス・コンプレックス説が、一九世紀から二〇世紀の思潮に重要な位置を占めるものであることは、あらためていうまでもない。神経症患者の臨床を重ねることによって、フロイトは、人間の意識の奥に少しずつ足を踏み入れていったのだが、このことを、たんに学説や理論を打ち立てるための実験とみなすならば、何かを見誤ることになるだろう。無意識へのあくなき探求は、近代社会や国民国家の要《かなめ》として存在する個の意識を、一度、徹底して疑うところからはじめられたのである。

それは、たんに意識下の世界への探索といったことではすまされない、いわば、自我や個我の統御する世界から、みずからを追放することでなされるような試みであった。その意味で、フロイトの試みは、ランボーやマルクスやニーチェのおこなった自己追放に匹敵するものをはらんでいたのだ。

断じて近代的でなければならないという言葉を残して、みずからをアフリカの砂漠に追いやったとき、ランボーは、目の前の「ざらざらした現実」から起ちあがるものを絶えず思い描いていた。それは、近代社会や国民国家を越えたところにかたちづくられていく絶対的な関係《リレーション》といっていいものであった。だが、象牙の交易を進めるに忙しい商人ランボーには、それをひとつの形として取り出すだけの時間がなかった。

これに対して、マルクスやニーチェのおこなった自己追放には、この絶対的関係《リレーション》を、受苦と情熱あるいは力への意志といった理念によって描き出すだけの余地があったといえる。

自由で平等な近代的個人や、世界の諸事象を一定の距離をもってとらえる近代的自我が、解きがたい非融和性をはらんだものとして、現実的な社会や国家を構成する。そこに、人間と人間のあいだの不平等、自由ならざる実態があらわれてくるということ。これをマルクスは、社会における一般利害と特殊利害の二重性という概念によって解き明かそうとした。マルクスにとって、最大の問題は、そのような諸個人間の利害関係が、近代社会や国民国家に特有の共同的な観念形態を生み出すというところにあった。

同様に、人間の非融和性をニヒリズムという概念でとらえたニーチェは、近代的個人や近代的自我が、道徳や善の基準をそなえたものとして現れたとき、現実の関係のなかで生きる人間の、心的反動感情をおおいかくしてしまうと考えた。ニーチェのこのような道徳批判は、キリスト教に象徴される宗教批判のかたちをとったのだが、近代社会や国民国家こそが、個々人のルサンチマンをてこに、序列化と権力機構の組織化をすすめているのではないかというのが、批判の本質であった。

進行性麻痺症という病名のもとに、後半生を精神病棟に追放したニーチェは、二〇世紀の国家社会が、一層のニヒリズムによって、たがいの非融和性を拡大していくことを予見していた。人間の自由を認め合うことによって、恐怖と暴力を統治していくはずであった近代社会が、結局は、残忍性や悪の発露を絶やすことができない。それならば、その制度や機構は、多かれ少なかれ現実的な力をもたない幻影にすぎないということになってしまう。

ニーチェにとって、教会権力が、隣人愛の名における弱者のヒエラルキーをつくりだしていったように、近代社会が、正義の名のもとでの強者の階層構成をかたちづくっていくことは、明らかであった。弱者も強者も、嫉妬や憐憫にとらえられているかぎり、結局は、相手に対する心的な反動からのがれることができない。そのようなニヒリズムの組織化にとらわれることのない、まったく新しい人間のあり方を、ニーチェは、力への意志と名づけたのである。

そこには、近代社会と国民国家がうみだすさまざまな幻想を、徹底して疑った者にだけ拓かれた普遍の地平がのぞみ見られる。

フロイトの無意識への探索とは、自我や社会がおおいかくしてきた、意識下の欲動を明るみに出すという点において、このニーチェの試みと深くつながるものなのである。とりわけ、エディプス・コンプレックス理論に次いで提唱された、生の欲動と死の欲動についての考えは、存在の不条理という問題を解き明かす上で、大きな示唆をあたえてくれる。

第五節　生の欲動と死の欲動

人間の心のなかには、見えない憎悪や怖れの感情がうごめいているということを最初に述べたのは、『リヴァイアサン』を著したトーマス・ホッブズである。「万人の万人に対する闘争」や「人間は人間にとって恐怖の対象である」という言葉に、それは示されている。

恐怖や憎悪といった、人間のなかの隠された感情を取り出したものではないとしても、ルソーにおける社会状態という理念、そこでの人間どうしの虚栄心や自己顕示欲の発現を浮き彫りにする考えもまた、このようなホッブズの思念に通ずるものといえる。

フロイトが人間の無意識を問題にするに当たって参照したのは、しかし、ホッブズやルソーの考えではなかった。これらの隠された感情は、社会契約や統治の理念のもとに統御されうるというのが、彼らの考えであった。これに対して、そういう理念のさらに向こうに、決して統御しえない欲動が隠されているというのが、フロイトの考えであった。それは、フロイトをして、ソフォクレスやエンペドクレスといった、ギリシアの思想芸術にあらわされた独特の考えへと向かわせた。それらは、たんに古代ギリシアへの憧憬といった問題では説明することのできない、固有の動機をはらんだものとして、フロイトの前に現れたのである。

このことは、ソフォクレスの『オイディプス王』に示唆されて打ち立てられたエディプス・コンプレックス理論に、最もよく示されたのだが、同時に、エンペドクレスの「愛」と「憎悪」についての考えから導き出された、エロスとタナトスについての理念もまた、見のがすことのできないものとしてあった。

明治天皇崩御の年から数えて四半世紀以上経った一九三七年、最後の著作ともいうべき「終わりある分析と終わりなき分析」において、フロイトはこんなことを述べる。

ギリシア史上最も偉大な人物の一人であるアクラガスのエンペドクレス。その学説は、驚嘆すべき幻想を伴った大胆な思弁から成っていた。この世界にあるもので、ひとつとして同一のものはなく、それぞれが、地・水・火・風の無限の組み合わせによって成り立っている。しかも、これが魂の輪廻のように変転することによって、生命の自然をたもちえているということ、そこに宇宙に及ぶほどの存在のあり方が見出される。

このようなエンペドクレスの学説が刺激的なのは、これらの変転をあらしめる二つの原理について、独特な仕方で語っているからである。すなわち、「愛」は、これら四つの元素をつなぎとめて、この世界の存在をまったくあらたなかたちに編み上げようとするものであり、「憎悪」は、逆に綜合されたかたちを内側から崩していくことで、これら四つの元素をばらばらに分離しようとするものである。

現に存在しているものを大いなるものへと包括していくはたらきと、これを解体し、さらには原形をとどめないまでに破壊していくはたらきとの二つによって、この世界のすべてが説明されるそのようにエンペドクレスの学説を解きながら、フロイトは、みずからの提唱してきた生の欲動と死の欲動を、これのアナロジーとして提示するのである。

とりわけフロイトの独創は、世界を構成する四つの元素をばらばらにしていく「憎悪」について、エンペドクレス以上にリアルな仕方で語ったところにある。

フロイトにとって、この攻撃衝動、破壊衝動が、社会状態における人間の隠された欲望とは異なるものであることは、明らかであった。それは、どのようにも統御しえない不可解なるものの象徴として現れてくるものだからである。そのことを、フロイトは、死の欲動という言葉で語るのだが、注意したいのは、これが他者への攻撃衝動、対象への破壊衝動として現れるだけではなく、自己への破壊衝動、いわば自己をこの世界からなきものにしたいという衝動として現れるということである。

なぜ人間のなかにそのような衝動が起こってくるのか。当時社会問題とまでなっていた第一次大戦に参戦して、心に傷を負った兵士たちの神経症にふれることによって、フロイトは、その理由を探っていく。

彼ら復員兵たちを治療していったとき、フロイトは、彼らのなかに一様にみられる強い罪責意識に気がついていった。彼らの意識は、決まって自分だけが生き残ったという事実に固着して、生き残った自己を抹殺することによってしか、この罪責意識から解かれることはないと思い込む。彼らのそのような思いをたどっていくことによって、フロイトは、これを戦争神経症と名づけるとともに、死の欲動が無意識の奥から現れてくる理由をここに見出していったのである。

このようなフロイトの考えが、二〇世紀初頭の戦争の現実から導き出されたものであることに注意しなければならない。戦争に象徴される社会や国家の閉塞状況は、一人の人間をして、存在論的不条理に直面させることになるのだが、それを、敵対する者に対する攻撃や破壊の衝動としてだけとらえるのではなく、自己破壊の衝動としてとらえたということ。それは、エンペドクレスの「愛」と「憎悪」の思念によって裏打ちされることで、国家社会の統治形態によっては覆いつくすことのできない、絶対の関係《リレーション》を示唆するにいたるのである。

フロイトを動かしていたのは、死の欲動に深くとらえられた人間が、自己回復を遂げるには、何が求められるのかという問いであった。いいかえるならば、存在論的不条理に直面し、みずからのうちに死の欲動を見出したとき、彼のなかで望まれているのは、どのような事態であるのかという問いである。ここに、フロイトは、この世界の存在をまったくあらたなかたちに編み上げようとする欲求、エンペドクレスによって「愛」と名づけられたそれが生きていることを、発見するのだ。

死の欲動に対して、生の欲動が人間を動かすのは、このようなしだいによってである。それは、現に存在しているものを大いなるものへと包括していくはたらきとして、この世界にあらわれる。産業化と国家間の編成がすすめられる帝国主義の時代にあって、そのような欲求を個々人がみずからのうちに鍛え上げることができなければ、結局は、「憎悪」のくびきによって人間世界は、ばらばらに崩れていくほかはない。フロイトの思念は、そこに向けられていたのである。

「こゝろ」の先生をして、淋しい明治の精神について語らせずにいなかった漱石は、先生の死が、このようなエロスへの深い傾斜を内に秘めたものであることをとらえていた。そのことを若い「私」に語りかける「先生」は、「私」の向こうに、この世界をつなぎとめるまったく新たな関係《リレーション》というものを望み見ていたのである。それが、「自分で自分の心臓を破ってその血を」相手の顔に浴びせかけるような仕儀であったとしても、そこにしかもはや、「新しい命が宿ることが」ないとするならば、そのためにみずからを死の欲動のなすがままにすることは、やむをえないことであった。

漱石は、そう考えていたのである。

第五章　多声的構造のなかのパッション

第一節　須永市蔵とユダの場合

キリストの受難は、一般的に大文字のPassionによってあらわされる。パッションということばが、内面にかくされた「情熱」や「情感」を指すことを考えるならば、いわれなき罪を着せられ十字架に架けられたイエス・キリストの苦難に、同じパッションの言葉が当てはめられるのは、奇異の念なきにしもあらずだ。だが、このイエスの受難こそが、人間をして、根源的な「情熱」に目覚めさせる契機であるとするならばどうか。言葉の両義性は、思想にとっての必然の果実として、立ち現れてくるにちがいない。

漱石の根底に流れるモティーフを一言であらわすとするならば、このパッションが最も相応しいのではないだろうか。キリスト教の内的倫理に感化されて、独自の思想形成をおこなった北村透谷や内村鑑三に比べるならば、漱石のそれは、枝葉末節的なものにすぎないといえないこともない。しかし、直接、イエスの受難やキリスト教の倫理について語ることがなくとも、『行人』『こゝろ』

『明暗』という小説によって、漱石が示唆しようとしたのは、人間にあたえられた苦難が、人間を生み変えていく情熱になりうるという思想なのである。

これをもっともよくあらわしたのが『こゝろ』の先生の自死にほかならない。親友を裏切って死に至らしめたという思いからのがれることのできない先生は、人間の罪ということについて、鋭敏過ぎる感受を示している。なぜ、先生は生涯にわたって罪責意識に苦しめられなければならなかったのか。そして、若い「私」は、そういう先生になぜそれほどまで魅かれていくのか。その先生が、天皇崩御と乃木大将殉死の報に接して、なぜみずからの命を絶つことを心に決めるのか。そして、「私」に長い遺書を残したのは、なぜなのか。

これらすべての原型に、イエスの受難をおいてみるならば、漱石の意図するところが見えてくるのではないか。キリスト教にいわれる十字架上の死とその後の復活ということではなく、人間が負わなければならない苦難とそれゆえの情熱のあり方。これを、漱石は、『こゝろ』の先生だけではなく、『行人』の一郎の倫理的悲劇、『明暗』のお延のやみくもな情熱として形象化していったのである。

このことを明らかにするために、先生や一郎やお延の原型をなす人物として、あらためて『彼岸過迄』の須永市蔵を挙げてみることができる。この須永という人間、『それから』の代助や『門』の宗助よりもどこかとらえがたい、だが、その内面の反動的ともいうべき心的な傾向によって、自分ではどうすることもできない苦難を背負わされた人間に、イエスのパッションを重ねてみるならばどうであろうか。

漱石は、須永をして次のように語らせるのである。

僕は初めて彼の容貌を見た時から既に羨《うらや》ましかつた。話をする所を聞いて、すぐ及ばないと思つた。夫丈《それだけ》でも此場合に僕を不愉快にするには充分だつたかも知れない。けれども段々彼を観察してゐるうちに、彼は自分の得意な点を、劣者の僕に見せ付ける様な態度で、誇り顔に発揮するのではなからうかといふ疑ひが起こつた。其時僕は急に彼を憎み出した。さうして僕の口を利《き》くべき機会が廻つて来てもわざと沈黙を守つた。
（「須永の話」十七）

僕は其時高木から受けた名状し難い不快を明かに覚えてゐる。さうして自分の所有でもない、又所有にする気もない千代子が原因で、此嫉妬心が燃え出したのだと思つた時、僕は何《ど》うしても僕の嫉妬心を抑《おさへ》つけなければ自分の人格に対して申訳《まうしわけ》がない様な気がした。僕は存在の権利を失つた嫉妬心を抱《いだ》いて、誰にも見えない腹の中で苦悶《くもん》し始めた。
（同右）

この須永市蔵の告白は、尋常ではない。『彼岸過迄』という、漱石の作品のなかでもどこか地味な傍流ともいうべき一編の、劇的とはいいがたい場面を縫って、このような内面が不意に露出するのである。

須永は、幼いときから許嫁のように思われてきた従妹の千代子に惹かれている。千代子もまた、須永を夫とするに相応しい人間として遇している。たがいに惹かれあった男女が結ばれるのに支障があるはずはない。だが、須永は、自分が千代子の愛に値する者であるという確信をどうしてももてない。須永の心を測りかねた千代子は、その心を試してみずにはいられないという思いを抱くにいたる。

千代子の試みは、ほどなくして実現する。海に近い別荘に、彼女は高木という、妹を通して紹介された青年を招待し、須永と引き合わせる。千代子のなかに、彼ら二人を、自分をめぐっての競争者のように仕立てようなどという意図があるわけではない。むしろ、須永を許嫁のような存在として高木に引き合わせ、叔父ともどもに、二人の間を取り持ってもらいたいというのが本音である。

しかし、千代子のもくろみは、須永のえたいのしれない嫉妬に出会って座礁するにいたる。高木は、千代子に対して特別な感情を抱いているわけでも、それとわかるような振る舞いを見せるわけでもない。それなのに、なぜ須永は、高木に対して、嫉妬しなければならないのか。千代子からするならば、なぜ面と向かって愛を告白したこともない須永が、高木という男性が現れたというだけで、自分に対して嫉妬するのか。

須永のなかに、千代子に対する、嫉妬せずにはいられないほどの烈しい愛がみとめられるならば、まだしもである。だが、須永の内面を占めているのは、自分は何者かに敗れ去った者であるという思いだけなのだ。

漱石が、男女の三角関係を描いて、他の追随をゆるさない作家であったことは、誰もが認めるところだ。しかし、このような内面は、『それから』の代助にも『門』の宗助にも決して見られない。そこには、存在の不条理に直面した者だけが取り出すことのできる、苦難が投影されているといえる。

たとえば、この須永市蔵という人間の内面を、イエスを裏切ったユダのそれに重ねることはできないだろうか。

イエスの十二弟子の一人であるイスカリオテのユダが、どのような人物であったのかは、新約聖書のいくつかの記述からうかがうことができる。「ヨハネによる福音書」によれば、ユダは、イエスと十二弟子の経理担当といってよい役割を荷わされていた。過ぎ越しの祭りの六日前、イエスのために用意された食卓で、一人の女が高価な香油をイエスの足に塗り、自分の髪の毛でその足を拭うということが起こった。

弟子たちは、口々にマリアという名のその女を非難したのだが、なかでも、ユダは、マリアの行いが一種の浪費であることを説いて、貧しい人々の救済を語った。それに対するイエスの言葉は、マリアのおこなったことは、救い主である自分の死をあらかじめ知って、深く哀しむことである、その哀悼の行為は、後の世まで語り伝えられ、祝福されるであろう、というものであった。

このイエスの言葉に触れたとき、ユダのなかでなにが起こったのであろうか。何事についても計算ずくの自分の考えを、イエスによって否認されたと考えるとともに、どのような場面においても「負けている自分を口惜しく」思ったのではないか。そして、須永のように「すきまもなくはびこる暗闇が窒息するほど重苦しく感ぜられ」、「見えない所に眼を明けて頭だけはたらかす苦痛に堪えなくなった」のではないだろうか。

ユダは、この苦痛に耐えることができず、ついに、イエスを売ることを心に決める。しかしそのことを予測していたイエスは、十二弟子と共にする最後の晩餐において、彼らに語りかける。

「マルコによる福音書」は、そのイエスの言葉をこんなふうに伝えるのである。

「あなた方の一人で、私と一緒の鉢にパンを浸している者が、私を裏切るであろう。その者は、まことに呪われるべきであり、むしろこの世に生を受けるべきではなかった。生まれなかったほうがよかったと、そういってもいい者だ。」

このイエスの言葉は、痛烈である。だが、これを非難や否認の言葉と受け取るならば、何かを見誤ることになるのではないか。ユダに託してイエスが語ろうとしたのは、人間についての普遍的な真実にほかならないからである。

第二節　怖れないイエスと怖れるユダ

イスカリオテのユダとは、計算ずくの実務家でもなければ、悪魔に心を売った異教の徒でもない。存在というのは、他の存在を闇に葬ることによってしかありえないという観念に憑かれた背教者なのだ。彼がイエスに背かざるをえないのは、イエスその人が、そういう観念を身にまといながら、みずからを神の子とみなしてやまないからである。

ユダは、どうあってもおのれを祝福された存在と受け取ることができなかった。自分は祝福されるに値しない、劣者であるという意識からのがれることができなかったといってもいい。自分がこの世にあることが、いつかどこかで誰かを遺棄し、疎んじたことによってではないかという疑いからのがれることができず、そのことによって、自分こそが、遺棄され、疎まれた者であるという観念の虜《とりこ》になっていたのである。

おまえは、むしろ生まれるべきではなかったというイエスの言葉は、そのようなユダの心に向けられたものということができる。

だが、イエスからするならば、ユダのなかの汲み尽くすことのできない心の傾向、自分は劣者であり、負けていくものにほかならず、それゆえに、自分と相対《あいたい》する存在を羨まずにはいられないという思いこそ、救いにあずかるべきものであった。いってみるならば、イエスは、人類の罪を背負って十字架にかけられたのではなく、このような、人間の心の奥深くに秘められた感情を汲み取るために、みずからそれを告発し、司直の手にかかっていったのである。

須永市蔵に、ユダの影をかいま見るとはそういうことにほかならない。漱石は、須永という人物を描くことによって、そのようなイエスの姿を遠く望み見ていたといえる。背教者ユダは、須永において、真実に背く者、それゆえに最も近くにあって信頼を交わし、愛を交わしてしかるべき相手に偽りの態度をとる者として、描かれる。

『彼岸過迄』において、そういう須永を告発するのは、イエスではなく、千代子なのだ。


貴方《あなた》は卑怯《ひけふ》だ」と彼女が次に云つた。此突然の形容詞にも僕は全《まつた》く驚かされた。僕は、御前《おまへ》こそ卑怯だ、呼ばないでもの所へわざ〳〵人を呼び付て、と云つて遣《や》りたかつた。けれども年弱な女に対して、向ふと同じ程度の激語を使ふのはまだ早過ぎると思つて我慢した。千代子もそれなり黙つた。

（「須永の話」三十四）

「ぢや卑怯の意味を話して上げます」。と云つて千代子は泣き出した。（略）
「貴方《あなた》は妾《あたし》を……愛してゐないんです。つまり貴方《あなた》は妾《あたし》と結婚なさる気が……」（略）
「何故《なぜ》愛してもゐず、細君にもしようと思つてゐない妾《あたし》に対して……」（略）
「何故《なぜ》嫉妬《しつと》なさるんです」と云ひ切つて、前よりは激《はげ》しく泣き出した。僕はさつと血が顔に上《のぼ》るときの熱《ほて》りを両方の頰に感じた。彼女は殆《ほと》んど夫《それ》を注意しないかの如くに見えた。

（「須永の話」三十五）

千代子は、須永がなぜ自分を愛してもいないのに嫉妬するのかと難じる。だが、須永が自分を愛していることを、千代子は承知している。千代子に受け容れがたいのは、須永の自分に対する愛が、歪められた占有欲を内に秘めていることなのである。いってみるならば、自分は千代子を占有することのできない劣者だという思いに躓く須永の心に、千代子は承服しがたいものを感じ取っているのだ。

ここには、愛を勝ち取ることと、愛を失うこととのあいだには、越えることのできない溝があるという酷い真実が語られている。愛というものが、不可避的に優劣の関係をうみだすとともに、存在の不条理にも通じる不公平をはらんでいくものであることを、須永の嫉妬は、千代子に気づかせる。そういう千代子が、この不条理ということについて誰よりも鋭敏な感受を秘めた女性であることを、漱石は、「須永の話」の一つ前の章「雨の降る日」において示唆していた。

幼くしてこの世の光から遮断された従妹の宵子の死を、まるで自分の責任のように受け取って哀しむ千代子のすがたが、そこには描かれていた。千代子もまた、須永と同様、自分だけが生き残ったということに傷みを感じずにいられない者なのである。

だが、千代子は須永のようには、みずからを劣者として、あるいは敗れ去っていく者として受け取ることがない。存在の不条理におののくことはあっても、これを引き受けることにおいて人後に落ちないからである。漱石は、この千代子と須永について、「怖れない女と怖れる男」という比喩で語るのだが、これをイエスとユダについて当てはめるならば、どうであろうか。

怖れないイエスとは、人間の存在にまつわる不条理に深く躓きながら、なおかつ、これをみずからの背に負って十字架に掛けられていく者であり、怖れるユダとは、そのことに躓いて、みずから命を断っていく者なのである。おまえは、むしろ生まれないほうがよかったというイエスの言葉は、ユダの怖れに向けて発せられたものなのだ。

そのような怖れが、後に語られるペテロの否みとはまったく異なった、むしろ普遍的な人間のあり方を映し出すものであることを、たとえば、ユダのいないイエスの悲劇ともいうべきオイディプスの悲劇に見出すことができる。

第三節　オイディプスとイエスと、そしてユダ

ソフォクレスの『オイディプス王』によれば、悲劇の端緒は、時を隔てた三度の神託にある。一

度目は、父親であるテーベの王ライオスに下された、汝は子によって殺められるであろうという託宣である。これを怖れたライオスは、生まれたばかりの子をさびしい山中に遺棄して、死に至らしめる。瀕死の子は、しかし、たまたま通りかかった羊飼いに拾われ、コリントスの地で王ポリュボスの子として育てられるのである。

オイディプスと名づけられたその王子は、成人するにいたって、自分がコリントスの王の実の子ではないという讒言を耳にする。オイディプスは、真偽を確かめるためにデルフォイの地に赴くのだが、そこでかえって、汝は父を殺め、母と交わるであろうという神託を受けることになる。

凶事への怖れとおののきは、オイディプスをして、コリントスの地を離れ、放浪の旅へと赴かせる。ただ、さまよい歩くうちに、運命の糸に導かれるようにして、ライオス王の一行に出会い、結局は、盗賊の一団とみなしてこれを殺害してしまう。

オイディプスには、父を殺めたという意識がまったくない。むしろ、テーベの地にたどり着くや、ライオス王の死に惑う民衆が、スフィンクスという怪物に支配されていることを知り、その謎を解いて見せるのである。

二つの国の王となるべき資質に恵まれたオイディプスは、やがてテーベの民に迎えられ、ライオスの妃イオカステを妻として迎えることになる。こうして、母と子ということを知らないままに二人は夫婦となり、子をもうけ、幸せを享受するかにみえる。だが、幸いの長く続くことはなく、テーベの国を恐ろしい疫病が襲い、ライオスを殺害した者を罰しないかぎり、禍はおさまることはないであろうという神託が下される。

ソフォクレスの悲劇は、この三度目の神託の下される場面から幕が開けられる。アポロンの神託を唱える巫女ピュティアは、テーベの地をおおう災禍をオイディプスを前に、こんなふうに告げる。

　ご自身もご覧のとおり、町ははやあまりにも大きい波に揺り動かされ、死の波濤の谷間から頭をもたげることがもはやできませぬ。この地の実りの蕾は枯れ、牧場の家畜の群れは滅び、生まれぬ子の産褥に女たちは苦しみ、町は滅びつつある。内には燃えさかる神、憎むべき疫病が襲いかかって、荒しまわっている。そのためにカドモスが屋形はむなしく、暗い冥府《ハデス》は嘆きと悲しみの声にみちている。

（高津春繁訳）

悲劇の幕開けにふさわしい言葉が、こうして連ねられ、舞台を廻りはじめる。ソフォクレスの話法は、オイディプスにかぎらない人間存在にまつわる固有の不幸、のがれがたい苦難を浮き彫りにすることからはじめられる。

テーベの地を襲う災禍とは、ライオスとオイディプスに下された神託の示現であり象徴にほかならない。子に殺されるのではないかという怖れから幼いオイディプスを遺棄したライオスと、父を殺めるのではないかという怖れから、コリントスの地をのがれ、結局は父と知らずにライオスに手を下したオイディプス。この二つの災いの根源を明らかにしないかぎり、この世界を覆う災禍からまぬがれることはない。

ソフォクレスの悲劇は、そのことを暗に示すかのように、みずからの運命を知って両の目をえぐり、盲目のままさまよい歩くことになるオイディプスのすがたを描いて、幕を閉じる。

このようなオイディプスの悲劇が、イエスの悲劇に重ねられるとするならば、いかなる点においてであろうか。最後の晩餐において、ユダに向けて発せられたイエスの言葉、おまえはむしろ生まれるべきではなかったという言葉を思い起こしてみなければならない。その言葉こそ、ユダのみならず、オイディプスを棘のように刺してやまないものであったのだ。

オイディプスは、ユダのように、自分がこの世にあるのは、いつかどこかで誰かを遺棄し、疎んじたことによってではないかという疑いに取りつかれているわけではない。そのことで、自分こそが、遺棄され、疎まれた者であるという観念の虜《とりこ》になっているわけでもない。それらすべては、アポロンの手によって隠されている。デルフォイの神託は、イエスのように、そのことを露《あらわ》にするということを決してしないからだ。

だが、父殺しと母との交わりを告げられたオイディプスが、のがれるようにしてコリントスの地を後にしたとき、背後から、汝は、むしろこの世に生を受けるべきではなかった、生まれなかったほうがよかったという声が襲ってこなかっただろうか。オイディプスとは、まぎれもなく、父であるライオスに遺棄され疎まれた者であるからだ。同時に、子を遺棄し、疎んじたライオスの影を背負って生きる者にほかならないからである。

ここにきざしているのは、どのような問題であるのか。

父を殺し母と交わるであろうというデルフォイの神託が示唆しているのは、この世に生を享けるとは、そういう理不尽な所業をなさずにはいられない者として、存在せしめられるということなのである。それは、オイディプスの運命を告げるものであると同時に、人間存在の根本的な不条理を暗示するものといえる。

イエスはユダのなかに、父殺しと母との相姦といった欲望を読み取っているわけではない。ユダをとらえているのは、たんに自分は劣者であり、負けていく者にほかならないという思いにすぎない。それゆえに、自分と相対《あいたい》する存在を、羨まずにはいられないのである。だが、その思いこそが、師であるイエスを裏切り、神に背くことを促したとするならば、どうであろうか。

ユダもまたオイディプスと同様、父である神に疎まれ、師であるイエスに遺棄された存在にほかならず、それゆえに、無意識の奥に、神への殺意と、イエスへの愛憎なかばする思いを秘めた者ということになるのである。

しかし、そういうユダとは、イエスの影といっていい存在ではないだろうか。イエスこそ、父である神に疎まれ、遺棄された存在にほかならず、内なる背神の思いに怖れおののく者なのである。だが、イエスはオイディプスのように運命にもてあそばれ、悲劇の虜《とりこ》となっていくのではない。みずからの影をユダのなかに見出すことによって、そこに存在の根源的な不条理を読み取っていくのである。そして、そういう不条理に囚われ、ゆえしれず身を焼き尽くす者のために、みずから十字架に掛けられていくのだ。

ここには、たとえば、フロイトがエディプス・コンプレックス理論から、エロスとタナトス説へと思索を深めていったその軌跡が、二重写しにされている。そう言っていいような事情が、このイエスとユダの関係からは汲み取られるのである。

第四節　罪責意識の起源

神経症とされる人々の臨床を通して、さまざまな倒錯的欲望に出会っていったフロイトは、無意識を占めるそれらの欲望が、父殺しと母への相姦へと帰着することに気がついていった。そのとき、彼は、みずからの影を彼ら神経症者たちのなかに見出すとともに、いかにすれば、彼らをそこから救い出すことができるかに、心を砕かずにいられなかったのである。

フロイトにとって、無意識が、母親への欲望に帰せられるような、性的衝動にとらえられているということが重要なのではなかった。そういう衝動を抑えて、社会の規範やルールに従わせる超自我のはたらきが、同じ無意識のなかに占められているということをことさらに主張しようとしたのでもなかった。重要なのは、近代社会と国民国家において、なぜ個人としても、国民としても自立していいはずの人間が、そのような衝動に囚われ、いわれのない抑圧に苦しまなければならないのかということであった。

そこにフロイトは、近代社会と国民国家のなかに生きる人間の、根源的な不安を読み取ったのである。

それは、無意識の倒錯的欲望や超自我の抑圧にとらわれることで、社会の関係から疎んじられていく存在を、一種の病弊として排除していくのではなく、現にある国家社会がかかえている矛盾の象徴とみなす姿勢を、フロイトのなかに形づくっていった。一九一二年（明治四五年）、創刊されたばかりの雑誌「イマゴ」に、「トーテムとタブー」を掲載したフロイトは、こんなふうに語るのである。

良心とは、われわれのなかに存在する特定の願望衝動に対する拒否についての内的知覚である。しかし、この拒否は他の何ものをも引き合いに出す必要がなくて、それ自身に確信をもっている、(略)このことは罪意識のばあいに、すなわち、それによって特定の願望衝動をなしとげた行為を、内心において有罪とするという知覚のばあいには、ますます明瞭になる。(略)われわれは、その罪意識が神経症者たちにおいて、非社会的な作用をおよぼしており、犯した罪に対するあがないとして、また、新たに行われうる犯罪に対する用心として、新しい道徳律、つまり継続的な制約をつくりあげていると思っている。(略)神経症者の罪意識にとっては、心的現実が根底にあるだけで、実際の現実があるわけではない。神経症は、それが心的現実を実際の現実より重視し、普通人が現実にだけ反応するのと同じように、真剣に思考に反応することによって特徴づけられている。(吉田正己訳)

神経症者たちの無意識を占めるいわれのない罪責意識が、彼らのなかに非現実的かつ非社会的な制約をあたえる結果となっている。そう述べることによって、フロイトは、未開人のなかにみとめられるような禁忌《タブー》の観念が、彼ら神経症者たちの無意識を動かしていることを指摘する。それは、特定の事物や事象に対する恐怖と願望から成り立っているのだが、注意したいのは、そのような観念が、彼らのなかに、現にある社会に適応できない、壊れ物としての意識を植えつけているということである。

いうならば、彼らもまた、ユダと同様に、おまえはこの世に生を享けるべきではなかった、むしろ生まれなかったほうがよかったという声に背後から襲われているのだ。その声をたどっていくならば、父である神に疎まれ、師であるイエスに遺棄されたユダのように、神への殺意と、イエスへの愛憎なかばする思いへといたりつく、フロイトはそう考えたのである。

第五節　「愛」と「憎悪」という思念

神に疎まれ、イエスに遺棄されたユダとは、同時に父王ライオスに疎まれ、淋しい山中に遺棄されたオイディプスでもある。それゆえに、みずからが父と知らずにライオスを殺め、母と知らずにその妃イオカステと契りを結んだオイディプスのように、みずからもまた父殺しと母との相姦願望から解かれることがない。神経症者たちの罪責意識や、禁忌の観念の奥にあるものを、このように跡づけることによって、彼らのいわれのない怖れや不安に根拠をあたえること。

それは、未開人のトーテムについての特異な風習とタブーの根底に、父殺しの記憶とそれへの集団的な防衛とを見出すことによって、これを神経症者の無意識のありように重ねていく仕方に通ずるものということができる。フロイトは、彼らの無意識の欲望や恐怖から、未開人のトーテムとタブーについての意識をアナロジカルに導き出したのではない。そうではなく、彼らのいわれのない恐怖や不安に、オイディプスの物語でもって根拠をあたえたように、出所不明といっていい罪責意識を未開人の風習や心性によって跡づけたのである。

そういうフロイトの試みは、神経症者のみならず、近代的な自我や自立した個人が、彼らと変わらないよるべなさを秘めた存在であることを告知するものといえる。わずかな破れ目から、たちまちのうちに崩れていく建物のように、彼らは、社会の関係の網の目のなかにようやくのことで存在させられている者にすぎないのである。

それだけではない。彼らの罪責意識が、父殺しの衝動のみならず、自己破壊衝動へと結びつき、これが死への欲動としてあらわれることを明らかにすることによって、フロイトは、近代社会や国民国家が必然的に抱え込んだ、人間と人間との非融和性を問題にしていたということもできる。ルソーやホッブズによって契約と統治の理念のもとに解消されたかのような非融和性は、無意識の奥から自己否定のエネルギーと、その変換としての他者攻撃の力を示現するのである。

だが、フロイトは、このような暗いエネルギーが神経症者のみならず、国家社会に生きる人間一般のなかに無意識の衝動として蓄積されることによって、たがいの非融和性を修復不可能なまでに高じさせていくと考えたのではなかった。同じ神経症のなかでも、第一次大戦に従軍し、心的外傷を受けたままに帰還した元兵士たちの戦争神経症に出会ったとき、彼らもまた、国家社会から遺棄され、疎んじられた者たちにほかならないことに気がついたのである。

問題は、近代社会や国民国家が、彼らの罪責意識や自己破壊衝動を、それ自体が抱え込んだ矛盾の表出とみなしうるか否かにかかっていた。

近代社会における一般利害と特殊利害の二重性が、一方において強力な国家意識に代表される共同性の観念形態を生み出し、他方において、特殊利害からさえも疎んじられ、遺棄されていく存在を生み出していくという事態。マルクスが明らかにした市民社会の病弊を、フロイトもまた神経症者の無意識をたずねていくことによって、浮き彫りにしていったのである。

そのような市民社会の病弊が、みずからの労働力を売りに出すことによって、結局は、存在そのものを阻害されていく者たちのなかに、拭いがたい兆候としてあらわれるということ。にもかかわらず、これを市民社会にとっての負の要因とみなすのではなく、あえて引き受けるべき苦難とみなすことによって、そこからかたちをとっていく情熱のありかを探っていくというのがマルクスの方法であった。

同じように、フロイトもまた、社会の成員の無意識を占める自己破壊衝動や他者への攻撃衝動を、死の欲動として取り出す一方で、これを社会の成り立ち自体に抵触するような暗い欲動として示すのではなく、むしろ、その深部へと沈潜することによって拓かれていく生の欲動として取り出すことで、ありうべき関係と無窮の繋がりを示唆したのである。それは、エンペドクレスの「愛」と「憎悪」という思念に託されたかたちで、以下のように述べられる。

この世界の四つの元素をばらばらに分離しようとする「憎悪」のはたらきを、内側から崩していくことによって、分子状態にある生命物質を大きな単位に結集するかのようにして、新たな生命の繋がりをかたちづくっていく「愛」のはたらき。そこに死の欲動から生の欲動へと向かっていく人間の情熱を読み取ることができる、と。

第六節　強迫神経症のなかにみる悲劇

一九一二年七月、明治天皇の死去に伴い、新天皇の即位と改元が行われた。元号は大正と改められたのだが、この新しい年代は、漱石にとっても、近代日本にとっても重要な指標をなすものといえる。先に触れたように、同じ一九一二年、フロイトによって雑誌「イマゴ」が創刊され、『トーテムとタブー』の論文が次々に掲載されていく。これをきっかけにして、フロイトのエディプス・コンプレックス理論は、エロスとタナトス説へと深化させられていくのである。

フロイトの思考活動が、彼の進めている精神分析運動にとって必須のものであったことは否定できないにしても、その背景には疑いなく、一九世紀末から二〇世紀初頭にかけてヨーロッパを席巻した戦火の嵐があった。それは、バルカン半島から、オーストリア、ロシアへと広がり、一九一四年の第一次世界大戦へと至り着くものであった。生涯をウィーンの精神科医として臨床に尽くしたフロイトが、これらの戦火を絶えず背後に意識していたことは、まちがいない。

このような戦火の広がりが、明治から大正へと改元を行った近代日本にとって必ずしも、対岸の火事ではないことは、一九一四年（大正三年）八月、対ドイツ宣戦布告を行った日本が、中国山東省出兵、青島《チンタオ》を占領。さらにマーシャル諸島、マリアナ諸島、パラオ諸島などのドイツ領南洋諸島を占領し、その委任統治を国際連盟から承認されるという事実からも、明らかである。日露戦争によって疲弊した国力を立て直すためにも、ヨーロッパを火種とした世界戦争への参戦は、わが国にとって必至であったということができる。

このような世界状況を背景に、フロイトの死の欲動と生の欲動についての考えは、形づくられていったのである。そして、漱石にとっても、この時代状況が最後の重要な作品を生み出すにあたって、見えない影としてはたらいていたことは、明かであった。一九一二年（大正元年）の九月に『彼岸過迄』を上梓した漱石は、背後に迫り来る戦火の渦を感じ取っていたかのように、『こゝろ』『道草』『明暗』という、後期の重要な作品を発表していくのである。

その最初の現れとして、一九一二年十二月、東京朝日新聞に『行人』の連載をはじめた漱石を、強度の神経症が襲う。あたかも、欧州の地に広がる戦火の渦が、多くの兵士たちに戦争神経症ともいうべき外傷をこうむったかのように、といってもいい。漱石は、彼らと同様、拭いがたい罪責意識に悩まされるのだが、彼らのように無惨な戦闘に参加することで、自分だけが生き残ったという意識にとらえられていたわけではない。もちろん、三〇分間の死の経験は、漱石の無意識にそれと同様の思いを刻印していた。だが、このときの漱石にとって、神経症の根は、さらに深いものであった。

このことは、『行人』における一郎の言動のうちに、さまざまなかたちであらわれる。見識ある学者として、若くして大学に職を得、家庭ももち、大家族のなかの長男としての役割も果たす長野一郎という人物を描きながら、漱石は、この一郎に体現された良識と秩序が、いかにもろく崩れやすいものであるかを描き出す。妻の直を前にして、「最も親しかるべきはずの人、その人の心を研究しなければ、居ても立ってもいられない」という思いにとらえられ、弟の二郎に直の心を試すことを依頼する一郎。その一郎を襲う一種の強迫観念が、こんなふうに語りだされるのである。

人間全体が幾世紀かの後《のち》に到着すべき運命を、僕は僕一人で僕一代のうちに経過しなければならないから恐ろしい。一代のうちなら未《ま》だしもだが、十年間でも、一年間でも、縮《ちぢ》めて云へばーヶ月間乃至《ないし》一週間でも、依然《いぜん》として同じ運命を経過しなければならないから恐ろしい。君は嘘かと思ふかも知れないが、僕の生活の何処《どこ》を何《ど》んな断片に切つて見ても、たとひ其《その》断片の長さが一時間だらうと三十分だらうと、それが屹度《きつと》同じ運命を経過しつゝあるから恐ろしい。要するに僕は人間全体の不安を、自分一人に集めて、そのまた不安を一刻一分の短時間に煮詰めた恐ろしさを経験してゐる。

（「塵労」三十三）

このような一郎の述懐を、精神分析の臨床記録のなかに探り当てることは、決して困難ではない。それは、不安神経症あるいは強迫神経症として診断され、心的外傷経験と無意識のなかに抑圧された性的欲動の固着が、指摘されるところである。

事実、一郎は、妻である直に対して、尋常ならざる不信の念を抱いている。直のなかに秘められている、てこでも動こうとしないかたくなさが、大家族のなかでみずからの役割を果たすために身についたものであることをとらえることができない。一郎のなかに隠されたトラウマは、直に対する倒錯的な猜疑心としてあらわれ、弟の二郎をして、一夜を共にすることをうながすのである。

だが、漱石は、そのような心性を神経症の一症例として呈示するために、一郎という特異な人物を造形したのではない。たとえ、一郎に神経症的な症状が認められるとしても、彼を動かしている内的な動機には、明らかな根拠がある。むしろ、そのあまりにリアルな動機を浮き彫りにするために、異常とも思われる言動を、おもてにしたというべきであろう。

それは、「人間全体の不安を、自分一人に集めて、そのまた不安を一刻一分の短時間に煮つめた恐ろしさを経験している」という言葉にはっきりとあらわれている。このパラノイアックな妄想とも取れる想念が、存在の不条理から汲み上げられたものであることは、疑うことができない。その根には、癒しがたい罪責意識があるといっていいので、一郎もまた、自分がこの世にあるのは、いつかここにおいて誰かを遺棄し、疎んじたことによってではないかという疑いに囚われた者なのである。そういう疑念が、一郎をして強迫観念の虜《とりこ》にし、倒錯的な猜疑心へと駆り立てるのである。

だが、漱石は、このような言葉でもって、一郎の強迫観念が、無意識の罪責意識に根ざしたものであることだけを暗示していたのではない。それが、近代社会や国民国家が抱え込まざるをえない病弊から萌したものであることをも示唆するのである。「人間全体が幾世紀かの後に到着すべき運命」とは、国家社会が、人間どうしの非融和性を解くことのないままに、ひたすら統合と進展をはかっていくところにあらわれる、避けられない事態をいう。そのような事態が一刻一刻迫ってくるのを、一郎は、あまりに鋭敏に感受している、そう漱石は語っているのである。

そのような一郎の強迫観念を、『それから』の代助がおこなった文明批判に並べてみるならば、どうであろうか。

第七節　一寸四方暗黒の状況

一九〇九年（明治四二年）六月から一〇月まで東京朝日新聞に掲載された『それから』が、漱石の作品のなかでもリアルタイムに事が進行する現代小説であることは、社会主義者幸徳秋水の動向に対する過剰警備が話題にされているところからも明らかである。日清、日露の二つの戦争を経て、次第に疲弊しつつあった時代の状況に対する代助の批判は、社会を覆う暗雲を剔抉《てつけつ》して間然するところがない。

斯《か》う西洋の圧迫を受けてゐる国民は、頭に余裕がないから、碌《ろく》な仕事は出来ない。悉《こと〴〵》く切り詰めた教育で、さうして目の廻る程こき使はれるから、揃《そろ》つて神経衰弱になつちまふ。話をして見給へ大抵は馬鹿だから。自分の事と、自分の今日《こんにち》の、只今《たゞいま》の事より外《ほか》に、何も考へてやしない。考へられないほど疲労してゐるんだから仕方がない。精神の困憊《こんぱい》と、身体《しんたい》の衰弱とは不幸にして伴つてゐる。のみならず、道徳の敗退も一緒に来てゐる。日本国中何処《どこ》を見渡したつて、輝いてゐる断面は一寸四方もないぢやないか。悉《こと〴〵》く暗黒だ。（六）

この、激した口調の裏に秘められた痛切な響きには、企業家として成功を収めた父親の庇護のもと、働かざる論理を奉ずる代助の境遇に帰することのできないものがある。いってみるならば、代助とは、社会にも自己にも、輝いている断面を一切認めることができず、一寸四方を「暗黒」と受け取ってしまう心性において、一郎の前身なのである。

だが、一九一〇年（明治四三年）における三〇分間の死を経験する以前の漱石には、このような代助の心性を、一郎や『彼岸過迄』の須永のような複合した無意識を秘めたものとして描くことはなかった。それは、幸徳秋水への関心についても、同様であって、大逆事件以後の幸徳に対する一切の沈黙と、好対照をなしているということができる。

代助のみならず、三千代についても、漱石の存在論的筆致はいまだ及んでいない。夫の平岡から疎んじられ、代助の愛を受けるにはあまりに淋しい女性として、その死さえも暗示される三千代だが、そこには、『彼岸過迄』の千代子や『行人』の直に見られるような、他者性というものはみとめられない。

このことは、『道草』のお住や『明暗』のお延において、一層現実的な色合いを帯びていく。いうならば、須永にしても一郎にしても、えたいの知れない感情に悩まされれば悩まされるほど、それを映し出すように、千代子や直の他者性があらわにされるのである。

『道草』の健三や『明暗』の津田が、妻であるお住やお延を脅威として受け取る仕方は、ここに由来する。しかし、このことについてはあらためて触れることにして、注意したいのは、『それから』の代助が、一郎や須永ほどではないにしても、みずから発した言葉によって、時代の状況に押しやられるだけでなく、一寸四方「暗黒」であるような心的状況に追い込まれていくということである。あたかも、『門』において、三〇分間の死の予兆とみられる表現が随所に出現するように、

『それから』の代助の心的破綻には、須永や一郎の「症状」の予兆となるものが、次第にあらわにされていくのである。

　そのうち、強い日に射付《いっ》けられた頭が、海の様に動き始めた。立ち留まつてゐると、倒れさうになつた。歩き出すと、大地が大きな波紋を描いた。代助は苦しさを忍んで這ふ様に家《うち》へ帰つた。（略）その晩は火の様に、熱くて赤い旋風《つむじ》の中に、頭が永久に回転した。代助は死力を尽して、旋風《つむじ》の中から逃《のが》れ出様と争つた。けれども彼の頭は毫《がう》も彼の命令に応じなかつた。木の葉の如く、遅疑《ちぎ》する様子もなく、くるり〳〵と焰《ほのほ》の風に巻かれて行《い》つた。（略）代助は暑い中を馳《か》けない許《ばかり》に、急ぎ足に歩いた。日は代助の頭の上から真直に射《い》下《お》ろした。乾いた埃《ほこり》が、火の粉《こ》の様に彼の素足を包んだ。　（十七）

『それから』という小説が、漱石の作品のみならず、明治四〇年代文学のなかでも特別な位置を占めるのは、このような表現の水位においてである。『吾輩は猫である』から『三四郎』にいたるまで、漱石は、存在論的な文の構えというものを一度も崩すことがなかったのだが、それは、ひとえにこのような表現へと至るためであったということもできる。

　同時に、この破局を暗示する表現には、一九〇四年の日露戦争から一九一四年の第一次世界大戦にまで漂う不穏な空気が、影を落としている。そのこともまた、この作品が、『行人』をはじめとする後期の重要な作品の前兆をなす理由になるのである。

同時代において、これに匹敵する表現としては、一九〇七年（明治四〇年）における二葉亭四迷の『其面影』が挙げられるだけである。事実、漱石は、同じ東京朝日新聞に掲載されたこの作品を、いちはやくに評価し、作者である二葉亭に直接これを伝えたほどであった。

だが、『それから』の代助には、『其面影』の小野哲也のように、破滅せずにはいられない人間の宿縁のようなものはみとめられない。さらには、第一次大戦の遠因ともいうべきオーストリア・ハンガリーとセルビアとの対立があらわになった一九〇八年という年に、朝日新聞特派員としてペテルブルグから帰国する途上、ベンガル湾航行途上の船上で客死した二葉亭四迷の、特異な生涯とその状況が影を落としているわけでもない。

代助の心的破綻は、彼の置かれた家族的状況からやってくるので、『彼岸過迄』の須永や『行人』の一郎のように、無意識の反動感情に由来するものでもない。それにもかかわらず、ここにみられる表現には、たんに代助と三千代の愛の破局を暗示するだけではない不穏な趣があることも否定できないのである。

それは、漱石における存在論的疎隔の根底にあるもの、三〇分間の死の経験を経ることによって無意識の罪責意識としてかたちを取っていく、その兆しのようなものといっていい。いうならば、漱石は、明治四〇年代における表現の水位を最上のかたちでたどりながら、存在の不条理と、いわれのない罪責感に根拠をあたえる試みを進めていたのだ。

このことを、小説の結構ということでいうならば、どうか。『それから』の達成は、大患後のいまだ体勢の整わない状態で連載の始められた『彼岸過迄』や、強度の神経症のためにやむなきに至った『行人』に比べて、むしろ高度なものということができる。代助と三千代の遂げられない愛を、代助の友人であり三千代の夫である平岡とのかかわりにおいて描きながら、漱石は、彼らをめぐる何人かの人物たちを、小説的現実のなかに公平に配するということを行っているからである。

代助を経済的に庇護しながら、新興の企業家としても大家族の長としても、相応の場に収まって一向に動ずることのない父親。父親を支えながら、三代目としての器量をかためているかのような、いかにも世慣れた様子の兄。そして、母親のようにも、実の姉のようにも代助の結婚を案じ、それでいて年上の女性としての気兼ねなさも兼ね備えた嫂。さらには、代助の旧友で編集や翻訳の仕事に追われながら、日々あくせくと動きまわる寺尾。三千代の夫であるとともに、一度手に入れた尋常な職を失って、生活の上でも人格的にも品位を落としていく平岡。彼らのすがたが、明治四二年という時代のリアルタイムのなかに、過不足なく描き出されるのである。

小説というものが、詩でも、劇でもなく、まさに生きた人間の関係そのものをとらえるものであるとするならば、彼らの生きる時代の状況と世態風俗とをいかに描き出すかによって、その真価が問われるといっていい。その意味で、『それから』が、一九世紀から二〇世紀におけるリアリズム小説の流れを汲んだ作品として、他に比べるもののないものであったことは、うたがいない。

当時、勃興しつつあった自然主義文学もまた、田山花袋の『蒲団』や島崎藤村の『破戒』にみられるように、人間の隠された欲動や秘められた来歴を明るみに出すことで、国家社会の規範や道義を内側から問い質していった。だが、彼らの試みは、時代や社会に抵触せざるをえない人間の内面を、その時代や社会の状況によって不可避的に招きよせられたものとする視点が欠けていた。そのことは、同時に、時代にも社会にも帰することのできない普遍的な動機、いわば存在論的といってもいい動機によって規定された内面を描くまでに至らなかったということでもあるのだ。

『それから』の代助の内面に、この存在論的な動機を見出すことはかなわないとしても、漱石は、まちがいなく、そういうものを刻印された人間である『彼岸過迄』の須永や『行人』の一郎の前身として、代助を描いている。それのみならず、そのような内面が時代や社会の状況によって招きよせられたものであることを、示唆しているのである。『それから』という小説の先駆性は、ここにあるといっていい。

第八節　多声的構造と父殺しのテーマ

一九世紀から二〇世紀において完成されたリアリズム小説が、多声的な構造から成ることを最初に指摘したのは、ロシアの文芸批評家ミハイル・バフチンである。さまざまな登場人物が、一つの現実のなかに公平に配置されるとともに、それぞれが独立した話法によって語られ、相互の対位性を保っていくというのが、その要といえる。

バフチンによれば、このようなポリフォニックな構造は、作品相互の間でも成り立つとされる。それぞれの作品は、独立した結構をもつとともに、先行するものが、次のものに何らかの形で浸透することによって、個々の作品の未了性と複数性をあらわにしてゆくのである。

バフチンのポリフォニー論が、主にドストエフスキーの作品分析から導かれたものであることは、周知のところだ。それは、ドストエフスキーほどではないにしても、トルストイにもチェホフにも、さらにはバルザック、スタンダールといったフランス写実主義の作家たちにも当てはまるものといえる。このバフチンの説は、小説論として創見に満ちたものであるだけでなく、近代社会と国民国家に生きる諸個人のあり方をも射程に入れたものということができる。

自由をめざす諸個人の相互の承認によって、近代社会が成り立つとするならば、そのような承認関係は、個々別々の人間の争闘を経て遂げられるだけではなく、ある種の対位を経てかたちづくられることを示唆しているからだ。それは、近代社会や国民国家を、相互の非融和性の克服としてとらえるのではなく、非融和性は非融和性のままに、多声的で複数的な対位をなしていく関係としてとらえるところに、あらわれたものなのである。

二〇世紀の構造主義思想、ポストモダン思想が、このようなバフチンの文学理論から多くのものを継承することで生み出されていったということ。この点については、機会をあらためて問題にすることにして、ここでは、『それから』からはじまる漱石のリアリズム小説が、このような構造によって成り立っていたということに注意しておきたい。

『それから』の長井家を舞台とする劇は、『行人』の長野家のそれへと浸透していくのであり、父と兄と嫂の家族から離反して、働かざる論理を奉ずる長井代助の内面は、小説的結構の不自由さを担保にすることによって、同じように大家族のなかで孤立を深める長野一郎の内面へと深化されていくのである。その過程に、叔父や叔母や従妹といった親族に対して、思うように交わることのできない須永市蔵のユダ的なといっていい反動感情をおいてみるならば、ここには、家族や社会の状況を背景とした存在論的な多声構造というものがあらわれているといえる。

それだけではない。家族から孤立するだけでなく、内閉的な精神の病を印象づけていく一郎の内面は、たとえば次のような表白において、確実にドストエフスキーの人物たちのそれに響き合うのである。

> 「死ぬか、気が違ふか、夫《それ》でなければ宗教に入《い》るか。僕の前途には此《この》三つのものしかない」兄さんは果たして斯《か》う云ひ出しました。其時《そのとき》兄さんの顔は、寧《むし》ろ絶望の谷に赴く人の様に見えました。（「塵労」三十九）

> 「神は自己だ」と兄さんが云ひます。兄さんが斯《か》う強い断案を下す調子を、知らない人が陰《かげ》で聞いてゐると、少し変だと思ふかも知れません。兄さんは変だと思はれても仕方のないやうな激した云ひ方をします。
> 「ぢや自分が絶対だと主張すると同じ事ぢやないか」と私が非難します。兄さんは動きません。
> 「僕は絶対だ」と云ひます。（「塵労」四十四）

一郎の精神状態を憂えた家族は、信頼する友人のHさんに、旅へと連れ出してくれるよう依頼する。そうして実現した旅先での一郎の様子が、当のHさんによってこんな具合に報告されるのである。

このような切迫した一郎の精神状態が、先にみた強迫神経症的ともいうべき内面に由来することは、うたがいない。だが、漱石は、これを神経症の症状として提示するのではなく、存在の不条理に固着した罪責意識からもたらされたものとみなすのである。そのことによって、みずからが被った神経症をたんなる病としてではなく、内的な動機のあらわれとして受け取っていったのだ。

そこには、フロイトが、『トーテムとタブー』において明らかにした、人類の無意識ともいうべき、集団的な原父殺害の経験と、父である「神」を殺害して、みずからが「神」になろうとする欲望が、影を落としている。「神は自己だ」といい「僕は絶対だ」という一郎の言葉は、そのことを暗示しているといってもいい。

この『トーテムとタブー』におけるフロイトの思想は、「ドストエフスキーと父親殺し」(一九二八年)において、さらに展開されることになる。フロイトは、これをソフォクレスの『オイディプス王』、シェイクスピアの『ハムレット』、ドストエフスキーの『カラマーゾフの兄弟』を例に挙げて論じていくのだが、注意すべきは、実際に父王ライオスを殺害したオイディプスの影は、ハムレットにも、ドミートリーにもイヴァンにも射しているという点である。彼らは、実際に父殺しに手を下したわけでなくとも、無意識の奥で、父に成り代わろうという願望に取りつかれた者なのである。

とりわけ、自分がこの世にあるというだけで、いわれのない不安にとらわれるハムレットの内面に、父を殺害したのは叔父でなくこの自分であるという意識を読み取るとき、フロイトの思念は、無意識の奥に隠された父殺しへの禁忌と願望を浮き彫りにする。ハムレットとは、父である「神」に成り代わろうという願望に怖れおののく者なのである。

第九節　強迫神経症的内面と人神論

「神は自己だ」といい「僕は絶対だ」という一郎が、このようなハムレット的内面の反動としてあらわれていることは、まちがいないであろう。このことは、たとえば、ドミートリーやイヴァンに限らないドストエフスキーの人物たち、たとえば『悪霊』に登場するキリーロフの、以下のような言葉に照らし合わせてみるならば、一層明らかなのである。

> 生は苦痛です。生は、恐怖です、だから人間は不幸なんです。（略）いまは生が、苦痛や恐怖を代償に与えられている、ここにいっさいの欺瞞のもとがあるわけです。いまの人間はまだ人間じゃない。幸福で、誇り高い新しい人間が出てきますよ。（略）苦痛と恐怖に打ちかつものが、みずから神になる。そして、あの神はいなくなる。（略）神はいないが、神はいるんです。石に痛みはないが、石からの恐怖には痛みがある。神は死の恐怖の痛みですよ。痛みと恐怖に打ちかつものが、みずから神になる。そのとき新しい生が、新しい人間が、新しいいっさいが生まれる。
>
> （江川卓訳）

一八七〇年代におけるロシアのアナーキスト、ネチャーエフが計画したとされる一連の暴力革命事件と同志殺害事件を題材にした『悪霊』は、ペトラシェフスキー事件に連座して死刑判決を受けたドストエフスキーにとって、積年の課題ともいうべき作品であった。

ここに登場する特異な人物たち、ネチャーエフに擬せられた卑小な陰謀家、ピョートルから、ラスコーリニコフやイヴァンに通ずるニヒリスト、スタヴローギン。スタヴローギンの悪魔的ともいうべき不感無覚と底しれぬ内面に惹かれながら、結局は、ピョートルの手によって抹殺される転向者シャートフ、そして、一切の政治的陰謀に関わることなく、しかし、みずからシャートフ殺しの罪を着て自殺していくキリーロフ。ドストエフスキーは、このキリーロフに、「父殺し」の象徴的な理念を体現させるのである。

キリーロフが語るところの、苦痛と恐怖に打ち勝って地上の永遠の生を信じていく、誇り高い新しい人間。この「人神」と呼ばれる者こそが、「父殺し」を実践し、みずから「父」に成り代わってゆく存在なのである。だが、ドストエフスキーは、このキリーロフを、ドミートリーやイヴァン、あるいは、フロイトの指摘するハムレットやオイディプスの系譜のもとに描き出しているのではない。彼らの影を帯びながらも、直接には、『白痴』におけるムイシュキンと、その分身ともいうべきイッポリートのパッションを負う者として描き出しているのである。

そのことは、キリーロフの人神理論が、苦痛と恐怖に打ち勝つための必要不可欠の手段として自殺を奉じていることからも明らかである。キリーロフにとって、「父殺し」を実践することは、おのれの存在をこの世界から消し去ることなのである。ドミートリーやイヴァン、あるいは、ハムレットやオイディプスのように「父殺し」の動機をもたないキリーロフは、いっさいの恐怖から解かれて、死に赴いていくというそのことによって、「父」である「神」に成り代わっていくのである。

ここには、不治の病で死を約束された一八歳の少年イッポリートのモティーフが、陰画のように刻印されている。死が避けられないものであることを知ったイッポリートは、キリーロフと同様に自殺を試みるのだが、彼のなかにあるのは、苦痛と恐怖に打ち勝ち、世界のすべてを肯定するという動機ではない。むしろ、この自分だけを容赦なく消し去って、平然と明けていく世界を決して受け容れることはできないという思いである。にもかかわらず、キリーロフとイッポリートの自殺への偏向が、ネガとポジのように対応するのは、「神」によってつくられたというこの世界の秩序の認めがたさなのだ。

イッポリートが、それを十字架から降ろされたばかりのキリストの無惨な姿を描いたホルバインの絵のなかに読み取ったように、キリーロフもまた、このキリストの死の贖われなさに「神」によってつくられたこの世界の秩序の認めがたさを見い出すのである。キリーロフを、シャートフ殺しの下手人として仕立てようとする陰謀家ピョートルを前に述べられた以下のような言葉。

この地上にある一日があり、大地の中央に三本の十字架が立っていた。十字架に掛けられていた一人がその強い信仰のゆえに、他の一人に向かって、「おまえはきょう私と一緒に天国へ行くだろう」と言った。一日が終り、二人は死んで、旅路についたが、天国も復活も見出すことができなかった。予言は当たらなかったのだ。いいかね、この人は地上における最高の人間で、この大地の存在の目的をなすほどの人だった。全地球が、その上のいっさいを含めて、この人なしには、狂気そのものでしかないほどだった。後にも先にも、これほどの人物はついに現れなかったし、奇蹟とも言えるほどだった。このような人がそれまでにも現れなかったし、今後も現れないだろうという点が、奇蹟だったのだ。ところで、もしそうなら、つまり自然の法則がこの人にさえあわれみをかけず、自身の生み出した奇蹟をさえいつくしむことなく、この人をも虚偽のうちに生き、虚偽のうちに死なしめたとするなら、当然、全地球が虚偽であって、虚偽の上に、愚かな嘲笑《ちょうしょう》の上にこそ成り立っているということになる。（同前）

キリストの無惨な死に、貪欲あくなき唖の獣のような自然の姿を見出したイッポリートは、そういう、世界の法則によって約束されたみずからの死を打ち破るために、ピストル自殺を試みる。だが、イッポリートには、そのような世界をあらしめた「神」に対して、これをなきものにしようというモチーフは認められない。イポリートの試みは、結局、一場の茶番に終わる。

これに対して、キリーロフには、キリストの死を贖うことのなかった「神」の存在を、決して受け容れることができないという思いがある。キリーロフにとって、この世界に「神」は存在しないのだ。それにもかかわらず、この世界が、恐怖と不幸に染められているだけでなく、すべてがすばらしいと思えるような幸福をもたらすときがある。

キリーロフは、この矛盾を解くためにも、みずからが「神」にならなければならない。「神」であることの証として、なんらの苦痛も怖れもなく、むしろ至福の思いのもとに自分で自分を殺して見せなければならないのである。自殺とは、まさにその手段にほかならないのである。

このようなキリーロフの人神論の目覚しさに比べるならば、「神は自己だ」といい「僕は絶対だ」という一郎の述懐は、いかにも強迫神経症的といわざるをえない。だが、ここにフロイトが見出した「父殺し」の契機、無意識の奥で、父に成り代わろうという願望を読み取るならばどうか。あるいは、その奥に、ライオス王に遺棄されたオイディプスのモティーフ、みずからが父によって疎んじられ遺棄された者ではないかという疑念と、自分こそが誰かを遺棄し、疎んじたのではないかという疑いを読み取るならば、どうであろうか。キリストの贖われなさとは、自己存在の贖われなさの象徴的な表現にほかならず、それを、フロイトは、オイディプスの悲劇のなかに認めたと[illegible]である。

「神は自己だ」と言う一郎の、強迫神経症的な内面を造形した漱石は、みずからが「神」にならなければならないと確信するキリーロフの、おそるべき内面を造形したドストエフスキーには、遠く及ばない。しかし、そのようなドストエフスキーのポリフォニックな話法を、『それから』から『行人』にいたるリアリズム小説の修練を経たから、漱石は、一歩ずつ身につけていくのである。そのことを可能にしたのが、みずからが世界から疎んじられ遺棄された者であると同時に、自分こそが誰かを遺棄し、疎んじた者であるという存在論的ともいうべきモティーフであった。

それこそが、漱石のなかに強く根を張って、やがてはキリストのパッションにも比すべき『こゝろ』の先生の死を構想せしめたものなのである。

第六章　一人の天使と歴史という翼

第一節　死屍累々の廃墟を後にして

死屍累々という言葉がある。人間の歴史は、数千年にわたってこの言葉で現されるような事態に繰り返し遭遇してきた。「戦いは万物の父であり、万物の王である」と語ったヘラクレイトスは、このような事態が歴史から消え去ることのないことを、見通していたといっても過言ではない。「自然状態はむしろ戦争状態」であると語り、われわれは「絶えずその危険におびやかされている」と語ったカントにとって、「永遠平和」のための確定条項を実効化することこそ緊急の課題であった。だが、一七九五年に提示されたカントの理念は、四年後のナポレオン戦争を皮切りに、次々に踏みにじられていった。それから、約一世紀後に勃発した世界大の戦争は、近代兵器の使用に伴って、まさに字義通り死体の山を塹壕のなかに積み上げていったのである。

一九一三年（大正二年）一一月に『行人』を書き終えた漱石が、翌一九一四年（大正三年）四月に『こゝろ』の稿を起こすまでに、遠い欧州の地で起こっていたこの戦いと、次々に倒れていく兵士たちの無残な姿を、ときに脳裏に描くことがなかったかどうか。そのことを推測してみることは、何事かなのである。

戦争の現実というならば、一九〇四年の日露戦争に際して、いかなる対応もなしえなかった漱石にとって、それから一〇年後に起こったこの事態が、特別な思いを抱かせるものであったとは思えない。だが、漱石は、一九一〇年（明治四三年）、修善寺の大患の二ヶ月前に完結した『門』の末尾に、まるで予兆でもあるかのように、登場人物の一人である坂井をして、以下のような場面について語らせているのだ。

清水谷から弁慶橋へ通じるどぶのような細い流れに、春先になると無数の蛙が生まれるという。その蛙が押し合い鳴き合って、重なりあいばかりにすき間なく続いて浮いていると、通りがかりの者が、石を打ち付けて、無残にも次々に殺していく。ために、その数は、数え切れないほど多くなるという。「死屍累々とはあのことですね」「あすこを二三町通るうちに、我々は悲劇にいくつ出逢うか分からないんです」。

こう坂井は宗助に語りかけるのだが、これらの場面に、一九一四年のヨーロッパ戦線における、塹壕の中の無数の死を重ね合わせることはできないであろうか。いうまでもなく、漱石は、これら無残な蛙の死を坂井に語らせることで、宗助とお米が負うことになる辛い運命を示唆したと取ることもできる。にもかかわらず、「死屍累々」という表現には、それ以上の何かが暗示されているといわざるをえない。

いや、これら無数の無残な死体の山と瓦礫の重なりとを脳裏に描いているのは、漱石その人ではないとしてもよい。同時代に生きる者のなかで、同じように死屍累々といっていい場面について語る者がいなかったとはいえないからである。

たとえば、一八九二年生れのドイツの思想家ヴァルター・ベンヤミンの「歴史の概念について」という文章である。そのなかで彼は、これらの残虐を淡々といっていいような筆使いで描いているのだ。

「新しい天使《アンゲルス・ノーヴス》」と題されたクレーの絵がある。それにはひとりの天使が描かれていて、この天使はじっと見詰めている何かから、いままさに遠ざかろうとしているかに見える。その眼は大きく見開かれ、口はあき、そして翼は拡げられている。歴史の天使はこのような姿をしているにちがいない。彼は顔を過去の方に向けている。私たちの眼には出来事の連鎖が立ち現れてくるところに、彼はただひとつの破局《カタストローフ》だけを見るのだ。その破局はひっきりなしに瓦礫のうえに瓦礫を積み重ねて、それを彼の足元に投げつけている。きっと彼は、なろうことならそこにとどまり、死者達を目覚めさせ、破壊されたものを寄せ集めて繋ぎ合わせたいのだろう。ところが楽園から嵐が吹きつけていて、それが彼の翼にはらまれ、あまりの激しさに天使はもはや翼を閉じることができない。この嵐が彼を、背を向けている未来の方へ引き留めがたく押し流してゆき、その間にも彼の眼前では、瓦礫の山が積み上がって天にも届かんばかりである。私達が進歩と呼んでいるもの、それがこの嵐なのだ。

（浅井健二郎訳）

ユダヤ系ドイツ人として、両大戦間の時代を文学批評と哲学的思索に費やし、四八歳で自死したベンヤミンの言葉は、どれをとっても暗鬱な未来からの陰影にくまどられている。瓦礫の上に瓦礫を積み重ね、廃墟の山を築いていく歴史の状況を、同時代を生きたスイス生まれの画家クレーの絵になぞらえて語るこの一節には、悲劇的なものについての感受に関して、漱石に深く通ずるものがある。

彼もまた、死屍累々といった場面から眼を離すことのできない者であり、そのことについて、語りださずにいられない者なのだ。

顔を過去の方に向け、いかなる事柄の連鎖にも、未来の破局を見てしまう一人の天使。悲劇の結末は、まるで先取りされているかのごとくに、彼の鼻先に無数の死体の山と瓦礫の重なりを投げつけてくる。彼は、できることならばこれら死者たちを目覚めさせ、破壊されたものを寄せ集めて修復したいのだが、そう思って翼を広げているこの天使の背後から強い風が吹き付けてくるのだ。楽園から吹いてくるこの強風は、瓦礫の山にも廃墟の連なりにもとどまることをゆるさずに、彼の翼を巻き込み、羽ばたきへと促していく。彼は、もはやおのれの翼を閉じることがかなわないまま、みずからが背を向けている「未来」へと不可抗的に運ばれていくのである。私たちが「進歩」と呼んでいるのは、この強風なのだとベンヤミンは言う。

ベンヤミンの吐き捨てるような口調は、近代社会と国民国家が成し遂げてきたもの、そしてこれから数世紀をかけて遂げようとしているものへの絶対的な否認といっていい。

そう断言して差し支えないと思う一方で、だが、ここに、死屍累々ともいうべき廃墟を越えて、なお未来へと向かおうという意志を読み取ることはできないのであろうかと問いかけてみる。もちろん、当のベンヤミンは、そのことについて何一つ信じるところがないかのごとくである。過去の歴史が繰り返しおかしてきた過ちから眼をそらすことなく、ただひたすら、それをいかにただすことができるかを問いかけようとしているかのごとくといってもいい。

にもかかわらず、この天使は背後から吹いてくる風を翼にはらんで、飛び立とうとしているのである。いや、羽ばたくことを強いられた天使は、いずれ未来のどこかで、イカロスのように墜落することを定められているといったほうがいいのかもしれない。そう思いつつも、一方において、この未来へと強く促していく強風を決して否認するのではなく、いかんともしがたいものとして受け止めているということも、疑いえない真実と思われる。ベンヤミンが、ということを確言できないとしても、同じように死屍累々といった場面について語った漱石は、このいかんともしがたさということについて、ある思いを抱いていた。

一九一一年（明治四四年）、和歌山における講演「現代日本の開化」における、「われわれの遣《や》つてゐることは内発的ではない、外発的である。是を一言にして云へば現代日本の開化は皮相上滑《うわすべ》りの開化である」「しかしそれが悪いからお止《よ》しなさいと云ふのではない。事実已《や》むを得ない、涙を呑んで上滑りに滑つて行かなければならない」という発言である。

近代日本に特有の事態である「開化」という言葉で、漱石は明治における近代化の波について語ろうとしているのだが、そこには、これにかぎらない意味が込められていると受け取ることができるのだ。

一七世紀から一八世紀における市民革命以来、いや一六世紀における宗教改革以来、人間の歴史が成し遂げようとしてきた精神の自由と、この自由の相互承認ということ。漱石の生きた一九世紀末から二〇世紀の西欧が、これを実効あるものとして成就してきたという想定のもとに、遅れて近代化を進めることになった日本が、どこまでその実現にいたっているのかというのが、ここでの漱石のモティーフである。

たとえば、これをベンヤミンが述べる「進歩」という言葉、一人の天使をして、未来へと飛び立つことを強いていく強風になぞらえてみるならば、どうか。廃墟にたたずむ天使の、背後から吹きつける嵐について、漱石は「外発的」という言葉で述べるのである。これに対して、一六世紀以来、西欧が実現しようとしてきた精神の自由とは、漱石の言葉でいえば、「内発的」に獲得されてきたものなのである。精神の自由のみならず、そのような自由を相互に承認する社会というものも、まさに「内発的」なモティーフのもとにかたちづくられてきたものといえる。

このことについて、漱石は、明治四四年の当時として誰も達しえない思念に至っていた。たとえば、人間の意識について述べる次の下りに注意してみよう。

我々の心は絶間なく動いて居る。(略)働いてゐる。これを意識と云ふのであります。此意識の一部分、時に積れば一分間位の所を絶間なく動いてゐる大きな意識から切り取つて調べてみると矢張り動いてゐる。(略)凡《すべ》て一分間の意識にせよ三十秒間の意識にせよ其内容が明瞭に心に映ずる点から云へば、のべつ同程度の強さを有して時間の経過に頓着なく恰《[あたか]》も一つ所にこびり付いた様に固定したものではない。必ず動く。動くにつれて明かな点と暗い点が出来る。其高低を線で示せば平たい直線では無理なので、矢張り幾分か勾配の付いた弧線即ち弓形《ゆみがた》の曲線で示さなければならなくなる。（略）
斯《か》く推論の結果心理学者の解剖を拡張して集合体の意識や又長時間の意識の上に応用して考へてみますと、人間活力の発展の経路たる開化といふもの丶動くラインも亦《また》波動を描いて弧線をいくつも〳〵繋ぎ合わせて進んで行くと云はなければなりません。無論描かれる波の数は無限無数で、其一波々々の長短も高低も千差万別でありませうが、やはり甲の波が乙の波を呼出し、乙の波が又丙の波を誘ひ出して順次に推移しなければならない。一言にして云へば、開化の推移はどうしても内発的でなければ嘘だと申上たいのであります。（「現代日本の開化」）

ここでいわれる「波動を描いて弧線を幾個《いくつ》も幾個も繋ぎ合わせて進んで行く」意識というものを、ヘーゲルが『精神現象学』において主題とした「自己意識の自由」という理念に照らし合わせることは、決して牽強付会ではない。ヘーゲルもまた、われわれの意識がみずからの内からやってくる動機と他なるものによる媒介という契機によって、固定した地点から変化と運動へと促されていくということを述べているからである。

たとえば、承認をめぐる闘いにおいて、死の怖れに耐えられず、奴隷となって主人の自立性を認める側にくだった意識が、それにもかかわらず、黙々と労働を重ねることによって、主人を乗り越えていくその仕方には、「内発的」というほかないものが確実にみとめられる。

ヘーゲルにとって重要なのは、この「内発的」動機が、決して自己完結的なものではなく、相互の関係のなかから生起してくるということであった。おのれの存在の個別性と偶然性に直面した不幸な意識は、内なる禁欲的な理想に向き合うのでもなければ、他者の主張するどのような根拠も疑わしいとするのでもなく、たがいに相対的で限りのある存在であることを認め合うことによって、精神の自由へと達していくのである。

有限性の自覚と普遍性への憧憬をはらんで、相互の承認へと向かう「意識」とは、まさに「甲の波が乙の波を呼出し、乙の波が又丙の波を誘ひ出して順次に推移し」てゆくような仕方で、近代精神の根底をかたちづくっていく。ヘーゲルのいう「意識」から「理性」を経て「精神」へといたる軌跡には、そのような内発的なあらわれかたを通して、人間相互の関係のみならず、家族から国家社会の倫理と法とを実現していく過程が投影されている。

では、一九世紀末から二〇世紀の西欧社会は、ここにいわれる精神の自由と、自由の相互承認とを実効あるものとして成就してきたということができるであろうか。少なくとも、フランス革命の理念にその現実的なあらわれを見いだそうとしたヘーゲルにとって、それは成就されなければならないものとしてあった。そして、漱石もまた、この相互承認の精神が、西欧近代においては実現されてきたとみなしているかのようにみえる。漱石のモティーフは、そういう「内発的」動機が、遅れて近代化を進めることになった日本には、どこにもみいだすことができないというところにあったからである。

だが、そう断定するには漱石の口調は、あまりにも暗鬱なものを印象づける。「日本国中何所《どこ》を見渡したつて、輝いてゐる断面は一寸四方もないぢやないか。悉《ことごと》く暗黒だ」と語る『それから』の代助には、いまだ明治日本の病弊を指弾するという趣があった。だが、「僕は人間全体の不安を、自分一人に集めて、そのまた不安を一刻一分の短時間に煮詰めた恐ろしさを経験してゐる」と語る『行人』の一郎には、人間の歴史というものの全体像に対する根底的な不信があるといっていい。

そう考えてみるならば、日本の開化は、決して内発的とはいえない「皮相上滑りの」ものであるとする漱石の言葉に、もはや近代日本ということを越えて、一六世紀以来の人間の歴史が成し遂げようとしてきたものへの、根本的な否認がかいまみられるということもできるのである。あらためて、くだんの講演の一節を検証してみよう。

日本の開化は自然の波動を描いて甲の波が乙の波を生み乙の波が丙の波を押し出すやうに内発的に進んでゐるかと云ふのが当面の問題なのですが残念ながらさう行つてゐないので困るのです。(略)斯《[か]》う云ふ開化の影響を受ける国民はどこかに空虚の感がなければなりません。又、どこかに不満と不安の念を懐かなければなりません。夫を恰《あたか》も此開化が内発的でゞもあるかの如き顔をして得意でゐる人のあるのは宜《よろ》しくない。(略)我々の遣《[や]》つてゐる事は内発的でない、外発的である。是を一言にして云へば現代日本の開化は皮相上滑《[うわすべ]》りの開化であると云ふ事に帰着するのであります。無論一から十まで何から何までとは言はない。複雑な問題に対してさう過激の言葉は慎《つゝし》まなければ悪いが我々の開化の一部分、あるいは大部分はいくら己惚れて見ても上滑りと評するより致し方がない。

内発的ではない、外発的である。皮相上滑りのものであるという言葉に注意してみなければならない。そのうえで、「開化」を、一六世紀以来の人間の歴史が進めてきた「近代化」と読み直してみる。そうしておいて、「空虚の感」と「不安の念」について語る漱石を、廃墟の山とやがてやってくる「破局《カタストローフ》」について語るベンヤミンに重ね合わせてみるならば、どうか。

瓦礫の山に降り立った一人の天使の翼を巻き込み、羽ばたきへと促してゆく強風とは、決して内発的なものではない。少なくとも、ヘーゲルの理念のなかに示された精神のありようが、この天使の羽ばたきを律しているとは思えない。そこには、「甲の波が乙の波を生み乙の波が丙の波を押し出すよう」な波動は、見いだすことができないのである。

そのようなものによって、おのれの翼を閉じることが適わないまま、不可抗的に運ばれていくこの天使の飛翔を、「外発的」なものといっていけないことはない。この天使が、廃墟の死者たちを目覚めさせ、破壊されたものを寄せ集めて修復しようとしているのでなければ、彼は、まったくの無自覚のままに、強い風にあおられ「皮相上滑り」の滑空に身をまかせようとしているといわざるをえない。

私たちが「進歩」と呼んでいるのは、この強風なのだとベンヤミンはいう。そういうベンヤミンの口調が、人間の歴史を否認するものであるとして、にもかかわらず、次のような漱石の口調に響き合うものをはらんでいないかどうか。そのことを、背後から吹いてくる風にあおられて羽ばたくことを強いられる天使のすがたを思い描きながら、考えてみることは意味のあることなのだ。

しかしそれが悪いからお止《よ》しなさいと云ふのではない。事実已《や》むを得ない、涙を呑んで上滑りに滑つて行かなければならないと云ふのです。

この漱石の口調のむこうに、吹いてくる風にあおられ涙をのんで滑空していく一人の天使の姿と、彼が後にした瓦礫の山とを思い描いてみることもまた、意味のあることなのである。

第二節　自己追放の存在論的根拠

国文学者熊坂敦子作成による年譜（日本現代文学全集23　夏目漱石集1　講談社　一九六一年）によると、大正三年（一九一四年）一月、大倉書房より『行人』が刊行、それに続いて、「底抜けの寂しさのなかから『こゝろ』の構想が出来上がり、四月十日頃から起稿、八月一日に脱稿し、四月二十日から八月十一日まで百十回にわたって『東京朝日』に連載された」と記されている。一九一〇年（明治四三年）における三〇分間の死の経験は、漱石のうちに、強度の神経症を植えつけることになったのだが、漱石は、まるで自己治療を試みるかのようにして、『行人』を書き、『こゝろ』を書いていったということがわかる。

実際、「最も親しかるべきはずの人、その人の心を研究しなければ、居ても立ってもいられない」という思いに捉えられ、「神は自己だ」といい「僕は絶対だ」という『行人』の一郎には、どこか「強迫神経症的」といっていい内面がかいまみられた。このような一郎の内面が、苦痛と恐怖に打ち勝ち、みずからが「神」にならなければならないと確信する『悪霊』のキリーロフのそれに比べるならば、いまだ病の影からまぬがれていないことは明らかといえる。

だが、底抜けの寂しさのなかから構想されたという『こゝろ』の先生には、たんに神経症の投影ということではすますことのできない内面がみとめられる。それは、この世界が不幸の影におおわれたものではなく、全的な幸福に包まれたものであるということを証明するため、自分で自分を殺していくキリーロフにも匹敵するものということができる。

おそらく、漱石は、『こゝろ』を構想するに当たって、自分をこの世界から追放するということの倫理的な根拠は、どこにあるのかということについて考えたのである。それは、ドストエフスキーが『悪霊』において、スタヴローギンやキリーロフを通して考察したことに通ずるテーマであった。これを、漱石なりの問題意識によって引き受けたところに造形されたのが、先生という人物像なのである。

明治天皇の崩御に際し、死ぬならば、明治の精神に殉死するつもりだと語った先生に、乃木希典の影を読み取ることはできても、スタヴローギンやキリーロフのそれをみとめることは、不可能である。そういっていけないことはない。だが、『こゝろ』の構想が、『彼岸過迄』と『行人』に引き続いて、同様の心的危機のなかで現れてきたものであることを考えるとき、このことを、否定することはできない。

いわば、先生という人間は『彼岸過迄』の須永と『行人』の一郎の後身なのである。彼らの後身であるということが、すでにして、スタヴローギンやキリーロフの影を帯びているということなのだが、彼らの無意識に刻印されている罪責意識に根拠をあたえるためには、いかなる人物像を造形すればいいのかを考えたとき、みずからが遺棄された存在であることに怖れる須永と、遺棄した存在に成り代わろうとする一郎との二重像として、先生という人間像がうみだされたといえる。

この先生という人間が、須永や一郎には見出すことのできない、だが、スタヴローギンやキリーロフには確実にみとめられる存在性を身に帯びるためには、何が必要か。この問いに向き合ったとき、漱石は、自己追放というモチーフが、内深くからあらわれてくることに気がついたのである。

自分がいつでも負けていく者であり劣者であるということに怖れる須永は、千代子によって「貴方《あなた》は卑怯だ」と非難されながらも、結局は、それを一場の心理劇に収めてしまう。最も親しかるべきはずの妻の心も分からなければ、弟も父母も信ずるに足りないという一郎は、しかし、親友のHさんにだけは、自分の苦しい心のうちを吐露することができた。

だが、若い「私」に向かって「暗い人生の影を遠慮なくあなたの頭の上に投げかけてあげます」と語りかける先生は、そのことの代償のようにして、みずからをこの世界から消し去ってゆく。それは、あたかもこの世界の何ものに対しても興味をなくし、エロスのかけらさえも見出すことができないスタヴローギンに引かれていくキリーロフが、その内面を裏返したかのような虚のエロスのために、みずからをこの世界から追放していく仕方に通ずる。

自殺を決意したキリーロフに、スタヴローギンが問いかける場面を、「先生」の秘密を問いかけずにいられない「私」のすがたに重ね合わせてみるならばどうであろうか。

「きみ、子供は好きですか？」

「好きです」とキリーロフは答えたが、かなり気のない調子だった。

「じゃ、人生も好きですね？」

「ええ、人生も好きですよ、それがどうしました？」

「ピストル自殺を決意していても？」

「いいでしょう？　なぜいっしょにするんです？　人生は人生、あれはあれですよ。生は存在するけれど、死なんてまるでありゃしません」

「君はその永遠の生を信ずるようになったんですか？」

「いや、未来の永遠のじゃなくて、この地上の永遠の生ですよ。そういう瞬間がある。その瞬間まで行きつくと、突然時間が停止して、永遠になるのです」

「きみはそういう瞬間に行きつこうと思っていますか？」

（江川卓訳）


キリーロフは、先生のように、一人の女性をめぐって信頼する友を裏切ったという過去を有しているわけではない。同じように、先生に惹かれる「私」には、幼い女の子を陵辱することに何の痛みも感じないスタヴローギンの内面は無縁といっていい。にもかかわらず、このような会話を交わすキリーロフとスタヴローギンが、不思議な仕方で心を通じ合わせている、そこのところに、「私」と先生の交感を重ね合わせることができるということである。

うたがうべくば、次のような先生の告白に耳を傾ける「私」の内面を、スタヴローギンの底なしのニヒリズムに惹かれながら、みずからは「この地上の永遠の生」を信じて死んでいくキリーロフのそれと二重写しにしてみればいい。

私も幸福だつたのです。けれども私の幸福には黒い影が随《つ》いてゐました。私は此《この》幸福が最後に私を悲しい運命に連れて行《ゆ》く導火線ではなからうかと思ひました。（下　先生と遺書五十一）

私は仕舞《しまひ》にKが私のやうにたつた一人で淋しくつて仕方がなくなつた結果、急に処決したのではなからうかと疑ひ出しました。さうして又慄《ぞつ》としたのです。私もKの歩いた路を、Kと同じやうに辿《たど》つてゐるのだといふ予覚が、折々風のやうに私の胸を横過《よこぎ》り始めたからです。（同右　五十三）

私の胸には其時《その》分から時々恐ろしい影が閃きました。初めはそれが偶然外から襲つて来るのです。私は驚きました。私はぞつとしました。然《しか》ししばらくしてゐる中《うち》に、私の心が其《その》物凄い閃きに応ずるやうになりました。しまひには外から来ないでも、自分の胸の底に生まれた時から潜んでゐるものの如くに思はれだして来たのです。（同右　五十四）

遺書としてしたためられた先生の告白には、死を覚悟した者の言葉は一片たりとも見出すことができない。それは、死と隣り合わせの生を強いられた者の、避けられない運命から発せられた言葉であるからだ。辞世に何らかの意味を負わせようという意図もなければ、あらかじめの決意といったものもみとめることができない。ただ、「暗い人生の影」というしかない、ある否応のないもののすがたがかいまみられるだけである。

漱石は、『門』においても『それから』においても、あるいは『坑夫』という作品においても、三角関係の悲劇を描いて倦むことがなかった。ために、漱石のなかに、これに類する経験を探り出す試みが幾度となくなされてきたのだが、結局は確証を見出せずに終わってきた。当然といえば、当然なので、『門』や『それから』に描かれた三角関係の悲劇は、一種の物語の枠組みのなかでかたちづくられたものであるからだ。

親友の安井からお米を奪う羽目に陥った宗助は、犯した罪におびえるようにして、山門をくぐり、やがてみずからを門を前にしてたたずむ者とみなしてゆく。一度は平岡に譲った三千代を、後ろ髪の引かれる思いで抱き取ろうとする代助は、そのために、この社会の縄矩から外れた場所へと追いやられる。宗助や代助の生は、悲劇の色合いで染められているものの、そこにはそうでしかないような結末が待っている。彼らの生きる仕方には、不可解といえるものはみられない。

だが、Kを裏切ったという思いから、自分は策略で勝っても人間として負けたのだという観念にとりつかれる先生のありかたには、どのような説明も受けつけない暗さがひそんでいる。それは、たとえばベンヤミンが人間を襲う運命的な力について語った悲劇に通ずるものである。

『ゲーテ　親和力』においてベンヤミンは、四人の男女の結合と分離の物語について語りかける。

彼らが「必然」とも「意志」ともつかないもの、「選択」とも「機会」ともいっていいような何かによって、分離と結合へとうながされるすがたをあとづけながら、そこに生まれたエードアルトとオッティーリエ、太佐とシャルロッテの対関係が不思議な仕方で交錯し合って、やがては悲劇へと向かっていくありかたに「神話的」という言葉をあたえるのである。

ゲーテの『親和力』を完全な物語とみなすベンヤミンは、この運命的で、超自然的というほかない力に物語の本質を見ているといってもいい、つまり、ベンヤミンによれば「親和力」によって生み出された「精神や魂のつながり」を、悲劇的な物語へと駆り立てていくのがこの力なのである。

この力が、彼ら四人をして、とりわけエードアルトとオッティーリエをして、想像を絶する事態へと遭遇させる場面に注意を向けてみよう。この力を身に受けるとき、ある「犠牲」が要求されると、ベンヤミンはいう。「犠牲」とは、何か。エードアルトとシャルロッテの間に生まれた幼子《おさなご》を、オッティーリエの過失によって溺死させてしまうということである。そのために、オッティーリエは、エードアルトの愛の求めを拒んで、みずからを死に至らしめる。最終的には、愛する者を失ったエードアルトもまた死を甘受しなければならない。そこには、「罪ある人びとのあがないのためのいけにえとして」死んでいったオッティーリエの面影がきざまれている、そうベンヤミンは述べる。

だが、私たちを震撼させるのは、「罪」や「あがない」や「いけにえ」という言葉の背後に、人間を超えた運命的な力をとらえるベンヤミンの直観である。

このようなベンヤミンの直観は、ゲーテの『親和力』のみならず、ドストエフスキーの作品に登場する人間の存在様式についても当てはまる。たとえば、『悪霊』のスタヴローギンの奇矯な行動には、どのような言葉によっても語ることのできない不穏な力がつきまとっている。そういうスタヴローギンに引かれつつ、みずからは人神論を奉じて自殺してゆくキリーロフの死もまた、この力の犠牲を印象づけずにいない。スタヴローギンを前にして、地上の永遠の生について語り、その瞬間のために敢えて死を選び取ることを語るキリーロフとは、この世界のいかなる約束事をも踏みにじり、倫理の極限さえも踏み外して、自殺していくスタヴローギンの影ともいうべき存在なのだ。「きみ、子供は好きですか？」という何気ないスタヴローギンの言葉には、幼女陵辱という瀆神的な行為を遂げた挙句に、石鹸を塗った絹紐で首を吊って死んでいく彼自身の姿が暗示されている。いってみるならば、この力にとりつかれた者には、この世界を成り立たせている規範や縄矩からの追放ということが、極端なまでに課せられているのである。それがスタヴローギンのように極限的な悪として現れるにせよ、キリーロフのように生の全的な肯定として現れるにせよ、彼らが、死を選ばざるをえない存在であることだけはまちがいないのである。

このような生の様式が、神話や物語の成り立たなくなった近代社会において、その時代を象徴する危機的な存在のあり方をリアルな形で示すものであることに、最初に気がついたのがドストエフスキーであった。フロイトにしてもニーチェにしても、ドストエフスキーの直観を受け継ぐようなしかたで、みずからの思想の核に、この問題を据えてきたといえる。ニーチェの超人思想が、どこかでキリーロフの人神論の影を帯びているのも、フロイトが、みずからのエディプス理論を、ドストエフスキーにおける父殺しの思想に投影しようとしたのも、ここに由来するのである。

ベンヤミンのいう人間を超えた運命的な力が、ドストエフスキーからニーチェ、フロイトと受け継がれてきた思想的直観に根ざすものであるとするならば、漱石が、『こゝろ』の先生に形象化しようとしたものもまた、ここに根を見いだすほかはないものなのである。私の胸に物凄い閃きとなって襲ってくる恐ろしい影といい「もう取り返しが付かないといふ黒い光が、私の未来を貫いて、一瞬間に私の前に横たはる全生涯を物凄く照らし」（下　先生と遺書四十八）たという先生は、この力の犠牲を受け入れているということができる。

第三節　戦争の時代とその運命

ベンヤミンが神話的、超自然的力に言及し、廃墟に下り立つ一人の天使について語ったのは、第一次世界大戦後のドイツ革命が敗北に終わり、過酷な賠償と世界的な不況の中でやがてナチスの台頭をみるにいたる、二〇世紀前半の時代状況においてであった。これを、『悪霊』の書かれた一九世紀後半のロシア、共同体的社会主義を唱えるナロードニキ革命がテロリズムへと傾斜し、やがて帝政ロシア末期の体勢のもと、帝国主義の時代へと進んでいく時代状況に重ねてみるならば、漱石が『こゝろ』を書いた一九一四年という年が、どのような時代の精神を背景にしていたかが、理解できるのである。

実際、先生をしてこの力の犠牲に供せしめたKの自殺が行われた時期を推察するならば、北村透谷が自殺し、日清戦争が勃発した一八九四年頃が浮上してくるといえる。若い先生と精神的な絆で深く結ばれていたにちがいないKにとって、みずからがこの力を身に受けて死へと赴いていくのは、そのような時代の運命によってであったということもできるのである。Kの自殺を、お嬢さんをめぐるみずからの裏切り行為によるものと考えていた先生が、もはやそのような動機にかぎることのできない、運命的な力に気がついていく過程は、以下のごとくである。

然《しか》し私の尤《もつと》も痛切に感じたのは、最後に墨《すみ》の余りで書き添へたらしく見える、もつと早く死ぬべきだのに何故今迄生きてゐたのだらうといふ意味の文句でした。（下　先生と遺書」四十八）

私は突然Kの頭を抱《かか》へるやうに両手で少し持ち上げました。私はKの死顔が一目見たかつたのです。然《しか》し俯伏《うつぶし》になつてゐる彼の顔を、斯うして下から覗き込んだ時、私はすぐ其手を放してしまいました。（略）さうして其恐ろしさは、眼の前の光景が官能を刺激《しげき》して起る単調な恐ろしさ許《ばか》りではありません。私は忽然《こつぜん》と冷たくなつたこの友達によつて暗示された運命の恐ろしさを深く感じたのです。（同右　四十九）

私は仕舞《しまひ》にKが私のやうにたつた一人で淋しくつて仕方がなくなつた結果、急に処決したのではなからうかと疑ひ出しました。さうして又慄《ぞつ》としたのです。私もKの歩いた路を、Kと同じやうに辿《たど》つてゐるのだといふ予覚が、折々風のやうに私の胸を横過《よこぎ》り始めたからです。（同右　五十三）

真宗の寺の次男として生まれ、養子として出されたものの、医者になることを条件に引き取った養家の期待を、みずからの信条にしたがって裏切ってしまったK。このKの、禁欲的精神を、先生は「道」とか「精進」とか「向上心」という言葉で語るのだが、そこには、既成の道徳や規範を内側から鍛えなおすことによって、精神の自由を確立しようとしてきた近代のエートスがまちがいなく投影されている。若き日の先生が、Kに対して常に畏敬の念を抱いていたのは、先生もまたこのような倫理的態度を身につけることを理想とする者であったからだ。

明治二〇年代から三〇年代の青春を生きた北村透谷や島崎藤村といった人々を例に挙げてみるならば、このことは一層明らかである。彼らの中にはぐくまれていた浪漫的感情が、西欧近代のロマン主義的精神をうちにはらんでいることは決して否定できない。それは、同時にKや先生の倫理的エートスを裏打ちするものであったといっていい。Kとは、この意味において透谷の理想を身に受けながら、さらにラディカルな倫理的態度を実現しようとした人間なのである。

ところで、このようなエートスの最初の現われが、近代の出発を画した宗教改革の精神においてであったことはあらためて指摘するまでもない。ルターは、これをキリスト者の自由という理念によって表明するのだが、そこには、教会や修道院といった外的権威に屈することなく、強制されたいかなる戒律も疑おうとする強靱な精神があった。それは、すべてをはねのけて、ただキリストの愛と信仰にのみ従おうとする意志といっていい。そして、それこそが、近代精神の核となって、自由の自己実現と理想の成就をはぐくんだもとなのである。

このような自由意志は、カルヴァンにおいてさらに厳格な倫理のもとに実践されていった。キリストの愛と信仰への服従とは、宗教的戒律や救済のまったく意味を成さないところでこそなされなければならない。いかなる信仰も、決して予定された神の救いにはあずかることができないという前提のもとに、それでもなお、みずからの意志にしたがってイエスの召命にこたえようとするとき、はじめてこの自由な精神が立ち現れてくるのである。そこになされる倫理的実践を、プロティスタンティズムの倫理と名づけ、これを資本主義的職業倫理の根底に見出したのが、漱石とほとんど同時代を生きたドイツの社会学者マックス・ウェーバーであった。

若き日の先生やKをとらえたエートスが、どのようなものであったのかを、たとえば以下のようなマックス・ウェーバーの記述にうかがうことは、決して過ちではないであろう。

この荘重な非人間性をもつ教説が、その雄渾にして徹底的な思索に身をゆだねた当時の人々の心に与えずにはおかなかった結果は、何よりもまず、個々人のかつてみない内面的孤独化の感情であった。（略）人生の決定的な事柄である永遠の救いという問題については、人間は永遠の昔以来定められている運命にむかって孤独の道をたどらねばならないのであった。誰も彼を助けることはできなかった。（略）およそどんな方法も存在しない。一切の被造物は神から完全に隔絶した無価値であるというそっけない教説に結びついて、こうした人間の内面的孤立化の思想は、（略）今日もなおピュウリタニズムの歴史をもつ諸国民の『国民性』と制度の中に生きている。

（『プロティスタンティズムの倫理と資本主義の精神』梶山力・大塚久雄訳）

マックス・ウェーバーの直観が、たんに一六世紀のプロテスタントと呼ばれる人々のエートスをとらえたものだけでなく、国民国家と近代社会のもとで成立しつつあった時代のエートスを根底から浚うものであったということに、注意しなければならない。ルターやカルヴァンにおいて提示された信仰の自由や精神の自由といったものが、決して人々を喜ばしい未来へと導くものではなく、むしろ、彼らのうちに隔絶した内面的孤立化を刻印するものであるということ、そういう運命に向かって孤独の道をたどるときに、はじめて獲得される理想にほかならないということが、ここには明かされているのである。

このようなマックス・ウェーバーの思念が、ホッブズやルソーやヘーゲルといった近代精神の確立者たちのそれに対する根底的な批判として提出されていることは、明らかである。いってみるならば、ストア主義的な禁欲精神をのりこえることによって、相互の承認へとむかおうとするヘーゲル的な自己意識の自由を前に、そのような自由意志が、容易に承認されることのない孤独な内面化をたどっていくことで、はじめて現れるものであるということを指摘したのが、マックス・ウェーバーなのである。

ここに、ベンヤミンの超自然的力にも通ずるような不可避の運命を読み取ることも、できないことではない。同時に、ここには、なぜそのような運命を感知した者は、孤独の果てにみずから死を選ばなければならないのかという問いもまたみいだされるのである。少なくとも、漱石は、先生やKの、死へと傾斜していく心にふれながら、このことを問題にしていたということができる。

たとえばマックス・ウェーバーの指摘する内面的孤立化の思想には、いかなる生の目的にも、宗教的な救いにもあずかることのできない孤独な内面が、どのようにすれば死をまぬがれて、現世の活動にたずさわることができるかというテーマが込められていた。初期資本主義の担い手たちは、多かれ少なかれ、そのような内的危機に瀕することによって、神に選ばれた者としての生を回復してきたのである。

　そして、マックス・ウェーバーによれば、彼らにそれをゆるしたのは、みずから手にした職業に対する禁欲的な実践にほかならない。享楽と奢侈をしりぞけ、日々の労働に従事することによって、財をもたらし、富を増やしていくことが、予定された神の選択にかなうとされたのである。彼らにとって世俗の営利的な活動は、富の蓄積という名目のもとでのみゆるされるので、決して利得行為や過剰な消費としてあらわれてはならないのである。

　ルターやカルヴァンの宗教理念を引きながら、このような禁欲的職業倫理をあとづけ、それがいかにして隣人愛を現実化していったかを指摘するマックス・ウェーバーは、一方において、隣人愛にも神の選びにもあずかることなく、孤独な内面をかかえたまま闇へと消えていった存在を暗に示すことを決して忘れてはいない。もし、ピューリタン的な資本主義の倫理が、拡大された生産と消費のもとで、貪欲なまでの利益追求をもたらしていくようなことがあれば、そのとき、選ばれることなく消えていった者たちの無念は永久に晴らされることはない。

　マックス・ウェーバーの宗教社会学の根底に、このような思念を読み取るならば、そこには、漱石が、先生やKの死を、避けられない運命として描かずにいられなかった理由が浮かび上がってくる。要するに、Kも先生も、みずからのうちに選ばれた者としての確信をもつことのできなかった存在なのである。おのれが、誰かによって遺棄された者であるということから決して眼をそらすことができず、それゆえに、いつかどこかで誰かを遺棄したにちがいないという観念からのがれることのできない者、それがKであり先生であるのだ。

故郷を同じくし、幼い頃から兄弟のようにしてそだった先生とKは、いわば、精神的な絆によって深く結ばれた間柄なのである。養家の期待に背き、実家からも勘当同然の扱いを受けたKを食客として招いたのも、生活費の配慮という以上の意味が込められていた。幼くして母を失くし、継母に育てられたKと、父母に先立たれ、遺された財産をめぐって叔父に裏切られた先生とは、その生い立ちからして同類といっていいのである。彼らの境遇につきまとう不幸の影は、彼らの無意識に拭うことのできない外傷を植えつけていたので、それが、一種の罪責意識としてあらわれていたことは、想像するに難くない。

このような無意識の外傷体験に気がつくことのできなかった先生は、Kを死へと追いやったのは自分だという観念に憑かれ、策略で勝っても人間として負けたという思いを口にするのである。そういう先生に対して、一言たりとも非難の言葉を向けることなく、むしろ自分の弱さを責めるように去っていったKもまた、おのれの無意識から自由になることのできない人間であったといえる。

それならば、なぜ漱石は、彼らを三角関係の構図のなかにおさめようとしたのであろうか。お嬢さんへの思いを最初に口にしたKと、それをきっかけにまるで胸騒ぎにとらえられるようにして、お嬢さんを自分のもとに抱き寄せようとした先生。そして、彼らの間に起こっていたかもしれない心的な交易について一切知らされることなく、先生の思いを受け入れるお嬢さん。しかも、このお嬢さんへの結婚の申し入れは、母親を通してなされるのである。この、三角関係というにはあまりに一方的な関係の構図を用意することによって、漱石はいったい何を意図していたのであろうか。

第四節　内部生命の破綻

おそらく漱石は、先生やKをとらえていた無意識の罪責感が、予定された神の選択を前にした内面的孤立化、あるいは超自然的といっていいような運命の力に由来するものであることを意識していた。それは、キリーロフやスタヴローギンをとらえた超越者への希求とその不在についての意識を内にはらむものであることもわきまえていた。若い「私」に語りかける先生の言葉には、そのことを暗にうかがわせるものが確実にみとめられるのだ。


我々は群集の中にゐた。群集はいづれも嬉《うれ》しさうな顔をしてゐた。其処《そこ》を通り抜けて、花も人も見えない森の中へ来る迄《まで》は、同じ問題を口にする機会がなかつた。

「恋は罪悪ですか」と私が其時突然聞いた。

「罪悪です。たしかに」と答へた時の先生の語気は前と同じやうに強かつた。

「何故ですか」

「何故だか今に解ります。今にぢやない。もう解つてゐる筈《はず》です。あなたの心はとつくの昔か

ら既に恋で動いてゐるぢやありませんか」（上 先生と私十三）

先生やKと異なって、生い立ちにまつわる不幸の影を負わされることのない「私」には、先生のいう「罪悪」の意味はにわかには摑むことができない。だが、はじめてその姿を目にしたときから先生に引かれるものを感じていた「私」が、先生のなかに内面的孤立化とも禁欲的エートスともいうべきものをかぎつけていたことは、うたがいない。

「私」にとって理解できないのは、なぜそれが、「恋」という一字と結び付けられねばならないかということであった。たとえば、スタヴローギンのニヒリズムに感化されるキリーロフは、彼のなかに「革命は罪悪である」というテーゼを読み取ることはあっても、「恋は罪悪である」というそれを見出すことはない。たとえキリーロフのようではないとしても、「私」は、先生のなかにその内面的孤立化に見合うテーゼを期待していたことは、まちがいないのだ。

だが、「恋」が「革命」に匹敵するような意味をもつものであることは、自由民権運動の敗北という状況を背景に、明治二〇年代の浪漫的理想を生きた北村透谷の思念に照らし合わせてみても、明らかといえる。「恋愛は人世の秘鑰《ひやく》なり」（「厭世詩家と女性」）といい「相世界と実世界との争戦より想世界の敗将をして立籠らしむ牙城となるは、即ち恋愛なり」（同右）ということによって、透谷が訴えようとしたのは、「恋愛」が「革命」にも値するような超越的体験にほかならないということであった。

明治二〇年代の透谷にとって、「恋愛」や「革命」が、罪悪としてあらわれるということは、決して大きな問題ではなかった。問題は、むしろ、遅れて近代化を遂げたわが国において、西欧近代が実現してきた精神の自由とその絶対的といっていい根拠を、いかにすれば手に入れることができるかということにあった。彼はこれを、「他界に対する観念」とか「心宮内の秘宮」といった言葉で語ったのだが、そのような超越的なものの不在のなかで、字義通り「敗将」のように消えていったのが、北村透谷なのである。

とはいえ、透谷の理想が、江戸期の相対主義的な儒教道徳のなかから、近代に相応しい絶対の倫理ともいうべきものを自立させることであったとしても、そのような倫理が不可避的にまねきよせる内面的孤立化と運命的力についての認識は、彼のうちではいまだ熟していなかった。いってみるといま、透谷の「他界に対する観念」や「心宮内の秘宮」からは、超越的なものが人間にもたらす罪の意識をひきだすことはできないのである。

先生が、若い「私」に向かって「恋は罪悪です」と語ったとき、その言葉が、透谷の目指した超越的体験としての恋愛を含意すると同時に、そういう超越的体験が人間にもたらす罪責意識をも示唆していたということ。そのことを考えるとき、これが、どんなに深い意味を持って「私」をとらえるものであったかが、推察されるのである。

そのような「私」の思いが、恋愛は、革命にも匹敵する超越的体験であるとともに、革命や戦争が人間にもたらす罪責意識を必然的に刻印するものであるということについての漱石の認識からやってくるものであることは、明らかである。いや後者については、大逆事件についても日露戦争についても関わることのできなかった漱石にとって、まったく守備の外にあったということもできる。

にもかかわらず、漱石のなかに刻印された存在論的といっていい罪の意識は、「恋愛」をモティーフにしながら「革命」にも「戦争」にも通ずるものを印象づけずにはいないのである。『こゝろ』において、先生とKに刻まれた無意識の罪責感を、お嬢さんをめぐっての三角関係の構図のなかに収めようとしながら、漱石は、このモティーフが、後半にいたるにしたがって、統御しがたいものとなって現れてくることを意識していた。できうるならば、Kや先生を虜にしたお嬢さんという女性を、ドストエフスキーの描いた女性たち、『白痴』のナスターシャやアグラーヤ、『カラマーゾフの兄弟』のカチェリーナやグルーシェンカ、そして『悪霊』のリーザやダーリヤのような存在感をもって描きたかった。『彼岸過迄』の千代子や『行人』の直のなかに、そのような女性像をかいまみせていた漱石に、それは決してできないことではなかった。

にもかかわらず、漱石は、この静という名の女性を、『門』のお米よりも『それから』の三千代よりも存在感の薄い女性として描かざるをえなかった。先生の「私」に宛てた遺書の最後で、「私は妻には何も知らせたくないのです。妻がおのれの過去に対してもつ記憶を、なるべく純白に保存しておいてやりたいのが私の唯一の希望なのです」と語らせたとき、この純白の色に、透谷が嚙みしめたわが国の近代における超越的観念の不在を投影していたといっても過言ではないのである。

その代償でもあるかのように、漱石は、先生とKの内面の孤立化を極端なまでにすすめていった。それは、いってみるならば、隠れた神によって罰せられ、棄てられた存在の、救われがたさといったものを印象づける。たとえば、先生の次のような言葉には、透谷のいう想世界の闘いをもってしても到達できなかった観念のすがたがみとめられるのである。

私はたゞ人間の罪といふものを深く感じたのです。其感じが私をKの墓へ毎月《まいげつ》行《ゆ》かせます。（略）私は其感じのために、知らない路傍《ろばう》の人から鞭《むち》うたれたいと迄思つた事もあります。斯《か》うした階段を段々《だん〳〵》経過して行《ゆ》くうちに、人に鞭うたれるよりも、自分で自分を鞭うつべきだといふ気になります。自分で自分を鞭うつよりも、自分で自分を殺すべきだといふ考えが起ります。私は仕方ないから、死んだ気で生きて行かうと決心しました。（上　先生と私五十四）

死んだ積《つもり》で生きて行《ゆ》かうと決心した私の心は、時々外界の刺激《しげき》で躍《おど》り上がりました。然《しか》し私が何《ど》の方面かへ切つて出ようと思ひ立つや否や、恐ろしい力が何処《どこ》からか出て来て、私の心をぐいと握り締めて少しも動けないやうにするのです。さうして其力が、私に御前は何をする資格もない男だと抑《おさ》へ付けるやうに云つて聞かせます。（略）波瀾《はらん》も曲折もない単調な生活を続けてきた私の内面には、常に斯《か》うした苦しい戦争があつたものと思つてください。（略）私がこの牢屋の中に凝としてゐる事が何《ど》うしても出来なくなつた時、又其牢屋が何《ど》うしても突き破る事が出来なくなつた時、必竟《ひつきやう》私にとつて一番楽な努力で遂行できるものは自殺より外にないと私は感ずるやうになつたのです。（同右　五十五）

「恐ろしい力」といい「苦しい戦争」といい「この牢屋の中」といい、先生の内面が超自然的、運命的な力に吹きさらされているさまを、これほど如実に語る言葉はない。なかでも、「人間の罪といふもの」という言葉が、日露戦争に際して非戦の立場を貫き、無教会主義のもと、ルターやカルヴァンにも値するようなキリスト者の自由を唱えた内村鑑三の口から発せられたものではないということ。のみならず、その内村鑑三よりもさらに過激な内面の孤立化を強いられ、自死していかざるをえなかった人物を造形することによって、その口を通して語らせたということ、そこに漱石における思想の水準というものがみとめられるのである。

そして、これに並ぶものがあるとするならば、ドストエフスキーの観念以外にないというのがここでの見通しなのだが、「人間の罪」というものを深く感じ、「知らない路傍の人から鞭うたれたいと迄思つた」と語る先生の言葉を、『罪と罰』のラスコーリニコフにおけるセンナヤ広場での「運命的な瞬間」に照らし合わせてみるならば、そのことは一層明らかとなる。

「四つ辻へ行って、みんなにおじぎをして地面へ接吻なさい」というソーニャの言葉を背に受けながら、「広場のまん中にひざをついて、土の面に頭をかがめ、歓喜と幸福を感じながら、そのきたない土に接吻」(米川正夫訳)するラスコーリニコフのなかに、先生と同様「自分で自分を鞭打つよりも、自分で自分を殺すべきだという考え」が頭をもたげていなかったとはいえない。彼をとらえた一瞬の歓喜は、たちまちのうちに消え失せ、やがてシベリアの地で彼の心にえたいのしれない憂悶を植えつけていくのである。もしソーニャの存在がなかったならば、ラスコーリニコフもまた、先生やKのように胸のうちにひそむ恐ろしい影に駆られ、たった一人で処決していったにちがいない。

ドストエフスキーは、そのことを示唆するかのように『罪と罰』のエピローグを書き残しているのだが、彼の心をとらえていたのが、ラスコーリニコフの殺人の動機として語られた理論であるよりも、漱石が先生をして語らせた「人間の罪」といっていいようなある普遍の課題であること。それが、宗教改革以来、人間に精神の自由をもたらしながら、一方において、神に選ばれることの困難をもたらしてきた当のものであることは否定できない。

ラスコーリニコフとソーニャの愛をいったんは描いたドストエフスキーだが、彼をとらえた「人間の罪」の問題は、『白痴』においても『悪霊』においても『カラマーゾフの兄弟』においても、容易に解決されることのないまま、登場人物を次々に悲劇へと連れ去っていく。漱石が、そのようなドストエフスキーの影ともいうべきものを背負って、修善寺の大患以後の作品を書き続けていたことは、まちがいないのである。そしてそのことこそが、漱石をして、近代の普遍的課題に直面させた理由にほかならない。

漱石が『こゝろ』を脱稿した一九一四年の八月、ヨーロッパの地に勃発した戦火はオーストリア・ハンガリーとセルビアのみならず、ドイツ、フランス、イギリス、ロシアを巻き込み世界大の戦争へと広がりつつあった。同じ八月に対ドイツ宣戦布告を行ったわが国にとっても、この戦争が重大な関心事であったことは、あらためていうに及ばない。

そして、この世界大の戦争が、宗教改革から市民革命を経て国民国家と近代社会の理念を形成してきた西欧が、ついに至りついた最終地点であるということ。それがたんに西欧近代の問題であるだけでなく、わが国にとってもまた避けることのできない問題でもあること。そのことを漱石は語りかけてよかった。だが、しかし、『こゝろ』においても「現代日本の開化」において漱石の行ったことは、それを深いところで示唆するということにかぎられていたのである。

漱石の提示した存在論的な罪の問題を、キリスト教の教義にしたがって根底から考察してきた内村鑑三は、この大戦におけるアメリカの参戦を憂えるように、一九一七年、戦争の絶対廃止とキリストの再臨による永遠平和の実現を唱える（「戦争廃止に関する聖書の明示」）。内村のパッションの激しさは、漱石の暗澹たる罪の意識を覆って余りあるものといわねばならない。とりわけ、今次の大戦が、市民革命を推進するべくやむをえず流された血と決して無縁ではないことを指摘し、クロムウェルもナポレオンもワシントンも、その起こした戦争のために断罪されてしかるべきであるという自説を展開する内村には、トルストイの思想が血肉として生きているといわざるをえない。

そういう内村鑑三の世界平和論に接することなく、この世を去る運命にあった漱石が、その思想の深さと普遍の広がりにおいて、それに匹敵するものをこの一九一四年という時代に刻印していたことは、記憶にとどめてよい。

第七章　索漠たる曠野《あらの》の方角へ

第一節　邪悪な人々のくすんだ地平

明治専制期における文学者には、後の時代の作家思想家にはない負の器量ともいうべきものが感じられる。キリストの再臨による永遠平和を唱えた内村鑑三にしても、内部生命と超越的観念への絶対的希求を語った北村透谷にしても、彼らの思念が時代を先導するものであればあるほど、報われなさを印象づけてやまない。

「現代日本の開化」や『こゝろ』における漱石もまた、例にもれない。上滑りの近代化という理念にしても、人間の罪という言葉にしても、その波及力にくらべてどこか空を切るような印象が残る。そこから導かれる存在論的な不条理という観念、さらには、「暗黒な平面に取り残されて」いく存在への共苦《コンパッション》といった思念も、決して当の本人をいやすことなく、むしろ、一層の贖われなさを感じさせてしまう。

これを一般的に、歴史や時代を切り拓いていく存在に特別に課せられた境遇とみなすこともできないことではない。たとえば、ヘーゲルは、『歴史哲学講義』の序論において、このような先導者に「世界史的個人」という名称をあたえ、彼らの運命が決して幸せなものといえず、「生涯が労働と辛苦の連なりであり、内面は情熱が吹き荒れている」と述べる。

彼ら洞察力のある人々は、ヘーゲルの言葉を借りれば「世界精神の遂行者」としての使命を帯び、諸個人の無意識の内面を意識にもたらす「魂の指導者」にほかならない。だが、彼らのもとに穏やかな満足というものが訪れることのないのは、「ぞっとするような歴史の事実」である。にもかかわらず、彼ら「自由な人間」は「高貴な偉業をすすんでみとめ、それが存在することによろこびを感じる」のである。

問題は、むしろ、この絶対的で高貴な使命を遂げようとする者の不運を、さまざまにかこち、報われることのないそのありようを嘆いてみせる者が、後を絶たないということだ。まして、先導者の不運をよそ目に、道徳的な悪をなすことで権力を握る者が、何の咎めに会うことなく栄誉を誇るようなことがあってはならないと力説する者においてをや、である。

「人間の美質や道徳心や宗教心が歴史上でこうむる運命を見わたすとき、善意の誠実な人びとが多くの場合に不幸な目に会い、邪悪な人びとがうまくやっているようにもみえますが、そんなことをなげきの種にするのはあたらない」「世界の目的という観点からすれば、個人が幸福な状態にあるかどうかより、道徳と法にかなったよい目的が確実に実現されているかどうかのほうが重要です」と述べることで、ヘーゲルは、彼ら「魂の指導者」たちの不遇をもろともしない立場をとるのである。

このようなヘーゲルの思念が、自由な人間の徳や器量を持ち合わせることのない、卑小な「テルシテスの徒」の嫉妬やルサンチマンをも取り出して、これを「従僕の目に英雄なし」ということわざをもって退ける周到なものであることをみとめたうえで、あらためて問うてみたい。はたして、漱石や透谷、鑑三といったわが国近代の作家思想家たちは、この世界の贖われなさをいたずらに嘆くことのない高貴な使命をまっとうした者といっていいのであろうか。

漱石、透谷、鑑三のみならず、彼らの背後にさらにドストエフスキー、トルストイ、マルクス、ニーチェといった作家思想家たちの思念をおいてみるならば、彼らが、ヘーゲルのいう「邪悪な人びと」「テルシテスの徒」の卑小なまでの嫉妬やルサンチマンを前にして、いかにかすべきわが心をいたずらに嘆くことなく、しかし、一方において、その報われなさのために身を焦がす者たちのありかたを思想の課題としたということ。それゆえにこそ、彼らに先導者の名が冠せられるということはできないだろうか。

ヘーゲルのいう「世界史的個人」が、マケドニアのアレキサンダー大王であり、ユリウス・カエサルであり、大ナポレオンであるとするならば、彼らの轍を踏むようにして個人の内面精神を先導していくのが、当のヘーゲルをも含めた「魂の指導者」たちなのである。彼らが、時に、アレキサンダーやカエサルやナポレオンにとってはまったく関心の外にあったかもしれない卑小な人間たちに思いを向けざるをえないとするならば、この者たちのなかに、たとえ何の咎めもなく権勢を誇る邪悪な人びとが含まれていたとしても、彼らが、本質的に歴史の表舞台から消え去って、暗黒の域へと転落する者にほかならないからなのである。

彼らを、従僕根性からのがれることのできない心理家という名のもとに指弾するヘーゲル自身が、『精神現象学』における良心についての考察において、人間のなかの卑しさや悪を前に、いかにすればこれと通じ合うことができるかについて委曲を尽くして論じていることを忘れてはならない。社会の特殊利害から疎外されて、暗黒の域へと転落していく者を「労働者」の名でとらえたマルクスが、これを搾取する資本家に悪の烙印を押し、彼らを善意の被害者として遇していたわけではないことも、まちがいないのだ。

市民社会の一般利害と特殊利害の二重性が、共同性の観念形態を生み出すとするならば、そこに、彼ら「労働者」の心理的な傾向があずからないはずはない。暗黒な平面に取り残されていく者の反動的心理が、その代行形態としての国民国家を圧倒的な多数において下支えしたことは、ルイ・ボナパルトのクーデターについて論じたマルクスにとって自明のことがらであった。一八五二年のフランス第二帝政のみならず、それから約八〇年後のドイツにおけるナチ政権樹立と全体主義国家を最も低い場所で支えたのも、転落を余儀なくされる者たちの心的な反動であった。そして、そのことをニーチェの思想が、あらかじめとらえていなかったとは断言できないのである。

そして、明治から大正にいたる国民国家の形成期において、キリストの再臨を唱えた内村鑑三にしても、他界に関する観念について論じた北村透谷にしても、人間の精神が、遭遇せざるをえない困難について直観していたことはまちがいない。それを、現実における卑小な人間の内面に巣食う暗黒として直接取り出してみせたのが、ほかでもなく漱石なのである。

一九一四年（大正三年）の『こゝろ』から、約一年の歳月を隔てて起稿された『道草』において、漱石がおこなったのは、この従僕根性とも、卑小な邪しまさともいっていい人間の心理を、自身をモデルとした主人公の家族、親族のなかに描き出すことであった。

そういう漱石の試みが、当時隆盛を誇った自然主義文学、とりわけ『あらくれ』をはじめ、利害や打算をもって社会の底辺を生きる人びとを、リアルにとらえた徳田秋声の手法に倣ったものであることは、否定できない。だが、『こゝろ』において、みずからのドストエフスキー体験を最上のかたちで表現した漱石が、自然主義文学の奉ずる現実密着と獣性暴露といった理念に組することのないのは当然なのだ。

『道草』に描かれた現実の相貌、人間の精神の高邁さをことごとく地に堕ちさせるものとして現れているとするならば、そこにこそ漱石の思想が見い出されるというべきなのである。たとえば、ドストエフスキーが、『悪霊』のエピグラフとして選んだ『新約聖書』「ルカによる福音書」の一節には、この暗黒の域へと転落していく邪悪な者たちのさまが次のように描き出される。

そこなる山べに、おびただしき豚の群れ、飼われありしかば、悪霊ども、その豚に入ること許せと願えり。イエス許したもう。悪霊ども、人より出でて豚に入りたれば、その群れ、崖より湖に駆けくだりて溺る。牧者ども、起こりしことを見るや、逃げ行きて町にも村にも告げたり。

福音書が伝える挿話のなかでも、このレギオンと呼ばれた悪霊のそれは、とりわけ異様な印象を残す。マルコによる福音書では、悪霊につかれた者は、一度は鎖や足かせでつながれるものの、鎖を引きちぎり、足かせを砕いて墓場にすみつき、石で自分のからだを傷つけて叫び続けていたというのである。イエスは、この者に対して、「汚れた霊よ、出でよ」といって追い出し、豚の群れに入ることを命じる。結局、豚の群れは、崖から湖へと転げ落ち、次々に溺れていくのである。

ドストエフスキーが、『悪霊』のエピグラフとしてこの一節を選んだのには理由があった。ネチャーエフ事件に象徴される時代状況の奥に、目的のためには手段を選ばないテロリストたちの群像を見い出し、彼らのをすがたをピョートルやシガリョフといった人物たちに形象化すること。そして、「多数の軍団」の異名をもつレギオンを、彼らに擬することである。

だが、ドストエフスキーのうちには、このレギオンが悪霊であるのは、たんに人にとりつき、邪悪な仕業や汚れた所業をなすからだけではないという考えがあった。人間のなかには、どのような高邁な精神をも無《な》みする卑しさや邪さというものが隠されていて、この者が、卑しく邪であるのは、「暗黒な平面」に取り残されたという外傷経験からのがれられないからであるという考えといっていい。レギオンが、墓場に住み着く者であるのは、そういう無意識のありようを象徴的に告げるからということができる。そして、ドストエフスキーは、このような人間の隠された心理を、小説の現実に描き出すことをくわだてたのである。

ピョートルやシガリョフやヴィルギンスキーといったテロリストたちのなかに、そのような心理が巣食っていたと断定することはできない。だが、すくなくとも、彼らの陰惨な同志殺害事件と首謀者であるピョートルの卑小な陰謀家ぶりを描き出すことによって、ドストエフスキーが、そのことを意企していたことは疑いないのである。

このようなドストエフスキーのくわだてが、彼ら卑小なテロリストたちだけでなく、キリーロフやスタヴローギンといった観念のテロリストたちを描き出すにいたるや、従僕根性からのがれることのできない邪悪な人びとを、現実のくすんだ地平に配置することが難しくなっていくのは当然の成り行きであった。にもかかわらず、ドストエフスキーは、そういう現実を、自然主義的手法によって暴き出すのではなく、観念の運動がすくいだしてみせる一断面として示唆するのである。『こゝろ』において、ドストエフスキーに匹敵するような普遍的課題を提示した漱石が、この邪悪な人びとのありようをどのようにとらえるかは、大きな関心事であった。『悪霊』から『カラマーゾフの兄弟』にいたるにしたがって、卑小さも邪悪さも、もはや現実の地平を離陸したすがたに凝縮され、フョードルやスメルジャコフといった存在を生み出していくドストエフスキーの壮大な観念の実験を傍らに、漱石は、このフョードルにもスメルジャコフにも適うことのない、しかし、彼らの卑しさや邪さを、現実のくすんだ地平に、彼らよりももっと卑小なすがたで描き出すのである。

『道草』という小説の現実は、このようにして現れたということができる。象徴的な書き出しとして、ほとんど当時の小説の世界的水準を示しているといっていい次の一節において、漱石は、『こゝろ』における先生の自死の後に、普遍の課題を背負った精神が、いかにして卑しさや邪さのうごめく現実の地平に帰還するかを語りかけるのである。

健三《けんぞう》が遠い所から帰つて来て駒込《こまごめ》の奥に世帯《しよたい》を持つたのは東京を出てから何年目になるだらう。彼は故郷の土を踏む珍しさのうちに一種の淋《さび》し味《み》さへ感じた。

彼の身体《からだ》には新しく後《あと》に見捨てた遠い国の臭《にほひ》がまだ付着してゐた。彼はそれを忌《い》んだ。一日も早く其臭を振い落さなければならないと思つた。さうして其臭のうちに潜《ひそ》んでゐる彼の誇りと満足には却《かへ》つて気が付かなかつた。（一）

東京朝日新聞に『道草』が連載されたのは、一九一五年（大正四年）六月から九月の三ヶ月間である。連載終了の一ヵ月後には、『道草』は、岩波書店から単行本として上梓されているので、この年は、漱石の『道草』の書かれた年として記憶されてよいといえる。だが、眼を移してみるならば、同じ一九一五年の一一月にドイツのクルト・ヴォルフ出版社からカフカの『変身』が上梓されていることに気がつくのである。漱石四八歳、カフカ三二歳。ドストエフスキー体験を内に秘めた漱石は、むしろ、カフカと同時代を生き、二〇世紀文学に足跡をとどめる作家の一人として、私たちの前に現れているのである。

疑うべくば、この『道草』の書き出しを、『変身』のそれに並べてみてもいい。さらに、この年から七年後の一九二二年に執筆されて、死後出版となった『城』の書き出しをこれに添えてみることもできる。

ある朝、グレゴール・ザムザが気がかりな夢から目ざめたとき、自分がベッドの上で一匹の巨大な毒虫に変わってしまっているのに気づいた。彼は甲殻のように固い背中を下にして横たわり、頭を少し上げると、何本もの弓形のすじにわかれてこんもりと盛り上がっている自分の茶色の腹が見えた。

（『変身』原田義人訳）

Kが到着したのは、晩遅くであった。村は深い雪のなかに横たわっていた。城の山は全然見えず、霧と闇とが山を取り巻いていて、大きな城のありかを示すほんの微かな光さえも射していなかった。Kは長いあいだ、国道から村へ通じる木橋の上にたたずみ、うつろに見える高みを見上げていた。

（『城』原田義人訳）

こうして、『道草』を『変身』や『城』の傍らにおいてみるならば、『悪霊』や『カラマーゾフの兄弟』における観念の実験が、くすんだ現実の地平へと移行したところに現れた作品として、同列に数えられるものであることが理解されるのではないか。もちろん、『道草』に描かれる卑しく邪な人びとが、ドストエフスキーのそれよりもひとまわり小さい、いわば等身大の存在であるのに対して、『変身』や『城』においては、寓話や喩法の向こうでこちらを脅かしてやまない不条理な存在として描かれるという相違がある。にもかかわらず、ここには、一九一四年の第一次大戦に象徴される世界的状況が、人間に課した卑小さや邪悪さの独特なすがたがかいまみられるのである。

第二節　現実そのままとフィロソフィー

一九一五年（大正四年）一〇月、『道草』の連載を終えてしばらくした頃に、漱石は、徳田秋声の『あらくれ』について、短い文章を草している。同年の一月から『読売新聞』に連載されたこの小説が、漱石に『道草』の稿を起こさせる一因となったことは周知のところだ。だが、「『あらくれ』評」と題されたこの文章にこめられたアイロニーは、その後の漱石の進路を照らす探照灯の役割を果たしているということもできる。沈痛な趣そのままに引いてみよう。

徳田氏の作物は現実そのままを書いているが、その裏にフィロソフィーがない。もっとも現実そのものがフィロソフィーなら、それまでであるが、眼の前に見せられた材料を圧搾する時は、こういうフィロソフィーになるというような点は認めることができぬ。フィロソフィーがあるとしても、それはきわめて散漫である。しかし私は、フィロソフィーがなければ小説ではないというのではない。また徳田氏自身はそういうフィロソフィーを嫌っているのかもしれないが、そういうアイディアが氏の作物には欠けていることは事実である。初めからあるアイディアがあって、それに当てはめていくような書き方では、不自然のものとなろうが、事実そのままを書いて、それがあるアイディアに自然に帰着していくというようなものが、いわゆる深さのある作物であると考える。徳田氏には、これがない。

これは、批判や非難ではない。むしろ、その逆である。現実そのまま、事実そのままという言い方で、漱石は、たんに自然主義ということでは測ることのできない文学のありようをとらえているといっていい。

たとえば、『あらくれ』に登場するお島という女性は、気性の激しい生母に疎まれ、これを苦にする小心な父親に棄てられそうになりながら、偶然の手に導かれるように、子供のない夫婦にもらわれ、娘盛りを迎える。男好きのする容姿のせいで、ややもすれば、男たちの慰みものとされそうになるのだが、そのたびに、暴れ馬のように彼らの手を振りほどき、身持ちよく生きようと願う。だが、男運の悪いお島は、どこにいっても思いにかなった相手にめぐり合うことができず、結局は、身につけた商売の才覚を生かして、自分ひとりで生き抜こうとする。

徳田秋声は、自転車に乗って洋裁屋の仕入れや注文に駆け回るお島のすがたを描きながら、この女性の一種放縦な生き方に、時代と社会を底のところで動かしている見えないエネルギーをとらえるのである。このような秋声の試みが、明治四〇年（一九〇七年）、日露戦後の時代を背景に、中年作家の欲望と作家志望の若い女性の性を描いた田山花袋の『蒲団』の系譜を引くものであることは、まちがいない。

だが、後者が、「露骨なる描写」における花袋の文学理念の実験といった趣があるのに対して、秋声の試みは、現実の社会において、さまざまな苦難を背負いながら生きている人間の、ありのままの描写という趣がある。お島をめぐる男たちの身持ちの悪さと、そういう男たちを引き寄せてしまうお島の性的な魅力といったものも、このような現実社会にうごめく人間たちの諸相のひとつとして取り出されているのである。

漱石は、このような秋声の小説手法を高く評価していた。事実、同じ年、漱石の推挽によって、秋声は東京朝日新聞に『奔流』を連載することになるので、現実そのまま、事実そのままといった秋声の方法は、これを機に広く認知されていくのである。

にもかかわらず、そのような秋声の行き方では、飽き足りないものが残るというのが、漱石の考えなのである。そして、飽き足りなさの第一は、秋声の描く現実の諸相が、金銭欲や性欲に翻弄される人間の卑しさから成っていても、他人を押しのけても這い上がろうとする攻撃欲や、陽のあたる場所に居る者への嫉みや憎悪といったものを掬い上げるにいたっていないという点にある。自然主義作家が好んで描こうとする性的欲望といったものも、隠された獣性などではなく、現実社会のなかで、さまざまな反動感情にさらされている人間の卑しさや邪さのかたちを変えた現われなのである。

したがって、これを本当にリアルに描くためには、人間の卑しさや邪さのよってきたる根に照明を当てなければならない。ドストエフスキーが、『罪と罰』のスヴィドリガイロフや『白痴』のロゴージンといった異常な性欲にとらわれた人物を、ラスコーリニコフやムイシュキンの分身のような存在として描いたようにである。

いや、ドストエフスキーのポリフォニックな話法を実現しえないまでも、たとえば、お島と彼女をめぐる何人かの男たちの身持ちの悪さを、「暗黒な平面」に取り残されたという思いからのがれられない者に特有のありようとして描くこともできたはずである。そのためには、彼らの卑しさや邪さは、一種の象徴化をほどこされたうえで、相手に対して脅威をあたえるものとして描かれなければならない。あるいは、そういう存在がもたらすみえない不安や恐怖といったものが投影されていなければならない。

ところが、秋声の自然主義的手法ではこれがなかなか適わないのだ。『あらくれ』において、お島が、実の母に疎まれ、頼りの父親からさえも棄てられる場面を描き出す仕方は、以下のような次第である。

> それは尾久の渡し辺りでもあったろうか、のんどりした暗碧なその水の面にはまだ真珠色の空の光がほのかに差していて、静かに漕いでゆく淋しい舟の影が一つ二つみえた。岸には波がたぷたぷと被って、怪獣のような暗い木の影が、そこに揺らめいていた。お島の幼い心もこの静かな景色を眺めているうちに、頭のうえから爪先まで、一種の畏怖と安易とにうたれて、黙ってじっと父親の痩せた手に縋っているのであった。

ここに影を落としているのは、自己存在が、この世界から疎んじられ、遺棄されたものではないかというモティーフである。幼いお島のこころに、拭うことのできない不安をあたえたのは、このような思いといっていい。それは、秋声のみならず、『忘れえぬ人びと』や『田舎教師』といった独歩、花袋の自然主義作品にも見出される気分ということができる。

ところで、この不安を、同じ遺棄された存在といっても、毒虫に変身させられたグレゴール・ザムザのそれに並べてみるならばどうだろうか。あるいは、霧の中にそびえる城を前に、どうしてもそこにたどり着けないというKの不安を置いてみるならばどうか。

カフカが『変身』を発表した一九一五年が、『道草』の上梓された年であり、同じ年に『あらくれ』が書かれていることは、先に検証した通りである。つまり、秋声に象徴される自然主義がわが国において流布されるのは、ゾラやモーパッサンが活躍した一九世紀後半ではなく、ベンヤミンやカフカ、さらにはT・S・エリオットなどが現れる二〇世紀前半なのである。そこに、秋声や独歩の描く不安の源流をもとめることもできないことではないのだ。

にもかかわらず、この不安には、同じ一九一五年に発表された「J・アルフレッド・プルーフロックの恋歌」（T・S・エリオット、安藤一郎訳）の「夕暮れが空の方へ／台の上で麻酔にかけられた患者のようにひろがるとき」「ピンで刺されて、壁のところで身をもがくとき」のような怖れが投影されていない。あるいは、一九二二年における『荒地』に「死がこれほど沢山の人を破滅させたとは思わなかった」（西脇順三郎訳）とうたわれる残酷な死の恐怖といったものは、見出すことができないのである。

理由は、明らかである。秋声をはじめとする自然主義作家に特有の不安が、自分がいつかどこかで棄てられ、疎まれた者にほかならないという意識からやってくるものであったとしても、カフカやエリオットの作品にあらわれるような、第一次大戦の無数の塹壕の死に象徴される、物質的で無機的な畏怖が刻み込まれていないからである。死が日常の風景となって、人々のなかに見知らぬ誰かを遺棄し、疎んじることを常態とさせているような事態が、後者には、まちがいなくあるといえる。

漱石が、秋声の作には現実そのまま、事実そのままはあっても、フィロソフィーがないというのは、この意味においてなのだ。同時に、漱石がたしかにこのような意味において、小説にとってのフィロソフィーということを述べたとするならば、そこには、『こゝろ』から『明暗』へと向かう過程において、『道草』という作品を書かなければならなかった理由と、実際に書き上げたその作品に対する自己批評が込められていると考えることができる。

たとえば、『道草』に描き出された人間の卑しさや邪さというものが、現実社会にうごめく人間たちの諸相のひとつとして浮き彫りにされたものであったとしても、『あらくれ』に登場する養父や養母、さらには、お島を慰みものにしようとする男たちに重ねられるようであってはならない。できうるならば、この現実は、あたうかぎりの象徴化をほどこされていなければならないのである。

それは、エリオットが『荒地』において「このしがみつく根は一体何だ／このじゃりの多い塵から、どんな枝が生えるというのだ。／人間の子よ、君には何も言えない、何にも／見当がつかないのだ、君は／毀《こわ》れた偶像の山しか知らないのだから、そこでは／太陽が照りつけ枯れ木には隠れ場もなく」「ひからびた岩には水の音もない。ただ／この赤い岩の下に影があるだけだ。」（西脇順三郎訳）とうたったようにでなければならないのである。

漱石は、そのことをほとんど直観していた。『道草』に登場する養父や養母、親類縁者や家族のすがたが、くすんだ現実の相に描かれれば描かれるほど、それをあらわす文章が、象徴の域に達していくからである。少なくとも、『こゝろ』の、ラディカルなまでの観念の表出といった態から、一歩後退したようにみせながら、不思議な象徴の塊を呑んで浮上したといったかたちの、それは、文なのである。

自然の勢ひ彼は社交を避けなければならなかつた。人間をも避けなければならなかつた。彼の頭と活字との交渉が複雑になればなる程、人としての彼は孤独に陥《おちい》らなければならなかつた。彼は朧気《おぼろげ》にその淋《さび》しさを感ずる場合さへあつた。けれども一方ではまた心の底に異様の熱塊があるといふ自信を持つてゐた。だから索漠《さくばく》たる曠野《あらの》の方角へ向けて生活の路を歩いて行きながら、それが却《かへ》つて本来だとばかり心得てゐた。温かい人間の血を枯らしに行《ゆ》くのだとは決して思はなかつた。

健三が向かっていく「索漠たる曠野《あらの》」とは、まちがいなく、エリオットが『荒地』においてうたった不毛の地である。いや、健三が、無理解な家族親族に囲まれながら、それでも心の底には異様の熱塊があると信じて生活の路を歩いていくとき、行く先に見えるのは、ひからびた岩と赤い影が照りつける、毀《こわ》れた偶像の山のほか何もないことを、漱石は示唆している。

健三は、しかし、「それが却《かへ》つて本来だとばかり心得てゐた。温かい人間の血を枯らしに行《ゆ》くのだとは決して思はなかった」とされるのだが、ここには、『行人』にも『こゝろ』にも実現されることのなかった、まったく新しい話法がみとめられる。いってみるならば、健三は、グレゴール・ザムザやKのように、みずからが不毛の現実に投げ出されていることを容易に知らされることのない、しかし、そのことに否応なく直面していく人物として描かれているのだ。

漱石の意図がどのようなものであったにせよ、当時の自然主義の影を最も濃くうけた『道草』という作品において、カフカにもエリオットにも匹敵するような表現の水準を獲得していったことは、歴史の皮肉というほかはない。しかし、そのことを可能にしたのが、漱石におけるフィロソフィーともいうべきもの、当時の世界的状況を普遍の視野において受け取っていく思念であった。そのことに、あらためて目を向けてみることには、意味があるのである。

第三節　『道草』におけるカフカ的状況

一九二八年に書かれたフロイトの「ドストエフスキーと父親殺し」が、二〇世紀の文学に及ぼした影響力は、思いのほか深いものがある。フロイトは、ソフォクレスの『オイディプス王』、シェイクスピアの『ハムレット』、ドストエフスキーの『カラマーゾフの兄弟』といった作品を題材にして、父殺しのテーマを展開しているのだが、そこに影を落としているのは、まぎれもなく第一次大戦後の荒廃した現実なのである。

無意識の奥で、父に成り代わろうという願望に取りつかれたオイディプスやハムレット、ドミートリーやイヴァンといった人物たちは、この現実において、グレゴール・ザムザやKやJ・アルフレッド・プルーフロックに姿を変えてあらわれる。彼らは、父殺しの願望さえも消去され、不在の父の影におびえてさまよう者たちなのである。そして、漱石が生み出した『道草』の健三もまた、この系譜に連なる人間ということができる。

このことを最もよくあらわすのは、『道草』に登場するかつての養父島田と『変身』における毒虫に変身したグレゴールの父親との類似性である。

有能なセールスマンであるグレゴールは、家族の経済的な支柱として、父母と妹の期待を一身に背負っていたのだが、思いもかけない災厄に出遭ってからは、おのれの置かれている状況さえ摑むことのできない存在に堕していく。そして、毒虫であるグレゴールが、決定的な打撃を受けるのは、父親の投げつけた林檎が身体にめり込んだ時である。それは、身体的な損傷という以上に、グレゴールの不能性を刻印する事態といっていい。以後、グレゴールは文字通り、堅い甲殻に覆われた毒虫というありようをみずから受け入れるほかなくなっていくのである。

毒虫への変身を、グレゴールに降りかかった災厄とみなして、悲嘆にくれる母親と、堅い甲殻の内部に兄グレゴールを認知することをやめない妹グレーテに比べて、毒虫グレゴールを、家族にとっての厄介者としかみない父親のザムザ氏とは、いったい何者なのだろうか。

そこには、アポロンの神託を怖れ、子であるオイディプスを淋しい山中に遺棄する父王ライオスの悲劇も、亡霊となってハムレットを悩まし、復讐へと唆してやまない王の執念も、さらには、強欲と吝嗇ととめどない色情のゆえ、息子たちの憎しみと殺意の対象となっていくフョードル・カラマーゾフのおぞましさもみられない。ザムザ氏とは、父殺しの対象とはなりえない、だが、子に取り付いて彼を死に至らしめずにはいない隠微な力を持った者なのである。

グレゴールが毒虫に変身して、一家の経済的支柱としての役割を果たせなくなっていくに従い、老いた引退者として生彩を欠いた日々を送っていたこのザムザ氏が、銀行の用務員か何かに雇われ、金ボタンのついた制服に身を固めていく様は、一種の諧謔味を感じさせさえする。

このどこか律儀でありながら、卑小で尊大といっていい父親のありようを、最もよく倣っているのが、『道草』の養父島田なのである。健三は、グレゴールのように、身におぼえのない災厄に苦しめられるということはない。にもかかわらず、幼時、父親として健三を過したこの島田に、あるとき不意に遭遇し、往来でいきなり射すくめられるのである。それは、あたかも思いがけない方角から、次々にかたい林檎を投げつけられたグレゴールの戸惑いにも匹敵する。

往来は静《しづか》であつた。二人の間にはたゞ細い雨の糸が絶間《たえま》なく落ちてゐる丈《だけ》なので、御互《おたがひ》が御互《おたがひ》の顔を認めるには何の困難もなかつた。健三はすぐ眼をそらして又真正面を向いた儘《まゝ》歩き出した。けれども相手は道端に立ち留まつたなり、少しも足を運ぶ気色なく、じつと彼の通り過ぎるのを見送つてゐた。健三は其男の顔が彼の歩調につれて、少しづゝ動いて回るのに気が着いた位であつた。（一）

六日目の朝になつて帽子を被らない男は突然又根津権現《ねづごんげん》の坂の陰から現はれて健三を脅かした。それが此前と略《ほぼ》同じ場所で、時間も殆《ほとん》ど此前と違はなかつた。

其時健三は相手の自分に近付くのを意識しつゝ、何時《いつ》もの通り器械のやうにまた義務のやうに歩かうとした。けれども先方の態度は正反対であつた。何人《なんびと》をも不安にしなければ已《や》まない程な注意を双眼に集めて彼を凝視した。隙《ひま》さへあれば彼に近付かうとする其人の心が曇《どん》よりした眸《ひとみ》のうちにあり〳〵と読まれた。

（二）

『道草』という作品が、一見自然主義的な現実の描写に終始しているようでいて、いかに高い表現の水位に達しているかを、この一節ほどよく語っているものはない。日に二度ほど同じ往来を「器械のように」「義務のように」往ったり来たりする健三を、まるで待ち構えているかのように凝視するこの「帽子を被らない男」。ここにあらわれているのは、まさにカフカ的状況とでもいうほかない事態なのである。

健三を脅かし、不安に陥れるこの男が、彼を幼時において養育した父親に当たる人物であることが、しだいに明らかにされていくのだが、この吝嗇で横柄で押し付けがましさを絵に描いたような島田という男の存在は、『変身』におけるザムザ氏を通り抜けて「流刑地にて」に描かれた奇妙な処刑機械をほうふつとさせる。

『変身』とほぼ同じ時期に書かれたこの「流刑地にて」が、『道草』とまったく別種の作品であることはいうをまたない。だが、共通する要素のまったくみとめられないこの作品に、「帽子を被らない男」がもたらす理由のない不安を読み取ることは、不可能ではないのだ。カフカの寓話的手法は、そのような読みを容れるようにして成り立っているからである。

荒涼とした砂地の斜面が四方に広がる流刑地に、死刑執行の立会いを乞われ、やむなくやって来た学術調査のフィールドワーカーの前に、この壊れかけた処刑機械が現れる。剝き出しの谷底に太陽がじりじりと照りつける砂地に据えられた異様な機械。やがて、不服従、上官侮辱の罪で告発された一人の兵士にむかって、鋼鉄の牙が馬鍬状に取り付けられた処刑部が露《あらわ》にされる。囚人は、「寝台」と名づけられた台の上に仰向けに横たえられ、「製図屋」という名の入り組んだ歯車の軋みにしたがって稼動する「馬鍬」の餌食になっていくのである。

この寓話的な装置をカフカに構想せしめたのが、二〇世紀の時代状況であることはうたがいない。見えない司令官の統率と、現地にいて実際に処刑を執行する将校との軋轢、さらには、このような処刑制度をめぐっての世間の風当たり、そういった挿話が、第一次大戦を背景とした国家機密や軍部機構の実態をどこかで物語っていることは、否定しえないのである。

だが、カフカのすぐれているのは、このどこか不調のきたした処刑機械を、無機的かつ非人間的なものの象徴として描くのではなく、自分の役割さえも見失いそうになった廃棄物として描き出している点にある。いってみるならば、この「馬鍬」を剝き出しにしながら「製図屋」の歯車の変調のために、満足な処刑を果たせなくなってしまった機械とは、老いた引退者として蟄居するザムザ氏なのである。

そのザムザ氏が、グレゴールに対して林檎の恐怖をもたらして以来、不思議な生気を身に帯びていくように、処刑機械もまた、最大の理解者であり支持者である将校を血祭りに上げることによって、凶暴性を新たにする。

人間の卑しさや邪悪さというものを、いかにして反動感情を抜き取ったうえで描き出すことができるか。それこそが、カフカが試みようとしたことなのである。そのためにカフカがとったのは、寓意という方法なのだが、毒虫への変身にしろ、壊れかけた処刑機械にしろ、この寓意的な表現によって、人間が人間以下の地平に登場させられる現実が浮き彫りにされる。
そこでは、どんなに卑小な策略家も、この現実の一要素として、いわば欠けた歯車の歯のように存在するほかない。彼らの卑しさや邪さは、身勝手で横着で尊大な様相を呈すれば呈するほど、彼ら一人一人の性癖にではなく、現実の奥に隠された見えないシステムに帰せられるほかないのである。

それは非人間的で無機的な機構であることにまちがいはないのだが、一方において、国民国家や近代社会が成熟していくため、必然的に招きよせた観念の形態ということもできるのである。社会の特殊利害から疎外されて、暗黒な平面に取り残されていく者の反動的心理は、そのような機構を下支えすると同時に、この機構が自立するためにさまざまな要素となって変貌していくのである。そうであるとするならば、これをどのようなかたちで浮き彫りにするかに、二〇世紀を生きる作家思想家の命運がかかっていたということができる。

カフカの試みがこれを最もよくあらわしたものであったということ。そして、『道草』における漱石が行おうとしたのも、これにほかならなかったということは、あらためて確認するに及ばない。往来に立って、健三を凝視する「帽子を被らない男」のもたらす脅威は、淫蕩の権化ともいうべきフョードル・カラマーゾフや復讐の虜《とりこ》であるハムレットの亡霊王があたえる畏怖には決して適わない。にもかかわらず、これをくすんだ現実のうちに描き出すことによって、漱石は、一九一五年における日本社会を、荒涼とした砂地の斜面が四方に広がる流刑地のようにみなしていたということを、否定することはできないのである。

遠いところから帰って来て、まがりなりにも国家社会の一角に地歩を占めようとしている健三のもとに、かつての養父島田をはじめとして、社会から疎隔され、暗澹とした場所へと追いやられた親族の面々が、まるで処刑機械の馬鍬のように迫ってくる。そのすがたを自然主義的といっていい現実に描き出した漱石の試みは、カフカの予言者的な啓示性をもたないとしても、一つの象徴としての意味をなすものであった。

第四節　汚辱にまみれた女性たち

女性を描くことは、作家にとって試金石の一つといえる。近代のリアリズム小説が、女性の存在に大きな役割をあたえていったのは、近代社会があらわにする人間と人間との非融和性が、本質的に男性の存在に帰せられるという考えからなのである。同時に、人間のなかの卑しさや邪さもまた、男性の存在の根底に巣食うものとみなされていた。ドストエフスキーやトルストイはもちろんのこと、バルザックやフロベール、ゾラ、モーパッサンといった一九世紀の作家たちが、現実的にも観念的にも徹底して非融和的な男たちを描く一方で、彼らのあり方に決して染まることのない、それゆえに独特の存在感を印象づけてやまない女性たちを描き出してきたのは、このためなのである。

漱石の描いた女性たち、『それから』の三千代、『門』のお米、『彼岸過迄』の千代子、『行人』の直と挙げていくとき、彼女たちが、そういう男たちのありように心を痛め、それぞれの仕方で身を焦す者たちであることはうたがいない。

だが、『道草』に登場する健三の細君お住、島田の連れ合いで、健三の養母であったお常、健三の姉のお夏といった女性たちには、彼女たちのような清冽な存在性がみとめられない。

遠いところから帰って来て、駒込の奥に世帯をもった健三にとって、細君のお住は同志ともいっていい存在であったはずだ。「索漠たる曠野《あらの》」の方角へ向けて生活の路を歩いていく彼の心の「異様の熱塊」を、どこかで共有しうる存在として描かれてもよかったのである。だが小説の現実に登場するお住は、健三の置かれた状況をまったく理解することがない、むしろ、それを手前勝手な偏屈さとみなす女性なのである。

このようなお住の目から見て、健三は、自分本位の生き方を主張しながら、夫のために存在する妻を仮定してはばからない旧式な男にすぎない。実際、夫と独立した自己の存在を主張しようとするお住を前に、健三は「女の癖に」とか「何を生意気な」という言葉を投げつけずにいられない。お住はお住で、そのような健三に対する不満を「野性的」に感じずにはいられないのだ。「不快さうに寝てゐる彼女の体《てい》たらくが癪に障って堪《たま》らない」い健三と、「打つとも蹴るとも勝手にしろといふ態度をと」って黙り込むお住との様子には、たんに理解し合えない夫婦というにかぎられない何かが投影されている。

たとえばこれを、『こゝろ』における先生と妻静とのそれに並べてみるならばどうか。

先生もまた、異様の熱塊を心の底にもって、索漠たる荒野を一人歩かなければならない人間といえる。そして、若き日の先生とKをともにひきつけたこの女性は、いまは雑司が谷の墓の下に眠る

Kと、彼の墓を毎月一度は訪れずにいられない先生との繋がりをどうしても測ることができない。Kと先生をともに動かしていた無意識の罪責感、さらには超自然的、神話的といっていい運命の力に、決して触れることができないのである。

だが、彼女は、そのことによって先生を厭世家と見ることはあっても、自分の殻に閉じこもる道学者と非難するようなことはない。ただ、夫である先生を理解することのできない自分を飽き足りなく思うばかりである。『道草』の細君お住との違いは、ここにあるといっていい。もし、漱石が、『こゝろ』においてこのような静の内面を、もう少し踏み込んで描くようなことがあったならば、この小説には、『道草』とは異なった意味での幅が備わったのではないか。そう思わせる点がなきにしもあらずなのだ。

とはいえ、こういう女性の内面を描くとは、どのような次第においてであろうか。一九世紀のリアリズム小説を完成した作家たちは、どんなに成熟した社会性を身につけていようと、根本のところで、非融和的なものを抱えている男たちを前にして、時には彼らに翻弄され、破滅することさえ厭わない女性たちを描いてきた。『彼岸過迄』の千代子や、『行人』の直に漱石が投影しようとしたのも、そのような女性像であったといえる。

これに対して、先生の妻静に通ずるような女性の内面が描かれるには、先生やKのように内的孤立化を果てまでたどっていく人物が前提とされていなければならない。たとえば、「他界に対する観念」や「心宮内の秘宮」について語った北村透谷の妻ミナの内面が描かれるようなことがあれば、この問題は成就したかもしれない。しかし、当時の自然主義小説、花袋や秋声はもちろんのことゾラやモーパッサンにおいて、このようなシチュエーションが設定されることは絶えてなかった。むしろ、このような女性の内面は、漱石と同時代を生きたフランス象徴主義の詩人、ポール・ヴァレリーの『テスト氏』に描かれているのである。

一八九六年（明治二九年）、二五歳のヴァレリーによって生み出されたテスト氏という人物が、彼自身の青春期における精神の混乱と心的な危機を反映した存在であることは、周知のところである。正確の魔にとりつかれるあまり、生きることにまつわるすべての夾雑物を削ぎ落とし、みずからを単位にまで還元しようとしたテスト氏。後になって、ヴァレリーは、この人物が、現実の人間というよりも、奇怪な自意識過剰の渦中から産み出された存在であるということを述べるのだが、それにしては、この作品のもたらす印象は、限りなく小説に近い。

自分を見失うことのない、十分に知的で明晰な精神の持ち主である若い「わたし」が、時に自分への熱愛と自己嫌悪に揺れる心をもてあましている頃、このテスト氏に出会う。

この世において最も強い精神とは、みずからを意識の一層高い段階へと向かわせながら、そのことを決して世に知らしめることなく、無名の生をまっとうして死んでいく人間である。そんなことを考えながら、束の間の無為の時間をすごしているときに、たまたま出会ったのが、テスト氏なのである。

四〇歳位の年恰好で、決して目立つことのない、透明な孤立感をかもし出すこの人物が、夜のカフェやレストランの片隅で黙々と食事をとっているすがたに出くわした「わたし」は、しだいにこころ惹かれるものを感じていく。株式取引所で毎週わずかな売買をして暮らしているというテスト氏の、簡素なまでの精神のありようにふれていくことは、「わたし」にとって、比類のない知的体験である。

テスト氏は、『こゝろ』の先生が若い「私」に語りかけるように、さまざまなことを「わたし」を前にして語る。生きることにまつわる夾雑物とは、「他人の目」にかかわるものすべてにほかならず、どのように強靭な精神も、無名であることのうちにおいて、はじめて輝きを発するということ。そのことを、生の指標とするテスト氏のすがたは、社会から遠く外れた場所にみずからを追いやることで、無名の生を生きる先生のそれに重ねられるのである。

だが、一層興味深いのは、この作品において、そういうテスト氏を、一人の女性によって語らせていることである。「エミリー・テスト夫人の手紙」と題された一章において、ヴァレリーは、このような孤立した生をともに生きる女性の内面を描き出す。そこには、『こゝろ』の漱石が、ついになしえなかった試みがみとめられるとさえいえる。テスト氏の精神の輝きについて、そしてその繊細さと残酷なまでのやさしさについて語りながら、一方において、この知的精神にとっての内的な支えとしてあらんとするエミリー・テスト夫人とは、先生の妻静のあるべき姿ということもできるのである。

しかし、ここで考えてみたいのだが、エミリー・テスト夫人をそういう女性像とみなすことに、はたして問題はないであろうか。静という女性が、自殺していく先生によって、その記憶を純白のままにとどめておきたいとされる存在であったとしても、先生のぞっとするような内面を理解したり、その淋しさを癒すような存在であってはならなかったというのが、真実のところではないか。

実際のところ、先生は、テスト氏のように、人間の精神が、どこまで他人の眼から自由になることができるかを試みているわけでもなければ、そのために、あたうかぎり他人に知られることのない生を選択しているわけでもない。先生にとって、おのれの生を、社会から最も外れた場所に追放することは、もはや、みずからの意志を超えたところで決定されたことなのである。

そういう人物とともに生きる女性とは、むしろ、過酷な運命についてまったく理解することができず、しかし、そのことを悲しむほかないような存在でなければならない。それが、先生の妻静であるとするならば、先生とは異なって、索漠たる荒野をたどりながらも、みずからは異様の熱塊を胸のうちに秘めていると思い込んでいる『道草』の健三にとって、細君のお住が、無理解そのもののような女性であることは、むしろ、必要な条件でさえある。健三の偏屈さをなじり、「つまりしぶといのだ」とまでいわせる細君お住とは、健三にとって、なくてはならない他者なのである。

それは、『変身』において、堅い甲殻の内部に兄グレゴールを認知していた妹グレーテが、やがて非情な女性として、毒虫であるグレゴールを敢然と排除するすがたに通ずる。

グレゴールの異様な姿を目にした下宿人たちが、下宿代の不払いと損害賠償を請求するにいたって、父親のザムザ氏はもちろんのこと、妹のグレーテが、もはや毒虫を兄とは認めないこと、もし、毒虫がグレゴールであるならば、自分から進んで家を出ることで、残された家族の幸せを配慮すべきであることを宣言するのである。こうしたグレーテのありかたには、エミリー・テスト夫人や先生の妻静を越えた、まったく新しい女性像が見出される。

カフカの作品が、二〇世紀の状況を象徴するものであるとするならば、ひとえに、このような女性のすがたが描き出されているからなのである。自分には何のおぼえもないにかかわらず、ある朝、不意に逮捕された『審判』のヨーゼフ・Kにとって、同じ下宿のビュルストナー嬢は、彼の無罪を証言してくれる貴重な存在であるはずだった。決して親密というわけではなかったにもかかわらず、たがいに引かれるものを感じ合っていたヨーゼフ・Kとビュルストナー嬢が、Kの逮捕をきっかけに理解し合える間柄となっていきそうな気配を見せる。だが、審理委員会の審理が進んでいくにつれ、ビュルストナー嬢は、Kと関わりをもつことを避け、彼の前から姿を隠すようになるのである。

さらには、叔父の紹介でたずねた病気がちの弁護士の看護婦レーニ。はじめて会ったときから、Kを前にしてしなをつくり、身体を押し付けてくるような女性であるのだが、この右手の中指と薬指の間に水かきのようなものをもったコケティッシュなレーニが、彼の存在そのものを受け容れるようでいて、理不尽な審理はおろか、判決そのものに何の関心ももたない様子がしだいに明らかにされていく。レーニにとって、弁護士の依頼人である男は、たんに性的欲望の対象というにすぎないので、そういう彼女のありかたは、突然の審理という事態に陥った彼らにとって、無理解以外のなにものでもないのである。

このことは、『城』においてもいうことができる。霧深い村にそびえる城を目指してやってきたKにとって、そこにたどり着くことは、彼自身のあずかり知れぬところで決定されたことがらであった。彼は、何とかしてこの存在に到達しようとするのだが、自分ひとりの力では、到底かなわないことが明らかになっていく。みずからを、城から招かれた測量技師と称して、村の酒場の給仕女であるフリーダに近づき、彼女の愛を獲得しようとするものの、結局は、背かれてしまう。Kに好意を寄せ、庇護を求めるオルガでさえも、なぜKが城にたどり着こうとしているのかを、理解しようとしない。

だが、彼女たちの無理解は、みずからが不毛な現実に投げ出されていることを知らされることのない、しかし、そのことに否応なく直面していく彼らのありかたの鏡なのである。Kやヨーゼフ・Kやグレゴール・ザムザが、寓意的な人物として描かれていながら、不思議なリアリティをかもし出すのは、このような女性たちの、もう一つのリアリティによって写し出されているからということができる。これに比べるならば、生きることにまつわるすべての夾雑物を削ぎ落として、みずからを単位にまで還元しようとしたテスト氏とは、結局は、自意識の実験的人物というしかなく、彼を理解しようとするエミリー・テスト夫人もまた、現実感の乏しい女性というしかないのである。

では、『道草』の健三と細君のお住、そして、健三に取りついて何がしかの金銭をせしめようとするお常やお夏といった女性たちはどうであろうか。彼女たちが、くすんだ現実のなかに描き出されれば描き出されるほど、カフカ的な状況からかけ離れていくかのようにみえる。そこには、グレーテもいなければ、ビュルストナー嬢もレーニも、さらにはフリーダもオルガもいない。お常やお夏は、たんに人生にくたびれ、世間的な成功者である健三にすがろうとしているだけにすぎず、細君のお住でさえも、偏屈な夫と幼い子供たちをかかえ、家庭を維持していくのに精一杯でいるだけの女性ということもできる。

にもかかわらず、彼女たちが、エミリー・テスト夫人はもちろんのこと、先生の妻静や『それから』の三千代、『門』のお米といった女性たちにはない存在感をかもし出していることは否定できない。そのことは、彼女たちの存在が、『あらくれ』のお島のように、現実そのままであるようなエネルギーにそめられているということを意味しない。お常やお夏の卑賤さやお住のヒステリーは、色のはげたトタン屋根のようでいて、その不感のありようは、どこかで、カフカが切りひらいた二〇世紀的状況を遠く写し出すものといってよい。

もちろん、彼女たちが、グルーバッハ夫人やレーニのようではなく、いまだくすんだ現実に置かれているということは、認めざるをえないとしても、当の健三に目を移してみるならば、健三自身が、Kやヨーゼフ・Kと同様の不条理な現実に投げ出された存在であることだけは、うたがうことができないのである。

健三が、幼時を回顧しながら、迷い込んでいく場面は、まさにカフカ的状況というほかない。

彼は自分の生命を両断しようと試みた。すると綺麗《きれい》に切り棄《す》てられるべき筈《はず》の過去が、却《かへ》つて自分を追《おつ》掛けて来た。彼の眼は行く手を望んだ。然《しか》し彼の足は後《あと》へ歩きがちであつた。

さうして其行き詰《づ》まりには、大きな四角な家が建つてゐた。家には幅の広い梯子段《はしごだん》のついた二階があつた。其二階の上も下も、健三の眼には同じやうに見えた。廊下で囲まれた中庭もまた真四角《ましかく》であつた。

不思議な事に、其広い宅《うち》には人が誰も住んでゐなかつた。それを淋《さみ》しいとも思はずにゐられる程の幼い彼には、まだ家といふものの経験と理解が欠けてゐた。

彼は幾つとなく続いてゐる部屋だの、遠く迄真直《まつすぐ》に見える廊下だのを、恰《あたか》も天井《てんじやう》の付いた町

のやうに考へた。さうして人の通らない往来を一人で歩く気でそこいら中駆け廻つた。（二）

島田とお常の養子として、異数の取り扱いを受けながら、彼らのなかの打算的な愛にどうしてもなじめないものを感じていた幼い健三の心象風景といってもいいだろうか。だが、この迷路のようながらんとした空間が象徴するのは、人間と人間とが決して通じ合うことのない荒涼とした現実なのだ。

そのような非融和性が、どこからやってくるかを問うたとき、人間のなかの利己心や欲望や恐怖といった負の感情に焦点をおいたのが、ドストエフスキーをはじめとする一九世紀リアリズムの作家たちなのである。これに対して、第一次大戦後の状況を背景に、これらの負の感情が、荒廃しつつある世界そのものからやってくること、もはや個々の人間にその責を帰すことができないまでに、不毛の世界が広がりつつあることを告知したのが、二〇世紀のカフカであり、エリオットであった。『道草』の漱石が、無意識のうちにも彼らに通ずる試みを進めていたことは、あらためていうに及ばない。そのことは、卑小で尊大な養父島田の度重なる無心に対して、健三が、みずからのうちにこれを退ける理由を見出すことができないでいるさまを描き出すところにも明らかなのである。島田のみならず、細君の父親や実の兄といった親族の、くたびれかけた生を目の前にして、自分もまた彼らとどこが異なるのだろうかという感懐にとらわれる健三を描きながら、漱石は、不条理な現実といったものが、世界大に広がりつつあることを示唆していた。

そこでは、人間の卑しさも邪さも、そのような現実を世界大にまで繋いでいく蝶番としての役割を果たすほかない。それらが、たがいに無理解の塊となってあらわれればあらわれるほど、リアリティを発揮していくのである。小説の中の女性たちが、そのような存在を最もよく象徴するものであることは、『道草』から『明暗』に至って一層明らかとなっていく。『明暗』のお延やお秀や清子、さらには吉川夫人といった女性たちを、この二〇世紀的といっていいような現実に生かしめていこうとする漱石の試みは、しかし、カフカと同様、残された時間の決して長いとはいえないものだったのである。

第八章　浮遊する虚栄《プライド》と我執《エゴ》

第一節　硝子戸の中《うち》から

国民国家や近代社会が、わが国において確立するのは、日露戦争以後、元号でいえば、明治の末から大正の初めである。漱石の『道草』が書かれた大正四年（一九一五年）は、なかでも重要な指標となる年といえる。この年、西欧において第一次大戦の戦火が拡大の一途をたどりつつあったのだが、その間を縫うように、極東地域においても、近代の方向を決するような問題が起こっていた。欧州の地で交戦状態にある英・独・仏・露が、極東での権益を確保することができないと見た日本は、中国に対してドイツの権益の継承を求めたのである。

一般に二十一ヵ条の要求といわれるこの難題は、辛亥革命によって成立間もない中華民国を、屋台骨から揺るがすような過酷なものであった。大総統袁世凱は、国際社会に訴えてこれを退けようとしたが、世界大戦の戦火のさなか、正当に耳を貸すもののなく、結局は、受け入れざるをえなくなった。

大戦後、中国の領土保全を図っていたアメリカの提唱のもと、ワシントン会議が開かれたのだが、満州、内蒙古に対する日本の権益は残されたままになった。これが、その後の中国侵略の足がかりとなり、一五年にわたるむなしい戦争へと駆り立てる要因となったことは歴史の示すところである。さかのぼれば、大逆事件の一九一〇年、明治政府は、朝鮮総督府を置き、韓国の全統治権を手中に収める条約を秘密裏に結んでいた。中国、韓国に対する日本の権益拡大は、国民国家のナショナルな基盤をかためるための不可欠の条件であった。日本の民衆は、こうした政府の政策を強く支持することによって、国民としての自覚を手に入れていったのである。

『道草』の連載を開始する大正四年の二月、漱石は、『硝子戸の中』を書き上げ、三九回にわたって東京朝日新聞に連載することになった。『思ひ出す事など』から数えて、五年ぶりの随筆であったのだが、漱石の筆は、以前にも増して世間の動きから身を遠ざける類のものであった。

硝子戸《ガラスど》の中《うち》から外を見渡すと、霜除《しもよけ》をした芭蕉《ばせう》だの、赤い実《み》の結《な》つた梅もどきの枝だの、無遠慮に直立した電信柱だのがすぐ眼に着くが、其他に是《これ》といつて数へ立てる程のものは殆《ほとん》ど視線に入つて来《こ》ない。書斎にゐる私の眼界は極《きわ》めて単調でさうして又極めて狭いのである。

其上私は去年の暮から風邪《かぜ》を引いて殆《ほとん》ど表へ出ずに、毎日此《この》硝子戸の中《うち》にばかり坐《すわ》つてゐるので、世間の様子はちつとも分からない。心持が悪いから読書もあまりしない。私はたゞ坐つたり寝たりして其日《そのひ》々々を送つてゐるだけである。

このような文の綴られた同じ月に、日本政府は、対華二十一ヵ条の要求を提出していたということ。同じ内容の通告は、英・独・仏・露にも伝えられるものの、ヨーロッパ戦線での戦闘に忙しい列強に対応のいとまなく、わずかに米国だけが、不同意を表明したという経緯。それらを念頭において、これを読んでみるならばどうか。

硝子戸の中にあって、坐ったり寝たりしてその日その日を送っているだけの漱石に、近代社会の存立を揺り動かすような内外の動きが視野の外にあったということは、しかし、アイロニーとしてしか成り立たない。『こゝろ』において、先生の死を運命的な力の犠牲になるものとしてとらえ、さらには、『道草』において、健三を索漠たる曠野《あらの》に投げ出された存在として描いていた漱石が、当時の世界状況を普遍の視野において感知していなかったとはいえないからである。

だが、漱石は大逆事件の一九一〇年（明治四三年）においてそうであったように、この時もまた、現実世界の動向から最も遠い場所に身を置くということをおこなっていた。正確にいうならば、余儀ない病のために、自分を社会や国家の現実から遠ざけざるをえなかったのだが、そのことは、むしろ、漱石をして、世界自体を俯瞰するような視点をはぐくませたのである。

『こゝろ』において、ドストエフスキーにも匹敵するような観念の表出を企てたあと、一転して、自然主義的なくすんだ現実の相に不毛の地平を現出せしめた『道草』へ向かい、やがて、それらすべてを統御する冷徹で無慈悲な時間の流れを『明暗』において実現すべく、硝子戸の中に蟄居していた、そういうこともできるのである。

『思ひ出す事など』に語られた三〇分間の死は、ここにおいて、みずからの身辺に起こる思いがけない事件、思いがけない人を通して一つの感懐に結晶する。「死は生よりも尊《たつ》とい」というその言葉を、三〇分間の死の経験をも遠く望みみるように語る漱石は、一方において、みずからの生きる理由を、「百年、二百年、ないし千年万年の間に」かたちづくられてきた容易に離脱することができない生そのものに置く。

死にたいといって助言を求めてくる一人の女に、「死なずに生きて居らっしゃい」と言わずにいられないのも、そういう普遍の生を負わされた「人類の一人として他の人類の一人に向はなければならない」からであると語る淡々とした文のすがたに、近代の破局ともいうべき世界の状況が映し出されているといえば、言い過ぎになるだろうか。

第二節　魯迅という指標

転じて、対華二十一ヵ条の要求が提示された中華民国の現実に眼をやるならば、どうであろう。当時、辛亥革命後の精神の建て直しを図るべく文学革命が進められていたのだが、その中心を担う文学者であった魯迅について、竹内好は、印象深い言葉を残している。魯迅の作品に死を扱ったものの多いことと一般であるとして、しかしそこに魯迅の思想はなく、「人は生きねばならない」という信条にこそ思想家としての魯迅を見出すべきであるといい、次のように語るのである。

魯迅の文学には「ある本源的な自覚、適当な言葉を欠くが強いて云えば、宗教的な罪の意識に近いもの」があった。「魯迅がエトスの形で捉えていたものは無宗教的であるが、むしろ反宗教的でさえあるが、その把持の仕方は宗教的であった」という意味で、「魯迅の根底にあるものは、ある何者かに対する贖罪の気持ちではなかったか」と。

魯迅の作品を、『狂人日記』『阿Q正伝』『故郷』と挙げていくならば、竹内好のこの言葉は、深い信憑によって成り立っていることが理解されるのではないだろうか　人に食われるという強迫観念にとりつかれた男の手記の形で、民衆の中に隠されている疑心暗鬼の心を描いた『狂人日記』、無知蒙昧でありながら十分に自尊心が高く、自分の愚かさを知ることのないまま、犬のように処刑されていく浮浪者阿Qの行状を描いて、辛亥革命の矛盾を突いた『阿Q正伝』、幼馴染の閏土《ルントウ》との交情を懐かしみながら帰ってきた故郷の地で、現実がもたらした越えられない懸隔とそれゆえの卑屈さを前に、なおも希望らしきものを思い描かずにいられない『故郷』。

漱石よりも一〇数年遅れて文学的出発を遂げた魯迅の作品が、阿片戦争以来強いられてきた中国国家とその民衆の苦難に根ざしたものであることは疑いをいれない。竹内好のいう「宗教的な罪の意識」「何者かに対する贖罪の気持ち」が、そういう現実からはぐくまれたもので、そこには、そのような被虐の歴史に対して、何一つなしえなかった知識人の苦悩が投影されているということもできる。

だが、魯迅の作品には、現実と現実のもたらす矛盾を抉り出しながら、おのずから普遍へと到達していく側面が、確実にみとめられる。『狂人日記』の主人公は、実の兄のなかに、隠された食人癖を見つけ出して疑心暗鬼にとらわれる。それは、たんに虐げられた民衆のなかに巣食う、卑しさや邪さにかぎることのできないものなので、人間のなかの欲望や攻撃衝動は、最終的に、人が人を食らという強迫観念となってあらわれざるをえないという思想の表明といえる。

同様に、農村共同体に寄食する浮浪プロレタリアートともいうべき阿Qは、革命に乗じて日ごろの鬱憤を晴らすかのような狼藉に出たものの、結局は捕らえられ何も分からないまま銃殺されてしまう。法廷に引き出され、被告人同定のための署名に当たって、Qという文字さえも満足に書くことのできなかった阿Q。その恥辱のなかにこそ、革命にとっての本質的な課題が隠されているという『阿Q正伝』の思想には、普遍のといっていい共苦《コンパッション》がこめられている。

幼い頃の遊び友達が、長ずるに当たって異なった境遇に置かれ、しだいに疎遠になっていくというだけならば、とりわけて眼を引くほどの話ではない。だが、『故郷』に描かれた「私」と閏土《ルントウ》とを隔てる障壁こそ、遅れて近代化を遂げざるをえなかった中国社会の現実がそのままに映し出されている。同時に、そういう現実の中で、幾重にも屈曲していく民衆の心情を描きながら、あるともいえなければ、ないともいえない「希望」について語らずにいられないその動機には、近代社会の成り立ちそのものにはらまれた非融和性への鋭い洞察があるといえる。

これらの思想信念と共苦《コンパッション》を、漱石が共有していなかったとは、いい切れない。そして、魯迅の根底にあるものが、何者かに対する贖罪の気持ちであったとするならば、漱石の根底にあるものもまた、宗教的な罪の意識に近いものなのである。漱石は、『行人』『こゝろ』を通じて、存在の不条理と根源的な罪責意識を問題にしてきたのだが、そこには、たとえば運命的な力による犠牲というだけでなく、この贖罪の気持ちがまちがいなくはたらいていた。

問題は、それを魯迅がおこなったように、民族に烙印された汚辱として、あるいは民衆の内なる蒙昧として、さらにはそういう現実のなかに、なおも道なき道を踏みしめていこうとする意志として、あらわしていったのではないというところにある。いってみるならば、国民国家や近代社会が存亡の危機におかれたとき、そこにかかる圧力を現実の底にまで降りていくことによってとらえようとした魯迅に対して、漱石は、硝子戸のこちら側に蟄居することによって、現実そのものを俯瞰する視点を養っていったのである。

その産物が、大正五年（一九一六年）五月から東京朝日新聞に連載され、未完のまま絶筆となる『明暗』にほかならない。そこには、社会の特殊利害からも疎外されて、暗黒のうちへと取り残されていく存在に対する共苦《コンパッション》を、魯迅とはまったく別の仕方で問題化する漱石がいるといっていい。

官費留学生として日本に留学し、仙台医学専門学校に学ぶものの、学業半ばにして文学を志した周樹人魯迅が、『坊っちゃん』をはじめとする漱石の作品を愛読したことは、よく知られている。しかし、一九〇九年（明治四二年）に日本を後にしてから一〇年の年月を経て、辛亥革命後の文学革命の一翼をになうことになった魯迅に、一九一〇年（明治四三年）修善寺の大患以後の漱石の作品を眼にすることが適わなかったのは、やむをえないところだ。もし魯迅が、『こゝろ』や『道草』や『明暗』といった漱石の作品を眼にする機会があったならば、そこに、かつて愛読した同じ漱石の、根本的な転回に出会ったにちがいない。辛亥革命の挫折が、彼に存在論的ともいうべき転回を促したように。

だが、魯迅は、漱石はおろかドストエフスキーやトルストイといった偉大な一九世紀の文学にもふれることなく、またカフカやエリオットという同時代の新しい文学とも交差することなく、しかし、深いところで、それらと共振するものを徐々に実現していくのである。『阿Q正伝』の最後の場面をみてみよう。

四年前、かつて彼は山の麓で一匹の飢えた狼に出会ったことがある。近寄りも遠ざかりもせず、いつまでもついてきて、彼の肉を食おうとした。あの時は恐ろしくて死にそうだった。幸いに手に柴刈の鉈《なた》があり、それで勇気を出して、どうにか持ちこたえて未庄までたどりつけた。しかしその狼の眼は永久に忘れられない。凶暴でもありびくついてもいる、きらきら光る二つの鬼火、それがはるか彼方から彼の体をつらぬき通すかのように光っていた。そして今度も彼はいままで見たことのないさらに恐ろしい眼を見た。鈍重でもあり鋭利でもあり、すでに彼の言葉を嚙みくだいてしまったばかりか、彼の肉体以外のものまで嚙みくだこうとして、いつまでも遠のきもせず近づきもせず彼の後をつけてくる。

その目玉どもがすっと連なったかと思うと、はやその場で彼の霊魂に咬みついていた。「助けてくれ……」

だが阿Qは声には出さなかった。彼ははやくも目さきが真暗になり、耳の中がぶうーんと鳴って、全身が粉微塵にとび散るような気がしたのだった。（高橋和巳訳）

ここには『白痴』のムイシュキンが語る、銃殺五分前の経験に似てまったく非なるものが描かれている。無知蒙昧の阿Qには、最後の数分を永遠のような時間として感じることもできなければ、友との告別のために費やすことも、自分のことを考えるために費やすこともできない。ましてや、残りの一分を周りの光景を眺めるために費やすなど、思いもかけないことである。阿Qにできるのは、自分を銃殺しようとする狙撃手の銃眼を、一匹の飢えた狼の眼になぞらえ、みずからの置かれている状況を、ようやく理解するということだけである。

だが、それゆえにこそこの阿Qの最後は、かつてないリアリティをもって迫ってくるのである。そこには、ドストエフスキーやトルストイによっては決して形象化されることのない内面が確実に認められる。それを内面ということさえはばかられるような内面、いってみるならば、カフカをはじめとする二〇世紀の文学が描き出した、堅い甲殻で覆われた内面が、ここには確かにあるのだ。『明暗』において、漱石が描き出そうとしたのも、まさにこのような内面にほかならない。漱石はそれを、阿Qとはまったく異なって、教育も地位もある人士、社会生活を営むにあたって、取り立てて不如意のないかに見える人間の、奥深くに隠された内面として描き出すのである。内省や思慮とは無縁であるかのようなこの津田という人物に「白いベッドの上に横たえられた無残《みじめ》な自分の姿」が見え、「鎖を切って逃げることができない時に犬の出すような自分の唸り声」がきこえる一瞬を、見逃すことはできない。

第三節　実体のない虚栄《プライド》と我執《エゴ》

『明暗』を書くに当たって、漱石が参照したとされる作家にジェーン・オースティンとジョージ・

メレディスが挙げられる。ともに一九世紀初めと一九世紀末にすぐれたリアリズム小説を残したイギリスの作家である。漱石は、ロンドン留学時に一八世紀から一九世紀の西欧文学作品を網羅的に読破しているのだが、なかでも、オースティンについては強い関心を持ち、『文学論』においても、何度か言及している。そのリアリズム手法が、ロマン主義的作品のもたらす「深刻、痛切、熱烈」とは無縁のものであることを述べたうえで、以下のような言葉を残しているのだ。

> オースティンの作品が、『高慢と偏見』にしても『分別《センス》と多感《センシビリティ》』にしても、尋常かつ平凡な人物と彼らの織り成す日常茶飯の場面から成っていることは、なかなかに意味深いことである。小説作品というのは、どんなに「動心驚魄」のことが描かれていようと、それを演ずるのは、「平凡なる現実社会の一員」であるのだから、この「常態」からかけ離れたり、飛躍したりしたのでは、本当に人を動かすことはできない。たとえ有為転変の世間にあって、運命に翻弄されるようなことがあったとしても、そのすがたが、普通常態のなかに、しっかりと描かれているのでなければ、決して深さを有することはできない。

明治の三〇年代という時点でこのような文学観を述べること自体、すでにして驚くべきことであるのだが、漱石はそれから一〇年を経た大正五年の時点において、さらに深化した文学理念に達している。尋常かつ平凡なといっていい人物の、本人にさえ知られない内面と、彼らのあいだに繰り広げられるみえない葛藤を、一つの縮図のようにして描き出すとき、その常態は、深奥なる世界をかいまみせるというものである。『明暗』の実践とは、まさにこれなのである。

このとき、オースティンの『高慢と偏見』とメレディスの『エゴイスト』は、漱石の前に、新たな意味をもって現れたといえる。それは、この二作品のタイトルから類推される虚栄《プライド》と我執《エゴ》というモチーフに関わるものである。

晩年の漱石作品、とりわけ『道草』と『明暗』が、人間の我執をテーマとしたものであることは、多くの論者に指摘されているところだ。『道草』における健三とお住が、たがいに譲ることのない男女として描かれているのは、このモティーフがかかわっているからということができる。また『明暗』におけるお延が、自己の利益を第一にする津田との間で、幸福な結婚生活を営んでいるかのような振りをせずにいられないのも、虚栄《プライド》と我執《エゴ》というモティーフが、そこに強くはたらいているからといっていい。

だが、一八世紀イギリスの地主階級の世態を描いた『高慢と偏見』が、明治末から大正初の国民国家形成期の有産階級を描いた『明暗』に、そのまま重ねることのできないのは明らかなのである。それは、同じイギリスの地方紳士階級に属する貴公子ともいうべき人物の、自己中心的な振る舞いと心的な偏向とを描いた『エゴイスト』が、『明暗』に重ねることができないのと同様なのだ。『高慢と偏見』のダーシーはエリザベスを愛しながらも、生来の自尊心からのがれることができず、結局はエリザベスの情熱と才気によって思いを挫かれてしまう。『エゴイスト』のサー・ウィロビーの身勝手さになると、生来のとはいいがたい印象をあたえるものの、彼が、クレアラやリチシアというそれぞれに魅力的な女性たちに翻弄され、愛を得ることができないで終わってしまうのは、前者に準ずるところである。彼らの自尊心や虚栄心、さらにはエゴイズムやコンプレックスは、一八世紀から一九世紀のイギリス地方地主階級の一員の、現実的な性向として存在するものなのである。

これに対して、『明暗』に描かれた現実、明治から大正期の閉塞しつつあった社会に生きる人間たちの虚栄《プライド》と我執《エゴ》には、そういう実体というものが感じられない。相当の教育を受け、有力者の庇護のもと、しかるべき職と地位を手にした津田のなかに、自尊の念と身勝手さが見受けられるのは、当然といえば当然なのだが、その当然さは、きっかけさえあればすぐにでも挫かれてしまう種類のものなのだ。

実際、津田は妻のお延を前にして、自分を恃むことこの上ないにもかかわらず、お延の眼に光る怪しい力からのがれることができない。それは、彼自身が、自分の置かれている状況に対して、えたいのしれないおびえを無意識の奥に仕舞っている人間だからといえる。しかし、そのために彼が、周りに対してセンシブルな印象をもたらしているかというならば、決してそうともいえない。津田のエゴイズムは、一方で、お延を前に、巧緻ともとれる手練を見せずにはいないのである。

同様に、津田の愛を自分に引き寄せずにはいられないお延は、愛において希にみるエゴイストといっていい。だが、そういうお延の、決して満たされることのない思いのうちに、自分でも測ることのできない怖れがかくされていることをみのがすことはできない。津田に対して、絶えず専横的な愛の力を及ぼしているかのようなお延は、一方において、どこにも行き場をなくした女性としてあらわれるのである。

お延の、存在そのものにかくされたよるべなさは、彼女のなかの愛に火をつけるのだが、そのようなさかんな炎も、津田の手によって巧みに統御されてしまう。だが、一方において、津田の巧緻ともとれる手練に屈するかに見えて、お延の情熱は、なかなかに手強い様相を呈する。お延は、自分のなかに仕舞っているその情熱を、いつか夫について発揮する日が来るにちがいないという予感にとらわれる。

そういうお延の情熱《パッション》でさえも、見ようによっては、見栄と体裁から出たものに堕せざるをえない。そこに、彼らの虚栄《プライド》と我執《エゴ》の本来がある。

第四節　脇腹の赤い症候《サントム》

『明暗』に登場する人物は、津田とお延にかぎらず、どの一人をとっても、実体のない虚栄《プライド》と我執《エゴ》のために翻弄される者といえる。

たとえば、吉川夫人は、夫の部下である津田に対し特別な配慮をあたえているようで、その実、彼ら夫婦の間に無遠慮に入り込み、間を裂くような仕業を平気で行う。その厚顔無恥ともいえる態度も、しかし、決して生来のものではなく、奇妙なエロスの惑乱からもたらされたものであることがしだいに明らかにされていく。

自分が愛していると同じだけ、夫に自分を愛させないではいられないというお延の、一見利かぬ気とも思える激しい思いを、貞淑な妻にあってはならない「慢気」とみなし、これを抜き取ることを夫の津田に申し渡す吉川夫人は、一方において、みずからが津田に対して、エディプス的な嫉妬の虜《とりこ》になっていることに、まったく気づいていない。

同じように、津田の妹で、何事につけても正論を吐かずにいられない気性の激しいお秀が、結婚してからも親の援助を当てにする兄の、身勝手さにひそむ甘えを衝き、返す刀で、そういう兄に、ただ可愛がられるだけを望んでいるようなお延の驕慢を暴こうとするとき、一方で、自分の刃が、財産家の堀とその母親によってつくられた揺るぎのない家制度に根ざしていることを、決して直視しようとしない。

自分と結婚する前の津田に、別の女性がいたのではないかという疑惑に駆られ、事情を教えてほしいと懇願するお延に対して、相応に義侠心の強いはずのお秀が、夫の浮気を黙認してただ現状に甘んずるだけの女に成り下がっていく様子は、一見に値する。

さらに、目を引かれるのは、そういう立場を、あたかも、愛についてのポリシーであるかのように主張するお秀の健啖である。もはや、そこでは、お秀という女性が、実体のない、それがために、どのような場面でもみずからの気位だけを頼りにせざるをえない者であることが、あらわにされる。

このお秀の後ろには、公職から退いて京都の地で悠々自適といっていいような生活を送る両親がいるのだが、なかでも、お秀の入れ知恵を真に受けて、津田のもとにあれこれと細かく言い寄こす父親の、金銭の授受にまつわる物言いが、自分の弟であり、津田から見れば叔父に当たる藤井に、親の責任を引き渡したことから来る負い目に由来するものであることが、それとなく匂わされる。

藤井の叔父のもとで大学を出、社会の一員としての場所を占めるにいたった津田と、同じように義理の叔父である岡本のもとで、娘となり、結婚の支度を受けたお延とは、どこか似た境遇にある者どうしといっていい。だが、その境遇の相似は、津田にとっての父親と、お延にとっての岡本の叔父において微妙に異なるのである。

お延からすれば、叔母の連れ合いに当たる岡本が、結婚して間もない夫婦の物入りに、それとなく援助の手をのべてくれるのは有難いことなのだが、それがかえって、津田とお延の間にみえない壁をつくってしまう。

姪のお延を、実の娘以上に可愛がっている岡本の、たんに好意づくとはいえない仕業も、社会的成功者に特有な余裕の吐き出しにすぎないことに、お延はもちろん岡本自身も気づいていない。洒落で屈託のない、細かいところまで気をまわす岡本が、一方において、お延と津田の間にそれとなく割り込むとき、彼もまた同じように虚栄《プライド》と我執《エゴ》のなすがままになっていることに不明のままなのである。

それだけでない。

この岡本がお延の無意識に、まったく鷹揚なすがたでエロス的な親和を植えつけているしだいは、吉川夫人が津田の無意識に、どこか抑圧的なエロスの慰撫を与えているしだいに通ずるといえる。岡本も吉川夫人もそのことに少しも自覚的ではなく、そのためにかえって、実体のない虚栄《プライド》と我執《エゴ》は、彼らのもとへと及んでいくのである。

岡本にしても吉川夫人にしても、さらにはお秀にしても、彼らがそれぞれの仕方で自分を恃んでいるとき、内心のおびえや怖れといったものからは無縁であるかにみえる。しかし、そうであるからこそ、彼らの存在は、津田やお延にくらべてどこか危ういものに映ってしまうのだ。

それは、たとえてみるならば、カフカの登場人物『変身』の父親や『審判』のレーニ、『城』のフリーダという人物たちが、グレゴール・ザムザやヨーゼフ・Kや測量技師Kにくらべて、内面を底上げされた存在として描かれている分だけ、奇異な危うさを印象づけるのと同様なのである。

彼らは、一九世紀のリアリズム小説が描き出した典型的人物に似て、まったく非なるものである。いってみるならば、その存在自体が、実体のない我執《エゴ》と虚栄《プライド》の症候なのである。たとえば、カフカの短編「田舎医者」には、馬車を駆ってたどり着いた家の、重篤の患者である少年の脇腹にうがたれた傷口について、まるで血にまみれたバラの花のように、まわりには小指ほどもある蛆虫が群がっていたという記述がある。

ロシアの批評家スラヴォイ・ジジェクは『イデオロギーの崇高な対象』のなかで、この傷口が、十字架上のイエスに穿たれたそれにも通ずる根源的な症候《サントム》にほかならないと述べる。そういうことでいうならば、この症候は、十字架上のイエスに穿たれたそれとは異なって、決して傷としてあらわにされない、傷などのまったく穿たれてはいないかのような存在にもまた刻印されているということもできる。

吉川夫人やお秀や岡本が、津田やお延を前に、それぞれの仕方で虚栄《プライド》と我執《エゴ》をあらわにするとき、彼らの脇腹に、小指ほどの蛆虫の群がるバラ色の傷口が口をあけるのを見逃すことはできないのである。

第五節　堅い茶色の甲殻

それでは、内心の深いところでおびえや怖れにとらわれている津田とお延はどうか。彼らが、おのれの巧緻を恃み、専横的な愛に走るとき、このような症候《サントム》を見いだすことは可能だろうか。いやむしろ、彼らにおいてそれは根本的に困難なのである。代わりに彼らのなかのおびえや怖れは、弓形の筋に分かれこんもりと盛り上がった茶色の甲殻となって、彼らの全身を覆う。津田もお延も、たがいに人間的に向き合うことができないのだが、そのことは、彼らが赤い傷口のような症候《サントム》を穿たれていることの証ではなく、堅い甲殻に覆われた内面をかかえていることの証なのである。

問題は、それにもかかわらず、彼らが、その甲殻の筋目から虚栄《プライド》と我執《エゴ》を覗かせずにはいないというところにある。お延の疑惑を晴らそうとして、結局は高をくくるだけで終わってしまう津田と、その津田によって懐柔されることを、安全な妥協策として受け入れてしまうお延とは、グレゴール・ザムザのようでもヨーゼフ・Kのようでもなく、Kやザムザになろうとしていまだになれないでいる存在というほかないのだ。

なかで、お延だけは、レーニでもフリーダでもなければ、ビュルストナー嬢でもグレーテでさえもない、たしかにグレゴール・ザムザでしかないような存在としてあらわれるのである。津田の友人で、藤井の叔父の助手でもあった社会主義者の小林によって、自分がどこにも行き場のない人間であることに気づかされていく過程は、以下のようである。

小林は、常に無籍《むせき》ものゝやうな顔をして、世の中をうろ〳〵してゐた。宿なしらしい愚痴《ぐち》を零《こぼ》して、厭《いや》がらせに其所《そこ》いらをまご付き歩く丈《だけ》であつた。

然《しか》し此《この》種の軽蔑に、ある程度の不気味は何時《いつ》でも付物《つきもの》であつた。

（八十四）

小林の顔には皮肉の渦《うず》が漲《みなぎ》つた。進んでも退《しりぞ》いても此方《こっち》のものだといふ勝利の表情があり／＼と見えた。彼は其瞬間の得意を永久に引き延ばして、何時迄《いつまで》も自分で眺め暮らしたいやうな素振りさえ示した。

「何といふ陋劣《ろうれつ》な男だらう」

お延は腹の中で斯《か》う思つた。

（八十五）

貧乏ジャーナリストで、朝鮮三界まで身売りすることを余儀なくされている小林が、津田やお延の内面に土足で上がりこんでくるさまは、類をみない。小林はドストエフスキーの登場人物、『悪霊』のピョートルのように、卑劣な策略家ぶりをあらわにする。といって、この自称社会主義者が、お延を前に、自分には親も友達もない、つまり世の中がない、人間がないのだというとき、彼もまた、津田やお延と同様、内心の奥深くにおびえを隠しもちながら、堅い甲殻で身を鎧っている人間であることが明かされる。小林もまた、津田のように「鎖を切つて逃げる事が出来ない時に犬の出すような自分の唸り声」を不意に耳にするのである。

だが、その小林がお延に対して、夫の津田の秘密を匂わせてみたり、みずからの境涯を託《かこ》ってみせたり、相手を侮辱し、恥を恥とも思わない態度に出てみたりするとき、吉川夫人や岡本と変わりのない横着で厚顔無恥な症候《サントム》を露呈してしまう。彼もまた虚栄《プライド》と我執《エゴ》から自由になることができず、脇腹に蛆虫の群がる傷口を隠しもっていることが、明らかにされるのだ。

これに対して、そのような小林の恥知らずな陋劣さに、プライドを深く傷つけられるお延はどうか。傷つけられ、恥辱のなかに投げ棄てられるとしても、この人物に対して、まるで「別世界に生まれた」存在であるかのように、好奇の眼を向けることをやめない。そこには、このお延だけが、赤い傷口の症候《サントム》を少しずつ茶色の甲殻によってふさがれていく者であることが示唆されているのである。

小林の去ったあと、玄関にいつまでもぼんやりと立っていたお延は、やがて二階の梯子段を駆け上がり、津田の机の前に坐って嗚咽する。そのとき、お延の身がしだいに、中指と薬指の間に水かきをもったレーニのようにではなく、兄グレゴールを毒虫の身体化とみなして突き放していくグレーテのようにでもなく、ただ、どこにも行き場をなくした孤独なグレゴールのように、みずからもまた動物の身体をそなえた異様な存在と化していくのである。

第六節　存在の恣意性と内面の非自立性

漱石が、津田やお延のなかに、甲殻化された内面といったものを描き出そうとしていた一九一六年（大正五年）、スイスの言語学者ソシュールの『一般言語学講義』が刊行された。漱石よりも一〇歳年長ながら、漱石に先立つこと三年にしてこの世を去ったソシュールの言語思想が、第一次大戦後の荒廃しつつある世界を先取りするものであったことは、うたがうことができない。

　言語の本質を、シニフィアン（聴覚映像）とシニフィエ（概念）の恣意的な結びつきととらえるソシュールは、必ずしも記号として存在する言語を問題にしていたわけではなかった。「犬」という言葉が、「鎖を切って逃げる事ができない時に犬の出すような」という表現においてリアリティをもつのは、一般概念としての「犬」とは容易に結びつくことのない意味をになわされているからなのである。それをソシュールは、恣意性という理念で述べようとしたのだが、それは、たんに概念と聴覚映像との関係にのみ適合されるものではなかった。むしろ、そのような言語が、この世界にあって恣意的な関係のもとに存在するしかない人間のありかたをも表象するものであることを、示唆していたのである。

　このような言語観の背後には、社会のなかで、諸個人が相手の自由を認め合い、よりよい関係を築いていくということが、もはや虚妄としてしか成り立たなくなっているという認識があった。言葉は、社会的な関係を円滑にすすめるための媒体でもなければ、人間の主体的な表現でもなく、ましてや、内面の表出でもない。主体も内面も底上げされて、たがいに譲ることのない我執《エゴ》にとらわれた存在が、それにもかかわらず、個々の事情に則って言葉を行使する。

　ソシュールはそのような発語のあり方をパロールと名づけ、このパロールが、ときに虚栄《プライド》も我執《エゴ》もかなぐりすて、情熱と意思を行使することがあるとしても、ある必然の体系から成るラングによって統御されてしまう、その次第を明らかにしたのである。人間の言語活動《ランガージュ》とは、このようなパロールとラングとの関わりにおいてすすめられるというソシュールの言語思想には、存在の恣意性を決定づけられた人間が、必然のなすがままになりながら、いかにして人間的指標を刻印することができるかというモティーフがこめられていた。

厳密な言語学者であったソシュールは、それを決して人間の人間的な活動のうちに根拠づけるということをしなかった。言語活動《ランガージュ》は、諸関係の総体ともいうべきラングの体系のなかで、様々な差異記号としてその痕跡をとどめるにすぎない。だが、むしろ、それゆえにこそ、砂のように消滅していく内面が、そこに刻まれるのである。人間にとって言語とは、内面の痕跡をようやく射影するものでないならば、まったく無機的なシステムとして機能するほかない。そういう紙一重の場面において言語の本質をとらえること。ソシュールのおこなったのは、そのことだったのである。

このようなソシュールの言語思想が、第一次大戦後の不毛の世界をいちはやくに告知するものであったということは、まちがいない。人間の非融和性も恐怖も欲望も、ある種の記号として世界に偏在し、もはや個々の人間にその責を帰することのできないまでに実体を欠いていった。そのなかで、人間は、実体のない欲望と恐怖のみならず、実体のない虚栄《プライド》と我執《エゴ》に翻弄され、内面を底上げされていくのだが、そのことがむしろ人間のなかに、かつてないような攻撃性と残虐性を植え付けるに到ったのである。

いってみるならば、実体を消去され、内面を底上げされればされるほど、逆に、血で塗られた症候《サントム》が深く穿たれていくのであり、これが、人間をして、きっかけさえあればいっせいに攻撃へと駆り立てる要因をつくっていくのである。人間にとっての言語活動《ランガージュ》とは、そのような過酷な現実を負わされたものとしてあるというのが、言語を恣意性と差異の体系とみなすソシュールの思想の根幹だったのである。

これは、第一次大戦にあってオーストリア国籍のもと、志願兵として東部戦線に加わり、塹壕の中で書かれたとされるウィトゲンシュタインの『論理哲学論』にもいえることである。漱石よりも一世代下で、むしろカフカと同じ年代に属するウィトゲンシュタインは、ソシュールとは異なった仕方で、言語の論理記号性を徹底しておいつめていった。

ウィトゲンシュタインによれば、人間の諸活動も含めたこの世界のすべての事象は、自然科学における単位に通じるような「要素命題」の複合的組み合わせによって成り立つ。そのことを明らかにするのが、記号論理としての言語のシステムにほかならない。言語を単位記号にまで還元することで説明される論理法則は、いかなる複雑な現実をも、一つの論理体系として説明可能である。逆にいえば、言語とは、現実を一義的な論理システムとして表象するための手段にほかならない

このようなウィトゲンシュタインの言語観が、人間の主体的表現や内面の表出といったものを徹底して排除するところに現れたものであることは、うたがいない。世界は、事実の総体によって成り立っているのだが、それらはすべて記号論理としての言語体系によってのみ明らかにされる。逆にいうならば、そのような決定論的空間に対応するかぎりにおいて、この世界の事実は存在しうるのである。

もちろん世界の諸対象が、事実の総体をかたちづくるのは、それらが、様々に関係しあうことによってである。だが、その仕方にみられる自立性とは、ある決定的な事態にはめ込まれた非自立性にほかならない。事実の総体は、その場に起こることを規定していると同時に、その場に起こらな

いことをも規定しているのである。ウィトゲンシュタインは、そのように考えることによって、事態の偶然性や現実の多様性を徹底的に排除していった。同時に、人間の内面や意志や情熱といったものをも、リミットまで切り捨てていったのである。『論理哲学論』のもたらした衝撃は、第一次大戦後の世界を根底から揺るがすものであった。ウィトゲンシュタインの方法は、当時、基盤を固めつつあった自然科学の方法に通ずるようにみえて、まったく異なるものであったからだ。

自然科学が前提とする客観世界や整合的な体系というものもまた、偶然性や主観性を捨象するところに見い出されたものといえる。だが、後者はあくまでも事物の世界に適合されるものであって、事実の世界が、人間の人間的活動によってかたちづくられることを否定するものではない。むしろ、自然世界の整合性が証明されればされるほど、人間は、これを統御する位置に、みずからの視座を置くことができる。

このような自然科学の方法が、近代の合理主義的な世界観の根拠となって、社会システムのみならず、国民国家の正統性を基礎づけていったことは、まちがいない。マックス・ウェーバーによる官僚制理論にみられるように、国民国家は職能の専門化、合理化を進めていくことによって、それ自体の階層構成を強化し、対外的な優位性を獲得していったのである。

そこには、人間の内面にうごめく欲望や恐怖、虚栄《プライド》や我執《エゴ》を実体とみなし、これを抑制し統御しうる者に最大の価値をおくという理念があった。この合理主義的な世界理念においては、抑制と統御を最大限になしえた者が、すべてに対して優位に立つのである。

ウィトゲンシュタインの決定論的な論理体系には、このような世界理念の介入する余地がない。むしろ、それを根底から瓦解《がかい》させるには、いかなる方法が可能かというのが彼のモティーフだったといえる。

世界を構成するのは、非自立的で必然の境界づけにほかならない。そう考えることによって、ウィトゲンシュタインは、虚栄《プライド》や我執《エゴ》を実体とする自立的欲望の根拠を次々に崩していった。ひいては、それを抑制し、統御することで絶対的な優位に立とうとする欲望をも、解体していったのである。

国民国家や近代社会の存在理由であるそれらの欲望に、非実体化の烙印を押すことは、人間の内面に存在する我執や意志といったものをも、ことごとく非実体化することであると、ウィトゲンシュタインは考えていた。しかし、それをしないかぎり、他者に対して絶対的な優位に立とうとすることが、むしろ、決定論的な欲望空間へとはめ込まれていくことであるという事実を、証し立てることができない。

このとき、ウィトゲンシュタインは、ソシュールよりももっと過激な仕方で、内面の消去ということを実践していたのである。「語りえぬことについては、沈黙しなくてはならない」といい、「世界は、私の意志には依存しない」「ただ論理学的な必然性だけが存在するように、ただ論理学的な不可能性だけが存在する」（山元一郎訳）ということで、語りえぬこと、私の意志の外にある世界の現前を、示唆し続けたということができる。

私は幸福であるか、不幸であるかのいずれかである。そして、それがすべてだ。善とか、悪とかは存在しない。（同前）

第一次大戦の塹壕の中で書いたとされる日記やメモには、『論理哲学論』の、冷徹といった記述からはうかがい知れないようなパッションが感じられる。いってみるならば、みずからの世界観を堅い甲殻で覆い尽くすほどに、どこにも行き場をなくした孤独な内面が、堅い甲殻の隙間から痕跡のようにかいま見られるという事情が、ここにもまた顔を出しているのである。

それは、ある種の人格崩壊とも病理現象とも受け取られかねないものである。にもかかわらず、そこには、近代社会や国民国家のイデオロギーを、根底から疑ったものだけに負わされる毒虫化といった事態が認められる。ウィトゲンシュタインの編み出した理念もまた、カフカや『明暗』の漱石のそれのように、動物の身体をそなえた異様な存在と化してあらわれるのである。

第七節　軍国精神と「力」の思想

「点頭録」というのは、一九一六年（大正五年）五月、漱石が『明暗』を東京朝日新聞に連載すると数ヶ月先立って、同じ東京朝日新聞に寄稿された随筆のタイトルである。前年の『硝子戸の中』同様、数十回の連載を予定していたようだが、悪化しつつあった漱石の体調はそれをゆるさなかった。結局は、一ヶ月足らず、九回の連載で中止にいたるのだが、しかし、この短い文章が語りかけていることは、日本の近代にとって蔑《ないがし》ろにすることのできないものである。

日露戦争についても大逆事件についても、正面から論ずることのなかった漱石が、遠いヨーロッパの地に起こっている世界大の戦争について、明瞭な見解を述べているということ。それだけをとってみても画期的なことなのだが、ここでの漱石の態度についていうならば、トルストイや内村鑑三の唱える非戦論にくらべても遜色のない、確固たるものといえる。

もちろん、日露戦争において明らかな戦争詩を残している漱石に、前者に見られるような絶対非戦論の立場をのぞむことは不可能である。実際漱石は、古来戦争にも、人間の信念に革命を引き起こすような結果をもたらしたものや、従来の倫理観を一変するような目的をもったものがなかったとはいえないと述べる。

だが、この度の戦争に関するかぎり、いかなる目的も、いかなる信念も見い出すことができない「有史以来特筆大書すべき深刻な事実である」にもかかわらず、人間の「内面生活を変色させるような強い結果は何処《どこ》からも生まれて来ない」（同右）というのである。

自分は常にあの弾丸とあの硝薬《せうやく》とあの毒瓦斯《ガス》とそれからあの肉弾と鮮血とが、我々人類の未来の運命に、何《ど》の位の貢献をしてゐるのだらうかと考へる。さうして或《あ》る時は気の毒になる。或《あ》る時は悲しくなる。又或《あ》る時は馬鹿々々しくなる。最後に折々《をり〳〵》は滑稽さへ感ずる場合もあるといふ残酷な事実を自白せざるを得ない。（同右）

こう述べることによって、漱石はこの戦争が、見掛け倒しの空々しい、虚妄といってもいいものであることを洞察するのだが、なかでも、これが「軍国主義の未来」という点について、憂慮すべき問題を投げかけていることに注意を促す。もはやいかなる信念も目的も失ったかに見えるこの戦争に、現実的な関心がかきたてられるとするならば、「独逸によって代表された軍国主義が、多年英仏において培養された個人の自由を破壊し去る」ということに尽きるというのである。

若き日に英国に留学し、一九世紀末の大英帝国の繁栄を目の当たりにしてきた漱石にとって、近代が実現した最大の価値が、人間の自由な活動と、自由な活動をおしすすめる諸個人の意志の尊重にあったことは、いうをまたない。たとえ近代社会が、自由な活動に制約をくわえる一般利害と、諸個人の特殊利害との二重性としてあらわれたとしても、個人の内的な倫理、ひいては、生と死についての内的な決定権までも、剝奪することはできない。

このような理念を最もよく実践したのが、近代のリアリズム小説であることを、漱石は三年間のロンドン留学の間に会得してきた。近代社会における一般利害と特殊利害の二重性は、必然的に、特殊利害からさえ疎外されて、暗黒の域に転落する存在を生み出すのだが、そのような存在をも、内的倫理をそなえた一個の人間として描き出すこと。むしろ、そういう人間のなかにはぐくまれる反動心理を抽出することによって、一つの人間的典型を提示してみせること。そこに、近代小説が近代小説たるゆえんがあることを、漱石は了解していた。

したがって、近代戦といわれるこの戦争が、人間と人間との非融和性を、国家間の解消不能な非融和性として現実化したものであったとしても、個人の内的な倫理や内的な決定権をまで侵害するものであってはならない。諸個人の自由な活動が、国民の自覚を促し、ナショナルな実体を強化していくとき、そこに成立した国民意識が、非常事態にあって、個人の内的な倫理にまで同致するとき、はじめて諸個人は国民の一員として、参戦の意志を表明することができるからである。

だが、同盟国の中核をなすドイツ帝国は、プロイセンを中心とする強大な国家統合と軍備拡張の結果として現れたものであって、そこでは、個人の内的倫理が、国家理念によって踏みにじられるということが容易に起こりうる。そのことを、当時としては驚くべき正確さでとらえていた漱石は、ドイツの軍国主義の本質を、統合国家という観念の共同形態と、徴兵制と義務兵役という個人の内的決定権の剥奪にあることを、明らかにするのである。

しかし、漱石のラディカリズムは、これに尽きるものではない。このようなドイツの軍国主義が、強大な力をもって敵対する諸国を打ち破っていくとき、これに対抗するものとして、さらに強力な軍隊をこしらえ、力には力をという政策を取るならば、それ自体、すでに人間精神のあり方として敗北を喫したことになる。そのことを、漱石は、政治理論や形而上学として述べるのではなく、以下のようなしだいにおいて語りかける。

『ヘンリー・ライクロフトの私記』で知られる作家ギッシングは、少時、学校科目の中でも体操が最も苦手で、これを強いられるのが、非常の苦痛と不快であった。これをもって、もしわが英国において本人の意志に逆らってまでも、徴兵を強制するようになったとしたら、どんな気持ちになるだろう、想像してみてさえ堪えられないとまで語っている。そう述べながら漱石は、英国人の自由を愛する思いは、ほとんど第二の天性といってよく、強制徴兵に対する嫌悪の情は、誰しもギッシングに譲らないというのである。

にもかかわらず、ドイツの脅威を理由に、強制徴兵案が議会に提出され、圧倒的多数をもって可決された。その事実をみると、非常な変化が英国民の頭の中に起こりつつあるというほかない。そしてこの変化は、すでにドイツが真っ向に振りかざしている軍国主義の勝利によってもたらされたものとみるほかなく、「戦争がまだ片付かないうちに、英国は精神的にもう独逸に負けたと評して好い位のものである」。

漱石の言葉は、戦争の渦中にある英国人からするならば、無責任極まりない、皮肉たっぷりの、むしろ反感を買う類のものということもできる。だが、戦争についてのその考えは、徹底したものであったといってよく、傍観者的な思いつきや気楽な床屋談義として退けることのできない真実がこめられていた。それは、イギリスのみならず、フランスについて、開戦の当初から「首都巴里を脅かされようとした仏蘭西人の脳裏には英国民よりも遥かに深くこの軍国主義の影響が刻み付けられたに違いない」と述べて、次のような論評を挙げるところからも明らかといえる。

漱石は、フランスのある雑誌に載ったバラントという論者の「力」についての考えを、ドイツ的軍国精神のフランス思想界に食い入った格好の例証とみなす。それは約めていうならば、ルソー以来流布されてきた正義と権利の観念のために、「力」という観念のもっている高尚な側面が、忘れられてきたというものである。「力」こそ本来のものとみるバラントからすれば、一般意志による社会契約の重要性を説くルソーの思想だけでなく、美と調和を一致させ、正義と人道と平和を推進するトルストイ式の思想もまた、まったくの僻見ということになってしまう。

だが、それは、ルソー式、トルストイ式、人道式、平和式が、バラント的「力」の観念によって粉砕されたというのではない。そのような考えや論評がフランス思想界を席巻するほど、戦争のまだ落着しないうちから、「人間の生存上赤裸々なる腕力の発現」が、大きな影響をもたらすにいたったということである。そのうえで、漱石は、この影響が、たんに過去の経験に照らし合わせても、記憶されてしかるべき結果というだけでなく、未来に対する配慮からして、これを等閑に付すことはできないと語るのである。

漱石の批判精神が、戦争の本質を「力」の観念としてとらえることで、あらためて自由と正義と権利の復権をはかろうとするものではないことは、うたがいない。この度の戦争に当たって、「列強の平和とはつまり腕力の平均に外ならないといふ平凡な理屈」（五 軍国主義四）を新しく天から教えられたに等しいという言葉からも明らかなように、「力」の観念が人間と人間との非融和性に由来するものであり、これを解くべく打ち立てられたルソーをはじめとする近代の理念が、ここにきて最大の試練に立たされていることを明確にとらえているからである。

いってみるならば、漱石にとって「戦いは万物の父であり、万物の王である」というヘラクレイトスの言葉も、これを引きながら、戦争とは「自分を譲ることなき諸存在を、誰一人逃れられない客観的命令によって動員する」「存在論的出来事」であると語った二〇世紀フランスの哲学者エマニュエル・レヴィナスの言葉（『全体性と無限』合田正人訳）も、まったく自明のものであった。人間が、内面にうごめく欲望や恐怖、虚栄《プライド》や我執《エゴ》からのがれられないかぎり、戦争は必至であり、これを実体とみなすことによって現実的な「力」を身につけていくかぎり、戦争を回避する方法は、このような「力」の均衡にもとめるほかはないということも、論をまたないところであった。

そのことを認めたうえで、漱石は、一つの方法を提示する。それは、戦争を動かしているある力、人間の自由意志をねじ伏せてしまうような絶対の力を、必然の相のもとに描き出したトルストイの方法に通じて、根本的には異なるものといえる。

漱石の提示したのは、戦争を引き起こす「力」の観念が、人間の本質にとって動かしがたいものであったとしても、それを決して実体とみなさないということ。むしろ人間は、実体のない欲望や恐怖、虚栄《プライド》や我執《エゴ》に翻弄されて「力」を行使し、さらには、そのような事態に倦むようにして「力」の均衡にすがりつく。そのことを動かしがたい現実として、虚構の空間の中に描き出すこと。

その結果、そのような空間に存在する人間が、一方において実体のない虚栄《プライド》や我執《エゴ》のなすがままに、赤いバラのような症候《サントム》を刻印されていくとともに、他方において、それを少しずつ茶色の甲殻によってふさがれ、どこにも行き場をなくした動物の身体として現れていく、その仕方を、「もっと高い場所」「もっと広い眼界」から、そして「もっと遠距離から」（同右）とらえることであった。

そのとき、漱石は、期せずしてソシュールやウィトゲンシュタイン、さらにはカフカやエリオットという同時代の文学思想家と同様の地平に立っていたのである。

いうまでもなく、どのような内面も剝奪されて犬のように、動物のように、ひいては虫のように消されていく存在を描こうとしたという点において、その試みは、同じアジアの文学者である魯迅のそれにも通ずるものであった。

第八節　エロス的欲望の挫折

「点頭録」のやむない中断は、漱石にとってもわが国の思想にとっても、惜しんで余りあるものであった。「力」の観念が、フランス思想界に投げかけた波紋について論ずるだけでなく、ニーチェやヘーゲルの思想を、ドイツ帝国に見られる国家統合と強大な軍事力の理論的根拠とみなす思潮に対して、明瞭な反駁を試みているからである。ニーチェにおける「力への意志」が、虚栄《プライド》や我執《エゴ》に翻弄されて「力」を行使せざるをえない人間の反動感情への批判に発するものであり、ヘーゲルの「絶対精神」が、欲望や恐怖にとらわれ、死を賭して闘わざるをえない人間どうしの、にもかかわらざる明確な意志によって打ち立てられるものであることを、漱石は、確実に受け取っていた。

そのような当時として抜群の理解も、「点頭録」中断とともに潰えてしまうかにみえた。だが、それから四ヵ月後の五月二〇日、『明暗』を起稿することによって漱石は、これを、まったく別の形で深化させる方法を手にしていくのである。そこに獲得された俯瞰視線ともいうべきものによって、お延や、津田の内面が透視されるしだいは、次のごとくである。

> 彼は広い通りへ来て其所《そこ》から電車へ乗つた。堀端を沿ふて走る其《その》電車の窓硝子の外には、黒い水と黒い土手と、それから其《その》土手の上に蟠《わだか》まる黒い松の木が見える丈《だけ》であつた。
>
> 車内の片隅に席を取つた彼は、窓を透《すか》して此《この》さむ〳〵しい秋の夜《よ》の景色《けしき》に一寸《ちよつと》眼を注いだ後、すぐ又外《ほか》の事を考へなければならなかつた。（十三）

電車を下りて橋を渡る時、彼は暗い欄干の下に蹲踞《うづく》まる乞食を見た。其《その》乞食は動く黒い影の様に彼の前に頭を下げた。彼は身に薄い外套《がいとう》を着けていた。季節からいふと寧《むし》ろ早過ぎる瓦斯《ガス》暖炉《だんろ》の温かい焰をもう見て来た。けれども乞食と彼との懸隔《けんかく》は今の彼の眼中には殆ど入る余地がなかつた。彼は窮した人のやうに感じた。父が例月の通り金を送つて呉《く》れないのが不都合に思はれた。（同右）

彼といわれているのは、いうまでもなく主人公の津田由雄である。だが、『明暗』に関するかぎり、中心人物も周辺人物も、本質的に同一地平に同列同資格で登場する。それは、電車の窓外に見える堀端の土手や松の木、さらには堀の水がすべて黒一色に見えるのと同様なのである。

それだけでない。津田の心象風景とも受け取れる、このどこか暗鬱な景色が、彼の心に占める割合は、極小に近い。それは、電車を下りて橋を渡る時、暗い欄干の下にうずくまる乞食を眼にする津田の反応に明らかである。動く黒い影のようなその乞食の存在は、一瞬津田の心に影を落とすのだが、それは、ほんとうに一瞬の出来事にすぎない。津田の関心は、たちまちのうちに金銭上のやり繰りへと移り、暗く沈んだ心象の、二度と現れることはない。

一九世紀に完成されたリアリズム小説が、二〇世紀にいたって登場人物の無意識の記憶や意識の流れに焦点を置く傾向を深めていったのは周知のところである。マルセル・プルースト、ジェームス・ジョイスといった作家たちによる小説実験は、中心人物の内面を生きた現実とみなし、現実以上にリアルな広がりをもつものにしていった。『失われた時を求めて』『ユリシーズ』といった作品に描かれているのは、意識という鏡に映じた現実といってよく、『失われた時』の「私」、『ユリシーズ』のレオポルド・ブルームが、それぞれの仕方で、この独特な現実の要としての役割をになっていることを否定することはできない。

ところが、『明暗』における漱石が行ったのは、これとまったく別のことであった。いってみるならば、内面の現実化へと向かう小説の傾向を、もう一度現実の現実化へと向かわせ、小説的現実のゆるぎなさや、登場人物の言動のリアリティを回復させるものだったのである。それは、たとえば同じ二〇世紀を代表する作品であるトーマス・マンの『魔の山』に匹敵する試みであったということができる。

だが、漱石の独自性は、これに尽きるものではなかった。いまだ内面のかたちづくられることのないナイーブな青年ハンス・カストルプの成長物語ともいうべき『魔の山』の広がりが、内面といったものの可能性に裏打ちされたものであるのに対して、『明暗』の津田をとらえているのは、決して広がりをもつことのない、点のような内面なのである。漱石の行った現実の現実化は、現実の記号化とも非実体化ともいっていいものなので、そこでは、内面の可能性は本質的に無みされざるをえない。

津田の内面は、黒い水と黒い土手のどこまでも続く光景に、不意に現れる乞食の黒い影のように、小説的現実の一角を占めるだけである。そしてそれを可能にしているのが、高度何万キロの高さから現実をとらえるような俯瞰視線にほかならない。作者である漱石の、どのような内面をも投影すてることなく、それでいて内面を消去された存在としての怖れやおびえを、痕跡のようににじませている内面。そのような内面にとって、何が最も気がかりであるのかという問いにこたえようとしたところに、『明暗』のテーマは設定されたということができる。

津田の関心は、持病に属するような疾患への対処とお延との結婚生活を維持する上での金銭的な不如意へと向けられているのだが、時にこのような卑俗な関心を覆すようにして思いもかけない疑いが頭をもたげる。それは、お延と結婚する前に吉川夫人の肝いりで交際していた清子が、結婚を間近に突然、彼のもとを去ったという過去に向けられたものである。そして、その疑惑にとりつかれたときだけは、津田の内面が、生き物のように動き出す、その場面を、あの俯瞰視線が視界におさめる様は、以下のごとくだ。

（十四）

津田は同じ気分で自分の宅《うち》の門前迄《まで》歩いた。彼が玄関の格子《かうし》へ手を掛けようとすると、格子のまだ開《あ》かない先に、障子《しやうじ》の方がすうと開《あ》いた。さうしてお延の姿が何時《いつ》の間にか彼の前に現はれてゐた。彼は吃驚《びつくり》したやうに、薄化粧《うすげしやう》を施した彼女の横顔を眺めた。

彼は結婚後斯《こ》んな事で能《よ》く自分の細君から驚かされた。彼女の行為は時として夫の先を越すといふ悪い結果を生む代りに、時としては非常に気の利いた証拠をも挙げた。日常瑣末の事件のうちに、よく此《この》特色を発揮する彼女の所作《しよさ》を、津田は時々自分の眼先《めさき》にちらつく洋刀《ナイフ》の光のやうに眺める事があつた。小さいながら冴《さ》えてゐるといふ感じとともに、何処《どこ》か気味の悪いといふ心持も起つた。

津田のお延に対する不審の思いは、彼のなかに隠されたエロスについての失敗の記憶に由来するものである。彼の内面の奥深くには、清子の、突然自分のもとを去ったことからくる挫折の思いが、心的外傷のように刻まれている。そのことを、漱石は、当の清子ではなく、お延の鋭い勘と、決して弛めることのない津田への詮索を暗示することによって、示唆するのである。その代償のように、お延の内面もまた、津田とはちがった意味で、硬質な鋼の光を湛えたものとしてあらわれる。そして、そのような内面をあらしめているものこそ、虚栄《プライド》と我執《エゴ》の力学であることを、『明暗』という小説の現実は、告げているのである。

津田とお延と、吉川夫人と、そして清子もといっていいのだが、誰一人として、このエロスの空間からのがれることができない。それは、まぎれもなく戦争に匹敵するような過酷な現実だからである。いや、戦争を引き起こす人間の欲望が、根源的にエロスの欲望と別のものではなく、そこに自分を譲ることのない自同性が影を落としているかぎり、男も女も虚栄《プライド》と我執《エゴ》のなすがままに、相手を傷つけ、自分もまた内面の奥深くに傷を受けざるをえない。そのことを、漱石は、津田とお延と、そして清子との、それぞれに趣の異なった、しかしたしかに内面というしかないような怖れや情熱のすがたを、一つのまぎれのない痕跡として俯瞰していったのである。

清子の存在について、吉川夫人からも小林からもお秀からも確証をうることのできなかったお延は、弱さをさらけ出して津田にすがりつく。だが、清子の突然の変貌に関し、何一つ知らされることのなかった津田に、お延の全身を賭けた糾問を受け止めるすべのないのは当然なのである。津田とお延は、「妥協」の名のもとに、これらすべてについて暗黙の了解を得ていく。そういう「愛の戦争」を経ることによって、お延も津田も一層内面を底上げされ、彷徨へと拉致されていくさまは、『明暗』という小説をプルーストの『失われたときを求めて』やジョイスの『ユリシーズ』にではなく、カフカの『審判』や『城』へと確実に近づけていくのである。

後半にいたって、流産後の静養のため、清子の逗留しているという温泉場に向かう津田の彷徨は、『明暗』の方向を決定づけるようなものといえる。

馬車はやがて黒い大きな岩のやうなものに突き当らうとして、其裾《そのすそ》をぐるりと廻り込んだ。見ると反対の側にも同じ岩の破片とも云ふべきものが不行儀に路傍《みちばた》を塞いでゐた。台上《だいうえ》から飛び下りた御者《ぎよしや》はすぐ馬の口を取つた。

一方には空を凌《しの》ぐほどの高い樹が聳えてゐた。星月夜の光に映る物凄い影から判断すると古松らしい其《その》木と突然一方に聞こえ出した奔湍《ほんたん》の音とが、久しく都会の中を出なかつた津田の心に不時《ふじ》の一転化を与へた。彼は忘れた記憶を思ひ出した時のやうな気分になつた。

「あゝ世の中には、斯《こ》んなものが存在してゐたのだつけ、何《ど》うして今迄それを忘れてゐたのだらう」

不幸にして此《この》述懐は孤立の儘《まゝ》消滅する事を許されなかつた。津田の頭にはすぐ是《これ》から会いに行《ゆ》く清子の姿が描き出された。彼は別れて以来一年近く経《た》つ今日《こんにち》迄、いまだ此《この》女の記憶を失《な》くした覚《おぼえ》がなかつた。斯《か》うして夜路《よみち》を馬車に揺られて行《ゆ》くのも、有体《ありてい》に云へば、其《その》人の影を一図《いちづ》に追懸《おつか》けてゐる所作《しよさ》に違なかつた。御者は先刻《さつき》から時間の遅くなるのを恐れる如く、止《よ》せばいいと思ふのに、濫《みだ》りなる鞭《むち》を鳴らして、しきりに痩馬《やせうま》の尻《しり》を打つた。失はれた女の影を追ふ彼の心、其《その》心を無遠慮に翻訳すれば、取りも直さず、此《この》痩馬ではないか。では、彼の眼前に鼻から息を吹いてゐる憐《あは》れな動物が、彼自身で、それに手荒な鞭を加へるものは誰なのだらう。

（百七十二）

津田は、ヨーゼフ・Kや測量技師Kのように、ある不可解な理由のために駆り立てられずにはいない。清子という存在が津田に及ぼすのは、根源的なエロスの恣意性ということなのだが、もはや津田には、内面の奥深くに刻印された心的外傷が、そのようなエロスのとらえがたさに由来することを、確定することができない。津田にとって、明らかなのは、自分が理由もなく彷徨へと駆り立てられ、そのために何者かに鞭打たれる憐れな動物にほかならないということだけである。

星月夜《ほしづきよ》の光に映る物凄い影や突然聞こえ出した奔湍《ほんたん》の音は、津田をして深い霧の中へとうながしてやまない。にもかかわらず、この津田という人間に、漱石の彷徨が、そのままのかたちでわけあたえられることはない。霧のなかに閉じこめられた孤独の人間のように立ち竦んでしまったという「私の個人主義」での述懐には、ダンテ以来、近代を徹底して生きた幾多の文学思想家たちのさまよいの記憶が、影を落としていた。だが、『明暗』において漱石がおこなったのは、そのような記憶さえも、ある無機的な空間の中に配置するということであった。

そのことを、漱石は、清子というエロスの恣意性の象徴であるような女性のもとへ赴く津田の逡巡といった体裁を借りてあらわす。だが、そこには、本当のところ、いかなる動機も、どのような理由もない。ヨーゼフ・Kや測量技師Kが、理由もなく逮捕され、やみくもに城へとたどり着こうとするように、津田は夜の向こうへと歩を進めるのである。

もちろん、カフカよりも少しばかり、一九世紀リアリズムの手法を引きずっていた漱石は、津田という人間を卑小な自意識家として描き、清子を、自然そのものであるような鷹揚さをそなえた女性として描くことを忘れていない。清子のいる温泉場にたどり着いてからの津田と彼女のやりとりはそのことを示して余りある。

だが、そこでも重要なのは、自分を恃んでいるはずの津田が、不可解な理由のために広い旅館のなかをさまよい歩く場面なのだ。迷路のような廊下やがらんとした洗面所に、水の、渦を巻いてあふれる様。不意に現れた人影に驚いて凝視すると、巨大な鏡に映った自分の影像が迫ってくる。夢中歩行者のような彼の心に刻まれるのは、自分の幽霊に出会ったという思いである。なかでも、鏡を前に放心した彼の位置から、梯子段を隔てて突然清子が現れたときの、津田の驚きと、その驚きに反応したかのような、清子の狼狽ぶりは、彼らの存在が、現実の世界から剝離しつつあることを告げてやまない。

それだけではない。突然の出来事に、全身を硬化し、蒼白となって津田を階下に残したまま引き返す清子の一瞬の所作を、緩慢とも鷹揚とも形容される現実の清子からは想像もつかないものに描き出したとき、漱石は、『明暗』という小説が、この清子の存在をきっかけに、新しい展開に入ることを示唆していたのである。

廊下を引き返してゆく機械的な歩調、一瞬のうちに消える照明、暗闇のなかに聞こえる障子をあける音、けたたましく鳴り響く呼び鈴、まるで舞台劇の一場面でもあるかのようなそのシーンを描きながら、漱石は、『明暗』のみならず、この後にさらに書き続けなければならない新しい小説というものを、脳裏に描いていたにちがいない。

そこでは、津田かあるいは、津田に準ずるような人物の、何の理由もなくこの世から消されていく情景が、グレゴール・ザムザのように、あるいはヨーゼフ・Kのように、いや阿Qのようにといってもいいのだが、確実に描き出されるのである。動物化され、堅い甲殻で覆われた内面が、最終的に世界のすべてを受け入れ、息絶えていくその場面を、壮大な小説の思いがけない結末としてではなく、新しくやってくるものたちの予兆として描き出すこと。しかし、残念なことに漱石にはもはや、それを実現するだけの時間が約束されていなかった。

一九一六年（大正五年）一一月二二日、かねてからの病のため床に伏した漱石は、『明暗』の筆をふたたびとることのないまま、病状悪化し、人事不省に陥る。絶対安静の状態で、生命を維持するものの、一二月九日すべての生体反応を停止するにいたる。午後六時四五分永眠。

『明暗』の連載は、死後なお五日続き、一二月一四日第一八八回で途絶え、未完に終わる。夢のようなさまよいの夜を過ごしたあくる日、尋常の態で面会した津田と清子の屈託のなさそうな会話が、次のような一節で不意に途切れる。

　津田は驚いた。

「そんなものが来るんですか」

「そりや何とも云へないわ」

清子は斯《か》う云つて微笑した。津田は其《その》微笑の意味を一人で説明しようと試みながら自分の室《へや》に帰つた。

（百八十八）


同じ一九一六年（大正五年）の年初、「点頭録」において、過激なまでの軍国主義批判を展開した、日本近代における最大の文学思想家の最期の言葉として、これを記憶すること。死してなお閉ざされることのないもののあらわれとして、それを受け取ること。私たちに残されているのは、そのことではないだろうか。

第四部　再帰する『文学論』

第一章　存在論的転回Fと存在的構えf

第一節　三〇分間の死の経験

漱石の『文学論』は、奇体な書物である。

文学の普遍的基準を明らかにするというモティーフをそこに読み取ろうとして論述の内部に分け入っていくと、文学という建造物の成り立ちを表示するプレートには随所で出会うものの、その建造物の価値を表示するプレートを見出すことができない。逆に、引用されている文学作品に対する批評をたどっていくならば、その作品がいかなる価値をもつかが了解できるように論じられていることに気がつく。にもかかわらず、その批評は、文学という建造物の成り立ちを明らかにするための手段でしかないようにみえてしまうのである。

この矛盾を解消するためには、文学作品の価値は、個々の作品の批評からしか取り出すことはできないとしたうえで、さまざまな作品批評を繰り返し行うことによる個別の価値設定へと向ういがいない。そうではなく、あくまでも普遍的な価値基準を設定したうえで、個々の文学作品の評価を行うということであれば、作品批評の際にそれぞれの作品をどのように読み込んでいったのかを内省し、そこから普遍性をもちうるような基準を抽出していかなければならない。

いずれにしろ、文学という建造物の成り立ちを示すプレートに目を呉れる暇《いとま》はないのである。だが、『文学論』の記述から見えてくるのは、もっぱらこちらのプレートであって、価値を示すプレートというのが、そこに二重写しになっているとはいいがたいところがある。もちろん、漱石はこのような二重の構造となったプレートをこそ、普遍的な基準として提示したかった。にもかかわらず、自他共に認めるように、そこにいたりつくまでにはいかなかった。いったい何が隘路となっていたのだろうか。

一言でいうならば、作品批評を繰り返すことによって見出されたものが、作品の成り立ちの根底を律するものであるという確信を手にすることができなかったということだ。つまり『文学論』の漱石は、シェイクスピアからジェーン・オースティンまで数多くの作品を批評することにおいて、当時誰も真似できないような分析と評価をくわえながら、そういう実践のなかから、作品の普遍的な基準への信憑をうるにはいたらなかった。

もちろん、そのことをもって、『文学論』の試みを実際以上に低く見積もることは避けなければならない。少なくとも、そこでおこなわれた批評の実践が第一級のものであったというだけでなく、文学の普遍的基準を明らかにするという、当時誰も考えなかったことを成し遂げようとしたことだけはまちがいないからである。にもかかわらず、このときの漱石には、それを遂げるに足るような未曾有なものへの感触が、いまひとつ薄かったといわなければならない。それが、漱石をして確信や信憑を植えつけさせることを阻んだ最大の理由なのである。

だが、『文学論』の試みから三年の歳月を経て、漱石は、そのものに全身見舞われるのである。きっかけとなったのは、明治四三年における「修善寺の大患」とその間における三〇分間の死の経験にほかならない。この点に関して、第三部において、私は、以下のようなことを述べた。

明治四三年の「修善寺の大患」が漱石にもたらしたのは、存在論的転回というべきものであった。それは、ペトラシェフスキー事件におけるドストエフスキーの、銃殺間際での恩赦の経験に通じるような何かであったといえる。三〇分間の死の経験を通して、漱石は、この生が、死と紙一重のところにあるものであり、それゆえに、存在から根本的に疎隔されたものであるということに打たれた。『彼岸過迄』『行人』『こゝろ』『道草』『明暗』といった「修善寺の大患」以後の作品は、このような存在論的転回なくしては、書かれることのないものだった。

そう述べたうえで、ではこの存在論的転回というのは、「修善寺の大患」以前には見出すことのできないものなのかと問いかけたのだった。

たしかに『吾輩は猫である』にしろ『坊っちゃん』にしろ『草枕』にしろ『三四郎』にしろ、そういうものの痕跡は、少なくとも作品そのものに見出すことはできない。わずかに『それから』『門』において、三千代への思いを代償に家族からも世間からも追放された代助の存在不安を、真っ赤に燃え上がる炎に象徴させ、また、安井をめぐって罪の意識にさいなまれる宗助の参禅とそのむなしい帰還を、門の前にたたずむ人として描き出すところにかいまみることができるだけである。

だが、漱石は、この存在論的転回を支度する動機といっていいものを、『吾輩は猫である』から

『門』にいたるすべての作品に用意した。作品の随所に見られる独特な「文の構え」が、それである。

それは『吾輩は猫である』において、「猫」の語りを通して描き出されたこの世に生を享けることの寂寥であり、『草枕』において、旅の画工《えかき》が足を踏み入れた人里離れた温泉郷の未生以前の世界にも似たそぞろ懐かしさであり、『三四郎』において、熊本から東京へと向う汽車の中で三四郎の経験する思いがけない遭遇と戸惑いであり、『夢十夜』に描かれた、波の底に沈んでゆく太陽のあとを追う船の凄まじいまでのインプレッションである。そして、それらを描き出す表現は、『それから』『門』にいたって、代助の存在不安や宗助の罪障意識をあらわすメタフォリックな文へと結晶していくのである。

これがなければ、「修善寺の大患」が漱石にどのような存在論的転回をもたらしたとしても、『彼岸過迄』『行人』『こゝろ』『道草』『明暗』といった作品のなかに登場する人間たちの生のありようが現実化されることはなかった。

では、このような「文の構え」はどこからやってきたものなのか。漱石が生まれながらにして身につけてきた「存在的構え」ともいうべきものからということができないだろうか。いまだ「存在論的転回」にまでいたらないまでも、みずからの存在そのものにしみついてきた不安や罪障意識からそれはやってきた。このことは、『文学論』を論ずるに当たって、ぜひとも記憶にとどめておきたい事柄なのである。

というのも、文学の普遍的基準を明らかにするというモティーフによって書かれたこの書が、文学作品の価値を「認識的要素（F）と情緒的要素（f）」との結合から引き出そうとするとき、そこに見出されるのは、どこまでいってもこの価値にいたりつくことのできない廻廊のようなものである。にもかかわらず、この廻廊を、「修善寺の大患」における三〇分間の死からたどっていくならば、いまだやってくることのない「存在論的転回F」と、それを支度する「存在的構えf」との結合に行き当たると思われるからである。

だが、そのことを受け入れるには、ある条件が必要である。文学作品の価値に対する信憑を植えつけるような未曾有のものへの感触を、『文学論』のなかに、現実のものとしてではなく、ある予兆として認めることができるかどうかということである。それができるならば、「凡そ文学的内容の形式は（F＋f）なることを要す。Fは焦点的印象または観念を意味し、fはこれに附着する情緒を意味す」といった言葉によって、精一杯フォルマリズム的な方法を示唆しながら、このときの漱石が、「存在論的転回F」と「存在的構えf」とをモティーフとした普遍的な価値基準を無意識のうちにも模索していたということができるのである。

第二節　理由のない怖れ

では、そのような模索というものは、いかにすれば焦点を結ぶのだろうか。

たとえば、漱石は「日常経験する印象及び観念」をFとfであらわすならばといって、（一）Fだけがあってfのないもの、（二）Fに伴ってfを生ずるもの、（三）fだけでそれに相応するFが認められないものと三つに分類する。さらに、この（三）のfをfear of everything and fear of nothingという英文で記述したうえで、「なんらの理由なくして感ずる恐怖など、みなこれに属すべきものなり」という。いったいこの「理由なき恐怖」とはどういうことであろうか。先の英文を「存在するすべてのものへの怖れといまだ存在しないものへの怖れ」と訳してみるならば、それこそが「猫」の寂寥からはじまって、代助の存在不安や宗助の罪障意識をあらわす「文の構え」へと結晶していくものではないだろうか

だが漱石は、たとえそうであるとしてもこのfだけでは文学の内容となることはできないという。なぜなら、このfを媒介する観念としてのFがそこには認められないからであり、それを認識することができたとしても、他のfと区別することができないからである、と。そのことは、意識の波ということになぞらえて、こんなふうに言い換えられる。すなわち、意識というものは時々刻々の波形のようにしてあるのだが、これをかたちあるものとして取り出すためには、集合的意識、社会的意識、時代的意識といったものに媒介されなければならない。そして、それらを媒介する意識こそがF1、F2、F3としてあらわされるのだ、と。

漱石はこのような分析を、後になって「失敗の亡骸《なきがら》」「奇形児の亡骸《なきがら》」「立派に建設されないうちに地震で倒された未成市街の廃墟のやうなもの」（「私の個人主義」）と語ることになるのだが、理由は明らかである。このfがたんなる情緒ではなく、究極的には「理由なき恐怖」を指し示すものであるとするならば、これを媒介するためには、焦点的印象または観念を意味するFでは足りないからである。集合的意識、社会的意識、時代的意識といったものによる媒介をもってしても、この

「理由なき恐怖」に内容をあたえることはできない。そのような媒介によって現れた文学作品を、価値として認めることはできないといってもいい。

だが、漱石は、それがなぜ「失敗」であり「奇形児」であり「未成市街の廃墟のやうなもの」であるかについて説明をくわえるということはしない。その代わりのように、「私の個人主義」という講演の文章に、以下のような一節を書き込むのである。

> 私は此世に生れた以上何かしなければならん、と云つて何をして好いか少しも見当が付かない。私は丁度霧の中に閉ぢ込められた孤独の人間のやうに立ち竦《[すく]》んでしまつたのです。さうして何処からか一筋の日光が射《さ》して来《こ》ないか知らんといふ希望よりも、此方《こちら》から探《たん》照灯を用ひてたつた一条で好いから先迄明らかに見たいといふ気がしました。所が不幸にして何方《どちら》の方角を眺めてもぼんやりしてゐるのです。ぼうつとしてゐるのです。恰《[あたか]》も嚢《ふくろ》の中《なか》に詰《つ》められて出る事《こと》の出来ない人のやうな気持ちがするのです。私は私の手にたゞ一本の錐《きり》さへあれば何処《どこ》か一ヶ所突き破つてみせるのだがと、焦燥《あせ》り抜いたのですが、生憎《あいにく》其錐は人から与へられる事もなく、又自分で発見する訳にも行かず、たゞ腹の底では此先自分はどうなるだらうと思つて、人知れず陰鬱な日を送つたのであります。

ここに述べられているものこそ「存在するすべてのものへの怖れといまだ存在しないものへの怖れ」としてのfではないだろうか。だが、『文学論』にいわれたように、このfは、なにものかの媒介がなければ、このような一節として表現されることはない。では、ここで理由のない怖れとしてのfを媒介しているFとは何だろうか。

「修善寺の大患」における三〇分間の死がもたらした「存在論的転回」である。事実、「私の個人主義」という講演がいかに「自己本位」ということの意味について述べたものであろうと、この「存在論的転回」に媒介されていなければ、「自己」はどのような内実ももつことはできない。漱石はそういうものとして「自己本位」ということについて語り、それを語る文章を「存在論的転回F」と「存在的構えf」との結合からなるものとしてあらわした。そのことによって、『文学論』の試みが、いまだこのような水位にいたるものではなかったということを示唆したのである。

だが、それがいかに「失敗」であり「奇形児」であり「未成市街の廃墟のやうなもの」であったとしても、そこにいまだ「存在論的転回F」に媒介されることのない「存在的構えf」を見出すことは可能なのだ。それだけでなく、「存在論的転回F」の予兆のようなものを、そこに感じ取ることもできないことではない。実際、この「存在論的転回F」にいまだ媒介されることのないf、『猫』や『坊っちゃん』や『三四郎』や『夢十夜』や『坑夫』といった作品に「存在的構え」として見出されたfこそが、『文学論』の以下のような一節に浸透し、「存在論的転回F」の媒介を予兆のように待ちのぞんでいるということもできるのである。

　春秋は十を連ねて吾前にあり。学ぶに余暇なしとは云はず。学んで徹せざるを恨みとするのみ。卒業せる余の脳裏には何となく英文学に欺かれたるが如き不安の念あり。余は此不安の念を抱いて西の方松山に赴むき、一年にして、又西の方熊本にゆけり。熊本に住する事数年未だ此不安の念の消えぬうち倫敦《ロンドン》に来れり。倫敦に来てさへ此不安の念を解く事が出来ぬなら、官命を帯びて遠く海を渡れる主意の立つべき所以〔ゆえん〕なし。去れど過去十年に於てすら、解き難き疑団を、来る一年のうちに晴らし去るは全く絶望ならざるにもせよ、殆んど覚束《おぼつか》なき限りなり。

（「序」）

周知のように漱石は、帝国大学文科大学を卒業し、東京高等師範学校に奉職するものの、わずか二年にして、みずからを追放するかのごとくに、松山へ、熊本へと向かった。その間、漱石をむしばんでいたのは、いやすことのできない「不安の念」であった。そのことは、ここに見られる「文の構え」から明瞭に受け取ることができる。それは、決して「英文学に欺かれたるかの如き不安」として一般化することのできない、いわば理由のない不安だった。だからこそ、この不安の念の消えないうちに倫敦《ロンドン》に来たものの、さらに解きがたい不安にとりつかれることになったといわざるをえないのである。

この不安は、漱石という存在を根底からとらえているものであって、少時より好んで学んだ漢籍に浸っている間は、意識しないですむものなどではなかった。たしかに『文学論』の「序」にそういう記述を認めることができるのだが、ここに見られる「文の構え」は、そのような記述を根本から裏切っている。それだけではなく、漱石二〇歳前後につくられたという漢詩のなかには、心の平安を叙するものなど一つもなく、青春の彷徨と青年期の憂愁とをうたったものがほとんどなのである。その根底にあるのは、幼い時から彼を駆り立ててやまない理由のない不安にほかならない。だが、そういう漢詩表現も「存在的構えｆ」のあらわれとしては瞠目すべきといえるものの、いまだそこには「存在論的転回Ｆ」の媒介を経ることのない「文」としてあるほかなかった。とはいえ、この文は、それを予兆のように待ちのぞんでいるといってもいいものでもあった。それが、『明暗』執筆時の漢詩にいたって、見事なまでに「存在論的転回Ｆ」の媒介をうるということは、いうをまたないのである。

そのように考えてみるならば、漢詩表現においても、小説作品においても、評論の文体においてさえも、漱石は、「存在的構えｆ」からはじめて、「存在論的転回Ｆ」による媒介を経、最終的にはこの二つの結合するところに最上の文学を打ち立てていったといえる。

それは、みずからの表現においてのみいえることではない。まさに、文学の普遍的基準を模索するという『文学論』の試みが、この「存在的構えｆ」と「存在論的転回Ｆ」との媒介・結合に価値を見出すべく進められたのであって、そこにいたりつくための中間報告のように「認識的要素（Ｆ）と情緒的要素（ｆ）」との結合というテーゼが打ち出されたということもできるのである。そのことを明らかにするためには、『文学論』のなかに、このテーゼにしたがって分析された文学作品の仕組みについての叙述をたどるのではなく、このテーゼが個々の文学作品の批評においてどのように読みかえられていくかをたどっていかなければならない。それは、同時に漱石の「模索」のあとをたどることでもあるからである。

第三節　戦い・争闘・格闘

そこで、まず「認識的要素(F)と情緒的要素(f)」がどのように作品批評において読みかえられていくかをたどってみることにしよう。「第一編第二章　文学的内容の基本成分」において漱石は、「情緒的精神状態が文学の内容となりて入り込む場合」について検討するために、恐怖、怒、同情、自己観念、宗教感情といったものを挙げている。「恐怖」が文学の内容となっている例として、シェイクスピアの『ハムレット』と『マクベス』が、「怒」の例としてホメロスの『イーリアス』、シェイクスピアの『リチャード三世』『ヘンリー六世』『コリオレーナス』などの一節が引用され、言及される。だがそこで、引用された一節がどのように「認識的要素(F)と情緒的要素(f)」との結合によって成り立っているかの指摘は、ほとんどみられない。それにかわって、以下のような言葉が連ねられるのである。

怒の表白は種々あるべけれど、其最も代表的なるは戦なり、殺戮なり、破壊なり。

つまり漱石は、『イーリアス』においても『リチャード三世』『ヘンリー六世』『コリオレーナス』においても、「怒」という情緒が「存在的構えf」としてあらわされているので、それが「存在論的転回F」によって媒介されるとき「戦い」「殺戮」「破壊」を根本とするような文学作品としてあらわれるといおうとしている。そのことを、シェイクスピアの『コリオレーナス』などは「争闘文学の粋と称して可なるべし」という言葉で示唆するのである。

これは「恐怖」についても同様である。『ハムレット』における先王の幽霊への恐怖にふれ、『マクベス』における夜を切り裂くような女の叫びにも恐怖を感じなくなったマクベスについて語るとき、この「恐怖」という「存在的構えf」が「存在論的転回F」に媒介されることによって、「戦い」「殺戮」「破壊」からのがれることのできない人間たちの悲劇があらわれるということが示唆されるのである。

漱石はそこで、不安や恐怖や怒りというものは、私たちの生が存在から根本的に疎隔されているということからやってくるのであって、そのかぎりでは全く理由のないものにほかならないのだが、にもかかわらず、このような理由のない不安や恐怖や怒りに駆られて、人間は人間を傷つけ、「戦い」「殺戮」「破壊」へと突き進んでいくということを直観している。そこから、ホメロスやシェイクスピアの文学とは「存在的構えf」と「存在論的転回F」との結合からなるものという直観がやってきたといえる。

だが、実状をいえば『文学論』の漱石は、理由のない不安や恐怖や怒りをfとして取り出すことができても、これが存在からの根源的疎隔に由来するものであり、そこからたがいに傷つけあわずにいられないような衝動に巻き込まれていく人間のありかたが取り出されるということを確信するにいたっていない。それをするためには、いうまでもなく「修善寺の大患」における「存在論的転回」を待たなければならなかったのである。

とはいえ、『文学論』の記述は、まるでその予兆を感じ取っているかのように自己観念、宗教感情について、以下のように進められるのである。

すなわち、自己観念とは「ego に附きての感情なり」として、その積極面を虚栄、慢心、意気といったものに認め、消極面を謙譲、小心、失望といったものに認める。そのうえで、ミルトンの『失楽園』に登場する魔王やシェイクスピアの『コリオレーナス』の人物像を分析していくのだが、いかなる失敗に陥り、困難に遭遇しようと虚栄の翼を広げずにはいない魔王の姿や、慢心のなすがままにローマ市民を敵に回してさえ、おのれを貫き通そうとするコリオレーナスの昂然とした姿について言及する漱石は、人間というのがいかにみずからの意志によっては統御することのできない感情や観念にとらえられ、奈落の淵に落ちていくものであるかを示唆する。とともに、そのような悲劇的境涯においても、なおかつ自尊心やプライドを捨てることならず、「意気凜然」たらんとするものであるかをも語りかける。そして、このような批評においてこそ、漱石は、「存在論的転回F」を予兆のように感じ取っているといえるのである。

このことは、宗教的感情についての記述において、一層示唆的に説明される。まず漱石は、抽象的観念に伴う情緒fというものを挙げ、そのなかで最も喚起力の強いのは超自然的事物に対する情緒であるとする。そのような情緒があらわされたものとして、アウグスティヌスの『告白』を例に挙げるのだが、問題は、キリスト教という宗教に見られる情緒や感情にあるのではない。事実、「第三章　文学的内容の分類及びその価値的等級」において漱石は、認識的要素(F)を感覚F、人事F、超自然F、知識Fと四つに分類しながら、最も強大なfを起こしうるものとして超自然Fを挙げるのである。つまり超越的な存在がもたらす情緒こそが、多大な情緒をもたらすのであって、宗教的感情や宗教的情緒というものの本質はここにあるというのである。

漱石は、さらにこの超越的存在をキリスト教の信仰にかぎることのできない「神」の存在性とみなすことで、なぜそれに対する情緒が強い喚起力をもたらすのかという問いを立てる。それは無限や絶対といった最高概念としての宗教的Fに由来するという一般的理解に対して、いったい超越か無限とか絶対とかいうのはいかなるものか、そういうものとしての神はいかにして人間の前にあらわれるのかという問題抜きに、この問いは解かれないと考える。漱石の答えは、以下のようなものである。

神とは人間の固有の情緒から湧き出てくるものだが、この情緒とはまずこちらを害し破壊しようとするものに対する憎しみとしてあらわれる。憎しみはおのずからそのものに対抗し、打ち倒そうとする感情を掻き立てる。だが、どのように対抗しようとその強大な力に屈せざるをえないということが明らかになるとき、この憎しみは一変して恐怖と化す。この恐怖は、時におのれの力の及ばざるものへの崇拝へと変わり、それが全知全能の存在をもちきたらす。つまり、人間はおのれを侵害するものに対する憎しみと恐怖からのがれようとして無限かつ絶対の神を呼び起こし、これを人間を超えた存在として崇拝するというのである。

こうしてみれば、漱石が「宗教的感情f」と「宗教的力F」との結合に文学的内容を読み取ろうとするとき、「存在的構えf」と「存在論的転回F」との媒介・結合に文学の普遍的な基準を見出そうとする意図が確実に投射されていたということができる。実際、おのれを侵害してくるものへの憎しみからそのものとの格闘へと促され、結局は、その強大な力のために敗北の余儀なきにいたることによって、深い絶望や恐怖に陥っていくとき、その深淵から無限かつ絶対の神が呼び求められるというありかたこそ、「存在論的転回」の名に値するものだからである。

それは、たとえば「すべての簒奪は、陽の当たるところにわが身を置くことから始まる」という意味のことを語り、「この無限の空間の永遠の沈黙は私を恐怖させる」（『パンセ』前田陽一・由木康訳）と語ったパスカルの「転回」に通ずるものといってもいい。そして、一般者とは異なった固有の情緒に恵まれた例外者を「詩人」と名づけるキルケゴールが「詩人の生活は全人世との争闘に始まります、ですから、慰めかそれとも正当な権利かを見つけてやらねばなりません。なぜかといえば、最初の戦闘において、彼はつねに負けなくてはならぬからです。しょっぱなから勝とうなどとすれば、彼は当然の権利をもっていないことになります、わたしの詩人は、いわば、自分自身を破滅させようとしたその瞬間に、人世から放免されて、からくも正当な権利を与えられます。こうして彼の魂は宗教的な色調を帯びていきます。この色調は、けっして発現するにはいたりませんが、もともと彼を担っているものなのです」（『反復』桝田啓三郎訳）と語ることによって明らかにした宗教的な「転回」にも通ずるものなのである。

第四節　有限性からの表象

こう考えてみるならば、パスカルの恐怖やキルケゴールの絶望というのが、漱石のいう理由のない怖れからもたらされるものであり、それらは同時に、人間の生が、存在そのものから疎隔されているところからやってくるものであるということが、一層明らかになったといえる。問題は、このような存在との根源的疎隔こそが、人間の攻撃性をうみだすということであって、そういう意味でいえば、絶望も恐怖も、さまざまなかたちで、おのれを攻撃するものとの競合関係からうまれるといえるのである。

そのような競合関係に眼をつぶって、もっぱら気晴らしをあたえるものに身をまかせ、さらには絶望という病から癒えようとしないならば、結局は、無限の神にも永遠の生にもふれることがならず、そこからもたらされる宗教感情にもめざめることができない。宗教者としてのパスカルとキルケゴールは、みずからの「転回」からこのような救済理念を導き出した。これに対して、漱石にあっては、超自然的なものや宗教的力、さらにはそこからもたらされる情緒を文学作品から取り出すことができるならば、そこに文学の普遍的な基準が見出されるという考えが採られたのである。

これは、明治四〇年という時点において画期的ともいうべき思想であって、明治二〇年代にあらわされた北村透谷の「内部生命論」をはじめとするいくつかの論のなかにようやくその萌芽を見出すことができるだけなのである。にもかかわらず、この時点における漱石には、透谷がたとえ未完のものであれ確信として抱いていた理念を、ある予兆としてしか受け取ることができなかった。そのことは、このあとの展開において、神の絶対性や無限性が、人間の相対性と有限性から表象されたものであるという考えの方に比重を移していくところからうかがわれるのである。

漱石は、オーギュスト・コントの説によればとしながら、こんなふうにも述べる。人間の知力がまだ幼稚なる段階においては、自然物に対する崇拝が宗教的感情の根本をなすのだが、しだいにこの感情・情緒が高じてくると英雄という偶像への崇拝、無形の神々への崇拝、さらには全知全能の神への崇拝へと進んでいく。それは、宗教的感情の根本に、より完全なるもの、無限なるものへの渇望が秘められているからであり、それは同時に、みずからの不完全性や有限性に対する意識からうみだされたものということができる。さらには、人間は自然との間で絶えず満たされない欲望を植えつけられているのであって、そのような欲望の極致として理想の集合体があらわれる。それが神と呼ばれるものの実体にほかならない。

　ここにはたしかに、コントの『実証精神論』において展開された、神学概念の人類という観点からみられた発展説や、不完全な存在であるおのれを存在せしめているのは完全なる神にほかならないというデカルトの神の存在証明が投影されているといっていい。それだけでなく、満たされない欲望が理想の集合体をつくりだし、人間はそのような理想共同体を絶対なるものとしてやまないという記述には、フォイエルバッハの疎外概念——人間存在の本質を規定するものをその外部に投影し、絶対なる神を打ち立てるとき、そのような神によって、かえって人間が疎外されてしまうという論が投影されているようにも思われるのである。

　だが、デカルトにせよ、コントにせよ、フォイエルバッハにせよ、神の存在は、人間のもともともっているポジティヴな力によって呼び出されるものである。それが、デカルトにあってはコギトであり、コントにあっては実証精神であり、フォイエルバッハにあっては類的本質なのである。これに対して、漱石のいう有限性とか相対性というのは、存在からの根源的疎隔からやってくるものであり、人間に理由のない怖れや不安を植えつけるものなのである。とするならば、そこから呼び出される神の存在は、根本的にこれらと背馳するといわざるをえない。

しかし、漱石の記述を見ていくと、必ずしもそうとはかぎらないのである。つまり、漱石はコントの実証精神やデカルトのコギトやフォイエルバッハの類的本質とどこかで共振している節があるのだ。

『文学論』が「修善寺の大患」以後の漱石から見て「失敗の亡骸」であり「奇形児の亡骸」であり「立派に建設されないうちに地震で倒された未成市街の廃墟のやうなもの」であるというのは、このあたりに起因しているといえる。いってみるならば、漱石にとって宗教的感情fや宗教的力Fは、理由なき怖れや存在論的疎隔からやってくるとみなされているにもかかわらず、現実的に論を進めてみると、このような直観はどこかで、蔑《ないがし》ろにされてしまう。神の観念はパスカルやキルケゴールの思想に由来するものであるにもかかわらず、いつの間にか、コントが引き合いに出され、その背後にデカルトやフォイエルバッハが招き寄せられるといってもいい。

これこそが、『文学論』の漱石が、いまだに未曾有なものの感触をうるにいたっていない証拠なのである。このことは、たとえばフォイエルバッハが批判したヘーゲルの絶対精神が、どのようにして打ち立てられたかを考慮に入れてみるならば、より一層明らかになるだろう。

『精神現象学』における「精神」の章において、ヘーゲルは、二つの良心の葛藤について論じている。一つは、良心というものからもっとも遠い存在であって、たとえばドストエフスキーの『地下生活者の手記』に登場する存在を思い浮かべてみるとわかる。彼は、どのような倫理に対しても道徳に対しても唾を吐きかけ、「一杯のお茶のためには世界が滅んでもいい」といってはばからない人間である。

これに対して、そういう存在を前に、物事の基準を正し、これを説得しようとする正義の人といった人間の良心が対置される。『地下生活者の手記』には、そのような存在は具体的なかたちで登場しない。しかし、良心のかけらもないようなあの男がたてついているのが、世の常識をお仕着せのように身に着けて、それをすきあらば相手にも強いようとする人間に対してであることは、明らかである。この二者のせめぎあいがどうにもならないところまできたとき、「地下生活者」のあの言葉が発せられたと考えることができる。

ヘーゲルは、しかし、このような葛藤が地獄を見るまでにいたったとき、前者に「良心」としての覚えが生ずるという。それは何よりも、「悪」の自覚としてやってくるのだが、この自覚は、自分が相手に対する「ゆるしがたさ」を押しかくしていたという内省としてやってきて、彼を「行動」へとうながす。彼は取るものもとりあえず、そのことを相手に告げることによって、「良心」としての内実をたもとうとする。だが、そのとき後者にもまた、「ゆるしがたさ」への内省がやってくるとヘーゲルはいうのである。

常識と正義を提示することによって、相手の始末の悪さを「批判」してきたこの「良心」は、「悪」の自覚とともに「良心」の覚えを手にした前者の告白に会って、しだいにみずからを省みることをおこなう。結果として、自分もまた、相手に対する「ゆるしがたさ」にとらわれていただけであることに気がついていく。そのとき、彼らは、それぞれに相手に対する「ゆるしがたさ」を越えた場所から、たがいに相手に認めてもらうことを願うのであるとヘーゲルはいう。そして、この「ゆるしがたさ」を超えた場所こそが「絶対精神」ともいうべきものである、と。

ヘーゲルは、明らかにフォイエルバッハの批判のとどかないところに絶対性というものを見ようとしている。つまり、人間の疎外というのは、おのれを攻撃するものとの葛藤からやってくるので、それをのりこえるためには、それぞれがみずからのうちに「悪」を自覚し「ゆるしがたさ」を内省するほかはない。そのとき、この「ゆるしがたさ」を超えた場所から相互の承認というものがやってくる。そこに「絶対精神」を見出すことができるとするならば、この「絶対精神」とは、人間の本質から疎外されたものなどではなく、人間が他者との葛藤や闘争からのがれられないという現実から呼び出されたものといわなければならない。

ここには、人間はおのれを侵害するものに対する憎しみと恐怖からのがれようとして無限かつ絶対の神を呼び起こし、これを人間を超えた存在として崇拝するという漱石の直観に響きあうものがみられる。しかし、漱石は、この直観から普遍的な価値基準を引き出すのではなく、ヘーゲルの絶対性を批判したフォイエルバッハ的な理念に宗教的なものの本質を見出すのである。あるいは、ヘーゲルの絶対性には、どこかに先験的な観念の構えが認められるとして、「ゆるしがたさ」の内省や「悪」の自覚というものが、否定的なものの内的運動の帰結としてやってくるのではなく、「必然の他者」からやってくるのではないかといった意味の批判をおこなったキルケゴールの理念(『不安の概念』)へと踵を返すこともしなかった。

そのことを思うならば、あらためて『文学論』の漱石が、その思想においても方法においても未生といっていい場所にみずからを置いていたということを認めざるをえないのである。この場所から、やがて未曾有のものに見舞われるとともに、「存在論的転回」にいたることになるのだが、そうであるとするならば、むしろそのような地点から再帰的なかたちで『文学論』の試みを受け取っていくということが、いま私たちに必要とされていることではないだろうか。

第二章　運命Fから戦争Fへ

第一節　外発的な力と不可抗的な滑空

柄谷行人は『増補 漱石論集成』に収められた「風景の発見」や「漱石とジャンル」といった論で漱石の『文学論』の試みを、「フォルマリスト的」とか「形式主義《フォルマリスム》」という言葉で論じている。だが、柄谷のいう「形式」というのが、意識や情緒を規定するものとしての集合的観念でないのは、いうまでもない。たしかに、漱石は、Fを意識の波形の焦点をあらわすものとして、そこに集合意識を見出し、それがどのように情緒fに影響を及ぼすかという点について論じている。だが柄谷によれば、この「影響」とは、フロイトの「エス」やバフチンの「カーニバル」に通ずるものなので、漱石のいうFもまた、意識や情緒がそうあってほしいありかたを抑圧したり、歪曲したりするものといえる。それだけでなく、日常的な秩序においては見られることのない、ポリフォニックな欲望として現出させるものでもある。

だが、そのような柄谷の見方もまた再帰的といっていいものなので、そこには、無意識のうちにも「存在論的転回」が媒介されているということができる。実際には、漱石が意識というものを波形とみなして、その前後に個人史としてのFや社会進化としてのFや時代思潮としてのFをおき、その頂点に集合意識をおいたとき、まさに形式主義そのものを実践していたのである。このような形式主義が、「存在論的転回」に媒介されるとき、どのような変化が生ずるかを、「現代日本の開化」における以下の一節に読み取ることができる。

> 我々の心は絶間なく動いて居る。（略）働いてゐる。これを意識と云ふのであります。此意識の一部分、時に積れば一分間位の所を絶間なく動いてゐる大きな意識から切り取つて調べてみると矢張り動いてゐる。（略）凡《すべ》て一分間の意識にせよ三十秒間の意識にせよ其内容が明瞭に心に映ずる点から云へば、のべつ同程度の強さを有して時間の経過に頓着なく恰も一つ所にこびり付いた様に固定したものではない。必ず動く。動くにつれて明かな点と暗い点が出来る。其高低を線で示せば平たい直線では無理なので、矢張り幾分か勾配の付いた弧線即ち弓形《[ゆみがた]》の曲線で示さなければならなくなる。

たしかに『文学論』においてもまた、意識は「弓形の曲線」で図示されている。だが、ここでいわれるような「明らかな点」と「暗い点」の高低から生ずる動きとしてはとらえられていない。さらには、意識が波形をなすことがいわれていながらそこでは、この一節の少し後で述べられるような「むろん描かれる波の数は無限無数で、その一波一波の長短も高低も千差万別でありましょうが、やはり甲の波が乙の波を誘い出して順次に推移しなければならない」といった説明はくわえられていない。

漱石は、このような意識のありかたに「内発的」という言葉をあたえるのだが、それを文学作品についていうならば、そのような意識や情緒がそのままに作品に投影されることがなく、ある種の変形を蒙らざるをえないという見方こそが、ここでの漱石の考えといえる。いうまでもなく、作品の言葉が「内発的」であろうとするとき、それを阻み、意識や情緒に変形をくわえるものこそが、「存在論的転回」に媒介されたＦなのである。

これについて漱石は、意識の波というよりも開化の波という観点から次のように述べる。

> 日本の開化は自然の波動を描いて甲の波が乙の波を生み乙の波が丙の波を押し出すやうに内発的に進んでゐるかと云ふのが当面の問題なのですが残念ながらさう行つてゐない。（略）我々の遣《[や]》つてゐる事は内発的でない、外発的である。これを一言にして云へば現代日本の開化は皮相上滑《[うわすべ]》りの開化であると云ふ事に帰着するのである。無論一から十まで何から何までとは言はない。複雑な問題に対してさう過激の言葉は慎《つゝし》まなければ悪いが我々の開化の一部分、或《あるい》は大部分はいくら己惚れて見ても上滑りと評するより致し方がない。しかしそれが悪いからお止《[よ]》しなさいと云ふのではない。事実已《や》むを得ない、涙を呑んで上滑りに滑つて行かなければならないと云ふのです。
>
> （同前）

ここから読み取れるのは、意識や情緒に歪曲をくわえるFとは「外発的」といっていいものであって、この影響をこうむるときそれらは、「上滑り」というありかたを呈するほかはないということである。

ところで注意したいのは、このようなありかたは、バフチンの「カーニバル」やフロイトの「エス」の意味するところとは必ずしも重ならないということである。少なくとも、バフチンにおいては、形式Fによるさまざまな変形を通して、日常的な秩序におさまることのない多声的な意識があらわされるとされ、フロイトにおいては超自我Fによる抑圧を通して、歪曲された無意識の表象があらわされるとされるのである。そして、無意識の表象にせよ多声的な意識にせよ、内発的なものではとらえることのできない意味や価値をもたらすというのが、フロイトやバフチンの考えなのである。

これに対して、漱石のいう「外発的」には、Fの力が集合的なものとなってfに影響を及ぼすということだけでないのはもちろん、抑圧や歪曲、変形を通してFの力がfをして既成の枠組みからはずれさせるということにもおさまらないものがみとめられる。それは、意識をして人間全体の運命に目覚めさせるあるものだ。「外発的F」とは、それに圧倒され、いかにしても屈せざるをえないという思いを抱かせる力ということができる。それは「汽車がゴーッと馳《か》けて来る、その運動の一瞬間すなわち運動の性質の最も現れ悪《にく》い刹那」(同前)を絶えず意識させるような力である。たとえば、この力を一瞬一瞬に意識せざるをえなくなった『行人』の一郎は、「人間全体が幾世紀かの後《のち》に到着すべき運命を、僕は僕一人で僕一代のうちに経過しなければならないから恐ろしい」

「僕は人間全体の不安を、自分一人に集めて、そのまた不安を、一刻一分の短時間に煮つめた恐ろしさを経験してゐる」といふ。その結果として「死ぬか、気が違うか、それでなければ宗教に入るか、僕の前途にはこの三つのものしかない」とまでいうのだが、「現代日本の開化」においては、「この三つ」以外の第四の道として「皮相上滑り」というものが提示されていると考えることができる。ではいったいそれは、どのような形をとるものなのか。

これを明らかにするためには、フロイトやバフチンではなく、ベンヤミンを引き合いに出してみなければならない。漱石より二五歳年少でありながら、二〇世紀の悲惨を人間を圧倒するような強大な力の発現にみることで、いかにしても抗うことのできないこの力こそが、歴史から文化、芸術、思想を未来へとうながしていく動機にほかならないと考えたベンヤミンは、「歴史の概念について」において、「新しい天使」というクレーの絵に描かれた一人の天使の姿について語る。

この天使は、自分が凝視しているものから、いままさに遠ざかろうとしているかのように、「眼は大きく見開かれ、口は開かれ、翼は広げられている」。「顔を過去の方へと向け」、「たえまなく瓦礫のうえに瓦礫をつみかさねては、かれの足もとに放りだしている破局」を見ているのだが、できることなら「その場にとどまって、死者を目覚めさせ、打ち砕かれた破片を集めてもとどおりにしたいと思っている」（鹿島徹訳）。だが、思いもかけずパラダイスの方から強い風が吹きつけてきて、その風が彼の翼にはらまれるや、そのあまりの激しさに、天使はもはや翼を閉じることがかなわなくなるのだ。

やがて、天使はこの強い風に押し流されるようにして、彼が背を向けている未来の方へと引き止めがたく滑空していく。目の前には、先にも増して瓦礫の山が累々と積み重ねられ、天にも届くほどなのだが、彼にはもはやどうすることもできない。私たちが進歩と呼んでいるのは、この吹いてくる強い風のようなものなのだという言葉で、ベンヤミンはこの挿話を締めくくる。

そうであるならば、顔を過去の方へ向けた天使を、彼が背を向けている未来の方へと吹き飛ばしていくこの「強風」こそが、漱石において「外発的F」といっていいものではないだろうか。この「外発的F」の圧倒的な力に押されるようにして、上滑りに滑っていかなければならないという漱石の言葉は、ベンヤミンの「歴史の天使」の不可抗的な滑空へと重ねられ、涙を呑んで飛翔していく姿へと重ねられる。そして、この強風に飛ばされながら、未来へと向う過去、さらには過去と向き合う未来を体現してみせる天使の姿に、「外発的F」に媒介されたfを読み取ることができるのである。

第二節　神的暴力と悲劇の根源

『文学論』の漱石は、いうまでもなく、そういうものとしてF＋fという公式を提示しているわけではない。だが、これを再帰的にとらえていくならば、まちがいなくそのように読み取ることができるということである。事実、ベンヤミンが「歴史の天使」にこめた思想をたずねていくならば、『文学論』の随所に「存在的な構えf」として埋め込まれていることが明らかになってくるであろう。それを、いま「悲劇的なもの」として取り出してみるならば、以下のようにいうことができる。

『ドイツ悲劇の根源』においてベンヤミンは、ギリシア悲劇が、運命を前にした英雄の苦悩と贖罪と死を通して創造的精神をかきたてるのは、英雄によって最終的に運命が打ち破られるときであるという。ここでいわれる「運命」とは、人間世界を震撼させるような現象であり、不可測の人知を超えた力である。このような力や現象を前に、彼は、言語を奪われ、認識を掻き乱され、無言と沈黙のなかへと幽閉されていく。にもかかわらず、彼が英雄であるのは、みずからが「罪」からのがれられないということを認識しているからである。同時に、そのような「罪連関」からみずからを解き放とうとするからにほかならない。

このような考えは、『暴力批判論』において「神話的暴力」と「神的暴力」という言葉によって、さらに深化される。神話的暴力とは、いわば「運命的な力」であり、人間の罪過に刑罰をもって現前するのではなく、「罪ある者」としての「あがない」を課す力である。そして、国家の基底をなす法的規範は、このような神話的暴力を法措定と法維持の最終的な根拠としている。ベンヤミンによるならば、このような神話的暴力が国家・社会の根幹をかたちづくるとき、これを攪乱するような力として神的暴力が現れてくる。

それは国家の抑圧力に抗してプロレタリア・ゼネストを現出させる力であることもあれば、民衆の審判を通して特別な人間を祀り上げ、「真の戦争」へと向かわせるような力であることもある。しかし、重要なのは、この力が「生と死と死後の生とをつらぬいて人間のなかに存在する生命」をかきたてる暴力であり、純粋で直接的な暴力であるということである。この神的暴力は、人間に対して罪からの「贖い」を求めるのではなく、罪そのものを取り去ろうとする。

生命の根源に根ざした純粋な暴力としての神的暴力が、罪そのものを取り去るのは、「罪あるもののあがないのためにいけにえとして死んでいく」（『ゲーテ　親和力』）存在のうちに、その力が体現されるときにほかならない。そういう存在を、ベンヤミンは『ゲーテ　親和力』において、みずからが犯した不義と過失のために、エードアルトの愛の求めを拒んで死を選択するオッティーリエのうちに見い出す。そして、この力は『ドイツ悲劇の根源』において、アイスキュロスの『オレステイア』にみられるように、犠牲として捧げられたヒロインの死にいたる狂乱としてあらわれるのである。

「神話」と「悲劇」についてのベンヤミンの考察は、漱石の『文学論』から十年を経た時期から進められたものである。だが、それはあたかも、「修善寺の大患」における「存在論的転回」を経て『彼岸過迄』『行人』『こゝろ』『道草』『明暗』といった作品を書き終えた後に、あらためて文学理論の再構築に向った漱石の手によるものと思わせるところがある。

もちろん、一九一六年『明暗』執筆中、帰らぬ人となった漱石の生涯を思えば、このような仮定がまったく根拠のないものであることは明らかである。にもかかわらず、同じ一九一六年に、「言語一般および人間の言語について」を書き上げることによって、みずからの文学思想を確立していったベンヤミンを思うならば、そのことの片鱗たりとも真実として受け取ることができるように思われるのである。

それはともあれ、ベンヤミンにおける「歴史の天使」に不可抗的な滑空をもたらす「強風」こそが、「運命」であり「神話的暴力」であると考えるとするならば、「罪」からみずからを解き放とうとする英雄とは、累々と積み重ねられる瓦礫を前に、死者を目覚めさせ、打ち砕かれた破片を集めている「歴史の天使」ということができる。「運命」を前にした英雄が、言語を奪われ、認識を掻き乱され、無言と沈黙のなかへと幽閉されていくように、この天使は、翼をからめとられ、そのあまりの激しさに、もはや翼を閉じることがかなわなくなるからである。

　これを「修善寺の大患」以後の漱石の作品にたずねてみるならば、どうか。「汽車がゴーッと馳けて来る」ような力を前にして「人間全体の不安を、自分一人に集めて、そのまた不安を、一刻一分の短時間に煮つめた恐ろしさ」を経験している『行人』の一郎のありかたに重ねることができないだろうか。そういうなにものかに幽閉された状態のなかから、ベンヤミンによれば、「罪あるもののあがないのためにいけにえとして死んでいく」存在が現れて、そのもののうちに「運命」を打ち砕き、「神話的暴力」を攪乱する「神的暴力」が体現されるのだった。実際、漱石は『行人』から一年に満たない時期に発表された『こゝろ』において、先生という人間にそのような力を具現させるのである。

　そう考えるならば、「人間の罪といふものを深く感じ」、「死んだ積《つもり》で生きて行《ゆ》こうと決心」した先生の心を「握り締めて少しも動けないやうにする」「恐ろしい力」とそれに抗おうとする「苦しい戦争」の果てに、みずからを死へと赴かせる先生を、強風に押し流されるようにして、顔を過去の方へ向けながら、彼が背を向けている未来の方へといやおうなく滑空していく天使の姿に重ねることは、あながち牽強付会とはいえないだろう。

第三節　天才と苦しい戦争

とはいえ、『こゝろ』の先生の内面をこのようにとらえるためには、『文学論』を再帰的に読み込むというモティーフをあらためて確認しておかなければならない。そうでなければ、この天使は、先生の姿に重ね合わせることもできなければ、「現代日本の開化」で述べられた外発的力に押し流されるようにして、上滑りに滑っていく存在に擬《なぞら》えることもできない。実際、「外発的F」によって、無言と沈黙のなかへと幽閉されていく存在の「f」とはどういうものであるのか。あらためて『文学論』に目を移してみると、興味深い一節にゆきあたる。「第二編第四章　悲劇に対する場合」において、バイロンの『ションの囚人』を引き合いに出しながら記された次のような一節にである。

凡そ人生の根本問題は生其物にあり。而して其生の内容は此活動に存するを以て、若《も》し此活動四囲の事情により圧迫せらるゝか或は全く消滅する事ありとせば、其時吾人は生なるものゝ保証を奪はるゝが如き心地ならざる可らず。されば囚人の最も怖るゝは苦役にあらず労働にあらず、また看守の鞭撻にあらず、ただ暗室禁錮にあるのみ。彼は暗室に端座して悠々無事なるべきに、これを以て全ての苦楚《くそ》以上の苦楚と感ずるは、全く此生命の内容たる活動の意識を絶対に禁止せらるゝが為なり。

漱石は、『ションの囚人』について述べながら、『行人』の一郎や『こゝろ』の先生の内面を予示しているかにみえる。だが、ここでいわれる「暗室禁錮」「苦楚《くそ》以上の苦楚」が「運命」や「神話的暴力」からもたらされたものであるとしても、そのことは、『行人』や『こゝろ』や「現代日本の開化」のようにはいわれていない。つまり、苦痛ｆのリアリティについてはこれ以上ないまでに分析されるものの、それをもたらすＦについての分析が見られないのである。その点については、このあとにつづく「悲劇の関する所は死生の大問題なり。死生の大問題は吾人の実在を尤も強烈なる程度に於て、吾人の脳裏に反射し来る。而して死生の大問題は皆苦痛ならざるはなし」という一節からもうかがわれる。

　たしかに、この苦痛は、それを受ける者に「軌道を走る汽車の如く、磁石に吸ひ付けらるゝ鉄屑の如く、寸時の油断なく、瞬間の余裕なく驀《ばく》地に盲進するに至る」という思いを抱かせるという叙述から、「外発的Ｆ」や「運命Ｆ」「神話的暴力Ｆ」が想起される点もないわけではない。だが、『文学論』の漱石はＦをそういうものとしてとらえるにいたっていないのである。

　いってみるならば、同じ『ションの囚人』における次のような記述——「悲劇は一種の意味に於て苦痛の発展なり。此発展を目撃する吾人は主人公の如何に之を解決するやを気遣ふのみならず、其苦痛のわれに快なると不快なるとを疑ふの余裕さへなく、只眼前の苦痛に釘付けにせられて遂に目を転ずるを得ざるに至る。悲劇は此強烈なる注意力を看客の上に喚起するが故に戯曲中に於て優勢なる権力を占むるにあらざるか」という記述によって悲劇の本質に迫りながら、ベンヤミンの『ドイツ悲劇の根源』に語られたような「運命」と「罪」についての思想にとどくまでにはいかないのが『文学論』の漱石なのである。

このことは、「第五編第一章　一代における三種の集合的F」において「天才的F」というものが措定されている点からもうかがわれる。「悲劇」における英雄とは異なるものの、漱石は、「社会に歓迎せられて成功の桂冠に其頭を飾る」ことをよしとせず、「声誉」をほしいままにすることあたわず、時として時代の「好尚」に反して、互いに容れることのない不幸へと陥っていく天才について述べる。

だが、彼が天才であるのは、この天才的Fが強烈に彼の意識を領するからであって、そのとき彼は「他の見る能はざるものを見、他の聞き能はざるものを聞き、もしくは他の感ずる能はざるものを感じ或は他の考ふる能はざるものを考へ得る」というのである。こうして、「天才の意識は非常に強烈なるを常態」とするため、「世俗と衝突して、夭折するにあらざるよりは、其所思《しょし》を実現せずんば已まず」といわれる。

なるほど、ここには、「悲劇的なもの」についてのベンヤミンに通ずるような洞察がみとめられるといってもいい。とりわけ、そのような「天才」が世俗と相容れず、抹殺されるありかたとして、イエス・キリストの十字架上の死や孔子の陳蔡《ちんさい》の厄について述べる漱石は、ベンヤミンのいう「運命」と「罪」にまでその思考を届かせているかにみえるのである。

だが、ベンヤミンがそのような「運命」と「罪」をアイスキュロスの『オレスティア』やソフォクレスの『オイディプス』に見出していただけでなく、ゲーテの『親和力』のオッティーリエのうちに見出していたということに注意しなければならない。つまり、「修善寺の大患」以後の漱石が「存在論的転回」に見舞われることによって、もはや「運命」や「神話的暴力」といったものが、天才だけでなく、『行人』の一郎や『こゝろ』の先生をも襲うものであることを確信していったにもかかわらず、『文学論』での漱石には、その確信まで一歩の及ばなさがあったということなのである。

とはいえ、そのことは『文学論』を再帰的にとらえるために必要な条件であると考えることもできる。漱石は、「宗教的感情f」と「宗教的力F」との結合や「苦痛f」や「天才的F」によって、その根拠になるものを提示していったのだが、「第五編第六章　原則の応用（四）」においてあらためて焦点意識Fや集合意識Fが「競争」から成っているケースを挙げていく。それは、ホメロスやシェイクスピアの人物たちに「戦い」「殺戮」「破壊」を読み取り、「争闘文学」という名を冠するにいたったモティーフを受け継いだものともいえる。

ここでいわれる「競争」とは、引用されたチャップマンの詩の言葉によれば、「およそ卓越した真実の中で、一般大衆の不機嫌から発せられるような毒牙の餌食にならなかったものは一つもない」（佐藤裕子訳）という言葉に象徴されるものである。天才や英雄における一般大衆の怨望との戦いであり、この怨望をもって彼らを引きずり下ろそうとする者たちとの戦いといってもいい。そのことを、漱石は、世に先んずる一分の才があっても、俗を抜くこと半歩に過ぎないならば、天にしたがっておのれを空しくしているようなものである、ほんとうに天にこたえようとするならば、「一分は一分の争を敢てせざる可からず、半歩は半歩の戦を挑まざる可からず。一分の人も半歩の人も等しく此戦争を経んが為に天意を以て人間に生れたるものなり」というのである。

ここには天才や英雄における俗情との戦いが余すところなくとらえられているといえる。「競争」からはじめて「争闘」「格闘」「戦争」といったものが、いかにして天才や英雄をとらえていくかは、まずここから明らかにされなければならないといっているかのようである。

だが、これを「存在論的転回」を経た時点での漱石ならば、どのように展開するかという視点からとらえてみるならばどうなるだろうか。

人間が攻撃欲に駆られ、他者を傷つけずにいられなくなるのは、存在から根源的に疎隔されているからである。この疎隔を、運命的なものとして受け取ることができないとき、人は、怨望のなすがままに少しでも相手よりも優位に立とうとする。だがこのような「戦争」は、ついに「戦争のうちに成功の意義を含めるもの」のない戦争にすぎない。真の「戦争」は、このような戦争を進める者たちとの間に行われるのである。そして、漱石は、それを行う者をこそ「天才」の名で遇した。そのことは、次の一節からも明らかである。

天才は尤も執着心に富めるものなるが故に、彼等の戦争は必ず猛烈なり。而して衆寡敵せざるは一般の原則なるが故に、天才の多くは猛烈なる戦争を命のあらん程持続して遂に窮途に斃るゝ事多しとす。

もはやここには、世俗と相容れず、抹殺される「天才」にかぎることのない人間の真実が述べられている。それだけでなく、ここには、古代の英雄や悲劇的存在にかぎることのできない内心の劇が語られているということもできる。

それはまさに、『こゝろ』の先生の内心を占める「苦しい戦争」を予言する言葉といっていい。『こゝろ』という小説に、そのような「戦争」に敗れてこの世から去って行く先生を描くとともに、その先生を追って急行列車に飛び乗る「私」の姿をも読者の目に焼き付けることによって、あらためて、漱石は、この「戦争F」から『文学論』を構想し直すことを考えていたといっても、あながち言い過ぎとはいえないのである。

第五部

詩人漱石の展開

俳句・漢詩

序章　漱石の詩魂

第一節　最も詩に近い小説

漱石の小説のうち、最も詩に近いものをと問われたならば、迷わずに『坊っちゃん』を挙げるだろう。「親譲りの無鉄砲で小供の時から損ばかりして居る」という書き出しから、「其後ある人の周旋で街鉄の技手になつた」という最後のくだりにいたるまで、この物語は小説でありながら、いたるところに詩を感じさせる。

ここでいう詩とは、まず世の中に染まらないものである。同時に、信念を貫き通すことである。そのために、あえて損な生き方を選んでしまう。だが、決して愛するものを裏切らない。もっと言うならば、現世の矛盾と闘い、みずからは滅びることも辞せずにこの世を救おうとするもの。そういう存在にそなわった、一瞬の輝きをいう。

坊っちゃんの魅力は、これに尽きるといっていい。だから、坊っちゃんが、江戸っ子の中学教師で、後に街鉄の技手となるような、市井の人でなければ、詩人として描かれても少しもおかしくない。いうまでもなく、詩人とは、古来から神々の魂を背負ってさまよい歩く者の謂いである。

折口信夫は、これをまれびとと名づけた。流浪する貴種や追放された罪びととして人々のもとにすがたを現わす者。だが、それにかぎらない。坊っちゃんのように、無鉄砲で、正義感が強く、都落ちをなんら意に介することなく野に下る人間。心優しいうらなり君のためには、決して赤シャツや野だいこの姦計にのらず、辞表を突きつけて去るような者をも言うのである。

偉大な文学者というのは、必ずこのような存在のイメージを心の奥に秘めている。詩魂を内に秘めているといってもいいのだが、そのことは彼が、小説家であることと少しも矛盾しない。たとえば、ドストエフスキー、そしてトルストイ、またトーマス・マン、あるいはヘミングウェイ。いや、カフカやプルーストといった、もっぱら人間の内面を描いた作家においても、例にもれない。

だが、彼らの小説を読んで、そのことを直観することはできても、なぜ『白痴』のムイシュキンがそうであるのか、『アンナ・カレーニナ』のレーヴィンが、『魔の山』のハンス・カストルプがと数えていっても、なかなか答えが返ってこない。彼らは、詩を書くことによって、いわば言葉の力だけで、このような存在のありかたを表現するということをしていないからである。それは、『変身』のグレゴール・ザムザや『審判』のヨーゼフ・Kを生み出したカフカにおいても例外ではない。

第二節　漢詩表現のめざましさ

幸いというべきか、漱石だけは、坊っちゃんに匹敵する詩を残しているのである。そのことは、ここに収められた四十篇の俳句と漢詩を読んでいくとおのずから納得いくにちがいない。とりわけ、漢詩表現のめざましさは、類を見ないものがある。

たとえば、中の一篇に「魂《たましい》は飛ぶ　千里　墨江《ぼくこう》の湄《ほとり》」という一行がある。この千里を飛んで、墨江《ぼくこう》の湄《ほとり》にまみえる魂とは、まさにまれびとのそれではないだろうか。折口が、人々の心を奮い立たせるために時をおいて訪れる存在について語ったとき、魂が千里を飛んでやってくるということをほとんど確信していた。

同じように、『アンナ・カレーニナ』のレーヴィンが、ロシア・トルコ戦争において、なだれを打つように義勇兵として参戦する民衆を前に、「民衆がわが身を犠牲にしたり、犠牲にする覚悟を固めるのは、あくまでも自己の魂のためであって、人殺しのためではない」と応ずるとき、魂が千里を飛ぶということについてのトルストイの信憑を口にしていたのである。

これにくらべるならば、坊っちゃんの魂は、べらんめえの江戸っ子のうちに仕舞われてなかなか顔を見せないきらいはある。だが、山嵐に次いで間髪入れず辞表をたたきつけるなど、魂の仕業とでも考えなければつじつまが合わない。しかも漱石は、この千里を飛ぶ魂が、悲劇的というほかない事態に出会ったときに、その真価を発揮するということをくだんの漢詩において示唆するのである。

「墨江《ぼくこう》の湄《ほとり》」に向かって飛んでゆく魂は、何人かの別れた友にまみえるために千里を翔ける。それは、まるで『こゝろ』の「先生」が魂となって、死んだKにまみえるために千里を飛んでゆくかのようではないか。そのことを知った若い「私」が、取るものも取りあえず、急行列車に乗って「先生」のもとへ向かう時、同じように魂の、千里を飛ぶ思いのうちにあるといっていい。

第三節　理想の灯を燈した存在

だが、『こゝろ』の「先生」や「私」のなかに詩人の魂が宿っているということは、たとえとしてならば成り立つかもしれないが、現実としてはなかなか受け入れがたい。そう言う向きがあることを承知の上で述べたいのだが、「先生」や「私」どころか、『明暗』のお延のなかにもまた、千里を飛ぶ魂というものが仕舞われているといえないだろうか。

この見栄っ張りで、体裁ばかりを気にするお延が、清子への未練を断ち切れない夫の津田に対して、あなたに愛されたいという気持ちには寸分の狂いもないのだから、自分をたすけると思って、ほんとうのことをしゃべって下さいと懇願する場面を前にすると、ここに坊っちゃんが、現実の人間関係のなかに姿を変えて登場しているのではないかという錯覚に陥るのである。

というのも、このお延という女性こそ、愛において決して世の中に染まらないものであり、同時に、みずからの信念を貫き通すことを、夫への愛においてしかあらわすことのできない存在だからである。これを詩人の魂ということに語弊があるとするならば、理想の灯を燈した存在の、その魂のありようといっていいのではないだろうか。

このことは、『道草』や『明暗』を、夫婦の行き違いを描いた小説として読んでいるかぎり、なかなか理解することのできないことなのである。お住やお延という女性には、当時の女性にはめったに見られない自己主張の強さはみとめられても、『白痴』のナスターシャや『アンナ・カレーニナ』のアンナのなかに燃え盛る、破滅をもいとわずにおのれを貫こうとする火というものをみとめることができないからである。だが、『明暗』執筆時の漢詩に目を移してみるならば、漱石のなかで、どのような理想の灯が点っていたかを知ることができる。

第四節　挫折をも含めた理想のイメージ

たとえば、一月半《ひとつきはん》後の死を控えた作品のなかで、「泥に入りし駿馬《しゅんば》　地中に去り」「角《つの》を折りし霊犀《れいさい》　天外に還《かえ》る」という一行をみいだす時、この駿馬《しゅんば》や霊犀《れいさい》をお延の化身として読むことはできないだろうかという思いにとらわれる。いやむしろ、泥に足を取られて地中に去っていく駿馬から連想されるのは、近づいてくる車両を前にして「神様、許してください、何もかも」と小さくつぶやきながら投身するアンナの姿である。さらには、角を折られて天外に還っていく霊犀《れいさい》とは、ラゴージンの手で殺害され、ムイシュキンの見守るなか、寝台に横たえられたナスターシャの霊を示唆するとも取れるのである。

そういう読みを可能にするものこそ、漱石の詩魂なので、それは、ドストエフスキーやトルストイに劣らないかたちで、『明暗』や『道草』や『こゝろ』という作品を動かしている。『こゝろ』という小説を読んで、なぜこれほどまでに先生の悲劇に惹かれるのか、『道草』のくすんだ日常の奥に、なぜこのような存在のうごめきがかいまみられるのか、そしてお延をはじめとする『明暗』の人物たちの葛藤に、なぜこれほど光彩陸離たるものを感じるのか。その理由を尋ねていくならば、この詩人の魂というものにいたりつくいがいないのである。

詩人としての漱石とは、私たちが偉大な作家のなかに直観的にみとめるものを、漢詩というかたちをもって、時には、俳句というかたちをもってあらわしてみせたものの謂いであろう。たとえ漱石が、そのような漢詩や俳句を残さないでも、『坊っちゃん』から『明暗』までにいたるいくつかの小説によって、世界に伍する小説家であることに変わりはないということもできる。だが、それらを残したからこそ、とりわけ漢詩という形式のなかに、その挫折をも含めた理想というものの鮮やかなイメージを盛り込んで見せたからこそ、トルストイにも、ドストエフスキーにも、あるいは、カフカやプルーストにも匹敵する作家であることをみずから証明していたということができる。

ここに収められた四十篇の俳句と漢詩を通して汲み取ることができるのは、そのことである。

第一章　俳句

01　行く秋や縁《えん》にさし込む日は斜《ななめ》

【出典】「子規へ送りたる句稿十八」

晩秋に近づいて、日も短くなってきた。狭い縁側にさし込む日も、この間までとは違って、少しずつ斜めにかたむいていることだ。

まずは、明治二九年「子規へ送りたる句稿十八」のなかの一句から。

漱石は、一高本科以来の学友であり、生涯の友でもあった正岡子規《しき》*から俳句の手ほどきを受けていた。近代における短歌・俳句の革新運動を独力《どくりょく》で進めていた子規にとっても、漱石は、最大の理解者であった。だが、漱石の俳句は、子規の俳句の斬新な趣きとは異なって、平明で淡々とした懐かしさを感じさせるものだった。

＊正岡子規　一八六七－一九〇二年（慶応三－明治三五）本名、常規《つねのり》。俳人、歌人。俳句、短歌のみならず、評論、随筆に秀作を残す。二二歳で結核のため喀血し、晩年の七年間は病床に伏しながら創作を続ける。

「行く秋」を枕にした句は、芭蕉*以来、様々な俳人によって詠《よ》まれている。なかで漱石のそれは、平俗な表現による日常詠といった点に特徴があるといえる。たとえば、「行く秋をしぐれかけたり法隆寺」といった子規の句には、「蛤《はまぐり》のふたみに別れ行く秋ぞ」「初しぐれ猿も小蓑《こみの》を欲しげなり」といった芭蕉の句につながるものがある。子規には、芭蕉の唱えた「わび」*「さび」といった境地を、近代的な意匠で引き受けることによって、新しい俳句のありかた*を模索しようという思いがあった。

しかし、この時期の漱石に、そのようなモティーフを見い出すことはできない。代わって見られるのは、「行く秋や消えなんとして残る雲」といった句にも見られるような、どこか茫洋《ぼうよう》とした自然や生のありかを思いのままに詠むといった傾向である。

この「行く秋や縁にさし込む日は斜」という句にしても、例にもれない。

ここに詠まれた淡々とした日常風景は、どちらかというと、小説の一場面を思い浮かばせるものといえる。後年、『門』*において、漱石は、崖下《がけした》の日の当たらない貸家に住む宗助とお米という夫婦の日常を描いた。日が中天《ちゅうてん》に掛かる頃、ようやく縁側に差し込む陽射しのなか

＊芭蕉　松尾芭蕉。一六四四-一六九四年（寛永二一-元禄七）。江戸時代に栄えた俳諧を、詩芸術として自立させた。旅を境涯とし、「奥の細道」「野ざらし紀行」などを残した。俳聖とされ、後さまざまに神話化されたが、芭蕉本人はそのようなあり方を厳しく退けていた。

＊「わび」「さび」　「わびしい」「さびしい」を語源とする日本的美意識。芭蕉はこれを、俳諧における理念にまで高めた。

＊新しい俳句のありかた　子規は、芭蕉を批判して蕪村の再発見を行ったとされている。しかし子規の目指した「新しい俳句のありかた」とは、芭蕉をも蕪村をも貫く精神を体現することであった。

＊『門』　一九一一年（明治四四）

でくつろぐ宗助とお米の姿を、この句の向こうに思い描いてみるのも一興《いっきょう》である。

一月刊。『三四郎』『それから』とともに前期三部作とも言われる。親友の妻であったお米と宗助夫妻のひそやかな日常生活が描かれる。

02 名月や故郷《ふるさと》遠き影法師

【出典】「子規へ送りたる句稿五」

十五夜の夜、夜道をそぞろ歩いていると、故郷がしのばれるようなやるせなさに不意にとらえられた。そんな思いに似て、自分の影法師も、長く尾を引いていたことであった。

前句と同時期の作。秋の季語である「名月」は、俳句をつくる者にとって一度は挑戦したい言葉の一つといえる。実際、芭蕉から蕪村*、一茶*、子規、虚子と「名月」を詠んだ句には名句が多い。なかでも、「名月や池をめぐりて夜もすがら」という芭蕉の句は、人口に膾炙《かいしゃ》され

＊蕪村　与謝蕪村。一七一六―一七八四年（享保元―天明三）。松尾芭蕉、小林一茶とともに江戸時代を代表する俳諧師。俳画の

るとともに、「実《じつ》を脱して空《くう》を撃つ」と*透谷によって評されたほどすぐれた句といえる。

芭蕉の句に並べて「名月やうさぎのわたる諏訪の海」（蕪村）「名月を取ってくれろと泣く子かな」（一茶）「名月やわれは根岸の四畳半」（子規）と挙げてゆくと、なるほど、名句というものは、それぞれの俳人の個性を際立たせて間然《かんぜん》するところなしと思わせる。これに漱石の句を継いでみれば、やはり、漱石は漱石として他に紛れることがない。

子規は漱石の句を評して「意匠《いしょう》が斬新《ざんしん》で句法もまた自在」と言ったと伝えられている。斬新さにおいては、子規の右に出る者はいなかったとしても、自在ということでは、漱石の淡く懐かしい句の趣きに、一歩譲るものがあったともいえる。

「故郷遠き」という言葉に、当時、*子規の居る四国松山の句会で俳句を詠んでいた漱石の、故郷《ふるさと》東京への望郷の思いを汲み取ることもできる。しかし、日本人にとって「故郷」とは、「故郷《ふるさと》の訛りなつかし停車場の人ごみの中にそを聴きにゆく」という*啄木の歌にあるような、東京から遠く離れた地方といった意味合いのものといえる。

江戸っ子漱石にとって、「故郷《ふるさと》」とは、この世に存在しないがゆえにかえって心引かれる影法師のようなものだった。名月に誘われて夜

創始者としても知られる。

＊一茶　小林一茶《いっさ》。一七六三―一八二八年（宝暦一三―文政一〇）。俳諧を生の表現として自立させた点で、芭蕉、蕪村と並び称される。代表作に『おらが春』。

＊透谷　北村透谷。一八六八―一八九四年（明治元―明治二十七）。明治期を代表する詩人、思想家。内面に立脚した詩や評論を書き、近代的自我の宿命を身をもって生きた。

＊子規の居る四国松山　明治二八年、日清戦争に記者として従軍した子規は、その帰路に喀血し、当時、松山中学教諭として赴任していた漱石のもとに寄寓することになった。

＊啄木　石川啄木《たくぼく》。一八八六―一九一二年（明治一九―明治四五）。明治時代を代表する歌人。短歌

道をそぞろ歩く漱石の心に、淡いノスタルジーの消えやることはなかったのである。

だけでなく詩、評論においても
時代を画する作品を残した。

03
海嘯《つなみ》去つて後《あと》すさまじや五月雨《さつきあめ》

【出典】「子規へ送りたる句稿十五」

津波の去った後の凄まじさには、筆舌に尽くしがたいものがある。
どこまでもつづく瓦礫の山に、五月雨《さみだれ》が降りそそいでいることだ。

これもまた、同じ時期の作。「子規へ送りたる句稿一」は、明治二八年から明治二九年までの間、数えて二一にのぼる。だいたいが、前二句に見られるような平俗調、日常詠である。この句も、その一環と見て差し支えないのだが、明治二九年六月の三陸沖大津波に際して詠まれたということを考慮に入れるならば、ここにみられるのは、五月雨《さみだれ》に降り込められた日常の情景とは趣きの異なるものということもできる。

理由は二つ挙げられる。この句が、芭蕉の「五月雨《さみだれ》を集めてはやし最上川」という名句を連想させること。そして、ここに詠まれた「海嘯」という言葉が、同時期に書かれた「人生」という文章にもみとめられるということである。

まず後者から見ていこう。漱石は、明治二九年、松山を去って熊本で教鞭を取ることになるのだが、その熊本第五高等学校校友会雑誌に発表されたのがこの「人生」という文章なのである。いわく、私たちの心のなかには、底辺のない三角形があって、どこまでいっても二辺のつながるということがない。人生は平行線をたどったまま、ついに完結しない。不測の事態が起こるように、思いがけない心が心の底から現れてくる。「海嘯《つなみ》と震災は、ただに三陸と濃尾に起こるのみにあらず。また自家丹田《たんでん》中にあり、剣呑なるかな」。

この「海嘯」が、心の奥底から起こる思いがけない心のたとえであることはいうまでもない。同時に、それがこの句の「海嘯去つて後すさまじや」という一節に響き合っていることも否定できない。その凄まじさが、芭蕉の「五月雨《さみだれ》を集めてはやし最上川」にまで通じているということはできないだろうか。そう思ってこの句を読むと、海嘯去

＊自家丹田中にあり、剣呑なるかな　自分の心の奥の奥からも起ってくる。怖ろしいことであるよ。

った後《あと》の凄まじさを眼にした漱石は、轟々《ごうごう》と流れる最上川の岸に立つ芭蕉の姿にも重ねられるのである。東日本大震災以後から顧みるとき、あらためて漱石や芭蕉の慧眼《けいがん》を思わずにいられない。

04　人に死し鶴に生まれて冴え返る

【出典】「子規へ送りたる句稿二十三」

この日頃、寒さもぶり返し、俗世間の汚濁にまみれていると、死んで鶴に生まれ変わるという澄明な心境を求めたくなってくることだ。

明治三〇年、「子規へ送りたる句稿二十三」のなかの一句。この年になると、漱石の句調に微妙な変化がきざしてくる。平俗な日常風景を詠むという点では大きな違いはないのだが、これに、どこか澄明《ちょうめい》な心境がくわわるのである。

前年、松山から熊本に移り、第五高等学校講師となった漱石は、婚約を交わしていた貴族院書記官長*中根重一《しげかず》の長女鏡子《きょうこ》と、ささやかな

＊**貴族院書記官長**　貴族院事務

結婚式を挙げる。この結婚が、漱石の俳句表現に変化をもたらしたことは、否定できない。漱石のなかのそぞろ懐かしい日常感覚は、結婚を機に、現実の生活意識に裏打ちされたものとなっていくのである。

幼くして養子に出され、後に復籍したものの、家族についての現実から疎《うと》まれたような生を送ってきた漱石にとって、結婚は、安心をもたらす最大の要因であった。この句に詠まれた清澄な心境が、現実の汚濁《おだく》を厭《いと》い、はるかなるものを憧憬《どうけい》する心であることは明らかだが、なおかつここにあらわれた転生《てんしょう》の主題には、清新なエロティシズムを思わせるものがある。漱石にとって結婚とは、男女一対の心の和合《わごう》を象徴するものだった。

「冴え返る」は、旧暦二月、寒さが急にぶり返す意味で、春の季語。「三日月はそるぞ寒はさえかへる」（一茶）「野辺送りきのふもけふも冴え返る」（子規）「流氷のいつ戻りけん冴え返る」（碧梧桐*）といったぐあいに、写生句に一層の現実感をあたえる効果がある。しかし、漱石の句に限っては、心境の喩《ゆ》のようにつかわれていて、そこに生まれる清澄な趣きは、他の追随をゆるさないものといえる。「意匠が斬新」という子規の評言は、この句などに当てはまるものかもしれない。

局の長。現在の参議院事務総長の前身。

***碧梧桐**　河東碧梧桐。一八七三―一九三七年（明治六―昭和一二）。子規、虚子と同郷。虚子とともに子規より俳句の手ほどきを受ける。後、五七五にとらわれない新傾向俳句へと向かった。

05 月に行く漱石妻を忘れたり

【出典】「子規へ送りたる句稿二十六」

妻を残して一人熊本に下る自分は、まるで月に昇っていくかのような心境である。漱石の魂は妻を忘れて漂っているとみなされるやもしれない。

詞書に「妻を遺して独り肥後に下る」とある。前年の六月以来新婚生活を送っていた漱石は、実父直克《なおかつ》の訃報《ふほう》に会い、妻鏡子を伴って上京。妊娠していた鏡子は、東京に着くとまもなく流産する。養生のために東京に残る妻を後に、漱石は単身熊本に帰る。

背景をたどっていけば、この句に漂うそこはかとない寂しさのようなものは、以上のような生活上の不如意《ふにょい》に由来することがわかる。鏡子は、この流産がもとで翌年再び妊娠するものの、強度のヒステリー症状に悩まされる。その間の事情は、『道草』*にも描かれているが、そこに登場する「妻」は、この句に詠まれた妻に比べてはるかに人間

*『道草』 俳句07を参照

*『行人』 一九一二—一三年（大正元—二）。東京朝日新聞連載の長編小説。主人公一郎の苦悩が、妻直とのあいだで、理解できないほど深まっていく様子を、弟二郎の眼を通して描き出す。『彼

臭く、また自己主張の強い女性である。

句の方に目を移してみるならば、「妻を遺して独り肥後に下る」という詞書《ことばがき》からして、この妻がどこか存在感の薄い、それでいていつでも夫の傍に寄り添っているような女性として描かれているのを否定できない。この時期、漱石にとって鏡子はそのような妻としてあったことを、この句はよくあらわしている。

漱石は、『門』からはじめて『行人』*『こゝろ』『道草』*『明暗』*と繰り返し夫と妻の関係を描いた。『道草』に象徴的なように、どちらかというと理解しあえない間柄というのが一般であった。なかで、夫の心を理解できないと嘆く『こゝろ』の「先生」の妻には、それでも夫に寄り添ってやまないといったところがあった。そのような妻のイメージは、もしかしたら、この俳句に描かれた「妻」から引き出されたものかもしれない。『こゝろ』の「先生」の魂が、妻静《しず》の存在を忘れるように、月に昇っていくといったことも思わせる句である。

岸過迄』『こゝろ』と続く後期三部作の一つ。

＊『こゝろ』 一九一四年（大正三）東京朝日新聞連載の長編小説。大学生の「私」と、「私」が「先生」と呼んで敬慕する人物との、出会いから別れまでを描き出す。一人の女性をめぐって友人を裏切ったという思いを明かし自殺する「先生」の姿が印象的。

＊『明暗』 一九一六年（大正五）東京朝日新聞に連載。漱石の死によって、未完となる。主人公津田と、その妻お延との行き違いの理由を、彼らの結婚の経緯から解き明かしていく本格的な近代小説。家族、友人、上司（その妻）との関係を浮き彫りにする方法が、秀逸。

06

朝寒《あささむ》み夜《よ》寒みひとり行く旅ぞ

【出典】「子規へ送りたる句稿二十六」

晩秋の明け方の寒さ、夜半の寒さは耐え難いものだが、そのような寒さを背負って一人旅する心境とは、どういうものだろうか。このごろの独りの寂しさに、ついそんなことを思ってしまう。

前句と同時期、熊本での作。妻と離れた独り暮らしの所在無さから か、寂しい心境を詠んだ句としてこの他にも、「淋しくば鳴子《なるこ》をならし聞かせうか」「寂《せき》として椽《えん》に銕と牡丹哉」などがある。総じて秀句といえる。

漱石のなかには、生涯消えやらない寂しさのようなものが染み付いていて、それはさまざまな作品にかたちを変えてあらわれている。薄《はっ》幸《こう》の生い立ちに由来するものともいえるのだが、この寂しさの塊《かたまり》のようなものから生れ落ちたからこそ、そのような生い立ちとなったともいえるのである。

漱石よりも一世代下で、石川啄木などと親交のあった若山牧水*の歌に「幾山河越えさり行かば寂しさのはてなむ国ぞ今日も旅ゆく」「白《しら》鳥《とり》は哀しからずや空の青海のあをにも染まずただよふ」というのがある。

これなども、生れ落ちる前から寂しさの塊《かたまり》のようなもののなかにあったとしか思われない者の歌といえる。漱石や牧水にかぎらず、詩的なものの根源にはそのような機微《きび》がはたらいていて、これを、いかにして言葉で綾なすかに、俳句や短歌にかぎらない、文学そのものの存立がかかっているということもできる。

「朝寒」「夜寒」は秋の季語。「病雁《びょうがん》の夜さむに落ちて旅ね哉」という芭蕉の句など、寂しさの塊《かたまり》をよんだ名句の一つとして長く記憶にのこるものである。ちなみに、漱石には「朝寒」を季語とした句が多く、「朝寒の鳥居をくぐる一人哉」「朝寒や雲消て行く少しづつ」「朝寒み白木の宮に詣でけり」「朝寒や生きたる骨を動かさず」といった具合に、どれも寂しさの境地、躍如たるものがある。ここから『門』や『こゝろ』の寂然《せきぜん》とした自然や心象風景の描写までは、一歩である。

＊若山牧水　一八八五－一九二八（明治一八－昭和三）。旅を愛し、酒を愛し、情熱的な恋においても人後に落ちない生涯を送った。多くの歌集を残し、四三歳で病に倒れる。

07 安々と海鼠《なまこ》の如《ごと》き子を生めり

【出典】「子規へ送りたる句稿三十五」

あれほど悪阻《つわり》のひどかった母体が、安々と、まるで海鼠のような赤子を産み落としたことだ。

明治三二年、五月三一日、長女筆《ふで》生れる。妻の悪阻《つわり》とヒステリーに悩まされるも、無事、健康な女児出産ということで、喜びのふつふつと湧きあがるのをおぼえたに違いない。この句から感じられるおおらかさと諧謔《かいぎゃく》味は、そのような漱石の思いに由来するといってよい。「海鼠の如き子」というのは卓抜の喩えといえるのだが、もちろん、「海鼠」は冬の季語として俳句には親しい言葉である。「海鼠」を詠んだ名句も、「いきながら一つに氷る海鼠哉」（芭蕉）、「浮け海鼠仏法流布の世なるぞよ」（一茶）、「天地《あめつち》を我が産み顔の海鼠かな」（子規）といった具合にいくつか挙げることができる。さらに、漱石はこの季語を好んだらしく、「何の故に恐縮したる生海鼠《なまこ》哉」を初めとして数句がのこされている。

　しかし、芭蕉、一茶、子規に比べて漱石の句趣は明らかに異なっている。

　前三者が、「海鼠」をどこかとらえどころのない天地存在の喩《ゆ》であるかのように見ているのに対して、漱石は、その様相を諧謔そのものとみなしている。よくいわれる漱石のユーモアの由来は、このあたりにあるといっていいだろうか。

　とはいえ、この世に生れてくるものを、とらえどころのない海鼠の如きものとする見方は、同じように出産の場面を描いた『道草』*の八〇節にさらなるリアリティをもって描かれている。夫が手にするぬるぬるしたその存在は、海鼠というよりも寒天《かんてん》にたとえられるのである。「其《その》或物は寒天のやうにぷり〳〵してゐた。さうして輪郭《りんかく》からいつても恰好《かつこう》の判然しない何かの塊《かたまり》に過ぎなかつた」。もはやここにあるのは、ユーモアといったものではない。存在への怖れと慈《いつく》しみといったものなのである。

＊『道草』　一九一五年（大正四）東京朝日新聞連載の長編小説。漱石自身をモデルとした主人公健三が、養父をはじめとする家族・親族への対応にゆれる姿を自然主義的な筆致のもとに描き出す。日常の奥にかいまみられる存在への怖れを浮き彫りにする方法が、斬新。

08 秋風の一人をふくや海の上

【出典】「寺田寅彦宛はがき」明治三三年九月六日

遠い国へとむかう洋上の汽船に、秋風が吹き抜けていく。故国を後にして一人甲板に立つ寂しさは、いいがたいものだ。

明治三三年五月、文部省から英国留学の辞令が下る。四ヵ月後の九月八日、漱石は横浜を出帆することになる。この句は、出帆の二日前、寺田寅彦*宛の葉書に記されていたものである。

漱石の英国留学は、当時として大変な名誉であったのだが、親戚縁者の称賛をよそに、自身のなかにはあまり積極的になれないところがあった。表向きの理由としては、英語英文学をもって、一生の学問となしうるやという疑念である。漱石のなかには、少時から修めた漢学への未練が根強くあったのだが、それはまた、俳諧に象徴されるそぞろなつかしさと切り離すことのできないものだった。

この句に漂う縹渺《ひょうびょう》とした寂しさには、そのような漱石の心がよくあ

＊**寺田寅彦**　一八七八―一九三五年（明治一一―昭和一〇）。物理学者にして、俳人、随筆家。熊本五高で漱石の教えを受けて以来の弟子。『吾輩は猫である』の寒月、『三四郎』の野々宮君のモデルとされている。

らわれている。一見すると写生句にみえるのだが、出帆前に作られていることを考慮に入れるならば、自身の心境をもとに詠まれた句とするべきである。人生の転機に当たって、漱石のなかから、生来の寂しさの塊《かたまり》が顔をのぞかせたということであろうか。

漱石の留学を心から祝していた子規は、すでに病勢の亢進《こうしん》とどめがたく、「漱石洋行と聞くや」「独り悲しく相成り申し候ふ」という言葉を残している。漱石もまた、子規と再会の可能性のほとんどないことを承知していた。この句のもたらす寂しさの理由を尋ねていけば、そのあたりにも帰着するように思える。

「秋風」を季語とした句には、「あかあかと日は難面《つれなく》も秋の風」(芭蕉)「かなしさや釣の糸吹くあきの風」(蕪村)「庭十歩秋風吹かぬ隈《くま》もなし」(子規)がある。漱石の句も、これらに並ぶ名句といえる。

09
手向《たむ》くべき線香もなくて暮の秋

遠い異国の地に居ては、手向けの線香一つ手にすることができない。そんな所在無い秋の暮れ方であることよ。

【出典】「高浜虚子宛はがき」明治三五年一二月一日

明治三五年九月一九日、子規がこの世を去る。ロンドンで訃報に接した漱石は「倫敦にて子規の訃を聞きて」という詞書のもと、五句を虚子*宛に送っている。これは、そのなかの一句である。悲しみというよりも、異国の地に一人ぽつねんとたたずむ漱石の所在無さが浮かんでくるような句といえる。

漱石がロンドンに滞在していた二年間は、子規が病苦に最も悩まされた時期である。そのあいだの苦しい心境を、漱石宛の手紙にもしたためている。しかし漱石は漱石で、英文学研究に没頭するあまり、強度の神経症に罹《かか》っていた。漱石に、子規の窮状を察するに暇《いとま》なしという思いがあったことは、否めない。訃報に接した漱石は、虚子から追

***虚子**　高浜虚子。一八七四―一九五九年（明治七―昭和三四）。子規と同郷で、子規より俳句の手ほどきを受け[illegible]創刊した俳誌「ホトトギス」を受け継ぎ、漱石の寄稿も受けるようになる。

***嫂の登世**　漱石の三兄、和三郎直矩の妻。明治二四年に他界

悼文を依頼されるも、思うように筆がうごかず、俳句五句にてようやく代わりとしたのである。

　だが友を失った悲しみは、さまざまに変奏されてそれらの俳句をいろどっている。この「手向くべき線香もなくて暮の秋」という句の所在無さもさることながら、「霧黄《きりき》なる市《いち》に動くや影法師」という句に見られる別離の思い、さらには「招かざる薄に帰り来る人ぞ」という句に見られる愛惜の深さは、やはり、類のないものといえる。

　漱石は、死を悼むということが、和歌や俳句の大切な役割であることをよくわきまえていた。*嫂《あによめ》の登世《とせ》が他界した時には、「朝貌《あさがほ》や咲いた許りの命哉」と詠み、友人であった*大塚保治の妻*楠緒子を惜しんで「有る程の菊抛《な》げ入れよ棺の中」と詠み、若くして逝った畏友《いゆう》*米山保《よねやまやす》三郎《さぶろう》の才を偲んで「空に消ゆる鐸《かね》のひゞきや春の塔」と詠んだ。すべて、漱石のなかの深い哀悼の思いのなせるわざだった。

した。漱石と同年だったことや、同じ家族として暮らしていたことなどから、不倫説などが出ているが、根拠はない。

＊大塚保治　一八六九―一九三一年（明治元―昭和六）。東京帝国大学教授。美学者。『吾輩は猫である』の迷亭のモデルとされている。

＊楠緒子　大塚楠緒子。一八七五―一九一〇年（明治八―明治四三）。明治末に活躍した女流歌人、作家。

＊米山保三郎　一八六九―一八九七年（明治元―明治三〇）。哲学者。漱石の親友とされている。

10 時鳥《ほととぎす》厠半《かはやなか》ばに出《で》かねたり

時鳥の鳴き声に誘われて、思わず外出したくなるが、厠半《かわや》ばにある
この身の、出でかねるのはやむをえないこと。

【出典】「東京朝日新聞記事」明治四〇年六月一五日

明治四〇年、漱石は時の宰相*西園寺公望《さいおんじきんもち》から文士招待の会に招かれるが、『虞美人草』執筆を理由に辞退。東京朝日新聞の記事に、辞退の理由として記されたのが、この句である。字義通りの内容で、句としてことさら新味はないように見える。が、その諧謔《かいぎやく》と一徹《いってつ》ぶりは、さすが漱石と思わせる。

明治三六年に英国から帰国した漱石は、熊本第五高等学校を辞職し、東京帝大英文科講師となる。以来、大学では『文学論』*の講義をすめる一方、『吾輩は猫である』*の成功から、次々に小説を発表することになる。明治四〇年になって、大学を辞し、朝日新聞社員として作家活動に専念するという選択をおこなうのだが、その最初の作品とし

*西園寺公望　一八四九—一九四〇年）。[illegible]憲政友会第二代総裁。第十二代・第十三代内閣総理大臣。

*『虞美人草』　一九〇七年（明治四〇）、東京朝日新聞連載）長編小説。美貌で教養にも恵まれた藤尾という女性の、我の強さによってもたらされる悲劇を描く。漱石の作品にはめずらしい、典型的な勧善懲悪小説とも

て筆を起こされたのが『虞美人草』だったのである。

このような事情もあって、総理大臣の招待を断ることに相成《あいな》ったともいえる。だが、この句にこめられているのは、そういう外的要因では測りきれないものである。そもそも、相手に失礼とならないための断りの理由は、病気療養中あるいは忌中《きちゅう》以外にない。それを、「厠半ば」というのであるから、漱石には相当のポリシーがあったというほかはない。

では、漱石のポリシーとはどういうものか。文学とは、政治権力から独立してあるものにほかならず、みだりに権力者の招聘《しょうへい》に応ずるべきではないということ。これを漱石は、政治的な抵抗の論理によってではなく、文士気質《ぶんしかたぎ》ともいうべき生来の性向によって説明するのである。

季語は「時鳥」で、季節は夏。「時鳥」は、そういう思想信条を身に着けた文学者の喩《ゆ》ともいえる。漱石のなかに、たとえ大新聞に身売りしたとしても、みずからの信念だけは曲げまいとする強い思いがあったのかもしれない。

いわれる。

＊『文学論』の講義　文学作品の価値を「認識的要素(F)」と「情緒的要素(f)」との結合からとらえる文学原理論。三年間の英国留学の成果といえるが、漱石自身は、この試みを「失敗の亡骸《なきがら》」とみなしていた。

＊『吾輩は猫である』　一九〇五年「ホトトギス」に掲載され、好評により翌年まで継続され、成る。苦沙弥先生の家に飼われた名無しの猫の視点から描かれた滑稽小説。当時の世態風俗に対する風刺も随所に見られる。

11　此《こ》の下に稲妻《いなづま》起る宵あらん

この粗末な墓の下の、真っ暗闇にも、稲妻が起って、閃光をひらめかせる宵もきっとあるに違いない。

【出典】夏目鏡子『漱石の思い出』

明治四一年九月一三日、漱石は『吾輩は猫である』のモデルとなった猫の死を悼み、この句を墓標の裏に記した。家族、友人、知人を哀悼《あいとう》する句と何ら異ならない、深い愛情の念に裏打ちされた句である。『吾輩は猫である』が「ホトトギス」*に発表されたのは、明治三八年一月のことである。最初、漱石はこれを一回かぎりの短編というつもりで書いたのだった。ところが、思いがけなく好評だったため、翌年の八月まで断続連載し、完結としている。苦沙弥《くしゃみ》先生の家に飼われた名無しの猫が語り手となって、飼い主の一家から近隣の者たち、さらには友人、門人にいたるまで、様々な人間模様を風刺的に語ったこの小説が、猫の死をもって終わりを迎えることは、よく知られている。

＊ホトトギス　一八九七年（明治三〇）、正岡子規の友人である柳原極堂によって創刊され、後子規から、高浜虚子によって受け継がれた俳句雑誌。

滑稽小説の体裁を終始崩さなかったこの小説において、猫の臨終は、ビールを飲んで酔っ払ったまま、大きな甕《かめ》に落ちて溺死する場面に描き出される。だがそこには、漱石ならではの死生観もまたかかわっている。もがけばもがくほど苦しむのなら、いっそのこと、一切の抵抗を放棄し、あるがままを受け入れた方がいいというのが、それである。事実、猫は「南無阿弥陀仏々々々々々々」「難有い々々々」と唱えて意識を失っていく。

飼い猫の死を悼んで「此の下に稲妻起る宵あらん」と詠んだ漱石は、『吾輩は猫である』における死生観を、現実の苦《にが》さの方に引き寄せている。秋の季語である「稲妻」は、ここでは死の暗闇に一瞬の閃光をひらめかせるものである。そのような宵もあるに違いないと言って、闇夜に迷う猫の魂に、手向《たむ》けの言葉を送っているということができる。漱石の滑稽の奥に息づく共苦《*コンパッション》といったものを、味わってみたい一句である。

＊共苦《コンパッション》　他者の苦しみや傷みを、わがことのように思いやり、いつくしむ心。

12 秋の江《え》に打ち込む杭《くひ》の響きかな

遠い意識の向こうで、秋の川に杭を打ち込んでいる微かな響きが聞こえてくることだ。

【出典】『思ひ出す事など』

明治四三年六月、『門』脱稿後、胃に違和感をおぼえた漱石は、約一ヶ月の入院治療を受ける。退院後、病後の養生のため伊豆修善寺温泉に赴くのだが、滞在中、多量の吐血にあって三〇分間のあいだ人事《じんじ》不省《ふせい》に陥る。幸いにして意識を取り戻すものの、漱石の健康はこれを機に、二度と回復することはなかった。

このあいだの事情は、一般に「修善寺の大患」として、*『思ひ出す事など』という随筆に記されている。大患後の漱石の心境も、その折々に詠まれた俳句に読み取ることができる。「澄み渡る秋の空、広き江、遠くよりする杭の響、此三つの事相《じさう》に相応した様な情調が当時絶えずわが微《かす》かなる頭の中を徂徠《そらい》した」（五）とあるように、回復し

＊『思ひ出す事など』一九一〇―一九一一年（明治四三―明治四四）、東京朝日新聞に連載された随筆。「修善寺の大患」における漱石の感懐が述べられる。

つつある意識の奥に映じた自然の情景とそこに聞こえてくる微かな響きとが、この句にかたちをあたえているといっていい。

　これまでの漱石の句は、どんなに人事自然の微細に分け入るものであっても、写生の流れを汲んでいるかぎり、＊嘱目《しょくもく》をむねとして成っていた。だが、この句において眼前の風景と見えるものは、遠い意識の向こうにようやくのことで映っているものといってよく、しかもその風景は、やはり意識の向こうから微かに聞こえてくる響きとともにあるのである。

　漱石の長い句作のなかで、このような機微が句にとりいれられたことは、一度もなかった。それを考えれば、「修善寺の大患」が漱石の句におよぼした影響には、はかりがたいものがある。三〇分間の人事不省は、漱石に、死が生とそれほど隔たるものではないことを教えた。そのことが、大患以後の句に影を落としていることを、見落とすことはできない。

＊嘱目　俳諧で、目に触れたものを即興的に詠むこと。

13 別るゝや夢一筋の天の川

【出典】『思ひ出す事など』

夢の中に、暇乞《いとまご》いをしたばかりの知人の姿があらわれては、消えていく。天には、天の川が一筋に流れ、夢の世界と地続きになっているかのようだ。

「修善寺の大患」における「三〇分間の死」は、漱石にさまざまな思いを抱かせた。なかでも、死が自分一個の存在を無に帰しても、世界は何事もないかのようにありつづけるということへの驚き。この句によまれたのは、そのような驚きとも不思議ともいえるものにほかならない。

この世界から自分の存在が消えていくとき、親しい者や身近な自然との別離が約束される。しかし、その別離は、一筋に流れる天の川を、むしろ、この天地に際立たせるのである。

『思ひ出す事など』によると、この別れは、具体的には漱石の弟子でもあった俳人の*松根東洋城《とうようじょう》とのそれを指す。漱石に先駆けて修善寺温泉に滞在していた東洋城は、師である漱石を見舞った足で帰京していた。大吐血《とけつ》の二日前であった。「三〇分間の死」を経験した後、漱石の意識に、二日前の東洋城との別れの場面が、尾を引くように映じるのである。そのことを、「何といふ意味か其時も知らず、今でも分らないが、或は仄に東洋城と別れる折の連想が夢の様な頭の中に這回つて」（五）いたと記している。

このことがあって、松根東洋城は帰京してからも、修善寺温泉に再び漱石を見舞っている。だが、そのとき、漱石の身を案じ、さまざまに手を尽くしたのは、東洋城だけではなかった。妻鏡子をはじめ、友人知己《ちき》から、仕事上の関わりを持つ人にいたるまで、その数は決して少ないものではなかった。漱石はこれを「好意の干乾《ひから》びた社会に存在する自分を甚《はなは》だぎこちなく感じた」（二十二）という言葉で語っている。たとえ、自分がこの天地自然から消え去ることがあっても、このような「好意」がにじみ出てくるかぎり、世界の滅びることはあるまいというのが、漱石の言わんとするところなのである。

＊松根東洋城　一八七八―一九六四年（明治一一―昭和三九）。俳人。松山中学で漱石の教えを受けて以来の弟子

14　生残る吾恥かしや鬢《びん》の霜

鬢に白いものの混じる年になって、こうして生き残ってあることを思うと、若くして逝った二人の兄が偲ばれる。それとともに、思わず恥ずかしさにもとらわれてしまう。

【出典】「日記」明治四三年九月一四日

漱石は、みずからが死生の境を彷徨しているあいだに、治療に便宜を図ってくれた*長与《ながよ》病院長と病床で愛読していた『多元的宇宙』の著者*ウィリアム・ジェームズが他界していたことを知って、ある感慨に打たれる。それは、自分だけが生残ってしまったという思いといっていいのだが、同時に、生残った自分が、先に逝った者に対して恥ずかしさを感じずにいられないという思いでもあった。

九月一四日の日記に、「二兄皆早く死す。死する時一本の白髪なし。余の両鬢漸く白からんとして又一縷の命をつなぐ」と記されているように、この句が、二〇代でこの世を去った二人の兄を偲びながら、す

＊**長与病院**　一八九六年（明治二九）開設されたわが国はじめての胃腸病専門の病院。初代の病院長長与称吉は、漱石の胃潰瘍に手を尽くしてくれた。

＊**ウィリアム・ジェームズ**　一八四二－一九一〇年。プラグマティズムの代表的思想家。哲学や心理学に経験の原理を導入し、

でに四〇を過ぎ鬢に白いものが混じるようになった自分をかえりみて詠まれたものであることはうたがいない。

しかし、ここにみられる感情が、長与病院長やジェームズや、さらには入院中に知り合った患者の死をもってするとき、運命の不思議といったものに打たれずにいない。そこには、起つあたわぬような災厄《さいやく》に出会って、なぜ自分だけがという思いにとらわれる際のそれに通ずるものがある。この不思議を前にして、「逝く人に留まる人に来《きた》る雁《かり》」とも詠んだ漱石は、生死無常、有為《うい》転変といった思いのなかに恥ずかしさの感情を溶かしこんでいくのである。

この句の季語「雁」にしても、「生残る」の季語「霜」にしても季節というよりも、そのような運命の到来を象徴するものといっていい。実際「鬢の霜」は、白髪の喩でもあって句自体は無季に近い。生残る恥ずかしさは季節を問わずやってきて、あるとき不意に、わが顔を赤らめるということだろうか。

実体的真理を重んじた。著書に『宗教的経験の諸相』『プラグマティズム』『多元的宇宙』

15 生きて仰ぐ空の高さよ赤蜻蛉《あかとんぼ》

死生の境から戻った自分は、終日、赤蜻蛉の飛びかう秋の空を仰いでその高さに魅入られている。

【出典】「日記」明治四三年九月二四日

「修善寺の大患」の際、漱石が逗留《とうりゅう》した菊屋旅館は、現在も営業されている。宿泊した部屋は、広い畳間に縁が続き、その向こうが一面硝子《がらす》戸《と》になっていて、瀟洒《しょうしゃ》な造りの高級旅館だったことがうかがわれる。大吐血の後、仰臥《ぎょうが》しながら終日、広い硝子戸の向こうの空を眺め暮らしたのであろう。この句からつたわってくるのは、そのような漱石の寝姿である。

漱石が病に伏すこと一〇年をさかのぼれば、同じように、仰臥して終日天井を仰いで暮らした子規の寝姿にたどり着く。子規の住んだ根岸庵は、菊屋旅館のような高級な造りではなかったから、広い硝子戸から空を眺めるというわけにはいかなかった。天井と障子に仕切られた六畳間が、子規のいる空間だった。しかし子規は、そのなかにみずからの身体を限ることによって、天地自然の広大を思い見たのである。「*鶏頭《けいとう》の十四、五本もありぬべし」という子規の名句は、そのような空間のありようを抜きに、味わうことができないものといえる。

　これに対して、「生きて仰ぐ空の高さよ赤蜻蛉」という漱石の句には、空間が、みずからの身体からどこまでも高く広がっていくような趣きがある。死生の境からようやく脱した漱石には、子規とは異なって、死に限られた生という思いはそれほどなかったのだろう。子規の緊迫した句趣に比べ、漱石のそれには、隣り合わせた生の方へ、緩やかにほどけていくといった趣きが感じられる。

　ちなみに、「赤蜻蛉」を季語とした子規の句に「赤蜻蛉筑波《つくば》に雲もなかりけり」がある。筑波山の雲一つない青空に、赤蜻蛉が飛んでいく情景を写生したものといえるが、空間の妙は、漱石に一日の長ありとも思われる。

＊鶏頭の十四、五本もありぬべし　虚子撰の『子規句集』にも採られなかったほど、この句の評価は低かった。しかし、歌人の斎藤茂吉が賞賛して以来、再評価の気運は高まり、名句とされるにいたる。

16 病んで来《きた》り病んで去る吾に案山子《かゝし》哉《かな》

【出典】「日記」明治四三年一〇月一二日

病気療養のためやってきたこの地で、さらなる病を得、今こうして病癒えぬまま去っていく自分は、まるで案山子のようであるよ。

漱石は、大吐血の後、一月半《ひとつきはん》ほど菊屋旅館に滞在し、一〇月一一日、東京の長与胃腸病院に運ばれる。馬車に乗るときには、二階から橇のようなものに乗せて降ろされ、東京に着いてからも、釣台に乗せられて病院まで運ばれている。その様子は、「釣台に野菊も見えぬ桐油哉」という句にも詠まれている。「足腰の立たぬ案山子《かゝし》を車かな」「骨許りになりて案山子の浮世かな」の句もあるように、身体の方は、案山子同然だったのである。

しかし、当日の日記を見ると、七言律詩一篇の他に、旅館を出てから東京の病院に着くまでの詳細な記述が並んでいて、この案山子は、いったいどんな風の吹き回しで、言葉をあやつる者へと変身するのであろうかと思ってしまう。

「雨の中を大仁に至る。二月目にて始めて戸外の景色を見る。雨ながら楽し。目に入るもの皆新なり。稲の色尤も目を惹く。竹、松山、岩、榿、蕎麦、柿、薄、曼珠沙華、射干《〔しやが〕》、悉《〔ことごと〕》く愉快なり。山々僅かに紅葉す。秋になつて又来たしと願ふ」という日記の叙述のどこに、案山子の手をみとめることができるだろうか。

このような事情を鑑《かんが》みると、たとえ肉体は滅びようとも、魂は生き続けるということが、漱石のような人間においては、決して例外ではないことが分かる。晩年の小説、『こゝろ』や『道草』や『明暗』からは、謹厳たる姿で文机《ふづくえ》に向かっている漱石のイメージが思い浮かぶ。だが実際には、案山子同然の者として、あの『明暗』の光彩陸離たる場面を生み出していた。それは、ほとんど奇跡のようなものであり、そこで魂の占める割合が日増しに大となっていたことは明らかなのである。

17　思ひけり既に幾夜の蟋蟀《きりぎりす》

【出典】「日記」明治四三年一〇月一五日

畳替えして待っているという医師の言葉通り、病室は綺麗に新調してあったのだが、その青畳の隅で、蟋蟀は幾夜鳴き続けたのだろうか。そんなことを思ったことであるよ。

一〇月一一日に病院に着いた漱石は、それから一週間ほどして、『思ひ出す事など』の連載に取り掛かっている。第一回に挿入句として記されたのが、この句である。修善寺に診察に来た医師が、畳替えをして待っていますと言ってくれた通り、病室は、綺麗に新調してあった。そのあいだ、十数日であるから「青い畳も大分久しく人を待ったらしい」（二）ということで、この句が挿《はさ》まれるのである。

この事情を念頭に置かなければ、なかなか意味の取りにくい句だが、しかし、これは独立した句としても、かなり優れたものである。理由は、独特の音韻と音数にある。そこから醸し出される緊迫した趣きは、読む者を引き付けずにいない。

たとえば、「オモヒケリ」という第一句と「キリギリス」という第三句が、「スデニイクヨノ」という第二句を間にして、たがいに呼応し、全体として流れるような韻の連なりをつくっているさまである。さらに、音数的には、「オモヒケリ」という第一句と「キリギリス」という第三句の後に長い無音が続くため、メリハリの利いたリズムを生み出している点である。

この流暢《りゆうちよう》な韻の流れと区切りのはっきりしたリズムは、漱石のどのような精神の動きに由来するのであろうか。既に幾夜かを、青畳の隅で待ち続けた蟋蟀とは、この自分以外ではないという思い。言ってみるならば、蟋蟀としての自分こそが、待つということの意味を身に修めようとしているのであって、幾夜も幾夜もただひたすら待ち続ける精神にこそ、何ものかが宿るということなのである。そのことを、漱石は、この日の日記に「暁より烈しき雨。恍惚として詩の推敲や俳句の改竄《かいざん》を夢中にやる」と記している。

18 風に聞け何《いづ》れか先に散る木の葉

【出典】『思ひ出す事など』

修善寺にいた自分は、東京を襲った大洪水を知らないままでいた。それからしばらくしてやってきた大吐血を思うと、被害を蒙った人々とこの自分と、どちらが先に散る木の葉なのか、風にでも聞くほかないことだ。

この句にみなぎる緊迫した趣きも、前句に勝るとも劣らないものがある。同じように、音韻と音数の独特なすがたから来ているといっていいのだが、では、そのような音韻、リズムを生み出した背景には、どういう事情があったのだろうか。

『思ひ出す事など』の連載は、第九回に至って「忘るべからざる二十四日の出来事」を書き記そうという段になるのだが、その二四日の大吐血の前に、自分のあずかり知らぬところで、東京の地が大きな災厄《さいやく》に見舞われていたということを話題にするのである。明治四三年の大洪水として記録されているこの豪雨被害について、妻の手紙で知った漱石は、それからしばらくして我が身を襲う災厄の前触れであるかのような思いにとらわれる。

「家を流し崖を崩す凄《すさ》まじい雨と水の中に都のものは幾万となく恐るべき叫び声を揚《あ》げた。同じ雨と同じ水の中《うち》に余と関係の深い二人は身を以て免れた。さうして余は毫も二人の災難を知らずに、遠い温泉の村に雲と煙《けぶり》と、雨の糸を眺め暮らしてゐた。さうして二人の安全であるといふ報知《しらせ》が着いたときは、余の病《やまい》が次第《しだい》々々《〱》に危険の方へ進んで行つた時であつた」（十一）。

以上のような、『思ひ出す事など』の記述に添えられたのがこの「風に聞け何《いづ》れか先に散る木の葉」という句なのである。

漱石には、早くから自然の災厄を人生のそれに擬する思いがあった。ここでもまた、大洪水の到来は、みずからの大吐血を予告するものとしてとらえられている。不測の事態が起こるように、思いがけない心が心の底から現れてくるという考えは、終生変わることなく、漱石を駆り立てたといえる。

19 秋風や屠られに行く牛の尻

秋風が吹くと、屠殺場に引かれていく牛のように、病院にやられ痔の手術を受けたことであるよ。

【出典】「日記」大正元年一〇月五日

大患後の漱石は、小康《しょうこう》を得ることはあったものの、間歇《かんけつ》的に襲ってくる胃潰瘍と神経衰弱に悩まされる日々を送っていた。その上、痔を病むことになり、入院手術を余儀なくされた。これは、その際によまれた句である。

術後、松根東洋城*宛の書簡に添えられた「かりそめの病なれども朝寒み」という句もあり、この「秋風や」の方は、それから一〇日程経って、術後の診察を受けた帰途の「車上」で作られたものである。

大患を題材としたいくつかの名句に、勝るとも劣らない出来栄えである。もともと大吐血とか生死の境という事態には、あらがいがたい何かがはたらいていて、おのずから悲劇性が滲み出てくるのだが、痔

*松根東洋城　俳句13を参照。

疾となると、どこか喜劇的なものをまといつかせずにいない。それを漱石は、「屠られに行く牛の尻」という言葉にあらわしたのである。哀愁のこもった諧謔を弄して、並ぶものなき句といえよう。

このときの経験は、それから四年後に起稿された『明暗』*の書き出しの以下のような叙述に反映されている。

＊『明暗』俳句05を参照。

医者は探りを入れた後で、手術台の上から津田を下した。

「矢張《やつぱり》穴が腸迄続いてゐるんでした。此前探つた時は、途中に瘢痕の隆起があつたので、つい其所《そこ》が行き留《どま》りだとばかり思つて、あゝ云つたんですが、今日疎通を好くする為に、其奴《そいつ》をがり〱掻き落して見ると、まだ奥があるんです」。　（一）

この医者の言葉が、疾患のさらに奥に、不可測の事態が控えているという『明暗』の主題を象徴するものであることは、明らかである。句の諧謔味は、四年の歳月を経て形而上的に練り直されたといえようか。

20 我一人行く野の末や秋の空

【出典】「手帳」大正三年頃常用

たった一人、秋の野を行く私の頭上に、秋空がどこまでも広がっていくことだ。

漱石は、明治二二年、喀血《かっけつ》した子規のもとへ「帰ろふと泣かずに笑へ時鳥」という句を送って以来、約三〇年にわたって句を作りつづけてきた。その数、およそ二五〇〇。そのなかから、恣意的に二〇句を採りあげてみたが、最後にこの句を挙げるのに、特別な理由はない。掉尾《とうび》を飾るというには、少々月並みといってよく、大患の秀句にはやはり及ばないからである。

しかし、漱石は、この句の詠まれた大正三年には、『こゝろ』を起稿し、翌四年『道草』、翌五年には『明暗』といった具合に、書くことのシフトを、完全に小説の方に敷いていた。さらには、この年から大患以来鳴りを潜めていた漢詩の製作が目立ち始め、『明暗』執筆時には、午後の日課のように七言律詩の製作が続くのである。そんななかで、俳句を詠ずること、しだいに間遠になっていったとしても、やむをえないところがあった。

そういう諸々の事情を鑑《かんが》みたうえで、この「我一人行く野の末や秋の空」を、やはり漱石という孤独な魂の行く末を暗示する句と取ってみようと思う。先に「朝寒み夜寒みひとり行く旅ぞ」「秋風の一人をふくや海の上」の二句を採っているので、いまさらという感なきにしもあらずだが、あらためて漱石をとらえていた寂しさの塊《かたまり》といったものを、ここで確かめておくのも一興かと思う。

この漱石の境地に、「此道や行く人なしに秋の暮」*「旅に病んで夢は枯野をかけめぐる」*といった芭蕉のそれを並べてみるならば、漱石が目指したのは、これに匹敵する境地であったことが分かる。実際、『明暗』の終章近く、津田が清子のいる温泉場を目指して行く時、眼前にあらわれるのは、この行く人なしの「寂寞とした夢」そのものなのである。

＊此道や　元禄七年（一六九四）九月、旅の途次に催された大阪の句会で詠まれた句。芭蕉は、それから二週間余り後に没した。

＊旅に病んで　芭蕉の辞世の句といわれている。元禄七年一〇月八日深更、「病中吟」としてこの句を詠み、三日後に客死した。

第二章　漢詩

01　鴻台　二首

〔其一〕

鴻台冒暁訪禅扉
孤磬沈沈断続微
一叩一推人不答
驚鴉撩乱掠門飛

鴻《こう》の台《だい》　二首

〔其の一〕

鴻台《こうのだい》　暁《あかつき》を冒《おか》して　禅扉《ぜんぴ》を訪《と》う
孤磬　沈沈　断続して微《かす》かなり
一叩《いっこう》　一推《いっすい》　人答えず
驚鴉《けいあ》　撩乱《りょうらん》　門を掠《かす》めて飛ぶ

【出典】『時運』

市川の国府台《こうのだい》。夜の明けきらぬうちに、当地の禅房を訪ねる。寺の鉦だけがてひそやかな音を立て、時をおき鳴り続ける。叩いても推しても、誰ひとり答える者がいない。時に、入り乱れて飛び立つ鴉が、門を掠めて翔けてゆく。

漱石、二〇歳以前の作。少年時代の詩友奥田必堂《ひつどう》が選者となっていた文芸雑誌「時運」の漢詩欄に、製作後、約二〇年を経て掲載された八首のうちの第一首。*漱石が漢詩漢文に秀でていたことは、自他共に認めるところだが、一六歳か、一七歳にしてこのような詩才を発揮していたとは、まさに驚きである。青年期特有の憂愁にそめられた詩句の連なりが、読む者の目を射る。*『論語』に「事に敏にして言《げん》に慎む」という言葉があるが、ここで青春の彷徨《ほうこう》は、一度は慎んだ言を鮮やかによみがえらせる。

そもそも、言葉よりも実行をという*孔子の言は、青春の思いと無縁ではない。青年期とは、世上に流布する言葉の虚偽に敏なるものの謂《い》いである。だからこそ、憂愁にとらわれた者は、言葉を嫌い、出世間をめざす。「暁を冒して　禅扉を訪う」た詩人は、そこに言葉なき沈黙の音を聞きとめるのである。だが、誰ひとり答える者のない鉦《かね》の響きに合わせるかのように、時に、数羽の鴉が飛び立っていく。その鴉の飛翔にも似て、不意に、詩の言葉が迸《ほとばし》り出てくるのだ。

「長安に男児有り、二十《はたち》にして心已《すで》に朽ちたり」というのは、唐代の詩人*李賀《りが》の詩句だ。青年期の憂愁をあらわして、右に出るものなしといった言葉といえる。直接的には、科挙を志して長安に上るものの、

＊漱石が漢詩漢文に秀でていた　漱石は、一四歳の時に、在学していた府立一中から二松学舎に転校し、漢学を学んだ。後、第一高等中学本科で正岡子規を知る。回覧されてきた子規の随筆『七草集』に刺激され、巻末に読後感とともに、七言絶句を添え、「漱石」と署名した。

＊論語　孔子の言行や弟子・諸侯との対話を孔子の死後、門弟達が記録した書物。深い思索と率直な対話が、無駄のない簡潔な言葉によって綴られている。

＊孔子　紀元前五五一－紀元前四七九年。中国春秋時代の思想家。儒教の開祖。仏教の開祖である釈迦やギリシア哲学におけるソクラテスに並び称される存在。

＊李賀　七九一－八一七年。中国

失意のまま故郷に帰るということから詠まれたとされているが、そういう事情は、詩を読むための妨げとはなっても、決して益とはならない。問題は、憂愁の通り道というところにある。「二十《はたち》にして心已《すで》に朽ちた」李賀にとってもまた、「暁を冒して」聞こえてくる「沈沈」とした「孤磬」に響き合うように、詩の言葉が迸り出てくるということなのである。

漱石の詩才に驚嘆していたのは、当時の詩友奥田必堂だけではなかった。大学予備門（第一高等中学校）において知遇を得た正岡子規もまた、漱石の漢詩を天才の作物と受け取っていた。後に地方文壇の雄となる奥田からすれば、漱石の才能が、英文学研究や小説において花開いたことは、むしろ誇らしいことであっただろう。だが、みずからもまた、天才的な勘によって、短歌、俳句の革新運動をすすめていくことになる子規には、漱石の才能は脅威であるとともに、己を奮い立たせるきっかけにほかならなかった。

青春の彷徨とそこに生まれる憂愁の通り道ということでは、子規もまた人後に落ちないものを抱いていたからである。

中唐期の詩人。「鬼才」と称せられ、二七歳の短い生涯を閉じる。その詩は、同時代の韓愈をはじめ晩唐の詩人李商陰と理解者に欠くことなく、わが国でも芥川龍之介、三島由紀夫など多くの文学者に愛読された。

02

離愁次友人韻

離愁別恨夢寥寥
楊柳如烟翠堆遥
幾歳春江分袂後
依稀繊月照紅橋

離愁《りしゅう》 友人の韻《いん》に次《じ》す

離愁《りしゅう》 別恨《べっこん》 夢寥寥《りょうりょう》
楊柳《ようりゅう》 烟《けむり》の如く 翠堆《すいたい》遥《はる》かなり
幾歳《いくさい》か 春江《しゅんかう》に袂《たもと》を分《わ》かちし後《のち》
依稀として繊月 紅橋を照らす

【出典】『時運』

別離の悲しみ、別れを惜しむ心。人生のわびしさは、むなしく消え去る夢のようだ。柳の枝は、もやのようにけぶって見え、みどりの岡がはるか遠くまで続く。春の江《かわ》のほとりで友と別れてから、すでに幾年になるだろう。おぼろな三日月が、紅の橋をぼんやりと照らしている。

前首と同様『時運』掲載の八首のうちの、第五首。友との別れを詠じた漢詩として、高い水準をたもつものといえる。題名の「次韻」とは、相手の詩と同じ韻を用いて作詩することを言う。この詩では、「寥」「遥」「橋」。友人は、前出の奥田必堂かもしれないが、定かではない。要するに、「友人」に当たる誰かの漢詩から、三つの韻字を取り出し、これをもって詩に認《したた》めるということをおこなっているのである。だが、ここにはそのような作詩上の取り決めに限らないものが詠《うた》われている。

別れの悲しみということなのだが、この離愁が、前首と同様、青年期の憂愁に由来するものであることは、明らかである。では、なぜこの憂愁の通り道が、友との別れに際して、あらわれてくるのだろうか。「朋《とも》あり遠方より来《きた》る、亦《また》楽しからずや」と『論語』の言葉に言われるように、友とは、その別れにおいて、深い悲しみをもたらすものであり、その再会において、大いなる喜びをもたらすものである。しかし、そう言ってもなお、この憂愁の通い路にたどり着くことはできない。

友とは、つまるところ、わが分身なのである。だからこそ、その別れは死の悲しみにも値するのであり、再会において、生きてあることの喜びを噛みしめることができるのである。このことは、友の死を詠った詩において、もっともよくあらわれる。たとえば、蕪村*の「北寿《ほくじゅ》老仙《ろうせん》をいたむ」を挙げてみるならば、次のごとくである。

＊蕪村の「北寿老仙をいたむ」 交流のあった俳人早見晋我（北寿と号していた）の死を悼んで

つくられた俳詩。挽歌の系譜に連なる詩歌といえるが、「友の死」というモティーフは、蕪村独自のものといえる。

君あしたに去《い》ぬゆふべのこゝろ千々《ちゞ》に
何《なん》ぞはるかなる
君をおもふて岡のべに行《ゆき》つ遊ぶ
をかのべ何《なん》ぞかくかなしき
蒲公《たんぽぽ》の黄《き》に薺《なづな》のしろう咲《さき》たる
見る人ぞなき
雉子《きゞす》のあるかひたなきに鳴《なく》を聞《きけ》ば
友ありき河をへだてゝ住《すみ》にき
へげのけぶりのはと打《うち》ちれば西吹《ふく》風の
はげしくて小竹原《をざさはら》真すげはら
のがるべきかたぞなき

友を失った悲しみは、我が身の消えいくような傷《いた》みとして詠われている。しかも、これが青春の憂愁と紙一重であることもつたわってくる。それは、我が分身から隔てられ、一身にして立つことの辛さとしてあらわれるのだ。同時に、みずからにとって最も親しい存在を、闇の奥へと追いやったという罪障の悲しみともとれる。二〇歳に満たない漱石が、そのことを意識していたかどうかは、問題ではない。その詩才が、無意識のうちにもそういう機微を汲んでいたという事が重要なのである。

03 『木屑録《ぼくせつろく》』より

［其二］
西方決眥望茫茫
幾丈巨濤拍乱塘
水尽孤帆天際去
長風吹満太平洋

［其の二］
西の方《かた》　眥《まなじり》を決して　茫茫《ぼうぼう》を望めば
幾丈《いくじょう》の巨濤《きょとう》　乱塘《らんとう》を拍《う》つ
水尽《つ》きて　孤帆《こはん》　天際《てんさい》に去り
長風《ちょうふう》吹きて満《み》つ　太平洋

【出典】『木屑録』

—西方へとまなじりを決して、はるか彼方を望めば、幾丈もある巨大—

な波が、入りくんだ堤防に打ち寄せている。水平線のあたり、ぽつんと一艘《いっそう》行く帆船が、空の果てへと消えてゆき、遠くから吹き寄せる風は、太平洋一帯を吹いていく。

漱石は、一高本科在学中、同窓生四人と三週間余りの房総めぐりをおこなっている。「木屑録《ぼくせつろく》」は、当時を記した紀行文である。なかに一四首の漢詩が挿入されているのだが、これはそのうちの第二首にあたる。

前二首から五年の歳月を経ているものの、青春の彷徨、いまだ止むことなしといえる。憂愁の通い路は、ここにおいて、「*幾丈の巨濤乱塘を拍つ」といった句に象徴される。いよいよもって、不穏な趣を呈するのである。

「木屑録」本文において、このような趣向が、「*険奇巉峭《けんきざんしょう》にして、酷《はなは》だ奸雄《かんゆう》に似たり」という「保田《ほた》の勝《しょう》」を前に湧いてきたものであることが明かされる。これに対して、「*清秀穏雅《せいしゅうおんが》にして、君子《くんし》の風《ふう》有り」とされた「興津《おきつ》の景」についても一首が詠まれている。青春の彷徨を暗示するのが、前者であることはいうまでもない。

*ニーチェは、『悲劇の誕生』において精神のありかたをディオニュソ

＊幾丈の巨濤乱糖を　幾丈もある巨大な波が入りくんだ堤防に打ち寄せている。

＊険奇巉峭にして　けわしく奇抜、高く切り立っていて、姦智にたけた人物にそっくりだ。

＊清秀穏雅　清潔で秀麗、温和かつ優雅で、君子のおもむきがある。

＊ニーチェ　一八四四―一九〇〇

ス的とアポロ的の二つに分けて論じた。ディオニュソスもアポロもギリシア神話に登場する神々の名である。ニーチェによれば、ギリシア芸術とは、この二つの要素によって成り立つものなのだが、採るべきは、アポロ的な調和を内側から滅ぼしていくディオニュソス的な噴出である。ここから、精神の原初のかたちを調和の美にではなく、荒れ狂う情動に見い出したニーチェの哲学が導かれる。

「興津の景」の「清秀穏雅」に、「保田の勝」の「険奇巉峭」を対比させる漱石は、明らかにニーチェの轍《てつ》を踏んでいる。そのことを漱石にゆるしたのは、青春の憂愁そのものである。それは、汲み尽くすことのできない悲しみとなってやってくるのだが、一方において、決して悲傷の物語に収まろうとしない。そこに、調和の美をつくることを肯んじないのである。逆に、どのような哀感にも流されることなく、悲しみを悲しむということをおこなおうとする。

精神の不穏な趣きは、その悲しみを内側から無《な》みするようにあらわれる。子規がこれを評して、「君子《くんし》未《いま》だ必ずしも奸雄《かんゆう》に勝《まさ》らざるなり」と述べたというが、言い得て妙である。

年。ドイツの哲学者。「神は死んだ」「永劫回帰」「超人」など、キー・コンセプトによって思想の精髄を表現するとともに、アフォリズムを多用した文体によって、哲学の概念化を解体していった。『ツァラトゥストラはこう語った』は、漱石の愛読書でもあった。

04 『木屑録』より

［其七］

鋸山如鋸碧崔嵬
上有伽藍倚曲隈
山僧日高猶未起
落葉不掃白雲堆
吾是北来帝京客
登臨此日懐往昔
咨嗟一千五百年
十二僧院空無迹
只有古仏坐磅唐
雨蝕苔蒸閲桑滄
似嗤浮世栄枯事
冷眼下瞰太平洋

［其の七］

鋸山《きょざん》　鋸《のこぎり》の如く　碧崔嵬《みどりさいかい》たり
上に伽藍《がらん》の曲隈《きょくわい》に倚《よ》れる有り
山僧　日高くして　猶お未だ起きず
落葉《らくよう》　掃《はら》わず　白雲堆《うずたか》し
吾は是《こ》れ北より来たりし帝京の客
登臨して此《こ》の日　往昔《おうせき》を懐《おも》う
咨嗟《しさ》す　一千五百年
十二僧院　空《むな》しく迹《あと》無し
只《た》だ古仏の磅唐《ほうとう》に坐せる有りて
雨蝕《むしば》み　苔蒸《こけむ》して　桑滄《そうそう》を閲《けみ》す
浮世《ふせい》栄枯の事を嗤《わら》うに似て
冷眼　下《くだ》し瞰《み》る　太平洋

【出典】『木屑録』

―鋸山《きょざん》はのこぎりのように聳え、みどりの岩がけわしく切り立ってい―

る。山上の隅の方に、寄って建つ寺院。山僧は、日が高く上る時刻にも、まだ起きない。落ち葉は、掃うことなく地に満ち、白雲はうずたかくのぼる。私は、北から巡って来た帝京の旅人。この日、高く上り眼下を眺めて、遠い昔のことを想う。ため息をついて、一五〇〇年の時を嘆ずる。一二の僧院は、むなしく跡もない。ただ、古仏が、起伏する峰のあちこちに坐してあるのみ、雨に蝕まれ、苔むして、青海原が桑畑になるような変わり様だ。浮世の栄枯盛衰をあざ笑うかのように、冷ややかな目が俯瞰する、その視線の先には、はるかなる太平洋。

七言古詩《こし》。漱石の古詩では最初の作に当る。「木屑録」所収の七言絶句が、いずれも青春の憂愁を緊迫したリズムでつたえるのに対し、古詩のゆるやかな趣きは、その詩才を際立たせるに必ずしも適していない。特に前半の、情景描写にあたる詩句は、紀行文の趣きをそのまま受け継いだものということもできる。だが、後半「咨嗟《しさ》す　一千五百年／十二僧院　空《むな》しく迹《あと》無し」のあたりから、俄然、緊迫感に包まれてくる。

史実によれば、鋸山《のこぎりやま》の寺院は、日本寺と称して、*行基《ぎょうき》によって創建

*行基　六六八–七四九年（天

され、盛時には、七堂十二院百坊を有していたという。それが、一五〇〇年の歳月を経てむなしく朽ちてしまい、ただ、仏像や羅漢《らかん》像が、数限りなく峰の随所に坐してある。その姿に、漱石は、歳月の流れとこの世の栄枯盛衰を思いみるのである。

だが、このような感懐は、まかりまちがえば、定型へと収まりかねない。無常迅速、飛花落葉を思い嘆く言葉が、一方において、*「もののの見えたるひかり、いまだ心にきえざる中にいひとむべし」（芭蕉）という言葉を実践するのでないならば、容易に「無常迅速」という言い回し、「飛花落葉」という言い回しへと堕してしまう。そういう言い回しというのが、どれほどに、詩の言葉を陳腐なものとするかを、このときの漱石が知らなかったはずはない。

これを脱するには、では何をすればいいのか。無常迅速、飛花落葉とは、ほかならぬ、この身について言われていると受け止めることである。いまここにこの一瞬を生きてある身が、瞬《またた》く間に消え去っていくということ、死はたちまちのうちにやって来て、この身を塵《ちり》と化すということ、だからこそ、一瞬一瞬が、何ものにもかえがたい輝きをもたらすということ。それらすべてを見止めるとき、おのずから言葉が綾なされるというべきではないだろうか。

智七―天平二一）。奈良期の僧。僧侶の役割が、国家の災いを払い、安泰を祈念することにあった時代に、諸国を行脚して、民衆に説法し、多くの寺院を建立した。

＊ものの見えたるひかり、いまだ心にきえざる中にいひとむべし　芭蕉の言葉を集めた俳論書『三冊子』（服部土芳著）の中の一節。「飛花落葉の散乱《ちりみだ》るも、その中にして見とめ聞とめざれば、をさまることなし」という言葉も見られる。

青春の憂愁とは、生が死と隣り合わせにあることへの気づきからやってくる。それは同時に、死が生にとって欠くことのできない条件であることに気づかせる。そのことは、この詩においても例外ではない。「浮世《ふせい》栄枯の事を嗤《わら》うに似て／冷眼　下《くだ》し瞰《み》る　太平洋」という最後の二行には、この身を瞬く間に藻屑《もくず》と化すかのような、常住不変なるものが詠われる。「冷眼　下《くだ》し瞰《み》る」という言葉の非情さには、決して詩の言葉を常凡に流すまいとする漱石の覚悟のようなものさえうかがわれる。

05 『木屑録』より

［其十三］
別後憶京中諸友
魂飛千里墨江湄
湄上画楼楊柳枝
酒帯離愁醒更早

［其の十三］
別後、京中の諸友を憶《おも》う
魂《たましい》は飛ぶ　千里　墨江《ぼくこう》の湄《ほとり》
湄上《びじょう》の画楼《がろう》　楊柳の枝
酒は離愁を帯びて　醒《さ》むること更に早く

詩含別恨唱殊遅
銀紅照夢見蛾聚
素月匿秋知雨随
料得洛陽才子伴
錦箋応写断腸詞

詩は別恨を含んで　唱《とな》うること殊に遅し
銀紅《ぎんこう》　夢を照らして　蛾の聚《あつ》まるを見
素月《そげつ》　秋に匿《かく》れて　雨の随《したが》うを知る
料《はか》り得たり　洛陽才子《らくようさいし》の伴《とも》
錦箋《きんせん》　応《まさ》に写《うつ》すべし　断腸の詞

【出典】『木屑録』

別れて後、後《あと》に残した帝京の友人諸氏のことを思う

魂は千里を飛んで、隅田川のほとりへと向かう。川岸の彩りを施した高い建物、別れの標《しる》しに授かった楊柳《やなぎ》の枝。酒を酌んでも、別れの悲しみを帯びて、瞬く間に醒めてしまう。詩を唱えても、恨みをまとって、なかなかはかどらない。灯火は、夢を照らして、蛾の集まるを眺めている。白い月は、秋のこの季節に姿を隠し、やがて雨が降り出すを知る。帝京の才子たちは、美しい詩箋に、腸《はらわた》の千切れるような悲しい言葉を写しているだろう。

この詩の素晴らしさは、第一行、「魂は飛ぶ　千里　墨江の湄《ほとり》」の

詩語に尽きる。魂は、千里を飛ぶという表現を、漱石は、どこから得てきたのであろう。魂消えるという慣用語もあることから、漢詩漢文に普通に使用される表現とみなすこともできる。しかし、たとえそうであったとしても、この一行の緊迫感には、稀に見るものがある。ここで、漱石の魂が、千里を飛んで、墨江《ぼくこう》の湄《ほとり》へと向かうさまが、目に浮かぶようではないか。

＊宮崎駿《はやお》の「天空の城ラピュタ」や「魔女の宅急便」などを観ていると、主人公が一閃《いっせん》空を飛んでいくシーンに、たとえようもないほどのせつなさをおぼえる。作者のなかに、魂が一瞬のうちに千里を飛ぶということへの信憑がなければ、そのような感懐をもたらすことはない。観客は、明らかに、作者の魂が、千里を飛んで、天空のある地点へと向かうさまを観ているのである。同時に、自分の魂もまた、この地上からはるか高く飛翔し、千里を飛んでいるような気分に浸っているといえる。

この詩において、魂が向かう墨江の湄《ほとり》には、何人かの友人がいる。彼らとの別れの悲しみは、酒を酌み、詩を唱えても容易にいやすことができない。「離愁　友人の韻に次す」において「離愁　別恨　夢寥寥」と詠んだ際の憂愁が、いまなお去りやらないからである。

＊宮崎駿　一九四一―。アニメーション作家、映画監督、漫画家。一九八五年、スタジオジブリを設立。[illegible]映画の[illegible]作を次々に生み出す。「風の谷のナウシカ」「となりのトトロ」「もののけ姫」など、話題作に事欠かず、国際的にも高い評価を得ている。

だが、この詩の独特なのは、こちら側の憂愁だけでなく、むこう側のそれをも詠じているところにある。つまり、墨江の湄《ほとり》にある彼らもまた、漱石との別れを惜しんでいることが詠われているのである。それだけではない。彼らは、まるで、漱石と二度とまみえることがないと思い込んでいるかのようなのである。最後の二行を「帝京の才子たちは、美しい詩箋に、腸の千切れるような悲しい言葉を写すだろう」と訳してみると、そのことに間違いないように思われてくる。

友との別れが、魂魄《こんぱく》消えるような悲しみをもたらすのは、なぜだろうか。みずからにとって最も親しい存在が、いつかどこかで、消えていくかもしれないという思いからのがれないからでもある。同時に、彼を追いやったのは、この自分ではないかという思いに無意識のうちにもとらわれているからである。

漱石は、後にこのテーマを『こゝろ』において展開する。自裁した「先生」の魂が、千里を飛んでKのもとに向かう時、その「先生」のもとへと急行列車に飛び乗って、向かうのは、「私」の魂である。魂の千里を飛ぶすがたが、なぜこれほどまでにせつなさをもたらすかの、それは例証と言ってもいいであろう。

06 函山雑詠 八首

[其六]

奈此宿痾何
眼花凝似珂
豪懐空挫折
壮志欲蹉跌
山老雲行急
雨新水響多
半宵眠不得
燈下黙看蛾

函山雑詠《かんざんざつえい》 八首

明治二三年九月

[其の六]

此《こ》の宿痾《しゅくあ》を奈何《いかん》せん
眼花《がんか》 凝《こ》りて珂《か》に似たり
豪懐《ごうかい》 空《むな》しく挫折《ざせつ》し
壮志《そうし》 蹉跌《さた》せんと欲す
山老いて 雲の行くこと急に
雨新《あら》たに 水の響《ひび》くこと多し
半宵 眠り得ず
燈下《とうか》 黙《もく》して蛾《が》を看る

【出典】 子規宛書簡

長く患《わずら》うこの病をどうすればいいのか。目先にちらちらしていたものが、凝り固まり、白い石のようになって取れない。意気込みは空しくくじけ、勇ましい士気も、つまずきそうだ。秋を迎えて、山も老いていくところか、雲が速い速度で流れていく。雨は降ったばかりで、川の水の轟々と鳴り響き、夜半《よわ》、寝つかれない。灯りのもと

―に飛んでくる蛾を、言葉もなくじっと見ている。

―

一高本科卒業後、漱石は、箱根に旅している。その際、「函山雑詠」と題した連作八首を残した。すべて、五言律詩であり、五律としては、最初のものである。例によって、松山の子規に送られ、批評を受けた。その草稿は、複製版「木屑録」で見ることができる。

これまでの作品に見られた青春の憂愁が、この連作にいたってようやく薄れつつあるように見える。緊迫感に満ちた詩語は、しだいに影を潜め、代わって暗く沈むような言葉が、頻出するようになる。そのことは、この詩の第一行「此の宿痾を奈何せん」によくあらわれている。漱石は当時トラホームに悩まされ、病院通いをしていたということから、「宿痾」とは眼病であるとされる。実際二行目の「珂」とは、目やにが凝り固まって、白瑪瑙《しろめのう》のようになったものと取ることができる。

しかし、そのような事情を考慮せずとも、「此の宿痾を奈何せん」という詩語からは、これまでに見られなかった暗鬱な響が感じられる。箱根の旅から帰った九月、漱石は、帝国大学文科大学英文科に入学しているのだが、特待生として迎えられたにもかかわらず、未来が洋々たるものとしてあらわれるということはなかった。漱石のなかに、青年期の憂愁からのがれがたい思いがあったからということもできる。が、それだけではない。人生の暗鬱に、あらためてとらえられたからである。

青春のさなかで、生が死と隣り合わせにあることを鋭く感受し、それを言葉にする者。それこそが詩人の名に値すると言ってみよう。とりわけ、夭折《ようせつ》した天才詩人には、このことが象徴的にあらわれている。唐代の李賀*しかり、鎌倉三代将軍実朝《さねとも》*しかり、一九世紀フランスのランボー*しかりである。一六歳から二二歳における詩人漱石が、この系譜に連なる者であることは、疑いをいれない。そのことは、ここまでの鑑賞においてくりかえし強調してきたところである。

だが、漱石は、一高本科卒業を機に、そのような系譜に連なることをみずからに禁じた形跡がある。漱石をとらえた人生の暗鬱（「宿痾」）が、夭折へといざなうものとは異なっていたからといえばいいだろうか。爾来《じらい》、詩の意識は、死と隣り合わせた生というよりも、死を限りなく延期された生へ向けられるようになる。そのような詩意識が「修善寺の大患」において最初のピークを迎えるまで、漱石は、この種の作品を書き継いでいくのである。

＊李賀　漢詩01を参照。

＊鎌倉三代将軍実朝　一一九二–一二一九年（建久三–建保七）。源頼朝の次男として生まれ、一二歳で征夷大将軍の位に就く。右大臣の官位を授けられたが、兄である頼家の子公暁に暗殺される。万葉調の歌を詠み、歌集に「金槐和歌集」がある。

＊ランボー　一八五四–一八九一年。フランスの象徴主義の詩人。あらゆる感覚の惑乱を通して未知のものを見るという方法に目覚める。同じ象徴派の詩人マラルメは、この早熟の天才詩人を「生きながら詩に手術されたおそるべき通行人」と述べた。

07 無題 五首

［其二］

快刀切断両頭蛇
不顧人間笑語譁
黄土千秋埋得失
蒼天万古照賢邪
微風易砕水中月
片雨難留枝上花
大酔醒来寒徹骨
余生養得在山家

無題 五首

［其の二］

快刀《かいとう》　切断《せつだん》す　両頭の蛇《へび》
顧《かえり》みず　人間《じんかん》　笑語譁《かまびす》しきを
黄土　千秋　得失《とくしつ》を埋《う》め
蒼天《そうてん》　万古　賢邪《けんじゃ》を照らす
微風　砕《くだ》き易《やす》し　水中の月
片雨　留《とど》め難《がた》し　枝上《しじょう》の花
大酔　醒《さ》め来たりて　寒《かん》　骨に徹《てつ》し
余生　養い得て　山家に在り

明治二八年五月

【出典】子規宛書簡

よく切れる刀で、両頭の蛇を切断する。世の人の、嘲笑し騒ぎ立てる声を、気にかけることはない。大地は、千年に渡って、成功と失敗を、跡形もなく埋め、大空は、永遠に、徳ある者と邪悪なる者を照らし出す。水に映った月は、微かな風にも揺れ、枝に咲く花は、通り雨にも散ってゆく。酔いもすっかり醒め、寒さが骨にまでしみわたる。余生を、この田舎住まいで、送るのである。

四国の松山中学に赴任した際の詩。漱石の松山行きについては、諸説があるが、この詩を読む限りでは、世間的な栄達を求める心を、自分に禁じたとするのが、理由の一端かと思われる。詩の出来栄えとしては、先に挙げた数首に及ばざるものの、漱石の人生観が、率直にあらわれた作品として、精読に値するものといえる。

「快刀　切断す　両頭の蛇」は、楚の国の故事に基づく。両頭の蛇を見た者は、死ぬといういい伝えがあるなかで、少時、これを眼にした孫叔敖*は、死をのがれられずと思う。と共に、次に来る者が見ることを危惧して、蛇を一刀のもとに切断し、帰って母親にその旨を告げる。話しながら恐怖のあまり涙をこぼすが、母は思いがけなくも「憂うるなかれ。女は死せざらん。吾これを聞く、陰徳ある者は、天必ず報ゆるに福を以てす」と慰撫した。果たして、孫叔敖は後に楚の国の宰相となったという。

漱石の倫理観をあらわした故事といえる。だが、このような話は、自己犠牲の物語同様、人間精神の型に属するものであって、それ自体で、人を動かすものとは言いがたい。人間の倫理が問われるのは、む

＊孫叔敖　生没年不詳。中国春秋時代の楚の令尹（宰相の位に相当）。賢相として名高い。

しろ、徳あるおこないや自己犠牲の行為が、決して報われることなく、むしろ不徳の者の世に容れられる現実を前にしてなのである。

そうであるとするならば、この詩において「*黄土　千秋　得失を埋め」「*蒼天　万古　賢邪を照らす」の二行は、真実をいう言葉というよりも、当為の言葉というべきである。だが、この詩に限っていうならば、漱石は、これを真実として認めている節がなきにしもあらずなのだ。そのあたり、詩として弱点があるといえば言えるが、漱石の精神の更なるあらわれを汲み取るには、やはり、欠かすことのできない詩といえる。

世間的な栄達を嫌い、片田舎に余生を送る思いは、崖下の日の当たらない貸家で腰弁の生活を送る『門』の宗助や、月の決まった日に雑司が谷の墓地を訪れるほかには、世に交わろうとしない『こゝろ』の先生のそれをほうふつとさせる。だが、宗助も先生も、そのような境涯が、人間倫理の二律背反に躓《つまず》くことによって、得られたものであることを知っている。少なくとも、漱石は、そういう精神像として、彼らを造形しているのである。

そのためには、このときの詩作から、二十年の歳月が閲《けみ》されなければならなかった。そこにむしろ、漱石という精神のたどった軌跡を見

＊黄土千秋　大地は、千年に渡って、成功と失敗を、跡形もなく埋める。

＊蒼天万古　大空は、永遠に、徳ある者と邪悪なる者を照らし出す。

るべきではないだろうか。

08 [春興]

出門多所思
春風吹吾衣
芳草生車轍
癈道入霞微
停筇而矚目
万象帯晴暉
聴黄鳥宛転
睹落英紛霏
行尽平蕪遠
題詩古寺扉
孤愁高雲際
大空断鴻帰
寸心何窈窕

明治三一年三月

[春興《しゅんきょう》]

門を出《い》でて　思う所多し
春風《しゅんぷう》　吾《わ》が衣《ころも》を吹く
芳草《ほうそう》　車轍《しゃてつ》に生じ
癈道《はいどう》　霞《かすみ》に入りて微《かす》かなり
筇を停めて　目を矚げば
万象《ばんしょう》　晴暉《せいき》を帯《お》ぶ
黄鳥《こうてう》の宛転《えんてん》たるを聴き
落英の紛霏《ふんび》たるを睹《み》る
行き尽くして　平蕪《へいぶ》遠く
詩を題す　古寺の扉《とびら》
孤愁《こしゆう》　雲際《うんさい》高く
大空《たいくう》　断鴻《だんこう》帰る
寸心《すんしん》　何ぞ窈窕《ようちょう》たる

縹緲忘是非
三十我欲老
韶光猶依依
逍遥随物化
悠然対芬菲

縹緲《ひょうびょう》として　是非《ぜひ》を忘る
三十　我《われ》老いんと欲し
韶光《しょこう》　猶《な》お依依《いい》たり
逍遥《しょうよう》して　物化《ぶっか》に随《したが》い
悠然《ゆうぜん》として　芬菲《ふんび》に対す

【出典】長尾雨山添削詩稿

ひとたび門を出れば、思いが次々に湧いてくる。春風が、衣を吹きぬけていき、車の轍《わだち》には、春の草が生えている。廃道が、春がすみにつつまれて、微かに。杖をとめて、見つめると、森羅万象《しんらばんしょう》が、晴れた日の輝きを帯びている。うぐいすの快い鳴き声に耳傾け、花びらが一片一片散るのを眺める。行き尽くしてもなお、平野は遠く、詩を古寺の扉に書き付けるのだ。孤《ひと》りの愁《うれ》い、雲のきわみまで高く、大空を、群れから離れた鴻《おおとり》が帰ってゆく。方寸の心の、なんと奥深いことか。広くはるかに、是非を忘れるほどである。三〇歳にして、私は老いようとしている。春ののどかな光は、なおやわらかく、万物の変化に随《したが》い、そぞろ歩くのである。悠然として、かぐわしい花の香りに向かい合う。

五言古詩。熊本第五高等学校に赴任して三年目の作。漢詩人で五高の同僚でもあった長尾雨山が添削した詩稿が残っている。子規と同様、雨山もまた漱石の詩稿を添削しながら、その詩才に絶倒していたことは、疑いをいれない。雨山の添削を受けたあとの形を、後に漱石は、*『草枕』（十二）に、主人公である画工《えかき》の作として載せている。しかし、この詩のもたらすヴィヴィッドな感興は、『草枕』の出世間的な駘蕩《たいとう》味《み》といったものとは、根本的に異なる。

この詩から受ける感興に最も近いのは、象徴主義《サンボリスム》を代表する詩人ランボーの、次のような作品である。

蒼き夏の夜《よ》や
麦の香に酔《ゑ》ひ野草《のぐさ》をふみて
小みちを行かば
心はゆめみ、我足さはやかに
わがあらはなる額《ひたひ》、
吹く風に浴《ゆあ》みすべし。
われ語らず、われ思はず、

＊『草枕』　一九〇六年（明治三九）、「新小説」に発表される。「非人情」の世界を描いた作品とされ、冒頭の一節「智《ち》に働けば角が立つ。情に棹させば流される。意地を通《とお》せば窮屈《きゅうくつ》だ。とかくに人の世は住みにくい」が、よく知られる。

われたゞ限りなき愛
魂《たましひ》の底に湧出《わきいづ》るを覚《おぼ》ゆべし。
宿なき人の如く

（「そゞろあるき」永井荷風*訳）

象徴主義《サンボリスム》が唱えた森羅万象との交感《コレスポンダンス》を、この短い作品は見事にあらわしている。ここでうたわれた夏の夜のそぞろ歩きが魅惑的なのは、そのような交感《コレスポンダンス》が、「われ」を越えた場所から、魂をさらうようにやってくるからである。たとえば、後期印象派の画家であるゴッホ*もまた、森羅万象との交感にとらえられたとき、自分の存在が地上の絆《きずな》以上のものでつながれているという思いに不意に襲われる。同じようにランボーもまた、そのような思いにとらわれ、限りなき愛が魂の底から湧き出てくるのを覚えるのである。

　ひとたび門を出ると、思いが次々に湧いてくるという漱石のこの詩の感興もまた、同様である。森羅万象との交感が、はるか遠くの平野から、そして、雲のきわみからもたらされる。それにとらえられるとき、漱石もまた、ほとんど是非を忘れ、時の流れに身をゆだねるのである。

　もちろん、このときの漱石の思いが、ランボーやゴッホとは決定的

＊永井荷風　一八七九―一九五九年（明治一二―昭和三四）。小説家。詩人。みずからを江戸の戯作者に擬し、花柳界や陋巷に生きる女たちを描いた。代表作に『つゆのあとさき』『濹東綺譚』

＊ゴッホ　一八五三―一八九〇年。後期印象派を代表するオランダの画家。明るく烈しい独特の色彩は、不遇の生涯とあいまって、人々を魅了してやまない。晩年過ごした、フランス南部サンレミの精神病院、パリ郊外のオーヴェールでの作品が、とりわけ印象深い。

に異なるということもできる。この詩を成り立たせているのは、三〇歳にして、私は老いようとしているという漱石の諦観《ていかん》にほかならないからである。

だがたとえそうであったとしても、この詩に見られるのは、内から溢れてくるものとどめがたしといった思いにとらわれている漱石のすがたである。漱石、三〇にして、ここしばらく眠っていた詩才の目覚めるのを見たといっていいだろうか。年譜には、明治三一年の項に「前年末頃より漢詩を作り出す」とあるが、漱石の詩魂の、眠りから醒めて羽ばたくさま、類がない。

09　「失題」

明治三一年三月

吾心若有苦
求之遂難求
俯仰天地際
胡為発哀声
春花幾開落

「失題」

吾が心　苦しみ有るが若《ごと》し
之《これ》を求むるも　遂に求め難し
俯仰《ふぎょう》す　天地の際
胡為《なんす》れぞ哀声《あいせい》を発す
春花　幾《いく》たびか開き落ち

世事幾迭更
烏兎促鬢髪
意気軽功名
昨夜生月暈
飆風朝満城
夢醒枕上聴
孤剣匣底鳴
慨然振衣起
登楼望前程
前程望不見
漠漠愁雲横

世事　幾たびか迭更《てつこう》す
烏兎《うと》　鬢髪《びんぱつ》を促《うなが》し
意気　功名《こうみょう》を軽《かろ》んず
昨夜　月暈《げつうん》生じ
飆風《ひょうふう》　朝《あさ》　城に満《み》つ
夢醒めて　枕上に聴く
孤剣《こけん》　匣底《こうてい》に鳴《な》くを
慨然《がいぜん》として　衣《ころも》を振《ふる》って起《た》ち
楼《ろう》に登りて　前程《ぜんてい》を望《のぞ》む
前程　望めども見えず
漠漠《ばくばく》として　愁雲横《しゅううんよこ》たわる

【出典】長尾雨山添削詩稿

私の心には、苦しみがあるかのようだ。これを捜し求めるものの、ついに求め難い。俯いて天地の際を振り仰ぐ。どうして哀しい声をあげるのか。春の花々が、いくたびか開いては落ち、世の中の営みは、いくたびか入れ替わる。時の流れは、髪、白《しろ》からしめ、意気あるかぎり、名声を軽からしむる。昨夜、月に暈がかかり、風雨の近いことを告げた。朝になって、暴風がこの町を襲い、夢から醒めて、枕もとに、烈しい風の音。剣が、龍の鳴き声を発するに似て、心高ぶらせ、意を決して立ち上がる。高殿に登って前途を望む。前途、望んでも見えない。茫漠として、愁いに満ちた雲がはるか彼方へと広がっている。

五言古詩。前首と同様、長尾雨山の添削を受ける。雨山の評は「長歎深喟《しんき》、慨乎《がいこ》として之れを言う。懦夫《だふ》をして興起せしむるに足る。高唱三復、覚えず襟を斂《おさ》む（長嘆息《ちょうたんそく》の後、深くため息をつく。心を高ぶらせて、こう言おう　いくじのない男を立ち上がらせるに十分な詩だ。高唱三復して、思わず襟を正すのである）」。なるほど、雨山でなくとも、思わず襟を正したくなるような作品である。

この詩の独創は、第一行「吾《わ》が心　苦しみ有るが若《ごと》し」に尽きる。真情を吐露し、志を述べるのに、漢詩という形式がよく適するものであることは、いうまでもない。だが、漱石のこの一行には、そのような漢詩特有の形式には収まりきれないものがある。

たとえば、心を叙するということにおいて、俳句・和歌ほど相応《ふさわ》しくないものはない。五音、七音という決まった音律は、人事・景物を叙するに効果があっても、もともと心を表わすには不向きなのである。にもかかわらず、すぐれた歌人、俳人は、このような条件を逆手《さかて》に取ることによって、心という最もとらえがたいものを言葉にする。

芭蕉しかり、*西行しかり。とりわけ西行の「花見ればそのいはれとはなけれども心のうちぞ苦しかりける」「心から心にものを思はせて身を苦しむる我身なりけり」といった歌を挙げてみるならば、ここにうたわれている「苦しみ」が、和歌の形式を内側から瓦解《がかい》させていくさまがみえてくるだろう。西行にとって、歌というのは、そのようなものとしてあった。

「西行は、すさびというものを知らなかった、月を詠んでも、仏を詠んでも、実は『いかにかすべき我心』と念じていた」と述べたのは*小林秀雄だが、そういう意味でいえば、漱石もまた、漢詩を慰みごととすることから、縁遠かった。雨山をして「懦夫《だふ》をして興起せしむるに足る」と言わしめたゆえんである。

実際「俯仰《ふぎよう》す　天地の際」「胡為《なんす》れぞ哀声《あいせい》を発す」の二行などには、「いかにかすべき我心」という、言葉にならない言葉がこめられていて、高唱三復、覚えず襟を正さずにいられない。もし、この詩に、芭蕉や西行の心にいまだ到らざるものがあるとするならば、内なる苦し

＊西行　一一一八―一一九〇年（元永元―文治六）。歌人。俗名は佐藤義清《のりきよ》。北面の武士であったが、二三歳で出家。諸国をめぐり、漂泊の旅をくりかえして多くの和歌を残した。歌集に『山家集』がある。

＊小林秀雄　一九〇二―一九八三年（明治三五―昭和五八）。文芸評論家。近代批評の確立者として知られる。鋭い知性と豊かな感受性に裏づけられた独自の文体は、批評を文学作品にまで高めた。代表作に『ドストエフスキィの生活』『無常という事』『本居宣長』。

みを、自分一個のそれにかぎることのできない苦しみに重ね、そういう苦しみの由来を尋ねずにいられない心までは叙されていない点である。だが漱石は、ここからはじめて、そのような心へと確実に歩を進めていくのである。

10 ［無題］

長風解纜古瀛洲
欲破滄溟掃暗愁
縹緲離懐憐野鶴
蹉跎宿志愧沙鷗
酔捫北斗三杯酒
笑指西天一葉舟
万里蒼茫航路杳
烟波深処賦高秋

［無題］

長風《ちょうふう》　纜《ともづな》を解《と》く　古瀛洲《こえいしゅう》
滄溟を破らんと欲して　暗愁を掃う
縹緲《ひょうびょう》たる離懐《りかい》　野鶴《やかく》を憐《あわ》れみ
蹉跎《さた》たる宿志《しゅくし》　沙鷗《さおう》に愧《は》ず
酔うて北斗を捫《つか》む　三杯の酒
笑うて西天を指さす　一葉の舟
万里　蒼茫《そうぼう》　航路杳《はる》かに
烟波《えんば》　深き処　高秋《こうしゅう》を賦《ふ》せん

明治三三年

【出典】イギリス留学先持参手帳

彼方から吹き寄せる風が纜《ともづな》を解いて、この日本を出航する。憂愁を払いのけ、大海原をこえて、はるか遠い地へと赴くのだ。だが、わが心は別れを悲しみ、渺《びょう》としている。それにくらべ、野にあって自由な鶴は、うらやましいほどだ。かねがねの理想もつまずきがちで、砂浜のかもめに恥ずるばかり。だが、三杯の酒に酔うと、北斗星を摑み取らん勢い。笑いながら、ヨーロッパの空を指さす、この小さな船の上で。万里の彼方まで、青々として、航路ははるかに遠い。もやにつつまれた波と、深いところから押し寄せ、高く晴れ渡った空。そんな情景を、いま詩に詠《よ》もうとするのだ。

七言律詩。英国留学に当たって詠まれた三首のうちの一首。留学先に持参した手帳に記されていたもの。出発は九月だが、日付はない。内容からして、出発前に詠まれたものと思われる。若き日に房総を旅し、太平洋を望む詩を詠んだ漱石は、それから一〇年後の自分が、同じ太平洋を渡ってはるか遠くの地へと赴くことになるとは、予想だにしなかったにちがいない。

　しかし、言葉というものは、不思議なもので、それを書き記した者の一〇年後、二〇年後を期せずして言い当てる。そのことは、「『木屑録』より」［其の二］」から「水尽《つ》きて 孤帆《こはん》 天際《てんさい》に去り／長風《ちょうふう》吹きて満《み》つ 太平洋」という二行を引いてみれば理解される。ここに詠まれた「孤帆」が、漱石を乗せたプロイセン号となって、汽笛を鳴らし、海路はるかに水脈を引いていかないとはかぎらないのである。

このような言葉の不思議を最もよくあらわしているのは、ランボーの詩である。一九歳にして『地獄の季節』を出版したランボーは、たとえば次のような詩句に、アフリカ行きというみずからの運命を予感していた。

秋だ。俺達の舟は、動かぬ霧の中を、纜を解いて、悲惨の港を目指し、炎と泥のしみついた空を負う巨きな街を目指して、舳先《へさき》をまわす。
（小林秀雄訳）

ランボーの航海は、漱石のように国家の命によるものではなく、まったく私的な動機から発するものであった。だが、悲惨の港を目指し、炎と泥のしみついた巨きな街を目指して、纜《ともづな》を解くという意識は、共有されていたのである。そこにあるのは、いやしがたい青春の憂愁といってもいいのだが、ランボーと同様、漱石においてもそれは、大洋の彼方に魂を拉致していかずにはいられない思いであった。
＊アフリカのランボーは、かつての詩を反芻《はんすう》することをみずからに禁じ、商人としての境涯を終えた。これに対し、漱石は、この反芻をあえて行うことによって、詩人として成熟し、小説家として起つまでにいたった。だが、漱石の心の奥に、「長風　纜《ともづな》を解く　古瀛洲《こえいしゅう》」と詠《うた》いながら、みずからの詩魂が、二〇年前の『木屑録』で「長風　吹きて満つ　太平洋」と詠ったときに比べ、褪《あ》せつつあるという思いのなかったとは言い切れない。

詩を捨てたランボーは、言葉によって予告された酷薄な運命を甘受していく。だが、漱石は、書くことによって絶えず運命を更新していかざるをえない。帰朝した漱石を待っていたのは、そのような言葉による運命の更新を、あえて実践するということであった。

＊**アフリカのランボー**　詩を捨てたランボーは、アフリカに渡りエチオピアを拠点に貿易商として、武器の売買に携わった。

11　［無題］

明治四三年九月二九日

仰臥人如唖
黙然見大空

［無題］

仰臥《ぎょうが》　人　唖の如く
黙然《もくぜん》　大空《たいくう》を見る

大空雲不動
終日杳相同

大空　雲動かず
終日　杳《よう》として相同《あいおな》じ

【出典】『思ひ出す事など』

仰向けに寝ているこの人は、まるで聾唖者のよう。じっと黙って大空を見上げている。大空には雲ひとつ動かない。終日、はるか遠くまで広がる。わが心と同様、何一つさえぎるものがない。

修善寺の大患時の作。大患後の漱石は、日記に幾篇かの漢詩を残している。後になってこれらの漢詩は、当時の感慨を書き記した『思ひ出す事など』に、そのまま掲載されることになる。この五言絶句については、特別に思いが深かったのか、その時の心境が次のように付されている。

余は当時十分と続けて人と話をする煩はしさを感じた。声となつて耳に響く空気の波が心に伝わつて、平らかな気分をことさらに騒《ざわ》つかせるように覚えた。（二十）

第一行の「仰臥　人　唖の如く」についての言及である。ここからうかがわれるのは、聾唖の如く黙しているのは、心に思うところがあるからでも、言語障害を来たしているからでもないということである。声を出すだけで心が乱れるというのが、理由である。それゆえに、「黙然　大空を見る／大空　雲動かず」という第三行、四行が続くのである。これについては、以下の記述

口を閉じて黄金《こがね》なりといふ古い言葉を思ひ出して、たゞ仰向けに寝てゐた。有難《ありがた》い事に室《へや》の廂《ひさし》と、向ふの三階の屋根の間に、青い空が見えた。其空が秋の露に洗はれつゝ次第《しだい》に高くなる時節であつた。余は黙つて此空を見詰めるのを日課の様にした。何事もない。また何物もない此大空は、其静かな影を傾《かたぶ》けて悉《ことごと》く余の心に映じた。さうして余の心にも、何事もなかつた。又何物もなかつた。透明な二つのものがぴたりと合つた。合て自分に残るのは、縹渺《へうべう》とでも形容して可《よ》い気分であつた。
（同右）

見事な散文といっていい。無というものが、これほど充実したすがたで言葉にされていることに驚くべきだが、同時に、この無を満たし

ているのが、死といってもいいあるものであることに注意しなければならない。雲ひとつ動かない大空は、漱石にとって、みずからの三〇分の死と切り離すことのできないものなのである。死の向こうに広がるものとして、この雲ひとつない大空はあるといってもいい。

そうであるとするならば、仰向けに寝ながら、聾唖の如く黙してこの大空を見ている漱石とは、死とともにある存在、一瞬にして、死の領域へと連れ去られていいような存在である。同時に、死と背中合わせにあるこの存在は、どこまでいってもはてしなく広がる大空の、永遠に変わらないありかたによって、意味をあたえられる。たとえ仰向けのまま、魂魄離れてしまったとしても、大空は、何事もなくありつづけるというのが、そこでの死の意味なのである。

12 ［無題］

縹渺玄黄外
死生交謝時
寄託冥然去

［無題］

縹渺《ひょうびょう》たる玄黄《げんこう》の外《そと》
死生　交《こも》ごも謝《しゃ》する時
寄託《きたく》　冥然《めいぜん》として去り

明治四三年一〇月一六日

我心何所之
帰来覓命根
杳窅竟難知
孤愁空遶夢
宛動蕭瑟悲
江山秋已老
粥薬髩将衰
廓寥天尚在
高樹独余枝
晩懐如此澹
風露入詩遅

我《わ》が心　何《なん》の之《ゆ》く所《ところ》ぞ
帰来　命根《みょうこん》を覓《もと》むるも
杳窅《ようよう》として　竟《つい》に知り難し
孤愁《こしゅう》　空《むな》しく夢を遶《めぐ》り
宛《えん》として蕭瑟《しょうしつ》の悲しみを動かす
江山　秋已に老い
粥薬《しゅくやく》　髩《びん》将《まさ》に衰《おとろ》えんとす
廓寥《かくりょう》として　天《あま》尚《な》お在り
高樹　独《ひと》り枝を余す
晩懐《ばんかい》　此《か》くの如く澹《たん》に
風露《ふうろ》　詩に入ること遅《おそ》し

【出典】『思ひ出す事など』

はるかにおぼろな天地の外、死と生が入れ替わるとき、生きるよすがとなるものは、闇のなかに消え、我が心は、どこへ行こうとするのか。この現実の世界に帰って命の根を探し求めるものの、はるか遠くぼうっとしてついに知ることができない。孤独なる愁いは、空しく夢をめぐり、あたかも、秋の草木を風が吹きぬける時の悲しみのようだ。川にも山にも、秋はすでに深く、髪は、いまにも真っ白になろうとする。天は、それでもなお、広大無辺にありつづける。背の高い木は、葉をすべて落とし、枝だけが残っている。思いは淡々として、風露が、ようやくに詩のなかへと入り込む。

五言古詩。漱石の漢詩のなかでも、一つの頂きを窮《きわ》めたものといっていいだろう。まずこの語調の素晴らしさに注目したい。「ヒョウビョウタルゲンコウノソト　シセイ　コモゴモシャスルトキ……」とくりかえし音読してみるならば、韻律の見事な展開に一驚を喫するのではないか。大患後の、決して明晰とはいえない意識のなかで、いかにすればこのような理路をつくりあげることができたのか。そのことを考えると、漱石のなかの言語感覚の秀逸さにあらためて思いを致さずにいられない。

　漱石の脳が、東大医学部に保存されているというが、もし、前頭葉の言語中枢を調べることができるならば、通常では考えられないような発達が認められるのではないだろうか。そう思いたくなるほど、漱石の言語表現能力にはずばぬけたものがある。この能力が、いったいどこからやってきたのかと考えるとき、この漢詩が一つの手がかりになるように思われる。

つまり、人間の脳が、生と死ということを最も深いところからとらえようとするとき、もともと備わっていた言語表現能力に、おのずから磨きがかかるということなのである。

脳科学者の*茂木《もぎ》健一郎は、脳のはたらきについて独特の仮説を立てている。人間は、事に会ってさまざまな充実感を受け取るとき、心のなかに「クオリア」という質感が生じるのだが、それは*ニューロンの発火に象徴されるような脳内の現象と何らかの仕方で関わっている。この伝で行けば、さしずめ、漱石の脳などは、「クオリア」の生起する機会が常人を超えていたということになるだろう。それを解剖学的に実証できれば、この漢詩の素晴らしさの由来を解くことができるということになる。

しかし、人間の脳が、生と死の境界に直面するとき、言語表現能力に磨きがかかるという仮説は、「クオリア」説では解くことができない。なぜなら、生死の境にある人間とは、根本的に壊《こわ》れ物としてのそれだからである。脳もまた、その境界に接すれば接するほど、みずからの崩壊と消滅に直面せざるをえず、そこに「クオリア」に対応するような現象の生起する余裕はない。もしそうであるとするならば、脳

＊茂木健一郎　一九六二年―。脳科学者。ソニーコンピュータサイエンス研究所上級研究員。著書『クオリア入門』『脳と仮想』

＊ニューロン　神経系の機能的単位となるもので、神経細胞とそれから出る突起を合わせたもの。情報処理、伝達などを行う。

が、みずからの崩壊を前にして、それでもなお、生とは何か、死とは何かと問うとき、「クオリア」とはまったく別の現象が一気に生起するといえないだろうか。

漱石の言語感覚の冴えが由来するのは、そこである。いかなる「孤愁」も「蕭瑟《しょうしつ》の悲しみ」もものともせず、「廓寥《かくりょう》として　天尚《な》お在り」とする、その実在するものへの信憑《しんぴょう》こそが、この現象をあらしめているのである。

13　［無題］

馬上青年老
鏡中白髪新
幸生天子国
願作太平民

［無題］　明治四三年一〇月二七日

馬上　青年老い
鏡中《きょうちゅう》　白髪新《あら》たなり
幸いに天子の国に生まる
願わくは太平の民と作《な》らん

【出典】『思ひ出す事など』

―馬上の青年にも、いずれ老いはやってくる。鏡に映る白髪は、新た―

に増え、時の流れも、瞬く間である。幸いにも天帝の治める国に生まれたのだ。太平の民となって、つつがなく老い行くことを願う。

「馬上　青年老い」という一行の喚起力に、注意したい。一行の詩は、世界に屹立《きつりつ》するという言葉があるが、自由詩においていわれたこの言も、淵源を求めれば、漢詩にゆきつくことがわかる。

　日本の詩が、定型詩と自由詩からなり、現在では、定型は、短歌、俳句のみのものとなって、自由詩といえば行分け詩の代名詞のように扱われている。しかし、自由詩にも口語と文語の区別があり、後者にはおのずから定型が付いて回ることを考えると、世界に屹立する一行の詩というのが、いったいどこに由来するのか分からなくなる。ここに漢詩を置いてみるならば、絶句にしても律詩にしても古詩にしても、一行一行の独立性の高いこと、群を抜いているのが明らかとなる。

　この五言絶句など、その代表といってよく、「馬上　青年老い」に続く第二行「鏡中《きょうちゅう》　白髪新《あら》たなり」の独立性も、他に類を見ないものがある。栗毛の馬に乗った青年が、瞬く間に朽ち、白髪の翁となって鏡に映るという言葉には、異質な行を結びつけることによって、斬新《ざんしん》なイメージを喚起させるといった手法が刻み込まれている。それを可能にしたのは、漢詩という形式であるとともに、この形式を精一杯に活用して、世界に対峙《たいじ》する漱石の精神にほかならない。大患は、漱石をして、一瞬のうちに朽ちていく生に向き合わせるとともに、この一瞬の生が、鮮やかなイメージとして結ばれる仕方にも目覚めさせた。

こう考えてみると、「幸いに天子の国に生まる」「願わくは太平の民と作《な》らん」という後半の二行の意味もおのずから明らかとなる。

世界に屹立する一行は、その独立性において、他の追随をゆるさないものであった。だが、やはり、それだけでは、行分け詩としての役割を満たさない。行分け詩においては、独立した一行が、どのように他と関係するかで決まるからである。一瞬のうちに朽ちていく生が、それにもかかわらず、太平の民となって、人々の間に生きる場を得ていく、そのような関係性こそ、この詩のテーマであることが明らかにされる。

『思ひ出す事など』において、漱石は、この関係性を「余は、病《やまひ》に生き還ると共に、心に生き還つた。余は病に謝した。又余のために是程《これほど》の手間と時間と親切とを惜まざる人々に謝した」（十九）という言葉であらわしている。たちまちのうちに老いてゆく馬上の青年も、人々への感謝によって、生を享受していることが明らかとされるのである。

14 ［無題］

老去帰来臥故丘
蕭然環堵意悠悠
透過藻色魚眠穏
落尽梅花鳥語愁
空翠山遥蔵古寺
平蕪路遠没春流
林塘日日教吾楽
富貴功名曷肯留

［無題］　大正五年八月一九日

老い去って帰来《きらい》し　故丘《こきゅう》に臥《が》す
蕭然《しょうぜん》たる環堵《かんと》　意《い》　悠悠《ゆうゆう》
藻色を透過して　魚眠　穏かに
梅花を落とし尽《つ》くして　鳥語《ちょうご》　愁《うれ》う
空翠《くうすい》　山遥《はる》かにして　古寺を蔵《ぞう》し
平蕪《へいぶ》　路遠くして　春流《しゅんりゅう》を没《ぼつ》す
林塘《りんとう》　日日《ひび》　吾をして楽しま教《し》む
富貴《ふうき》　功名《こうみょう》　曷《なん》ぞ肯《あえ》て留《とど》まらん

【出典】大正十三年版『漱石全集』〈第十巻〉

老いて故郷に戻り、隠棲する。わびしいながらこざっぱりとした家に、思いは、悠々。穏やかに眠る魚の夢は、藻の色を透かして延び、梅の花が散り尽くしては、鳥の声が愁いを帯びる。山のみどり遥かにして、古寺を隠すほど深い。平野は続き、道遠く、春の川の流れも、みえなくなる。林や池は、日々、私を楽しませる。富貴や功名

—の世界に、いつまで留まっていられよう。—

漱石は、大正五年の八月から約一〇〇日のあいだに七〇数首の漢詩を残している。この頃、東京朝日新聞に大作『明暗』が連載されているので、それらの漢詩が、『明暗』と平行して書かれたものであることは、明らかである。*芥川龍之介、*久米正雄宛の書簡にも「僕は不相変「明暗」を午前中書いてゐます。心持は苦痛、快楽、器械的、此三つをかねてゐます。存外涼しいのが何より仕合せです。夫でも毎日百回近くもあんな事を書いてゐると大いに俗了された心持になりますので三四日前から午後の日課として漢詩を作ります」と記されている。

漱石が「大いに俗了された心持になる」と語った『明暗』では、津田と妹のお秀との間で、金銭の授受をめぐる角突き合いがくりひろげられていた。何事にも形式を重んずる津田と、一見正論を吐いているふうで、津田に劣らない体裁家のお秀との葛藤は、兄妹喧嘩の域を超えた人間的葛藤の真実を告げるものであった。このような関係は、津田と妻であるお延との間でも、さらにお延とお秀との間でも繰り広げられる。たがいに譲ることのない彼らの自我は、まさに俗にまみれ、関係の醜悪さを露わにするのである。

＊芥川龍之介　一八九二―一九二七年（明治二五―昭和二）。東京帝大在学中の一九一四年、菊池寛、久米正雄とともに「新思[illegible]『鼻』は、漱石に激賞された。「将来に対するぼんやりした不安」という言葉を残して睡眠薬自殺。

＊久米正雄　一八九一―一九五二年（明治二四―昭和二七）。芥川龍之介、菊池寛とともに「新思潮」刊行。漱石に師事する。代表作に『破船』。

漢詩を書くことは、漱石にとって、このような俗了された心持からの灰汁《あく》抜きにも似た作業であった。勢い、モティーフやテーマの現実性を可能な限り薄め、もともと漢詩のそなえている形式性に則った作品がつくられることになった。この作品も、そういった種類のなかの一編ということができる。隠逸生活を理想とした陶淵明*の田園詩の枠組みを借りながら述べられる述解は、現実離れしていればしているほど、効果があるということになる。

だが、当時から二十有余年をさかのぼる時期の論文「老子の哲学」において、老子の「玄之又玄」について論じた漱石は、自然への冥合《めいごう》を理想としつつも、現実世界の相対的な関係から眼を背けることを決してよしとしないという態度を明確にしていた。そこからするならば、『明暗』における現実こそが主題であって、漢詩の現わす世界はあくまでも手すさびといっていいものであった。

実際、ここに詠《うた》われた世界は、これまで見てきた作品にくらべても意識的に、内容の薄いものとして描かれている。「老い去って帰来し故丘《こきゅう》に臥《が》す」という第一行から「富貴《ふうき》　功名《こうみょう》　曷《なん》ぞ肯《あえ》て留《とど》まらん」という最終行にいたるまで、技量の高度な割には、定型的といわざるをえない。だが、漱石は、この場所からしだいに、午後の漢詩をも、午

＊陶淵明　三六五-四二七年。中国東晋の詩人。二九歳で仕官したものの、辞任を繰り返し、四一歳で「帰去来辞」をつくり、退官。帰郷し隠遁生活に入る。「桃花源記」は桃源郷の語源となった作品として名高い。

前の『明暗』に匹敵する作品として熟成させることを考えるのである。

15 ［無題］

大道誰言絶聖凡
覚醒始恐石人讒
空留残夢託孤枕
遠送斜陽入片帆
数巻唐詩茶後榻
幾声幽鳥桂前巌
門無過客今如古
独対秋風着旧衫

［無題］

大道《だいどう》 誰《たれ》か言う 聖凡《せいぼん》を絶すと
覚醒《かくせい》して 始めて恐る 石人《せきじん》の讒《ざん》
空《むな》しく残夢《ざんむ》の孤枕《こちん》に託《たく》するを留《とど》め
遠く斜陽《しやよう》の片帆《へんぱん》に入《い》るを送る
数巻の唐詩 茶後の榻
幾声《いくせい》の幽鳥《ゆうちょう》 桂前《けいぜん》の巌《いわ》
門に過客《かきやく》無きは 今も古《いにし》えの如く
独《ひと》り秋風に対して 旧衫《きゆうさん》を着《つ》く

大正五年九月二六日

【出典】 大正十三年版『漱石全集』〈第十巻〉

天地の理法に適うとき、人は、聖人と凡人の別を超越するなど、いったい誰が、そんなことを言うのか。迷いから醒めてはじめて恐れる、石人の讒言《ざんげん》を。空しくも一人寝の枕に、夢の残りをあずけ、遠く行くひとひらの帆に、沈む夕陽を見送る。茶後の椅子に坐って読む、数巻の唐詩。木犀《もくせい》の樹の前には、巌が置かれ、姿を見せずに鳴く鳥の声が、幾つも聞こえる。門に客のないのは、今も昔と変わらない。一人秋風にふるえ、着古した羽織を着る。

前詩にくらべると、格段に深みが出てきている。そのことは、この七言律詩の前半四行と後半四行の乖離《かいり》を読み込むことによって、明らかにされるだろう。

まず漱石と思しい人物が、悪夢にうなされている場面である。午睡《ごすい》の夢のなかで、「大道　聖凡を絶す」などと誰が言うのかという叱責の声に出会う。何度も聞こえてくるその声に責められ、胸苦しさのあまり思わず目覚める。朦朧とした意識のなかで、自分は石人の讒言《ざんげん》に苦しめられていたのではないかという怖れにとらわれるのだが、悪夢は空しく枕下に消え去り、やがて、沈む夕陽が、窓外の海に浮かぶ帆に傾く。ここまでが前半。

夢からすっかり醒めた彼は、悪夢のことなどすべて意識の奥に仕舞いこみ、ゆっくりとお茶を飲む。それから数巻の唐詩を読み、飽いては、木犀《もくせい》の樹の前の岩を眺め、姿を見せずに鳴く鳥の声に耳傾ける。

昔と同じように訪問客といって誰ひとりなく、ただ一人秋風に身をさらし、思わず肌寒さに着古した羽織《はおり》をまとう。

ここまでが後半だが、ここに漢詩の定型を見て、自然との冥合に安らかな境地を見い出す詩意識を汲み取るならば、前半は用を成さないことになってしまう。だが漱石は、後半の一見定型に似た詩法が、前半との乖離《かいり》において読まれるとき、異質の相をあらわにすることを示唆している。つまり、秋風にふるえ、羽織を身にまとう孤独な人物は、無意識のうちに午睡の夢に聞こえてきた異様な声に脅かされているのである。その声は、石人の讒言にも聞こえ、こちらを貶《おとし》めてやまない。

*吉川幸次郎は、この時期の漱石の漢詩が、一見して俗了を絶っているかのようでいながら、人間世界の葛藤の影を常に帯びていたという意味のことを述べている。その伝でいくならば、石人の讒言に脅かされ、思わず身を震わす人物という設定が、あながち牽強付会《けんきょうふかい》とはいえないということになる。それどころか、一人椅子に座り、沈む夕陽を眺めているこの人物は、まるで、*トーマス・マンの『*ヴェニスに死す』の主人公アッシェンバッハでもあるかのように思われてくるのである。

彼もまた、俗世界のさまざまな讒言に脅かされながら、それらをす

＊吉川幸次郎　一九〇四―一九八〇年（明治三七―昭和五五）。中国文学者。漱石の漢詩に注を入れた『漱石詩注』は、名著として読み継がれる。中国文学だけでなく、日本思想にも造詣が深く、著書に『仁斎・徂徠・宣長』などがある。

＊トーマス・マン　一八七五―一九五五年。ドイツの小説家。人間の神秘を、深い悲劇性をたたえたものとする視点から、さまざまな人物像を描いた。代表作に、ドイツ教養小説の傑作とされる『魔の山』がある。

＊『ヴェニスに死す』　『トニオ・クレーゲル』と並ぶ初期の傑作。名声につつまれた孤独な作家が、観光に訪れたヴェニスの地で、美少年に心奪われ、悲劇的な死を迎える。ルキノ・ヴィスコンテ

べて意識の奥に沈め、海浜の地にやってきたのであった。その彼が、ここでの漱石の人物と二重写しとなって、海に沈む夕陽を無言で眺めている情景を思い浮かべてみるのも、一興ではないであろうか。

ィ監督によって映画化もされている。

16 [無題]

百年功過有吾知
百殺百愁亡了期
作意西風吹短髪
無端北斗落長眉
室中仰毒真人死
門外追仇賊子飢
誰道閑庭秋索寞
忙看黄葉自離枝

[無題]

大正五年一〇月四日

百年の功過《こうか》 吾《われ》の知る有り
百殺《ひやくさつ》 百愁《ひやくしゆう》 了期《りようき》亡《な》し
意を作《な》して 西風《せいふう》 短髪《たんぱつ》を吹き
端《はし》無くも 北斗《ほくと》 長眉《ちようび》に落つ
室中に毒《どく》を仰《あお》いで 真人《しんじん》 死し
門外に仇《あだ》を追いて 賊子《ぞくし》 飢《う》う
誰《たれ》か道《い》う 閑庭《かんてい》 秋 索寞《さくばく》たりと
忙《あわただ》しく看る 黄葉の自《おのずか》ら枝を離るるを

【出典】大正十三年版『漱石全集』〈第十巻〉

―人生百年の功罪、他人には分かるまいが、自分の人生、自分が知ら―

ないわけはない。百たびも愁いを抱かされ、この愁いの終わることはない。ことさら、秋風は薄くなった髪に吹き寄せ、はからずも、北斗七星は、長い眉に落ちかかる。禅室の中にある至高の人格も、毒薬を飲んで死し、外へと仇敵《きゅうてき》を追って、賊は飢える。静かなたたずまいの我が庭も、この秋、ただ索漠《さくばく》とわびしいだけではない。黄葉のおのずから枝を離れるのを、あわただしい気分で眺めるのである。

見るほどに、烈しい詩といえる。二行目「百殺　百愁　了期亡し」からも、自然との冥合ということは、もはや主題の外と判断することができる。代わってあらわれるのは、人間世界の葛藤の姿。それが「毒死」や「仇敵」という言葉において語られるところに、漱石の真骨頂《しんこつちょう》がある。

　この詩を書いていた頃、午前の日課であった『明暗』執筆が、どのあたりに差し掛かっていたか定かではない。が、先に引いた八月一九日から一月半《ひとつきはん》ほど経て、金銭をめぐる津田とお秀とお延の葛藤が、愛をめぐってのそれへと変わっていることに注意したい。夫の津田に、絶対的に愛されたいというお延と、完全な愛などというものが、男女の間で成り立つはずはないというお秀との対立が、恋愛観の相違ということにかぎらない意味を持って迫ってくる。

そこで漱石が主題としているのは、理想と現実との対立という問題である。人間的葛藤の根本には、この問題がかかわっているというのが、漱石の終生のテーマであった。たとえば、『吾輩は猫である』の前年に発表されたシェイクスピア*の悲劇『マクベス』の幽霊について論じた文章である。そこにおいて、漱石は国王のダンカンを殺害し、友将のバンクォーを謀殺したマクベスが、幻覚に悩まされていく過程について言及しながら、幽霊とは、マクベスの意識下に巣食っているとらえどころのない憂鬱ではないかと論じている。

この憂鬱がマクベスを駆り立てて王の座にすわることを企てさせたのであるならば、マクベスとは、幻想に取りつかれ、ネガティブな理想を追い求めずにいられなくなった者ではないかというのが、漱石の言わんとするところなのである。「バーナム*の森が動かない限り」という魔女の予言を信じようとするマクベスは、結局、現実の測りがたさによってみずからの幻想が敗れるという事態を受け入れるほかなくなる。

至高の人格を持つ存在の毒死、仇敵を追って跳梁《ちょうりょう》する賊の姿といっ

＊シェイクスピア　一五六四―一六一六年。卓越した人間観察力と内面描写によって、多くの名作を残す。『ハムレット』『マクベス』『オセロ』『リア王』は、四大悲劇といわれる。

＊バーナムの森が　スコットランド中部に広がる森。この広大な森が動くようなことがない限りマクベスは安泰であるという魔女の予言。しかし、イングランド軍の策略によって、森は動き

だし、マクベスは動揺する。

たこの詩の背景で演じられるドラマが、どこかこの「マクベス」を思わせるものがあると言っては、言い過ぎになるだろうか。だが、漱石は、完全な愛を求めてやまないお延の運命に思いをはせながら、この女性のなかに燃える理想の炎を、どのように処理していくかを考えていた。そこに、かつて論じた「マクベス」の幽霊が連想され、思わず毒死と仇敵を詩に詠《うた》うことになった。そう言っていけないことはないのである。

17 ［無題］

非耶非仏又非儒
窮巷売文聊自娯
採擷何香過芸苑
徘徊幾碧在詩蕪
焚書灰裏書知活
無法界中法解蘇
打殺神人亡影処

大正五年一〇月六日

［無題］

耶《や》に非《あら》ず　仏《ぶつ》に非ず　又《ま》た儒《じゅ》に非ず
窮巷《きゅうこう》に文を売りて　聊《いささ》か自《みずか》ら娯《たの》しむ
何の香を採擷して　芸苑を過ぎ
幾碧《いくへき》に徘徊《はいかい》して　詩蕪《しぶ》に在り
焚書灰裏《ふんしょかいり》　書は活《い》くるを知り
無法界中《むほうかいちゅう》　法は蘇《よみがえ》るを解す
神人《しんじん》を打殺《ださつ》して　影亡《な》き処

虚空歴歴現賢愚

虚空歴歴《こくうれきれき》として　賢愚《けんぐ》を現《げん》ず

【出典】大正十三年版『漱石全集』〈第十巻〉

キリスト教徒、仏教徒、儒者、自分はそのいずれでもない。露地裏で売文稼業をし、まず何とかひとり楽しむ者だ。どのようなにおい草を摘み取って文芸の畑を通り過ぎただろうか。また、詩の草むらではどれだけのみどりあるあたりをさまよったか。書物は、焚書《ふんしょ》の灰の中より復活することを知り、法のない世界でこそ、法は蘇ることを解した。絶対者を打ち殺して、姿も消え去ったところにこそ、虚空にくっきりと賢者と愚者の相違が露《あらわ》にされるのではないか。

前詩の翌々日に作られたもの。形而上的といっていい内容は、前詩から受け継いだものと思われる。一行目「耶に非ず　仏に非ず　又た儒に非ず」の目覚しさに、まず注目したい。『論語』にいうところの「子《し》、*怪力乱神《かいりょくらんしん》を語らず」に通ずるような迫真性がある。

この言葉、一般的には、孔子の合理的精神について述べたものとされるのだが、そういうことではないだろう。孔子は、神とか、鬼とか、霊魂とかいったものについては一切語らないと言っているので、ここ

＊怪力乱神　怪異と怪力と悖乱《はいらん》と鬼神の意から、理性では説明のできないこと。

に、儒教を他の救済宗教から区別する理由があるということもできるのである。

これに比べるならば、漱石の「耶に非ず　仏に非ず　又た儒に非ず」という言葉は、それに続く三行からしても、みずからが文芸の徒であることの理由を述べた言葉にすぎず、なんら宗教的な問題とはかかわらないようにみえる。しかし、後半にいたって、俄然、宗教の色合いが濃くなってくるのだ。とりわけ、「神人を打殺して　影亡き処／虚空歴歴として　賢愚を現ず」の二行からは、鮮烈な印象がつたわってくる。それは「怪力乱神を語らず」という孔子の言葉が、「怪力乱神を打殺したがゆえに、もはや、虚空歴歴に現ずる賢愚の別についてしか語らない」ということを述べていると示唆しさえするのである。

漱石の立場は、反宗教的といった方がいいのかもしれない。だが、この反宗教性こそが、宗教の本質をなすものであって、キリスト教、仏教を問わず、儒教においてさえも、それは貫かれているといえる。儒教が救済宗教とならなかったのは、むしろ反宗教性を根本としたからにほかならない。実際、仏教においても、キリスト教においても、その本質は、救済というところにはないのである。

一篇の漢詩をだしにして宗教談義をはじめても、詮無いことではある。しかし、漱石にはまちがいなく宗教の本質にかかわるモティーフがあった。それは『行人』の一郎をして、「神は自己だ」「僕は絶対だ」と言わしめたものでもある。この詩でいうならば、「絶対者を打ち殺したところにこそ、虚空にくっきりと賢者と愚者の相違が露《あらわ》にされる」という一節ににじみ出ている。そこにこそ、深い宗教性がみとめられるといっていい。

宗教的な救済が、人間的葛藤を解消し、理想と現実の別を*揚棄《ようき》しようとするならば、むしろ、いっさいの救済を拒絶して、それらを、言葉によって現わしていくこと。それが漱石の立場であったといえばいいであろうか。

＊揚棄　物事の矛盾や対立を、より高次の段階で統一すること。止揚《しよう》ともいう。

18　〔無題〕

半生意気撫刀鐶
骨肉銷磨立大寰
死力何人防旧郭
清風一日破牢関

〔無題〕

半生の意気　刀鐶《とうかん》を撫《ぶ》し
骨肉《こつにく》　銷磨《しょうま》して　大寰《だいかん》に立つ
死力　何人《なんびと》か　旧郭《きゅうかく》を防《ふせ》ぐ
清風　一日《いちじつ》　牢関《ろうかん》を破る

大正五年一〇月二〇日

入泥駿馬地中去
折角霊犀天外還
漢水今朝流北向
依然面目見廬山

泥に入りし駿馬《しゅんば》　地中に去り
角《つの》を折りし霊犀《れいさい》　天外に還《かえ》る
漢水《かんすい》　今朝《こんちょう》　流れて北に向かい
依然《いぜん》たる面目《めんぼく》　廬山《ろざん》を見る

【出典】大正十三年版『漱石全集』〈第十巻〉

半生の意気込みで、刀のつばに手をそえ、身構える。だが、骨と肉はすり減り、やせ細って、ようやく大地に立っていられる状態だ。いったい誰が、死力を尽くして、旧い城郭を守ろうとするのか。すがすがしい風が、ある日、堅牢な関所を破るというのに。泥に足を取られた駿馬は、地中に消え去り、角を折った霊犀は、天の彼方に帰っていくのだ。南に流れるはずの漢水が、今朝は、北に流れている。だが、そんな天変地異にもかかわらず、依然として変わらない廬山の真面目が、いま、眼前にある。

大正五年一〇月も二〇日余りになると、漱石の命脈あと一月半《ひとつきはん》といったところになってくる。一一月二二日に倒れ、修善寺の大患につぐ二度目の人事不省に陥った漱石は、それから半月余り後の一二月九日、ついに帰らぬ人となる。そのような運命を念頭においてこの詩を読んでいくとき、不思議な感懐に打たれる。いったいどこから、半生の意気が湧き起こり、死力を尽くして、旧郭を防ごうとしているのか、それは真実、漱石であるのか、それともほかの誰かであるのかといった思いといってもいい。

そのような思いのなかで、とりわけ魅かれるのは、「泥に入りし駿馬　地中に去り」「角を折りし霊犀　天外に還る」という二行である。何かの故事に由来するのでもあろうか、不思議な言葉である。漱石の漢詩に注を付した吉川幸次郎は、この二行について、出所不明としている。だが、これらの言葉の出所不明のたたずまいこそ、むしろ、鮮烈を極めるというべきであろう。「泥に足を取られた駿馬は、地中に消え去り、角を折った霊犀は、天の彼方に帰っていった」と訳してみたものの、この二行の鮮やかなイメージをつたえきれているとは思えない。漱石の詩人としての力量、測りがたいものがある。

これらのイメージから思い描かれるのは、人間の力を超えたところで生起する大きな挫折のすがたといったものだ。しかし、それが、少しも暗鬱なものを印象づけず、泥に足を取られても駆けようとする駿馬や、角を折られてもなお天の彼方へ向かう霊犀といった躍動感に満ち溢れたものからなっているということ。そこに、この詩句の尋常ならざる喚起力があらわれるのである。まるで、神々の挫折とでもいうような、力の源をかいまみせる詩句といってもいい。

　考えてみれば、漱石の四九年の生涯もまた、大きな挫折のなかから起ちあがるものとともにあった。当時において並ぶ者のないほどの存在であった漱石に、挫折という言葉ほど相応《ふさわ》しからざるものはないということもできる。だが、漱石のなかには、人生というものは、誰の人生であれ挫折の繰り返しからなるということについての、透徹した認識があった。それは、そういう人生に対して限りなく*共苦《コンパッション》する力からやってくるものであった。だからこそ、この共苦は、自分一個の生涯を越えた、大きな挫折のすがたを形象化することができたのである。そこに、「依然として変わらない廬山の真面目」がすがたを現わすのは、自然の成り行きであった。

＊**共苦する力**　他者への思いやりのうちから起ってくる力。この「共苦《コンパッション》」について、ナチスの迫害を受けた政治思想家、ハン[illegible]群衆の際限のない苦悩へではなく、一人の人間の不幸の特殊性へ向けられたものである」と語っている。

19　［無題］

大正五年一一月一九日

大愚難到志難成

大愚《たいぐ》　到《いた》り難《かた》く　志《こころざし》　成り難し

五十春秋瞬息程
観道無言只入静
拈詩有句独求清
迢迢天外去雲影
籟籟風中落葉声
忽見閑窓虚白上
東山月出半江明

五十の春秋《しゅんじゅう》　瞬息《しゅんそく》の程《てい》
道を観《み》るに　言《げん》無くして　只《た》だ静《せい》に入り
詩を拈《ひね》るに　句有りて　独《ひと》り清《せい》を求む
迢迢《ちょうちょう》たる天外　去雲《きょうん》の影
籟籟《らいらい》たる風中　落葉《らくよう》の声
忽ち見る　閑窓　虚白の上
東山《とうざん》　月出《い》でて　半江《はんこう》　明らかなり

【出典】大正十三年版『漱石全集』〈第十巻〉

大愚への到達は難しく、志は成り難い。五〇年の歳月も、またたくまである。道を見極めるも、言葉なく、ただ静寂へと入り込む。詩をひねるに、ようやく句が現われて、ひとり清清しさを求める。遠い空の彼方には、去り行く雲のすがた。さやかなる風に、落葉のかそけき音。とりとめないままに、静かな窓から天に眼をやる。ひとけのない部屋の清潔な空間の上、東山に月が出て、川の中ほどまで明るく照らしている。

前詩から約一月《ひとつき》を経て、漱石の境地、いよいよ死に近い時間のなかにあるといえばいいだろうか。そのことを象徴しているのは、「大愚到り難く　志　成り難し」という第一行である。これまでのような、「半生の意気」を感じさせるものは一転して影をひそめ、ある大きな諦観《ていかん》といっていいものがすがたをあらわしている。

　そもそも大愚とは、何であろうか。*『荘子《そうじ》』天地篇五に「其の愚を知る者は、大愚に非《あら》ざるなり。其の惑いを知る者は、大惑《たいわく》に非ざるなり。大惑する者は終身解けず、大愚なる者は終身霊《あき》らかならず」といった言葉が見られる。ここでいう大愚が、この詩に詠われたそれと対極にあることは明らかである。ここではむしろ、おのれの愚かさを知りえない者こそが、大愚に近いとされているからである。

　だが、漱石がこの詩において、どうしても到り難いとする大愚とは、*荘子《そうし》のいう「知ること」「わきまえること」の是非によっては、決してすがたを現わすことのないものである。それは、みずからの生死を賭けるときにのみ、かいまみられるものにほかならない。たとえば、孔子はこれを「道」という言葉で受け取り、「朝《あした》に道を知らば、夕《ゆうべ》に死すとも可なり」という言葉で述べたのである。漱石もまた、同様に「道を観るに　言無くして　只だ静に入り」と述べることによって、大愚に到り難い理由を明らかにする。だが、少なくとも、孔子のいう

*『荘子』　荘子の著書とされる道教の原典。「無為自然」を説く。

*荘子《そうし》　推定紀元前三九六－紀元前二八六年。中国戦国時代の思想家。道教の始祖の一人とされている。儒教の人為的礼教を批判し、無為自然を説く。老子の思想と合わせて老荘思想ともいう。

「夕《ゆうべ》に死すとも可なり」といった思いまではおもてにすることがなかった。

その代わりというべきか、漱石は、この「道」や「大愚」や「志」がいかに困難であるかを示唆することによって、もしも自分に「死」が訪れた時には、その困難が一挙に解消されるのかもしれないという思いを示唆するのである。ある大きな諦観というのは、そのことにほかならない。死がやってきた時には、この身は無に帰すのであるとするならば、その無である存在を満たすものこそが、「大愚」であり「志」であり「道」であるのだ。

後半の、無そのものであるような心境を「遠い空の彼方には、去り行く雲のすがた。さやかなる風に、落葉のかそけき音。とりとめないままに、静かな窓から天に眼をやる」と訳してみたが、ここに述べられているのが、決して自然への冥合といったものではなく、光満ちた空虚ともいうべきものであることを示してみたかった。月が川の中ほどを明るく照らしているという最終行の情景もまた、空虚そのもののすがたであることに気づいていただけるならば、もって冥すべしである。

20 [無題]

真蹤寂寞杳難尋
欲抱虚懐歩古今
碧水碧山何有我
蓋天蓋地是無心
依稀暮色月離草
錯落秋声風在林
眼耳双忘身亦失
空中独唱白雲吟

[無題]

大正五年一一月二〇日夜

真蹤《しんしょう》　寂寞《せきばく》として　杳《はる》かに尋《たず》ね難《がた》く
虚懐《きょかい》を抱《いだ》きて　古今に歩まんと欲す
碧水《へきすい》　碧山《へきざん》　何ぞ我《われ》有らん
蓋天《がいてん》　蓋地《がいち》　是《こ》れ無心
依稀《いき》たる暮色《ぼしょく》　月は草を離れ
錯落《さくらく》たる秋声《しゅうせい》　風は林に在り
眼耳　双つながら忘れて　身も亦た失い
空中に独《ひと》り唱《とな》う　白雲吟《はくうんぎん》

【出典】大正十三年版『漱石全集』〈第十巻〉

真実の足跡は寂漠として、はるかに尋ねがたく、心を空しくして、古今の世界を歩もうとする。碧い水、碧い山、そこにどうして私があろうか。天地自然は、これすべて無心。おぼろなる暮色、月は草原を離れて空に。錯落とした秋の音、風は林の中を吹いていく。見ることも聞くことも忘れて、この身もまた失い、空中にひとり、白

―雲の吟《ぎん》を唱える。―

大正五年一月二〇日夜と日付を付されたこの作品が、漢詩として絶筆となるものであり、翌二一日の午前『明暗』の執筆をもって、最終的に漱石の筆は擱《お》かれるのである。ちなみに、未完となった『明暗』の掉尾は、清子のいる温泉宿にやってきた津田が、思いがけない再会を果たした翌朝、こんな会話を交わす場面から成っている。

「あなたは何時頃《いつ》迄お出《いで》です」

「予定なんか丸《まる》でないのよ。宅《うち》から電報が来れば、今日にでも帰らなくつちやならないわ」

津田は驚いた。

「そんなものが来るんですか」

「そりや何とも云へないわ」

清子は斯《か》う云つて微笑した。津田は其《その》微笑の意味を一人で説明しようと試みながら自分の室《へや》に帰つた。

しかし、この場面が書かれたのが、間違いなく翌二一日の午前であったのかどうか、いまとなっては証明するものは何もない。この場面が「*真蹤　寂寞として　杳《はる》かに尋ね難く／虚懐を抱きて　古今に歩まんと欲す」という二行の先に書かれたのか、あるいは、「*眼耳　双つながら忘れて　身も亦た失い／空中に独り唱う　白雲吟」という二行の後に書かれたのか、いまとなっては証明するものは何もないと言い換えてもいい。だが確実に分かるのは、どちらであっても、漱石は、このとき、言葉によってみずからの死を予告していたということである。

　真っ先に予告すべきは、いうまでもなく『明暗』を愛読していた読者に対してである。それはすでに、この場面にいたる前に、迷路のような宿の廊下をさ迷い歩く津田の怖れを描くことによって、尋常ならざる精神のありようとして示唆されていた。だが、ここにいたって、「そんなものが来るんですか」という直截な疑念の言葉となって、あらわれるのである。

　そんなものとは、もちろん清子宛の電報を指す。だが、これを凶事の知らせと取り、漱石は、みずからの死の訪れを予感しながら、この一節を記したと取ることは、あながち牽強付会《けんきょうふかい》ではないのである。疑うべくば、この詩の最終二行「眼耳　双つながら忘れて　身も亦た失

＊真蹤寂寞として　真実の足跡は寂寞として、はるかに尋ねがたく、心を空しくして、古今の世界を歩もうとする。

＊眼耳双つながら　見ることも聞くことも忘れて、この身もまた失い空中にひとり、白雲の吟を唱える。

い／空中に独り唱う　白雲吟」に目を移してみればよい。
見事というべきではないだろうか。手すさびと公言して憚らなかった午後の漢詩に、もはや無となって、空中にひとり、白雲の吟を唱えるおのれのすがたを刻み込む漱石は、死してなお生きるということの意味を、小説の場面の背後に、隠し絵のように描き込んだのである。

略伝

夏目漱石は、慶応三年（一八六七）一月、江戸牛込《うしごめ》に生まれた。本名、金之助。八人兄弟の末っ子であった。漱石という名前は、中国の故事「漱石枕流《そうせきちんりゅう》」に由来する。母親が高齢出産であったことと、子沢山とから、その出生は必ずしも歓迎されるものではなく、一歳で養子に出された。一〇歳にして、生家に引き取られたものの、養家での経験は決して喜ばしいものではなかった。明治一一年、一一歳で府立第一中学校に入学。以後、第一高等中学校、帝国大学と進学。第一高等中学校本科にて、正岡子規《しき》と同級となる。子規を通して俳句、漢詩の創作に励んだ。一方、英文学研究に打ち込み、大学院在学中には、何本かの研究論文を発表している。漱石と同年代の明治の文学者には、子規のほかにも、森鷗外、二葉亭四迷、幸田露伴《ろはん》、尾崎紅葉《こうよう》、北村透谷などがいるが、すでに小説家・詩人として名を成していた。漱石が小説家として起つのは、これから一〇年以上後、『吾輩は猫である』を発表して以来であった。そのあいだ、愛媛《えひめ》松山中学、熊本高校において英語教師として教鞭を取り、三三歳から二年間英国留学。帰国後は帝国大学講師となった。明治三八年『吾輩は猫である』の好評を機に『坊っちゃん』『草枕』『三四郎』『それから』『門』と次々に小説を発表した。明治四三年、四三歳で大病に襲われ、三〇分間人事不省となる。以後、小説だけでなく、俳句・漢詩の創作に打ち込み、大正六年四九歳で亡くなるまでに、『行人《こうじん》』『こゝろ』『道草』『明暗』（未完）といった、近代文学史に刻まれる重厚深遠な小説を残した。

略年譜

年号	西暦	年齢	漱石の事跡	歴史事跡
慶應　三年	一八六九	0	江戸牛込に生まれる。父夏目小兵衛直克と母千枝の五男、八人兄弟の末っ子であった。金之助と名づけられる。	
明治　元年	一八六八	1	塩原家に養子として出される。	
九年	一八七六	9	生家に引き取られる。	
一〇年	一八七七	10		西南戦争
一一年	一八七八	11	東京府立第一中学校入学。	
一四年	一八八一	14	母千枝死去。二松学舎に転校。漢学を学ぶ。	
一七年	一八四七	17	大学予備門（第一高等中学校予科）入学。一度落第するものの、後首席で通す。	
二一年	一八八八	21	塩原姓より夏目姓に復す。第一高等中学校本科英文科に入学。	

二二年	一八八九	22	第一高等中学校に在籍していた正岡子規を知る。子規を通して、俳句・漢詩の創作を行うようになる。漱石の文才は、子規を驚嘆させる。	
二三年	一八九〇	23	第一高等中学校卒業。帝国大学文科大学英文科に入学。文部省の貸費生となる。後、特待生となる。	
二六年	一八九三	26	文科大学英文科卒業、大学院に入学。東京高等師範学校嘱託となる。この頃「哲学雑誌」に英文学の論文発表。高く評価された。	
二七年	一八九四	27		日清戦争
二八年	一八九五	28	松山中学校教諭となって赴任する。	
二九年	一八九六	29	熊本第五高等学校講師に就任。貴族院書記官長中根重一の長女鏡子と結婚。	
三三年	一九〇〇	33	文部省より英国留学の辞令が下り、ロンドンへと赴く。二年間の留学を経て帰国。	
三六年	一九〇三	36	東京帝国大学英文科講師に就任。	
三七年	一九〇四	37		日露戦争
三八年	一九〇五	38	『吾輩は猫である』を発表。好評を博す。以後、『坊っちゃん』『草枕』『三四郎』など、	

次々に発表する。

四〇年　一九〇七　40　東京帝国大学講師を辞任し、朝日新聞社に入社。作家として独立する。入社第一作『虞美人草』発表。継いで、『それから』『門』を発表。

四三年　一九一〇　43　修善寺温泉にて大吐血、人事不省に陥る。この経験は、小説にも俳句・漢詩にも新境地を開かせるきっかけとなる　大逆事件

大正元年　一九一二　45　大患後最初の小説『彼岸過迄』発表。以後、病気と闘いながら、『行人』『こゝろ』『道草』『明暗』と一年に一作の割合で、長編小説を発表する。

三年　一九一四　第一次大戦

五年　一九一六　49　『明暗』執筆中に倒れ、人事不省となる。一二月九日、永眠。四九歳一一ヶ月の生涯を閉じる。

あとがき

本書は、夏目漱石の残した主要な作品について一貫したモティーフのもとに論じたものである。具体的には、二〇歳に満たない時期に書かれた漢詩と帝国大学文科大学在学中の「老子の哲学」から、英国留学後にまとめられた『文学論』、そして『吾輩は猫である』から『明暗』までの小説作品について、論じられている。一度ふれた作品について、二度、三度とふれられているケースもあるが、それぞれ異なった角度からとらえれているはずである。とりわけ、漱石の文学・思想を一九世紀から二〇世紀のそれのもとに照らし出すことを試みたくだりでは、一度論じられた作品が、新たな視野のもとに分析されている。

ベースになっているのは、一九八〇年代に上梓した『夏目漱石論――序説』（国文社）『「それから」から「明暗」へ』（砂子屋書房）、二〇〇〇年代から二〇一〇年代に上梓した『夏目漱石は思想家である』（思潮社）『漱石の俳句・漢詩』（笠間書院）である。だが、本書はこの四冊をまとめた漱石論の集成といったものではない。

漱石については、全小説を論じた漱石集成のようなものが、幾人かの優れた論者によって書かれている。しかし、私のように漢詩・俳句についての記述をくわえたものは、ないといっていい。それだけで、四冊をまとめる動機はないとはいえないが、私には、そういう心づもりはまったくなかった。何といっても、そこには、『文学論』についての論考が欠けていたからである。

二〇一一年の東日本大震災と福島第一原子力発電所の事故をきっかけに、その文学的・思想的意味を論じた『希望のエートス　3・11以後』(思潮社　二〇一三年)を上梓した後、にわかに漱石の『文学論』について論じてみたいという思いに駆られた。文学とは、自然災害に限らない災厄が人間精神に及ぼす力を、言葉で表現するものではないかというのが、そこで考えたことだった。もしかして、漱石は、同じことを『文学論』で考察しようとしたのではないかということに気がついたのである。

実際に『文学論』を紐解《ひもと》いてみると、これまで何人もの漱石論者が、挫折してきたように、一貫した論を立てることが不可能に思われた。だが、漱石のなかには、人間が人間を超えた力に翻弄されながら、これらに立ち向かい、なおかつ、抗いがたく拉し去られることがあるのはなぜなのかというモティーフが、強く根を張っている。それは、『文学論』にもたとえ萌芽のようであれ、あるいは予兆としてであれ、込められているにちがいない、そう思って論じていった。

出来上がってみると、これまで書き続けてきた漱石についての論考や批評・鑑賞が、ここに集約されるのではないかと思われてきた。だが、それを明らかにするためには、それらを改めて読み直し、編集し、書き直すということを行わなければならない。気の遠くなるような作業に思われたが、それをすることによって、『文学論』についての論考が初めて実質をあたえられる。

そのように考えて、本書は、計画された。実際に着手したのが、『希望のエートス　3・11以後』から二年半ほどたった二〇一六年だった。足掛け三年かけてようやく完成したことになる。タイトル通り、漱石についての考察はこれで終わったわけではない。『明暗』を未完のままにしてこの世を去った漱石には、終わりというものがない。そのことを証明するためにも、漱石の残した全業績を一貫したモティーフのもとに論じるということが、私には必要不可欠なことだった。

以上の試みを早くから受け取って、出版の企画を立ててくれたのは響文社の高橋哲雄氏である。実際の出版は幻戯書房が行うことになったのだが、現在の出版状況に逆行するような高橋氏の企画を引き受け、上梓にまでこぎつけた編集部の名嘉真春紀氏には、感謝の言葉もない。また、すでに上梓されている四冊の漱石関係の書から転記を快く承諾された砂子屋書房の田村雅之氏、思潮社の高木真史氏、元笠間書院の橋本孝氏にも感謝したい。本書の試みをいちはやく認めていただいたことが、どれだけ励みになったか、この場を借りてお伝えしたい。

『終わりなき漱石』という題名は、水島英己氏による『夏目漱石は思想家である』の書評タイトルだった。本書の試みを言い当てるような言葉と思われたので、水島氏の許諾を得て使わせていただくことにした。あらためて、感謝したい。

三〇代で初めて漱石について論じてから、すでに四〇年以上の歳月が経っている。これまで積み重ねてきた、文学、思想の営為も本書をもって一段落ついたということはできる。だが、同時に、あらためて終わりなきものであることもまた明らかになったといっていい。いましばらくは、持続せねばなるまいという思いである。

二〇一九年九月十六日

埼玉の寓居にて　神山睦美

初出一覧

はじめに　『日々、フェイスブック』（澪漂　二〇一六年）一部改稿
第一部　生成する漱石『夏目漱石論―序説』（国文社　一九八〇年）全面改稿
第二部　深化されゆく小説『「それから」から「明暗」へ』（砂子屋書房　一九八二年）大幅改稿
第三部　思想としての漱石『夏目漱石は思想家である』（思潮社　二〇〇七年）大幅改稿
第四部　再帰する『文学論』第一章『漱石における〈文学の力〉とは』（笠間書院　二〇一六年）一部改稿
　　　　第二章　書き下ろし
第五部　詩人漱石の展開　俳句・漢詩『漱石の俳句・漢詩』（笠間書院　二〇一一年）一部改稿

参照文献

はじめに

夏目漱石『文学論』（漱石全集第十四巻）岩波書店一九九五年

オースティン『高慢と偏見』阿部知二訳　河出文庫二〇〇六年

ジェイムズ『多元的宇宙』吉田夏彦訳（ウィリアム・ジエイムズ著作集6）日本教文社一九六一年

ジェームズ『戦争の道徳的等価物』今田恵訳（世界大思想全集　15）河出書房　一九五四年

夏目漱石「文芸と道徳」（漱石全集第十六巻）岩波書店　一九九五年

第一部　生成する漱石

第一章　初期漱石の諸相

北川透『北村透谷試論Ⅰ〈幻境〉への旅』冬樹社　一九七四年

夏目漱石「老子の哲学」（漱石全集第二十六巻）岩波書店　一九九五年

桶谷秀昭『夏目漱石論』河出書房新社　一九七二年

夏目漱石「英国詩人の天地山川に対する観念」（漱石全集第十三巻）岩波書店　一九九五年

夏目漱石「文壇に於ける平等主義の代表者「ウォルト、ホイットマン」Walt Whitman の詩について」（漱石全集第十三巻）岩波書店　一九九五年

北村透谷「厭世詩家と女性」（『北村透谷選集』勝本清一郎校訂）岩波文庫　一九七〇年

菅谷規矩雄『国家　自然　言語』大和書房　一九七四年

北村透谷「人生に相渉るとは何の謂ぞ」（『北村透谷選集』勝本清一郎校訂）岩波文庫　一九七〇年

北村透谷「内部生命論」（『北村透谷選集』勝本清一郎校訂）岩波文庫　一九七〇年

北村透谷「万物の声と詩人」（『北村透谷選集』勝本清一郎校訂）岩波文庫一九七〇年

正岡子規『俳諧大要』（現代日本文学大系10）筑摩書房

一九七一年
寺田透「正岡子規」（『寺田透・評論』I）思潮社　一九六九年
夏目漱石「「人生」」（漱石全集第十六巻）岩波書店　一九九五年
正岡子規「小園の記」（現代日本文学大系10）筑摩書房　一九七一年
正岡子規『寒山落木』（子規全集第一、第二巻）講談社　一九七五年
夏目漱石「俳句」（漱石全集第十七巻）岩波書店　一九九五年
吉本隆明「新体詩まで」（吉本隆明全集第9巻）晶文社　二〇一五年
菅谷規矩雄『詩的リズム・続編　音数律に関するノート』大和書房　一九七八年
夏目漱石「春興」（漱石全集第八巻）岩波書店　一九九五年
夏目漱石「小説『エイルキン』の批評」（漱石全集第十三巻）岩波書店　一九九五年
夏目漱石「無題（長風　纜を解く　古瀛洲）」（漱石全集第十八巻）岩波書店　一九九五年
夏目漱石「断片　四A（十月）」（漱石全集第十九巻）岩波書店　一九九五年
夏目漱石「[Some feeling]」（漱石全集第十三巻）岩波書店　一九九五年
夏目漱石「[Dawn of Creation]」（漱石全集第十三巻）岩波書店　一九九五年
江藤淳『漱石とその時代　第一部』（新潮選書）新潮社　一九七〇年
夏目漱石「[I looked at her]」（漱石全集第十三巻）岩波書店　一九九五年
蒲原有明「独絃哀歌」（日本現代文學全集22）講談社　一九六八年
夏目漱石「[無題]」（漱石全集第二十六巻）岩波書店　一九九五年
江藤淳『漱石とアーサー王伝説——『薤露行』の比較文学的研究』東京大学出版会　一九七五年
夏目漱石「水底の感」（漱石全集第十七巻）岩波書店　一九九五年
蒲原有明『有明集』（日本現代文學全集22）講談社一九

六八年
饗庭孝男「『新体詩』と夏目漱石」（現代詩手帖）思潮社　一九七六年二月号

第二章　問題としての「小説」

森鷗外「追儺」（鷗外全集第四巻）岩波書店　一九七二年
篠田一士『続日本の近代小説』集英社　一九七五年
坪内逍遥『小説神髄』（日本現代文學全集4）講談社　一九六二年
本居宣長「源氏物語玉の小櫛」（日本の思想15）一九六九年
吉本隆明『言語にとって美とはなにか第I巻』勁草書房　一九六五年
二葉亭四迷「小説総論」（日本現代文學全集4）講談社　一九六二年
森鷗外『舞姫』（鷗外全集第一巻）岩波書店一九七一年
二葉亭四迷『浮雲』（日本現代文學全集4）講談社　一九六二年
北村透谷「我牢獄」（『北村透谷選集』勝本清一郎校訂）岩波文庫一九七〇年
北村透谷「楚囚之詩」（現代日本文学大系6）筑摩書房　一九六九年
北村透谷「蓬萊曲」（現代日本文学大系6）筑摩書房　一九六九年
正岡子規「曼珠沙華」（子規全集第十三巻）講談社　一九七六年
正岡子規「車上所見」（子規全集第十二巻）講談社　一九七五年
高浜虚子「写生文の由来とその意義」（日本現代文學全集25）講談社　一九六四年

第三章　小説作品の試み

夏目漱石『吾輩は猫である』（漱石文学全集一）集英社　一九八二年
島崎藤村『旧主人』（藤村全集第二巻）筑摩聾書房　一九六六年
泉鏡花『春昼』（鏡花全集第十巻）岩波書店　一九四〇年
夏目漱石『道草』（漱石文学全集八）集英社　一九八三

年
夏目漱石「幻影の盾」（淋石文学全集二）集英社一九八二年
夏目漱石「水底の感」（漱石全集第十七巻）岩波書店一九九五年
北村透谷「蓬莱曲」（現代日本文学大系六）筑摩書房一九六九年
夏目漱石「薤露行」（漱石文学全集二）集英社　一九八二年
夏目漱石『坊っちゃん』（漱石文学全集二）集英社　一九八二年
菅谷規矩雄『萩原朔太郎１９１４』大和書房　一九七九年
佐藤泰正「『坊っちゃん』の世界」（『近代文学遠望』）国文社　一九七八年
平岡敏夫「『坊っちゃん』試論」（『漱石序説』）塙書房一九七六年
二葉亭四迷『其面影』（日本現代文學全集４）講談社一九六二年
夏目漱石『草枕』（漱石文学全集二）集英社　一九八二年
夏目漱石「余が『草枕』」（漱石全集第二十六巻）岩波書店　一九九六年
寺田透「『草枕』の文章」（『寺田透・評論』Ⅳ）思潮社一九七一年
夏目漱石「書簡」（漱石全集第二十二巻）岩波書店一九九六年
夏目漱石『野分』（漱石文学全集四）集英社　一九八三年
夏目漱石『二百十日』（漱石文学全集三）集英社　一九八三年
田山花袋『田舎教師』（日本現代文學全集21）講談社一九六二年
島崎藤村『破戒』（藤村全集第二巻）筑摩書房　一九六六年
桶谷秀昭『夏目漱石論』河出書房新社　一九七二年
夏目漱石『虞美人草』（漱石文学全集三）集英社　一九八三年
二葉亭四迷『浮雲』（日本現代文學全集４）講談社　一九六二年

夏目漱石『坑夫』（漱石文学全集四）集英社　一九八三年
柄谷行人「意識と自然　漱石試論」（『畏怖する人間』）冬樹社　一九七二年
夏目漱石「文鳥」「夢十夜」「永日小品」（漱石文学全集十）集英社　一九八三年
夏目漱石『三四郎』（漱石文学全集五）集英社一九八二年
島崎藤村『春』（藤村全集第三巻）筑摩書房　一九六六年
[illegible]　一九八八年

第二部　深化しゆく小説

小宮豊隆『夏目漱石』岩波書店　一九五三年
夏目漱石『それから』（漱石文学全集五）集英社　一九八二年
夏目漱石『門』（漱石文学全集四）集英社　一九八三年
夏目漱石『行人』（漱石文学全集七）集英社　一九八三年
夏目漱石『こゝろ』（漱石文学全集六）集英社　一九八三年
夏目漱石『道草』（漱石文学全集八）集英社　一九八三年
夏目漱石『明暗』（漱石文学全集九）集英社　一九八三年
篠田一士「漱石の存在」（『日本の近代小説』）集英社　一九八八年
柄谷行人「意識と自然　漱石試論」（『畏怖する人間』）冬樹社　一九七二年
吉本隆明『言語にとって美とはなにか第Ⅰ巻』勁草書房　一九六五年
梶木剛『夏目漱石論』勁草書房　一九七六年
桶谷秀昭『夏目漱石論』河出書房新社　一九七二年
江藤淳『決定版　夏目漱石』新潮文庫　一九七九年

第三部　思想としての漱石

序　章　自己追放というモティーフ

夏目漱石『こゝろ』（漱石文学全集六）集英社　一九八三年

ルソー『孤独な散歩者の夢想』今野一雄訳　岩波文庫　一九六〇年
ランボオ『地獄の季節』小林秀雄訳　岩波文庫　一九七〇年
マルクス『資本論』鈴木鴻一郎・日高晋・長坂聰・塚本健訳（世界の名著43・44）中央公論社　一九七三年
ニーチェ『ツァラトゥストラ』手塚富雄訳（『世界の名著46）中央公論社　一九六六年
小宮豊隆『夏目漱石』岩波書店　一九五三年
トルストイ「自分一人のための日記」（トルストイ全集18）中村融訳　河出書房新社　一九七三年
正宗白鳥『新編作家論』高橋英夫編　岩波文庫　二〇〇二年
小林秀雄『作家の顔』（小林秀雄全作品7）新潮社　二〇〇三年
マルクス『ルイ・ボナパルトのブリュメール十八日』伊藤新一、北条元一訳　岩波文庫　一九五二年

第一章　三〇分間の死と存在論的転回

夏目漱石「私の個人主義」（漱石全集第十六巻）岩波書店　一九九五年
二葉亭四迷『其面影』（日本現代文学全集4）講談社　一九六一年
ダンテ『神曲』（世界文学全集1）河出書房新社　平川祐弘訳　一九八九年
加藤典洋「近代日本のリベラリズム」（『語りの背景』）晶文社　二〇〇四年
夏目漱石『文学論』（漱石全集第四十一巻）岩波書店　一九九五年
夏目漱石『門』（漱石文学全集四）集英社　一九八二年
夏目漱石『思ひ出す事など』（漱石文学全集十）集英社　一九八三年
夏目漱石「修善寺日記」（現代日本文学全集7）筑摩書房　一九五三年
北村透谷「『罪と罰』の殺人罪」（『北村透谷選集』勝本清一郎校訂）岩波文庫　一九七〇年
小林秀雄「『白痴』についてII」（小林秀雄全作品19）新潮社　二〇〇四年
ドストエフスキー『死の家の記録』工藤精一郎訳（ド

ストエフスキー全集5）　新潮社　一九七九年
夏目漱石『吾輩は猫である』（漱石文学全集一）集英社　一九八二年
森鷗外『舞姫』（鷗外全集第一巻）岩波書店　一九七一年
二葉亭四迷『浮雲』（日本現代文學全集4）講談社　一九六二年
セルバンテス『ドン・キホーテ』会田由訳（世界文学大系15）　筑摩書房　一九七二年
夏目漱石『坊っちゃん』（漱石文学全集二）集英社　一九八二年
夏目漱石『草枕』（漱石文学全集二）集英社一九八二年
夏目漱石『三四郎』（漱石文学全集五）集英社　一九八八年
夏目漱石『夢十夜』（漱石文学全集十）集英社　一九八八年
高橋源一郎『ニッポンの小説――百年の孤独』ちくま文庫　二〇一二年
小林秀雄『ゴッホの手紙』（小林秀雄全作品20）二〇〇四年

第二章　一九一〇年、明治四三年の大空

永井荷風『花火』岩波文庫　一九五六年
幸徳秋水「死刑の前」（日本の名著44）中央公論社　一九七〇年
ドストエフスキー『白痴II』米川正夫訳（世界文学全集III―12）河出書房　一九七〇年
ドストエフスキー『白痴II』木村浩訳（ドストエフスキー全集10）新潮社　一九七八年
バフチン『ドストエフスキーの詩学』望月哲男・鈴木澄一訳　ちくま学芸文庫　一九九五年
桶谷秀昭「漱石とドストエフスキー」（『増補版夏目漱石論』）河出書房新社　一九八三年
夏目漱石『思ひ出す事など』（漱石文学全集十）集英社　一九八三年
トルストイ『戦争と平和』（新集世界の文学17　18　19）原卓也訳　一九六三年
ヘラクレイトス『初期ギリシア哲学者断片集』山本光雄編訳　岩波書店　一九五八年
志賀直哉『暗夜行路』（志賀直哉全集第四巻）岩波書店

一九九九年
ヘーゲル『精神現象学』樫山欽四郎訳（世界の大思想12）河出書房新社　一九六六年
ヘーゲル『法の哲学』藤野渉・赤澤正敏訳（世界の名著35）中央公論社　一九六七年
ホッブズ『リヴァイアサン』水田洋・田中浩訳（世界の大思想13）河出書房新社　一九七一年
ルソー『社会契約論』井上幸治訳（世界の名著30）中央公論社　一九六六年
カント『啓蒙とは何か』篠田英雄訳　岩波文庫一九七四年
カント『実践理性批判』波多野精一他訳　岩波文庫一九七九年
カント『永遠平和のために』宇都宮芳明訳　岩波文庫一九八五年
マルクス『経済学・哲学草稿』城塚登・田中吉六訳岩波文庫一九六四年
マルクス『ヘーゲル法哲学批判序説』城塚登訳　岩波文庫　一九七四年
マルクス・エンゲルス『ドイツ・イデオロギー』廣松涉編訳　岩波文庫　二〇〇二年
マルクス『ルイ・ボナパルトのブリュメール十八日』伊藤新一、北条元一訳　岩波文庫　一九五二年
マルクス『賃労働と資本』長谷部文雄訳　岩波文庫一九六七年
マルクス『資本論』鈴木鴻一郎・日高晋・長坂聰・塚本健訳（世界の名著43　44）中央公論社　一九七三年
夏目漱石「満韓ところ〴〵」（漱石文学全集十）集英社一九八二年
トルストイ『人生論』（トルストイ全集12）中村白葉訳河出書房新社　一九七二年
夏目漱石『こゝろ』（漱石文学全集六）集英社　一九八三年

第三章　博士問題の去就と不幸の固有性

トルストイ『アンナ・カレーニナ』（世界の文学19 20）原卓也訳　一九六四年
フロベール『ボヴァリー夫人』（世界の文学15）山田爵訳　一九六五年

夏目漱石「博士問題の成行」（漱石全集第十六巻）岩波書店　一九九五年

夏目漱石「博士問題とマードック先生と余」（漱石全集第十六巻）岩波書店　一九九五年

夏目漱石「学者と名誉」（漱石全集第十六巻）岩波書店　一九九五年

マルクス『経済学・哲学草稿』城塚登・田中吉六訳　岩波文庫　一九六四年

マルクス『ヘーゲル法哲学批判序説』城塚登訳　岩波文庫　一九七四年

[illegible]渉編訳　岩波文庫　二〇〇二年

マルクス『ルイ・ボナパルトのブリュメール十八日』伊藤新一、北条元一訳　岩波文庫　一九五二年

マルクス『賃労働と資本』長谷部文雄訳　岩波文庫　一九六七年

マルクス『資本論』鈴木鴻一郎・日高　晋・長坂聰・塚本健訳（世界の名著43　44）中央公論社　一九七三年

与謝野寛「誠之助の死」（日本現代文学全集37）講談社　一九六四年

与謝野晶子「君死にたまふことなかれ」（日本現代文学全集37）講談社　一九六四年

ソポクレース『アンティゴネー』呉茂一訳　岩波文庫　一九六一年

ヘーゲル『精神現象学』樫山欽四郎訳（世界の大思想12）河出書房新社　一九六六年

アレント『革命について』志水速雄訳　ちくま学芸文庫　一九九五年

ドストエフスキー『カラマーゾフの兄弟1』米川正夫訳（世界文学全集19）[illegible]年

ホッブズ『リヴァイアサン』水田洋・田中浩訳（世界の大思想13）河出書房新社　一九七一年

アレント『人間の条件』志水速雄訳　ちくま学芸文庫　一九九四年

夏目漱石『彼岸過迄』（漱石文学全集六）集英社　一九八三年

第四章　存在の不条理と淋しい明治の精神

夏目漱石『彼岸過迄』（漱石文学全集六）集英社　一九

八三年
夏目漱石「彼岸過迄に就いて」（漱石全集第十六巻）岩波書店　一九九五年
小宮豊隆「夏目漱石」岩波書店　一九五三年
ドストエフスキー『死の家の記録』工藤精一郎訳（ドストエフスキー全集5）新潮社　一九七九年
夏目漱石『それから』（漱石文学全集五）集英社　一九八二年
夏目漱石『門』（漱石文学全集四）集英社　一九八二年
森鷗外『興津弥五右衛門の遺書』（鷗外全集第十巻）岩波書店　一九七二年
夏目漱石「初秋の一日」（漱石文学全集十）集英社　一九八三年
夏目漱石「私の個人主義」（漱石全集第十六巻）岩波書店　一九九五年
幸徳秋水「平民主義」（日本の名著44）中央公論社　一九七〇年
幸徳秋水『社会主義神髄』（日本の名著44）中央公論社　一九七〇年
夏目漱石『思ひ出す事など』（漱石文学全集十）集英社　一九八三年
夏目漱石『こゝろ』（漱石文学全集六）集英社　一九八三年
ニーチェ『道徳の系譜』信太正三訳　ちくま学芸文庫　一九九三年
フロイト『精神分析学入門』懸田克躬訳（世界の名著49）中央公論社　一九六六年
フロイト「終わりある分析と終わりなき分析」小此木啓吾訳（フロイド選集15）日本教文社　一九六九年

第五章　多声的構造のなかのパッション

夏目漱石『彼岸過迄』（漱石文学全集六）集英社　一九八三年
「ヨハネによる福音書」（『新約聖書』）新共同訳　日本聖書協会　二〇〇三年
「マルコによる福音書」（『新約聖書』）新共同訳　日本聖書協会　二〇〇三年
ソポクレス『オイディプス王』高津春繁訳（世界古典文学全集8）一九六四年

柄谷行人『死とナショナリズム――カントとフロイト』（定本柄谷行人集4）岩波書店　二〇〇四年
フロイト「戦争と死に関する時評」森山公夫訳（フロイト著作集5）人文書院　一九七七年
フロイト『トーテムとタブー』吉田正己訳（フロイド選集6）日本教文社　一九七〇年
フロイト「終わりある分析と終わりなき分析」小此木啓吾訳（フロイド選集15）日本教文社　一九六九年
夏目漱石『行人』（漱石文学全集七）集英社　一九八三年
夏目漱石『それから』（漱石文学全集五）集英社　一九八二年
バフチン『ドストエフスキーの詩学』望月哲男・鈴木淳一訳　ちくま学芸文庫　一九九五年
フロイト「ドストエフスキーと父親殺し」高橋義孝・池田紘一訳（フロイド選集7）日本教文社　一九七〇年
ドストエフスキー『悪霊I』江川卓訳（ドストエフスキー全集11）新潮社　一九七九年

第六章　一人の天使と歴史という翼

ヘラクレイトス『初期ギリシア哲学者断片集』山本光雄編訳　岩波書店　一九五八年
カント『永遠平和のために』宇都宮芳明訳　岩波文庫　一九八五年
夏目漱石『門』（漱石文学全集四）集英社　一九八三年
ベンヤミン『歴史の概念について』浅井健二郎訳（ベンヤミン・コレクション1）ちくま学芸文庫　一九九五年
夏目漱石「現代日本の開化」（三好行雄編『漱石文明論集』）岩波書店　一九九五年
夏目漱石『それから』（漱石文学全集五）集英社　一九八二年
ヘーゲル『精神現象学』樫山欽四郎訳（世界の大思想12）河出書房新社　一九六六年
夏目漱石『行人』（漱石文学全集七）集英社　一九八三年
ドストエフスキー『悪霊I』江川卓訳（ドストエフスキー全集11）新潮社　一九七九年

夏目漱石『こゝろ』（漱石文学全集六）集英社　一九八三年
ベンヤミン『ゲーテ　親和力』高木久雄訳（ベンヤミン著作集5）晶文社　一九七二年
ルター『キリスト者の自由』塩谷饒訳（世界の名著18）中央公論社　一九六九年
ウェーバー『プロテイスタンティズムの倫理と資本主義の精神』梶山力・大塚久雄訳（世界の名著〇5）中央公論社　一九七五年
北村透谷「他界に対する観念」（『北村透谷選集』勝本清一郎校訂）岩波文庫　一九七〇年
ドストエフスキー『罪と罰』米川正夫訳（世界文学全集18）河出書房　一九五九年
内村鑑三「戦争廃止に関する聖書の明示」（近代日本思想体系6）筑摩書房　一九七五年

第七章　索漠たる曠野の方角へ

ヘーゲル『歴史哲学講義』長谷川宏訳　岩波文庫　一九九四年
ヘーゲル『精神現象学』樫山欽四郎訳（世界の大思想12）河出書房新社　一九六六年
夏目漱石『道草』（漱石文学全集八）集英社　一九八三年
ドストエフスキー『悪霊』江川卓訳（ドストエフスキー全集11）新潮社　一九七九年
カフカ『変身』原田義人訳（筑摩世界文学大系65）筑摩書房　一九七二年
カフカ『城』原田義人訳（筑摩世界文学大系65）筑摩書房　一九七二年
夏目漱石「『あらくれ』評」（現代日本文学大系15）筑摩書房　一九七〇年
徳田秋声『あらくれ』（現代日本文学大系15）筑摩書房　一九七〇年
エリオット『詩』西脇順三郎・安藤一郎他訳（世界文学全集48）河出書房新社　九六三年
フロイト「ドストエフスキーと父親殺し」高橋義孝・池田紘一訳（フロイド選集7）日本教文社　一九七〇年
カフカ「流刑地にて」池内紀訳（カフカ短編集）岩波文庫　一九八七年

ヴァレリー『テスト氏』粟津則雄訳　福武文庫　一九九〇年
カフカ『審判』辻理訳（筑摩世界文学大系65）筑靡書房　一九七二年

第八章　浮遊する我執と虚栄

夏目漱石『硝子戸の中』（漱石全集第十二巻）岩波書店　一九九二年
竹内好『魯迅』講談社文芸文庫　一九九四年
魯迅「狂人日記」高橋和巳訳（世界の文学47）一九六三年
魯迅「阿Q正伝」高橋和巳訳（世界の文学47）一九六三年
魯迅「故郷」高橋和巳訳（世界の文学47）一九六三年
夏目漱石『明暗』（漱石文学全集九）集英社　一九八三年
オースティン『高慢と偏見』伊吹知勢訳（世界文学全集21）講談社　一九七五年
メレディス『エゴイスト』朱牟田夏雄訳（世界文学全集62）講談社　一九七五年
ジジェク『イデオロギーの崇高な対象』鈴木晶訳　河出書房新社　二〇〇一年
カフカ『変身』原田義人訳（筑摩世界文学大系65）筑摩書房　一九七二年
カフカ『審判』辻理訳（筑靡世界文学大系65）筑摩書房　一九七二年
カフカ『城』原田義人訳（筑摩世界文学大系65）筑摩書房　一九七二年
ソシュール『一般言語学講義』小林英夫訳　岩波書店　一九八六年
ウィトゲンシュタイン『論理哲学論』山元一郎訳（世界の名著58）中央公論社　一九七一年
ウィトゲンシュタイン「日記」山元一郎訳（世界の名著58）中央公論社　一九七一年
夏目漱石『点頭録』（漱石全集第十六巻）岩波書店　一九九五年
ヘラクレイトス『初期ギリシア哲学者断片集』山本光雄編訳　岩波書店一九五八年
レヴィナス『全体性と無限』合田正人訳　国文社一九八九年

プルースト『失われた時を求めて』鈴木道彦訳　集英社文庫　二〇〇六年
ジョイス『ユリシーズ』丸谷才一訳　集英社文庫　二〇〇三年
トーマス・マン『魔の山』高橋義孝訳　新潮文庫　一九六九年

第四部　再帰する『文学論』

第一章　存在論的転回Fと存在的構えf

夏目漱石『文学論』（漱石全集第十四巻）岩波書店　一九九五年
夏目漱石『吾輩は猫である』（漱石文学全集一）集英社　一九八二年
夏目漱石『坊っちゃん』（漱石文学全集二）集英社　一九八二年
夏目漱石『草枕』（漱石文学全集二）集英社　一九八二年
夏目漱石『三四郎』（漱石文学全集三）集英社　一九八二年
夏目漱石『夢十夜』（漱石文学全集十）集英社　一九八三年
夏目漱石『それから』（漱石文学全集五）集英社　一九八二年
夏目漱石『門』（漱石文学全集四）集英社　一九八三年
夏目漱石『思ひ出す事など』（漱石文学全集十）集英社　一九八三年
夏目漱石「私の個人主義」（漱石全集第十六巻）岩波書店　一九九五年
夏目漱石「現代日本の開化」（漱石全集第十六巻）岩波書店　一九九五年
北村透谷『北村透谷選集』勝本清一郎校訂　岩波文庫　一九七〇年
キルケゴール『反復』桝田啓三郎訳（世界文学大系27）筑摩書房　一九六一年
キルケゴール『不安の概念』田淵義三郎訳（世界の名著36）中央公論社　一九六六年
コント『実証精神論』霧生和夫訳（世界の名著36）中央公論社　一九七〇年
フォイエルバッハ『キリスト教の本質』上下　船山信一訳　岩波文庫　一九六五年

デカルト『方法序説』野田又夫訳（世界の名著22）中央公論社　一九六七年
ヘーゲル『精神現象学』樫山欽四郎訳（世界の大思想12）河出書房新社　一九六六年
ドストエフスキー『地下生活者の手記』米川正夫訳　新潮文庫　一九五五年

第二章　運命Fから戦争Fへ

柄谷行人『増補　漱石論集成』平凡社ライブラリー　二〇〇一年
[illegible]書店　一九九五年
夏目漱石『文学論』（漱石全集第十四巻）岩波書店　一九九五年
フロイト「自我とエス」『自我論集』中山元訳　ちくま学芸文庫　一九九六年
バフチーン『フランソワ・ラブレーの作品と中世・ルネッサンスの民衆文化』川端香男里訳　せりか書房　一九八〇年
ベンヤミン『歴史の概念について』鹿島徹訳・評註　未来社　二〇一五年
ベンヤミン『ドイツ悲劇の根源』川村二郎・三城満禧訳　法政大学出版局　一九七五年
ベンヤミン『ゲーテ　親和力』高木久雄訳（ベンヤミン著作集5）晶文社　一九七二年
ベンヤミン『暴力批判論』野村修訳　岩波文庫　一九九四年
佐藤裕子『漱石のセオリー――『文学論』解読』おうふう　二〇〇五年
夏目漱石『彼岸過迄』（漱石文学全集六）集英社　一九八三年
夏目漱石『行人』（漱石文学全集七）集英社　一九八三年
夏目漱石『こゝろ』（漱石文学全集六）集英社　一九八二年
夏目漱石『道草』（漱石文学全集八）集英社　一九八三年
夏目漱石『明暗』（漱石文学全集九）集英社　一九八三年

第五部　詩人漱石の展開　俳句・漢詩

序章　漱石の詩魂

夏目漱石『坊っちゃん』（漱石文学全集二）集英社　一九八二年
折口信夫『国文学の発生（第三稿）』（折口信夫全集第一巻）中公文庫　一九七五年
プルースト『失われた時を求めて』鈴木道彦訳　集英社文庫　二〇〇六年
トーマス・マン『魔の山』高橋義孝訳　新潮文庫　一九六九年
カフカ『変身』原田義人訳（筑摩世界文学大系65）筑摩書房　一九七二年
カフカ『審判』辻瑆訳（筑摩世界文学大系65）筑摩書房　一九七二年
トルストイ『アンナ・カレーニナ』（世界の文学19 20）原卓也訳　一九六四年
ドストエフスキー『白痴ⅠⅡ』木村浩訳（ドストエフスキー全集9 10）新潮社　一九七八年
夏目漱石『こゝろ』（漱石文学全集六）集英社　一九八三年
夏目漱石『道草』（漱石文学全集八）集英社　一九八三年
夏目漱石『明暗』（漱石文学全集九）集英社　一九八三年

第一章　俳句

夏目漱石「俳句」（漱石全集第十七巻）岩波書店　一九九六年
正岡子規『寒山落木』（子規全集第一巻、第二巻）講談社　一九七五年
松尾芭蕉『芭蕉文集』（新潮古典集成17）新潮社　一九七八年
松尾芭蕉『芭蕉句集』（新潮古典集成51）新潮社　一九八二年
夏目漱石『門』（漱石文学全集四）集英社　一九八三年
与謝蕪村『與謝蕪村集』（新潮古典集成32）新潮社　一九七九年
小林一茶「おらが春」『おらが春・我春集』岩波文庫　一九五四年
小林一茶『七番日記』岩波文庫　二〇〇三年
石川啄木「歌集」『啄木全集第一巻』一九六七年　筑

摩書房
夏目漱石『思ひ出す事など』（漱石文学全集十）集英社　一九八三年
夏目漱石「人生」（漱石全集第十六巻）岩波書店　一九九五年
河東碧梧桐『碧梧桐全句集』蝸牛社　一九九二年
夏目漱石『道草』（漱石文学全集八）集英社　一九八三年
夏目漱石『行人』（漱石文学全集七）集英社　一九八三年
若山牧水『若山牧水歌集』岩波文庫　一九六五年
正岡子規「随筆」『ホトトギス』第三巻第十二号　一九〇〇年
夏目漱石『吾輩は猫である』（漱石文学全集一）集英社　一九八二年
夏目漱石「日記」（漱石全集第二十巻）岩波書店　一九九六年
夏目漱石「書簡」（漱石全集第二十四巻）岩波書店　一九九七年
夏目漱石『明暗』（漱石文学全集九）集英社　一九八三
年

第二章　漢詩

夏目漱石「漢詩」（漱石全集第十八巻）岩波書店　一九九五年
孔子『論語』（世界の名著3）中央公論社　一九六六年
李賀『李賀詩選』岩波文庫　一九九三年
与謝蕪村『與謝蕪村集』（新潮古典集成32）新潮社　一九七九年
ニーチェ『悲劇の誕生』（世界の名著46）西尾幹二訳　中央公論社　一九六六年
松尾芭蕉『芭蕉文集』（新潮古典集成17）新潮社　一九七八年
宮崎駿『天空の城ラピュタ』ウォルト・ディズニー・ジャパン　二〇一四年
宮崎駿『魔女の宅急便』ウォルト・ディズニー・ジャパン　二〇一四年
夏目漱石『こゝろ』（漱石文学全集六）集英社　一九八三年
源実朝『金槐和歌集』（新潮日本古典集成44）新潮社

一九八一年
ランボー『ランボー全集』平井啓之・中地義和・湯浅博雄・川那部保明訳　青土社　二〇〇六年
夏目漱石『門』（漱石文学全集四）集英社　一九八三年
ランボー「そゞろあるき」（『世界文学全集　グリーン版第一集48』）河出書房新社　一九六二年
小林秀雄『近代絵画』（小林秀雄全作品22）新潮社　二〇〇四年
西行『山家集』（新潮日本古典集成49）新潮社　一九八二年
小林秀雄「西行」（小林秀雄全作品集14）新潮社　二〇〇三年
ランボオ『地獄の季節』小林秀雄訳　岩波文庫　一九七〇年
夏目漱石『思ひ出す事など』（漱石文学全集十）集英社　一九八三年
茂木健一郎『クオリア入門——心が脳を感じるとき』ちくま学芸文庫　筑摩書房　二〇〇六年
夏目漱石「書簡」（漱石全集第二十四巻）岩波書店　一九九七年
夏目漱石『明暗』（漱石文学全集九）集英社　一九八三年
夏目漱石「老子の哲学」（漱石全集第二十六巻）岩波書店　一九九五年
吉川幸次郎『漱石詩注』岩波新書　一九六七年
トーマス・マン『ヴェニスに死す』実吉捷郎訳　岩波文庫二〇〇〇年
夏目漱石「マクベスの幽霊に就いて」（漱石全集第十三巻）岩波書店　一九九五年
夏目漱石『行人』（漱石文学全集七）集英社　一九八三年
荘子『荘子』（世界の名著4）中央公論社　一九六八年

人名索引

あ

か

さ

た

な

は

ま

漱石作品索引

（太字は主な論及箇所）

作品索引（漱石以外）

た

な

は

ま

や・ら・わ

事項索引

あ

か

さ

著者略歴

神山睦美（かみやま・むつみ）1947年1月、岩手県生まれ。東京大学教養学部教養学科フランス分科卒。文芸評論家。2011年『小林秀雄の昭和』で第2回鮎川信夫賞を受賞。その他の著書に『吉本隆明論考』『家族という経験』『読む力・考える力のレッスン』『二十一世紀の戦争』『大審問官の政治学』『希望のエートス　3・11以後』『サクリファイス』など多数。小社刊に『日本国憲法と本土決戦　神山睦美評論集』がある。

カバー作品
西出毬子

装幀
真田幸治

終《お》わりなき漱石《そうせき》

二〇一九年十一月九日　第一刷発行

著者　神山睦美

発行者　田尻勉

発行所　幻戯書房

郵便番号一〇一－〇〇五二
東京都千代田区神田小川町三－十二
岩崎ビル二階
電話　〇三（五二八三）三九三四
FAX　〇三（五二八三）三九三五
URL　http://www.genki-shobou.co.jp/

印刷・製本　美研プリンティング

ISBN978-4-86488-179-1　C0095